中國京劇流派劇目集成

启功題簽

《中国京剧流派剧目集成》编委会　编

顾　问　郭汉城　刘曾复　朱家溍　吴小如　王金璐
　　　　迟金声　钮　骠　刘连群　陈绍武

主　编　黄　克

副主编　常立胜　吴春礼　赵晓东　蔡景凤　杨凌云

第玖集

學苑出版社

图书在版编目（CIP）数据

中国京剧流派剧目集成·玖／《中国京剧流派剧目集成》编委会编．
－北京：学苑出版社，2009.1
ISBN 978-7-5077-3038-8

Ⅰ.中…　Ⅱ.中…　Ⅲ.京剧－剧本－作品集－中国　Ⅳ.I232

中国版本图书馆 CIP 数据核字（2008）第 035852 号

出 版 人：孟　白
责任编辑：潘占伟
责任校对：刘学青
装帧设计：徐道会
出版发行：学苑出版社
社　　址：北京市丰台区南方庄 2 号院 1 号楼　100079
网　　址：www.book001.com
电子信箱：xueyuan@public.bta.net.cn
销售电话：010-67674055　67675512　67678944
印　　刷：河北新华印刷一厂
开本尺寸：889×1194　1/16
印　　张：23
版　　次：2009 年 1 月北京第 1 版
印　　次：2009 年 1 月北京第 1 次印刷
印　　数：1－800册
定　　价：310.00元（精装）

序言

◎黄克

京剧向称国粹艺术，内容博大精深，剧目十分丰富，人们常以“汉唐三千宋明八百”形容其浩瀚。其中流派剧目又以演员表演的鲜明个性使剧目显得更为多彩多姿，充满魅力，既被专业人员钻研承继，也为广大戏迷喜闻乐见，遂成为京剧舞台上一大亮点。

流派

举凡表演艺术，原本就无不带有表演者的个人色彩。京剧表演艺术因其唱念做打诸多方面功夫的综合性和繁难性，表演的个性化尤为突出；加以行当的粗分、剧目的雷同，于大致相同的条件下尽显各自的千姿百态、千变万化；一招一式、一腔一韵之中可以体现不同的特色，同样一出戏，甚至同样一个戏中人物也完全可以演出不同的风采，这种充满个性化的表演，遂成为京剧竞技场上最是为人乐道而又情趣无穷的审美内涵。倘若这种富于个性化的表演为受众所认可，且代有传人，形为规范，即可自成一家，成为迥异于他人的艺术流派。以“四大名旦”（梅兰芳、程砚秋、荀慧生、尚小云）为例，虽皆工旦行，却又各有千秋。京剧大师王瑶卿就曾这样分析这四位后起之秀的独到之处：“梅兰芳的样儿，程砚秋的唱儿，尚小云的棒儿，荀慧生的浪儿。”所谓“样儿”，指梅的艺术造诣全面，要什么有什么；所谓“唱儿”，指程以行腔之新颖动听为能；所谓“棒儿”，指尚的刀马功底深厚；所谓“浪儿”，指荀的柔媚多姿、风情万种。寸长尺短，一语道破各有专擅的各家流派特点。如此成就固然来自自己的勤学苦练、苦心孤诣，更少不了观众的知音捧场、鼓励有加。因此，一个艺术流派的形成，对于创始人来说，无疑是开拓了审美追求的新境界；对于受众戏迷来讲，则更是得到了多样化审美需求的新满足。梨园行有云：唱戏的是疯子——指其追求的执着，听戏的是傻子——指其享受的痴迷。二者相得益彰、相映成趣，或许正道出京剧流派形成之三昧。

流派剧目

在京剧传承的一二百年间，随着历史的变迁、社会的发展，以及新人辈出、师承转换，荡涤旧物、崇尚新声，传统剧目中的绝大部分早已绝迹于舞台，然而，其精华部分（包括剧目中表现出来的唱念做打等程式体系）还是被完好地保存了下来，并得到长足的发展。其间，流派创始人于剧目的推陈出新做出了不可磨灭的贡献。基于对剧目乃至剧中人物的理解和认识，以及更便于发挥自己技艺特长的需要，流派创始人对浩如烟海的传统剧目进行了严格的筛选，经过了整理加工再创作，使之又焕发出崭新的韵味和光彩;随着这样剧目的增多，最终形成了自己流派所特有的剧目系列。而另外的流派又在另外的剧目系列中发挥着自己的优势，即或剧目相同，不同流派依然可以于演出中表现出自己的独特风格。总之，在其演出的剧目中，无不打上自己表演风格的鲜明烙印。京剧舞台上一度出现的这种百花齐放、争芳斗艳的盛况，实由自丰富多彩的流派剧目，这在京剧发展史上已是不争的事实。

但也应看到，如今京剧流派剧目相对于京剧的鼎盛时期，已是光景不再。个中原因很复杂，就客观因素而言，新兴的艺术形式的多种多样，人们的欣赏习惯和娱乐方式已经有了更广泛的选择余地，因而完全可以去旁骛；此外，就京剧本身而言，演出剧目之贫乏不能不说是观众锐减的重要原因之一。本来演出场所和演出场次就不多，翻来覆去又只是那几出骨子老戏，怎么能吸引观众，特别是年轻观众呢？——连那些老戏迷们也都听腻歪了。

回过头来看，今日演出剧目的贫乏和流派创始人晚年艺术景况也不无关系。他们在艺术的巅峰期——集中在上个世纪二三十年代，创作或改编了一出出新戏，直令观众赏心悦目，目不暇接。当其时，除了富连成科班或游动的散班演出些大路戏外，北京的京剧舞台几乎就是流派剧目的天下。据1932年商务印书馆出版的《五十年来北平戏剧史材》的记载，自民国十二年（1923）至十八年（1929）这六七年间，以梅派剧目为例，只“初演”的剧目——也就是自家独创的新戏或整理改编的传统戏，就有前后本《西施》、《洛神》、《廉锦风》、头二三四本《太真外传》、《俊袭人》、全本《宇宙锋》、《凤还巢》、《春灯谜》等12出戏（其中前后四本《太真外传》这四出戏是在一年多时间里陆续完成的）；同一时间段，马派“初演”的剧目也有《化外奇缘》、全本《玉镯记》、《秋灯泪》、《战宛城》、全本《火牛阵》、《鸿门宴》、全部《临江馆（“馆”应作“关”）》、全部《浣纱溪》、《范仲禹》、全本《清风亭》、头二三四本《大红袍》、全本《天启传》、《许田射鹿》、全本《十道本》等15出戏（其中《大红袍》分头二和三四本两次演出），当然，其中还不包括“初演”以外的经常性的大量的传统戏演出。试问，这些曾经轰动一时的流派创始人编创的新剧目于今又有多少出传承下来了呢？个中主要原因就在于流派创始人到了晚年一些唱做吃重的剧目已难胜任，只有将其已臻于炉火纯青的技艺凝炼到少数剧目之中，或演出或教习也只拘囿于这少数几个剧目了。而其传人也就将这几出戏奉为圭臬，全不知其鼎盛时期的所谓“文武双全”、所谓“昆乱不挡”为何事，致使一些当年的热门戏几近失传，这不能不说是梨园一件憾事。记得梅兰芳先生曾撰文论述学艺过程中的“少、多、少”，大意是初学时会的戏（包括技艺）自然是少的。随着所学剧目的增多，技艺的增长，激发起拓宽其艺术驰骋领域的热情，兼收并蓄，从而极大地丰富了自己。进而又随着审美取向的定型，艺术见识的提高，势必要对自己所学所用下一番去芜存精的工夫，扬长避短，使自己的独特技艺集中在少数几个代表剧目之中。表面看来演出的剧目是少了，但炉火纯青，在艺术创新上却达到了新境界。从少到多，从多而少，贯穿着的是继承与发展的艺术成熟的过程，也闯出了一条攀升艺术高峰的必由之路。后学者以为，学会了几出流派代表剧目便可以薪尽火传，得到了真经，孰不料缺少广博的根基，既影响个人的发展，也造成了剧目越传越少的现实。这难道不是应该汲取的教训吗？

有道是“礼失求诸野”。由于流派剧目的独特韵味及其所富有的艺术魅力，由于京剧作为自娱自乐的审美取向已深入人心，更由于迷恋传统演唱艺术者的大有人在，京剧传统剧目——包括一些已经消失于舞台的流派剧目，至今仍在京剧爱好者中间传唱不息。我们不妨到公园里看一看那一圈圈围着的戏迷，他们来自四面八方，或许彼此并不相识，只凭一把胡琴就将大家凝聚在一起，有滋有味地互相欣赏着一段段流派唱腔。更不用说那遍布全国各地乃至国外华人聚居区的票房，他们还时不时地粉墨登场，过一把戏瘾呢！这种自拉自唱、自娱自乐的红火场面，充分显示了京剧流派剧目的深厚群众基础和顽强的生命力，对于相对落寞的京剧舞台不啻一种发人深省的挑战。然而，这又何尝不是对京剧振兴的潜在的呼唤和有力的支持呢！

流派剧目集成

正鉴于其强大的生命力和深厚的群众基础，“振兴京剧”作为文化建设的国策的提出可谓正得其时。而振兴之务，首要的是挖掘和继承优秀传统剧目，以之作为发展和创新的基础和借鉴。我们编纂《中国京剧流派剧目集成》的初衷正在于此：将流派剧目演出的精彩瞬间记录于永恒，将构成流派剧目的诸多元素一一记录在案。诸如每剧的剧情本事、创始人表演特点的提要，剧中人物行当归属、服装扮相，剧本曲文、唱腔谱、伴奏谱、锣鼓经，以及身段谱等得以再现流派表演风格的内容，都力图完整地记录整理出来，为流派艺术的教学和研究提供文字的基础资料。持此，内行自可作为表演的参考，京剧爱好者也可以作为演习的蓝本。

这一工作，对于京剧剧目的基本建设虽然可谓之善举，但具体做起来却困难多多。首当其冲的就是剧目的选定。京剧剧目虽称汗牛充栋，但保存下来的资料却十分有限。京剧形成初期，以“老生三杰”又称“前三鼎甲”的程长庚、余三胜、张二奎为代表的一代固然没有留下什么音像文字资料；即或以“老生新三杰”又称“后三鼎甲”的谭鑫培、孙菊仙、汪桂芬为代表的一代除了少量的唱片外也没有完整的剧目传下来，所以我们的剧目整理工作只能从民国初年以降的“四大须生”、“四大名旦”开始。他们受熏陶于前辈艺术家，可谓传统的集大成而又能创新的一代，整理剧目以他们为重点自然最合适不过。遗憾的是这些艺术大师大都已经作古，得到他们指点和首肯已不可能，为此，我们只能通过其亲传或再传弟子来进行流派剧目的整理工作。从中我们更深地体会到抢救要及时，当初未能抢救下来现在也不要嫌晚而不为，抢救一点是一点，否则能够保存下来的精华越来越少，越加难向历史向后人交代了。

更难的则是遴选整理者。剧目的全面整理需要全面的人才。我们在组织稿件的过程中却发现这样的人手颇不易得。如果流派创始人或其传人曾在戏校任教，且有较为完整的教案保存下来，今日稍加整理即可选用，自然不是难事。不过这样的情况并不多，大量的剧目尚需要对当年的演出本进行追忆记录，加工整理。曾经受业于流派创始人或其传人的京剧工作者虽然是整理演出本的合适人选，但是他们大都是单位的骨干，忙于演出，忙于剧务，或居于领导职位，很难分出身来。即或肯于应承下一两出戏，也常有如下的情况：能演不能说，能说不能写，能写又不能打谱。因此，完成一个剧目经常需由记录者、整理者和打谱人联袂而行，倘再加上剧目的传授者和提要的撰写人，则非四五人鼎力不可。《中国京剧流派剧目集成》收入二百多出戏，每出戏即使平均两三人参加，也要组织四五百人次。其繁难可以想见，其壮观亦可以想见。当然，这还仅就整理者的数量而言，更为难能可贵的还在于参与者的无私奉献。试想，跟演一出戏或教一出戏相比，以文字整理出一出戏，不仅费时而且费力，无疑是一桩一般人不肯为也不屑为的苦差事，而我们的整理者却能甘之如饴，乐此不疲，没有为京剧事业的传承而不计个人得失的宝贵情操，是难有这种积极性的。不仅如此，随着岁月流逝，整理流派剧日益困难，更需要求助一些老专家，他们或是资深艺员、教师，或是资深票友、戏迷，而今已是硕果仅存的京剧艺术的专家、流派历史的见证人。在他们身上洋溢着一种传承京剧流派的使命感，和对振兴京剧的期待。他们热情地参加到这项工作中来，或亲自动手，为我们整理剧目；或答惑解疑，给我们工作以指导。使我们在受教于他们的同时，油然而生一种深深的敬意。

克服了上述困难，《中国京剧流派剧目集成》终于呈现在读者面前。书中，除了囊括主要流派的主要代表剧目，试图反映京剧鼎盛时期的大致面貌而外，尚有可说道者。

首先是挖掘整理出一批流派剧目，其中不乏已近失传的流派艺术精品。其中共收流派五十余家、剧目二百多出，不仅是从装扮到曲谱俱全，而且半数以上不曾整理出版过，可算是京剧剧目建设的一个不小的工程。下列剧目可为佐证。如王（瑶卿）派名剧《南天门》（今能见到的只剩下王和老谭合拍的剧照）、余（叔岩）派名剧《太平桥》（据说是老谭给余说的开蒙戏）、马派名剧《白蟒台》（写王莽被俘后向旧臣一一乞命事，老生扮演反面人物堪称奇特）、麒派名剧《斩经堂》（其中吴汉的悲剧性格曾引起过热烈争论）、荀派名剧《鱼藻宫》（写吕后残害戚姬事，乃荀派悲剧剧目之一），以及汪（笑侬）派名剧《哭祖庙》、龚（云甫）派名剧《徐母骂曹》、徐（碧云）派名剧《绿珠坠楼》、裘（盛戎）派名剧《打銮驾》等，都是难得一见的流派剧目之珍品。而以“关外唐”名世的唐（韵笙）派名剧经其家人和传人的努力竟整理出其代表作《驱车战将》、《闹朝击犬》、《好鹤失政》、《绝龙岭》、《未央宫斩韩信》、《刀劈三关》等七出之多，堪称流派剧目建设的新收获。除此之外，《中国京剧流派剧目集成》还特别着力于武戏的挖掘整理。较之文戏，武戏更难整理，需要将演员在台上的动作招式一一准确地反映出来，没有深入的钻研领会、亲身体验，很难下笔。众所周知，杨小楼作为一代武生宗师，其“武戏文唱”乃武生的不二法门，也是令人神往的一种表演境界，在武戏剧目整理中理应得到体现。资深票友朱家溍先生得其真传，整理了杨派名剧《麒麟阁》，并详细记述了前后六次观剧的心得，惜乎不及将其用工尺谱记下的昆曲吹腔翻为简谱便溘然而逝了。另一出杨派名剧《镇潭州》则是根据京剧耆儒刘曾复先生的讲授整理出来的，其中杨再兴上场的“蝴蝶霸”、和岳飞对打的“枪架子”，皆独得杨派之秘，给人以再闻《广陵散》般的惊喜。此外，高盛麟的《长坂坡》、《走麦城》，王金璐的《落马湖》、《蚆蜡庙》也都走的杨派的路子，有的就是直接跟杨宗师学的。南派大武生盖叫天武功盖世，他的剧目身后却乏人整理，多亏移居上海的原中国戏校武功教师赵雅枫先生以耄耋之年勉力整出《一箭仇》，也算保存了盖派一脉。还值得一提的是收获了一批武丑戏。叶盛章当年是以武丑戏挂头牌演大轴的第一人，勇于创新，能戏甚伙，现将其创作的名剧《酒丐》、《祥梅寺》、《打瓜园》、《徐良出世》、《三盗九龙杯》、《铜网阵》等七出代表作一并推出，既再现了叶氏当年神勇，也为乏人承继的武丑行当提供一些演习之本。尤为可喜的是我们也挖掘整理出富连成科班总教习、文丑“萧派”创始人萧长华老先生的《选元戎》、《荡湖船》、《变羊记》等已近绝迹舞台的拿手剧目。凡此，整理者挖掘流派剧目的辛勤劳作成果，均为我们编纂“集成”增添了光彩。

为了方便读者翻检使用，本书采取四五出戏合编一册的形式，这样全书约有五十册之多，并拟分三批推出。第一批为老生行的余派，以及号称“南麒、北马、关外唐”的三派，和武丑行的叶（盛章）派，计五家八册。第二批则以旦行“梅、尚、程、荀”为代表，包括老旦、刀马旦等流派。第三批是老生、小生、武生、净、丑等其他流派。

预期一两年内出齐。倘若其中有重要疏漏，又得人整理，亦可考虑编辑出版“集外集”，以满足读者的需求，也使这部“集成”更为名副其实。

当然，《中国京剧流派剧目集成》的编纂，其目的只在提供流派剧目作为研究家和后学者的参考借鉴。而流派、流派，意重在“流”。所谓流，指流行和流变。流派艺术正是在流行、流变中最终形成的，即或在最终形成之后，也还是靠流行、流变而发展的，倘若泥古不化，抱残守缺，就会失掉其鲜活的生命力，艺苑奇葩也会枯萎，这已为京剧发展史所证明。不过，流派艺术发展也需要有个前提，那就是首先要掌握渗透在表演程式唱念做打、手眼身发步中的艺术个性，而流派剧目就是其艺术个性展现的载体。继承流派艺术，不能只满足于模拟外在的“体”，更要在剧目演练中去体味其艺术个性的“魂”，这样才能促使京剧流派艺术从剧目建设到表演个性都得到发扬光大。此乃传承流派剧目的题内之义，自毋庸赘言。

目录

赵雅枫 整理

一箭仇

盖叫天演出本

京剧《一箭仇》又名《英雄义》、《曾头市》。此剧取材于《水浒传》中“宋公明夜打曾头市，卢俊义活捉史文恭”一回。京剧与小说有所不同。剧情为段景柱得一宝马，献往梁山，途经曾头市，被史文恭劫去。晁盖领众兄弟下山讨马，被史文恭暗箭射死。梁山弟兄誓报一箭之仇。宋江欲领兵攻打曾头市，生擒史文恭。卢俊义因与史文恭有同堂学艺之情，请命先入庄劝降。卢俊义入庄劝说后，史文恭不念情义，反以恶语相诋。双方交战后，史文恭知不敌，便偷营劫寨，又遭失败，只身从水路潜逃，被早已埋伏江中的阮氏弟兄擒获。

此剧若加上从前演的段景柱献马被劫及史文恭被生擒，押解梁山，由花荣射死等情节，名为《法华寺》。目前演此剧，大都从卢俊义下山始，攻打曾头市，至水擒史文恭为止。

《一箭仇》有南北两个路子。它们在曲调、词句、武打、扮相等方面，都略有不同。后来有些演员演此剧时，就南北“掺”了。目前就我所知，在曲牌方面，大都用<风入松>，但在演唱、分段、格局等方面，还有用<泣颜回>的唱法；在武打方面，南方路子早年有史文恭打“挑梢子棍”、“站杠子”等“档子”，后来很少有人运用。这次根据自己的回忆整理，以备参考。在扮相方面，南方路子卢俊义戴荷叶盔；北方路子戴大额子，后扇插翎，系尾。据我师爷李庆棠说，卢俊义此时刚上山，还是员外身份，不是梁山首领，待生擒史文恭后，才坐上梁山第二把椅子，所以戴荷叶盔较为合适。

《一箭仇》是出武生箭衣戏。武生大致分三种类型：“长靠”、“短打”、“箭衣”。仅从武生行当分类规范来说：长靠着重工架气度；短打讲究边式利索；箭衣两者兼有之，既着重工架也讲究利索，既讲究边式也着重气度。如：扮演史文恭的演员，前边文场与卢俊义交谈时的身段与神态和后面武场对打“枪架子”等，就要求工架与气度。同样武场，与燕青打“棍棒枪”和武松打“劈杆子”时，就要边式利索。而且后面水擒时，还要求有难度较高的翻跌技巧。

《一箭仇》是出优秀的京剧传统剧目，是武生行箭衣戏中难度较高的重头戏之一。盖叫天是在南方路子的基础上，经过艺术加工，创造性地增添了艺术技巧，丰富了对史文恭这一形象的表现力，如：与林冲对打的“剑枪”，尤其是“望庄”一段的髯口技巧，表现了史文恭与梁山弟兄交战后，知败局难免的激烈思想活动和焦虑心情。由此，《一箭仇》成为具有盖派艺术特点的佳作。江南武生演此剧大都宗盖派路子。

我这次整理的《一箭仇》剧本，是小时候由师父李紫贵传授的，后来看了盖老与翼鹏叔的《一箭仇》后，又根据他们的路子，及自己的体会，做了些补充与变动。

紫贵老师的武生戏，基本上是盖派路子。盖老是紫贵老师的姑父，所以，紫贵老师很多戏都受过盖老和翼鹏叔教授与指点。我有幸那时向翼鹏叔、二鹏叔学过戏，受过指点，对盖派艺术印象较深。后来盖老在上海大舞台演出《武松》，下高时，不幸腿被折断。因事出突然，盖老与戏院合同期未满，戏院老板提出“父债子还”，翼鹏叔接替了盖老在大舞台的演出。这对翼鹏叔来说，有相当的难度与风险。由于翼鹏叔有着精湛技艺和独创的意识，不到半年，即由一个年仅二十三岁的小武生，逐渐成为一个一路走红、大名鼎鼎的张翼鹏，在大舞台一演就是连续好几年。我也就有机会经常去看翼鹏叔的戏，其中就有《一箭仇》。

我看盖老演戏，是在20世纪30年代后期，在上海更新舞台，是盖老断腿痊愈之后，年龄已近五十岁时。看了不少戏，其中也有《一箭仇》，但当时并不真正懂盖派艺术。有次我和秋森哥（李秋森，李紫贵之侄，盖派武生，长期陪盖老演戏，曾在盖老京剧电影艺术《狮子楼》中饰西门庆）看过盖老演戏，到后台看望盖老。见面后盖老便问："来看戏啦！"又接着问："会看戏吗？"我当时仅认为是随意而问的一句话，后来才逐渐明白"会看戏吗"这句话的含意。当然明白也仅是一知半解。下面就结合《一箭仇》说一下盖老所说"会看戏吗"的含意和我对盖派艺术的体会与认识。

盖老说，《一箭仇》是出武"戏"，剧中的几个主要人物史文恭、卢俊义、武松、林冲、燕青，论行当，他们都是武生行。在后面开打时，假如仅按行当去打，他们打得再精彩、火爆，那只能算是武"打"，而不能算是武"戏"。那是"技"，没入"戏"。怎样才能入戏？盖老认为，必须"打"出每个人物的身份与品格来。盖老没用长篇大论，而是非常简练的仅用一个字来概括，那就是林冲要"大"，燕青要"小"，武松要"狠"，卢俊义要"稳"。我体会，林冲要大方有气度，因为他曾是八十万禁军教头。燕青要小巧、灵活，他曾是卢俊义的家仆，而善相扑。武松要狠悍，盖老私下向他的儿辈们说，武松是个"侉孤胆"。这是盖老对武松这一艺术形象的独到见识，我不敢随意解释。盖老对武松这一艺术形象有很深的研究，不然不会被誉为"活武松"。而卢俊义要稳健，他曾是酷爱武艺的员外爷。这样他们在开打时，在运用技巧时，就有所依据。是人物在打，而不仅是行当在打。

关于史文恭这个人物，我从盖老与翼鹏叔他们父子演出的《一箭仇》中得到启示：史文恭是曾头市首席教师，在他的品格中突出了一个"傲"字。下面试谈几点盖派艺术是如何运用技艺，来表现史文恭的"傲"的。

以史文恭上场念"引子""志气凌云论枪法"的身段与神态为例，在念到"论枪法"时，左腿后撤，右脚外撇成右丁字步，左膀绕至背后，身体偏左，面部稍偏右，右手捋中髯，右脚尖稍微翘，长身，眼神眺视远方，加上盖老青壮年时期稍有梗脖的形体特征（晚年这种特征不太明显），这样从形体与神态的外表，给观众的视觉就是他自恃枪法是天下无敌。

再如，史文恭与卢俊义说翻脸后的两个"三迈步"，尤其是第二个"三迈步"。卢俊义说："敢把卢爷怎么样？"史文恭听后震怒，双手弹中髯，怒指卢俊义，退至"上场门"，蹲裆式站住，双手握拳按于膝盖上，稍停后站起，双手按捋中髯，以示怒气暂时压下；用眼神蔑视卢俊义，微微点头，回头看"上场门"，以示做好战斗准备；再回头侧身右手捋中髯，长身，斜视卢俊义，之后双手大抖水袖又急双抓水袖，背手正面直视卢俊义，跨迈左腿大步平出。跨迈第二步时，先提抬右腿盘起，左手端抬至胸前，右手仍在背后，稍停顿一瞬，右腿再向外划圈迈出，后左腿划圈迈出，使褶子下摆左右摆动。左手绕至背后，成稍蹲裆式，上身微晃再起身迈左步，大抖双水袖，翻袖拱手起"叫头"。这在生活中即走走停停，左摇右摆，傲踱方步，意思是："既不知好歹，就怪不得我了"——准备质问对方的神态。通过"三迈步"这一程式来表现史文恭的"傲"。

盖派对待不同人物，对打时有着不同态度。如在战胜林冲后的"下场花"，招数并不多，不算花俏，但在耍的过程中，有身段，有神态，尤其是拖枪下场，同样表现出战胜林冲后的一种傲气。

我向茹富兰老师问艺时，茹老师说：“咱们台上的玩意儿是戏不离技，技不离戏。有戏没技那是白开水，有技没戏那是杂技。”茹老师首先谈了“戏”与“技”的辩证关系，紧接着就说出“技”的重要性。前面我侧重说了盖派艺术的“戏”，下面侧重说一下盖派艺术的“技”。

老辈们说，三十岁左右那才是“真正的盖叫天”。我想那正是盖老在精力、体力、智力、功力等各方面，都处于旺盛时期，舞台经验丰富，有独创意识，掌握精湛技艺，也正是盖派艺术形成时期。听张德俊[①]老先生说：盖老年轻时《一箭仇》有很多玩意儿和现在不完全一样。我看到盖老在断腿痊愈之后，五十岁左右的《一箭仇》和后来也不一样。这里我简述一下翼鹏叔在《一箭仇》“水擒”一场技巧组合（玩意儿）的表演。史文恭上场后，转身回望倒退时，有个搗绊动作，随即起范儿：“扫堂腿”、“旋子”、“旋扑虎”、“乌龙绞柱”，起身接单腿“跪蹉”、“绕甩发”至左台口。这一套技巧组合，是一弓劲，一气呵成。这套完整的外部技巧，表现了史文恭在仓皇败逃时，连滚带爬，急于奔命的狼狈相，“技”表现了“戏”。就如盖老所说：翻筋斗也是“亮相”。这套技巧难度很大，当然功底深，技艺精，才能表现史文恭的狼狈相，同时也使观众觉得“帅”，在视觉上是一种美的享受。即便盖老已是七十多岁高龄，在演《一箭仇》与武松对打那套“查拳”时，戏已演过三分之二了，但仍然打得干净利索，有招有式，不懈不腱，不让人看着觉得累的慌！这就是盖老的“技”，也是功底。

我体会到，学习盖派艺术有两个基本点：首先要有精湛技艺，同时要有独创意识。精湛技艺源于深厚功底，基于勤学苦练。盖老说：练功就是脱胎换骨，变浊骨为侠骨。也就是变本人的自然身体为艺术形体，才能随心所欲，支配自己的艺术形体表现各种不同的艺术形象。关于独创意识，在于盖老学习的广度、深度和灵活度。盖老说：你（泛指）的玩意儿跟谁学的？跟师父学的！那么师父又跟谁学的？师父是跟师父的师父学的！那么师父的师父又跟谁学的呢？这样捯下去就没完了，归根结蒂是向生活学习。这里摘抄王朝闻先生在《访问盖叫天》书中一段文字：“盖叫天说他自己在鹰、猫、雀子以至雕塑和绘画上的动作的观察和体会中，丰富了演员艺术，如何观察青烟和从青烟唤起想象一样，他从动物吸取舞姿的成分，老艺术家可靠的经验之谈不违背向生活学习的原则，而且灵活地应用这原则。”盖老说：学时一大片，用时一条线。这是盖老的经验之谈。

以上所述，是个人对盖派艺术的体会与认识，仅供读者参考。

赵雅枫

① 张德俊，张云溪先生之父，名武生，擅短打，早年在江南演戏时，与盖叫天齐名。杰作之一《花蝴蝶》，在“采花”一场有惊人之技：戴硬胎罗帽，下四张高“台蛮”。下高时不是现今普通老的“踺子”范儿——向下双腿落地，有响，而是“虎跳 ”范儿—— 腆胸脯，往远摊，四肢分开，双腿先后落地，无声。尤其是在翻腾空中拔出背后单刀落地“亮相”，身轻如燕，真似从房檐上飞下的花蝴蝶，时称一绝。就我所知，以后还没人这样翻过。新中国成立后，为中国戏曲学校初创时的“九大教授”之一。九大教授为：王瑶卿、萧长华、王凤卿、谭小培、鲍吉祥、尚和玉、张德俊、马德成、金仲仁。

人物行当

史文恭	武生	阮小二	武丑
卢俊义	武生	阮小五	武丑
武　松	武生	大　虎	武净
林　冲	武生	众梁山兵	武行（四人）
燕　青	武生	众庄丁	武行（四人）
李　逵	武净		

服装扮相

史文恭　俊扮。白绣花扎巾、红风帽、甩发、黑茨菰叶、黑三，白绣花褶子、白绣花箭衣、绦子、大带，红彩裤，黑厚底。（“偷营”时戴风帽，甩发斜垂右面颊旁。早年盖老掖箭衣，撩右角下摆掖后腰间成三角形，后来不撩右下角改为往后大掖。盖老认为史文恭是教师爷、武夫，三角形透着秀气，不符合史文恭身份）

卢俊义　俊扮。荷叶盔、黑三，扎红靠，披红蟒、玉带，红彩裤，黑厚底。

武　松　清水脸。蓬头，黑褶子、僧背心、黑侉衣、绦子、大带，黑薄底。

林　冲　俊扮。额子、虎头壳、雉翎、狐尾、黑三，白花褶子、白花箭衣、绦子、大带，红彩裤，黑厚底。

燕　青　俊扮。花软胎罗帽、茨菰叶、绒球，花褶子、花抱衣抱裤、绦子、大带、腰巾子，薄底。

李　逵　勾脸。鬃帽、茨菰叶、耳毛子、鬓花、黑扎，黑褶子、黑侉衣、绦子、大带、腰巾子，黑彩裤、黑薄底。

阮小二　勾脸。毡帽、水纱打成旁茨菰叶，黑褶子、黑侉衣、白腰包，黑彩裤，黑薄底。（“水擒”时加戴草帽圈）

阮小五　勾脸。毡帽、水纱打成旁茨菰叶，黑褶子、黑侉衣、白腰包，黑彩裤，黑薄底。（“水擒”时加戴草帽圈）

大　虎　揉脸。硬胎花罗帽、发髻、茨菰叶、耳毛子、鬓花，花褶子、花抱衣抱裤、绦子、大带、腰巾子，黑薄底。

众梁山兵　俊扮。软胎罗帽、茨菰叶、绒球，抱衣抱裤、绦子、大带、腰巾子，薄底。

众庄丁　揉脸。虎头巾，黑侉衣、板带，黑彩裤，薄底。

道具

桌子	一张	椅子	三把
红色桌围	一份	红色椅披	三份
红布	四块	烛台	一座
铁水壶	一把	书	一本
戒刀	一柄	云帚	一把
宝剑	一口	板斧	一对
单枪	六杆	棍	两根
单刀	十把	梢子棍	四根
杠子	四根	藤牌	四面
船桨	两把		

第　一　场

「幕启，空场。【冲头】

「卢俊义内白：“众家哥弟！”

「众内白：“有。”

「卢俊义内白：“曾头市去者。”

「众内白：“啊。”

「奏唢呐牌子<风入松>众梁山兵“武扮”（穿抱衣抱裤），抱裹着红布的刀“上场门”上，“站门”，阮小五、阮小二、燕青、李逵、武松、林冲“文扮”（穿褶子）上，“站门”。【四击头】卢俊义上，至“九龙口”亮相；款步到台口站住。【归位】

卢俊义　（念对）水泊梁山义气重，

替天行道灭奸雄。【住头】

（报名）卢俊义。【一击】只因晁天王被史文恭一箭射死，忠义堂众家哥弟纷纷议论，要报一箭之仇。奉宋大哥将令，带领众家哥弟攻打曾头市，顺说史文恭来降。前面已是曾头市，（身段依剧情内容，随意而动）林冲、燕青。

林　冲
燕　青　（同时上前一步向卢俊义拱手）在。

卢俊义　随俺进庄。

林　冲
燕　青　（同）遵命。

卢俊义　武松、李逵、阮小二、阮小五。

武　松
李　逵
阮小二
阮小五　（四人同时上前一步，向卢俊义拱手）在。

卢俊义　命你等带领本部弟兄在庄外埋伏！

武　松
李　逵
阮小二
阮小五　（同）遵命。

「【冲头】阮小五领起，从“下场门”下。

卢俊义　曾头市去者！

众　啊。

「【水底鱼】众圆场、至“上场门”处站“一条鞭”，林冲、燕青站前排，卢俊义站台中心靠“右边”处。

众　来到庄前。

卢俊义 燕青，前去叫庄。

燕　青 是。【五击头】（走至台中心）呔！开庄！

〔大虎内白：“何人叫庄？”

燕　青 （拱手）梁山卢爷拜。

〔大虎内白：“庄丁们，打开庄门。”

〔【冲头】燕青回到原位。

卢俊义 一同进庄。

众 啊。

〔【长尖】众梁山兵“下场门”下，燕青、林冲随下，卢俊义到台右前角站住，【一锤锣】稍做整冠、捋髯、端带动作，慢转身，【长尖】款步“下场门”下。

第　二　场

〔幕启，场上设一桌三椅，一椅放桌前“小座”，二椅放桌后备用。【冲头】

〔史文恭内白：“嗯哼！”【四击头】史文恭“上场门”上，亮相，【长尖】款步至“九龙口”微抖双袖，慢提双袖，双手整巾、捋中髯、稍长身、提神，左手挑提袖，膀稍垂下，右手摸扯大襟，做整理状，再款步迈向台口中央，【归位】双抖袖，左手挑提袖，拇指微露，右手按捺大襟腋下，身稍偏左，左丁字步。

史文恭 （引子）志气凌云（台台）论枪（左手缓绕背后，随即左步后撤，成右丁字步身形稍偏左，面部微右拧，右手按捋中髯）法（长身、提神，目眺望远方）（大大）

サ 1 2　1 2　3 2　3 2　3 2　6　2 7　6　5　6 5　5　6 –‖

四　海　名　扬。

（两手按掌式平抬至胸前，渐渐向两侧展开）

〔史文恭两手回收至胸前，再以弹肘劲头抖分双袖。【一锤锣】【长尖】双袖扬开后再微缓回收提袖，双手捋中髯，左拧转身，双手后背面朝里稍停，先迈左步，双手再缓缓放下款步向座，右转身坐下。身形稍偏左成“子午式”提起双袖。

史文恭 （念诗）两膀千斤力无穷，
药箭伤人掌握中。【小锣二击】
（神态庄严、自信）
庄下儿郎如猛虎，
（双手在胸前做按掌式稍长身，提神，在念到“猛虎”二字时，要加重语气）

要把梁山【大锣两击】	一　扫	空！
(念时,音量加强,俗话"叫起来",甩右水袖,顺势再翻撩水袖于胸前端掌式,左手捋中髯)	(端掌,水袖从左至右做平扫状)	(用力将水袖弹甩出去,念空字时,要有喷口)

〔【收头】众庄丁从"上场门""下场门"两边分上，站史文恭两侧。

某，（右手稍扯左水袖）【撕边一锣】史文恭。【住头】（水袖收回）曾拜周侗为师，（拱手状）练就全身武艺，志在扬名天下。只因在家乡，将人打死，来在曾头市，多蒙曾氏弟兄，服我为教首。（这里动作，依据剧词可自度）前者段景柱去往梁山献马，被某掠进庄来，那晁盖领兵下山，前来讨马，被某一箭【一击】（目视前方）将他（右手提于胸前）射死。（用力向前方指出）【住头】（右水袖向外甩出，再收回）梁山贼寇必不甘休，曾命大虎前去打探，未见回报。（做摊手状）

〔【冲头】大虎"上场门"上至右边台口。

大　虎　忙将梁山事，报与师爷知！【冲头】（进门，站台中，拱手）参见师爷！

史文恭　罢了！【住头】（大虎向左边侧立）命你打探梁山之事，怎么样了？（史文恭微摊手问大虎）

大　虎　今有梁山，挂卢俊义为帅，前来拜庄！

史文恭　啊！【一击】（急将摊手攥拳收回）那梁山贼寇，挂卢俊义为帅，前来拜庄！（有些意外。右手捋髯，眼珠转动）唔……【撕边一击】少时那贼到此，看为师（右手托已髯）的眼色行事！

大　虎　是。（拱手）

〔内白："梁山卢爷拜。"

大　虎　启师爷，梁山卢爷拜。

史文恭　有请。

〔唢呐吹奏曲牌<吹打>众庄丁、大虎出门站"下场门"处，众庄丁站在后一排、大虎站前面，史文恭出门，站台中偏左处。众梁山兵抱裹着红布的单刀"上场门"直着上、站一排，燕青、林冲上站在梁山兵前面，卢俊义上场【撕边一击】捋髯看见史文恭，快步向前。

卢俊义　啊！师弟！（拱手）

史文恭　啊！师兄！（拱手）

卢俊义　你我久违了！

史文恭　久违了！

卢俊义　啊！哈……

史文恭　啊！哈！……师兄请！（向卢俊义做让进门状，卢俊义进门）

林　冲　啊！师兄！（向史文恭迈步，拱手）久违了！

史文恭　喔！师弟！（指林冲，故做意外状）你也来了！

林　冲　小弟也来了！（欣然应之）

史文恭　请！（让林冲进门）

〔林冲进门后，燕青上前一步，右手抓住大襟，左手抓提水袖（**崩登仓**）"比粗"

怒视史文恭，同时史文恭也右手提抓水袖，将要对视燕青瞬间，【长尖】抓水袖右手转向背后，身体向左拧面向前台，左手捋髯，做不理睬轻视状，林冲将燕青拉进门，史文恭进门，众梁山兵进门归“下场门”一排，大虎、众庄丁进门归“上场门”一排，史文恭在右边拱手做让座状，二梁山兵从左边，一庄丁从右边，各搬椅放桌两侧，史文恭坐右边，卢俊义、林冲坐左边，燕青侧站林冲旁边，大虎站史文恭旁侧。

史文恭　不知师兄、师弟驾到！（先向卢俊义拱手，再向林冲拱手）未曾远迎，当面恕罪！（用右手抓左水袖，向两人微欠身拱手）

卢俊义	（同）岂敢！	愚兄	来得鲁莽！	师弟	海涵！
林　冲		小弟		师兄	

史文恭　岂敢！【撕边一击】（右手捋髯，故意打量卢俊义上下）

卢俊义　师弟，看什么？

史文恭　为何军家打扮？（摊掌指卢俊义上下穿戴）

卢俊义　此乃为师弟而来！

史文恭　为小弟何来？（右手摊掌故作不理解）

卢俊义　只为你，前番射死晁天王，（这时史文恭面转向前台，眯缝眼做听状）众家哥弟纷纷议论，要报一箭之仇！（语气加重。这里不固定动作，但要用眼色观察史文恭神情反应）【撕边一击】

史文恭　（待卢俊义讲后，眼斜视之）既要报仇，你……（左手微指卢俊义）就不该（抓左水袖）前来！（甩抖水袖）【一击】（面稍偏左，做不理睬状）

卢俊义　【撕边一击】（与林冲交换眼色）不是喏！我与师弟，昔年曾同堂学艺，故而前来，劝说师弟，若能归顺梁山，（史文恭在听到“归顺梁山”时即怒形于色，已按捺不住，右手捋髯）以解此危！

史文恭　（语音未落，左手弹左边髯）师兄此言【两击】（伸左掌推状）差矣！

卢俊义　（有所准备地坦然反问，意思是慢慢说，别火）何差？！

史文恭　（一愣！感到自己有些失态，【住头】慢慢将左边髯捋下，再双手按捋中髯，暂压胸中怒火，用右手拉出左水袖）想，你（横指卢俊义）我（再按指己）弟兄三人（再横指林冲，再将左水袖翻于左腕上，用左手拉水袖，拱手）曾拜周侗为师，同堂学艺，练就全身武艺，（双手掌按己胸前）志在扬名天下，报效皇家。（分掌平摊展开，变拱手状）林师弟（指林冲）在东京教场，八十万禁军之中，（变指式为八式）曾为教授，（变为拇指式）被奸佞陷害，万般无奈，才归顺梁山。（左掌微摆，右手旁指状）想，师兄你……【撕边一击】（向卢俊义拱手）久居大名府，家产豪富。（双手掌平摆）怎么（掌变拳）你（身体微向卢俊义，微摇头）也归顺梁山【两击】（目视燕青左指伸指燕青）贼寇！【住头】（用左水袖抖甩燕青）今日反来顺说小弟。（左手托己髯，微摇头）师兄！此言要谨慎哪！【三击】（左手弹左边髯，右手弹右边髯，双手提撩褶子下摆，盘左腿于右膝上，褶子下摆盖在左腿上，右手掌按于左腿膝部，左手掌做推式向卢俊义亮住）谨慎！【撕边一击】

卢俊义　（长身欲反驳）你！

林　冲　（接过去）啊！二师兄，何不听大师兄相劝，归顺梁山以解此危！（语气加重！暗示反之难脱厄运）

史文恭　我与梁山呵！

<泣颜回>

（多　多）サ　5　6　5　6　–

（用右手托髯）　已　成　仇，

（先伸右手食指再伸左手食指向上并举）

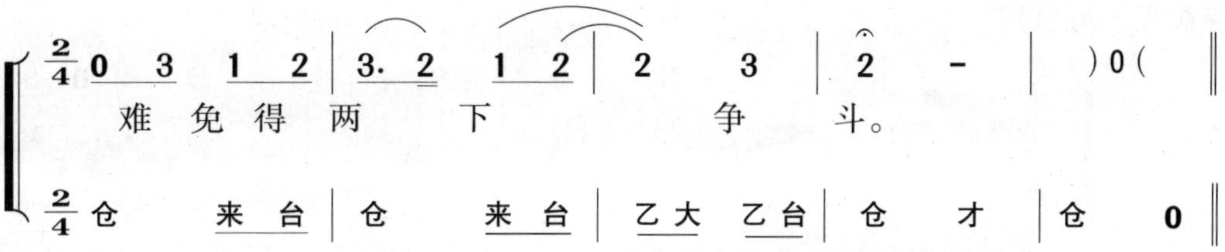

（双手食指在胸前比拟争斗式）

卢俊义 你一人怎敌众势！（先以右手指史文恭，再以双手掌在胸前比众势）

史文恭 师兄！（拱手）

<风入松>

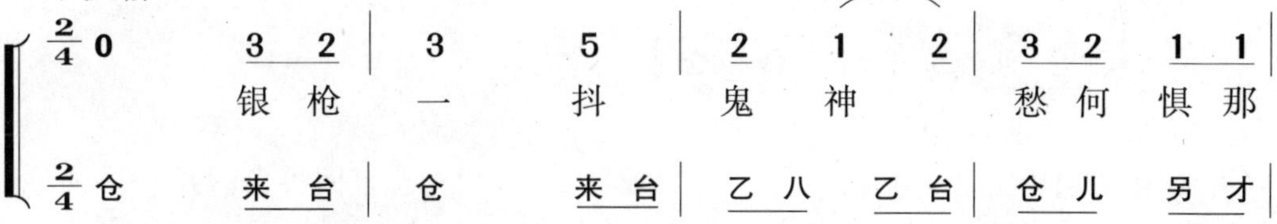

（右手食指与中指成下刺枪式）（右手变按掌在胸前按

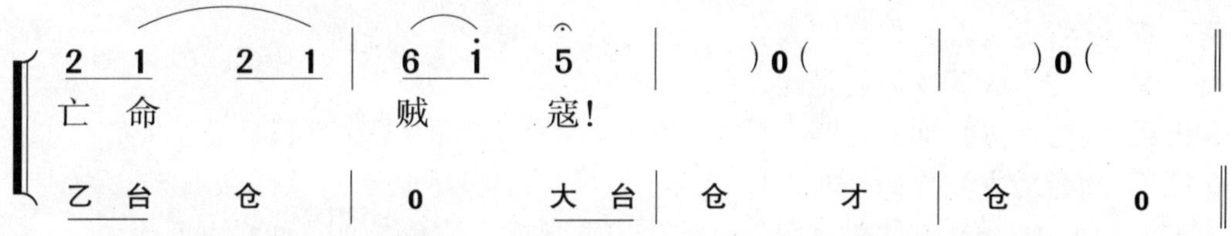

扫式，以水袖抖向卢俊义等）

卢俊义 再三相劝，执意不听，少时被擒，悔之晚矣！

史文恭 【一击】俺史文恭呵！

（站起身，右手拍胸腰部）

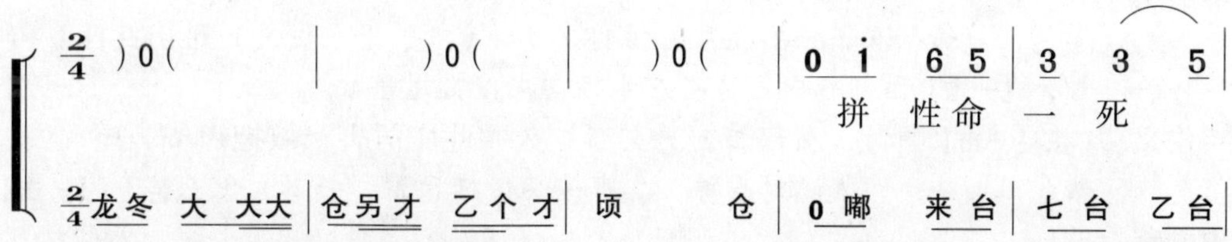

（右手抓撩褶子的下摆，向右台角先迈步，后搓步至右台口）（抖双抓袖，往里翻水袖“骑马蹲裆式”比拟执枪刺式）

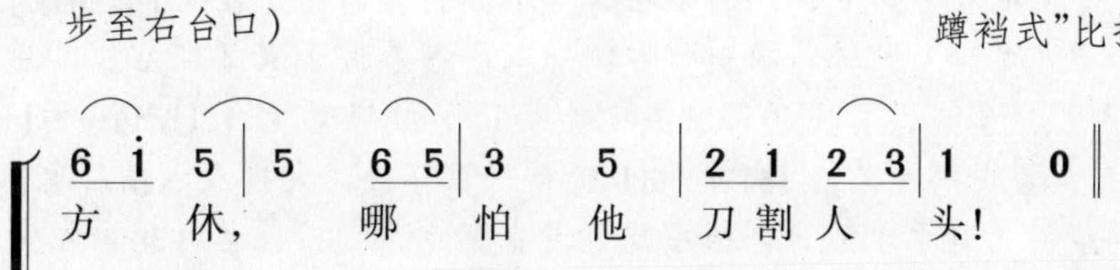

（紧接下面卢俊义唱，其念白“好恼！”念在“刀割人头”之后，与这同在这一小节里）

（双水袖再往外翻，右手抬起拟摸己头部，左手托右肘部，后站起身将双水袖往里翻，急速抖甩水袖，左水袖抖向卢俊义等，幅度要大，同时左腿向右边方向迈大步）

卢俊义 好恼！

2/4 1̇ 1̇ | 3 5 | 0 1̇ 6 5 | 3 5 | 0 3 3 2 |
闻 言 怒 气 冲 牛 斗， 这 仇 恨

2/4 仓 七 | 仓 来台 | 七台 乙台 | 仓 来台 | 乙八 乙台 |

（起身、抖袖，双摊掌式按胸前，翻掌上抬将双掌回至胸前两旁分甩水袖）

1 2 | 0 1 3 | 2 - ‖
怎 能 罢 休？

仓儿 另七 | 乙台 仓 ‖

卢俊义 【叫头】史文恭，（上前一步，右手怒指状）好言相劝恶言回答，真乃……

燕　青 （向上一步、怒指史文恭）匹夫之辈！【一击】

史文恭 （急回头怒视燕青）哪个是匹夫？

燕　青 （指史文恭）你是匹夫！

大　虎 （指燕青等）你们是匹夫！

梁山兵 （指对方）你们是匹夫！

众庄丁 （指对方）你们是匹夫！

〔【乱锤】卢俊义劝梁山弟兄从“下场门”下后，自己站在左角台口。

〔史文恭劝众庄丁从“上场门”下后自己站在“九龙口”、面向“上场门”【撕边一击】回身右手捋边髯目视卢俊义，慢【叫头】右手提抓水袖、左腿先提抬后平伸出去，褶子下摆盖在左腿上，再撇翻靴底，左手抓下摆、向前迈大步、再迈右步同时向左扔甩褶子下摆，再迈左步同时翻右水袖。

史文恭 师兄！（拱手，抖水袖，提水袖后直视卢俊义）进得庄来，出言不逊，若不念同堂学艺，（微摇头，向右拱手）谅你……（左手指卢俊义）难出此庄！（急抓左水袖，【一击】面部转向右边将左水袖向卢俊义甩出）

卢俊义 （在【一击】同时，面部转向史文恭）久闻此庄厉害，敢把卢爷……（托髯，史文恭此时回头，两人“对眼神”，卢俊义微掂己髯，长身）怎么样！【一击】

史文恭 这！

〔【乱锤】史文恭双手弹中髯，双手在髯口下颤抖，怒指卢俊义，边抖指边撤步至“上场门”“九龙口”“骑马蹲裆”右侧身双手握拳按于双膝部站住，后起身右手捋髯拧身斜视卢俊义，背左手回身看“上场门”做观望状，【撕边一击】再回身双手按捋中髯，藐视卢俊义，【撕边一击】提神双目怒视，大抖双水袖后急抓双袖，【慢叫头】双膀绕圈大背手于后背，抬左腿迈慢步直走，远抬，落时稍向左旁落；迈第二步时，先吸提抬右小腿盘起，同时左手绕至胸前，稍有瞬间停顿，用眼神再瞄一下卢俊义，后再向右划圈迈出，左手又回到背后；迈第三步仍有向左绕，但稍小，最后落成“骑马蹲裆式”，双抖袖后双翻袖，拱手状。

史文恭 师兄！（站起身，大抖袖后直线向台中口迈去，提袖后露腕双手握拳，面向正中稍偏左，目光斜视卢俊义）听你之言，莫非要与小弟（托髯微掂一下，同时微点一下

头）见个高下！（眼神仍然斜视）

卢俊义 （同样面向前台，仅用眼神旁视，托髯）卢爷何惧！（眼神仍向前台）

史文恭 （咬着“何惧”尾声，急喷口而出）如此小弟**【一击】**得罪了！

「**【开挡】**（先响堂鼓）史文恭先做拱手，后双抓水袖手变背手，怒视逼近卢俊义；卢俊义先后撤一步，然后长身，逼视史文恭。史文恭后撤、两人同时后撤互相上下打量，同时后撤回身。卢俊义向“下场门”，史文恭向“上场门”同时挥手示意，史文恭撩褶子下摆，卢俊义撩蟒下摆**【撕边一击】**（**崩登仓**）同时向台口亮相。**【急急风】**史文恭“上场门”下，卢俊义“下场门”下。

「燕青、梁山兵“下场门”上，站“一条鞭”；大虎、众庄丁“上场门”上，“一条鞭”，“杀过合”。梁山兵与众庄丁“架住”，分两边下；燕青与大虎“架住”，由“上场门”下。

「史文恭在“上场门”幕内左手“抱枪式”，右手提握大带；卢俊义在“下场门”幕内左手“抱枪式”，右手提握靠下甲，**【撕边】**（**崩登仓**）两人同时出场在台后左右两侧亮相。**【急急风】**两人同急步奔台口中心，“双翻”，史文恭向右，卢俊义向左，小圆场。“扯斜”，史文恭靠前场，卢俊义靠后场，对视后，同时用枪后端“对磕”，**【软四击头】**双方再瞪视一下，同时撤步，平涮枪背枪右转身，史文恭迈向右台角，卢俊义迈向“下场门”，两人同时在胸前涮枪成“举枪式”。挑左边髯，旁抬左腿，成“别腿式”，左手捋中髯，亮住。**【急急风】**两人同时“一扯”，史文恭扯至“下场门”，卢俊义扯至右台角，两人同时由“举枪式”收成“托枪式”，再扯至台中心，同时涮枪，拧枪，“扎过合”，扎出去回身由扎枪变成托枪，退回原位，右转身“一兜”，打“小快枪”，开始打不要太快，“四六劲”，但需“下下着”，眼神注视对方，待卢俊义打史文恭“后封头”时，卢俊义再平涮枪扫漫史文恭头。史文恭回身低头，两人同时“上别”，“下兜”，撤回枪后，双方又对视一下眼神，稍有瞬间停歇，同时对扎对方腿部“硬三枪”，两人边扎边向左走圆场，卢俊义先挑打史文恭，先左后右“翻身双腰封”；后史文恭接打卢俊义，先左后右“翻身双腰封”，从打“硬三枪”开始对打。**【急急风】**同时加快，至两人归原地位，再接“小快枪”，“三赶”，即“一刺封头”刺肚，“搭兜”“轴肘”。这时对打，**【急急风】**再加紧催上去，“三赶”后史文恭再打卢俊义“一盖腰封”；卢俊义接“腰封”后左转身再接“左右腰封”，转身接刺史文恭腿部。史文恭挑起一压卢俊义枪，卢俊义与史文恭同时挑绕，先向后场“三绕”，再向前场“三绕”，这三绕比三赶稍缓一些，但需粘住。在绕到台口时，卢俊义一挑，史文恭一压，**【一击】**场上动作与锣鼓暂“切住”，待卢俊义再挑时，干起。**【硬四击头】**这个四击头要“硬”、要“脆”，卢俊义挑起后，接着刺史文恭面、胸之间。史文恭接刺时，急右翻身，这个翻身要走得“低”、“快”。翻身后，卢俊义迅即“上磕”“下刺”，史文恭急接“上磕”“下挡”。卢俊义下刺速度要快、要狠，下刺时要抖动靠旗。史文恭下挡时要用力向右旁向上甩枪，同时踢右旁腿要踢得高，这个右旁是半踢半抬劲头，是闪躲突刺。面部带出惊恐神态，伸右膀成“单山膀”平握枪向前横伸，左手护前胸，骑马式亮相。卢俊义下刺后即成“斜垂式”，左手挑左边髯，再按捋中髯，骑马式亮相。两人合式面向前台,但眼神瞟视对方。（这里要提示一下：“打意，戏情”。这套“小快枪”从起打到亮相，要分清层次，从打“幺二三”到打史文恭“后封头”，这时不宜太快，要“四六劲”，但眼神要集中注视 。按戏理说：师兄弟虽同堂学艺，但已数载未见，很久没交手，过招了，互相之间要有个试探，摸底过程。到打“硬三枪”、“双腰封”时，速度与锣鼓加快，音量加响，到“三赶”时再催上去。到里外“三绕”时速度稍缓，但要粘紧，音量不减弱。从戏理讲，这是史文恭与卢俊义在“硬较劲”；从技巧上讲，这个“缓冲”给后面亮相一个铺垫，所以“三绕”虽缓但不是慢而是紧。绕到台口时，**【急急风】**切住，“一挑”**【一击】**时两人一对眼神，是进一步“较劲”，也是让观众提神。所以这个**【四击头】**不宜太快，但要紧、脆、硬，再挑起后，接刺史文恭这一枪，卢俊义要紧压住史文恭横挡的枪；史文恭是败招，是躲这一枪，所以要走的“低”、“快”。翻身过来后，卢俊义紧接“上磕”、“下刺”，尤其“下刺”，要快、要狠，要抖动靠旗。这抖动靠旗是“技”，但也是“戏”。按戏理说，卢俊义“上磕”是虚招，“下刺”才是实招。对史文恭来说，刚翻身躲过一枪，紧接迎面又来一枪，注意力在上面，这“下刺”一枪而且来的又快又狠，他没料到，没有防备。这一枪，应该刺出史文恭一身冷汗，所以甩枪踢旁腿都是躲闪的表现，包括形体有微缩，吸气提神，面有惊恐状等，不要单纯甩枪、踢旁腿，那就出戏了。甩开的枪平落下，左手护胸前，这个亮相不要透帅劲，是表现史文恭猝不及防，“愣神”心理，虽扑腾但表面仍瞪视卢俊义，卢俊义左手撩髯注视这一枪，他躲过去了，要防他反击，以“斜垂枪式”护己，两人合式亮相，但眼神斜扫对方。下面接打“枪架子”时，除去要求“工架”、“气度”外要表现出互相窥探，伺机袭击对方的神态，否则容易形成“空架”“摆式”。）

〔两人亮相后接“枪架子”，**【走马锣鼓】**史文恭起身用枪刺卢俊义腿部，卢俊义用枪挑起。史文恭接连用枪刺卢俊义“肚”，卢俊义再用枪挡开。两人同时向里“双翻”向外“小圆场”，走至台口中间，两人同时横枪“护腰式”对视，上下打量，同时撤步至台中两侧，“打背供”(互伸拇指夸赞对方)。再互相对视，再后撤，两人同时“举枪式”向外“双翻”，向里“小圆场”，转至台中对面后，同时“上别”、“下兜”，史文恭向右台角“外涮枪”成“背枪式”跨左腿、右转身、骗右“月亮门腿”，挑左边髯、“骑马式”左手推捋中髯，回视卢俊义亮住。卢俊义向“下场门”“涮枪”成“背枪式”，右转身、挑左边髯、撩中髯、右“丁字步”站式，目视史文恭亮住。两人同时双手倒“背枪”绕至胸前，向左出枪后，要“提枪花”(边要边向左走)。之后，两人回身反“上别”，再“下磕”后，史文恭归“上场门”枪“斜垂式”跨抬右腿，挑左边髯，左手撩捋中髯，注视卢俊义亮住。卢俊义归左台角，绕枪成“搭枪式”左手挑边髯，成“托掌式”、“骑马式”，注视史文恭亮住。两人同时起身换成“护腰式”迈步对视后撤步，归原位，同时成“举枪式”。史文恭走向“下场门”，卢俊义走向右台角，两人同时用枪的前端打对方后腰，两枪“磕碰”后，两人同时回枪交左手。左手握枪中端，迎面左涮枪，左手随枪左转，跨右抬腿左转身，转过身后再迎面右转枪一次，成左“旁背枪式”右手胸前“按掌式”，跨抬左腿，双方对视。**【搓锤】**两人同时快步“半圆场”至台中，史文恭面朝里，卢俊面朝外，面对面同为“骑马式”，左手握枪中端，“护腰式”平放腰前，右手“托掌式”。两人同时起身，双手握枪向右迈步向右出枪后端，**【马腿切住】**向左迈步，要“提枪花”后倒左手“串腕”，同时跨右腿，踢右旁腿，左手“旁背式”，右手推中髯，向左蹉步，“骑马式”亮住。同时起身向右迈步，枪倒右手，“串腕”，同时跨左腿，踢右旁腿，右手“旁背式”，左手推中髯，向右蹉步，“骑马式”亮住。两人同时起身，打“上轴肘”，“下兜”，**【撕边】**卢俊义扎史文恭“老虎枪”，二番之后到第三番时“左右掏耳朵”，改成左边“滚枪”，左转身，再一次左边“滚枪”，左转身。卢俊义“漫”史文恭头，史文恭半转身低头，卢俊义接刺史文恭“迎面枪”，史文恭向后闪身用手急握卢俊义枪前端，**【一击】**把卢俊义枪向回一拉接着向右前方用力扔出。**【四击头】**卢俊义被扔枪时顺势形体半仰身向右前方倾斜，握枪平举前方，左手按拉靠肚，右腿踮脚“碎趋步”（几乎被扔成趔趄形状），向右台角踮五六步后小倒步，接走“右翻身”，起身“右涮枪”成“背枪式”，挑左边髯，“骑马式”，按推中髯，在台右前侧回首目视史文恭，亮相。史文恭扔出枪后，上步起“干拔飞脚”①，“本地窝”，直起直落，右手掌反击拍厚底靴帮，连范小跺步成“探海式”，迅速左翻身成“射燕式”，起身左转身大跨右腿，挑右边髯，左手“旁背枪式”。亮相前，手膀稍前向，右腿落“骑马式”时，向左推中髯，左膀向后拧“旁背枪”，在台左后侧瞪视卢俊义，亮相。

「**【走马锣鼓】**卢俊义顺过“背枪”刺史文恭腿部，史文恭用枪向里拨挑，卢俊义顺挑势刺史文恭“腰封”，史文恭接挡“腰封”，用枪向外挑绕卢俊义枪，后接刺卢俊义“腰封”。卢俊义挡住“腰封”，又回刺史文恭“腰封”。两人同时“抽枪”，“上磕”，“下兜”，往回撤步，同时往回“涮枪”，向对方刺出“拧枪缨”再退回来。史文恭退回的枪，右手翻把握枪后端，掌心朝上弯于右肩上贴耳旁，左手平伸托枪，掌心朝上于胸前腰上部，左跨腿盘抬于腰部右腿上方，在“下场门”目视卢俊义，亮住。卢俊义拧枪缨，退回枪后，右手反把握枪后端，拧成正把，左手握枪中端，成“抱琵琶形”、“抱枪式”于胸前右侧，“骑马式”在右台角回首目视史文恭，亮住。两人同时直身向左出枪，要“提枪花”向左迈步，然后双手握枪成“大刀把”，“对磕”，右手握枪中端，卷腕成反把，“下搭”，同时左手捋髯，跨抬右腿。史文恭走向台口左侧，握枪中端向上翻腕成“搭枪式”，右手搭枪于胸前右侧，左手扶握枪后端于头部左侧上方，“骑马式”，回头目视卢俊义，亮住。卢俊义“对磕”、“下搭”后，走向“上场门”，右手握枪中端，卷腕成“端枪式”于胸前，左手挑左边髯后，“单山膀”平伸左侧，跨抬右腿，目视史文恭，亮住。两人同时直身，双手握枪成“护腰式”，上前一步，对视，同时撤步归原位，成“举枪式”。史文恭走向右台角，卢俊义走向“下场门”，两人同时用枪前端打对方后腰，两枪“磕碰”后，两人同时回枪交左手，左手握枪中端，迎面左涮枪，左手随枪左转，跨右抬腿左转身，转过身后，再迎面左转枪一次，成左“旁背枪式”，右手胸前“按掌式”，跨抬左腿，双方对视。

「**【搓锤】**（接下去走“半圆场”、“对面”等身段，锣鼓和前番相同，仅是一正一反，卢俊义在台左侧，史文恭在台右侧。待打到扎“老虎枪”后、二番“滚枪”后。）卢俊义左转身过来，史文恭刺卢俊义腿部，卢俊义挑起向里大绕后，上步逼刺史文恭“腰封”，史文恭撤步，“骑马式”，闪身接“腰封”，用枪向外大绕，回刺卢俊义“腰封”。

---

① 张翼鹏在上海大舞台演出《一箭仇》时，在“枪架子”对打内，史文恭有个“干拔飞腿”、“踩腿翻身”的“亮相”。当时大舞台的鼓师是张四宝先生，他在锣鼓的配合上，也是用普通的**【四击头】**伴打，但伴打得较别致，在伴打过程中，第二击锣“切住”不下，特意突出张翼鹏“干拔飞脚”右手反手打厚底靴帮的拍击声，缘着**【四击头】**的锣鼓节奏以拍击声代替锣声。张四宝在敲击的尺寸上，掐得很准，恰好在静场瞬间，突出了张翼鹏“干拔飞脚”高速、清脆的精湛技巧。飞脚打的“帅”，敲击配合的“巧”，令人醒目提神，印象深刻。

卢俊义接“腰封”，即右拧身，右手握枪中端，左踏步，回身反把打史文恭“鼻子”，【一击】史文恭双手挡出，【四击头】卢俊义踢左旁腿，右手“腕花”成“搭枪式”，交左手接枪中端后迎面涮枪成“旁背式”，右手挑右边髯，再按捋中髯，右“戳腿”站式，目视史文恭亮相。史文恭双手挡出，左手单把握枪中端，左脚踢大带于右肩，左手枪倒交右手，仍握中端，左手挑左边髯，右手枪腕花成“搭枪式”，由台前向后急“右翻身”，在翻身下腰时，右手枪“倒把”交左手仍握枪中端，翻身过来，左手迎面涮枪成“旁背枪”，右手挑右边髯，再从左往右搂捋中髯，“骑马式”回首目视卢俊义，亮相。两人同时换式，【撕边一锣】史文恭扔中髯，挽起旁背枪后端交右手，直身向左拧，扯斜至台口右侧，目视卢俊义，后把拧枪，左手指卢俊义。卢俊义同样挽起旁背枪后端交右手，向右拧身扯斜至“下场门”侧，目视史文恭后把拧枪，左手指史文恭。互相对指后，同时抬起握枪右手向左手掌连击三下，【三击】同时向后涮枪，（崩登仓）再拧枪扎“过合”。【急急风】史文恭扎向“下场门”后成“托枪式”，左腿“踩泥”，再退回来。卢俊义扎向右台口同样“托枪式”，左腿“踩泥”，再退回来，两人退回到台中端，同时扭回身，用枪上端“上别”，再用枪下端“下兜”，史文恭兜扯到左台口，卢俊义兜扯到“上场门”，两人同时再向后涮枪，拧枪扎“过合”，史文恭扎到“上场门”，卢俊义扎向左台口，两人同样“托枪式”左腿“踩泥”，再退回到台中端，同样扭回身，用枪上端“上别”，用枪后端“下兜”，史文恭兜扯到台中右边，卢俊义兜扯到台中左边，再同时向后涮枪，拧枪扎“过合”。退回来后，用枪前端“下兜”，右转身过来，打“幺二三”，再用枪后端“下兜”，左转身过来，用枪前端同时“上搭”、平涮枪，互打对方腰部，【撕边】(崩登仓）两人同时互抓握住对方枪前端，亮住。【乱锤】两人斜扯至台口右侧，史文恭在台口外侧面朝内，卢俊义在台口内侧面朝外，两人同时抬膀举枪，【三击】史文恭抬左膀，卢俊义抬右膀，同时跨腿、踢腿。史文恭跨左腿，踢右旁腿、左斜（十字腿）腿，再踢右旁腿，卢俊义跨右腿，踢左旁腿，右斜（十字腿）腿，再踢左旁腿，【撕边】(崩登仓）“踩泥”。史文恭左腿落地，右腿平伸，卢俊义右腿落地，左腿平伸，“踩泥”落地后平伸腿，随着“崩登仓”锣鼓回收成跨抬腿，两人互抓握枪对视，亮住，同在“下场门”下。

第三场

〔【急急风】燕青握棍“下场门”上，在台后侧亮住，快步走至台中端，回头观望。四庄丁分前后单上，起打“枪镩”。燕青领“小圆场”在“下场门”“一挡”，向左拧身在左前侧，打四庄丁“鼻子”，再向右拧身大扫四庄丁“漫头”。四庄丁与燕青对视，燕青向四庄丁“一欺”，四庄丁败下。大虎，“下场门”上，与燕青对视【一击】【急急风】两人用棍“对磕”、“大刀花”、“过合”、“下兜”各向左转身，对打“幺二三”、“左磕”、“右磕”，大虎用左把“下点”燕青腿部、燕青用右把挑起，大虎再用右把直打燕青，燕青顺势用左把“盖过”，同时，大虎左转身、燕青右转身接着打大虎“封头”，大虎接“封头”，燕青再下扫大虎“蹦子”，大虎向前蹦过，急左回身直打燕青，燕青用棍“盖过”，接着用棍点压大虎后背，两人同时向前“小步”。大虎左回身扫燕青“漫头”，燕青低头躲过；大虎接连用棍打燕青“鼻子”，燕青双手握棍接“鼻子”，“棍护腰式”，“右弓箭步”。大虎打燕青“鼻子”后，双手“横棍式”“右丁字步”两人同时亮住（**崩登仓**）。燕青急起身，**【急急风】**“上场门”下。大虎见燕青败走，回身朝前台，左手握棍，右手扬掌。**【叫头】**

大　虎　哈哈！哈哈！！啊！哈！……（向“下场门”）紧闭庄门！（棍交右手耍“劈喉花”）（**崩登仓**）（右手“横握式”，左手握拳高举亮相,左拧身，**【急急风】**“下场门”下）

第　四　场

〔**【急急风】**众梁山兵将“上场门”上，“站门”,先上众梁山兵，“二龙出水”握举单刀分左右两侧，续上阮小二、阮小五，举刀先至台中一亮，再分左右侧。李逵举双斧上，先到台中一亮，再站左侧。武松在**【四击头】**中左手握戒刀，右手举云帚上，先在“九龙口”亮住；**【急急风】**急奔台口中心一亮，**【一击】【四击头】**右手用云帚从左膀腋下“掏反云手”，从左至右平涮一圈，云帚马尾涮至后背左肩，左手撩大带，抬跨左腿，右转身过来，骗右腿（月亮门），扔大带，右手握云帚，在面前从左至右滑涮一圈，随即左膀从右至左滑涮一圈，右手握云帚“提甲式”横按右胯间，左手滑涮至头部左上侧握拳“虎抱头”式，脚下“右戳腿”式亮相。**【急急风】**燕青“下场门”上，急至台中前向武松拱手“报信”。（**扎扎扎**）**【一击】**武松挥手，**【急急风】**燕青急领“反圆场”后跟李逵、阮小二、阮小五、众梁山兵，武松断后。圆场至台右侧，燕青、李逵前排，阮小二、阮小五二排，众梁山兵三排，武松最后。燕青一指庄门，众梁山将同时举刀，李逵急奔至台左侧，做三斧劈门**【三击】**。两庄丁在“下场门”上，握枪扎李逵，被李逵砍伤败下。**【急急风】**李逵举双斧急步“下场门”下，梁山将急步随下。武松在右侧边“掏反云手”，边走“反圆场”，从右至左再绕到右侧，双手“山膀式”、步下“弓箭步”，向“下场门”左弓右弓观望，**【搜场】**起身边扫视，左拧身至“九龙口”，面向前台握戒刀、举云帚、从“九龙口”**【急急风】**“半圆场”至台中偏左侧望庄门，**【一击】**云帚向左手一甩，左手握住云帚马尾，**【四击头】**跨抬左腿，踢右旁腿，从左至右迎面滑涮云帚一圈，接走“右翻身”，过来再滑涮云帚一圈，成“山膀式”，步下“右弓箭步”，左腿踢大带于右肩上，急右拧身，随即向后滑涮云帚一圈，再急向左拧身，再从左至右滑涮云帚一圈，同时踢右斜腿“十字腿”，接连向左侧，往下甩蓬头，甩云帚，随即往上甩蓬头、甩云帚（在甩蓬头、甩云帚低头时，左手按住大带，勿使大带滑落）。蓬头云帚甩起后，云帚甩至背后左肩，左手握拳成“虎抱头”式，“右丁字步”面向前台亮相。**【撕边一击】**（**崩登仓**）左手抓握大带，“翻腕”、“拧花”、左拧身，“提甲式”在胯间，右手同时从左肩抽云帚再向上甩云帚，高举，向“下场门”亮住。**【急急风】**“下场门”下。

第五场

［【乱锤】史文恭、卢俊义两人抓对方枪“上场门”上，史文恭在右边，卢俊义在左边，“九龙口”亮住。两人对视，【一击】【四击头】史文恭抬左膀、跨左腿、踢右旁腿，卢俊义抬右膀、跨右腿、踢左旁腿，两人同时快步，“蹉步”加“踮步”到台前中端。史文恭抬左膀、右“弓箭步”，卢俊义抬右膀、左“弓箭步”面向前台亮住。两人同时起身，【乱锤】对视，拧枪【一击】【三击】“三拉枪”（拉、推、拉），后两人同时用右腿踢对方握枪左手腕。踢开后，同时往后涮枪，【急急风】“扎过合”，“退回来”，用枪前端“架住”。

［武松领梁山将“下场门”上。大虎领众庄丁在“上场门”上。双方同时“钻烟筒”，武松、梁山将“下场门”下，大虎、众庄丁“上场门”下。

［史文恭、卢俊义，两人用枪后端“对磕”，史文恭至右台角，卢俊义至“下场门”，两人同时举枪“一扯”、“两扯”，涮枪，“扎过合”，“退回来”，“一兜”，右转身，打“幺二三”，再“一兜”用枪后端左转身打“四漫头”，史文恭先漫卢俊义头，卢俊义再漫史文恭头，两人边打边向左走圆场，后归原位。卢俊义刺史文恭面部，史文恭用枪“一盖”，接刺卢俊义“腰封”，卢俊义接“腰封”；史文恭再扎卢俊义“上、下”，卢俊义接“上下”时林冲“下场门”上，遂用剑“挑开”史文恭的枪（崩登仓）。卢俊义在台左角，持枪“护腰式”，林冲在“下场门”前侧，右手握剑“横剑式”，左手捋髯，史文恭枪被林冲挑开，后撤至台中“拧枪式”，三人站式亮住。林冲向卢俊义示意，卢俊义“下场门”撤下。【急急风】史文恭向林冲上下“打量”，撤至“上场门”。林冲在左台角左手一指史文恭，【平板夺头】向史文恭连砍三剑（左、右、左），史文恭连拨三剑，边拨边后撤，林冲第三剑砍完后，顺势用力直砍史文恭一剑，史文恭右闪身再拨开，顺势成“背枪式”，林冲直砍剑被史文恭连续拨开后再猛砍一剑，史文恭用左手抓握住林冲右手腕，两人“架住”，同时跨抬左腿，亮住。【一击】【紧锤】林冲慢慢后撤，史文恭慢慢迈步到台中心，史文恭在台右侧，林冲在台左侧，史文恭推开林冲右手，林冲顺势平涮剑，史文恭左手急回握背枪中端，双手用枪后端平涮枪，两人“对磕”，同时后撤一步，双手握枪以枪中端在胸前，先左后右贴绕滑一圈后，“左弓箭步”将枪向前刺出后向左抖绕枪缨，由“弓箭步”回收成“存腿式”，握枪左右侧，左手心朝上，右手握拧枪成横“护腰式”；林冲握剑“对磕”后“三滑涮剑”，先身左侧，后身右侧，再身左侧，再涮至身右侧成“横托剑式”，左手握“剑诀式”平伸在身前左侧，“左戳腿式”面斜视史文恭，两人同时亮住。【马腿切住】（先慢后快）两人打“剑枪”。在“剑枪”收尾时，林冲在台左侧，史文恭在台右侧；林冲砍史文恭“左腰封”，史文恭撤步，枪前端向上接“左腰封”；林冲又反把砍史文恭“右腰封”，史文恭又撤步，枪前端向下接“右腰封”；林冲压削史文恭“右翻身”，涮剑再砍史文恭迎面一剑，史文恭闪身用枪拨开一剑，顺势压林冲剑，急刺林冲右肩；林冲向前“蹚步”，左转身用剑猛力磕挡史文恭枪，史文恭枪前端被林冲磕挡开，【四击头】向右小“踮步”，被磕挡开枪顺势成“右背枪式”，

左手按髯，“骑马式”，身稍偏右；林冲挡出史文恭一枪后，将剑交左手，“腕花”，背手握剑直竖左侧，右手“剑诀”在胸前，“右丁字步”两人同时对视亮相。【急急风】两人同时“上下打量”后，林冲“下场门”下。史文恭斜视林冲下场后，双手将枪捋顺成“拧枪式”【撕边一击】向台中端迈去，拧枪向“下场门”一望，枪交右手向上一举成“举枪式”，同时左手按髯，“一亮”后即将枪退下，留住枪前端部分；要“下场花”【四击头】，左手“扳腕”枪端使枪在身右侧“滑涮”旋转一圈，双手握枪右拧转身，向“下场门”枪交右手退出，抬跨左腿，“右翻身”，右手枪后端“倒把”交左手，在“倒把”时，右手枪后端交于左手背面，左手反把接枪后端，接枪时立即随交随拧绕枪后端，使枪缨旋转一圈，同时跨抬左腿盘端于右腿膝上，右腿半蹲式，右手撩髯，右拧面部，身形微左倾，“提神”亮住（一瞬）。（以上动作如：“倒把换枪旋缨”“跨左腿盘端于右腿”“右手撩髯”“右腿半蹲”亮住等要求同时进行，即“右翻身”后，“倒”、“跨”、“撩”、“蹲”等要“顺劲连绕”）[①]亮住瞬间后，左腿即向左骗迈，同时向左甩髯，右腿从外旁向里绕跨，向里绕跨右腿时，身形稍偏右拧，同时右手掌从外滑绕以手背拍击右大腿，右腿落地时，即抬左腿，在拍击右大腿后，右手绕成“托掌式”，左手握枪左侧垂下，最后同时成“骑马式”，右手落胸前成“按掌式”，右手提枪于腰左侧成“端枪式”，面向“下场门”亮住。【急急风】（节奏先慢渐快，身形缓款而动）站起身后，左手枪回收，右手在胸前左侧手掌朝上握住左手枪前端，再向右侧面前“翻腕”“滑绕”一圈，将枪拧挽至身右侧成右手“拉枪式”，此同时移动左步，在“翻腕”“滑绕”时，身形慢慢向右微拧，右步稍前移动成“右丁字步”，身形偏左，面向右拧朝前台，左手捻捋左边髯，亮住一瞬（似停非停）。眼神眺望，再渐渐面向左拧，面转身形不动，左手捻髯轻抛，款步向“下场门”迈走，左手微微前后甩动，右手拖拉枪在身右后侧，面向身形保持不变，慢步“下场门”下。

第　六　场

〔【急急风】李逵握双斧“上场门”上，举双斧快步直奔台口中心，变举双斧为“护腰式”亮住，回身向“上场门”观望。四庄丁持枪分别由“上场门”单上，与李逵起打“枪镗”。由李逵“领起来”在“上场门”“一挡”，拨“倒脱靴”，四庄丁分两边在“上场门”下。史文恭持枪“上场门”上，向李逵刺“漫头”后再迎面刺一枪，李逵低头躲过一枪，又用双斧挡过一枪，【撕边一击】（崩登仓）史文恭握枪“拧

---

① 在和林冲打完“剑枪”，要“下场花”的过程中，有个“半蹲右腿、盘端左腿”，“似停非停”“似亮非亮”的一瞬“身段”。它仅是一瞬，但它是个很有表现力的“亮点”。“傲性”的神态，就在这个瞬间“亮点”中，在要“下场花”伴以【四击头】过程中，第三击锣声，最好落在这个“亮点”上。这样史文恭这个“傲性”艺术形象的神态就突现出来了。这是个颇具盖派艺术特点的技艺。盖老在《恶虎村》“走边”一场中“鹰展翅”的造形，也是“半蹲右腿，盘端左腿”，“鹰展翅”是“塌身”要“下场花”还是“立身”，都是在身段过程中体现出“突出的亮点”。盖老在别的戏里也有运用，但是不同的剧情，不同的扮妆，也有不同的运用。

枪式”，李逵握双斧“护腰式”，一亮。【急急风】史文恭上步连刺李逵，迎面三枪，李逵撤步用双斧左、右、左边挡三枪，又用双斧顺势从左至右“兜涮”，扫史文恭腿下。史文恭向右侧身，用枪前端从左至右扫挡双斧，李逵扫后急用左手斧直砍史文恭迎面，史文恭闪身用枪前端拨开，李逵又用右手斧砍史文恭腿下，史文恭用枪回收成戳地，在身左边挡李逵右手斧，随即用枪后端打李逵“封头”，李逵急用双斧“架住”接“封头”。史文恭又用枪前端挑开李逵双斧，接连直刺李逵迎面三枪，（边刺边上步）李逵分用双斧从下往上先左后右再左分挡三枪（边挡边撤步）。李逵又用右手斧直砍史文恭，史文恭用枪前端“盖”下，顺势压住李逵右膀“挑绕”李逵“右翻身”，又连续“扫压”李逵“漫头”，李逵翻身低头躲过。史文恭又连续刺李逵腿下四枪，李逵边走“半翻转身”，边用双斧分别扫挡史文恭枪，先左后右“半翻转身”过来又先左后右挡扫两枪，边挡扫边向台左后侧“下场门”走。两人同时“扯斜”，史文恭在右前侧，李逵在左后侧，史文恭刺完李逵四枪后又连刺李逵迎面，李逵用双斧将史文恭枪“挟住”，【三击】两人“拉推”三次，史文恭先拉后推又拉，李逵先推后拉又推。史文恭第二次拉时，用左脚将李逵双斧踢开，抽出枪，连续急速向李逵迎面“上下”刺三次【撕边一击】，（节奏快速）史文恭边刺边上步追，李逵用双斧“架住”，“上下”挡三次，边挡边撤步，至“下场门”，最后用力往上轰开，向史文恭抡开大斧连砍四斧；先左后右转身后又先左后右【长撕边】。李逵边砍边向前追，史文恭边拨边向后撤步，撤至台角右侧，最后李逵用双斧齐砍，史文恭闪身躲过，用枪刺压李逵后背右肩，直刺压至“下场门”。燕青握棍“下场门”上，用棍挑开史文恭刺压李逵的枪，接打史文恭“腰封”。史文恭接“腰封”，撤步至台中端，双手握枪“拧枪式”、“骑马式”。燕青握棍在“下场门”前侧双手握棍，“护腰式”，“右丁字步”，李逵握双斧“护腰式”，在“下场门”，（崩登仓）三人亮住。【急急风】李逵“下场门”下。燕青起“大刀花”，向史文恭上步直打，一棍二棍；史文恭用枪前端，“一盖”、“二盖”，用枪压住燕青的棍。两人对视一下，史文恭顺势刺燕青“腰封”，燕青边挡“腰封”，边后撤步。史文恭在台右侧“骑马式”、“拧枪式”，面向前台斜视燕青；燕青在台左侧“存腿式”握棍“护腰式”，面朝里斜视史文恭，亮住。起打，“棍破枪”【马腿切住】。最后收尾时，燕青用棍直打史文恭，一棍一个转身，连续三棍三个转身【撕边】，史文恭“盖”过三棍用枪挑燕青“抢背”。史文恭追刺燕青，武松握单刀“下场门”急上，用刀挑起史文恭枪，上步追砍史文恭“腰封”，史文恭撤步接“腰封”。（崩登仓）两人在台中左侧，史文恭“骑马式”，“拧枪式”斜身向武松，武松右手一个“腕花”，左手“护腕”，“压刀式”、“存腿式”，斜身向史文恭，一亮。急打“劈杆子”，【夹饽饽】打到武松用刀打史文恭“封头”连“撩裆”，史文恭接“封头”，“骗腿”时【撕边】，武松用刀直劈史文恭，一刀一个转身，边劈三刀，三个转身，最后史文恭用枪压住武松刀。双方对视后，史文恭用枪挑武松“抢背”，（武松这个“抢背”要向远蹿翻，是个“闪展”）迅速起身，在台左侧“右丁字步”，“护刀式”。史文恭“左丁字步”、“拧枪式”，两人同时一亮。史文恭急向武松刺去，卢俊义持枪“下场门”急上，用枪挑开史文恭刺枪，接刺史文恭“腰封”【急急风】，武松“横刀式”“下场门”下。卢俊义上步与史文恭同至台中端，两人对打“幺二三”，史文恭接着用枪向外“一绕”，接着对卢俊义从外向里刺“漫头”，又迎面刺一枪。卢俊义从里向外躲过“漫头”，急用左手握枪挡住史文恭刺枪，同时用右手抓握住史文恭刺枪，顺势向前用力一拉。史文恭稍向前微栽，接走小“踮步”，急站住。【鸣金】卢俊义将握住史文恭枪用力扔出，左手握枪“贴腰式”，右手握拳在胸前，“右丁字步”；史文恭握枪“护腰式”，“左丁字步”，两人同在台前亮住。【冲头】武松领众梁山将从“下场门”上，站卢俊义身后，左侧一排。同时大虎领众庄丁从“上场门”上，站史文恭身后，右侧一排。梁山将，众庄丁，互握器械，注视对方。

史文恭 敢是怯战？（目视卢俊义）

卢俊义 天色已晚，明日仍在此处交锋，何言怯战！（目视史文恭）

史文恭 来者！

卢俊义 君子。

史文恭 不来？

卢俊义 岂肯失信于你！

史文恭 出庄去吧！（用左手一挥，面向右侧）

卢俊义 众家哥弟！

众 有！

卢俊义 一齐出庄！

众 啊！

「【长尖】众梁山将各举“刀”、“剑”、“棍”、“斧”，由梁山将“末家”“倒领”，从台后左侧向台中走至台口，再向左转由“下场门”下。梁山将下场后，卢俊义与史文恭同时迈向台口，同为“拧枪式”对视，一亮。（切）【撕边一击】卢俊义枪交右手成“贴腰式”，左手撩髯面向前台，亮住，【长尖】“下场门”下。【撕边一击】史文恭抬跨左腿，右手推枪后端，同时向台左后侧，边走边将枪前端在头上方平绕一圈后成“旁背枪式”，右手随平绕枪同时起“半云手”，平绕一圈后成“托掌式”，“左丁字步”，向“下场门”一望，【撕边一击】向右拧身，将“旁背枪”前端顺下变成“贴腰式”，右手从“托掌式”顺右落下，按捋中髯，“右丁字步”，向众庄丁一望。

史文恭 紧闭庄门！（右手掌从“按捋中髯”从左起“滑绕”一圈，由右向左推按，成“推掌式”，同时“贴腰式”枪前端平抬起成“旁背枪”，随即将枪前端平扣回在胸前，手背向胸，同时右手“推掌式”上举成“托掌式”，跨抬右腿，面向左前侧，一亮）

众庄丁 啊！

「【水底鱼】①史文恭将“扣回在胸前枪”前端向左翻，在胸前成平托枪后，右手握枪后端，在胸前往回一绕，顺势向下一戳成“戳枪式”，脚步成“戳腿式”，一亮。再双手

---

① 按盖老说法：史文恭“偷营劫寨”的动机，是在与卢俊义、梁山弟兄交锋之后回营途中产生的，史文恭感到“明日再战”胜负难料，“干脆今天晚上就下手”，因此在【水底鱼】伴奏的身段、神情中，要与如何“偷营劫寨”的动机心态结合起来，否则所做的身段就容易“空”。后面“望庄”“揉肚子”的一些身段，也是表现史文恭对“明日再战”“偷营劫寨”，吉凶难卜，忧郁焦虑的心情，最后的“左挑髯向左一望”“右挑髯向右一望”左思右想后，“双挽髯”，“右脚一跺”，是死是活“拼”了的思路心态。

向左侧刺出，即向左拧绕枪缨，同时上步成“弓箭步”，枪刺拧后，随即起身成“左丁字步”，枪在头上方，从左至右“平涮绕”一圈。在上绕时，右腿向左别步，在“平涮绕”枪后，左别步撤回，成“左丁字步”，随将双手握枪绕成右手单握枪，涮绕成“背枪式”，同时跨抬左腿，向右转半身，右背枪向左前侧刺出，半转身过来后，左跨腿落地，右手将刺出枪随即向右上方“涮甩”，同时踢“右旁腿”，左手挑左边髯，右手成“举枪式”，向右侧“蹉步”走向“九龙口”处，按捋中髯，一亮。这时众庄丁由大虎“领”至台口中端，再“挖门”进去，大虎归左边，众庄丁分左、右站，靠台前侧两边。史文恭从“九龙口”走至台前右侧，将举枪顺下交左手，双手握枪向右一拧枪，一亮。【长尖】右回身将枪交右手，再递交右边“头家”庄丁。然后，左手将左边髯捋下，再双手按捋中髯后，用右手提握大带拍掸左、右两靴尘土，边捋中髯时，边走向台中端，转身走向坐椅。左边“末家”庄丁搬坐椅安放台中端。史文恭落坐。

大　虎
左边庄丁　好枪法！（同时面向史文恭，伸出右手拇指，做赞扬状。史文恭抬“右山膀”向左边一望）

右边庄丁　好枪法！（同时面向史文恭，伸出右手拇指做赞扬状。史文恭抬“左山膀”向右边一望）

史文恭　我与那卢俊义，曾同堂学艺，怎能不知他的枪法，今晚，饱餐战饭，随定为师，前去偷营劫寨。你等，听我吩咐。（起身，拉“右山膀”）

众庄丁　啊！

史文恭

<风入松>

2/4)0(|)0(| 0 3 2 | 3 5 |
攻 其 | 不 备

2/4 0 大台 | 仓 才 | 仓 来台 | 仓 来台 |

（双手掌抬起在胸前，做微摇状）　（左手握拳右手掌式，做斩头动作）

2 1 2 | 3 2 1 1 | 2 2 1 | 6 i 5 ‖
杀 贼 | 酋，管 教 他 | 尸 横 | 血 流。

乙八 乙台 | 仓儿 另才 | 乙台 仓 |)0(‖

（右手指向前指）　（双手在胸前，做“按掌式”，再向左、右两则做分按状）

〔史文恭向两边上扬双手掌，做挥手状，示意去做准备。大虎与众庄丁同时做拱手，两边退下。左边“末家”庄丁将坐椅搬下。【冲头】在众庄丁下场后，节奏由缓渐紧，催上去后“切住”。【撕边一击】史文恭左手从右向上翻，向左“滑手”绕至背后，同时向左拧身向“下场门”一望，【撕边一击】右手从左向上翻，向右“滑手”绕至背后，同时向右拧身向“上场门”一望，再面向前台，左、右双手同时，由上向下捋拈左、右两边髯，用力向两边分挑，落在两肩上。【慢叫头】左腿前伸平抬，同时右手提握大带，左平抬腿回收成盘端腿，同时右手翻拧大带穗，向台前迈步至台前中端，“左丁字步”，身稍偏左站定。

一箭仇

史文恭 且住!【五击头】(将大带向前抛扔出,再用双手将左、右两边髯捋下,握拳成"提甲式",身偏左,"左丁字步",站定)我与那卢俊义(上右步,右手指式,指向右前侧),同堂学艺,几载未见,(右步又后撤至左脚后,面向左侧,双手掌在胸前左侧成"推掌式",身稍后仰)怎么(双手掌式,急变成握拳,身急上立)他的(左手指式,指向左前侧)枪(左手指式,用力向左前侧,刺出,同时右拳手原是拳心向下,这时急向上拧成端拳在胸右侧,同时"立腰睁目")法,(从右向左甩髯于左膀上)【一击】(右手拍击左胸,左手拍击右胸,随即左手再由上向下拍击,同时右手握拳用拳背上迎,左右手相击后,随即右手上拧,左手再拍击,上拧后右肘上端膀部,随即右腿大跨抬向左转身,右、左两掌同时从右向左拍击右大腿部,在左转身过来后,右腿落地时,急骗左腿"大月亮门",右、左两掌连拍靴帮两击,随即向左甩髯,左手急撩髯,右手向前伸拇指,"骑马式",身稍偏左,面向前台[①]【一击】亮住)越发(起身右手指式,从左上翻至右"滑绕"再至左胸前成"按指式",同时上右步成"右丁字步",两腿不要贴的太紧,身偏左面向右)精(眼神向右"提神一亮"指式手,再从右上翻至左"滑绕"、在"滑绕"到从左至右的下裆时)湛(吸抬右大腿,在吸抬的右腿时,要"撇脚"、"掰裆","吸气凝神"。要有追忆起"卢俊义猛刺一枪"时"惊愕"的神情。这时的"下滑"右手在胯裆稍有瞬间停顿,滑过后再渐渐从左向右再"滑绕"一小圈,向右前侧慢慢指出)了!【慢双叫头】(面向右前侧,左手撩髯从左向右甩于右指式前侧的右膀上,左腿向右侧跨抬落地后,右腿向右前侧抬迈步,随即右指式手,变拳式,左手成掌式,两手同时上抬成"拱手式"面上仰)天哪!(将右膀髯向左扔出,右腿向左侧跨抬落地后,左腿向左前侧抬迈步,同时左手撩髯于左胸,右手握拳绕至背后,仰面向左上微摇头)天!(左手将髯扔出,向台中端迈步成"左丁字步",身偏左面向前台,双手捋髯后,成"提甲式",站定)今日此战,大(左手捋拈左边髯向左,右手按撩中髯向右)量(抬跨右腿落地后)此庄,(踢正腿,腿回落同时向左后拧身,面向后台,在念"庄"字时,正好落成面向后台,"左戳腿式",将左边髯挑于左肩上,再按推中髯,右手握拳平伸右侧,一亮)【一击】有(右手由左向右"滑绕"仍握拳平抬右侧,同时抬跨右腿向左拧身,向左甩髯面向前台,"左戳腿式","左推掌式")些(上右步成"右丁字步"右手挑撣右边髯)难保!(右前步撤回至左腿后成"左丁字步",双手"翻绕"成"双推掌式"于胸前,一亮)【住头】(随即捋按髯,拉"右山膀")

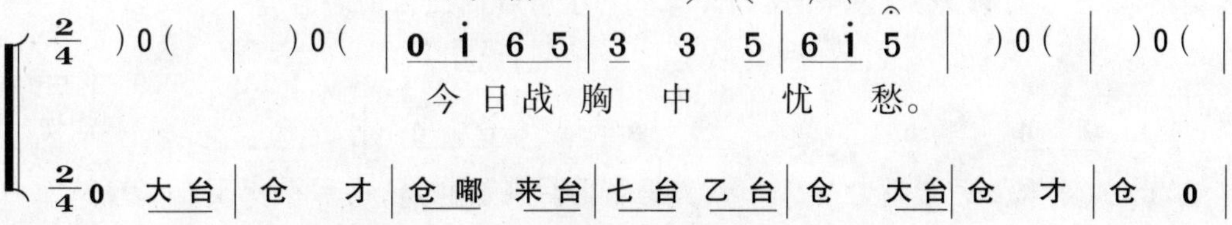

(面向前台,双手向外挑撣中髯,随即向左甩中髯于左膀,右手挑撣右边髯于右膀,随即再向右甩髯,同时向右迈步,跨抬左腿向右转身,在右转身至右后侧时,面仍向右前侧,左手挑撣左边髯于左膀,右转身过来,左腿落地,再向左甩髯,左手搂髯,抬端左腿,抬右手成"托掌式",身偏左,面向右,上身微左倾斜)

① 盖老认为在"甩髯""跨骗腿"尤其"几下拍击声响"的动作时,节奏不要太快,要均,要干净,不要乱,"不能像放鞭炮那样","要有心板"。

稍慢

5 6	0 5 3 2	3 2 1 2	0 1 3	2 0 0 ‖
哎 怕	怕 此 生	难 以	存	留。
（一亮）0 嘟	仓台 另台	七另 大台	仓 才台	仓 0 ‖
（向左拧身，迈步向“下场门”左手撩髯，右手成“单山膀”“左丁字步”向“下门”一望，恰好在锣音上，微微摇头）	（向右拧身，抬右端腿，同时向右甩髯，右手成“栽垂式”于右膝上，左手成“托掌式”，稍顿，落右腿，跨抬左腿；右手按掌从左向右按拉成“单山膀”同时左手从上向下按捋中髯，稍顿）	（落左腿，起“右云手”时，右腿在后“掏抬”后落成“骑马式”云手收成“左托掌式”右手握拳翻拧于胸前，稍顿，左手下滑按中髯，同时右手由右上翻至左，再向右上滑翻，握拳手伸拇指，同时，踢左斜腿，“十字腿”落地成“骑马式”握拳手随左腿同时落下，急向右甩髯，同时双手从左向右滑成“双推掌式”一亮）		

【慢四击头】

0 大 台	仓 —	仓 切台
（向右“双倒手”，同时“掏左腿”，左拧转身，向右“劈手”，“大五花”上右步成“探海”）	（左翻身成“射燕”，再左翻身，上右步）	（飞脚，左手拍击靴帮）

仓 另	切	仓 0 0	【搓锤】（干起）（先紧后缓）
（飞脚后接连向左翻身，落在“仓”上）	（双手掌在左上方相击，同时抬端右腿，相击在“切”上）	（抬端腿落成“骑马式”拍击双手落成“双摊掌”在胸右侧，面向右台角前侧，亮住）	

渐快

切 0 0	仓 0 仓 0	‖: 仓 0 切 0 :‖
（急起身，后别右腿，双手击掌）	（双手掌前后绕转抖动，向后撤步至“下场门”面向偏左，	

‖: 仓切 仓切 :‖ 仓切 仓切 | 仓 0 切 | 仓 0 0 ‖

双手上翻握拳成“虎抱头”，同时微抬左腿落成“骑马式”，双拳随即落在大腿膝部，稍低头，一亮）

「【走马锣鼓】（先缓后紧）“揉肚子”，起身，“左丁字步”，双手握拳绕至背后，微仰头向左远望，再向右拧身，左手至胸前按揉中髯，右腿向右慢迈步，面仍向左望（稍停）微摇头。再向右迈左步，右手拈捋右边髯，继续向右迈步，双手拈捋两边髯，迈步至“九龙口”，稍停，向左拧身，面向左台角一望，双手将两边髯，用力向两边挑掸于两肩。（锣鼓加紧）左手按中髯，右手拉成“单山膀”，向左前侧一亮。抬端左腿，左手扔中髯，双手从左至右“倒滑”，向左前侧指；同时急步向左前侧至台左角前端，双手指式，前指，“左丁字步”，身偏右，面向左前侧，左手在前，一亮。向后撤左步，随即右手掌式由左向右按拉，至右侧成“按手山膀”；同时左手从右膀下绕至胸前左侧，成“端拳式”。再向后撤右步，随即左手掌式由右向左按拉，至左侧成“按手山膀”，右手从左膀下绕至胸前右侧，成“端拳式”。

〔【搓锤】 ‖: 仓 切　仓 切 :‖ 再向后撤左、右步，同时双手“按掌式”，由内向外，左、右两边“翻绕”抖动（表示梁山势众），落成“左丁字步”，右手从左至右“滑绕”一圈，拍自己胸脯，同时左手向左撩中髯，随即右手以“食指手式”伸举，“戳腿式”，一亮。再向前迈步成“左丁字步”，同时双手从左至右“双倒绕”向左前侧，比拟拧枪前刺，一亮（表示凭个人单枪）。

〔 嘟 儿　顷 仓 | 后撤左步，面向左侧成“骑马式”，左手撤回成“双推掌式”。嘟 儿　顷 仓 | 再后撤右步，面向右侧成“骑马式”，右手撤回成“双推掌式”。

“三搓手”	八 大 台	仓 0	仓 0
	（双手合拢成搓手状）	（先以右手指外搓握左手指，向左拧身，同时抬左腿）	（再以左手指外搓握右手指，向右拧身，同时抬右腿）

仓 0	仓 台 衣 切	仓 0 台	仓 0 0
（以右手指外搓握左手指，向左拧身，同时抬左腿）	（落成“骑马式”，面向右侧，双手由内向外“翻绕”成“双摊掌”于胸前侧）		（急向内“翻绕”成“双推掌”于胸前，同时左腿回撤成“戳腿式”，面向右侧微低头，一亮。表示寡不敌众）

〔【走马锣鼓】（先缓后紧）起身，一手按揉中髯，一手拈捋边髯，边走边交换“揉”、“拈”动作。由“九龙口”向右侧绕至台中偏左，“右丁字步”，右手按中髯向右一望，一亮【一击】。【撕边一击】左手挑左边髯于左肩后握拳左拧身，后撤右步成“左丁字步”，向左一望，一亮。【撕边一击】右手挑右边髯于右肩，握拳右拧身，后撤左步成“右丁字步”，向右一望，一亮。

【慢四击头】

大	台	仓 -	仓	切 台
（双手齐将左右两肩边髯挑挽下双边髯，同时跺右脚）	（再用左手挑掸左边髯于左肩）	（左脚踢大带，左手急握住）	（跨抬右腿向左转身，同时右手挑右边髯）	（转身过来身偏左，面向前台用力扔出大带）

仓 另	切	仓 0 0
(将两边髯挑挽下，同时双腿齐上跳后，右腿单落,左腿平伸直抬右侧。跳范儿要求轻起重落)	(面向前台偏右，双手按髯)	(向左干拧身，左手撩髯，平伸直抬右侧左腿，随左拧身回收成“盘端腿”，右手成“单山膀”,亮住)

〔【急急风】(先缓后紧)慢慢下落左腿，成“左丁字步”，右手“单山膀”，缓落胸前成“按掌式”，抬迈左步，“下场门”下。

第七场

〔幕启。场上设一张桌，一把椅，“小座”，桌上放一烛台，一口宝剑，一本书。

〔【水底鱼】从“上场门”，先上梁山兵，各举单刀直上站台右侧“一条鞭”；随上武松、林冲、李逵、燕青、阮小二、阮小五等，各举本人器械站梁山兵前排“一条鞭”。站定后,各上举器械“收式”放胸前,或放旁侧。最后,卢俊义举枪上,步至台前右侧,双手握枪向台左侧拧枪一望，一亮。【长尖】回身将枪退回，单手将枪交付梁山兵“头家”。卢俊义先用靠肚下边做拂靴面尘土状，再用双手按捋中髯，步至台中进门。随即武松、林冲等梁山弟兄至台中，“挖门”分左右，按顺序进，武松等左边，林冲等右边。两边站定，卢俊义坐下。

武松等 好枪法！(武松等各伸右手拇指表示夸赞，卢俊义向左边一望，双手掌做推让状)

林冲等 好枪法！(林冲等各伸右手拇指表示夸赞，卢俊义向右边一望，双手掌做推让状)

卢俊义 我与他同堂学艺，怎么不知他的枪法！你等饱餐战饭，今晚，提防那贼偷营劫寨！

众 啊！

卢俊义 歇息去吧！

〔【冲头】众两边撤下，左边梁山兵“末家”将桌前椅子搬至桌后，下场。

〔【起更】卢俊义左手握烛台，右手握剑出门，举剑“巡营”。先步至台左侧，左回身向“下场门”，用剑贴烛后侧做照亮状，向远望。再右回身步至台右侧，右回身向“上场门”，用剑贴烛后侧做照亮状，向远望。再左回身步至台中进门，放烛台、宝剑。坐下后，拿起书本在烛台前观书。李逵右手拿大粗碗，左手提大铁壶，“上场门”上，至台中，进门送茶。

李　逵 大哥用茶。(为卢俊义倒茶)

卢俊义 (正在观书，向李逵一望)愚兄不用。

李　逵 不用，我用。(边出门，边喝茶，“下场门”下。【冲头】)

〔(冬冬匡匡)【撕边】(崩登仓)史文恭戴风帽，甩发斜垂面额右侧，左手抱枪；大虎头上发髻，左手抱棍；四庄丁左手握藤牌、右手握刀，“上场门”“搭轿”上，先上两庄丁，再上大虎、史文恭，随后两庄丁急步至台口“一排”，四庄丁握藤牌，横握刀，史文恭、大虎左手抱枪，右手“单山膀”，台口一亮。史文恭举右手掌，(冬冬冬匡匡匡)掐指记数，先弯拇指后食指、中指。后伸中指、食指、拇指。

史文恭 杀！

〔【急急风】史文恭举枪，大虎举棍，四庄丁举刀，回身向里冲杀。卢俊义握剑砍出，“架住”史文恭。武松等由“下场门”冲出，“架住”左边庄丁。林冲等由“上场门”冲出，“架住”右边庄丁。燕青“架住”大虎。卢俊义、史文恭由“下场门”下。武松等“架住”左边庄丁由“上场门”下。林冲等“架住”右边庄丁由“下场门”下。燕青“架住”大虎在台中，燕青在台右边，大虎在台左边，“起打”，打半套“赶棍”，【夹馀馀】两人打到燕青在右边，大虎在左边，大虎用棍左端下戳燕青腿部，燕青用棍左端反挑起向外，两人同时“一绕”、“两绕”。【四击头】燕青起“反蹦子”，大虎起“正蹦子”，燕青打大虎头，大虎俯身低头，燕青绕棍成“右背棍式”，“右弓箭步”，面向台左侧，左手握拳于胸前。大虎低头，起身绕棍成“右背棍式”，“右丁字步”，左手握拳伸举左侧，面向台右侧。两人对视，同时亮相。【急急风】两人“双收”下，燕青向“上场门”下，大虎向“下场门”下。

〔【急急风】李逵握双斧，四庄丁左手握藤牌、右手握单刀由“上场门”上，李逵用双斧“架住”四庄丁藤牌后退。四庄丁用藤牌压住李逵，右手举刀压追至台中前端，【三击】李逵与四庄丁互相“三推”，李逵用力轰开四藤牌，用双斧向四庄丁砍“过合”。李逵左转身用左手斧“勾”左边庄丁，再用右手斧“勾”右边庄丁，再用双斧砍中间两庄丁“封头”，中间两庄丁用藤牌接“封头”。四庄丁将李逵围在中间，用单刀向李逵“穿肚”，李逵用双斧护腰右转身，四庄丁“穿肚”，圆场后归原位。李逵面向前台用双斧将台前端两庄丁向两边拨挑开。李逵至台前端，四庄丁至台后端。李逵左回身用双斧与四庄丁砍“过合”，李逵至台后端，再左回身用双斧砍四庄丁，四庄丁同时左回身，合力用四藤牌合挡住双斧，并同时用单刀上砍李逵“封头”。李逵急用双斧架“封头”，并向后撤步。此时，四梁山兵手握梢子棍（握住梢子棍短梢部分），分别由“上场门”“下场门”两边同上，在台后侧“一排”，举梢子棍与李逵撤步横握双斧同时一亮。【一击】李逵从梁山兵中间“抽下”，“下场门”下。

〔【急急风】四梁山兵举梢子棍与四庄丁举单刀杀“过合”。四梁山兵至台前端，四庄丁至台后端，同时左转身“对磕”，移步右转身“归”左、右两排。梁山兵在左侧一排，四庄丁在右侧一排，再“半过合”。在两排相接时，分四对互相“一抄”，至台上四个角。在台后侧两对，第一对“抄”至“上场门”右角，第二对“抄”至“下场门”左角。在台前侧两对，第一对“抄”至台右侧台角，第二对“抄”至台左侧台角，四庄丁在外侧，四梁山兵在内侧。四梁山兵举梢子棍，四庄丁举单刀同样对打“迎面”，“幺、二、三”，四庄丁用单刀从左向右“下扫”四梁山兵腿部，梁山兵用梢子棍从左至右“下挡”。四庄丁“下扫”后随即用单刀迎面“砍”四梁山兵，四梁山兵用梢子棍“盖下”，随即松开梢子棍，“短梢”打四庄丁“封头”，四庄丁“右弓箭步”用藤牌接“封头”。四梁山兵接连用梢子棍“短梢”正面分左、右抡打四庄丁藤牌四次。【静场】（要听四下拍打声）【急急风】四梁山兵向四庄丁“漫头”、“过合”，四庄丁至台中端“合抱”，“盘卧式”举藤牌“上架”；四梁山兵左回身再用梢子棍短梢，迎面，左右抡打藤牌四次。【静场】（再听四下拍打声）【急急风】四梁山兵移至台前端一排，四庄丁移至台后端一排，四庄丁用单刀“砍”四梁山兵，四梁山兵用梢子棍“一盖”，随即再用梢子棍短梢打四庄丁“封头”。四庄丁用藤牌接“封头”，向两边“上场门”、“下场门”后撤。同时史文恭由“上场门”举枪上。【撕边】(崩登仓）在台后中间，四梁山兵也同时举梢子棍，四庄丁也同时举单刀一亮。四庄丁从两边撤下。梁山兵与史文恭打“挑梢子”：四梁山兵先右边后左边，两梁山兵向史文恭身两侧先右后左，用短梢甩打，史文恭用枪前端向己两边身后，先右后左拨挑，史文恭向后“涮枪”，向前端中间两梁山兵刺出，前端两梁山兵用梢子棍短梢甩压住史文恭刺枪，后面两梁山兵回身，同时用梢子棍短梢压住史文恭枪前端。史文恭双手握枪用力上挑四梢子棍短梢，随即上步至台前端，从左至右迎面“涮枪”，成“横出枪式”，左手撩髯，抬跨左腿，一亮。【一击】领四梁山兵“半圆场”至左侧，史文恭用枪向左侧“一挡”四梁山兵，左回身史文恭再用枪向梁山兵向左“横扫漫头”，随即向右反“横扫蹦子”。四梁山兵左边第一个，双手正把握住梢子棍长梢一边，面向史文恭用力向前（左）甩绕短梢子棍，从台后侧向台前侧左边，边走边甩动，甩绕到台口后即向左转身向台后侧绕走。接连梁山兵第二、三、四，同样向前向台口边走边甩动到台口，向左转身向台后侧绕走。史文恭用枪前端，一、二、三、四，逐个拨挑，四梁山兵向台口甩动、绕走，由第四个梁山兵改成为第一个，将梢子棍原为正把握“倒把”改为反把握向后（右）方向甩绕，从台前侧向台后侧右边，边走边甩动。史文恭也“倒把”枪前端绕向身左边，随即吸抬左腿，左拧身左手由前把握枪改为后把，原右手后把顺绕成前把，正把改为反把握枪，用枪后端向台后侧，一、二、三、四对梁山兵短梢子棍逐个拨挑，又“倒把”用枪前端“甩涮”打梁山兵“鼻子”。四梁山兵接“鼻子”，顺成“下场门”斜线“一条鞭”。史文恭移步至台前侧右角左转身“右涮枪”向“下场门”的四梁山兵刺去。四梁山兵用梢子棍梢甩压史文恭枪前端，史文恭用力挑开四梁山兵移至台前侧右角成斜线“一条鞭”。史文恭挑开梢子棍，顺势向右“涮枪”，向左“出枪”，直抬右腿，“出枪”，“退回来”，直抬腿收成端面向四梁山兵。四梁山兵举梢子棍向史文恭“漫头”，史文恭低头至台右角。四梁山兵至“下场门”再向史文恭用梢子棍甩打，史文恭逐个拨开，拨“倒脱靴”。四梁山兵分两边“下场门”下。

「武松握单刀“下场门”上，武松与史文恭两人对视，一亮【一击】。【急急风】（加紧）武松急步至台中端，史文恭用枪下刺武松腿部，武松用刀“反撩”起，顺势向史文恭“反削头”，边“削头”边由台前侧向右移步至台右侧。史文恭边低头边从台后侧向台左侧移步至台左侧。史文恭急用枪下刺武松腿部，武松用单刀向下“剜萝卜”，先用“刀背挑”，再用“刀刃削”，半“翻身”过来再先“刀背挑”再“刀刃削”，边“挑”“削”边从台前侧向台左侧移步，至台左侧。史文恭用枪向武松腿部连刺四枪，边刺边从台后侧向台右侧移步至台右侧，随即用枪前端向武松腰部横打，武松按握住史文恭枪前端，急用刀向史文恭面部砍去，史文恭握住武松右手腕，两人“架住”，同时跨腿。史文恭跨左腿后成“右弓箭步”，武松跨右腿后成“左弓箭步”，握枪，举刀，【撕边】(崩登仓）向台口一亮。两人同时将举刀下剜向双握枪中端，将枪剜起，同时将刀、枪向台后侧扔出。“卸家伙”后，两人徒手“过合”，同时左转身“上搭”、“下扯”，史文恭“扯”归右边，武松“扯”归左边，史文恭顺势“骗”武松头，武松低头起身，史文恭接连“切”武松“抢背”。同时燕青“上场门”上，“扒”史文恭“抢背”。同时大虎“下场门”

上，“推”燕青“抢背”。武松走“抢背”时，“踹”大虎“抢背”，四人几乎同时走“抢背”。【四击头】打“四股档”，四人“抢背”起身后，史文恭“归”台右角，武松“归”台左角，燕青“归”“上场门”，大虎“归”“下场门”。四人同样伸左拳于胸前，端右拳于胸右侧，同为“右弓箭步”，一亮。【九锤半】四人同立身“合拢”用右手互相“对磕”后，四人同时起“反云手”，向右转身，互移地位，史文恭移至台左角，武松移至“下场门”，燕青移至台右角，大虎移至“上场门”。四人同样伸左拳，端右拳于胸右侧，“左丁字步”，一亮。再同样起“正云手”，向左转身，史文恭又移至台右角，武松又移至台左角，燕青又移至“上场门”，大虎又移至“下场门”。史文恭与武松，燕青与大虎，同时对打“幺、二、三”，“上搭”、“下叉”，左转身，同时走“四拍腿”。史文恭向武松踢左腿，同时拍燕青左腿；武松向大虎踢左腿，同时拍史文恭左腿；大虎向燕青踢左腿，同时拍武松右腿；燕青向史文恭踢左腿，同时拍大虎左腿。后史文恭与武松、燕青与大虎四人同时对打，“上搭”、“下叉”，左转身，史文恭与武松，燕青与大虎同时“掳住”，【撕边】(崩登仓)【急急风】四人向台口一亮。史文恭与武松在台前端左侧，燕青与大虎在台后端右侧。史文恭与武松“掳住”后，对视向“下场门”拉下。燕青与大虎留场上，【乱锤】燕青与大虎移步至台中端，两人“掳住”，相互“较劲”，同时跨左腿“小踮步”，【三击】两人相互拉、扯三次，同时抬吸起本人腿膝，将握住双手“磕”开。两人起打。“怀操”【夹饽饽】，最后打至燕青“归”左边，大虎“归”右边。大虎双拳打燕青面部，燕青双手握住大虎双手“架住”。李逵握双斧从“上场门”急上，将大虎砍死，大虎后撤。(崩登仓)【四击头】燕青在台前右侧，李逵在台后右侧，燕青向左侧“起飞脚”，“正云手”，“左弓箭步”，左拳端于胸左侧，右拳伸于胸前，李逵向左“涮绕”双斧，同时向左移步，站燕青身后，举双斧“右丁字步”，两人同时亮相。【撕边】(崩登仓)燕青向右“倒绕”双手，左拧身后伸左拳，端右拳于胸右侧，跨抬左腿，李逵向右“涮绕”双斧，左拧身举双斧，两人同时向“下场门”一亮。【急急风】两人向“下场门”下。

第八场

「【乱锤】【四击头】史文恭、武松“上场门”拉上，史文恭在右后侧，武松在左前侧，【乱锤】“九龙口”对视，一亮。两人手腕相互“较劲”，【四击头】面向台前左侧，同时跨抬右腿，踢左旁腿向台口中端，急步“左趋步”接“小踮步”，武松成“右弓箭步”面向史文恭，史文恭用左脚，蹬踏在武松“右弓箭步”大腿上。二人对视，一亮。武松用右膀肘“磕”开史文恭蹬踏的左腿，史文恭抬左腿闪开，武松起身，两人对视，【乱锤】又一“较劲”。【撕边】(三击)两人同时跨右腿“小踮步”，成“左弓箭步”。史文恭在内侧，武松在外侧，做“翻拧腕”三次，随着双手“翻拧”，同时“弓箭步”，也先左后右再左，“弓箭步”也变式三次，然后起身各自左膝“磕”开，“掳住”双手。【急急风】史文恭在右边，武松在左边，两人握拳打“过合”、“上搭”、“下扯”，移步“扯”回原位，打“窜锤”后接打

“赶三拳”。同时“扯斜”，史文恭位于右后，武松位于左前。武松随即追打史文恭迎面，“一拳”、“两拳”（先左后右）。史文恭“盖一”、“盖两”，**【四击头】**左手撩中髯，向武松右手“切掌”，右腿“蹬踹”，形体微向右倾斜。武松在拳被“盖”下后，急速向台左角“蹿抢背”。（这个“抢背”从技巧上要求“蹿的远”，“起身快”，要突出一个“闪”字。按戏情说，史文恭的“上切”、“下踹”没伤着武松。这样两人在后面“亮相”时，就需表露出“今天碰上对手了”、“既怒且惊”的神情，这种“心理状态”延伸到后面两人打“查拳”时，在“招式”与“神态”的密切结合后，就更具有“智勇搏斗”的表现力。）史文恭向右扔髯，速起“飞脚”，落地直抬左旁腿，左手挑左边髯，随即推按中髯，同时直旁腿回收成左旁吸腿。要求“钩脚面”，“撇脚尖”，“掰裆”，右手拳向右旁直捅，翻拧伸出。武松“抢背”速起后，“甩蓬头”，双手撩扔“鬓发”，双手掌端于胸前，随即急握拳，左拳向左旁翻拧伸出，右拳拉端于右胸前，同时上右步，掏左腿，向右翻拧身，形体稍向左倾斜，与史对视，亮相。**【撕边】（崩登仓）**武松急左翻身后握右拳向史文恭腰部直捣，史文恭用左手撩起，急以右拳直捅武松面部，武松急用左掌“磕”开，两人随即向里“翻绕”“小圆场”至台口中端，史文恭“右山膀”，武松“左山膀”，两人“合式”，一亮。**【九锤半】**两人上下“打量”对方，同时撤步，“打背供”，伸拇指，夸赞对方，再回身上步。史文恭左手后背，右手按中髯，武松双手后背，两人对视，同时“拱手”，后撤步。史文恭左手撩中髯，右手按掌胸前，抬跨右腿；武松右手端拳胸右侧，左手按掌胸左侧，抬跨左腿，两人同时“双翻”，绕至台中端，两人见面，再次“拱手”，起走“拳头子”。**【马腿】**接打“查拳”。打至史文恭侧身低头“扫”武松“旋扑虎”，史文恭双拳欲打武松，**【四击头】**武松“拧”“乌龙绞柱”，“踹”史文恭，史文恭“蹿抢背”至“下场门”。武松起身在台中端“右弓箭步”，左手握拳端于胸左侧，右手握拳平伸胸右前侧，向左拧身回望史文恭；史文恭在“下场门”起身，“左丁字步”背向前台，向左侧身回望武松左手按髯，右手握拳向右侧上伸，两人同时亮相。**【急急风】**两人对视瞬间，**（八大空匡）**武松起身向台左侧上步，右“单山膀”逼视史文恭，史文恭右手按掌，抬右腿，“下场门”下。

〔**【急急风】【撕边】（崩登仓）**庄丁甲“上场门”上，搂住武松腰。武松先一愣，后用手掰庄丁甲双手并用力左拧身甩，将庄丁甲“摔抢背”至台左角，随即左侧身“栽锤式”，一亮，“背手”一望。**【九锤半】**（此后，武松与众庄丁打“徒手攒”时，除“交手”外，大都以“背手”环视众庄丁，因武松视之为“蟊贼”而已。）庄丁甲上前与武松对打“幺、二、三”，武松即以左掌掠住庄丁甲左掌，按下，随即跨右腿“踝头”，后钩左腿踢庄丁甲下额，再以右腿“绕脖”，顺势踢“滚背”至台右角。庄丁乙“上场门”上，这时武松右拧头一望，即跨右腿左转身，“骗左腿”（月亮门），将庄丁乙左骗“抢背”至台左角。武松背手，环视庄丁甲、乙；庄丁甲向武松伸拳，武松左手向左侧“带”过；庄丁乙向武松伸拳，武松右手向右侧“带”过。庄丁丙“上场门”上，武松左转身，庄丁丙打武松“一拳”、“两拳”，武松“盖”过后，随即掐住庄丁丙后腰，向台左角举扔“直扑虎”。再次环视众庄丁，庄丁甲、乙同时向武松直捅双拳，武松“双撩绕”庄丁甲、乙双手，顺势“双绕脖”，又顺势“双挟脖”。庄丁丙向前，武松踢其“倒毛”，再“掰摔”

庄丁甲、乙两边“倒毛”。庄丁丁“上场门”上，武松左腿“探海”，“后踹”庄丁丁“倒毛”。**【急急风】**武松“探海”的左腿不落地，随即跨左腿，“右翻身”，接着再跨左腿，右转身。四庄丁“倒毛”起身，随着武松跨腿，转身环绕武松“圆场”，“归原位”，“站四角”，向武松腰部同时（左右左）直捅三拳**【三击】**。武松双拳高举，任四庄丁直捅后，双膀用力下“磕”，四庄丁，抚手后退。**【四击头】**武松跳“双飞燕”，本地窝“扫腿”，“旋子”。武松“扫腿”时，四庄丁走“跳蹦子”，武松“旋子”时，四庄丁“摔抢背”。武松“旋子”后至台口中端，“左山膀”一亮。**【急急风】**“领”四庄丁“圆场”“归原位”，武松逐个“切”四庄丁“滚毛”，四庄丁“下场门”下。

「史文恭持枪“上场门”上，快步至台中端，“刺漫”武松“头”。武松低头左转身，史文恭又接刺武松腰部，武松跨右腿踹开刺枪左转身向“下场门”下。梁山兵甲，双手握杠子“上场门”上，举杠向史文恭打，“打站杠子”。史文恭在台左侧“右涮枪”刺向梁山兵甲“过合”，两人同时左转身，史文恭在右侧，梁山兵甲在左侧，史文恭刺梁山兵甲上、下、左、右“滚肚”，梁山兵甲左转身后，又接刺左、右“滚肚”。两人边打边转移，史文恭至左侧，梁山兵甲至右侧，梁山兵甲顺势用右把杠端向前侧“挑绕”史文恭枪前端，史文恭“抽”枪向梁山兵甲面部刺去。梁山兵甲用左把杠端将“刺枪”“盖”下，史文恭用力挑起“盖杠”，梁山兵甲趁势用右把杠端将史文恭枪“磕”飞（卸家伙），后顺势“抡杠子”打史文恭腰部，两人边打边转移，史文恭至右侧，梁山兵甲至左侧，史文恭双手握杠子另一端。梁山兵乙双手握杠“上场门”上，举杠打史文恭“封头”，史文恭左回身，用右手握住杠端“接封头”，后将杠端按下，“扫”梁山兵乙腿。梁山兵乙向台左侧跳出，右转身，向右后“抡杠”横打史文恭，史文恭右回身，换左把握住杠端，右腿踢踹梁山兵乙的杠子。梁山兵乙又左转身向史文恭“漫头”，史文恭低头过去，梁山兵乙至右侧，史文恭至中端，梁山兵乙左回身向史文恭头部“抡打”，史文恭右回身用右手接握住后，成左右手“正把”握住杠子两端。梁山兵丙、梁山兵丁分别从“上场门”、“下场门”上，同时举杠子打史文恭“后封头”。史文恭面向前台，双手高举两杠端接“后封头”，再分开两杠子，同时向下按，再向后“扫”梁山兵丙、丁腿部，两梁山兵分左、右向前侧跳出，史文恭在台中端。左前侧梁山兵右转身举杠直打史文恭面部，史文恭“右骗腿”，右前侧梁山兵左回身举杠直打史文恭面部，史文恭“右骗腿”，史文恭将杠子，“拉拢”，“合并”，向下按在台毯上，用右脚踩住杠子。梁山兵丙、丁，同时举杠直打史文恭面部，史文恭双手接握住左、右两杠端，两脚踩站在杠子中端，左、右手握扶紧梁山兵丙、丁打来两杠子两端。梁山兵甲、乙“起范儿”，把杠子悬空抬起，史文恭站在杠子上（右腿站在杠子中端，左腿向上抬起）。**【长撕边】**四梁山兵“抬”、“扶”史文恭在台口中端转一小“圆场”后，面向台左侧，**（崩登仓）**史文恭从杠子上向台左前侧翻“云里加官”下（在翻“云里加官”时，抬杠的两个底把，要托垫一下，左右两个旁把要扶撑一下，“起范儿”要齐，要有“心劲”）。史文恭翻下杠子后，在台左角，面向“上场门”**【急急风】**拨“倒脱靴”，四梁山兵向左、右两边“翻”。接着，李逵举双斧，燕青举棍从“上场门”上，随即两边“翻”。武松“上场门”上，举刀直奔史文恭，在台中端左侧“漫”史文恭“头”后，立即右回头翻把“砍靴底”。史文恭低头过去后，急左拧身抬左腿接“砍靴底”。武松急左转身“削”史文恭“头”（削风帽），史文恭“左弓箭步”低头（风帽被削下），急速向上甩甩发，身向后仰，“右弓箭步”，右手护头，左手按髯，惊愕向武松一望。武松削头后，顺着削头反把握刀在胸前，左手扶按右手把上侧，“右丁字步”，怒视史文恭，武俯，史仰，两人对视，一亮（**崩登仓**）。史文恭速向后甩绕甩发，右拧身奔“上场门”，急下。武松见史文恭逃走，右手翻回把握刀，左手掌上扬，示意急追，**【急急风】**梁山弟兄急拧身直向“上场门”追下。武松举刀随众追至“九龙口”，右回身，右手握刀横于胸下侧，左手“单山膀”向下一望**【撕边一击】**，见风帽在地下，右手侧身举刀，**【四击头】**向台左侧“打飞脚”，右手刀交左手，左手接握刀背中端后，向台左侧走“打腿直翻身”，在“翻身”时，右手抓风帽，“翻身”过来“踢左斜腿”（十字腿），落成“右弓箭步”，身向台右侧，面向台左侧，左手握刀背，横竖于胸左侧，右手举风帽于头右上侧，亮相。起身，**【急急风】**举风帽右手落下，按于胸前，右拧身急步“上场门”追下。

第九场

〔幕启，场上设一张桌，两把椅，椅子放桌子两侧。

〔**【水底鱼】**阮小二、阮小五头上加戴草帽圈，各握船桨，“上场门”上，做划船状，步至台中前侧。

阮小二 俺！**【一击】**阮小二！**【住头】**
阮小五 阮小五！

阮小二 奉了卢大哥之命，扮成渔夫模样，埋伏在芦苇之中，等候史文恭，就此前往。

阮小五 请！

〔**【水底鱼】**两人做划船状，走小圆场至台中端，面向台右前侧，并排站立，将船桨放于右前侧，做撑状，**【锣边声】**两人同时后退至“下场门”前侧，两人握桨向台前一亮**【一击】【冲头】**同“下场门”下。

〔**【急急风】**（切住）（**八大八 仓 仓 仓 切 仓**）史文恭两手捏住两边髯，低头急步由“上场门”冲上，左趋步接小跨右步加“小踮步”至“九龙口”，向上甩发同时挑甩两边髯至两肩，后两手击掌，“小八字步”向前摊掌，亮相。**【急急风】**两手摊掌抖动，向台前左侧，左、右两边远望，慢上左步，急右回身，同时由左向右绕转甩发，向后望，两手掌抖动，由平抬两手掌渐至额前，边抖动两手掌，边后撤步，两三步后，抬左腿，右腿后“颠步”**【撕边】**（**崩登仓**），“颠”三四步后，左半转身接“捣绊步”“前趴”，**【夺头】**连“范儿”翻“扫腿”、“旋子”、“旋扑虎”、“乌龙绞柱”，起身后**【长撕边】**（先慢后快）跪右单腿“跪蹉”，向台左前侧，边“跪蹉”边从左向右，绕转甩发，至台左前侧，绕转甩发在台左角端加快，速起身（**崩登仓**），急右转身至“上场门”“九龙口”，“左山膀”“右丁字步”向后一望，一亮。**【慢水底鱼】**做边退边后望状；先撤右步之后撤左步，同时甩发，向左旁甩，撤右步同时甩发向右旁甩，再撤左步，再向左旁甩甩发。后再从左向右平绕甩发垂至面前，小跨右步，“小踮步”，半转身面向右前侧，将下垂面前甩发向脑后直甩，再从脑后向面前直甩，再向后直甩，再向前直甩。在甩发前后直甩时，脚下左脚在前，右脚在后，“本地窝”，连续“小趋步”（甩发时与“小趋步”需上下结合，在甩发时两手护按住髯口，免使紊乱）。再一次平绕甩发，同时“正云手”，“跨右腿”加“碎倒步”，半“小圆场”，至台中右前侧“左丁字步”，“右山膀”，向“下场门”望，一亮。**【锣边声】**①

〔阮小二、阮小五幕内白：“打鱼哟！”

史文恭 呔！将船摆过来！

阮小二
阮小五 （划桨上）**【锣边声】**干什么？

史文恭 渡俺过去！

阮小二
阮小五 （两人望一下史文恭，再相互对视）打鱼船不渡人！

史文恭 多把银钱！

阮小二
阮小五 （相互对视）多给钱！行！

史文恭 搭了扶手。

〔阮小二抬起船桨搭扶手，史文恭跳上船。**【锣边声】【水底鱼】**阮小二在前，史文恭在中，阮小五在后，做划桨状，圆场，顺序上桌、椅，史文恭站桌上，阮小二、阮小五分站左、右两椅上，摘去草帽圈，扔掉船桨。

阮小二
阮小五 拿来！

史文恭 要什么？

阮小二
阮小五 船钱！

史文恭 渡我过去，再把银钱！

阮小二
阮小五 不成！船家不打过河钱！

史文恭 （用手摸自己腰间）**【撕边一击】**囊中无有！

阮小二
阮小五 没有要你的命！（两人同时伸手欲擒史文恭）

史文恭 （同时伸手急握两人手腕）**【一击】**什么人？

阮小二 阮小二！

阮小五 阮小五！

史文恭 哎呀！

〔**【九锤半】**史文恭将阮小二、阮小五同时扔下椅子，两人同时“入水毛”下椅子。**【阴锣】**阮小二、阮小五各做游泳状。两人低头游泳碰撞一起，闷头对打“过

---

① 从“上场门”一望，到“下场门”一望，这段**【水底鱼】**伴奏的技巧组合，是走的张翼鹏的路子。在这段节奏感很强的技巧组合中，不仅要头上的甩发与脚底下“趋步”要密切结合，而且要“踩准”“锣经”。音响与形象的完美融合，才能加强艺术形象的表现力。

来过去”，“幺、二、三”，两人“掳住”，“本地窝”，转圈，【撕边】(崩登仓)两人同时蹲下，再同时站起，对面一看是哥儿俩，做相互嘲笑状。转至桌前向史文恭做推水状。【马腿】史文恭在桌上做摇晃状。阮小二、阮小五又至椅子两侧，做搬船状，史文恭摇晃更大，【三击】最后阮小二、阮小五做将船搬翻状。(崩登仓)史文恭在桌上“蹿抢背”，“下高”(翻入水中)。【九锤半】【阴锣】三人各做游泳状，游成“三丁”，史文恭居中，阮小二、阮小五在左、右前侧。【九锤半】史文恭向左外侧的阮小五“漫头”至左侧，左转身再向右侧两人“过合”。史文恭至右侧右转身，“带”阮小五至右侧，“扫”左侧阮小二“旋扑虎”，左转身至右侧再推按阮小五“扑虎”(扑虎旋过阮小二“滚堂”)。三人成偏左“斜三丁”，史文恭在右内侧，阮小二、阮小五在左外侧，史文恭与阮小二、阮小五做互相推水状。【马腿】阮小二、阮小五边推水边向“上场门”方向追逼，史文恭“蹲裆”、“蹉步”，边推水边向“上场门”后退。推水越推越快，【急急风】三人同推进“上场门”。【夺头】史文恭从“上场门”翻出“踺子小翻抢背”，阮小二、阮小五翻出“虎跳”，“小高毛”。史文恭翻出后，落在台中左前侧，阮小二、阮小五翻出落在史文恭右后侧，史文恭起身后，面向前台，左拧身向后做推水状，再右拧身向后做推水状，(起范儿)【马腿】【撕边】拧“圈旋子”(可自酌，但至少一圈)。阮小二、阮小五在史文恭后侧，“矮步”成“蹲步”做推水状，随“圈旋子”移步转圈。归原位后，史文恭转身向阮小二、阮小五“过合”，阮小二、阮小五回身向史文恭伸拳，史文恭双“盖”，顺势“推”两人“直扑虎”，两人随即翻“软绞柱”，“踹”史文恭“抢背”。(崩登仓)【九锤半】三人再做游泳状，【阴锣】史文恭游至台中后侧(缓气)，阮小二、阮小五摸着又碰撞。【九锤半】两人又“闷头”、“误打”、“过来过去”，“幺二三”，“搭叉”，阮小五打阮小二一拳、二拳，阮小五“盖一”、“盖两”，“拧按”阮小五膀子，按住后用脚踢水，【马腿】阮小五用手拂水，互相误打，抱住一看，又互相嘲笑。【阴锣】二人至后侧找史文恭，向史文恭推水，【马腿】三人互相推水后，史文恭向阮小五“漫头”，至左侧再回身与两人“过合”，至右侧右转身“带”阮小五至右侧，伸右拳打阮小二，被阮小二握拧住左膀；又伸右拳打阮小五，被阮小五握拧住右膀，三人至台口左侧，一亮。【一击】【急急风】圆场，由左转绕至“九龙口”，三人向左“扯斜”，同时抬左腿，一亮。【一击】【急急风】三人急步至台左角，史文恭急步至台左角时小跨右腿，“小踮步”跪右腿。阮小二、阮小五在左右两侧，按拧住史文恭左右两膀，阮小二用左脚，阮小五用右脚，向史文恭灌水。【马腿】史文恭前后直甩甩发，再从左向右“绕转甩发”。【撕边】【急急风】众梁山兵从“上场门”上，站右侧“一条鞭”；随即燕青、李逵、武松同上，站在梁山兵前侧一排。史文恭绕转甩发后，起身先甩开被阮小二握住的左膀，再甩开被阮小五握住的右膀，向阮小二“漫头”至左侧，阮小五过来与史文恭打“幺、二、三”，“上搭”。史文恭左手“盖下”的同时“踝”阮小五“头”，阮小五蹲下，史文恭“跨脖”骑阮小五脖肩上。阮小五起身，史文恭身向后仰，阮小二接托史文恭上身，两人同时平托举起史文恭。(崩登仓)向台右侧(岸上)扔放下。燕青急向前，将史文恭做背后捆绑状。

【冲头】

众　史文恭被擒!

武　松　绑回山寨！

众　啊！

〔**【急急风】**众回身将史文恭押着从“上场门”下。**【四击头】**武松向台前，横握刀一亮。唢呐吹奏曲牌<尾声> **【急急风】**武松“上场门”下。

——剧　终

包丹庭 **传授** 祝 宽 **演示** 祝 宽 吴光辉 **整理**

石秀探庄

武小生传统名剧

《石秀探庄》一名《探庄射灯》，故事源于古典小说《水浒传》。梁山攻打祝家庄，宋江分别派遣石秀、杨林先行刺探祝家庄军情部署。石秀乔装卖柴樵夫入庄暗访，遇钟离老人，假作借宿；恰逢祝家庄头目祝小三酒后巡庄，石秀趁机盗其头上所插之白翎（祝军暗号），又得钟离指点庄中盘陀路径。此前，杨林假扮压魔道人进庄，遇祝小三，露出破绽被捉。石秀乘乱杀出，祝家庄教头栾廷玉追杀不及。宋江领兵攻打祝家庄，误入盘陀路不得出，遇石秀引路。花荣用箭射灭祝军指路红灯，宋江等终得突出重围。

《探庄射灯》本为昆曲剧目，全剧唱曲牌。京剧搬演过来之后，基本上仍沿袭昆曲路数。多少年来虽经几代名家演出和润饰，只是风格表现不同而已。早年“探庄”、“射灯”两折戏连演，常因后面一折占用角色过多而略去，逐渐只单演“探庄”一折，故改称今名。

京剧移植昆曲剧目以后，逐渐具有京剧风格和特色，故习称为“京昆”。移植搬演过来的剧目中尤以武戏剧目为多。例如《林冲夜奔》、《石秀探庄》等。又都是小生、武生所谓“两门抱”的戏，即两种行当的演员都需要学的基础戏。京剧演员以“文、武、昆、乱”不挡为全材。京剧界的几代前辈著名小生，除唱皮黄之外，都能兼演一些有关的昆曲戏，如《雅观楼》、《起布、问探》等武小生戏。

包丹庭先生出生于书香门第，嗜爱戏曲，师承王福寿先生。王福寿原常搭昆班演戏，以唱文武小生著称，中年后嗓音失润，后渐侧重于教戏，与牛松山为同一时代的演员。据包师讲，当年杨小楼曾向王福寿先生学过昆曲武戏剧目，且有所效法。包丹庭自拜师后虔心学习昆曲小生戏，同时亦从京剧前辈请益，钻研戏曲技艺，故对昆曲、京剧造诣颇深，能演许多戏。中年后参加著名剧社“春阳友会”，常与剧界、票界名宿从事演出活动，取得了很高的声望。20世纪30年代末40年代初，应中华戏曲专科学校校长焦菊隐先生聘请，担任该校特邀教师。在校期间，前后教过三班（科）小生学员，诸如李德彬、徐和才、储金鹏、高金儒等人。

1944年春，我拜师包丹庭先生。原来我学过一些小生戏，略有些基础。拜师后学的第一出就是《石秀探庄》，后来又向包师学了《雅观楼》、《镇潭州》、《群英会》、《奇双会》等剧目。记得在此期间先后到包师家中学戏的还有樊放（樊子齐）、童寿苓和中华戏校的王玉聪。此前，富连成科班毕业的小生演员江世玉，也投师包先生，进一步攻研武小生的重点戏。

包丹庭先生不仅精通戏曲艺术，而且文化素养较高，又是文物鉴赏家。在旧时代他却赞赏科班的“口传心承”的教学方法，认为它能取得实际效果，故在教戏上能适当地借鉴和采取。他教戏极为认真，要求亦严格。一贯强调：“学一个身段或一支曲牌，必须要认真反复地练习，如果达不到一百遍，就不会巩固，也不算学成。”学戏之时要聚精会神、倾心静听，随师指领而摹仿呈样、牢记于心；学完之后，私下描摹复习和相互交流，是很必要的。

据我个人的回忆，包师教传《探庄》、《雅观楼》这些武小生戏时，每次都随戏讲述剧情及人物行为的动机和心理活动，而且必讲武小生角色表演上的基本要领，诸如“手、眼、身、步”的分解与整合的统一关联。演《探庄》须将剧中石秀的机警、细心、敏捷和稳健、勇敢等方面随剧情的发展而贯串进行，并且要充分而明显地表现出来。记得他还说过："戏曲要遵循规律，唱念做打讲究法则。"这两句话对我们的教导和启发是极为深刻的。包师认为，演武小生或是武生，除了必备的武功技巧之外，表演上要有英气，更重要的是须蕴涵儒雅神韵；武角不可一味地表现勇猛，更要忌讳粗俗。像戏曲中的石秀、李存孝、杨再兴等人物，他们都具有信义、忠正的品格，也称得起是正派典型人物。所以，就要把角色人物勾勒（塑造之意）得更鲜活，将戏演到最佳处，才能精彩动人！

1951年春，北京举办"抗美援朝捐献飞机大炮义演"，在西单长安大戏院上演三出义务戏：第一出《得意缘》，第二出《石秀探庄》，第三出《问樵闹府》。为了照顾他的身体，由弟子童寿苓替演第二场。第三出张伯驹先生演范仲禹。我演完《得意缘》中的卢昆杰（小生）之后，便急忙在乐队后边集中精神、目不暇接地看了包师的精湛表演，的确感到收获极大。隔日，我曾向包师谈起观后感："您演的这出《石秀探庄》，唱念做打均有法度，身段舞姿优美，表演上严谨准确，尤其具有武小生石秀这个角色的精神气质。"包师认为：学戏打好基础之后，也要广泛学习、博采众长，并指出"艺无专师"的道理；更须向老一辈行家、名家学习才能融会贯通，不断地得到提高。1957年我经张良臣先生介绍，又拜师姜妙香先生门下继续学戏。这出《石秀探庄》我从学会之后也演过多次。最值得回忆的是在1954年北京市工商联举办的一次晚会上的演出。那场戏是特邀原"春阳友会"会长樊迪生老先生担任教师。由于得樊老的鼓励和伴奏，我一气呵成顺利地演全了六场全出，由此感到有名家的伴奏是非常舒畅得力的！

今承蒙编委会的约稿，但感到年事已高，手脑迟慢、力不从心。经吴春礼、吴光辉二位先生的鼓励，使我增强了信心，奋力回忆，并得吴光辉先生的协助，将此戏记录成稿，目的是保存京昆艺术不至于流失殆尽，借此亦能与同道、同好相互交流，请教切磋。基于本人水平有限，遗漏误差定会难免，承望前辈、贤者、专家、学友不吝赐教指正。

祝 宽

人物行当

石　秀	武小生或武生	钟离老人	老生
杨　林	净	栾廷玉	净
祝小三	丑	四庄丁	杂

服装扮相

石　秀　俊扮。青软罗帽、草帽圈、茨菰叶、白绒球，青侉衣、绦子、大带，青彩裤，薄底靴。

杨　林　勾黄碎脸。黑蓬头、金箍、黑扎、黑耳毛子，黄花箭衣、道背心、绦子、大带，红彩裤，厚底靴。

祝小三　勾丑脸。小棕帽、茨菰叶、八字髯，青布箭衣、大带，青彩裤，白布袜、皂鞋。

钟离老人　俊扮。白毡帽、白满，老斗衣、水裙、大带，青彩裤，白布袜、皂鞋。

栾廷玉　勾紫三块瓦脸。紫硬罗帽、黑满、红鬓花，紫花箭衣、绦子、大带，红彩裤，厚底靴。第六场摘去硬罗帽掖甩发，换薄底靴。

四庄丁　俊扮。兵丁服，薄底靴。

道具

扁担	一根	柴	两捆
扁担枪	一根	手摇钟	一个
降魔牌（内藏双刀）	一个	藤棍	一根
木钱	一串	白翎	数根
棍	一根	单枪	四杆

第一场

〔【大锣撤锣】转【小钹冲头】石秀右手平持棍[①]，棍置于右肋处。目向前视，准备出场。锣鼓打住。

〔石秀内白：“啊咳！”

〔【小钹四击头】石秀从“上场门”上。紧行三步面向“大边”外角站住。右手往下按棍起“反棍花”，身随棍势向右侧身，右脚偷步，再随棍势向左侧身，面向“大边”外角。右手“山膀”斜持棍，左手握拳，丁字步左足尖点地亮住。

【小钹长尖】左右手姿势不变。碾脚，抬左腿，绷脚面，上左步落地；抬右脚，绷脚面，上右步落地；抬左腿，绷脚面，上左步落地。右手往下按棍起“反棍花”，身随棍势向右侧身，右脚偷步，再随棍势向左侧身，面向“大边”外角。右手“山膀”斜持棍，左手掌置于腹前。丁字步左足尖点地亮住。

【小钹长尖（慢起后转正常速度）】左脚横侧移一步，右侧转身，面向台右侧，右脚尖点地，左手叉腰。在以上动作的同时，右手棍起“棍花”，将棍头打地。右手棍再起“劈喉”（共三番儿，速度要慢），在第三番儿“劈喉”中，左侧转身面向前场。提起右腿，立棍打右靴底，左手成掌上扬在头上方。

【小钹四击头】右脚落地。右手棍“面花上膀子”，右脚斜侧上一步，右手棍斜下置，随棍势右转身，跨左腿后左脚往下踹棍，随后转身左脚落地，面向前场。再往右斜跨左步，右手起“劈喉”，将棍贴于右臂后，右臂平伸，左手成掌上扬在头上方，骑马式亮住。

【小钹长尖】右脚后撤一大步，往右后转身。收右臂将棍交左手，左手正腕接棍，棍贴于左臂后。上左步，盖右腿，踢左腿，右手成掌置于腹前。往后撤步至“小边”里角。右手“山膀”拉开亮住。

【撕边小钹一击】右侧身，左手棍反腕“面花上膀子”，右手反腕接棍，将棍贴于右臂后，左手在交出棍后顺势在胸前画圆，成掌立置于右肩处。斜身面向“大边”外角，左脚尖点地亮住。

【小钹四击头】左手缓下来，盖右腿，踢左脚上一步。左手掌推出去，右手棍在头顶横向起“面花”，同时身向左转，将棍交于左手，贴于左臂后。面向“小边”里角，提起左腿，右手成掌置于腹前。落下左腿，矮身左弓箭步亮住。

【小钹长尖】碾脚长身，上左步，跟上右步，起“正云手”，上左步，左脚尖点地。左臂贴棍平伸，右手成掌置于腹前，后撤步到“大边”外场中间，右手“山膀”拉开。

【小钹冲头】上左步，左手棍自体前上扬，同时跨右腿。右手反腕接棍自上盖下斜持棍，右脚“跺泥”，曲抬左腿，左手掌护棍，身体向左侧身，面向前场亮住。再原地向右转身，同时左手自下向上捋棍与右手接触后接棍，将棍贴于左臂后，落下左腿，面向“大边”外角。盖右腿，踢左腿，往后撤步到“小边”里角，右手“山膀”拉开。

---

① 石秀使用扁担，在本文叙述中习惯地用“棍”代称“扁担”。

【撕边小钹一击】跨右腿，向左转身。右手正腕接棍斜持，左手掌护棍，侧身面向前场亮住。

【小钹圆场】左手掌缓下来，盖右腿，踢左腿上一步。左手掌推出去，矮下身抄大带，撤回左腿长身，左脚“跺泥”，曲抬右腿。左手放下大带，成掌扬在头上。右手棍在右腿弯处掏耍“棍花”，用右脚外侧踢棍下端。右腿落地后往右转身，右手棍贴于右臂后，右臂平伸。左手掌自右腋拉出，变成拳置于左肋下。身在“小边”外角，面向台左侧亮住。

（八大）右手棍反腕上扬后，再在胸前斜持，左手握拳“山膀”。（才）曲抬左腿，往左曲抬左、右臂。（才）曲抬右腿，往右曲抬左、右臂。（才）曲抬左腿，往左曲抬左、右臂。

（嘟……）右手棍起“劈喉”，落左脚。（八）落右脚。（大）右手棍紧贴后背，右臂平伸。（才）左手成掌，左臂平伸，骑马式亮住。

【小钹冲头】右手棍和左手掌缓下来，斜上两步至中场台口。右手棍平伸，左手掌上扬在头上方，曲抬左腿“金鸡独立”式亮住。然后落下左腿走小圆场，再回至中场台口。

【小钹归位】棍交左手，右手“云手”拉开。右手正腕接过棍后下按棍起“反棍花”随棍势向右侧身，右脚偷步，再左侧身面向前场。右手平持棍置于右肋下，左手成掌护棍。左脚尖点地，面向前场亮住。

石　秀　（念诗）箬笠[①]芒鞋[②]打扮巧，英雄自古学渔樵；
　　　　凭俺斗大姜维胆，虎穴龙潭走这遭。

「随念诗有以下动作：

箬↓右腿跨步，右手棍反腕“面花”，左手反腕接棍后翻腕将棍贴于左臂后，扣腕左臂平抬。提起左腿，绷脚面。身体直立，面向前场。笠↓右臂在胸前画圆上扬，右手握拳“赞指”指向头部右上方【小钹二击】。芒↓左腿向右斜下方踹出落地，抬右脚靴底朝上。右臂画圆缓下再上扬，右手并二指，指向左侧下方。面向前，鞋↓目斜下视。右脚斜上一步，右脚尖点地。左手提棍置于左侧腰间。打↓右手缓下来成掌在腹前一横。扮↓右手掌提至胸前一横。右手掌再翻起上扬在头上方，巧，↓目向“小边”外角注视。【小钹三击】

① 箬笠：箬是一种竹，箬笠则是用箬竹的篾和叶子编制成的帽子。

② 芒鞋：芒是一种多年生草本植物，芒鞋即是草鞋。

英雄

左手将棍下端往身体左侧拄地。抬左腿，绷脚面，右手“山膀”拉开。【撕边】以棍为轴心，左转身，面向前场。右臂仍成“山膀”，棍上端倚在右手腕部，左手成掌

自古

置于胸前。【撕边小钹一击】将棍颠至右肘弯，右脚偷步后落实，左脚尖点地，成左

学渔樵； 凭

丁字步亮住。左右两手交叠相抱，棍在两臂中间。【小钹二击】左手反腕握棍，右

俺 斗 大

手成掌拉开。跨右步，上左步，左手棍起半个“面花”，扣左腕棍贴于左臂后，左

姜维 胆，

臂平伸。右手向下画圆后翻腕上扬，然后横掌在右肋处，同时成左弓箭步。右手并

虎穴

二指，指向右斜侧方。【小钹五击头】撤右步，上左步，右手反腕接棍，后再立腕棍打右靴底。向右撇脚,右手棍起“面花”上膀子后棍往上扬,左手反腕自右肘下接棍。跨左腿，右转身，左手扣腕将棍斜贴于背后。出右脚，成右丁字步。右手握拳，上

龙潭

扬在头上方，面向前场。（八大）跨右步，左转身，面向里场。【撕边小钹一击】双

走

手正腕平托棍，踢左腿，双手颠起棍，用右手反腕接棍。【撕边小钹一击】跨右步，

这

左转身，右手平持棍自头顶翻过去，面向外场【撕边小钹一击】。踢左腿，右手平持

遭。

棍，左手掌护右腕，左丁字步亮住。【小钹归位】左手接棍贴在左臂后，右手“云手”拉开。右手接棍下按棍起“反棍花”，身随棍势向右侧身，右脚偷步落地，左脚尖点地成左丁字步。右手平持棍置于右肋处，左手成掌护棍亮住。

石　秀　俺，【小钹一击】石秀。【小钹住头】（右手棍斜提置于右肋处，左手成拳，扣腕置于左肋处，右丁字步站定）奉了宋大哥将令，（面向右斜方，右手棍向右侧平举，左手成掌搭在棍上）扮作樵夫模样。（右手棍置于右肋下，左手掌自头前画圆成赞指，指向自己。撤回右脚成左丁字步，面向左斜方）前往祝家庄，（后撤三步，同时右手棍起“劈喉”，棍贴于右臂后，棍上端指向右前上斜方。左手叉腰，面向前视）探听（右手棍姿势不变，大撤右步，曲抬左脚，绷脚面。左手成掌置于左膝处）【小钹软四击】地（落下左腿，曲抬右腿，落下右脚）理（走小圆场,至“大边”

里场，面向里场）虚实。（两手持棍前半部，棍置于右肋侧。骑马式亮住）**【小钹叫头】**呀！（背对前场，在“叫头”鼓点中双手持棍，将棍的前部逆时针地画圈）**【小钹五击头】**（将棍交于左手，回身走至中场。斜提棍置于左肋下，右丁字步站定）逶迤行来，早又是庄门之畔也。（往左跨右步，上左步，成左弓箭步。同时左手棍自左向右在胸前画圆，棍贴于左臂后。右手并二指反腕，与左手棍同时画圆，屈指向“下场门”一指。头随手势向“下场门”看。头再转回，面向前看。右手翻过腕，并二指指向“下场门”）**【小钹归位】**（右手接棍，撤右步，侧转身面向台右侧。曲抬右脚，右手立棍打右靴底，然后起“棍花”，将棍前端在体右侧点地。左手叉腰，右手棍接起“劈喉”，棍横在面前与眉持平。左手贴着棍前端自上往下画圆，上场左手掌搭在棍前端。曲抬左腿，绷脚面，右腿“金鸡独立”。面向台右侧亮住）

<新水令>小工调 1=D 曲笛、笙伴奏①

サ3 5 6 （オオ） 1̇[2̇] 7 6 -

前 来 庄 上

（双臂平展拉开，右臂横伸棍横于背后，左手成掌，左臂横伸。同时慢向左转身，面向前场。右腿“金鸡独立”）

（左腿自身前向右后曲伸至右腿后）

（落下左腿成左弓箭步。右手棍反腕“面花”，左手接棍贴在左臂后，右手并二指，指向左方。面向右斜前方）

6[1̇] 5 6 5 3[5] 2 3 -

探 踪 迹，

（左手棍和右手指在胸前缓起，左手棍斜提置于左肋下。撤右腿长身成右丁字步。面斜对“小边”外角）

（往左横移右脚。右手并二指，指向右方，目光往右侧斜视。再从左往右横移右脚。右手回腕指向左方，目光往左侧斜视）

（右手再反腕半曲二指置于胸前。右脚收回成右丁字步。目往前视）

（才另才） 6[1̇] 3 3[5] 3 5 - **【撕边】** 2（八）

变 形 容 芒

（撤左脚，跨右腿，左转身。右手接棍斜持，高举过头。左手掌护棍，踢左腿，走圆场至台中，面向前场）

（半跨右步，右手棍反腕“面花”。左手接棍贴于左臂后，往右跨左腿，踩住左脚矮身。“芒（八）”右腿曲抬置于左腿后，右靴底向上）

① 本剧中石秀所唱的全部曲牌，包丹庭先生按老传统的要求，均以曲笛（辅以笙）伴奏为主，而不加用小唢呐。

2 1 （大 才） 2 3 1 7 6 - （才 才）

鞋 箬 笠。

（右手在胸前画圆，并二指上扬在头顶，指向左方。右腿姿势不变，左腿独立）

（右脚伸向斜前方，右弓箭步。右手并曲二指先指向左方，目向左视双指；再反回二指向右，目向右视双指。然后右手二指在胸前画圆，置于头上斜指左方）

（左脚向斜后方撤步，左转身面朝里，提起右腿“金鸡独立”。双手持棍，左手握棍下部，右手反握棍上部，棍平置左肋下）

1 2 3 【撕边】（才） 【小钹五击头】

龙 潭

（两手平持棍，向右转，走小圆场，斜向“小边”外角站定。棍交右手，棍贴在右臂后，左手成掌，两臂平拉开，向前探身，右腿独立，扬起左腿，成“探海”）

（落下左腿，向后撤右步，同时向左转身一周。在转身同时，右手棍在头顶横向起“棍花”。左手接棍，棍贴于左臂后斜上举，右手掌变拳置于胸右侧。斜向“小边”外角，右丁字步站定，目向前视）

3 6 5 4 3 5 6 6 1 - （才 台 才） 1 7 6

何 足 惧。 虎 穴

（左手斜持棍置于左肋下，右手平摊。换成左丁字步，左脚尖点地）

（略抬右手向里转腕，随即向前方指出）

【小钹五击头】 6 5 6. 6 5 6 5 -

漫 须 提。

（右手接棍，立棍打右靴底。斜向落下右脚，同时右转身，同时右手棍起“棍花”，面向里场，背朝外场。右手横持棍，左手掌扶棍，棍停在头顶前。跨右腿，左腿后抬）

（右手平持棍，松手令棍落下。左手自下向上反腕接棍。左脚前伸落地）

（左手松手令棍落下，右手自下向上反腕接棍）

（上右步跨腿，身向左转，右手平持棍自头顶翻过，面向外场。左手护右腕。右腿落地，踢左腿，左脚尖点地）

【小钹住头】（侧身右手棍起“反棍花”。棍平置于右肋下，左手掌护棍）且住！

【小钹五击头】（右手斜提棍置于右肋下，左手成拳。右脚后退一步成左丁字步）俺虽然扮作樵夫模样，（面向前场，左手竖大指指向自己）只是未担柴薪，（右手横持棍置于胸前，左手立掌置于棍侧）这……（面向正场，侧身左丁字步。右手斜持棍置于右肋下，左手摊掌）**【撕边】**（才）这……（斜向“小边”外角，侧身右丁字步。右手斜持棍置于右肋下，左手摊掌）**【撕边】**（才）这便怎么处?(向左斜上一步，抬右腿，在右腿弯处掏“棍花”。落右脚，向右转身往“上场门”走三步，骑马式站定。面向“上场门”做瞭望状。棍贴于右臂后，右臂平伸；左手成掌，左臂平伸）【撕边】（才）哎呀，妙哇！（右手棍起“反棍花”，退回到中场，转身面向前场。右手棍斜提置于右肋下，左手成拳置于腹前）【小钹五击头（快速）】看那旁有户人家，（头微右侧，目往右斜视，左手成指“打背供”）门儿半掩，（右手横持棍，左手掌平置于棍侧）里面有柴，（头微右转，目往右斜视）俺不免担它两捆柴薪，（右手平持棍，左手曲二指，先指向棍左端，再指向棍右端）混进庄去，有何不可！（右手棍反腕起“棍花”，左手接棍，贴于左臂后，向上斜持棍。跨右腿，斜上左步。右手并二指，斜指向左后侧。成左弓箭步）【小钹归位】（左手棍和右手指在胸前缓起，两手持棍置于左肋下。缓起左脚，长身，向左斜出左脚，曲抬右腿，左腿“金鸡独立”）

2 2 1	-	【小钹软四击】 6̣ 2 1 2 3
看		门 户 寂
（棍交右手，涮棍，将棍贴于右臂后，同时落下右腿，向右走圆场至“九龙口”）	（左手掌，两臂平伸开。面向里场，骑马式站定）	（头偏左一望，头再偏右一望。棍交左手贴在左臂后，右手成掌，两臂平伸。同时跨左腿，右转身，面向外场。跨右腿，踢左腿，左丁字步亮住）

3 2 2 1 -	【撕边】（八大才）	【小钹冲头】
寂。		
（撤右腿，往后撤身右转。左手棍在头顶上横起棍花。右手接棍，贴于右臂后，斜上持棍。左手成拳反腕置于胸左侧。此时身在“九龙口”，斜向“大边”外角，左丁字步亮住）		（跨左步，右转身。右手缓下棍，左手接棍下部，两手平持棍置于左肋下。面向里场走三步，再小步由“上场门”下）

「【小钹冲头】石秀左肩担柴担①，右手扶柴担，缓步自“上场门”走上。走至里场中站定。（音响加重加快）右手缓下来再扶柴担，曲抬左腿。走圆场，右转至台中，跨左步，颠肩亮住。

【小钹归位】	3 6 3 3 5	【撕边】（八大才）	（八大乙 才 才 才）
	好 让 俺		
（右手缓下来再扶柴担。往左斜跨右步，曲抬左腿，右腿“金鸡独立”）	（左肩担柴担，右手护柴担，落下左腿向右转身）	（走圆场至“大边”里角，斜向“小边”外角亮住）	（右掌上扬）（跨步三腿）

① 柴担是此剧专用道具，是空心的扁担，内藏枪一根，柴担两端各有柴草一束。

（八　大　才）　2　2 1　2 3 1 [2] 7̣　6̣ －‖【撕边】（八大才）

　　　　　　　　混　人　　敌　　地。

（跨右步，将柴担前端往右画圆，颠肩。半矮身面向前场亮住）　（踉脚长身，撤右脚后退两步。右手缓下，并二指向前指，面向“小边”外角亮住）　（右手缓下来，“山膀”亮住。站在中场偏“大边”处。右手掌上扬在头右耳侧做叫卖状）

卖柴！【小钹长尖】（柴担换至右肩，左手扶柴担。跨右腿，踢左腿，走三步，再小步走至“小边”台口。左转身，面向“下场门”亮住。（八大才）跺右脚，柴担换至左肩，右手扶柴担，曲抬左腿亮住）

「【小钹长尖】走三步，小步缓步面向“下场门”下。

第　二　场

「杨林内白：“无量佛！”

「【大锣一锤锣】杨林右手持手摇钟，左手持降魔牌，自“上场门”上，行至正场站定。

杨　林　（念诗）天光地光，昼夜神光；

　　　　神宿齐至，邪魔消亡[①]。

【大锣住头】俺！【大锣一击】锦豹子杨（一望）【撕边】（大锣一击），（两望）【撕边】（大锣一击）锦豹子杨林。【大锣住头】奉了宋大哥将令，扮作压魔道人模样，暗助石秀探听祝家庄地理虚实。就此走遭也！

<步步娇>小工调　1＝D 笛子或加小唢呐伴奏

【大锣帽子头】サ　3　5　[6]5　6　6 5　3　3̂　－

　　　　　　　　　改　换　　　衣　裳　　　往

（多罗．0）| 4/4 2　－　3 5　3 2 | 1　2　1　6̣ |

　　　　　　　　庄　　　　　　　　中

3 5　2 1　6̣　－ | 5　5　6 5　3 | 2　－　3 5　3 2 |

去，　　　　　　　面　貌　　　　　真

（左转身，缓步走圆场）

---

① 杨林的诗句亦可念为：“天光地光，日月星光；咒符一道，邪祟消亡。”

1 2 1 6 | 3 02 1 6 | 2 23 21 6 |
堪 异， 铜 铃
（缓缓摇铃）

3 5 6 53 | 3 35 6 5 | 6 - 56 5 |
手 内 提，只 见 道 路
（缓步走至中场）

6 i 6 5 | 35 65 3 - | 2 2 1 2 |
崎 岖 东 西 难

3. 2 1 6 | 2 1 6 - ‖
记。

吠！（仓）庄内人等听者！【大锣五击头】贫道乃西岳华山道士，观见你庄有煞气冲天，特来与你们压魔，压魔！（仓）

〔祝小三自“下场门”上，上下打量杨林。

祝小三 吠！好个压魔道人，你说你是西岳华山来的。我且问你，在路上走了多少日期？

杨　林 这个……【撕边一锣】（向后退一步）

祝小三 说！

杨　林 嗯，半载有余。

祝小三 哦，半载有余？（已识破杨林的谎言）倒也不差。你随我来，我来斋你！

〔二人进庄。祝小三自“下场门”下。杨林回至中场。

杨　林 嘿！（仓）若不是俺口巧舌能，险些被他盘破，那还了得！

4/4（扎 多）1 61 23 | 21 6 65 35 | 6 - 56 5 |
俺 应 变 要 随
（左转身走圆场至中场里）

3 05 3 3 | 5 5 06 61 | 2 - 3 2 | 1 02 1 6 |
机， 有 谁 人 识 破 我 是 真 好

（再右转身走圆场）
（此时石秀担柴担上，走至“小边”外角，向外一望，左转身往里场走，与杨林碰面）

（二人碰面一对眼光，石秀急向右侧脸。往右跨左步，成右弓箭步，在“小边”外角亮住。左肩柴担，右手摆手示意）

（才）

2 1　6̣　0　0 ‖（杨林会意后退几步，由“下场门”下）

细。

石　秀　<折桂令>小工调　1=D 曲笛、笙伴奏

4/4（扎）	6 i̇ 5 6	i̇ 7 6	0 5
	进	庄　门	
	（往后斜撤左步，左转身面向里场，右手拳下挥。踢右腿）	（上抬右拳，踢左腿，下挥右拳踢右腿）	（撤左步，右转身，面向“大边”外角。丁字步站定）

3 5	6 i̇ 5 6 -
道	路
（曲抬右腿右手成指指向“大边”外角）	（落右腿前行三步，右手指随行进换成掌，置于腹前。在“大边”外角亮住）

5. 5 3563 3 -	（扎）3 5 6 i̇	6 5 3 0 2
周　折，	走　巷	穿　街
（往后撤步，退至“小边”里角停步，左手扶柴担，右手成掌，“山膀”拉开亮住）	（右手成掌，右臂往左平摆。抬左腿，上左步）	（右臂自左往右平摆，抬右腿，上右步）

1 2 1	6 1 5 6̣ ˇ	6̣ 6̣ 1	2 3 212
脚	步		蹀
（右臂自右往左平摆，抬左腿，上左步）	（右脚偷步，斜身面向“大边”外角。右手成指置于头前上方）	（收回右步，面向“大边”外角。右手成掌“山膀”拉开）	（右手盖下来，跨右步，右脚“蹦子”跺住）

1 ˇ	1. 2 3 2 1 3	6̣ 1 2 3 -
躞，	早　又是	红　日
（右手掌“山膀”拉开，抬左腿亮住）	（往右斜后撤左腿，往左转身，大跨右步，往“小边”外角踢左腿。转身时柴担换在右肩，右手扶柴担，左手掌护右腕）	（上右步，成右弓箭步，斜身面向“大边”外角目光上视）

2· 3 127 6 - | (扎) i 65 6 0 5 |

西 斜，并 无 个

(目光向左上方看，左手成指指向左斜上方)

(长身上左步，跨右腿向左转身。柴担换至左肩，左手扶柴担，面向里场，向前漫步)

35 65 32 3 | 33 5 6 i2 i76 | 5 - 0 (才)‖

音 耗 消 息。

(往右转身，漫步走小圆场，走至中场)

(面向前场，左腿往右跨步，柴担惦肩，左手扶柴担，右手护左腕。骑马式亮住)

且住！（碾脚长身站立，成左丁字步，右手成掌上场）【小钹五击头】（撤左步，成右丁字步，右手叉腰）俺虽然进得庄来，看——（才）（后撤右步，成左丁字步。右手“山膀”拉开。面向前场）家家（目光移向右侧，撤左步，成右丁字步）关门闭户，（右手成掌，在胸前从右向左顿点）俱似避兵模样，（右脚斜上一步，面向“小边”外角。右手成掌，目往前视）可见此庄法令严肃。（撤右步，成左丁字步。右手“山膀”上场。右手的大指、食指和中指掐成圆圈，无名指及小指微曲，手心向外）（才）石秀啊，石秀！（右手成掌，抚在腰际）你今此来（斜上右步，面向“小边”外角，右手反掌置于胸前）若（ráo）不能（面向正场，翻右手，掌心向下）成（左腿向右斜前方横跨一步，摆动右手掌）功（右腿向左斜前方横跨一步，摆动右手掌）呵（húo）！（左腿向右斜前方横跨一步，摆动右手掌）哦呵！（摊右手，掌心朝上）

（接唱）

(扎) 1 2 3 21 3 | i 0 2 i 6 5 | 3 1 2 3 21 3 |

枉 了俺 夸 口 饶 舌，走 空 回

(右手平摆，掌心朝上，同时后撤右步至“小边”里角，成左丁字步)

(右手“山膀”拉开，右手翻掌上扬与肩平，再变成赞指)

(向右斜身，柴担换至右肩，右手扶柴担。向前漫步至“小边”外角)

5 3 5i 6 0 5 0 3 | 2 127 サ 6 - ‖ (才)

有 恁（rén） 颜 色（shǎi）。

(停步)

(左丁字步站定，左手“山膀”拉开，面向前场，目往上视)

天色已晚（右丁字步站定，抬头望右斜上方。左手指向右斜上方，右手扶柴担），俺不免循归旧路（撤右步，成左丁字步。左手向“大边”外角斜指，目光往“大边”外角斜视），明日再来打听便了！（上右步，成右丁字步。面向前场，左手赞指指向头左上方）

（接唱）

（多 多 乙）1 2 | $3^{\frac{5}{}}$ 1. 2 3 - | 2. 3 127 6 - |

我且 趁 早 回 归，

（柴担颠肩）（柴担换至左肩，左手扶柴担，在“小边”外角，面向“大边”侧幕）（自“小边”外角，漫步走圆场）

（大 大） （才）

1 6 5. 6 1 2 1 6 5 6 | 005 0654 3 - ‖

再 作 端 的。

（行至正场中央，跺右脚，右腿“金鸡独立”）（向右旋转一周半，面向里场，背向前场，骑马式亮住。柴担横担在项背）

（嘟~~~~~ 才）（柴担往右平移，脚下成右弓箭步，头往右下方斜视）

（嘟~~~~~ 才）（柴担往左平移，脚下成左弓箭步，头往左下方斜视）

呀！【小钹五击头】（长身站立。柴担担在左肩，左手扶柴担。右手“山膀”拉开，面向前场）俺行了半日，怎么又走到这个所在来了？（抬右手成指上扬，抬左腿。落下左腿成左弓箭步。右手斜向下指，目斜下视）哦！哦！是了！（右手扬起，做沉思状）【小钹五击头】（长身站立）闻听人言（右丁字步站立，右手成赞指，指向右后上方）祝家庄道路难行（撤右步成左丁字步，右手成掌自左向右摆顿平移拉开）这进得来，（往左跨右步，往左斜前方落左步，成左弓箭步。右手指反腕向左指，再翻指向左方。目视手指的方向）（才）便出不去！（往右跨左步，往右斜前方落右步，成右弓箭步。右手指向右前方。目视手指的方向）（才）这便如何是好？（撤右步，长身。右手平摊）这！这！这便如何是好！（右手平摊。左转走到中场。右手“山膀”拉开，面向“下场门”亮住）（嘟~~~~~ 才）

〔钟离老人在“下场门”内白：“小儿，好好看守门户，待为父买担柴来，好做晚饭吃！”

石 秀 里面有人来了！（后退至“小边”外角。“背供”，右手向左指）

〔【小钹五击头】钟离自“下场门”上。

钟 离 哎！宁做太平犬，不做离乱民。什么要紧！今日交锋，明日打仗，弄得家家关门，处处闭户，连担干柴也无处去买！（做“开门”、“出门”状）

〔石秀在钟离话白中卸下柴担：右转身面向“小边”侧幕，将柴担换到右肩，左手扶柴担。将柴担落在右肘弯，成右弓箭步，将柴担右端放在台上；再换成左弓箭步，将柴担左端放在台上。长身面向前场站立，做“听”和“看”状。

石 秀 （斜身偷右步，成左丁字步，左脚尖虚点。曲双臂相叠抱肘，面向“大边”外角，目平视）卖柴（才）！

钟 离 （出门看见石秀）真个是思衣得衣，思食得食。我正要买柴，喏，那旁就有个卖柴的。（用手招呼石秀）喂！小哥，你那柴可是卖的么？

石 秀 （放下双臂，转身向钟离一望）正是卖的，啊公公，敢么是要买柴？（面向钟离，平摊双手）

钟　离　正是，与我担进来！

石　秀　是！是！（拱手施礼）

〔石秀回身担柴担：左弓箭步，左手拿起柴担左端，将柴担放在右肘弯，再担在右肩上，颠一下肩。担柴担前行，暂停步与钟离对望。担柴担进门后，再与钟离对望。然后将柴担放在“小边”侧幕）

石　秀　啊公公！小可拜揖。（躬身施礼）

钟　离　不消！

〔（大 大 大 0 才）二人对望，相互猜疑。钟离移至“大边”外角眼望石秀；石秀左手抄大带，移至“小边”里角，右丁字步站立，眼望钟离（大 大 大 大 乙 才）钟离移至“大边”里角，眼望石秀；石秀右手抄大带，移至“小边”外角，左丁字步站立，眼望钟离。（大……大 0 才）二人回至中场对望，分别“打背供”。

钟　离　啊樵哥！看你不像此地人氏，为何担柴来卖？

石　秀　哎，公公！（抱拳后身侧向“大边”外角。双手在胸前由外向里相绕。跺右脚，曲抬左腿，右腿“金鸡独立”。手分开，左手拳，右手掌，“山膀”拉开）

（接唱）

2/4 （扎）6　3　3 | i 6 5　3 |

念　区　区　落穷　途，
(lào)

（双手掌心朝上，自身前往后收至胸腹部。踢出左腿，右腿独立）（两手掌平伸出，收回左腿右腿独立）（两手掌平伸出，踢出左腿右腿独立）（左腿落下，左手抄大带，往右斜侧身，面向“小边”外角。虚点右脚，成右丁字步。右手斜向前指）

3 5　6 i | 5 4　3 | 3 5 3 2　1. 2 |

无　奈　孤　客（qiě）　把

（大带换至右手，左侧转身，面向“大边”外角，虚点左脚，成左丁字步。左手成赞指，指向自己）（右手甩下大带）

3 2 3　0 2 | 1　2 1 | 6 1 5　6 ⁵6 | 6 7 6　1 |

柴　薪　权　当

（“反云手”，左腿往右跨步，转身一周后面向“小边”。同时左臂自体侧向上往右画圆后，掌变半握拳。左臂再上扬成“山膀”，曲悬左腿；在左臂往右画圆时，右臂自体侧向上往左画圆，至左臂处，右手掌变指。左腿落下成左弓箭步。右手指向“小边”侧幕）

（才）

2 3 2 1 2 | 1 0 ‖

饥 渴。

（斜向“大边”外角双手起“大刀花”，跨右腿往左转身） ┊ （盖下右手，跺右脚，抬左腿“金鸡独立”左手做擎杯状，右手指指向左手）

钟 离 你不知路径，难道是胡乱闯进来的么？

石 秀 小可只知卖柴，（往“小边”斜上右脚，成右丁字步。右手斜指“小边”外角，面斜对“小边”外角）哪里晓得什么路径呀！（往左侧转身，成左丁字步。双手平摊，面斜向“大边”外角）

钟 离 哎呀！如此说来，你命休矣！

石 秀 啊！（才）公公何出此言？（面向钟离，双手平摊）

钟 离 待我慢慢地告诉于你。我们这里名叫祝家庄。

石 秀 哦，祝家庄。（点头应声）

钟 离 庄主祝朝奉。

石 秀 嗯，祝朝奉。（点头应声）

钟 离 他有三个儿子，喏！祝龙、祝虎、祝彪，（伸左手，用右手扳左手指数数）个个武艺高强。这还不足为奇，还有一位铁棒教师栾廷玉。

石 秀 哦，栾廷玉。（点头应声，做注意状）

钟 离 此人有万夫不挡之勇，厉害得很哪！

石 秀 他便厉害，难道说胡乱害人不成？（面向钟离，跨右步，上左步，成左丁字步。双手拍掌平摊）

并非胡乱害人，只因近日呵！

<江儿水>小工调 1=D

（扎 另台 七台 乙台 才 另台 七台 乙台 才大乙）

钟 离 2/4 0 6 6 | i i. 5 | 6 5 3 | 5 5. i | 6 - |

他与梁山泊今日把仇结，

（钟离走向“大边”里角，同时向右甩髯。左手向前指，面向石秀；石秀右手抄大带，走向“小边”外角，成左丁字步。左手掌置腹前，面向老人）

（才 台 才个另台 乙大乙个才 台 才）

3 3 | 3 5 2 | 0 3 1 | 2316 | 0 0 |

庄中募些真豪杰。

（抖双手平分开，走向“大边”外角。右手竖起拇指，面向前场）

（石秀将大带换在左手，走向“小边”里角，成右丁字步。右手掌置腹前，面向钟离）

（二人同回至中场）

钟 离 你若是走错了路径，被他们拿住哇！（左手捋右手水袖，右手伸出做抓人状）

石 秀 便怎么样呀？（双手摊开，做疑问状）

（扎才　乙另　才　另台　七台　乙台　才　另另

钟　离　0 6　5 6 | i　6 5 | 3　3. 5 | 6ᵛ　3 2 |

便　当作　奸　细　难　分　说，他们

（走向“大边”里角，面向石秀摊双掌）

（石秀左手枕右腕，走向“小边”外角，面向钟离）

{（走向“大　（右手枕左

才　另台　乙大　乙　才　台　才）

3　5 2 | 0 3　1 | 231　6 | 0　0 |

也　有萧　何　律。

边”外角，左手捋髯，右手并二指，高举过顶）

腕，走向“小边”里角，面向钟离）　（二人同回至中场）

石　秀　听公公之言，（向钟离拱手）叫俺怎（右手成掌，右臂曲置胸前。左手成掌，左臂向左平伸）生（左手成掌，左臂曲置胸前。右手成掌，右臂向右平伸）出去？（起“云手”，跨右腿，踢左腿，成左弓箭步。右手拳反腕贴于右肋，左手拳正腕向前平伸）

钟　离　你还想出去么？（右手抓住石秀左腕）

石　秀　嗯！

钟　离　只怕难，（右手掌切石秀的左臂肘弯）难、（右手掌上移切石秀的左腕）难，（右手掌往下绕石秀的左腕，再抓住左臂）喏！（右手上扬撒开石秀的左臂）

（另　才　扎才　乙台　才　另台　七台　乙台

2/4 0　0 | 0　6. 1 | 2 3　2 | 0　3. 5 |

道　路　崎　岖　周

（走向“大边”里角，双手向外指）

（石秀双手搓手，走向“小边”外角，目视钟离）

才　另台　另另　大　才另七　乙个才　另　才

6ᵛ　2 1 | 6 1　2 | 0　0 | 0　0 |

折，要想　逃　生

{（走向“大边”外角，斜向中场走几步）　（回至中场二人相望）

（石秀搓手，走向“小边”里角，斜向中场走几步）

衣大　乙　才　另才　乙另　才　乙　才）

0 2　1 2 | 3　3. 2 | 1　2 1 | 6　0 ‖

除　非是　插　翅　双　腋。

（双手向外摊掌，往里一盖两盖，甩髯往右转身一周，折右袖，折左袖，蹲身亮住）

（石秀双手向外摊掌，起“反云手”，往右转身一周，两臂互搭，长身亮住）

|石秀探庄|

石　秀　【叫头】哎呀，公公啊！【小钹五击头】如此说来，你要救我一救！（左手先指钟离，然后左手再成赞指指向自己）【撕边一击】公公你要（右腿往左跨步，面向钟离，双手握住钟离双腕）【撕边一击】，救（双手握住钟离双腕，再向左平移，右脚偷步；钟离双腕被握住，再往右平移，左脚偷步）我（双手握住钟离双腕，再向右平移，左脚偷步；钟离双腕被握住，再向左平移，右脚偷步）一救！（双手微用力上扬，撒开握腕的双手；钟离的双手上扬）【小钹五击头】（双手自外向里相绕，起“云手”拉开，面向“大边”外角亮住；钟离踉跟后退两步站住）

<雁儿落>小工调 1＝D

石　秀　2/4（扎）5　6 6 | 2 i i　6 5 | 3 5　6 5 | 6 7　6 |

可　怜我　落穷　途　无　见　识，

（弓起左腿，往“大边”外角前行数步。左腿独立站定，右腿曲弓上提，身体侧向“大边”上角。双手自体前上扬，成拳置于头上部。双拳再变成双掌，面向前场）

0 2　3 2 | 5 3　2 3 | 5　5 | 1　2 |

可　怜我　卖柴　薪　为　谋　食。

（落下右腿，起“反云手”，左腿往右跨步，转身一周后面向“小边”。同时右臂自体侧向上往左画圆后，掌变半握拳，右臂再上扬成“山膀”，同时曲悬右腿；当右臂往左画圆至体左侧时，左臂自体侧向上往右画圆，至右臂处，左手掌变指指向柴担。落下右腿成右弓箭步）

0 2　3 2 | 5 3　3 2 | 1.　2 | 7̣　6̣ |

可　怜我　触藩　篱	进	退
（长身，往左侧身面向“大边”外角。双臂自体侧画圆，往“大边”外角走几步，成左丁字步站定。双臂向前伸，双手立掌）	（左臂平伸不变，上身往右后斜侧。右脚撤至左脚后成左丁字步。右臂撤至胸前）	（撤回左臂，伸出右臂。上身往左后斜侧，脚下换成右丁字步）

1　5̣　6̣ 6̣ | 1 6̣　5̣ 6̣ | 5　5 | 6　6 5 |

难，	可　怜我　命危　急	难　存	活。　哎　呀
（撤回右臂伸出左臂，上身往右后斜侧。脚下换成左丁字步）	（斜撤左脚，成右丁字步，右手成赞指，指向自己。曲抬右腿，右手在右膝上一拍）	（曲抬右腿，右小腿做逆时针转动。提起右臂垂右腕做顺时针转动。最后右手指指出去）	（回身上步，双手拉住钟离的双手）

6	7	6̂ –	【小钹抽头】	（另 才
公	公	啊！		
（双手握住向左手移右脚偷步）（钟离双手被握，向右平移左脚偷步）	（双手握住向右手移左脚偷步）（钟离双手被握，向左平移右脚偷步）	（双手微用力上扬，撒开双手）（钟离随势上扬双手）		（“云手”拉开）（钟离跄跟后退两步站住）

扎）i̇ 65 | 32 35 | 65 6 | 02 32 |

你 与 我 明 说， 哪 里 是

（左手先指钟离，再成赞指，指向自己） （往右斜身，面向“小边”外角。起“反云手”）

53 23 | 5 5 | 1 2 |

走 生 门 将 危 脱？

（往右侧跨左腿，踢右腿。右脚落地后以右脚尖为轴心，往右转身。同时再跨左腿，但左脚不落地而是横于右腿弯内侧，此时正好右旋拧腰转身面向“小边”外角。双手成立掌平推出，矮相亮住）

0 32	3 5	0 21	2 –
你 的	恩		德，
（左脚落地回身上步，双手握住钟离双手）（钟离双手被握住）	（双手握住，向左平移，右脚偷步）（钟离双手被握向右平移左脚偷步）	（双手握住，向右平移，左脚偷步）（钟离双手被握向左平移右脚偷步）	（双手微用力上扬，撒开握着的手）（钟离双手随势上扬）

【小钹抽头】（另 才 | 扎 才 另 才 | 另才 乙台 |

0 0 | 0 5 | 3 32 | 12 7̣6̣ |

胜 烧 香 和 念

（云手拉开）（钟离跄跟后退两步站住）

（起“反云手”向右往“小边”外角转身。左腿曲膝平抬，右腿独立。上身直立，双手合十置于右肩前。目光转向钟离）

才 大大 另 台 | 乙 才 乙 台 | 才）

1ᵛ 5 32 | 12 7̣6̣ | 1 0 ‖

佛， 胜 烧 香 和 念 佛。

（起“正云手”，向左往“小边”里角转身。右腿曲膝平抬，左腿独立。上身直立，双手合十置于左肩前。目光转向钟离）

〔【起堂鼓】石秀起“反云手”，往“小边”走圆场，朝“上场门”一望；钟离往左甩髯，往“大边”走圆场，朝“下场门”一望。二人同时再回至中场。

钟　离　樵哥，不妨事，今日天色已晚，明日早行。随我进来！

石　秀　是！是！

钟　离　樵哥，来呀！（向石秀招手，转身先行，往“下场门”走去）

石　秀　来了！（待钟离先行三步后，右手上扬）（八 大　台）【小钹三击】（上左步，上右步，再上左步。【撕边】(八大才) 往右跨左腿，起“反云手”往右转身，落右脚成右弓箭步。左手握拳贴于左肋下，右手指向“小边”侧幕）

钟　离　樵哥，来呀！（回身招手，再转身下场）

石　秀　哦，来了！（收势，转身向“下场门”拱手作答）

〔【小钹打下】石秀缓步“下场门”下。

第　三　场

〔杨林内白：“不好了！”【大锣长尖】杨林持双刀自“上场门”上，走至台中。

杨　林　【叫头】哎呀且住！【大锣五击头】此番前来，画虎不成，反类犬也！

<侥侥令>[①]凡字调 $1={}^{\flat}E$ 唢呐伴奏

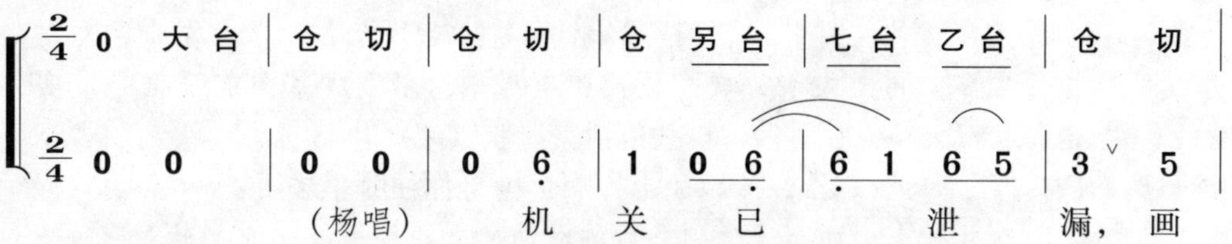

（“云手”拉开。走至“大边”外角，左转身走圆场。再右转身走至“大边”中场，面向“上场门”）

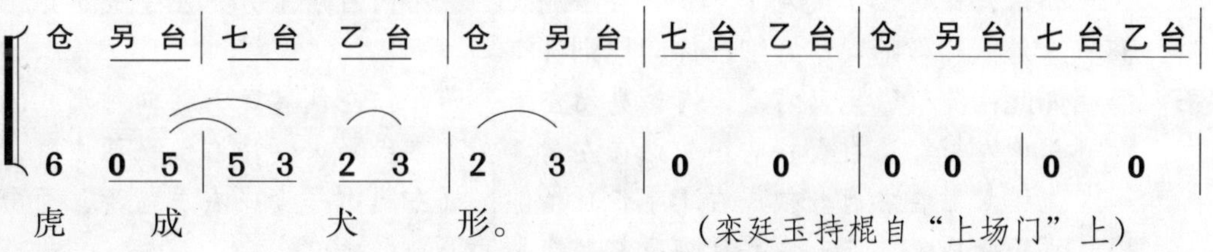

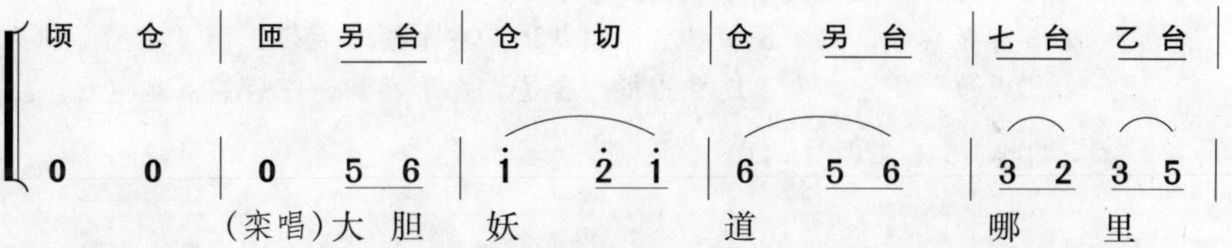

（怒指杨林，“棍花”打向杨）

① 演奏此曲牌时杨林、栾廷玉均可不唱。

仓另 大	仓 另切	乙台 仓	0 0
6 ˅ 1	5 6 2	0 1 5	6 1
行， 顷	刻 间丧	残	生。

(杨林持双刀与栾廷玉持棍架住)

〔【急急风】二人往里“一盖”，栾廷玉打杨林“封头”，杨林接“封头”，败下。

栾廷玉 庄丁们!

〔【大锣冲头】四庄丁两边上。

栾廷玉 拿奸细!

〔【急急风】四庄丁应声，“插裆”领下。栾廷玉持棍亮相下。

第四场

〔【堂鼓声】【小钹冲头】石秀自“下场门”上，右手抄大带，左手握拳，走小圆场至堂桌前。右手“山膀”拉开，左手反腕握拳贴于左肋，左丁字步站定，面向前场，目平视“门”。左手拳缓上成指，指向前方的“门”。【小钹三击】(八大台)右臂上扬。伸左臂扑向“门”(才)，右脚上步，伸右臂扑向“门”(才)，左脚上步，伸左臂扑向“门”(才)。【撕边】上右步，上左步，左脚尖点地，再撤回左步。再上左步，成左弓箭步(八)，左手成掌向前平推、按实，做“按门扇”状(大)，右手做“横扶门插关”状(才)。

钟　离 (自“下场门”跑上，随跑随念)啊!樵哥你往哪里去呀?

〔石秀正欲夺门而出，听到身后的动静，立即缩手并向左侧转身，面向钟离。

石　秀 (拱手相称)啊!公公!这是哪里喊(Xiǎn)杀之声?(身向右侧转，面向“小边”外角，撤右步，成左丁字步。右手成赞指，指向右后上方，左手成拳贴于左肋下)

钟　离 这是铁棒教师捉拿奸细，你问他则甚?

石　秀 如此待俺(微晃动右肩，再微晃动左肩，同时往左侧转身，面向钟离)出(往左侧平伸左臂，曲右臂将右手掌贴在左肩。左丁字步)去(往右侧平伸右臂，曲左臂将左手掌贴在右肩。换成右丁字步)帮他!(右腿上一步成右弓箭步，面向前场。右手正腕成拳前伸，左手反腕成拳贴在左肋下)(才)

钟　离 且慢!你若帮他，就把你也当作奸细了!

〔石秀撤右步，右手反腕抄大带(八)，右手抄着大带正腕“山膀”(大)，身侧向“大边”外角，左手成赞指指向自己。左丁字步，左脚尖点地(仓)。

<得胜令>小工调 1=D

石　秀 サ $\dot{1}$ $^{\dot{2}}7$ $\overset{\frown}{6}$ | $\frac{2}{4}$(龙 冬 大 大台 | 仓 另才 乙才乙 |

呀!

(右手扔大带) | (“正云手”，跨右腿左转身一周，左丁字步，面向“大边”外角)

顷 - | 仓）5 6 6 | 2̇ 1̇ 1̇ 2̇ | 6 5 4 5 | 6 5 6 |

若（ráo）不是老人家指明说，

（左右双手相对地转动，右手拳击左手掌）（向钟离拱手施礼）（右侧转身面向“大边”外角，左丁字步，右手握拳，左手赞指指向自己）

0 5 6 | 1̇ 7 6 5 | 3 2 3 | 0 6 6 5 |

险些儿闯祸

（往右微侧身）（盖左腿，往右踢右腿）（跨左腿，往右转身，同时双手拍掌）（面向前场右腿上步成右弓箭步）

3 2 3 | 0 2 3 2 | 3 2 | 3 2 |

端，好叫俺进退

（双手平摊）（收回右腿，横出左腿，面向“大边”，骑马式）（往左侧平伸左臂，曲右臂，右手掌贴在左肩）（往右侧平伸右臂，曲左臂左手掌贴在右肩）

3 2 3 5 | 1 6̣ 1 | 0 7̣ 0 6̣ |

维谷两难

（右手拳扣腕下垂。左手掌正手拍打右手背）（右手拳向内反腕，手心向着自己。左手掌反手拍打右手背）（踹右“百灵腿”右腿落地后向右转身）（跨左腿，双手拍左腿内侧，左腿落地后，再向右转身，再踹右“百灵腿”）

（衣大 大 仓 0）

5̣ 6̣ 5̣ | 0 5 0 6 | 1̇ 6 5 | 3 5 6 | 5 - |

哉，伏望公公说明白！

（双手成掌平摊，由左向右抖动画圆，骑马式亮住）（长身站立，成左丁字步）（向钟离拱手躬身）

钟　离　如此说来，你倒是个老实人呐！

石　秀　俺本来是个老实人呐！

钟　离　待我指一条生路吧！

石　秀　公公指教。（向钟离躬身施礼）

钟　离　来，来，来，出了我家门，往东走。（边说边走，与石秀一同出门。钟离在“大边”，石秀在“小边”。钟离指向“大边”外角）

石　秀　哦！往东走。（边应声边顺钟离手势，长身往“大边”外角观看）

钟　离　喏！再往右走。（指向“小边”外角）

石　秀　哦！再往右走。（边应声边顺钟离手势，长身往“小边”外角观看）

钟　离　见了白（bó）杨树根，那就是生路了！

石　秀　哦！是，是，是。

钟　离　樵哥，看今日天色已晚，（右手上指，目上视。石秀随之目也往上视）就在老汉家中暂住一宵，明日早行！（二人转身，钟离左手抓住石秀右手，进门）

〔石秀往左转身走圆场至“小边”中场；老人关门插门，走至“大边”中场。

石　秀　多谢公公！（拱手搭躬施礼）

（接唱）

（扎）5 3 2 | 1 6 1 | 0 5 3 3 5 | 6. 5 3 |

你 恩 深 难 答（dài），你 恩 深 难 答，

（左手指向钟离左丁字步站立）|（左手再反指自己）|（上右步，上左步，成左弓箭步）|（张双臂拥向钟离，左手扶钟离右肩，右手握钟离左手）

（龙 冬 大 台 仓 另 切 乙个台 仓 0）

0 2 3 2 | 3 2 3 5 | 1 6 1 | 0 7 0 6 | 5 - ‖

谢 恁（yín）个 周 全 陌 路 咱 孤 客（qiě）。

（后退一步，向钟离躬身施礼）（钟离见石秀施礼，吃惊地后退两步）|（施礼毕，拱手眼望钟离）|（紧行几步，成左弓箭步，抱拳施礼）（钟离急步向前搀住石秀）

〔**【堂鼓声】**石秀走小圆场，往“小边”里角一望；钟离走小圆场，往“大边”里角一望。二人回归中场。

钟　离　樵哥！你要来呀！（往“下场门”走去）

石　秀　是、是、是，来了！（转身向“下场门”拱手作答）

〔**【小锣打下】**石秀缓步走下。

第　五　场

〔**【急急风】**杨林持双刀自“上场门”上，走到“小边”外角，左转身走圆场至“大边”外角。面向“上场门”，出双刀要“双刀花”，向“上场门”拨“倒脱靴”。四庄丁持枪上，分向两边。栾廷玉持棍上，杨林起“双刀花”砍向栾廷玉，被卸掉双刀，栾踹杨“抢背”。四庄丁擒住杨林。

四庄丁　拿住了！

栾廷玉　打入水牢！

〔**【急急风】**四庄丁应声，押杨林下。栾廷玉持棍亮相下。

第六场

〔场上设一桌，上面放扁担和草帽圈。**【撤锣】【小锣五击】**祝小三醉步踉跟走上。

祝小三 （念诗）酒是高粱水儿，醉人先醉腿儿；

嘴里说胡话儿，眼前活见鬼儿。

我，三儿的便是。今儿清晨我正在那儿看庄哪，也不知道哪儿来了个压魔道人，被我三言两句地把他可就给盘问住了。是我禀报我们教师爷，带领着庄丁拿着杈把扫帚，可就把他给拿住了。我们庄主爷把我叫到跟前，说道：三儿啊！三儿！你看庄有功，赏你大坛子酒，大块儿的肉。这酒哪，让我给吃了！这肉哪，让我给喝了！还赏我一串钱，放我一个月不当差，这乐子还小吗！（忽然发觉步履往后退）哎，不对啊！我往前走，这两条腿怎么往后退呀！（对腿自语）你甭不听话，到了冬天，我不给你棉裤穿。——哎，常言说得好，胳膊拧不过大腿去。那么咱们就退……（撞着门）到了，开门哪！开门哪！没听见？哪儿是没听见哪，就是等我这句哪！我说爹——

〔钟离内应声："嗳！"自"下场门"上。

祝小三 我在这儿叫你哪！

钟　离 想是三儿回来了！待我与你开门。（开门）进来，进来！

祝小三 进来就进来。（进门，呕吐）

钟　离 儿啊！你在哪里吃得这般大醉呀？倘被巡庄人拿住，那还了得！

祝小三 咱们不拿他们就得啦！

钟　离 此话从何说起？

祝小三 您是不知道，如今咱们这儿出了梁山泊的奸细啦！

〔**【长撕边】**石秀自"下场门"上。右手抄大带，左手握拳，走小圆场至堂桌前。（**八大才**）左丁字步，面向前场亮住。**【撕边】**（**八大才**）右手甩下大带，起"云手"，往左跨右步至"大边"里角，成弓箭步。左手成拳，右手掌握左腕，面向外场看视。长身站立，收左腿成右丁字步，背双手，侧耳窃听）

钟　离 奸细便怎么样啊？

祝小三 您听我说呀，今儿早晨我正在那儿看庄哪，也不知道从哪儿来了个压魔道人，被我三言两语地可就把他给盘问住啦！

〔石秀听到后，倒吸气，愕然愣神儿。

是我禀报我们教师爷，带领着庄丁拿着杈把扫帚，可就把他给拿住啦！

〔石秀听到后，双手一摊，一惊。

祝小三 我们庄主爷把我叫到跟前，说道："三儿啊，三儿！你看庄有功，赏你大坛的酒，大块儿的肉。"这酒哪，都让我给吃啦！

钟　离 哎！喝了。

祝小三 对，喝了。那肉哪，也让我把它喝啦！

钟　离 那是吃了啊！

祝小三 还赏了我一串钱，放我一个月不当差。我说爹呀！

钟　离 唉。

祝小三　你含糊点儿吧！把这钱给我攒着，赶明儿拿它娶个媳妇儿，养个儿子，你好抱兄弟呀！

钟　离　哎！抱孙孙哪！

祝小三　抱孙子？等等儿，我得算算：我管你叫爹；他哪，管我叫爹。哦！可不是抱孙子吗！

钟　离　儿啊，那压魔道人便怎么样啊？

祝小三　唉，那道人呵！

<园林好>小工调 1＝D

2/4（扎） 2	1　1	6̣　1. 2	1 6̣　5̣	2　3	
这	机　关	被　我	解	破，	
0　5	3　5	6̣　1. 2	1 6̣　5̣	2　3 ‖	
倒	作　了	水　中	捞	月。	

〔石秀听到后绕双手，右手拳轻击左手掌，摊双手一叹。

钟　离　哦，打入水牢了！儿啊，你为何头戴白翎？

祝小三　哦，您问这根白翎呀？这是我们庄主爷新出一令：红灯为号，白翎为记。

〔石秀右丁字步站立，踮起左脚，双手下按，往“小边”欠身观看。

祝小三　宋江的人马，它要是往东啊！

〔**【撕边】**祝小三与钟离同往“大边”外角移动，手指“大边”外角；同时，石秀往“小边”里角起“蹦子”，右弓箭步亮住。**【小钹一击】**

钟　离　怎么样？

祝小三　东往灯指。

钟　离　灯往东指。

祝小三　梁山的人马，它要是往西呀！

〔**【撕边】**祝小三与钟离同往“小边”外角移动，手指“小边”外角；同时，石秀向“大边”里角起“蹦子”，左弓箭步亮住。**【小钹一击】**

钟　离　怎么样？

祝小三　西往灯指。

钟　离　嗳，灯往西指。

祝小三　对，灯往西指。怕分不清自己的人马，为此头戴白翎啊！

〔**【软撕边】**祝小三此时站在“小边”中场。石秀此时由“大边”里角，蹑足走至“小边”里角。用手指一下祝小三鬓际的白翎。**【小钹一击】**

（接唱）　　　　（嘟～～～ 才）

祝小三	（扎）5	3　5	3　5　3　5	1　2̂ ‖
	黑	夜　里	不　分　个	明　白
	石秀面向前场，起“正云手”	跨右腿，踢左腿，左腿落地后上右步	用右手中、食指反腕捏住祝小三鬓际的白翎。然后向右“鹞子翻身”，随转体将白翎拿下	侧转身体面向前场。曲抬右腿，靴底朝上。左手反拳贴在左肋，右臂随转体在胸前画圆，右手掐住白翎，置于胸前。面向前场亮住

〔石秀收势矮身面向里场，将白翎掩在怀中走向里场。将白翎插在右鬓，双手叉腰，面向里场站立。

钟 离 儿啊，若无白翎呢？

祝小三 若无白翎那还了得！

（接唱）

（扎） 2 3 | 1 1 2 | 0 3 2 1 | 6̣ˇ2 1 2 | 5 3 | 2 0 ‖

天 灵 盖 当 瓜 切，天 灵 盖 当 瓜 切。

（祝小三边唱边往“下场门”走去，一摸帽际无白翎时，又从怀中取出数支白翎插在帽际。**【乱锤】**做呕吐状，钟离搀扶祝小三下）

〔**【大锣冲头】**石秀自正场里面往左走圆场回至正场中间，面向“大边”里角。右弓箭步，右手掌“山膀”拉开，左手拳反腕贴于左肋，亮住一望。**【大锣冲头】**撤右步，回身成右丁字步，面向“小边”外角。左手掌“山膀”拉开，右手指打“背供”。然后站在正场中间，左丁字步站立，面向前场。

石 秀 **【大锣叫头】**哎呀且住！适才听他之言（右手赞指上扬，指向头上方）好不吓煞（双手拍掌）人（上右步跺住）也！（**八大仓**）（曲抬左腿“金鸡独立”。在拍掌后，右手掌往斜上方举，左手掌往斜下方按，双手分开亮住）

<沽美酒>小工调

$\frac{2}{4}$ 0 切 | 仓 另台 | 七台 乙台 |

$\frac{2}{4}$（扎） 5 6 | i̇ 7 6 5 | 3 5 6 5 |

火 扎 扎 眉 下

（落下左腿，起“云手”，曲抬右腿，左腿直立。右手掌“山膀”拉开，左手掌上扬在头上方）

（右手掌在右腿侧“掏腿”后，向右侧前方伸出。同时落右腿，跨左步向右转身，左臂自右腋下穿出。转身后面向前场，曲抬左腿，右腿直立。右手掌上扬在头上方，左手掌虚按在左膝上。面向“大边”外角侧视）

仓 另台 | 七台 乙台 | 仓 切 | 仓 台 | 另切 乙台 |

6ˇ6 1 1 | 6̣ 2 1 2 | 3 2 3 | 0 2̇ | i̇ 7 6 5 |

急！火 扎 扎 眉 下 急！ 探 庄 情

（左手掌在左腿侧“掏腿”后，向左侧前方伸出，同时落下左腿）

（跨右步，向左转身，同时右臂自左腋下穿出。转身后面向前场，曲抬右腿，左腿直立。左手掌上扬在头上方，右手掌虚按在右膝上。面向“小边”外角侧视）

（起“云手”，往“小边”外角上右步成右丁字步。左手掌“山膀”拉开，右手指向左侧）

仓 来台	才台 乙台	仓 另台	仓 切	仓 另台
3 2 5	0 6 5	3 5 6	1 2 1	6 5
恰	真	实。闻 知	哥	哥

（撤右步，回至正场中间，面向前场。右手赞指上扬在头侧上方，左手扣腕，曲垂左臂）（斜撤右步，身侧向左，成左丁字步。面向“大边”外角，双手拱手。目向前视）

七台 乙台	仓 另台	七台 乙台	仓 另台
3. 5 1 2	3 2 3	0 2 1 1	3 2 3
遭 困	围，	他 那 里	怎 知

（跨右腿，向左转身。转身时双手拍掌，转身后处在偏向“大边”，双手摊开。左丁字步，左脚尖虚点，面向前侧方）（往“大边”外角走两步，往右转身走小圆场，面向“小边”里角，向前上步，成右丁字步。左手掌“山膀”拉开，右手指向左侧）

七台 乙台	仓 另台	七台 乙台	仓 另台
0 1 2 3	2 5 6 5	3 3 0 6	5 4 3
消	息；俺 这 里	细 探 个	明 白，

（往后撤步至正场中间，左转身成左丁字步，面对前场）（右手拍右肋，左手扣腕，曲垂左臂）（撤左步成右丁字步，双手平推出）

乙八 乙	仓仓 另切	台七台 仓	0 0
0 6 1 2	3 2 0 1	2 3 127	6 -
怕 什 么	鸡 犬	齐 吠。	

（抖右手）（抖左手）（抖右手）（往前走三步，立左掌推门扇）（右手拔门插关，双手分开门扇）（跨右腿，向左转身，面向里场，跺右腿，曲抬左腿。右手掌“山膀”拉开，左手拳反腕贴于左肋）

〔石秀落左腿前行到堂桌，取草帽圈套入右臂，置于右肩上，以手持扁担前端出门。钟离自“下场门”奔出，双手抓住扁担后端。

钟　离　啊樵哥，你往哪里去呀？

〔【乱锤】石秀拉着扁担走向“大边”外角，在前场右丁字步站定。左手持扁担，右手指钟离，目视钟离。

石　秀　放手！

钟　离　你往哪里去呀？

〔【乱锤】石秀双手拉着扁担往里场走，在里场中间站定，往右翻扁担。钟离同时往左翻扁担。二人面向外场，扁担置于二人体前。石秀右手持扁担，左手指钟离，目视钟离。

石　秀　放手！

钟　离　你要往哪里去呀？

〔【乱锤】石秀往左翻扁担，钟离并不翻扁担。石秀拉着扁担，领到“小边”外角，钟离此时右手握着扁担，横着走到中场。石秀往右翻扁担，扁担置于二人身体前。

石　秀　放手！

钟　离　你是什么人？

石　秀　【叫头】老头儿！【大锣五击头】说出俺的名姓，你休要害怕！

钟　离　你，你，你，你到底是什么人？

〔（顷仓）石秀左手抓扁担，右脚偷步，右手掌“山膀”拉开，左丁字步站定。

石　秀

2/4 扎　0 | 0　0 | 0 | 扎切　乙台 |

2/4 0　1 | 2 3　2̂ | 【大锣软夺头】 | 0 1　6̣ 1 |

俺　呵！　俺　本是

（左丁字步站立，面向“大边”外角，右手拍腰）（自右肩将草帽圈颠下，滑至右臂弯，上右步面向“大边”侧幕。弯腰伸右臂将草帽圈滑至右手，直立起身，顺势将草帽圈甩抛至“小边”侧幕内。撤右步成左丁字步。面向“大边”外角，左手握扁担，右手掌“山膀”拉开）

仓　切 | 另另　大 | 仓　另切 |

2 3　1 | 1 2　6̣ | 6̣ 2　1 |

山　坡　水　泊　石　三　郎

（右手指向“大边”外角上方，目上视）（右手向左前方下指）（右手伸三指——中、无名、小指，圈二指——大、食指。右指上扬在体右前方）

乙个台　仓 | 0　0 ||

3 2　1 2 | 3　- ||

威　名　显　赫！

（缓下右手掌，右脚偷步）（换成右手握扁担，左手掌高举。长身左丁字步站定，目往左前斜视）

〔【乱锤】石秀与钟离同握住扁担，站在前场。【大锣软四击】二人同往“大边”横行三步。【大锣软四击】二人再同往“小边”横行三步。（八大台仓仓仓）二人同时矮身夺三次扁担，夺第三次扁担时将扁担按放在台上，石秀从扁担中抽出枪，钟离握住扁担枪套。【撕边】（八大仓）石秀在“小边”，跨右步成左弓箭步，涮枪，斜拧枪亮住；钟离跨右步成左弓箭步，斜抱扁担枪套亮住。**【撕边一击】**二人同时往“大边”趋步走。

钟　离　拿奸细！（扛着扁担枪套，边喊边往“下场门”跑下）

「**【急急风】**（加堂鼓）石秀起“提枪花”，走向“大边”外角，涮枪，回身面向“上场门”。四庄丁持枪顺序上场与石秀打一套“枪镈”如下:（视动作配合相应锣鼓）

石　秀　在“大边”外角，（斜合）枪漫头　左转身在“小边”，（“幺二三”，涮枪，枪打到腰里，二人换枪）

庄　丁　庄丁（甲）“上场门”上，被漫头　左转身在“大边”，

石　秀　左手抓甲，右手撒枪。左转身出枪上勾，将(甲)叼至“小边”，自己走到“大边”。

庄　丁　左手抓石，右手撒枪。左转身出枪上勾，被叼至“小边”，左转身“涮枪”。

石　秀　在“大边”外角，出枪搂扫（乙）“蹦子”（或“虎跳”），身在中场，右转身出枪，

庄　丁　庄丁（乙）“上场门”上，　走“蹦子”（或“虎跳”）(甲、乙)用枪压(石)枪，

石　秀　挑起（甲、乙）枪，往左侧出枪，叼(乙)至“小边”。　涮枪，左转身面向“上场门”出枪，

庄　丁　(甲)原地右转身，(乙)被叼至“小边”。(丙、丁)“上场门”上，出枪与(石)“夹板过合”，

石　秀　与（丙、丁）“夹板过合”后，左转身出枪。　挑起四人枪，

庄　丁　(甲、乙)在“大边”转身出枪，(丙、丁)在“小边”转身出枪，　四人枪压住石秀枪。　四人枪被挑起，

石　秀　向左侧出枪，叼（丙、丁）至“小边”。　在“大边”涮枪，

庄　丁　(甲、乙)在“小边”的外场，原地转身;(丙、丁)被叼至“小边”的里场。　在“小边”涮枪，

（“夹板过合”）

石　秀　至“小边”后，右转身抡枪“漫四人头”。　接“前封头”，

庄　丁　四人至“大边”后，左转身，接“漫头”。　四人枪打(石)“前封头”，

石　秀　架住四人枪，　推出四人枪，涮枪，在“小边”外角拧枪亮住。
庄　丁　四人枪压（石）枪，　枪被推出，右转身，拉枪顺序由“下场门”下。

「【急急风】（加堂鼓）栾廷玉持棍自“上场门”上，与石秀打一套“棍棒枪”如下：

石　秀　涮枪，由“小边”外角，走至“大边”外角，左转身，起“提枪花”，出枪镤，接漫头，至“小边”。
栾廷玉　持棍自“上场门”上，起“大刀花”，漫（石）头，至“大边”。

石　秀　左转身，枪刺（栾）“左马腿”，　枪被绕，一绕两绕接起“枪花”。
栾廷玉　左转身，左棍头接马腿，右棍头挑起（石）枪，棍绕枪，一绕两绕接起“棍花”。

石　秀　枪掖在身右侧，枪头点地，亮住。　跨右步，平持枪，亮住，相互对望。
栾廷玉　棍掖在身左侧，棍头点地，亮住。　跨左步，平持棍，亮住，相互对望。

石　秀　枪刺（栾）头右侧，　缓下枪，　横枪接“封头”。涮枪下兜，右转身，
栾廷玉　左棍头磕开枪，起棍花，右棍头打（石）“前封头”。涮棍下兜，左转身，

石　秀　枪接“腰封”，枪盖下（石）棍　再接“腰封”，枪盖下棍，
栾廷玉　棍打（石）“腰封”　棍被盖下，再打“腰封”，　棍被盖下，

石　秀　向左转身，　回身抡枪扫（栾）“蹦子”（或“飞脚”）。枪刺“右马腿”，
栾廷玉　棍交右手，“上膀子”，　原地走“蹦子”（或“飞脚”）。右棍头接“马腿”，

石　秀　枪被磕开，起“枪花”，打（栾）“腰封”。　顺势涮枪，
栾廷玉　棍磕开枪，　起“棍花”，　接“腰封”。左棍头搅起枪，

石　秀　接“腰封”，枪往里绕下棍。　枪再刺（栾）“右马腿”，
栾廷玉　棍打（石）“腰封”，　棍被绕下。　右棍头接“马腿”并磕开枪，

石　秀　枪被磕开。斜上左步，撤右步，向右后反转身，换至“大边”。
栾廷玉　　斜上左步，撤右步，向右后反转身，换至“小边”。

石　秀　换位后涮腰低头接“削头”。涮枪向左转身下兜，枪打在（栾）腰里，
栾廷玉　换位后出棍削（石）头。　涮棍向左转身下兜，棍打在（石）腰里，

石　秀　右手持枪，左手抓住棍。踩左脚，右脚踢（栾）持枪的左手。
栾廷玉　右手持棍，左手抓住枪。　撤开持枪的左手，双手持棍。

石　秀　右手颠枪，反腕握住枪杆前部，往外“漫（栾）头”，再往里“漫（栾）头”。
栾廷玉　　往里接“漫头”，　再往外接“漫头”。

石　秀　枪头绕（栾）脖，枪扎脖（先扎里，后扎外）。枪头绕(栾)脖
栾廷玉　　被绕脖，躲扎脖(先往外躲,再往里躲)。　被绕脖,右手掌打(石)头。

石　秀　枪扎（栾）右掌。　枪压在棍上，夹住（栾）的左手。
栾廷玉　　右掌被扎后抖右手。　左手被压在枪下，右手握枪和棍。

（八　大　台　仓　仓　仓）　（八）
石　秀　啐右手拳　砸枪杆三拳。　右手掌盖下握着的枪和棍
栾廷玉　　随（石）拳三挣扎。　往上挣抬枪和棍

（大）　（仓）　【急急风】
石　秀　跨左腿，右丁字步，高相亮住。　领起来向左转走半个圆场
栾廷玉　跨左腿，跪右腿，矮相亮住。　跟着走向左转走半个圆场

石　秀　至里场正中　撤右步，右转身
　二人面朝里场，枪棍横在身前。
栾廷玉　至里场正中　撤左步，左转身

石秀探庄

石　秀　面朝外，右手反握枪棍，腾出左手，枪棍在身后。【马腿儿】
栾廷玉　面朝外，左手反握枪棍，腾出右手，枪棍在身后。右手“通天炮”打(石)面部。

石　秀　左手盖下(栾)的右手后，再打(栾)头。
栾廷玉　右手被盖下后右手上举托住（石）拳，右弓箭

石　秀　上右步，抬左腿，左脚踏在（栾）的右膝上。左手推出（栾）的右臂，
栾廷玉　步站定。顺势往左跨右步，

石　秀　右转身至枪棍后，双手握枪棍。搭（栾）“吊毛”。垫右步，高相亮住。
栾廷玉　左转身至枪棍后，双手握枪棍。摔“吊毛”。跪右腿，矮相亮住。

石　秀　横左臂上搪（栾）手。左手下盖(栾)腿。
栾廷玉　起立，跨左步，右手打（石）面部。右手被搪开，右脚绷脚面(石)踢一腿。

石　秀　此即一拳一腿。（栾）进（石）退，共三次。由“大边”外角至“小边”里角，走斜线。
栾廷玉　同样的一拳一腿，(石)进(栾)退，共三次。由“小边”里角至“大边”外角，走斜线。

石　秀　踢出第三腿后腿不落地，接着“躁（栾）头”。再踢一腿。
栾廷玉　弯腰低头接“躁头”。

石　秀　左手反“漫（栾）头”，
栾廷玉　右手推开（石）的左腿。往外低头接“漫头”。

石　秀　左拳再打（栾）头，二人同握枪棍，“比粗儿”。
栾廷玉　右手架住（石）的左拳后推开。

石　秀　跟着走半个圆场。在“大边”，分别握枪棍亮住。“推磨儿”半圈至中场，
栾廷玉　领起来走半个圆场。在“小边”，分别握棍枪亮住。

石　秀｛在“小边”，抬左腿，“金鸡独立”式亮住。跨左步，弓右腿，弓箭步亮住。
栾廷玉｛在“大边”，抬右腿，“金鸡独立”式亮住。跨右步，弓左腿，弓箭步亮住。

石　秀｛　　　　　　　　　　　　　　　　在“大边”，跨右步，弓左腿
　　　　长身亮住，“比粗儿”。“推磨儿”半圈至中场。
栾廷玉｛　　　　　　　　　　　　　　　　在“小边”，跨左步，弓右腿

石　秀｛弓箭步亮住。（八大台　仓　仓　仓）
　　　　　　　　长身，“三推手”（先左推后右推）踢枪棍（各自跺左脚，抬
栾廷玉｛弓箭步亮住。

石　秀｛　　　　　　　　　　　　　　　　　　　　在“小边”
　　　　右腿互踢对方左手），分执各自的枪、棍。半个“过合儿”
栾廷玉｛　　　　　　　　　　　　　　　　　　　　在“大边”

石　秀｛涮枪往里一兜，左转身。　　　　　　枪压住棍，　　枪三压棍，
　　　　　　　　　　“幺二三，一绕两绕”
栾廷玉｛涮棍往外一兜，右转身。　　　　　　棍被枪压，棍三挑枪，

石　秀｛向左转身，枪往里盖。　　　卸掉（栾）棍。左转身，提起右腿，左腿独立，
栾廷玉｛向右转身，棍随枪往里盖。　　　撒手棍。右转身

石　秀｛用枪镩上打（栾）头。　　　　用枪尖下扎（栾）腹。
栾廷玉｛　　　　双拳交叉上搪枪。　　　　　　　　双拳交叉，下压枪。

石　秀｛由外往里“漫头”。　　　　　　刺喉（先左后右）。
栾廷玉｛　　　由里往外接“漫头”。　　　　　躲刺喉（先右后左）。

石　秀｛“漫腰”。　　　　　　扎腰（先左后右）。
栾廷玉｛涮腰接“漫腰”。　　　　双臂向上伸躲扎腰（先右后左）。

石　秀｛“漫头”。　　　刺（栾）面部一枪。
　　　　　　　　　　　　　　　　　　　　　　稍停顿，“较劲儿”。
栾廷玉｛接“漫头”。　　　双手抓住枪。

石　秀　（冷笑）“呵、呵、呵……”左转身用枪镈抽（栾）“抢背”。涮枪在中场向外亮住。

栾廷玉　（喊）“哇呀呀”　双手撒枪往里场摔“抢背”，起身摊双手败下。

〔【急急风】石秀走向“下场门”，骑马式亮住，推枪镈向“下场门”一望。【冲头】回身走到中场，面向“小边”外角，右丁字步，护腰式持枪站定。

石　秀　好也呀！好也！

<合头>

サ 嘟 ……	$\frac{2}{4}$ 仓切　乙台	仓令　大	仓　另切	乙个台　仓	
サ 5　$\hat{6}$	$\frac{2}{4}$ 0 6　5 3	2 3　2	2 1　2 3	127　6	
哎　呀！	眼　睁　着	脱	离　虎	穴。	

（向左侧跨右腿，踢左腿成左弓箭步；左手持枪，右手推枪镈，枪背于左臂后，右手成指，指向“小边”外角，面向前视亮住）

〔【急急风】石秀长身走到中场，面向里场丁字步站定。枪戳在体前，左手叉腰，用右脚弓踢枪，右手顺势向前甩枪，要三个“掖花”后，向右转身面向外场要三个“面花”。双手握枪，抬右腿，枪头由右向左打右脚弓；抬左腿，枪头由左向右打左脚弓；再将右腿贴在左腿后，枪头由右向左往身后打右脚弓。向右前上方甩枪，翻腕向右背后抡枪。同时向左侧平踢右腿，枪头从身后向身前平打右脚弓。将枪从背后抡回，枪在体前涮三圈。长身撤左步，成右丁字步；左手成掌上扬，右手持枪顺势横打在左腰际。【四击头】右手枪平旋“撇桃”（枪平旋 180°，枪头向里），右手正腕抓住枪，将枪横甩在左侧腰际。向“小边”外角右转身，快速转两周后跨左腿，骗右腿，面向“小边”外角右手翻腕斜持枪，左手成拳置胸前，右弓箭步亮住。

【撕边】（八 0　仓）向斜上方平扔出右手枪，同时右转身左手接住落下枪的枪镈，平置于左腰部，右手拳高举至头顶部，面向“下场门”右丁字步亮住。

〔起唢呐<尾声>接【急急风】石秀右手拳缓下置于胸前，曲抬右腿，往左踹落右脚，左脚提起在右腿后亮靴底，再落左脚。然后右脚在左腿后稍作停顿，碎步跑下。

——剧　终

刘福生 整理

林冲夜奔

茹富兰教学本

北宋末年，八十万禁军教头林冲遭太尉高俅陷害，发配沧州。高俅又派陆谦等人前去暗杀。林冲怒杀陆谦后，匆忙逃至柴家庄。柴进荐其去水泊梁山安身。林冲无奈，投奔梁山。一路上，为躲避官军，只能昼伏夜行。想起了少年的抱负和眼前困境，百感交集。梁山头领王伦收到柴进的举荐信，派杜迁、宋万下山迎接。杜迁、宋万来到黄河渡口，正遇林冲和前来追缉他的徐宁交战，杜、宋二人协助林冲打败徐宁，迎接林冲上山。

事见《水浒传》第十回及明李开先《宝剑记》传奇第三十七出。

这是一出唱、念、舞、打并重的武生戏，茹富兰先生的代表剧目之一。茹富兰家学渊源，祖父是清末名武生茹莱卿，父亲是武生茹锡九。茹先生幼年坐科富连成，初学小生，后改武生，宗杨（小楼）派，能戏甚多，《挑滑车》、《八大锤》、《麒麟阁》、《状元印》、《雅观楼》、《群英会》，演来都有独到之处。后来者如叶盛兰、杨盛春等人都受其影响。茹先生的表演艺术中规中矩，处处有准谱。学杨派者如先入茹门，将会收到事半功倍的效果。

现今在京昆舞台上有两个不同路数的《林冲夜奔》：一是林冲戴黑软罗帽，穿青箭衣、薄底靴，“一场干”的戏路；一是林冲戴倒缨盔，穿青箭衣、厚底靴，上王伦、杜迁、宋万和徐宁追缉，带开打，计有十场戏的路子。茹先生的戏路属后者。据其次子茹绍荃先生讲，该戏路源于前辈牛松山。

《林冲夜奔》的唱采用的是曲牌体，由〔点绛唇〕、〔新水令〕、〔驻马听〕、〔折桂令〕、〔雁儿落〕、〔得胜令〕、〔沽美酒〕、〔太平令〕、〔收江南〕、〔煞尾〕等曲牌组成一套完整的演唱程式。演员在唱这些曲牌的同时要伴以五场单人“走边”，形成了边唱边舞、文武并重的表演特点。舞中又运用了跨腿、踢腿、骗腿、云手、山膀、探海、射雁、翻身等几乎所有的武生基本功。让观众通过视听欣赏到了古典词曲之韵、程式舞蹈之美。从典雅的文字与繁难的肢体语汇中感悟到林冲这位英雄的悲壮内心世界和他被“逼上梁山”的心路历程。

剧中林冲有一首诗：“欲送登高千里目，愁云低锁衡阳路。鱼书不至雁无凭，几番空作悲秋赋。回首西山日又斜，天涯孤客真难度。丈夫有泪不轻弹，只因未到伤心处。”茹先生要求严格地按中州音、湖广韵来念，“斜”字、“客”字要上口，整首诗要字字见情，每一个字都带身段。手、眼、腿、脚及系的大带、挎的宝剑都设计精美的动作。比如夜行中遇到一座古庙，想进去歇息一会儿，当念到“一觉放开心定稳，梦魂千里到阳台”，随着“台”字的尾音，在锣鼓〔撕边一击〕中起“飞脚”，别腿变“卧鱼”的动作，响亮飞动，极具神采。茹派《林冲夜奔》中的开打也风格独具。林冲与徐宁第一次见面时打的“剑枪”，剑带袍（线穗），打起来就很有难度。第二次见面时的“九腰封大快枪”，招式多变，章法严谨，足以体现林冲、徐宁这两位大将的身份和功力。

茹派的《林冲夜奔》被中国戏曲学院奉为基础戏中的圭臬，是历届学生的必修剧目。茹派讲究的“行肩跟背、未曾动左先动右、似指非指、扑身走、横排（pǎi）步”等，在这出戏中有全面的体现。学生通过这出戏能够掌握一套完整的边唱边舞的表演程式——走边，经过唱、念、舞、打的综合训练，可使学生掌握武生行的基本表演规律。茹富兰之子元俊，弟子徐元珊、曲永春、刘福生等都得其真传，并为传播此戏做出了贡献。

常立胜

人物行当

林 冲	武生	宋 万	武生
徐 宁	武老生	四梁山兵	武行
王 伦	丑	四官兵	武行
杜 迁	武生	船 夫	杂

服装扮相

林 冲	俊扮。倒缨盔、牵巾，青箭衣、黄绦子、黄大带，青彩裤，厚底靴。
徐 宁	俊扮。扎巾、黑三，绿箭衣，绦子、大带，红彩裤，下甲，厚底靴。
王 伦	勾丑脸。草王盔、翎子、狐尾、丑三，红蟒，红彩裤，朝方。
杜 迁	俊扮。软罗帽，抱衣裤，褶子（开打时脱掉）、绦子、大带，快靴。
宋 万	俊扮。同杜迁。
四梁山兵	俊扮。软罗帽，抱衣裤、大带，快靴。
四官兵	俊扮。风帽，素箭衣、大带，彩裤，快靴。
船 夫	俊扮。同梁山兵。

道具

宝剑	一口	单枪	六杆
单刀	六把	船桨	一支

林冲夜奔

第一场

〔空场。【撤锣】接【小钹冲头】（打住）林冲在幕内：“啊嗨！”——林冲上场“走边”，动作如下：

〔林冲在“上场门”内左手平托剑站立。【小钹四击头】林冲出左右两步，盘左腿，右手剑指亮。眼视低处，扑身走三步，右回身平握剑柄，抬右臂戳左腿“九龙口”亮相。【小钹长尖】左步起，向前跨三步，左趋步向后甩剑穗，抬右臂戳左腿，左前场亮相。【长尖】起左“云手”，向后慢撤三步，眼睛看右手疾步后撤至“九龙口”。拉平“山膀”，左丁步变脸亮相。【四击头】起右“云手”展开双手，扣腕，右“山膀”戳腿亮相。跨右腿，踢左腿成左弓步，推左立掌，撤抬左腿，起“云手”，跨右腿左转身向“上场门”方向骑马步位于中场亮相。【长尖】站起，双缓手向前走三步，再向后慢撤三步，看右手疾步撤至左前角。左丁步，拉开“山膀”变脸亮相。左手握剑柄跨右腿转身，落地盘左腿，托右掌亮相。【四击头】落左腿，双手垂左边，双缓手踏右步向“上场门”方向走“翻身”，双手从胸前翻出落下，再回翻双手抛出成戳左腿，中场外亮。【长尖】右回身，同时手右枕、左枕，面向左前角双缓手左“山膀”稍亮，撤至“九龙口”，左丁步，拉开“山膀”变脸亮相。【小钹原场】左手反按剑柄抬右手盘左腿，跨右腿转身，落下右腿成左丁步，正场右“山膀”亮相。起右“云手”成右“山膀”戳左腿亮相。正场跨右腿踢左腿，趋步成左弓步推出左掌，再撤回左腿，缓左手成盘右腿，左托掌，右“栽锤”放右盘腿上，在右台口变脸亮相。【小钹冲头】右手徐徐打开成“鹰展翅”，扑身反走小圆场，回到右台口，成左手按剑柄，左丁步、右“山膀”向“大边”方向变脸亮相。举右手“叫锣”右手缓至胸前盘左腿，拉开“山膀”盘右腿，再盘左腿至中场亮住。撤左腿成右弓步，面向里右“顺风旗”亮住。跨左腿右拧身，反大刀花，双绕手。正场右丁步，打开“山膀”亮相。【小钹冲头】左拧身面向里扑身走小圆场，回到中场，正场向前走三步，起“云手”左“山膀”停在胸前，同时盘左腿。【小钹归位】撤回成左丁步拉开“山膀”，直抬左腿同时领起右臂，跟右步、左丁步抬左手，右手搭住左拳，双手按下成拱手式，变脸亮相。

<点绛唇>

林冲　サ 4 6 5 (6) 4 3 5 2　【小钹二击】　2 2 3 1· 2 7（八大）

数　尽　更　筹，　听　残

（上左步拱手，“反云手”右转身）	（右侧身拱手戳左腿正场亮）	（左手按剑柄，右手按掌反转身“九龙口”“山膀”向左角丁步亮相）	（跨右腿踢左腿趋步跨右腿转身至左台口，左弓步抬右拳亮相）

2 6̣ 1 5̣ 【小钹三击】5 56 4 3 2 【小钹二击】3 – –

银漏。 逃秦 寇[①]， 哎

（眼神稍低，再抬起来）（面向右台角拉开"山膀"亮）（双缓手踏右步翻身）（双手里缓甩出去戳腿，中场亮）（面向右台角拉开）（抖缓右手上左步跟右步，左丁步

2（嘟 才0）2 3 2 1 2121 6̣ 5̣（八大）5 6̣

好、 好 叫 俺 有 国 难

右手拍腰）（右手抄大带戳腿亮，往右台口趋步，面向"下场门"左手按剑柄，大带放左盘腿上）（反圆场至"九龙口"向

7676 5̣【小钹三击】5 6 2 2 i 6 5 2 32 12

投。 哪 搭 儿 相求

"上场门"指出去）（右拧身至台中偏后拉"山膀"）（左手握剑柄往前至台口，举右掌）（反圆场归中场"山膀"亮）（左戳腿拱手，右戳腿拱手）

6̣ 1 5̣ 【小钹归位】 X X X X X X X X X

救。 （诗）欲送登高 千 里 目， 愁云

（双缓手前走三步盘左腿左，"山膀"胸前按）（撤三步拉开"山膀"，抬右手上左步，落地抬左手，右掌上搭左拳按亮）（左右左三个面前"穿手"，双缓手）（踏右步，双手左侧垂下）（戳左腿双拳右侧上举）（左拳拉下亮相）

X. X（嘟 – 才0）X X X X 【小钹二击】X X X X X –

低 锁 衡 阳(呃) 路。 鱼 书 不 至 雁

（向左侧踢左腿）（抖右腕成左弓步，指地下）（看右指，缓右手，指地下）（反转身归台中拉开）（放下手，向右回身，摇头）（正场双推手）

① 逃秦寇：即逃离敌兵的追赶。秦始皇行暴政，无辜之人常遭冤屈，故后世常以秦喻敌方。

X X X X X – X X X X X
无 凭， 几 番 空 作 悲 秋 赋。
（摆手、摇头） （右手背拍左手、右腿） （跺右脚） （盘左腿，右手高左手低“书信式”） （看左手不动）

X X【嘟–八大才】X X X X – X【小钹三击】
回 首 西 山 日 又 斜，
（起“云手”，双缓手按剑柄左跨转，向“下场门”方向拍右脚，左拧身踏右步，右“山膀”向后看亮相） （看住不动） （左脚小踏步，缓右手，成右弓步，向右台角指出去） （正场拉开“山膀”）

X X X X X X X X X X X –
天 涯 孤 客 真 难 度。 丈 夫 有 泪
（巡视四周，右手扶腰，戳左腿，右拳击左手两次，摇头） （右手抄大带，撤右步戳左腿）

X X X X X X. X X【小钹一击】
不 轻 弹， 只 因 未 到 伤
（右侧脸急速摇头、晃头变点头） （向左拧身扔大带） （出右步右手弹泪）

X【小钹一击】X –【小钹归位】
心 处。 哎！
（出左步左手弹泪） （双手弹泪正场右弓步亮） （双缓手上左步，撤回来。左丁步拉“山膀”。双绕手，右拳击左手，然后左手握剑柄左丁步台口站）

一时忿怒，拔剑**【撕边小钹一击】**（左手甩剑穗，上右步右手按剑一亮）杀死高家奸佞二贼（右手指向右角方向）。官兵拿俺甚紧（正场微微点头），日间不敢行走（摇头），只得黑夜而行（边念边往“上场门”斜着退，至“九龙口”处，右手护住剑鞘，左丁步侧身站）。**【撕边一击】**（风声）（向左前角远处望）呀！看前面黑洞洞有户人家（上左步右侧身向观众交待），待俺急行几步（向左台角三个快速跨步）

（嘟 － 八 大 才） |【小钹冲头】
看 （呃） 来。

（起“飞脚”，右手反拍靴帮，“踩泥”，左弓步亮相） | （向前一望两望，跟右步，左回身面向里站，然后大圆场。至右台口左丁步斜向庙停住）

【撕边一击】（上下打量庙周围的动静，退两步回身站）我当是户人家，原来是座古庙。【撕边一击】（眼睛顺着地上的雪光向庙门上方看）雪光之下，照见匾额，待俺看来。（右手指匾）“白云庵”。看庙门半掩（戳右腿双手面前互搭）半开（双手分开），待俺挨身而进。（左手托剑，缓右手同时跨右腿左拧身面向里落地，再吸踹平左腿）【小钹冲头】（落左腿、探头、侧耳听两边的动静、再向后闪身，双手猛地推开两边的门，直冲进去至后中场，再回身走到中场“山膀”亮住）【撕边一击】（原地左边顺风旗上下打量）【撕边一击】（右边顺风旗上下打量）且喜庙中无人，一路行来身子有些困倦，不免（眼神落在门上）关了庙门，（上右步双手关门，右手插门的动作）在此打睡片时起来再行。（随着尾音眼珠由慢及快的两边摆动）正(呃）是：【小钹五击】（双缓手上步缓手，左丁步正场拉开）

X X X X X X X X X X̂ X
一 觉 放 开 心 定 稳，梦 魂 千 里

（左手握剑柄，右手垂下，吸右腿缓右手，右弓步右手指右台角） | （缓右手，右“裁锤”） | （向右台角出手，上左步面向里同时穿出左手）

X X X （嘟 噜 － 八 大 才）
到 阳 台。[①]

（撤右步，反大刀花右拧身） | （踢大带至左肩） | （举右拳盘左腿） | （向中场起“飞脚”） | （拍脚） | （别右腿拧身） | （急速成“卧鱼”）

【更鼓】【撕边一击】（双手揉眼，放手醒来一惊）哎呀且住！【小钹五击头】（右手托大带，起身疾步走至中场站亮）朦胧听得已交三鼓，不可贪睡，我（眼神落在门上）开（上左步，左手按门中间，右手拉门栓动作）了（双手拉门框动作）庙（双手插进两门之间的动作）门（双手向两边推开门的动作），【二三锣】（跟右步，左手托剑甩剑穗，盘左腿，右手按剑亮）甩开大步（向右台角方向三个小跳步）直奔梁山（左拧身缓右手指“下场门”方向）走【撕边一击】（踢左腿）遭【撕边一击】（踢右腿）也！【八大仓】（踢左腿，左手托剑甩剑穗，别右步右手按剑左拧身

---

① 阳台：典出战国宋玉《高唐赋·序》，本指男女欢会之所。戏曲中常用“阳台”一词，其含义有时被演变为“死后升天”、“阳关大道”等。

亮）【小钹冲头】（面向里右弓步两边巡视，起身，大圆场至右台口，穿手左拧身吸左腿，再反圆场回到中间台口，反云手右顺风旗正场站亮）【小钹归位】（左转身起云手，撤步拉开双“山膀”，上右步甩剑穗，右手按剑，向右侧戳右腿亮相）

<新水令>

サ 3 1 2 3 3【小钹二击】1 2 1 2 7 6（八大）
按 龙 泉 血 泪

（盘右腿落地弓步，右手指剑）（上左步、双缓手面向里右手搌泪）（反圆场至台口成右弓步，双缓手右手弹泪）

3. 2 5 6. 5 3 5 2 3【小钹三击】
洒 征 袍，

（左回身向“上场门”方向右掌托左拳，再相反一番）（落右腿正场戳左腿，右手提箭衣，左手指袍）（扔箭衣反转身至“九龙口”，向左台角单“山膀”亮）

6 5 6 1. 2 7 6 1 5 4 3 3
恨 天 涯

（双手面前抱拳，打开双手走至左台口抬左脚，胸前抱拳推出成“探海”亮）

6 1 2 3 1 7 6【小钹二击】3 3（八大）3 6
一 身 流 落。 专 心 投

（左看、右看、摊双手，低头双摇手）（正场拉开）（“反云手”跨右腿向“下场门”双手骗腿，左弓步，右手徐徐指向“下场门”方向）

5 4 3 5 6 1【小钹三击】3 3（八大）
水 浒， 回 首

（收右腿站起）（“云手”、跨左腿面向“上场门”

6 5 6 5 6 5【小钹二击】1 2 1 6 6 2 3

望 天 朝。 我（呵） 急、急 走

双手骗右腿，右弓步，左手徐徐指向“上场门”方向）（退三步、抬左腿，右手按剑）（扑身走至“九龙口”转身，向左台

1 2 3 3 2 1【小钹三击】6 5 4 3 5 5

忙 逃， 顾 不 得 忠 和

角三跨步，“云手”骗左腿跨右腿转身左弓步）（右手指，“山膀”拉开）（反云手转身至台中，抱拳戳

<驻马听>

3 3 2 2 1 6 1 5 4 3 3【小钹二击】

孝， 良 夜 迢 迢

左腿面向正场亮相）（出左手，出右手、双缓手，左弓步，左拳放头左侧亮）

6 i 5 6 5 6 4 3【小钹三击】0 0 3 2 1 3

良 夜 迢 迢，（投 宿）休 将 他

（出右手、出左手、双缓手、右弓步，右拳放头右侧亮）（盘左腿，右手指出去）（双掌放在左膝上）

1 5 1 7 6 1 2【小钹二击】6 i 5 4

门 户 敲。 遥

（推双手同时吸左腿，再收双掌弹出腿，反复做三次）（正场拉开）（起“云手”，向“下场门”

3【撕边八大才】1 5 1 7 6 1 6 1 6 5 6 5

瞻 残 月， 暗 渡 重 关，

“踹丫”、变身别右腿，“山膀”回看、亮）（双手示月，上右步吸左腿向“下场门”走圆场，转身，面向右台角站）

6 5 1 6 2 3 1 2 3 3 2 — 1 6 i 6

我 急、急 走 荒 郊。 俺 的 身

（领起右拳，向前跨步推拳、跨步推拳，右弓步右手推出去） （正场戳右步亮）

6 【小钹五锤】 3 5 1 7 6 3 5 6 5 6 4

轻 不 惮 这 路 途 遥，

（跺右脚，“反云手”转身，双缓手盘左腿，按掌面向“上场门”，“九龙口”处软“跺泥”亮） （小圆场归中场吸左腿落成左弓步，右掌心向上至胸前，

3 【小钹三击】 1 2 3 3 0 0 【小钹一击】 3 2 1 3

我 心 忙（哎 呀） 又 恐 怕

再慢慢展开右手） （收右步，拍腰） （绕双手，同时跺左、右脚，落成正场左弓步，摊双手亮） （抖双手，右手抄大带，

5 5 3 3 2 1 【小钹二击】 0 0 （0 才） 1 6 5 6

人 惊 觉。 也 吓、 吓 得 俺 魄

戳左腿，左手捂嘴状） （放大带，右手弹出中指） （抖右手，向左台角

2 3 1 2 3 3 3 2 — 1 【小钹三击】 3 2 1 3

散 魂 消， 红 尘 中

小趋步，双手从腰间向上双掌托亮） （正场拉开） （左手托剑右按掌，

3 6 ⁷⁄5 4 3 3 5 6̣ 1 2 1 3（八大才）1²⁄ 7̣ 6̂
误 了俺这五陵年 少[①]。

反圆场至“下场门”转身向右台角起“反云手”，跨右腿踢左腿，趋步掌出去，右手掏腿向上领起抖腕）（右手下指，双手扣腕同时吸左腿，撕开双拳亮相）

「（嘟……八大才）搬正腿、“探海”“射燕”，“反云手”别腿“卧鱼”亮相。【小钹四击头】落左弓箭步，双手搭住再撕开同时吸左腿大蹦子穿手转身，左手握剑、甩穗、小蹧步、右弓步、右手按剑亮相。【小钹抽头】站起，圆场至右台口向“下场门”方向踢大带上左肩，“单山膀”亮相，扑身直下。

第二场

「【大锣原场】徐宁“上场门”上“起霸”。三道幕内提甲右丁步站好。【大锣四击头】出右腿、跟左步、再上右步、趋步、上左步“九龙口”站，左丁步提甲亮相。【大锣冲头】三盘腿，骗腿、趋步、蹧右步，至左台处左丁步变脸亮相。【大锣冲头】扔甲、“云手”，往后慢退三步再疾退至“九龙口”处，拉开亮相。（嘟……八大仓）起“反云手”展开双手、右“山膀”、戳左腿亮相。【大锣四击头】跨腿踢腿趋步，左弓步，掌出去、盘左腿、跨右腿、“云手”转身面向里骑马步台中亮相。【大锣冲头】站起、双缓手，走至“九龙口”，拉回左台口处，拉开亮相。（嘟……八大仓）右手弹髯口，右穿手跨右腿转身，盘左腿“栽锤”亮相。【大锣四击头】下髯口，双缓手、右趋步，“反云手”右拧身回望，再“云手”跨左拧身，面向左台角骑马步台中亮相。【大锣冲头】站起，“云手”走至左台口，拉回“九龙口”处拉开亮相。（才才才才才仓）“云手”、跨右腿慢骗左腿，左边紧甲。（才才才才才仓）“反云手”、跨左腿慢骗右腿，右边紧甲。【大锣四击头】收成丁步双手整冠，弹右髯、弹左髯，双手弹髯，右弓步，双紧甲。【大锣原场】下左髯、下右髯，提甲转身,“九龙口”正场亮相。圆场由慢至快至台口,翻右甲右丁步正场亮相。【大锣冲头】放甲、小圆场至台口起“云手”上手。【大锣归位】撤步正场拉开、整袖、上左步、双手叉腰站立。

徐　宁　（诗）五百官军出汴城，
林冲擅杀事非轻。【小锣二击】
技穷定投水浒寨，
伙起烟尘不太平。【大锣夺头】（挖开，拱手报名）

五陵年少：五陵是长陵、安陵、阳陵、茂陵、平陵的合称，均在渭水北岸今陕西咸阳附近，为西汉五位皇帝的陵墓。汉元帝以前，每立陵墓，就要随迁四方富豪、外戚于此居住，五陵年少则用来指富豪子弟。林冲在京都任禁军教头，也曾风光一时，故以五陵年少自许。

俺【撕边一击】金枪手徐宁。【小锣住头】只因林冲火焚草料场，杀死官差虞侯，俺奉太尉之命，前去捕拿。众将官！

四官兵 有！

〔四官兵在【冲头】中举枪“两边”上。

徐　宁 往山东大道追赶林冲去者！

四官兵 啊！

〔【冲头】四官兵“合龙口”徐宁持枪上马，奏干牌子<金钱花>众“插门”下，徐宁右台口涮枪“下场门”走下。

第三场

〔【急急风】转【小钹冲头】林冲右手拿大带上，“九龙口”亮相。扔大带，【小钹五击头】三个跨步至台中场，正场“山膀”亮住。

林　冲 英雄藏宝剑，

未除奸佞头。【小钹住头】

想俺林冲，当年在那八十万军中呵！【小钹帽子头】（上步拉开“山膀”，左手握剑柄戳右腿亮相）

<折桂令>

サ3　3　5　6　i　i（大大）| $\frac{4}{4}$ 6i 5　1. 2 3 i2 i7 6 |

俺　指　望　封　侯　万　里

（向右台角方向拱手站立）（跺左、右脚）（向左台角双缓手、趋步，左边踏步翻

5 05 3565 3 - | 0 5 3 3 3 3 6 | 5 4 3 0 2 0 32 |

班　超[①]，生　逼　做　聚　义　红　巾，做　了

身，双翻手向上托掌）（右手抄大带右转身归台中，正场扔大带，掸右手跨右腿）

1 21 65 6 | 66 1 23 212 | 1 1. 2 3 56 54 3 |

背　主　黄　巢[②]。恰　便似

（拱手同时盘左腿，落左腿成正场右弓步，“反云手”跨左腿右转身蹚步指出去，起身

---

① 万里班超：系指东汉班超投笔从戎，击北匈奴、出使西域建立功绩。这里表达林冲原有报效朝廷的远大抱负。

② 背主黄巢：唐末，黄巢起兵攻破长安后自立为帝，国号大齐，故谓之“造反”、“背 主”。

5 3 5 i6 0 56 54 3 | 2 12 7 6 - |（扎）i i 65 3 0 5 |

脱 鞲 苍 鹰， 离笼狡兔，

圆场归中场，上步起“云手”，再撤回来中场偏后拉开站立亮相）（大带缠腰，正场三个“扫

6. i 6535 1.2 3 | 3 3 5 6 i2 i7 6 | 5 3 2 3 2 |

摘 网 腾 蛟。救国难有

堂腿”接正场“飞脚”，顺转身，起“云手”上步，往回至中场拉开）（左转身，横场起“云手”，跨右腿

i. 2 i 6i 5 | 3 3 2 2 3 | 3 1 2 3 - |

谁 诛 正 卯[1]，掌 刑 罚 难 得

踢左腿，别抬后右腿，推出右膀亮相）（反转身横场起“云手”，跨左腿踢右腿，别抬后左腿，

2 3 12 7 6 1 2 | 3 5 1 2 3 - | 2 3 1 7 6 0 |

皋 陶[2]。只这鬓 发 萧 骚，（哦呵）

推出“左山膀”亮相）（撤回左腿向左台角戳右腿，双手搓“千巾”抛出，再搓“千巾”抛出。双缓手踏右步双手摆向

1 2 3 2 3 23 1 6 | 0 5 0654 3 2 3 | 0 5 3 5 3 3 5 |

行 李 萧 条。 此一去搏得个

左台角，再缓手踏左步，双手摆向“上场门”方向，再摆回左台角，撤回右步左丁步“山膀”亮相）（向右台口趋步“云手”，左拧身向“下场门”方向盘

① 救国难有谁诛正卯：正卯，即少正卯，春秋时鲁国大夫。孔子任鲁司寇，以“五恶”罪名诛之，故后世视之为乱臣。这里，林冲指高俅欺君害民，专擅朝政，希望有人能除掉他。

② 掌刑罚难得皋陶：皋陶，虞舜时的司法官，判案公正，赏罚分明。后世将皋陶奉为狱神。

3 3 - 6 | 6 i 5 - 3 | 2 - 0 0 | (扎) 1 2 3 2 3 |

斗 转 天 回，（高 俅） 管 叫 恁

左腿，反圆场归“上场门”“九龙口”处，右 （左拧身右“裁锤”，反手向“上场门”指出去）

1 23 1 61 5 6 | 6 6 1 2 3 2 12 | 1 - 0 0 ‖

海 沸 山 摇！

“云手”转身至右台口吸左腿顺风旗亮，再向“下场门”方向大蹦子穿手转身，甩剑穗右丁步按剑亮相）

〔【小钹抽头】撤右步向右台角方向单“山膀”亮相，三跨步至台中，左拧身面向“下场门”盘左腿右手按剑亮，扑身圆场下。

第 四 场

〔【小钹抽头】转【大锣抽头】，奏唢呐曲牌〈江儿水〉前段，杜迁、宋万“站门”上，接着四梁山兵抱刀“一条鞭”引王伦上，王伦归台中。

王 伦 俺【大锣一击】白衣秀士王伦。【大锣住头】自到梁山落草，倒也丰衣足食。今有柴大官人来了书信一封，举荐林冲上山入伙，有心不纳，又恐违了柴大官人的金面。杜迁、宋万二位贤弟听令！

杜 迁
宋 万 在！【大锣一击】

王 伦 命你二人迎接林冲上山，不得有误。

杜 迁
宋 万 遵命！

〔【大锣冲头】四梁山兵领起下，宋万、杜迁下。

王 伦 且待林冲上山呵！

〔接奏唢呐曲牌＜江儿水·合头＞接【大锣抽头】王伦摇头、背手走下。

第 五 场

〔【大锣抽头】转【小钹抽头】林冲反圆场上，“九龙口”左丁字步、单“山膀”亮相，再变右手按掌反圆场回到“九龙口”处，“云手”转身面向“上场门”右“顺风旗”亮相。

<雁儿落>带<得胜令>

林冲 2/4（扎） 2 | i 7 6 5 | i 6 i 5 | 6 3 2 3 | 5 5 |
望 家 乡 去 路 遥，想 母 妻 将 谁
（向里左右两望，左回身“右山膀”向左台角两望） （戳左腿拱手双绕手，击右

6. 5 3 2 | 0 2 3 2 | 3 3 2 | 1 2 1 6 | 1 0 0 3 |
靠？ 俺 这 里 吉 凶 未 可 知，（哦呵）他
掌，摊手状，撤右步，抄带戳左腿，左手放胸前，向右侧脸，摇头） （缓左手向前指，向左

【小钹平板夺头】 |（扎）5 3 2 | 5 2 3 | 5 5 | 6 0 |
他 那 里 生 死 应 难 料。
台口趋步接“摆连腿”，落成左弓步，右手指向右台角） （抖右手，大缓手指出去） （双腿跳起，退两步，左手握剑

〈得胜令〉
（多多）i. 2 7 | 6 - |【小钹平板夺头】|（扎）5 6 6 | 5 6 6 |
呀！ 吓 得 俺 汗 津 津
柄，右拳掏腿，砸拳下蹲，起反“飞脚”正场“摔叉”，跳起，右丁步，抖双手抱肩）

i 23 i | 6 5 6 | 5 6 5 | 0 2 3 2 | 5 3 2 | 1 2 3 2 |
身 上 似 汤 浇， 急 煎 煎 心 内 滚 油
（变左丁步抖双手抱肩） （双手胸前缓抖，同时向左台口“横排步”

1 2 1 | 0 2 3 2 | 5 5 | 6 1 2 | 3 3 | 5 2 1 |
熬。 幼 妻 室 今 何 在？老 萱 堂 空 丧
走至左台口） （拱手，双绕手砸右拳，砸左拳，走至中场，正场拱手、摇头）

6̣ - | 5 - | 7 - | 6 - |

了。 劬 劳

（往前上步起“云手”，后退至中场偏后拉开“山膀”）

【小钹抽头】（由慢及快的走正场“串掏腿翻身”，至中场台口处跪右腿）

（扎）3 2 3 | 5 5 | 6 5 3 2 | 0 3 | 3 5 | 5 2 | 2 3 1 | 2 - |

父 母 的 恩 难 报； 悲 号，

（拱手） （低头下拜） （用右小臂左右两边搌泪）

【小钹抽头】（随着节奏慢站起，后退三步，骗右腿同时右手中指搌泪弹出）

（扎） 5 | 3 3 2 | 1. 2 1 6̣ | 1 5 3 2 | 1. 2 1 6̣ | 1 - ‖

叹 英 雄 气 怎 消，叹 英 雄 气 怎 消！

（左、右、左三“倒手”，反跨转一圈抬左腿亮相，落腿走正场“翻身”，趋步成骑马步左台口亮相）

〔随着【小钹抽头】站起，右按掌，反圆场走下。

第 六 场

〔【小钹抽头】切住，奏唢呐曲牌<侥侥令>前段，四官兵举枪“骨牌对儿”走上，向“下场门”方向站立；徐宁举枪走上，“九龙口”正场一亮，走至右台口向“下场门”按枪亮住。

徐　宁　前道为何不行？

四官兵　来到黄河渡口。

徐　宁　紧紧追赶！

四官兵　啊！

〔接奏唢呐曲牌〈侥侥令·合头〉【大锣冲头】四官兵走下；徐宁缓枪一亮走下。

第 七 场

〔【冲头】切住，起【小钹冲头】林冲左手握剑柄，右手抚剑尾，右侧身圆场直冲至左台口蹉右步站亮，边左右巡视边后退撤至“九龙口”“山膀”站亮，起“云手跨虎”，由慢及快反复五次至左台口处右手按掌亮相，反圆场至“九龙口”，面向左台角“单山膀”一亮，右手抄大带戳左腿亮相。

林 冲 <沽美酒>带<太平令>

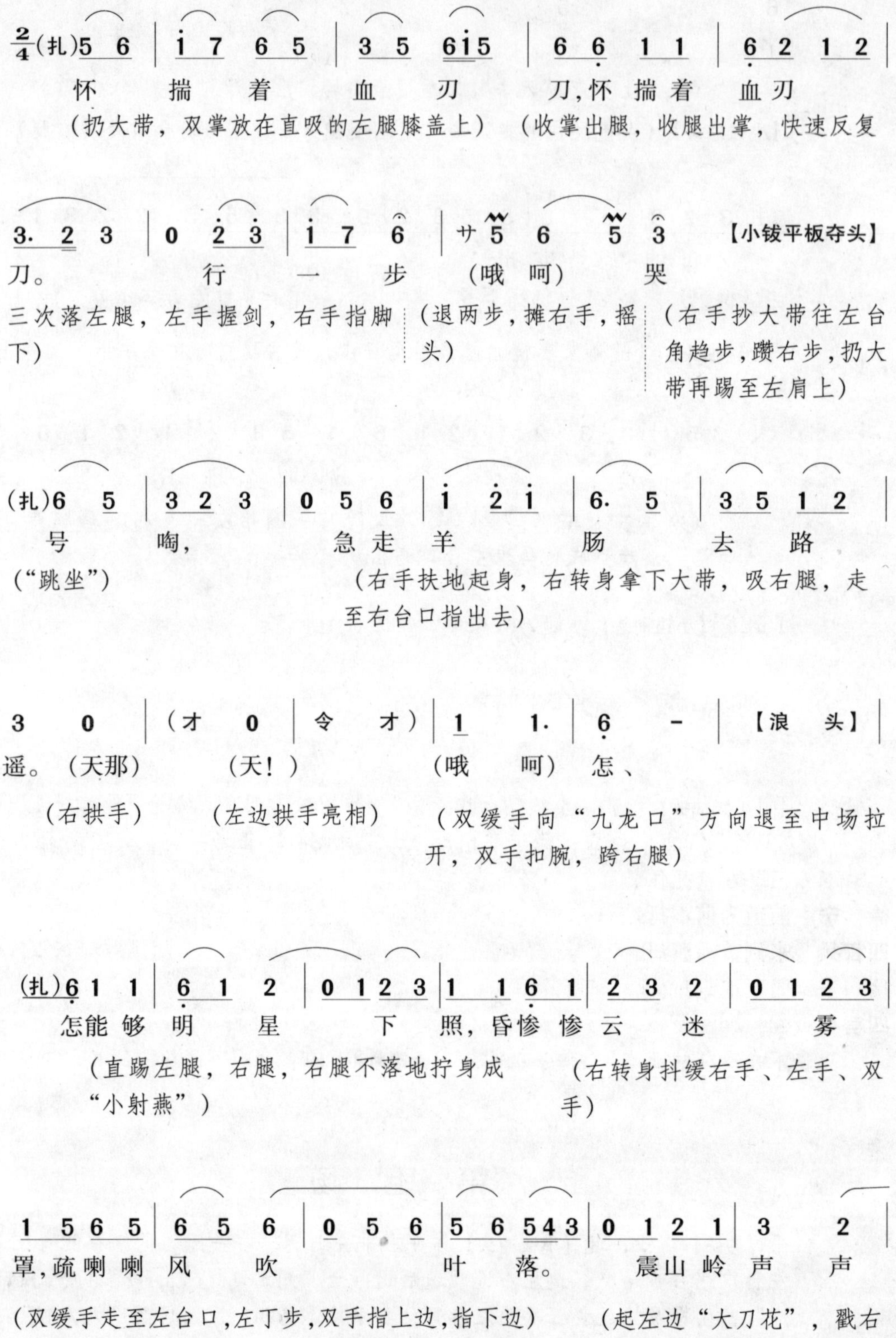
2/4 (扎)
怀 揣 着 血 刃 刀,怀 揣 着 血 刃
(扔大带，双掌放在直吸的左腿膝盖上）（收掌出腿，收腿出掌，快速反复
【小钹平板夺头】
刀。 行 一 步 (哦 呵) 哭
三次落左腿，左手握剑，右手指脚下）
（退两步，摊右手，摇头）
（右手抄大带往左台角趋步，蹝右步，扔大带再踢至左肩上）
(扎)
号 啕, 急走羊 肠 去 路
（“跳坐”）
（右手扶地起身，右转身拿下大带，吸右腿，走至右台口指出去）
(才 0 令 才)
【浪 头】
遥。(天那) (天！) (哦 呵) 怎、
（右拱手）
（左边拱手亮相）
（双缓手向“九龙口”方向退至中场拉开，双手扣腕，跨右腿）
(扎)
怎能够明 星 下 照,昏惨 惨云 迷 雾
（直踢左腿，右腿，右腿不落地拧身成“小射燕”）
（右转身抖缓右手、左手、双手）
罩,疏喇 喇 风 吹 叶 落。 震山 岭 声 声
（双缓手走至左台口，左丁步，双手指上边，指下边）
（起左边“大刀花”，戳右

0 1 2 3 | 1 6 1 2 | 3 2 | 0 1 2 3 | 1 6 1 | 2 3 2 |
虎 啸，绕溪 涧哀 哀 猿 叫。俺 吓、

腿，左拳上，右拳下一亮）（右边“大刀花”戳左腿，右拳上、左拳下一亮）（左手握剑、右手拍腰）

0 2 1 1 | 6 1 | 2 1 | 2 2 1 | 2 3 1 2 | 3 0 | 1 - |
吓得 俺 魄 散 魂 消，似 龙 驹 奔 槽。哎

（面向右口台左手拍腰，右手拍腰）（向右台口展双臂扑身走，左拧身，反圆场至

1 - | 6 - | 【浪头】| (扎)6 1 1 | 6 1 2 | 3 2 | 0 1 2 3 | 12 7 6 ‖
百， 百忙里走不出 山 前 古 道。

“下场门”处，向台口踏右步，右手抄大带）（跨右腿踢左腿，向后甩大带，左拧身向“下场门”方向扔、踢大带，按手亮相）

〔【小钹抽头】中，扑身直走圆场下。

第八场

〔【小钹抽头】切住，奏唢呐曲牌〈风入松〉前段，四梁山兵抱刀，杜迁、宋万敞褶子，背刀“站门”上。

杜　迁　贤弟请了。

宋　万　请了。

杜　迁　你我奉大哥之命，下山迎接林冲上山，一同前往。

杜　迁
宋　万　众好汉！

梁山兵　有。

杜　迁
宋　万　下山去者！

梁山兵　啊！

〔奏唢呐曲牌＜风入松·合头＞四梁山兵领起下。【大锣抽头】中杜迁、宋万右台口向“下场门”撕褶子一亮，走下。

第九场

〔【大锣抽头】转【小锣抽头】林冲反圆场上至"九龙口"处，"反云手"转身，面向"上场门"方向右"顺风旗"亮住。

＜收江南＞

林　冲　サ i 7 6【小钹平板夺头】$\frac{2}{4}$(扎)5 6 5 | i i | 3 5 | 6i5 6 | 0 i 6 6 |

呀！　　　　又只见乌鸦阵阵起松

（左回身"云手"跨右腿，转一圈"摔叉"）　（起来，缓双手走至左台口，双手指向左前角上方同时

5 - | 3 5 | 3 5 | 1 6 1 | 0 7 6 | 5 - | 3 5 6 |

梢，数声残角断渔　樵。忙投

踏右步蹲下去）（缓右手走至"九龙口"）　（右手指出去）（双手按掌，圆场归

i 6 5 | 6 5 6 | 5 6 5 | 0 5 3 2 | 1 6 1 | 0 5 3 5 | 6i5 3 |

村店　伴　寂寥，　想亲帏梦　杳，想亲帏梦　杳，

台中，"云手"跨腿面向里左弓步指出去）（左回身面向左台角拱手）（向右角走，拱手）

【收头】

0 3 1 2 | 3 3 | 3 2 5 | 1 6 1 | 0 7 6 | 5 - ‖

这地是空　随　风　雨度　良　　宵。

（左拧身，右手指地，反圆场至左台口趋步大蹦子，落成右弓步，向"上场门"按剑回望）

〔起鼓声【急急风】四官兵举枪急上，林冲拔剑拨"倒脱靴"，林冲摘下剑鞘扔进"下场门"幕内。徐宁举枪站上"小边"，林冲举剑站"大边"，二人会阵正场亮相。四官兵归"上场门""一条鞭"举枪站。【大锣原场】林冲、徐宁由里边走至台口"架住"。

徐　宁　【大锣叫头】呔！林冲哪里去！

林　冲　徐将军！

〔【大锣三击】二人同时收枪、收剑，四官兵放枪。

林　冲　可恨朝中奸佞弄权，陷害于我，俺林冲实不得已。望将军念在旧日之情，必须要谅

情一二。

徐　宁　【大锣叫头】住了！你火焚草料场，杀死官差虞侯，俺奉太尉之命，前来拿你，休走看枪！（拧枪刺林冲）

林　冲　（用剑反挑枪压住）【大锣一击】徐将军【大锣软四击头】再三逼迫，【大锣一击】林冲！【大锣一击】无礼了！

〖鼓声，【开档子头】【急急风】一欺，两欺，一刺打“腰封”过“半合儿”，林冲横剑“轰开”四官兵的枪，四官兵“上场门”下。林冲在“小边”台口出剑；徐宁同时在“大边”“下场门”出枪，二人“一扯、两扯”过“半合儿”，林冲归“大边”，徐宁归“小边”。开始打“剑枪”，二人一磕亮相。【急急风】切住接【马腿】。一盖砍“腰封”，林冲反盖枪把儿再一盖砍“腰封”，枪下刺、上刺，剑刺枪上、下，枪反绕，剑正拉肚、反拉肚，勾打“走马腰封”，林冲归“小边”，左手反挑枪剑砍一个“腰封”、两个“腰封”，林冲回花儿抱剑踢一腿；徐宁右手推枪成左手背枪、右手接一腿，林冲盘左腿上接“封头”，徐宁用枪头扫林冲蹦子过去，林冲归“大边”，徐宁漫林冲头，右手持枪打林冲腰，林冲左手接住枪，走着左砍、右砍过到“小边”；徐宁左手一拨两拨过到“大边”，林冲刺徐宁右腰，二人同时向里翻身，林冲上打下刺反挑开枪，反拉肚儿，再三个转身拉肚，林冲归“大边”，徐宁归“小边”，林冲三个转身砍，徐宁用枪头压住林冲右肩。【四击头】林冲向“下场门”大蹦子、转身用剑将枪压下来戳右步横剑亮相；徐宁在台口涮枪正场弓步端枪亮相。【急急风】林冲败下，徐宁“小下场”，【四击头】中场骑马步端枪亮相，追下。

第十场

〖【急急风】切住，【大锣水底鱼】四梁山兵、杜迁、宋万快速“站门”上，【鼓声】杜迁、宋万向后一望。

杜　迁　【大锣叫头】且住！那旁喊杀之声！

宋　万　你我迎上前去！

〖【急急风】同窝下。

〖林冲“上场门”举剑上，“九龙口”一亮，摊手反圆场至左台口回身向“上场门”一望，徐宁举枪追上，漫林冲头过来，往里一盖打林冲“前封头”、“后封头”，徐宁归“小边”，挑剑压住。【撕边】（八大仓）杜迁、宋万持单刀从“下场门”挑出来，撕开亮相，林冲“下场门”撤下。徐宁与杜迁、宋万“一扯、两扯”，过“半合儿”，枪带左边宋万出来成三丁位置，徐宁归中，枪打“小边”杜迁“封头”，漫“大边”宋万头过到“大边”，右回身刺下边，杜迁挑起往里串肚儿，宋万打徐宁鼻子，杜迁再回来反削徐宁头，【软四击头】杜迁、宋万“小边”台口撕开亮相；徐宁往“下场门”出枪变左手背枪“大边”亮相，“下场门”败下。

〖【急急风】四官兵“上场门”举枪“一条鞭”上，杜迁、宋万归“大边”出刀与四官兵横场过“半合儿”，一磕一扯归正场过“半合儿”，杜迁、宋万分下。四梁山兵持单刀三道幕“横一字儿”上，与四官兵正场勾“马腿儿”出来，回身一磕一亮。【急急风】切住，起【马腿】四梁山兵与四官兵打“八股档”，【软四击头】四梁山兵反削四官兵头，正场“横一字儿”撕开亮相；四官兵后边“横一字儿”站立亮相。【急急风】一磕一扯，梁山兵归“大边”，四官兵归“小边”，一对一的挑起压住分两边下。

〔林冲“下场门”举枪上；徐宁“上场门”举枪上，二人正场冲出来，过“整合儿”，林冲在“大边”，徐宁在“小边”，打“快枪”，兜、转身，徐宁刺林冲左、右两枪；林冲左拨、右拨，打徐宁“封头”、“腰封”顺翻身，绕下来林冲接“腰封”再打徐宁“腰封”，绕枪，林冲勾打徐宁“走马腰封”，林冲归“小边”，林冲漫徐宁头，徐宁右手持枪中间骑马步站，林冲刺徐宁胸前三枪；徐宁用右枪、左手，右枪刨三下，林冲刺住徐宁左腰，徐宁左手接枪，右手横枪磕开林冲的手，二人同时向外拧身成背靠背，徐宁用左手枪反扎林冲右腰，林冲左手抓过枪，用右手掌磕开徐宁的左手枪，林冲涮枪左回身；徐宁右回身同时右腿小蹦子落成骑马步，林冲漫徐宁头刺靴底，徐宁转身再磕开一枪转身，林冲刺徐宁左上、右下；徐宁用枪尾磕开，徐宁再刺林冲左上、右下；林冲用枪尾磕开，二人同时顺势走立翻身；林冲右转，徐宁左转，林冲归“大边”，徐宁归“小边”，林冲向外场接两个“腰封”，再拧身向里打徐宁两个“腰封”，林冲剪腕背枪踢一腿；徐宁左手背枪右手接一腿，左回身，林冲漫徐宁头，上边一别，反兜转身错开位置，二人吸左腿上搭，再上步下兜转身，二人同时双手拿枪中间打肘、磕林冲枪尾再磕枪头，磕徐宁枪尾再磕枪头，反兜转身错开位置，上搭下兜，二人转着走；勾打徐宁“走马腰封”，再勾打林冲“走马腰封”，林冲归“大边”，一刺“封头”接“腰封”转身，再追打徐宁一刺“封头腰封”，二人扯正，外刺、里刺、外刺、里刺转身，二人合扇按枪站立亮住，【急急风】切住，起【四击头】林冲正、徐宁反跨腿、踢腿、趋步、跨腿转身、吸腿趋步弓箭步亮相。【急急风】站起，二人对眼光，向里拧身，林冲“下场门”、徐宁“上场门”双收下。

〔杜迁“上场门”单起，“大边”台口出刀，徐宁“上场门”举枪漫头上，往里一盖，打杜迁“前封头”、“后封头”，搭、扫杜迁“飞脚”过去，徐宁归“大边”，挑起一别，下滑砍马腿，一盖两盖封杜迁“鼻子”出去，宋万“上场门”举刀上，徐宁盖打宋万“鼻子”出去成三丁位置，徐宁转着走：盖、打杜迁进去，盖打宋万进去，盖、打杜迁出来，盖、打宋万出来归三丁位置，杜迁、宋万大刀花压住徐宁枪，徐宁挑起串肚，林冲“上场门”举剑漫徐宁头出来，徐宁拨杜迁、宋万过来、过去，林冲再漫徐宁头进去，徐宁归“大边”台口横枪亮相；杜迁、宋万、林冲归“小边”台口举刀、剑亮相——双方对峙，徐宁出枪领起圆场至台中偏后回身封杜迁“鼻子”，向外双翻出来至台口；徐宁归“小边”台口，杜迁、宋万、林冲归“大边”台口，杜迁、宋万先后反搭、兜进去，林冲与徐宁架住，【急急风】切住起【撕边】（八大仓）林冲一绕两绕转身剁徐宁头、反打徐宁“腰封”转身右弓步剑尖向徐宁亮相；徐宁向“上场门”方向反出枪转身左手背枪、右手捋髯站亮；杜迁、宋万站林冲身后举刀亮相。三人上步将徐宁“上场门”欺下。

〔【大锣原场】四梁山兵抱刀“下场门”上，至“上场门”“一条鞭”站；船夫跟上，林冲、杜迁、宋万归“小边”台口依次上船，四梁山兵上船“挖门”两边站，船夫归“大边”边上站，林冲归台中，杜迁、宋万归两边。

林　冲　有劳众位搭救。

杜　迁
宋　万　岂敢,壮士敢是林武师么?

林　冲　不敢，请问二位上姓?

杜　迁　在下杜迁。

宋　万　在下宋万。

林　冲　原来是二位义士，失敬了。

杜　迁
宋　万　岂敢。奉大哥之命特来迎接壮士上山。

林　冲　列位请！**【大锣归位】**（正场“山膀”亮）

〈煞尾〉

サ6 1 7 6【小锣二击】6 2 3 1 2 3 3 2 - 1【小锣三击】
一宵 儿 奔走 荒郊，

5 6 1 7 6【撕边一击】1 6 6 6 5【小锣二击】6 5 4 3 3
穷 性命 拼出一 条。 到 梁山
（右手拍腰） （出食指、点头） （缓右手指出去）

1 6 1 2 3 3【撕边一击】0 0 3
请 得 兵 来 （高俅哇、贼子！）誓
（拱手） （右回身向“上场门”） （指出去）

2 1 3 5 5 2 1 5 6 - 1
把 恁 奸 雄 扫!
（回身正场一亮） （按右掌）

⌈**【堂鼓】**起**【急急风】**众扯“斜胡同”，林冲与众人向“下场门”一亮，齐下。

——剧　终

刘福生 整理

八大锤·车轮大战

茹富兰授课本

《八大锤》是武小生、武生当行“两面抱”的一出重头戏。该剧取材于《说岳全传》第五十五回至五十七回。剧写岳飞与金兵会战于朱仙镇，兀术不敌，调其义子陆文龙来助战，连败宋军。宋参军王佐知陆文龙系潞安州节度使陆登之子（陆城破死难，文龙为兀术收养），遂向岳飞献计诈降金营，说陆归宋。岳飞持重劝阻，王佐暗断左臂，直投金营。兀术不疑，收留之。王佐乘机先见乳娘薛氏，道破来意，又借说书机会，打动陆文龙，乳娘助之，使陆明白身世，助宋军打败兀术，重返故国。因剧中宋军的四员大将严正方、岳云、何元庆、狄雷均使双锤，故名《八大锤》。是剧分《车轮大战》、《断臂说书》两折，可连演，亦可单折演出。

《八大锤·车轮大战》突出体现了京剧表演中身段、功架的程式美与形体表演的高难度技巧。因此，该剧也就成为广大观众百看不厌的传统经典剧目之一。又由于它的训练价值，该剧也列入各地戏校里武小生、武生行的必修剧目。

《八大锤》一剧，原本有两种戏路：一是由王楞仙传给杨小楼的路子；二是由徐小香传给茹莱卿，茹莱卿又传给其孙茹富兰的路子。杨小楼的戏路已经失传，目前流行在舞台上的基本是茹富兰的路子。这是因为茹富兰自中年起即以教学为主，特别是在20世纪50年代初进中国戏校任教后教过几届学生。他的学生毕业后有的当了教师，又在传播茹派剧目，所以才形成了茹派代表剧《战濮阳》、《连环阵》、《八大锤》、《林冲夜奔》等占据京剧舞台的局面。而杨小楼的《八大锤》虽然也曾教给其门婿刘砚芳，但未再下传，连刘的孙子长瑞、长秀都是茹富兰的学生，致使这一个《八大锤》今成《广陵散》矣。

扮演陆文龙这一角色，要求演员必须具备唱、念、做、打全面的基本功。“车轮大战”中，尤其要有过硬的腰腿功夫，其中的跨腿、踢腿、抬腿、搬腿、控腿、单腿转，下腰、涮腰，探海，射雁等，在戏里比比皆是。陆文龙手中双枪的各种拿法、打法、耍花儿等也无处不在。而且手中的双枪在舞与打的过程中，要与脚步、腰部、身段、面部协调一致，顺达而行。而最不容易做到的是双枪的舞动要与大带、穗子、翎子、狐狸尾互不缠绕、刮蹭，各行其道，显出流动美，一气呵成，中间没有丝毫的停歇，做到这点，当然极不容易。

茹富兰老师在教学中讲究刻画人物，强调文武并重。《车轮大战》中唱念虽然不多，却是字字讲究。茹先生说过：“一个演员（武生）不会唱，不会念，就像一个人缺了一条腿，是演不好戏的。”如剧中陆文龙有一句“最喜南朝打扮”的念白，当念“最喜”两字时，“喜”字要拉长音，配合语音双手端带，目视自己的妆扮，微微摇身晃脑，显示出自己格外欣赏这身装束，然后念“南朝打扮”时，把“打”字的音量加重，“扮”字用喷口，以加强词意的感染力。当然，这折戏的重点还是在“大战”，但这场大战不同于高宠的《挑华车》，也不同于赵云的《长坂坡》，因为陆文龙只有十六岁，充其量是个大孩子，又是初次参加战斗，对战争的残酷性认识不足，加上他有过人的武功，甚至有些视为儿戏，所以他的“打”，要体现出一种稚气。当他打退宋军的大将后耍翎子、耍枪花，表现的是初尝胜果后的骄矜，他的内心独白应该是“打仗是如此好玩呀！”

茹富兰先生在教学中一向以中规中矩闻名于梨园界。记得我班同学刘福生（本剧本整理者）、夏玉秀、余龙义在1960年时曾跟茹老师学习该剧，仅陆文龙的一个出场，就教了四节课时，在腰与腿、腰与手、腰与头，节奏与眼神，穿蟒脚步的起、抬、迈、站等方面，反复讲，反复地示范。茹老师要求这第一个上场亮相，就要把人物的身份、神态表现出来。如今，刘福生已是个有着三十多年教龄的教授了，这一出《八大锤》他先后教过六个班计二十多名学生，有的学生还因此得过大奖，为传薪茹派艺术做出了贡献。

吕兆　东辰

人物行当

陆文龙	武生或武小生	兀　术	净
岳　飞	武生或武老生	四金将	武行
严正方	武生	四金兵	武行
何元庆	武净	旗　牌	丑
岳　云	武生	报　子	丑
狄　雷	武净	薛　氏（乳娘）	老旦
四军士	武行	四垫锤将	武行
四龙套	杂		

服装扮相

陆文龙　俊扮。紫金冠、翎子、狐狸尾，白龙箭衣、绦子、大带、白蟒、白绣花褶子，红团花彩裤，厚底。挂剑。

岳　飞　俊扮。荷叶盔、黑三，黄靠，红彩裤，厚底。

严正方　俊扮。虎头盔，绿靠，红彩裤，厚底。

何元庆　勾红碎脸。虎头盔，红靠，红彩裤，厚底。

岳　云　俊扮。虎头盔，白靠，红彩裤，厚底。

狄　雷　勾黑碎脸。虎头盔，黑靠，红彩裤，厚底。

四军士　俊扮。马童巾，抱衣抱裤，薄底。

四龙套　俊扮。小板巾，白龙套服，红彩裤，薄底。

兀　术　勾破三块瓦脸。双龙鞑帽或凉帽、耳环，红龙箭衣、大带、黄龙马褂、苫肩、朝珠，红彩裤，厚底。

四金将　揉脸。蓬头、额子，扎靠或改良靠，青彩裤，改良靴或薄底。

四金兵　俊扮。小鞑帽，青素快衣、小大带，青彩裤，薄底。

旗　牌　丑扮。红缨鞑帽，绣花箭衣、黑马褂，青彩裤，朝方或薄底。

报　子　丑扮。报子服装。

薛　氏　俊扮。黪网子、蓝绸条，紫帔、绿素裙子，青彩裤，福字履。

四垫锤将　俊扮。大板巾、小额子，青箭衣马褂，黑彩裤，薄底。

道具

红桌围椅披	一份	银枪	一杆
桌子	两张	车旗	四副
椅子	两把	高台	一个
宝剑	一口	城片	一份
白杆双枪	一对	八棱双锤	两对
马鞭	数根	瓜形银锤	一对
单枪	八杆	圆形黑锤	一对
单刀	八把	垫锤将用锤	四对(两对八棱锤、两对擂鼓锤)
钢叉	一把		

第一场

〔【一锤锣】四军士“上场门”持车旗上，站“扎犄角”，随后，狄雷、岳云、何元庆背双锤、举马鞭走“斜一字”跟上，勒马亮住。【大锣四击头】严正方背双锤、持马鞭上，“九龙口”亮住。【冲头】严正方走至台口勒马稍亮，反圆场归台中，右转身勒马亮住。(剧中严、何、岳、狄，统称宋四将)

严正方 军士们!

众 有。

严正方 趱行者!

众 啊。

〔【大锣帽儿头】接奏唢呐曲牌<粉孩儿>四军士领起圆场，“挖门”，四将随走，后成台口一横排，正场顺放马鞭，【大锣归位】四将同时转身，正场勒马亮住。

宋四将 (同时)俺—— 【大锣一击】

严正方 严正方。

何元庆 何元庆。

岳　云 岳云。

狄　雷 狄雷! 【大锣住头】

严正方 众位将军请了。

众　将 请了。

严正方 我等奉了元帅将令，催押粮草，军前听用，且喜粮草催齐，不免回营交令，众位将军请来传令。

众　将 一同传令。

严正芳
何元庆
岳　云
狄　雷 (四人同时)军士们，【一击】趱行者!

四军士 啊!

〔奏<粉孩儿·合头>接【原场】四军士、狄雷、岳云、何元庆“插门”“下场门”下，严正方右台口举鞭一亮，随下。

第二场

〔场上摆高台。

〔唢呐曲牌<大开门>四金兵举刀、四金将举锤“上场门”上“站门”。【四击头】【回头】兀术上，“九龙口”站亮，整冠、捋穗，手握朝珠，走至台口。

<点绛唇>

兀　术　【大锣归位】サ 6 i 5 4 3 5 2（台.大 台）2 2 1 6 1
将　士　英雄，　军威压

5 -（台令台）5 6 5 4 3 5 2（台.大台）3 1 2 3
众。　兵　将　勇，　战马

5 6 i 5 -（台令台）（6 5 6 i 5 -）【大锣一击】2 2 1 2 6 1 5 - ‖
如　龙，　（念）令出山岳　动。

〔奏曲牌<水龙吟 · 合头>兀术上高台座，众兵将归里站。曲牌止。

兀　术　（诗）屡次兴兵夺宋朝，
身经百战费辛劳。【小锣二击】
一心要把中原扫，
山河一统归吾朝。【大锣归位】

孤，【撕边一击】大金邦四太子、昌平王、完颜宗弼，皇号兀术。【大锣住头】奉了老王之命，带领三川六国人马，夺取宋室天下，怎奈岳飞用兵如神，屡次交战，不能取胜，也曾命人回朝传唤吾儿陆文龙前来助战，未见到来。

〔报子内白："报！"

〔【冲头】报子"上场门"持探字旗上，进门至"小边"单腿跪。

报　子　启狼主，岳飞讨战！

兀　术　再探！

报　子　啊！【冲头】（转身出"上场门"下）

兀　术　列位平章。

四金将　狼主。

兀　术　今日交战，非比寻常，必须人人奋勇，个个当先，进前者赏，退后者插箭游营！

众　啊！

兀　术　儿郎的，【大锣一击】杀！

〔起堂鼓【急急风】四金兵、四金将"合龙口"，兀术下高台，一金兵带叉，兀术接叉上马，众"插门"圆场，"下场门"站"斜胡同"，兀术至右台口举叉亮相，"下场门"下，众随"窝下"。

第　三　场

〔场上一桌一椅，"小座"。【缓锣】

〔陆文龙内白："嗯哼！"

〔【四击头】接【回头】，陆文龙双手端带"上场门"上，"九龙口"站亮，双抖袖、整冠、捋穗，走至台口站。【大锣归位】

陆文龙 （引子）胸藏韬略，【小锣二击】美名（大大）$\dot{2}\ \dot{3}\ \underline{\dot{2}\ \dot{3}}\ \dot{1}\ 6\ \underline{7\ 6}\ 5\ 6\ -\ \|$
几时 标。

「【一锤锣】左回身，向里走，“小座”，【大锣归位】右转身抖右袖，坐下。

（诗）中原成逐鹿，山河风雨飘；【小锣二击】

金戈征尘滚，壮气吞南朝。【大锣归位】

俺，【撕边一击】陆文龙【住头】父王兀术。俺虽生长北国，最喜南朝打扮。父王与宋室不和，屡战不能取胜，至今，兵扎朱仙镇，不知胜负如何？正是：【大锣住头】

欲图升九阙，

扫除南朝军。

「【小锣五击】旗牌“上场门”上，右台口站。

旗　牌 奉了狼主命，

搬请智勇人。（进门）

参见殿下。（行番邦礼）

陆文龙 罢了。（旗牌归“大边”站）

小番，我父王兵扎朱仙镇，胜负如何？

旗　牌 启禀殿下，宋军十分骁勇，奉了狼主之命，特请殿下前去助战。

陆文龙 好，待我同乳娘说明，早进中原助战，正是。【大锣五击】（站起，双抖袖，走至台口，端带站）

旗　牌 全凭殿下双枪勇，

陆文龙 哼！哪怕宋军百万强！

「【一锤锣】转【原场】陆文龙双抖袖，向右台口走两步，左回身向“下场门”站，（旗牌暗下），接【回头慢原场】陆文龙双手端带向前走左步，走右步时，抬左手反抓袖背手，再走左步时，抬右手反抓袖背手，缓步“下场门”下。

第　四　场

「【大锣长尖】接曲牌＜风入松＞四白龙套、四军士“上场门”“站门”上，【四击头】岳飞举枪上，“九龙口”一亮，接＜风入松＞二段，岳飞走至台口站亮。

岳　飞 统领貔貅将，

对垒到疆场。【大锣帽头】

本帅【撕边一击】，姓岳名飞字鹏举。【住头】可恨兀术屡犯中原，本帅统领人马与他交战，众将官！【大锣一击】

众 有！

岳　飞 阵前去者！

众 啊！

「奏＜风入松＞三段，接加奏堂鼓的【急急风】白龙套领起圆场，兀术等“上场门”上，“二龙出水”会阵，岳飞、兀术正场冲出来，架住。

岳　飞 【叫头】呔！马前来的敢是兀术？

兀　术　然。

岳　飞　兀术！【五锤】尔进犯我朝，屡败不退，是何道理？

兀　术　【叫头】岳元帅，你国二圣被孤家掳回我国，每日坐井观天，好不笑煞人也。

岳　飞　【叫头】兀术！休得猖狂，看枪！（岳飞刺一枪，兀术反挑压住）

兀　术　【叫头】岳元帅！你再三逼迫，恕孤家【大锣一击】无礼了！

〔起堂鼓【急急风】两人一欺两欺，岳飞盖打兀术“腰封”，“整合”，面向里架住，众“钻烟筒”下。岳飞“大边”，两人“一扯两扯”，过“半合”，岳飞刺打上、下、左、右，往里盖，打岳飞“前封头”、“后封头”，再往里盖，打兀术“前、后封头”，兀术已归“大边”，兀术回身反绕压枪，往里一盖，岳飞刺上、下亮相，兀术亮败相“下场门”下。

〔二金将“上场门”上，与岳飞斜场“过合”，岳飞外“带”一金将出来，双压“穿肚”，“上场门”续上一金将与岳飞“过合”，“上场门”再续上一金将，接岳飞打“封头”，“下场门”与右台口二金将对角穿岳飞肚，岳飞漫左台口金将过去，领起圆场，“下场门”一挡，岳飞向右台口，回身面向“下场门”方向拨四金将“倒脱靴”，四金将成“斜胡同”，兀术“下场门”举叉上漫岳飞头过去，打岳飞“后封头”，兀术回身指岳飞亮，（白：“追！”）岳飞亮败相，“下场门”下，兀术与四金将追下。

第五场

〔陆文龙内唱。

〔西皮导板〕

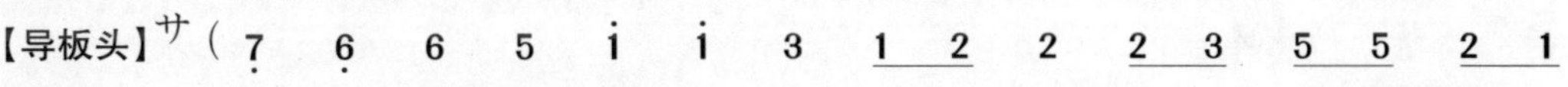

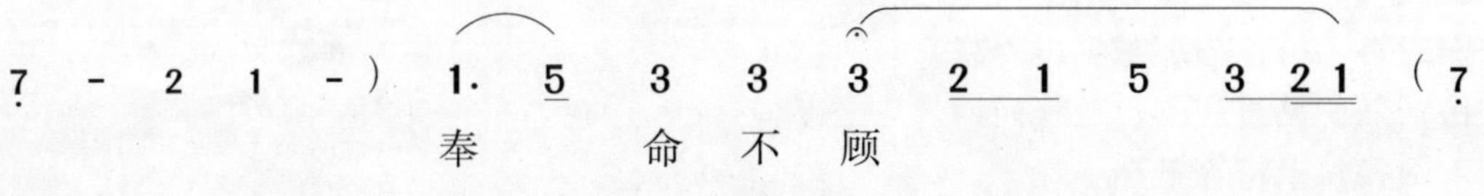

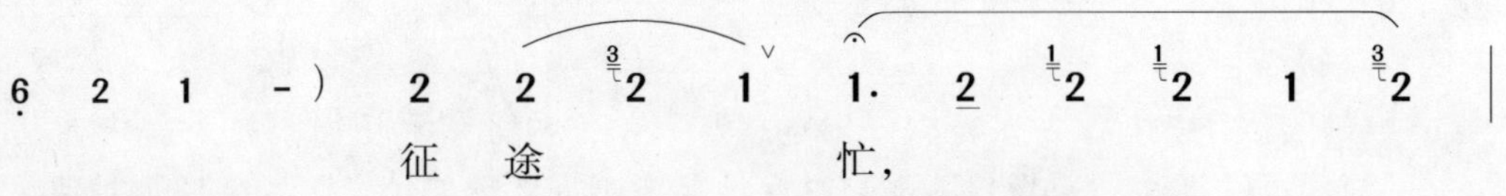

〔【快长锤】四小番举半截枪“上场门”上“扎犄角”，旗牌背双枪，薛氏（乳娘）、车夫随后上，走向前斜排站。陆文龙挎剑，敞褶子，持马鞭“上场门”上至“九龙口”举鞭站亮，走至台口，落马鞭再反缓，盘右腿勒马亮相。【闪锤】右“趋步”归台中，反转身勒马亮住。

〔西皮摇板〕

陆文龙

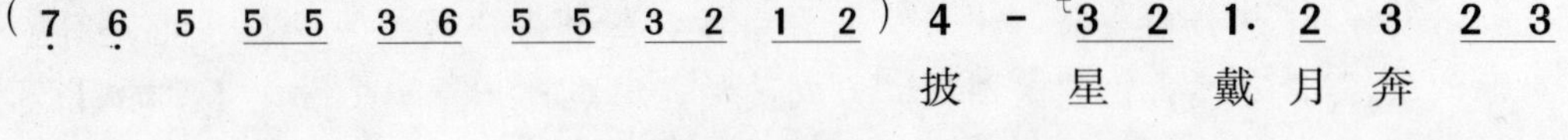

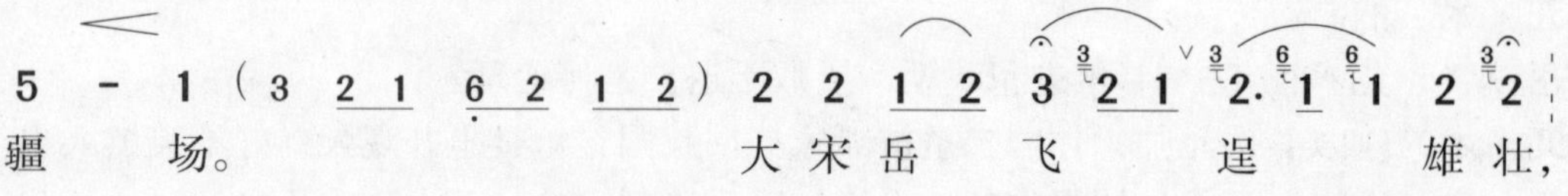

〔【快长锤】四小番领起，旗牌、薛氏、车夫“下场门”下。陆文龙“扑身”走至右台口，边向左拧身、边涮翎子，面向“下场门”时抬头，抱鞭盘左腿稍亮，反圆场至“下场门”前，反转身勒马亮住。

〔西皮摇板〕

陆文龙 （过门同前）

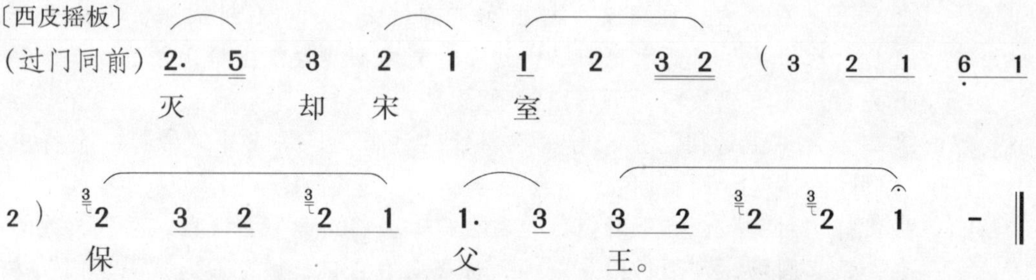

〔【一锤锣】陆文龙加鞭，左拧身盘左腿，面向“下场门”亮，下。

第六场

〔【乱锤】四白龙套、四宋军“上场门”败上，“挖门”，【大锣长尖】岳飞上，归里站。【水底鱼】狄雷、岳云、何元庆、严正方“上场门”上，“挖门”后归一横排面朝里站。

宋四将 参见元帅，末将等交令。【住头】（归两边站）

岳　飞 众位将军，粮草可齐？

宋四将 粮草已齐，元帅查点。

岳　飞 不必查点，众位将军之功。

宋四将 可曾与那贼见过阵来？

岳　飞 见过一阵，败阵而回。

宋四将 末将等抵挡一阵。

岳　飞 须要小心。

宋四将 得令！

〔【急急风】四白龙套、四宋军“窝下”，岳飞“下场门”随下。宋四将台口一排上马。兀术“下场门”上，中后场与宋四将正场“过合”，带一个带两个，兀术向里与二将“过合”，转过身来，再带一带俩，正场“过合”出来，兀术台口回身，架住一横排的宋四将，（兀术：“哇呀……”）兀术推开宋四将，往里穿肚，狄雷最后一个打兀术“封头”，兀术“下场门”败下。四金将“上场门”上与四将走“十字靠”，四金将归外台口一横排，面朝里站，宋四将里面一横排，面朝外。四金将往里四盖，宋四将推四金将出来，四金将回身架住，【硬三锣】宋四将击三锤，正场漫四金将头出来，回右手锤打四金将“后封头”，稍亮，四金将“下场门”败下。狄雷领起圆场，归成菱形，宋四将一齐三晃锤，【四击头】宋四将同时跨左腿、踢右腿、反转身，四角同时亮相，成前矮后高型，（**八大仓**）四将回身向“下场门”举锤亮相，【**急急风**】追下。

第 七 场

［场上一桌两椅、一“小座”、“一跨椅”。

［【**乱锤**】四金兵、四金将“上场门”败上，“挖门”，【**大锣长尖**】兀术上，下马，归里坐“小座”，旗牌“上场门”报上。

旗　牌　启禀狼主，乳娘到。

兀　术　有请。

旗　牌　有请乳娘。

［【**小锣五击**】旗牌“下场门”下，薛氏“上场门”上，台口站。

薛　氏　想起潞安甚可伤，

老爷夫人双双亡。（进帐）

薛　氏　参见狼主。

兀　术　一路劳乏，后帐歇息去吧。

薛　氏　多谢狼主。

［【**冲头**】薛氏“下场门”下，旗牌“上场门”报上。

旗　牌　殿下到。

兀　术　快快唤他进来！

旗　牌　有请殿下！

［【**望家乡**】旗牌“下场门”下，四小番“上场门”上，“一条鞭”站，陆文龙“九龙口”正场举鞭亮，走至右台口勒马亮住。

〔西皮摇板〕

陆文龙　（过门同前）5　5　6 5　5　5　2　3. 5　3　5

双　枪　能　敌　千　员　将，

［【**快长锤**】下马，四小番“挖门”进帐两边站，陆文龙小反圆场进帐归“大边”台口，【**闪锤**】右抖袖。

陆文龙　（过门同前）2. 5　3　2. 1　1　2　3 2　1　2　1 ‖【**住头**】

见　了　父　王　问　安　康。

（右回身归台中）

陆文龙　父王在上，儿臣打躬。

兀　术　我儿到了，一旁坐下。

陆文龙　谢座！（“大边”坐下）

［报子内：“报！”【**冲头**】“上场门”持令旗上，单腿跪报。

报　子　岳飞讨战！

兀　术　再探！

报　子　啊。（【冲头】“上场门”下）

兀　术　啊？！【大锣一击】姓岳的他、他他怎么又杀来了！【撕边一击】

「陆文龙右手“打背供”，微点头。

陆文龙　启父王，既是岳飞讨战，待儿臣出马生擒岳飞入帐！【大锣一击】

兀　术　吾儿有此胆量？

陆文龙　（站起）有此胆量！

兀　术　好！（站起）儿郎的！【大锣一击】殿下出马，尔等鞍前马后，要多加小心！

「【大锣五击】兀术“下场门”下，四金兵、四金将“窝下”。

「陆文龙归中场。

陆文龙　众小番！【大锣一击】（右手撩袖）杀上前去！

「【急急风】陆文龙撩褶子，右手抓住，盘左腿向“下场门”一亮，下。四小番“合龙口”，闭二幕，撤桌椅，陆文龙幕里脱褶子，摘宝剑。

「拉开二幕，四小番归两边站，旗牌“上场门”带双枪拉马上，台口弓步带马亮住。陆文龙“下场门”上，至台中左手搂大带，右手“山膀”一亮，上前抚马、推鞍接枪，提枪上马；【四击头】盘左腿，左脚骗开认蹬，跨右腿，双枪放腰间，右腿落下成正场骑马步，涮翎子，蹲亮。

「【急急风】右手出双枪，两手分拿，正场举双枪站亮，四小番领起圆场与“上场门”上的四白龙套、岳飞“绕头会阵”，陆文龙归右台口，岳飞归“下场门”，二人对面上、下打量，“一扯两扯”，涮枪“过整合”，陆文龙举枪，落枪，手持枪杆中间，陆文龙在“小边”，打上、下、左、右，陆盖枪跨腿接“后封头”，左拧身，并起双枪，下挑上磕，右拧身，再下挑上磕，左回身下挑一、二转身三、四，右枪挑岳枪，左枪压岳枪，往里四盖，往外四盖，【四击头】陆右枪上面反磕，下面磕岳枪出去，同时蹲左步，双枪前搭小十字，落右腿成右弓步，涮翎子、双提枪，撕开变脸亮相。岳在“大边”左弓步，右手横枪亮相。

「【走马锣鼓】二人站起“比粗”“夸将”，对称外翻，归中场，对脸跨右腿，踢左腿，拉开背枪亮相，岳漫陆头，陆低头向左涮翎子，成左弓步，并住双枪向左上方向磕，向右台口方向跨左腿，踢右腿，左枪掏腿反转身，左手枪掖右腋处，右手枪“皮猴”成背枪，双枪在身右边搭成十字型，右弓步亮在右台口处，岳亮在“下场门”处。站起，反回身放枪，并住双枪向岳上步，上搭、下兜，往“上场门”走“趋步”，变位置，左转身，面向左台口方向，左手背枪，左腿盘成“商羊腿”，右手枪放在左腿上，成架枪式，右手掏翎子亮相。岳在左台口处，与陆对角，成左弓步、右手枪放膀子上亮相。陆右手拿枪，并枪与岳下兜，同时左腿后别步，二人对脸向左转，变转位置，陆归“大边”，岳归“小边”，岳顺势漫陆头，陆低头涮翎子左上边磕，向“下场门”方向，右枪上膀子，同时走“趋步”，左腿向“下场门”方向吸腿侧身，成后腿形夹住左手枪，右手枪交左手背枪，两枪搭成十字型，右手掏翎子，向右慢转一周后，用翎子尖指岳飞亮相；岳在右台口处右弓步背枪亮相。陆放翎子，右手接左腿夹的枪，顺势左转身，二人台中上搭下兜，陆向左台口处走小“趋步”转身，左手平托枪，右手枪顺放左腰间，成上下托枪在左台口处骑马步亮相；岳在“九龙口”处成枪上膀子与陆对角亮。

「【急急风】二人再正兜反兜转身交换位置，陆归“九龙口”处，陆出双枪，二人涮枪“斜场过合”，陆到左台口处左腿“踩泥”、“顺风旗”亮相；岳在“九龙口”“踩泥”。二人反圆场，陆走至右台口，岳在“下场门”，二人“斜场刺过合”，再反圆场走，陆归“小边”，岳归“大边”，陆拿枪杆中间，打上、下、左、右，打“挠枪”，再正兜反兜，二人顺势转身，陆右手枪叉腰，左手枪与岳飞枪架住站亮。

〔【乱锤】陆右手枪向里绕岳枪，三绕同时往里走，压住岳枪，稍亮，岳向上挑、挑不动。陆再用左手枪向外三绕岳枪，走至台口处，压住岳枪站亮，（八大 仓）（八大 仓）（八大 仓）岳向上三挑，陆用手腕三压枪。【撕边一击】岳飞颤抖，陆文龙冷笑，右手枪打左手枪，急反转身双掠岳飞头，向里“一盖两盖”，右枪打岳飞“封头”，左枪紧跟着刺岳飞面门，岳压下，陆文龙反缓右枪，成正场右弓步，左枪背，右枪平托至头顶，向外亮相，岳“下场门”亮败相，下。

〔【急急风】陆文龙站起，抬左手枪，（白：“追！”）出双枪，撤至中场举枪站亮，四小番追过“下场门”下。陆文龙双枪下场，紧随着末一个小番追过的背后，扑身向左台口走，双枪头向下倒置，反提双腕，吸右腿，侧身横“排步”至“九龙口”，左拧身“左顺风旗”站亮，盘左腿稍亮，反圆场至右台口，向“下场门”方向涮双枪，左枪斜抬，拉回右枪，两枪成一条斜线，吸左腿亮相。【撕边一击】走至“下场门”“踩泥”，托月式亮相。

〔【急急风】反圆场至右台口，顺势右转身，面向“下场门”方向走双枪转身“大刀花”，再走原地“劈面花”，走“回花”至台中场，双枪“揉花”，三打脚，再反缓右枪背枪反打右脚，斜平涮双枪，站起来，成身左边双抱立直枪，右腿踮步向右台口方向亮相。【四击头】右手反平“撇桃”，左手枪交右手左手接枪，别右步下蹲，双枪身前直放，矮反翻身，反“云手”，跨左腿转身，骗右腿，向右台口方向小“趋步”，双手合枪，成右弓步、双出枪亮相。

〔【急急风】站起，上左步涮翎子，向“下场门”方向抬头、绷翎子，后别右腿，两枪前后成“斜一字”，“下场门”追下。

第八场

〔【一锤锣】狄雷、岳云、何元庆、严正方“站门”上，【大锣归位】四将台口一横排亮相。

严正方 何元庆 岳云 狄雷　（念）柳营春试马，虎帐夜谈兵。

〔【乱锤】四白龙套、四军士“挖门”上，【大锣长尖】岳飞上，台口一亮，下马，归里。四将归两边。

宋四将　参见元帅，胜负如何？

岳　飞　阵前小将，十分骁勇，本帅难以取胜。

宋四将　待我等会他一阵！

岳　飞　好，你等车轮战他！

宋四将　得令！

〔**【急急风】**四白龙套、四军士随岳飞“下场门”下。岳云、狄雷领起双翻，岳云归“大边”台口，狄雷“小边”台口，严正方“大边”台中，何元庆“小边”台中，两边成对称，一齐向外三晃锤收住，**【四击头】**两边对称向外跨腿，踢腿转身，岳云、狄雷弓步，何元庆、严正方中间举锤站亮，**【急急风】**岳云领起“下场门”下。

第九场

—— 操枪舞 ——

〔起**【走马锣鼓】**陆文龙左手抱双枪，右手托拿大带，“上场门”“反圆场”至“九龙口”向左台口方向丁字步站亮。向前跨，盘腿走三步至左台口处，放大带，跨右腿，踢左腿，按右掌一亮，慢退步至“九龙口”处拉开亮相。盘左腿，双手面前托枪，跨右腿转身，向左台口方向拧枪站亮，跨右腿，踢左腿，小“趋步”，左脚根落地成撇勾脚式，稍屈右腿，探上身，头向右涮翎子三周，将翎子打直、抬头站亮。再将双枪拧至左边，跨左腿踢右腿，小“趋步”，右脚根落地成撇勾脚式，稍屈左腿，探上身，头向左涮翎子三周，将翎子打直，抬头站亮。再将双枪拧至右边，跨右腿，踢左腿，小“趋步”，左脚根落地成撇勾脚式，稍屈右腿，探上身，头向右涮翎子三周，将翎子打直，抬头站亮。

〔出双枪，双手分拿枪，走反“云手”，跨抬左腿反转身，向左台口方向，右手高，左手平，同时盘左腿亮相。

〔“探海”、“射雁”，反拧身，起反“云手”，左腿后别抬，左手枪高，右手枪平，成“顺风旗”亮相。

〔起身盘左腿，落双枪，手拿枪杆中间，左转身至左台口处，向后慢退至“九龙口”处，拉开站亮。

〔“反圆场”走至右台口，出双枪，双脚大八字正场站，向左台口横场“云步”，同时双枪串“劈喉”，走至左台口，双枪“劈喉”转身，放双枪上膀子，左腿倒踢紫金冠亮。再下膀子，双出枪，再向右台口横场“云步”，双枪串“劈喉”，走至右台口，双枪“劈喉”反转身，放双枪上膀子，右腿倒踢紫金冠一亮。

〔双枪下膀子，双出枪，向台中间走“趋步”，同时双枪“劈喉”，转身归正中场，成骑马式，双枪撕平亮。**【撕边一击】**双枪“劈喉”，由慢及快，**【四击头】**向右台口方向，跨左腿，踢右腿，左枪掏腿右转身，成斜场右弓步，面向左台口方向，双枪前搭斜十字，涮翎子，撕开双枪变脸亮相。

〔**【走马锣鼓】**双腿跳起成前后腿步，“盘马”，右回身，右手枪打马，左枪胸前横枪，盘左腿稍亮，圆场至“九龙口”处，双枪反缓，成右边斜一字型，吸右腿，背对台外，再反圆场回“九龙口”，左枪后背，右枪前指“上场门”里。

—— 锤、枪对垒 ——

（打四将）

〔四白龙套“上场门”上，陆文龙双枪分拨“倒脱靴”，四白龙套“上场门”下。何元庆举锤上，二人搭叉、搭叉一亮，“一盖两盖”，陆上打下刺，双枪胸前成右斜一字型，踢左斜腿，背向观众，别抬右腿亮相，何走至右台口弓步亮相，二人搭叉扯正，陆左刨、右刨，左枪下挑反转身，双枪放身体左边成双平托枪、盘右腿亮，何别抬右腿与陆对称亮。二人“盘马”，圆场，归正场，陆在前、何在后，陆面朝里右弓步亮矮相，何面朝外举锤站亮高相，陆三个“劈喉”、何三晃锤，二人一反兜、两反兜、交换位置，何亮矮相，陆双枪上搭斜十字亮高相，二人搭叉扯正，陆在“大边”，陆右刨左刨右接“封鼻”转身，再左刨右刨左接“封鼻”反转身，向里“一盖两盖”，陆打何“前封头”“后封头”，向里“一盖两盖”，陆接“前封头”“后封头”，何向右台口处出双锤，陆背向“下场门”方向边退边“一盖两盖”，“双盖”，何背向陆面向右台口方向，撕开双锤，陆左手横枪顶住何背部，朝右台口推何出去，边走边用右枪刺出去。

〔一垫锤将“上场门”上，举枪向左台口刺出来，陆左手枪将其勾上，陆圆场至“下场门”处，扬起双枪扎何头朝右台口出来，与垫锤将台口横场上反搭，双枪下刺“过合”，再边走边与何搭、叉，何归左台口，陆中场，左手枪盖垫锤将枪下来，吸抬右腿向“下场门”方向踢垫锤将抢背下；

〔何向陆反车轮打四锤，陆边用双“劈喉”拨锤边向“九龙口”退，双枪接“封头”，双分、挑开何右锤，左脚踢何，何左腋夹右手锤，右手拍陆左脚面，向左台口处蹦子转身亮矮相，陆双缓枪蹚右步，举双枪上搭斜十字、盘左腿向何亮相。扬双枪漫何头出去，急回右枪下刺，何磕开，二人交换位置，陆左弓步一亮，何站亮，二人同时回身，脸对脸一亮，“盘马”，圆场，陆走至“九龙口”，吸右腿斜顺枪稍亮，何走至左台口吸右腿顺锤稍亮，二人再反圆场至台中，陆向“上场门”方向追打何搭、叉，搭、叉，亮相，何退步由“上场门”退下。

〔陆退步至台口，右枪“劈喉”左回身，正场提枪站亮，得意晃头，反圆场至“九龙口”处，向“上场门”方向出双枪，向左台口方向三涮双枪，点双枪，立起双枪，踮左步亮相。跨右腿，踢左腿，踮步亮相。左拧身，反涮双枪，点双枪，立起双枪，踮右步亮相。再向右拧身，向左台口方向三涮双枪，点双枪，立双枪，踮左步亮相。跨右腿，踢左腿，踮步亮相。盘左腿，直立双枪，落枪拿中间，跨右腿转身至左台口处，面向右台口，左手背枪，前抬左腿成“商羊腿”，右手枪放左腿上，成架枪式，右手掏翎子亮相。口叼右手翎子，左手枪上膀子，边慢右转身边交右手，右手背枪，左手掏翎子，面向右台口方向亮相。右手枪挑腿上枪头，左手顺势拿起枪，双枪放腰左边，骑马步上下平托枪一亮。圆场至“下场门”处，出双枪，大八字步向右台口方向三涮双枪，点双枪，立起双枪，踮右步亮相，跨左腿，踢右腿，踮步亮相。向右拧身向左三涮双枪，点双枪，立起双枪，踮左步亮相；跨右腿，踢左腿，踮步亮相。再左拧身，向右三涮双枪，点双枪，立起双枪，踮右步亮相；跨左步踢右腿，踮步亮相。盘右腿，直立双枪，落枪拿中间，跨左腿反转身至右台口处，面向左台口方向，右手背枪，前抬右腿成“商羊腿”，左手枪放右腿上，成架枪式，左手掏翎子亮相。

〖口叨左手翎子，右手枪上膀子，边慢左转身边交左手，左手背枪，右手掏翎子，面向左台口方向亮相。左手枪挑腿上枪头，右手顺势拿起枪，双枪放腰右边，骑马步上下平托枪一亮。圆场至“九龙口”，左手枪指“上场门”。

〖四白龙套上，陆左边双“劈喉”，龙套向右回身“上场门”下。严正方举锤上，严双锤上打陆头、下打双腿，陆双枪上分磕开，下分磕开，撤回左腿双枪调枪头，双刺严双腕，严急撤锤亮相，陆左手叉腰，右手横枪一亮，二人反搭叉扯正，陆反“劈喉”，向左下方出双枪，向“下场门”方向双举枪，小“趋步”，左枪落下拿中间，右手枪顺搭左手成十字型，右手掏翎子，盘右腿，指严亮相，严在右台口弓步亮矮相。二人搭、叉，边走边扯，交换位置，陆归“小边”，严到“大边”，严漫陆头，陆涮翎子并双枪左上方磕，向右台口处跨左腿踢右腿，左手枪掏左腿反转身，左手背枪，右手“劈喉”，右弓步，右手平托枪亮，严同时向“下场门”方向右掏腿、左掏腿，右回身，举锤向陆站亮。严右手转锤，陆左手枪盖下锤，右手枪向里“穿肚”转身，左枪叉腰，右枪与严右手锤相磕，右手枪再反压翎子反转身，回到右台口处，盘左腿，正场撕开双枪亮相，严同时向“下场门”方向走，面朝天幕，盘左腿，撑开双锤亮相。

〖二人同时走“大圆场”，扯正后，陆归“大边”，严归“小边”，二人横场“过合”，在二人刚刚错过时，陆用左手枪搡严腰部，二人同时依惯性横场，背靠背走硬“跺泥”，再同时反圆场扯正，陆回“大边”，搭、叉转身，刨一个刨两个打鼻转身，再刨一个刨两个打鼻反转身，向里“一盖两盖”，陆打严“前封头”、“后封头”，二人交换位置，陆归“小边”，陆双枪刺严右腿，扯正，严双锤封住，向外一绕两绕，同时转身，严双锤打陆头，陆并双枪接“鼻子”，陆用双枪向里一绕两绕严双锤，同时转身，陆双枪打严头，封严鼻儿，再同时向外转身，右手枪，锤对磕，**【撕边一击】**陆双枪背身后，交左手拿，跨左腿反转身两周，右手掏翎子，面朝左台口方向，盘左腿亮相，严反之，面朝陆亮相。

〖**【走马锣鼓】**向里“一盖两盖”转身，严打陆“前封头”、“后封头”，二人交换位置，陆归“大边”，严双锤直击陆右腿，陆撤右腿，双枪下边封住，向外一绕两绕转身，右枪盖打严“封头”，二人台口双翻开，一垫锤将举枪“下场门”上，陆打垫锤将一盖腰封过去，陆在“大边”，严与垫锤将在“小边”，严在里边，垫锤将在外边，三人横场“过合”，陆归“小边”，左回身扬双枪扎垫锤将过到“大边”，与“下场门”处的严搭、叉扯开，严至左台口，陆归台中，垫锤将刺陆，陆用右手枪盖下来，左脚踹垫锤将抢背“上场门”下。陆回身与严快速搭、叉，搭、拉，搭、叉，搭、拉，同时四个转身，严双锤直击陆面部，陆双枪封住，边绕边向“九龙口”处退步，双枪反挂后放腰右侧，双平托枪，左脚踹严右锤，蹚右步，举双枪，上搭斜十字，盘左腿朝严亮相，严右锤在面前扔一小花，左手接住，左弓步亮矮相。陆扬枪漫严头过去，归“小边”，**【撕边一击】**严左回身双锤直击陆右腿，陆两绕严锤转身，右腿罩严头，左脚踢严，撤左腿，成左弓步，撕开双枪亮相，严左手锤夹右腋下，左手拍陆左脚面，反转身，左手拿锤，“跺泥”，盘右腿亮相。

〖**【走马锣鼓】**陆上步欺严，严“上场门”败下。

〔陆文龙向右台口处“趋步”，右手“劈喉”，跨右腿，左丁字步正场提枪亮相，看枪，表示很得意，向左台口走右手“串指”，脚步由慢及快，横场走至左台口处，“串腕”收枪跨右腿转身，面朝里横场右弓步，三望。左手“劈喉”，跨左腿转身，右丁字步正场提枪亮相，向右台口走左手“串指”，脚步由慢及快，横场走至右台口处，“串腕”收枪跨左腿反转身，面朝里，横场左弓步，三望。右回身，面朝外右“顺风旗”一亮，圆场归台中，拉开，大八字步站，双手“串指”，双“串腕”收枪，出双枪，双缓枪，拧枪向左台口处走，右手枪头戳地，右腿踢枪成斜“探海”，双枪走反“云手”，同时反转身至“上场门”，面朝边幕方向，双枪右“顺风旗”，领四白龙套、岳云上。

〔同走“大圆场”，陆归“九龙口”处，龙套“上场门”下，岳云归左台口处，陆回身扬枪与岳云斜场“过合”，陆归“大边”，二人搭、叉，扯正，左枪叉腰，右枪盖，同时上膀子转身，右手枪打鼻儿，左枪刨下来，打上、下、左、右，双枪拉陆跨左腿反转身，陆左背枪，右手枪前提亮相，岳云在右台口处亮矮相。

〔陆漫岳云头，边扯边“一盖两盖”打岳云鼻儿，一垫锤将“上场门”上，陆盖打垫锤将“腰封”至左台口，二人压串陆肚，陆带垫锤将至右台口，搭刺岳云马腿，岳云至左台口，陆盖垫锤将刺其抢背“上场门”下。陆与岳云向里“一盖两盖”，岳云打陆“前封头”、“后封头”，陆右回身两绕转身，双枪打岳云头，右手枪回打岳云鼻儿，缓左枪，提右枪，正场左丁字步站亮，岳云反转身举锤亮相。岳云“上场门”败下。

〔陆急速反圆场至“下场门”处，成左背枪、右枪指向右台口方向站亮，**【硬三锣】**左、右、左三步前跳，左手胸前横枪勒马。**【走马锣鼓】**缓左手枪，圆场至“九龙口”处，成右枪背枪，左枪指向左台口方向站亮。**【硬三锣】**右、左、右三步前跳，右手胸前横枪勒马。**【走马锣鼓】**缓右枪，“反圆场”至台中后场位置，成正场，左手背枪，右手枪指向正场台口，**【硬三锣】**左、右、左三步前跳至台口，左枪胸前横枪勒马，正场右弓步亮。**【四击头】**盘右腿，双枪撕开一亮，跨左腿反转身，面朝后时落腿，成背向前场，大八字步站，双枪垂下，前搭小斜十字，**【撕边一击】**先举枪，慢下腰，停片刻，慢起身，双枪“反云花”，右拧身，踏左步，双枪“斜一字”亮相。

〔**【走马锣鼓】**左回身，向“上场门”方向掏左腿，再掏右腿转身，向左台口提枪站亮，横右枪勒马，扑身走至左台口，左拧身向“上场门”站亮，用左枪指前方，狄雷举锤从“上场门”上，与陆斜场“过合”，四白龙套随狄雷，“上场门”一斜横排站，陆用双枪轰下四龙套，左回身与狄雷一磕一扯，陆反转身至右台口，狄雷归“下场门”，两人各盘左腿一亮，陆左拧身，扬枪漫狄头，两人边走边打，打下边一、二、三、四，二人扯正，陆归“大边”，陆盖打狄“鼻子”，一垫锤将“下场门”上，陆盖打垫锤将“腰封”，三人从“下场门”至右台口一条线，“编辫子”，垫锤将归中场右边，陆左边，陆右枪打头，左枪刺“腰封”，垫锤将“上场门”下。陆往外盖打狄“封头”，左回身叨岳云“上场门”举锤上。

〔陆在中间，狄、岳二人两边压枪，陆挑起，二人穿肚交换位置，陆转着圈盖打两个四个“鼻子”，归正后，陆双枪分开两边向后漫头，打二人“封头”。严正方“上场门”上，何元庆“下场门”上，二人正场漫陆头出去，陆中间低头进来，

“反圆场”至台口与四将对阵：严正方、何元庆、岳云、狄雷四人一排。陆领起圆场，走至“下场门”用右枪一挡，直奔右台口，反回身低头走，四将漫陆头过去，陆至“下场门”，再打四将头出来归“小边”台口，四将反圆场回至“大边”台口，陆与四将对脸“双进门”走，四将“下场门”下。

〔岳飞“下场门”上，刺陆腿一枪，陆左枪挑起压住，**【撕边一击】**往里盖，陆右枪打“封头”，左枪下刺喉，岳飞用枪压下，陆台口正场右弓步，平托右枪亮相，岳飞“下场门”亮败相。**【急急风】**岳飞“下场门”下。

〔陆急要“双枪下场”：左边三个“劈喉”转身，右边三个“劈喉”转身，正场马步双枪“劈喉”，向右台口方向反转身，向“下场门”方向，身体右边双枪搭十字，左脚踮步稍停，**【四击头】**向“下场门”方向跨右腿踢左腿，“云手”跨右腿转身，骗左腿，落成左弓步，涮翎子，撕开双枪亮相。**【撕边一击】**收右步站起，右枪打马，双枪腰右侧上下平托枪，右腿小“踩泥”，盘左腿，向“下场门”里亮相，急下，四小番随后追下。

第 十 场

〔舞台“下场门”处摆城片。

〔**【乱锤】**四白龙套、狄雷、岳云、何元庆、严正方败上，进城门下。**【急急风】**岳飞上，“反圆场”“望门儿”，进城门下。四小番兵“站门”归“上场门”处“一条鞭”，陆文龙举双枪上，正场一亮，“小圆场”归台中，双枪放地上搭一小斜十字，别抬左后腿向城门亮相。（空匡）（宋军鸣锣收兵）**【冲头】**宋军摇旗免战，陆文龙“反圆场”归台口，向右台口举枪。

陆文龙 **【叫头】**哈哈、哈哈、啊哈…… **【冲头】**收兵啊!

〔**【急急风】**四小番兵“反圆场”“上场门”下，陆举枪跟着“反圆场”，至“九龙口”，面向左台口，直扑身走至左台口处，落枪拿中间，慢退步，同时双枪反“劈喉”，至台中场停住，双背枪归左手背后拿住，**【四击头】**向左台口方向跨右腿，踢左正腿，跨右腿转身，右手反掏右翎，小“趋步”，左台口马步亮相。

〔唢呐吹奏<半尾声>接**【急急风】**陆收右腿站起，“反圆场”，中场时右拧身，望城，“上场门”下。

——剧 终

万凤姝 王鸿钧 **整理**　　杨凌云 **记谱**

钟馗嫁妹

厉慧良演出本

本剧为昆曲剧目，唐代故事。本事见于《孤本元明杂剧·闹钟馗》及张心其《天下乐》传奇。

终南山进士钟馗与同乡杜平一同进京赴考，半途中钟馗误入鬼窟，面貌变得丑陋。殿试时，虽然文章出众，然主考者嫌其貌丑而将其革除。钟馗愤而自杀。玉帝得知钟馗冤情，封其为“驱邪斩祟”之神。

钟馗生前，曾将胞妹许予杜平，又因杜平为他料理后事，感念不已，故而决意践言，亲自操持二人成婚之事。于是，钟馗率众鬼卒乘夜重返家园，得晤胞妹，并为他们完成花烛。

此剧原为净行中之“毛净”（亦称“油花脸”、“扎判”，俗称“屁股膀子花脸”）应工。这类花脸的扮相属于独特造型：肩宽、胸隆、臀部肥硕而上撅，面貌一般都较丑陋。除此剧之钟馗外，火判、巨灵神和周仓等角色均属此类。表演注重功架与造型，笨里蕴巧，丑中见美。擅演此剧者历有何桂山、叶中定、侯玉山等。

表演艺术家厉慧良另起炉灶，将原属“毛净”应工的此剧，注入大武生表演的格局，使它变成了与《铁笼山》、《状元印》和《艳阳楼》等近似的“勾脸武生”剧目。

厉慧良一向以塑造出分寸得当、恰如其分并且生动感人的艺术形象为出发点，同他以往塑造的赵云（《长坂坡》）、高宠（《挑华车》）、史文恭（《一箭仇》）和高登（《艳阳楼》）一样，他在重新创作《钟馗嫁妹》一剧之始，便为钟馗这个人物定下了基调：是“文人”，而不是“武夫”或其他粗俗之辈。为此，在艺术上，他从诸多方面对此剧作了全方位的革新与突破。

他首先改革了传统的扮相，把原戴的“八面威”改为改良的“钟馗盔”；以宽大的改良官衣替代了原来的蟒袍；用专门设计的脚尖处鞋底上卷、状如船头的厚底靴代替了一般厚底靴，看上去好像是两本翻开的书卷。这一系列新颖的造型，使人物更显文雅，从而扭转了原有的粗犷，强化了钟馗的书卷气。这一点，典型地体现在他的脚步上。厉氏演钟馗所走的台步，绝不同于一般“火判”所走的花脸脚步，而是如读书人一样地双手后背、头部轻晃、两腿微颤、一步三摇。他的这种别出心裁的设计，是从国画大师张大千的一幅人物画中受到的启发。画面上倒背着手、逍遥自在、款步前行的长须老者，使他领悟到了读书人的那种超凡脱俗的境界，于是就把它化进了自己的艺术创造之中。

在功架与造型方面，厉慧良一如自己毕生的艺术追求，在以刻画人物为主旨的前提下，十分注重表演中的舞蹈感与雕塑美。钟馗出场时，在“喷火”后有一大段精美的个人舞蹈，他早年是耍牙笏，晚年改为舞带穗子（俗称“剑袍”）的宝剑。这段舞蹈，又称“十八剑”，动作沉雄稳健，笨拙中寓灵巧，富有很强的韵律感，其中若干有别于武净或武生规范的亮相，造型独特别致，丑中见美。

厉慧良一向重视舞台表演的整体美，也就是戏班里通常所说的“满台一棵菜”。这出戏里，随同钟馗的是五个小鬼，即灯鬼、伞鬼、书童鬼、抱瓶鬼和驴夫鬼。每个小鬼扮相不同，服饰有异，虽为鬼形，却十分活泼可爱，他们与钟馗的关系异常亲密，因而在与钟馗下凡为胞妹操办婚事时，个个喜形于色。为了烘托喜悦气氛，钟馗与小鬼们在“行路”、“过桥”等过程中，有若干群舞场面和集体造型，那精心设计出来的群体亮相，像是一幅幅精美的绘画。

厉慧良敢于在艺术上突破前人的模式，殚思竭虑地趟出一条新路来，使《钟馗嫁妹》成了独具特色的厉派代表剧目之一。后学者多以他的戏路为范本。

陈绍武

人物行当

钟　馗	净、武生	**伞夫鬼**	武生
大　鬼	净	**钟　妹**	旦
灯笼鬼	武生	**梅　香**	旦
驴夫鬼	武丑	**杜　平**	小生
担子鬼	武丑	**四红文堂**	杂

服装扮相

钟　馗　勾钟馗专用脸谱。黑扎、黑耳毛子、红彩球、判盔，内楦肩、臀，前场穿红官衣、系大带、右手捆扎六指，后场解大带，散穿官衣、持牙笏，红彩裤、厚底（专用）。

大　鬼　揉紫脸。紫蓬头、抓髻、额子、泡条、紫绒球，穿紫抱衣抱裤，衣甲、披肩、扣带板，薄底。

灯笼鬼　揉灰脸。灰蓬头、泡条、灰绒球，穿浅蓝色抱衣抱裤或专用侉衣裤，衣甲、披肩、扣带板，薄底。

驴夫鬼　揉黑脸。黑蓬头、泡条、黑绒球，穿黑侉衣裤，披肩、下甲、扣带板、打绑腿，靸鞋。

担子鬼　揉白脸。白蓬头、泡条、白绒球，穿老斗衣，系腰裙或专用白侉衣裤，披肩、下甲、扣带板，薄底。

伞夫鬼　揉浅黄脸。黄蓬头、泡条、黄绒球，穿黄抱衣抱裤或专用黄侉衣裤，披肩、下甲、扣带板，薄底。

钟　妹　俊扮。梳大头、线尾子、小钻头面，穿绣花帔衬褶子，绣边白裙、湖色彩裤，彩鞋。（结婚时穿红团花对帔）

梅　香　俊扮。梳大头、线尾子、抓髻、水钻头面，粉裤子袄子，坎肩、腰巾子，彩鞋。

杜　平　俊扮。戴纱帽（后换学士巾），红官衣、玉带，后换红团花对帔（结婚时），浅色彩裤，厚底。

四红文堂　俊扮。红大板巾，红文堂（龙套）服，红彩裤，薄底。

道具

牙笏	一支	**“吉祥如意”瓶**	一个
长杆灯笼	一个	**琴剑书箱**	一份

长杆伞	一个	红纱灯	一盏
火筒	一个	红马鞭	一根
三穗马鞭	一根（系红绸）	车旗（系红绸）	一副
桌子	一张	椅子	两把
红桌围椅披	一堂	喇叭	一对
腰悬扁鼓	一对	高台山椅	一组

第一场

〔【急急风】【走马锣鼓】大鬼手托吉祥如意瓶“上场门”上。走至左台口举瓶亮相。双手抱瓶向左右平缓，随即跨左腿、跨右腿、跨左腿向台中斜线退走三步，双手抱瓶自右后方向前缓；至左台口，跨右腿向左转半个身即变“踹丫”，顺势右脚掖步在左台口举瓶亮相。疾步退至台中，双手抱瓶向右后方一缓走一“正蹦子”，双手抱瓶再向左后方一缓，走一“反蹦子”，立即拧身走一“旋子”，双手举瓶一亮。走圆场归至后台口；灯笼鬼举灯从“上场门”上。二人走“四门斗”亮相后，二鬼一抄从台中面对面后退，二人分开腾出场子；担子鬼挑琴、剑、书箱从“上场门”上。三鬼走“编辫子”，随即担子鬼挑担面向左台口在台中呈半蹲状；大鬼站“大边”、灯笼鬼站“小边”，形成“横一字”。（嘟 － 八大仓）驴夫鬼从“上场门”翻“高毛”从三鬼头上窜过。【冲头】大鬼反领起来圆场至“后台口”站成“笸箩圈”半圆形。锣鼓切住。

〔钟馗内白：“哼！”

〔【大锣五击】钟馗以左水袖遮面；跨抬左腿从“上场门”上，疾步至“九龙口”跨抬右腿向左转半个身；面向“上场门”、蹲裆骑马式亮住相，同时伞夫鬼尾随而上，站在后面给钟馗打伞。【脆头】钟馗向上勾脚三抬腿，落腿时稍向后撤步。【大锣三击】蹲裆骑马式“三摆臀”。（嘟 － 八大仓）跨右腿，踢左腿，右腿掖步；双手撕扎。“吐火”。【大锣三击】左跨腿向右转半个身；面向“上场门”蹲裆骑马式“三摆臀”。（嘟 － 八大仓）跨左腿，踢右腿，左掖步；双手撕扎。“吐火”。【大锣三击】向左转身钟馗归台中，伞夫鬼立身后举伞，灯笼鬼、大鬼、担子鬼围绕钟馗站成半弧圈形；驴夫鬼跪腿爬在台上；钟馗站在驴夫鬼背上搬左腿“朝天凳”。“吹火。”（嘟 － 仓）钟馗从驴夫鬼背上跳下；担子鬼递剑，钟馗背身接剑。（嘟 － 八大仓）舞台灯亮；钟馗右手举剑；左手剑诀亮相，同时众小鬼在后面站成半弧圈配合举灯、抱瓶、挑担、举伞，亮住相。【走马锣鼓】钟馗走“钟馗十八剑”造型动作：右手持剑向左平缓，右手持剑在左肩部位呈“朝天一炷香”式。右手向右平缓在右肩部位呈“朝天一炷香”式。右手剑不动；左手向下撕扎，上右步，垫左步，亮住相。右手扣腕立剑；左手成剑诀指，向右平缓，跨右腿。再向左一平缓；跨左腿。捋剑柄交左手；左手将剑背于左臂上，同时右手成剑诀向上举起，向右转身二次，左手持剑柄自里向外缓两圆圈后，左手倒背剑上举；右手握拳，（仓切 仓切 仓）面向后台亮住相。切往。

〔（八大台）钟馗身向左转。（仓）左手背剑位于左胯部位；右手成剑诀指位于右额头上方，亮住相。（切 0）左手背剑位于右胸、剑尖下指；右手成剑诀护剑柄；左腿戳步、眼看剑尖，亮住相。（仓.切 仓切 仓）左手背剑向上撩起；右手向右外方平展，两手约成“斜托掌”式，亮住相。（切 0）左转身，左腿抬起；左手背剑位于右胸前、剑呈平直状，同时右手成剑诀位于右额头上方，亮住相。接【马腿】落左腿，左转身右手接剑柄，右手向前伸剑，与递过剑鞘的驴夫鬼相对面，绕动两下剑尖；驴夫鬼绕动两下剑鞘（表示剑未入鞘）。钟馗右手将剑在头顶上方平举；左手剑诀指驴夫鬼。驴夫鬼向后退两步，钟馗左脚上步走搓步，同时右手持剑向右后方缓一圆圈后，再亮右手平举剑；左手剑诀式的相；驴夫鬼半蹲看钟馗，配合亮相。【夹饽饽】钟馗抬左腿，右脚单碾动向左转身；驴夫鬼自左台口走至右台口，钟馗面向里与驴夫鬼形成“斜一字”；右手在头顶上方平举剑，左手剑诀指驴夫鬼、驴夫鬼蹲式，亮住相。【夹饽饽】驴夫鬼、钟馗互换位置，钟馗在右台口甩髯；右手将剑向腰后背去；剑尖向后、手背朝上，左手剑诀指驴夫鬼；驴夫鬼半蹲、双手张开掌心朝前，配合亮相。【马腿】驴夫鬼、钟馗又互换位置，驴夫鬼在右台口；钟馗在台中偏左位置，向驴夫鬼一砍剑，两砍剑；驴夫鬼向左向右一盖两盖。【撕边】钟馗走“反翻身”；驴夫鬼走“扑虎”“肘丝扑虎”。(嘟 － 八大仓)钟馗在中间,向左探身，掖左腿，右手剑交左手；左手持剑、剑尖戳地，右手指驴夫鬼，同时驴夫鬼蹲跪腿抱钟馗左脚；众鬼卒配合打伞、挑担、抱瓶、举灯在钟馗身后成半弧圈，亮住相。

〔【冲头】众鬼卒在后面归一排，钟馗左转身将剑交挑担鬼。走一小圆场，归至台中，左转身从左腰抽出牙笏。【大锣归位】向左转身，跨右腿，右腿落地；成蹲裆骑马式；双手捧拿牙笏于胸前。

钟　馗　（念）

驱驰（嘟 八大仓）（右手举牙笏；左手托掌，右掖步亮住相）

万里到神州，【小锣二击】（向右转身将牙笏交左手）

准拟（嘟 八大仓）（跺左脚，抬右腿别在左膝上方；左腿半蹲，同时左手向左外方平举牙笏；右手指牙笏，亮住相）

文章做状头。【小锣三击】（右转身右手拿牙笏）

沦落英雄奇男子，（右手斜拿牙笏，左手赞美指）

雄风千古【大锣五击】（驴夫鬼走直场“扑虎”；钟馗右转身“反蹦子”从驴夫鬼身上跨过，驴夫鬼跪腿爬地，钟馗坐驴夫鬼身上左手背拿牙笏；右手捋耳毛子，勾抬右腿，亮住相，同时伞夫鬼在钟身后打伞，担挑鬼挑担，灯笼鬼举灯站在“大边”、大鬼站在“小边”抱瓶配合亮相）

尚含羞。【大锣夺头】（钟馗起立；众鬼卒归后面站一排。钟馗右手一缓牙笏，将牙笏在胸前垂立，同时左手托牙笏，身朝左方，亮住相）

某，（仓）终南山进士钟馗。【大锣住头】（右手拿笏）只因圣上，见某相貌丑陋，贬去了状元，是某一怒，就触死后（跨左腿）宰（撇脚踢右腿）门。（左手拿笏，右手指出）【大锣住头】（右手拿牙笏，右丁步亮住）多蒙杜兄（双手拱请式）将俺尸首掩埋。前者，曾将小妹许配与他。看今夜月明如昼，正好将他二人完成花烛。呔！来呀！（仓）

众鬼卒　唔!

钟　馗　这边厢【冲头】（向“大边”横走；众鬼卒向“小边”横走）准备笙箫鼓乐，（双手自里向外缓一圆圈，立即向“下场门”方向指出)【大锣住头】(右手一缓牙笏亮住）那边厢【冲头】（向“小边”横走；众鬼卒向“大边”横撤）准备（右手持笏缓一圆圈）琴剑书箱。（右手用牙笏点动四下；双腿蹲裆骑马式)【大锣住头】(身站起）随爷嫁（呃）妹【大锣四击头】（钟馗跨右腿左转身，左脚蹬跪爬地的驴夫鬼背上；

大鬼半蹲、右手托举钟馗，钟馗左手举牙笏、右手指出，亮住相；担子鬼挑担在“小边”；伞夫鬼给钟撑伞；灯笼鬼在“大边”左手举灯右手配合托举）去者!

〔【大锣原场】钟馗落地后站直，用右脚踢驴夫鬼走一个“后毛”，驴夫鬼跪蹲；钟馗用右手食指自里向外三番绕动后指驴夫鬼，驴夫鬼与钟馗面对面跪退三步；钟馗向前走“云步”欺驴夫鬼，钟馗右手在驴夫鬼面前按掌亮相。脸朝驴夫鬼示意。

钟　馗　带驴儿!

〔【大锣原场】钟馗蹲（音读存）身，面向灯笼鬼走三步，随即身站起，走一小圆场归至后台口面向里；众小鬼随钟馗向里归，站成半弧圈在钟馗身后；驴夫鬼到“上场门”拉驴至前台口，给钟馗带驴。钟馗向左转身看见蹇驴急走两步，用右手抖动地抚摸驴背。

〔【大锣四击头】钟馗右手执鞭，向上举右胳膊晃鞭两下，跨左腿，右腿单站踮步两下，落左腿，右腿上半步（上驴），左手拉缰；右手拖鞭，亮住相。

〔【脆头】钟馗双腿蹲裆骑马式向“大边”走“云步”；双手向左右摆鞭三番。【冲头】钟馗右手举鞭在众鬼卒的相引下，走一圈圆场，归至台中，众鬼卒在钟馗后面站成半弧圈。

〔【大锣归位】钟馗右手向后台口甩鞭打驴，再向左甩扎，右手在右侧“立鞭”；左手护马鞭亮住相。同时，众鬼卒形成圆形队形，灯笼鬼在“小边”、伞夫鬼举伞在钟馗身后，挑担鬼挨伞夫鬼站，大鬼站“大边”、驴夫鬼跪蹲钟馗面前。

曲牌<粉蝶儿>海笛伴奏

钟　馗　サ 6 7 6 - 2 6 - 67 54 3 - 【撕边】（八 大 台 顷 仓）

摆列着　破伞

（圆形队形不动）

（众鬼卒散开）

（灯笼鬼归到右台口，面向钟馗举灯，钟馗右手缓鞭；驴夫鬼跪蹲钟馗左前侧双手指灯；伞夫鬼在钟馗身后打伞，另二鬼站一横排）

2 3 2【小锣二击】4 6 2 3 4 6 -【大锣五击】

孤　灯，　对　着　这

（钟馗用鞭指灯）

（钟馗向右两个转身；众鬼卒变队形，大鬼抱瓶归左台口，钟馗在台中面向左台口，左手指吉祥瓶；仰身向后，灯笼鬼、挑担鬼、伞夫鬼以手托住钟道上身；驴夫鬼跪蹲、用头顶着钟馗抬起的左腿）

2 23 12 7 - 2 3 2 6 5 【小锣三击】 6 7 6 -

平安　吉庆。　光　灿　烂

（左手缓指吉祥瓶）

（钟馗站起，众鬼卒侍立）

【大锣五击】 2̇ 67 54 3 2 3 2 2 -【小锣二击】

剑吐 寒（呐） 星，

（驴夫鬼从右台口翻“虎跳前扑”变“直扑虎”伏在地上；钟馗右转身向上一缓鞭后，将鞭垂直杵在驴夫鬼身上。众鬼卒在后面成为“横一字”队形）

（钟馗向下蹲身；众鬼卒相随往下蹲身）

（钟馗与众鬼卒站起）

4. 3 23 4 4 -【大锣一击】 2 23 43 6 -

伴 书 箱 随绿 绮 红。

（钟馗右手向左腰旁“掖鞭”；左手掌心向上托鞭梢看挑担鬼亮住相）

【大锣五击】 2 7 6 67 2 23 12 7 -（大大）

乘着这蹇 驴儿

（钟馗向“上场门”三个平转，双手抱鞭在“九龙口”面向左台口亮住相；驴夫鬼“拿顶”以头顶地、身体倒立，双腿蜷起；伞夫鬼、挑担鬼在钟身后；大鬼和灯笼鬼在钟左侧亮住相）

（钟馗跨抬左腿）

2 3 26 76 5 【小锣三击】 6 7 6 -

硌 蹬。 俺这里

（钟馗勾抬左腿四番后，即将左腿盘放右腿的大腿部位；右腿下蹲亮住；驴夫鬼配合钟的抬腿动作，两腿交替伸直，最后双腿伸直亮住）

（钟馗落左腿站直；众鬼卒侍立两旁）

5. 4 35 35 6 6 -（大大）6 7 2̇ - 6 7 54 3

一 桩桩 写 下

（钟馗右手垂鞭，双手下垂，来回摆动四下）

（右手执鞭；左腿抬起）

（右腿单腿云步横线走，众鬼卒走云步变队形）

2 3 2 - 【小锣二击】 4. 3 23 4 4 -

丹 青， 似 一幅

（钟馗别左腿，右腿单腿下蹲；众鬼卒在钟馗后站成半弧圈队形、伞大鬼与钟打伞配合钟的下蹲动作，徐徐下蹲。钟馗随着下蹲动作；左手托掌，右手垂鞭指向左手亮住相）

【大锣一击】 2 2 1 2 7 - 2 3 2 6 7 6 5 - ‖
梅 花 春 兴。

(钟馗与众鬼卒一起骤然站立起亮相)

(右手向外缓，左手向外缓，双手再收拢至胸前后变“斜托掌”式，右高左低向上托出)

〔【铙钹四击】驴夫鬼双手拉驴后退三步；钟馗双手抱鞭向前欺三步，驴夫鬼跪蹲拉驴；钟馗左手拉缰、右手拖鞭亮住相。

〔【大锣原场】驴夫鬼站起双手拉驴；钟馗左手拉缰、右手举鞭迈步向前走三步。【快冲头】驴夫鬼拉驴，领钟馗跑一圈圆场；众鬼卒尾随跑圆场。钟馗跑至右台口；驴夫鬼归至左台口。【软四击头】钟馗与驴夫鬼横走互换位置。【软四击头】钟馗右手掖鞭在左腰旁；左手抱鞭，横步走仍归右台口；驴夫鬼归到“下场门”。【冷锤】钟馗右手举鞭向左转身。【大锣四击头】钟馗出鞭，驴夫鬼从“下场门”翻上，驴夫鬼单手拉缰；钟馗双手抱鞭弓箭步亮相；其余四鬼卒，抱瓶的大鬼、挑担鬼在“小边”,伞夫鬼中间执伞,灯笼鬼在“大边”;驴夫鬼在钟馗前配合亮相。

〔【脆头】钟馗双手抱鞭向“大边”走云步。【冲头】钟馗向左转身归到“下场门”；驴夫鬼向后台口翻“前扑”，落地变直“扑虎”，钟馗走“反蹦子”从驴夫鬼身上跳过。两个【软四击头】钟馗与驴夫鬼“一扯”，“两扯”归原位置。【撕边一击】钟馗蹲裆骑马式向左甩鞭。【撕边一击】向右甩鞭。【撕边】驴头鬼直场翻“虎跳前扑”，落前台口走“直扑虎”,“入肚”,“跌筋”。(八 大 台 顷 台)驴夫鬼再走“直扑虎”，“入肚”，“跌筋”之后接走“入肚”双手拉驴亮相；钟馗站“大边”配合驴夫鬼翻筋斗左右挥鞭。【大锣四击头】钟馗挥鞭向右台口方向走单腿“反翻身”变“踹丫”，右手举鞭、蹲裆骑马式，面朝驴夫鬼亮住相；驴夫鬼从前台口向右台口翻“台蛮”或“蹑子”，落地后跪蹲、面朝钟馗亮住相。【急急风】钟馗向上摇鞭；双腿向右台口“搓步”与驴夫鬼推磨走一小圆场；另外四鬼卒随着跑圆场从“下场门”下。【撕边】(八大仓)钟馗至右台口，甩鞭催坐骑，左手拉缰、掖抬左腿、右手拖鞭亮住相；驴夫鬼在前台口跪蹲拉马亮住相。【大锣原场】驴夫鬼在前牵驴，引钟馗从“下场门”下。

第 二 场

〔【撤锣】【大锣帽子头】

〔杜平内唱。

曲牌<泣颜回>笛子伴奏

サ 6 3 6 3 6 5 6 -
顿 首 拜 彤 庭，

〔【冲头】四红文堂从“上场门”上，“站门”。杜平举马鞭从“上场门”上，至

"九龙口"亮相。

<泣颜回>

杜 平 4/4（扎 多 衣）5 - | 6 - ˇ 6 i̇ 5 | 3 6 5 3 2 3 2 |
兄 弟 尽 道

2. 3 2 3 0 5 3 2 | 1 2 3 2 - | 6 - i̇. 2̇ i̇ 6 |
荣 幸。 金

（举鞭从"九龙口"走至台中）

5 - 6. 5 3 | 2 - 2. 3 1 2 | 3 5 2 - 1 2 |
章 紫 绶 白

（右手

3 6 5632 1 2 | 2 3. 5 3 2 | 1 ˇ 2 - 0 ‖【大锣住头】
面 乌 纱 相 称。 （右手向右后方打马）

垂鞭在右颊前托掌）

下官杜平。官拜四十八路都总管，奉命回家祭祖（拱双手）左右，开道！

〡（空匡）——开道锣声。

<泣颜回>

2/4（台 令 | 台）2 3 | 2 3 1 | 0 6 5 |
看 春 风 自

（四红文堂"插门"，从"下场门"下）

3 5 | 2 3 | 6 5 6 5 | 2 3 2 |
生， 气 轩 昂 衣 锦 还 乡

（举鞭从台中向右台口蹉步，至右台口）

3 ˇ 3 5 | 1 2 3 | 5 3 5 | 6. 5 3 5 |
井。 道 旁 人 喝 彩 连 声，

0 i̇ 6 5 | 3 5 6 i̇ 5 | 0 3 6 | 5 - ‖
杜 员 外 富 贵 齐 名。

〡【抽头】杜平右手向后打马，左转身举鞭从"下场门"缓步下场。

第 三 场

〡【大锣原场】灯笼鬼执灯从"上场门"上，向左台口走去，往前照亮一望两望。

随即大鬼、挑担鬼从“上场门”上，三鬼卒站成“斜胡同”。驴夫鬼牵驴引钟馗从“上场门”上，伞夫鬼在钟馗身后执伞。驴夫鬼在“大边”；钟馗归台中、右手拖鞭、左手勒缰，亮住相。

钟　馗　呀！

〔**【大锣帽子头】**钟馗勒缰与众鬼卒齐抬头看左台口前方，齐向右转身，在末锣中钟馗右手拖鞭、左手拉缰，向左甩髯亮住相；众鬼卒配合亮相。

曲牌<石榴花>海笛伴奏

钟　馗　サ 2　5̣　7̣2　6̣　7̣　－（多　罗）4/4 2.　3　2.3　2　7̣ |

俺只见　梅　花

（钟馗向左台口前方一望两望）　（钟馗跨右腿上踢左腿向前共走三番；众鬼卒配合走同样动作）

6̣2　7̣6̣　5̣　6̣ | 35　2　3　54　323 | 2　－　0　0 |

数　点　助　雪　精　神。

（钟馗三番踢腿后，右手绕鞭成握鞭式亮住相；众鬼卒配合着原队形亮住相）

〔**【大锣抽头】**钟馗跨抬左腿、双手握鞭式，以右腿单撑，从台中向“上场门”方向连走后踮步九次；众鬼卒配合连续走后踮步九次。钟馗向上高抬左腿。**【大锣双抽头】**钟馗右手绕鞭成双手抱鞭式亮住相；驴夫鬼在钟左前侧跪蹲拉缰亮住相。

〔**【大锣抽头】**钟道右脚向右横迈一步，即跟左步。随即左脚向左横迈一步，跟右脚。与驴夫鬼面对面“一挤”、“两挤”锣鼓切住。

〔**【大锣平板夺头】**钟馗右侧身与驴夫鬼“一抄”；众鬼卒变队形成圆圈状。钟馗双手握鞭在台中撕“横一字叉”；众鬼卒配合做劈叉动作，亮住相。

〔乐起，（35　2　3　54　323　2　－）（扑. 扑　扑扑　乙扑　扑）

钟馗站起，向左右“三摆臀”（蹲裆骑马式），随后，右手举鞭，身体随鞭微晃。

【大锣抽头】驴夫鬼拉驴缰绳蹲步退至左台口，钟馗直线走至前台口。

<石榴花>

钟　馗（扎）2　5̣　6̣7̣ | 2.　3　23　27̣ | 6̣7̣　7̣6̣　5̣　6̣ |

又只见　枝　头　鸟　语

（钟馗向“大边”看，右手执鞭掸动两下，随后向左右“三摆鞭”，同时众鬼卒左脚不动，右脚尖向前向后点动五次。

35　2　3　54　323 | 2　－　6̣7̣　6̣5̣ | 6̣5̣　3　23　5　－ |

弄　轻　声。小桥边　残　雪

（钟馗右手勒鞭，右脚走披步原地搓步转动一圈；众鬼卒围起钟馗来跑圆场）

35 2 3　5.4 3 23 | 2 - - 0 |

报　春　情。　念白:“梅香!”

(大大 乙大大　仓 0)

(钟馗向后一“缓鞭”变“勒鞭”亮住相，
随即闭眼深吸一口气沉醉地从内心发出)

2/4 (仓) 6 7 6 | 5 76 2 2 | 0 6 6 7 | 5 5 7 | 6 7 5 |

两 下 里 品格 清 清、 两 下 里 品 格 清 清，

(钟馗与众鬼卒同时向左转身
下蹲钟馗勒缰亮相)

(钟馗与众鬼卒向右同时转身下蹲，钟馗
右手拖鞭亮相)

2 2 1 2 | 3 5 3 2 | 127 6 | (顷 仓)

骚 人 才 子 添 诗 兴。

(钟馗双手胸前按掌垂鞭)

(右手执鞭向后甩鞭左手拉缰、
跨抬左腿、面向“大边”亮住相)

(扎) 6 7 7 | 6 7 2 | 0 1 2 3 2 | 1 2 7 6 ‖

留 下 了 古 往 许 多 评 论。

(驴夫鬼引钟馗走一圆场；众鬼卒也随走一圈圆场，在右台侧站成“一条鞭”；
钟馗归到“小边”勒缰亮住)

〔【大锣原场】钟馗在右台口下驴，驴夫鬼接鞭。钟馗双手抬起示意众鬼卒下去，众鬼卒向后退步，从右台侧下。关闭二幕设桌椅。

〔【大锣原场】钟馗向“上场门”方向走两步，双手撕扎望门。

钟　馗　呀！（仓）

<石榴花·合头>

2/4 (扎) 2 7 6 | 5 67 2 2 | 0 2 7 6 | 5 5 7 |

趁 着这 月色 微 明 趁 着这 月 色

(缓右手、缓左手、缓右手；斜线从“九龙口”退至前台口双手成右高左低

6 7 5 | 2. 3 5 5 | 0 2 1 2 | 3 5 3 2 |

微 明。 曲 曲弯 弯 踏 遍 个 荒 芜

“斜托掌”式)　(从前台口向里挖到“上场门”双手按掌疾步走到右台口向左

1 2 7 6 |

径。　（大大 大大 乙大 大 仓）

转身一周双手撕扎亮住相，钟馗看破落的家门)

呀！（哀叹摇头）

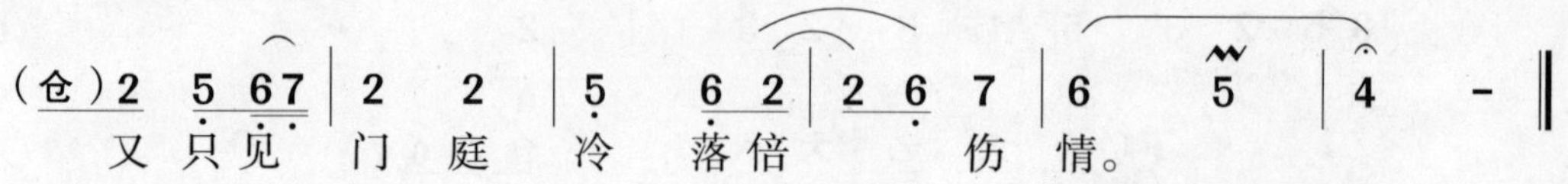

（双手按掌向左右摆动四下向左转身；向左甩扎）　（左手向右侧甩袖；右手拉住左水袖边沿颤抖地拭泪）

钟　馗　妹子，开门来！

［钟妹内白："来了！"

［【小锣五击】钟妹左手执灯，从"下场门"上。【初更鼓】

曲牌<泣颜回>笛子伴奏

钟　妹

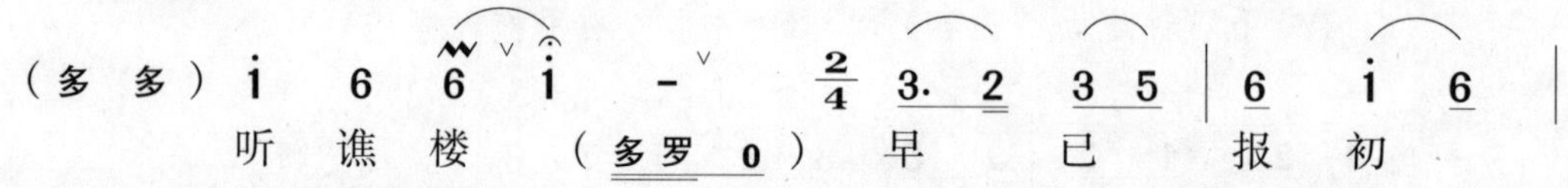

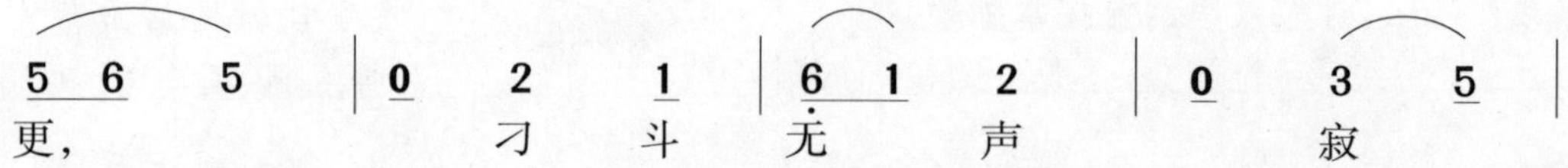

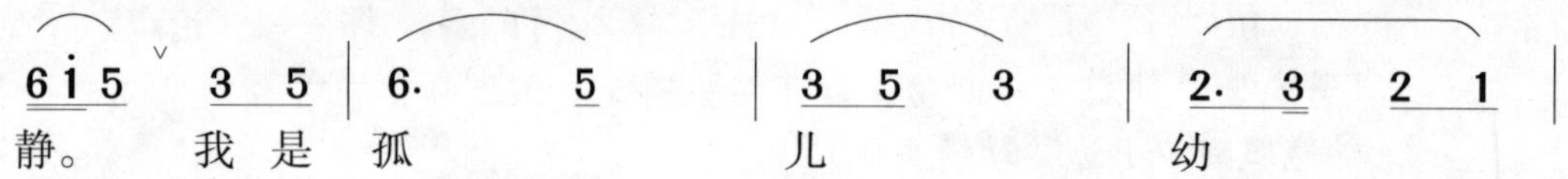

（右手翻折水袖后抚胸）

（左手执灯侧身听门外）

钟　馗　我是你哥哥回来了。

钟　妹　呀！（右手扶鬓）

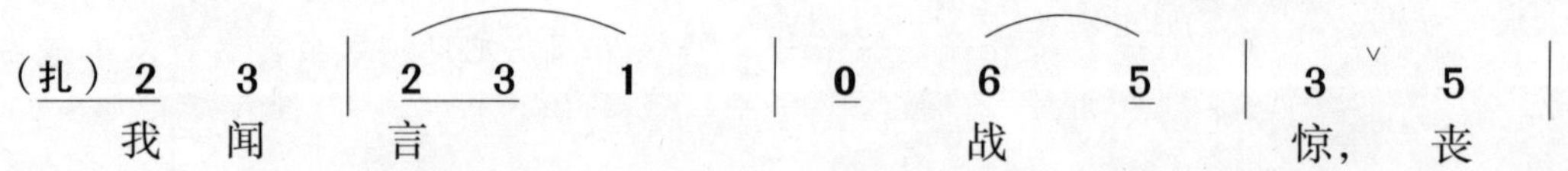

（右手抚胸）

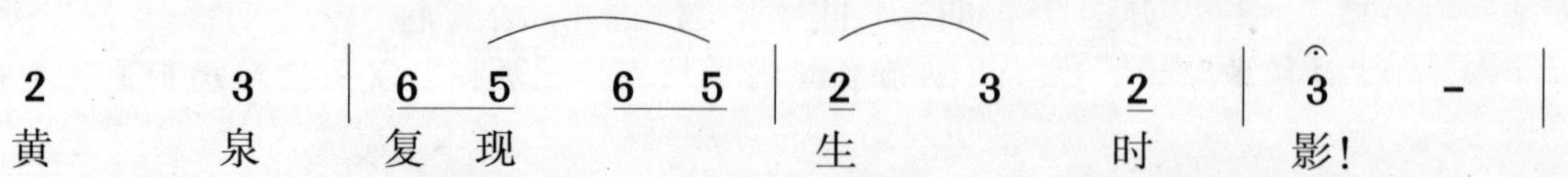

（右手摊掌）

钟　馗　妹子休得害怕，我是你哥哥（双手托扎）回来了。

钟　妹　既是哥哥回来，有甚害怕？待我与你开门。

钟 妹 （台 令 | 台）1 | 6 1 2 | 3 3 5 | 6 5 6 |

兄 和 妹 手 足 关 情，

（钟妹右回身至桌前放灯，走至前台口开门；钟馗先向右转身向“上场门”一望，随之在唱“容形”时向左转三个平转；先跨右腿，掖左

0 3 6 5 | 3 5 6 i 5 | 0 3 6 | 5 - ‖

何 在 乎 改 变 容 形。

【大锣收头】

腿、左腿落地，再掖右腿，钟馗像旋风似地进了家门。钟妹见钟馗进门急伸双手相扶）

「【脆头】钟妹、钟馗伸双手相扶对方，钟妹一看钟馗面貌变异大惊后退至“小边”椅子处惊怕地坐下，同时，钟道双手托扎、走云步归到“大边”椅边。用左脚蹬椅。【小锣一击】钟妹左手撑袖、向右拧身偷看钟馗；钟馗平抬右手在观察胞妹。

钟 妹 哥哥将别后之事，说与小妹知道。（右手抚胸）

钟 馗 若问别后这事，你且【大锣一击】（左脚蹬椅）听了！（左手撕扎、右手指出）

曲牌<黄龙滚>海笛伴奏

2/4（扎）6 7 6 | 5 67 2 2 | 0 6 7 6 | 5 5 7 |

想 当 年 自 离 门 庭， 想 当 年 自 离

（左腿下落，双手按掌从“大边”椅前走至右台口）

6 7 5 | 0 2 3 3 | 2 3 2 | 2 5 3 2 |

门 庭。 中 途 上 疟 事 造

（从右台口挖着走至左台口）

127 6 | 0 6 7 6 | 5 67 2 2 | 0 6 7 6 |

症。 一 路 里 寒 热 恹 恹， 一 路 里

（从左台口双托扎左右摆动横走至右台口）

5 5 7 | 6 7 5 | 0 6 5 3 | 2 3 2 | 2 5 3 2 |

寒 热 恹 恹。 误 入 在 深 山 鬼

（又从右台口退至左台口，双手托扎，放在面前）

127 6 | 6 7 6 | 6 2 | i i 6 | 5 6 5 3 |

径。 改 换 我 旧 日 容 颜 赴 帝

5 6 | 0 6 5 3 | 2 3 2 2 | 2 3 5 | 2 - |

京， 因 此 上 殿 试 把 君 惊。

（拱双手）

钟　妹　圣上便怎样？（右手摊掌）

钟　馗　圣上啊！

（扎）6 7 6 | 5 67 2 2 | 0 6 7 6 | 5 5 7 | 67 5 |

将俺来黜落　功名，　将俺来黜　落　　功　名。

（左手在左侧托掌；右手食指单伸指向左掌心）

钟　妹　哥哥你呢？

钟　馗　一时愤怒！

（扎）6 5 3 | 2 3 2 | 2 5 3 2 | 1 7 6 ‖

后宰门损　躯　　殒　　命

（右手向外指出）

（【撕边】斜线向“大边”椅退去。（八大仓）盘左腿抬右腿、面朝里坐在椅子上）

钟　妹　哥哥尸骸不知是何人埋葬的？

钟　馗　多蒙杜大郎将兄尸骸埋葬。前在京师，曾将妹子许配他了。为此今晚，特将小妹送往彼处，与他成其百年之事。

钟　妹　哥哥（拱双手）此言差矣！（摆右手）

钟　馗　何差？（双手摊掌）

<千秋岁>笛子伴奏

钟　妹　$\frac{2}{4}$（扎）3 6 | 6 5 3 2 | 1 6 5 | i i 6 |

论　　姻　　亲　从古　须　媒

（右手按掌）

i2i6 5 | 0 1 1 6 | 6 1 1 6 | 0 6 1 7 |

证，　　圣贤言　礼　法　　须

（双手拱请式）

6 6 1 | 2 3 2 | 0 3 6 | 5 6 5 |

凭。裙布荆　钗，　裙布荆　钗，

（右手抚胸）

0 5 3 3 | 6 5 6 5 | 3. 2 1 2 | 2 5 |

仓促里　苟合　　实　难　　从

（摆右手）

6 6 | 6 5 3 2 | 3 6 | 6 2 1 2 | 3 3 |

命。夜　深　沉　睡　　将　稳，小

（台）（梅香内唱）

5 3 6 | 6 2 1 2 | 3 ˅ 6 5 | 6 i 6 | 5 i 653 |

窗 前喃 喃 应，顷 刻 闺 房 进，

【二更鼓】(梅香执灯从“上场门”上,边走边唱) (前台口进门)

0 1 2 | 1 6 | 1. 2 1 6 | 0 6 127 | 6 - ‖

通 宵 聒 絮 剔 起 残 灯。

(挖至“小边”斜线走至“大边”椅，见钟馗非常害怕)

⺁（嘟 –）梅香向右台口后退（八大仓）梅香跌坐在地，同时，钟馗用右肘支在左桌角，盘右腿坐椅子上；左腿抬起；左手向上撑袖，侧躺看梅香。【小锣一击】钟妹站起，走近梅香，用双手相扶。

钟　妹　梅香不要害怕（摆右手），此乃我（右手抚胸）钟馗哥哥（拱双手）回来了。（抬手示意）向前见过。

梅　香　是。（走至跟前）梅香与钟大老爷叩头。（施跪蹲礼）

钟　馗　不消！【小锣一击】

⺁梅香心中害怕，急步回到钟妹身边侍立。钟馗见己妹有人照看，心中高兴。

钟　馗　哈哈哈……啊，妹子，这是何人？（右手指梅香）

钟　妹　此乃杜员外（拱双手）差来使女梅香，陪伴小妹的。（右手抚胸）

钟　馗　妹子，你道无有媒妁之言，今将这小娘子呵！（右手指梅香左手撕扎）

曲牌<扑灯蛾>海笛伴奏

（多 多）サ 6 7 7 ˅ 6 - 2/4 7 ˅ 7 6 | 5 6 7 |

权 当 个 （多 罗） 冰 人 系 赤

（向钟妹看） （双手食指单伸左右手交替向前指；斜线向右台

2 3 2 | 0 2 3 2 | 1. 2 | 3 5 3 2 |

绳， 权 当 做 月 老 为 媒

口走，至右台口。从右台口疾步至左台口）（左手在左前侧托掌；右手向左掌心指去）

1 7 6 | 0 6 7 6 | 2 76 5 | 5 6 7 |

证， 权 当 做 氤 氲 使 巧 撮

（双手食指单伸左右摆动走两番；眼看钟妹）

2 3 2 | 0 2 3 2 | 1. 2 | 3 2 176 |

合， 权 当 做 斧 柯 媒 证。

（双手在胸前按掌开、合走两番；左脚勾脚配合手上动作，相

0 6 7 6 | 2 2 | 7 6 5 | 0 2 3 2 |
算 不得屏 开 孔 雀， 算不得

应地来回摆动四下)

1 2 | 1 2 | 0 3 5 3 | 2 3 2 |
御 沟 红 叶 往 来 情。

0 6 7 7 | 6 7 2 | 7 6 5 | 0 6 7 6 |
俺 与他一 朝 契 合， 恁 与 他

(双手托扎)

5 6 5 5 | 0 5 6 | 5 6 7 | 6 7 5 ‖
五 百 年 前 石 上 结 三 生。

(右手向前指出，向左转身再向右转身)

「【撕边一击】钟馗上桌、双手撕扎、盘右腿、抬左腿亮住相。下桌走向钟妹抬手示意更衣。

「【冲头】梅香引钟妹从“上场门”下。钟馗见妹下，站在台中。

钟　馗　侍从们!

「众鬼卒从右侧幕上。

钟　馗　与爷更衣。

众鬼卒　唔!

「(八大仓)钟馗向右甩扎，左手搂扎、右“山膀”亮住相。【大锣原场】从“下场门”下。

曲牌<金盏花絮>海笛、笛子吹奏

i 3 | 3 i | i 6 | 5 | 3 23 | 5 4 | 3 2 | 1 |

(众鬼卒在台上撤桌椅、摆竖放两张的高台，将椅子背朝前置放。众鬼卒下，留大

2 3 | 5 3 | 6 5 | 3 | 2 7 | 6 2 | 7 6 | 5 |

鬼、驴夫鬼在台上)　(大鬼示意驴夫鬼去备车，驴夫鬼下。大鬼又招手灯

i 6 | 5 | 3 6 | 5 | 2 5 | 3 2 | 1 2 | 1 |

笼鬼上，大鬼示意让他去备鼓乐，灯笼鬼下)　(大鬼站台中一望两望，

‖: i 3 | 3 i | i 6 | 5 | 3 23 | 5 4 | 3 2 | 1 |

高兴地向“上场门”翻下)

2 3 | 5 3 | 6 5 | 3 | 2̇ 7 | 6 2̇ | 7 6 | 5 ˇ |

（驴夫鬼推车、灯笼鬼执鞭上。二鬼戏耍。争鞭要与钟馗牵驴、二鬼比

1̇ 6 | 5 ˇ | 3 6 | 5 | 2 5 | 3 2 | 1 2 | 1 :‖

武。大鬼、挑担鬼分上，想劝架） （驴夫鬼、灯笼鬼在前台口同举拳；被大

1̇ 3 | 3 1̇ | 1̇ 6 | 5 | 3 23 | 5 4 | 3 2 | 1 ˇ |

鬼、挑担鬼推开劝阻。此时驴夫鬼与灯笼鬼又归至后台口举拳） （大鬼、挑

2 3 | 5 3 | 6 5 | 3 | 2̇ 7 | 6 2̇ | 7 6 | 5 ˇ |

担鬼又劝开。二鬼又动手打架，驴夫鬼踢灯笼鬼，灯笼鬼左手拉驴夫鬼左脚，右手

1̇ 6 | 5 | 3 6 | 5 | 2 5 | 3 2 | 1 2 | 1 |【撕边】

用拳打） （驴夫鬼痛叫一声） （驴夫鬼连续走“铁门坎”）

「（八 大 仓）驴夫鬼走“小毛”坐地；众鬼卒蹲下抚慰。

「奏唢呐曲牌<柳青娘>众鬼卒站起,侍立“小边”。(如按老规矩则吹D调<工尺上>)

6 5 | 6 1 | 2 3 | 2 3 | 5 6 | 4 3 | 2 3 | 5 1 |

（ 嘟 － ）

（钟馗以左水袖遮面、从“下场门”上走至前台口）

2 3 | 2 ˇ | 1̇ 2̇ | 1̇ 6 | 5 4 | 5 | 5 1̇ | 6 5 |

（八

（钟馗放下水袖，向下双抖袖）

6 4 | 4 5 | 6 5 | 4 3 | 2 ˇ | 4 6 | 5 | 4 5 | 6 5 |

大 仓）

（右手向下抖袖，左手向下抖袖后，双手盘袖从左

4 3 | 2 3 | 5 1 | 2 3 | 2 | 1̇ 2̇ | 1̇ 6 | 5 4 |

【一封书】

台口起，碎步斜线向“上场门”后退）

5 | 5 1̇ | 6 5 | 6 4 | 4 5 | 6 5 | 4 3 | 2 ˇ |

（退至“九龙口”）

4 6 | 5 | 4 5 | 6 5 | 4 3 | 2 3 | 5 1 | 2 3 | 2 |

（八 大 仓）

（双手向前直甩袖）（从“九龙口”斜线向前走双手左右“摆袖”；双脚

i̇ 2̇ | i̇ 6 | 5 4 | 5 | 5 i̇ | 6 5 | 6 4 | 4 5 |

不停向左台口走“搓步”，至左台口）

6 5 | 4 3 | 2ᵛ | 4 6 | 5 | 4 5 | 6 5 | 4 3 | 2 3 |

（乙 大

（右手翻折

5 1 | 2 3 | 2 | i̇ 2̇ | i̇ 6 | 5 4 | 5 | 5 i̇ |

大 仓）（乙 大 大 仓）

水袖掸靴后退）（左手翻折水袖掸靴后退、退至台中）

6 5 | 6 4 | 4 5 | 6 5 | 4 3 | 2ᵛ | 4 6 | 5 |

（嘟 －）（八

（向左转身）

4 5 | 6 5 | 4 3 | 2 3 | 5 1 | 2 3 | 2 | i̇ 2̇ | i̇ 6 |

大 仓）【一封书】

（面向后台口双手背袖亮相）（钟馗喜悦

5 4 | 5 | 5 i̇ | 6 5 | 6 4 | 4 5 | 6 5 | 4 3 |

地摇头晃脑向台中踱步；双手在背后将水袖自里向外绕动）

2 | 4 6 | 5 | 4 5 | 6 5 | 4 3 | 2ᵛ | 4 6 | 5 |

（嘟 － 八

（驴夫鬼从“上场门”上，用手势向钟馗

4 5 | 6 5 | 4 3 | 2 3 | 5 1 | 2 3 | 2 | i̇ 2̇ | i̇ 6 |

大 仓）

示意，妆扮已毕。随即驴夫鬼站“大边”；钟馗站台中）

5 4 | 5 | 5 i̇ | 6 5 | 6 4 | 4 5 | 6 5 | 4 3 |

【撕边】

2 ∨ | 4 6 | 5 | 4 5 | 6 5 | 4 3 | 2 3 | 5 1 |

（梅香扶钟妹从“上场门”出场）

2 3 | 2 | 1̇ 2̇ | 1̇ 6 | 5 4 | 5 | 5 1̇ | 6 5 |

（钟妹站“小边”与钟馗深施一礼道别；钟馗示意钟妹上车，梅香扶钟妹上车）

6 4 | 4 5 | 6 5 | 4 3 | 2 | 4 6 | 5 | 4 5 |

收

6 5 | 4 3 | 2 5 | 5 1 | 2 ‖

钟　馗　俺钟馗今日嫁妹，好不洒乐人也！

〔【大锣五击】众鬼卒变队形，驴夫鬼在左台口拉驴；钟馗位于台中右手举鞭；一鬼卒拉车上彩绸，一鬼推车；另二鬼卒在车后横排站。

曲牌<越恁好>唢呐伴奏

钟　馗　サ 1̇ 6 1̇ ∨ 2̇ －（嘟 仓 大）3 5 3 6̣ 1

与我把 车轮马足，

（右手摇鞭三下双手抱鞭亮相）（双脚走小步“倒步”后退；众鬼卒在

3 5 3 6 1 2 2 1 2 1. 2 3 3 2. 3 2 3 3

车轮马足，匆匆趱去尘舞旌旗掩影。

原地右脚向前向后倒步）（钟馗挖着走归到右台口，右手鞭指出）

〔【大锣抽头】钟馗与众鬼卒走“编辫子”，众鬼卒最后归到“小边”，钟妹、梅香归到“小边”；钟馗归台中。

钟　馗（顷 仓 扎）5 3 5 6 5 3 0 3 2 1 6̣ 1 1 2

烧蜂烛引纱灯，听鸾凤和鸣，

（钟馗举鞭在原地转圈；众鬼卒及车夫、钟妹等围着钟馗在外圈跑圆场）

0 1̇ 6 5 3 5 6 ∨ 6 5 6 5 3 5 6 5 6 1̇ 1̇ 6

听鸾凤和鸣。伞儿下驴儿上坐个降魔

1̇ 2̇ 1̇ 6 0 5 3 3 0 5 3 3 6 5 3 3 0 6 5 6 ‖

圣，后车中带个懦弱娉婷。

（钟馗将左腿向上高抬起；众鬼卒围转一圈）

〔【大锣四击头】众鬼卒堆造型，钟妹、车夫、梅香在"大边"，拉车绸小鬼站左台口；灯笼鬼站拉绸小鬼后面，大鬼站梅妹右侧。钟馗在台中走右腿"射燕"；驴夫鬼手托钟馗后腰；伞夫鬼将伞斜执配合亮相。

〔吹奏唢呐曲牌<柳青娘>众鬼卒上高台；钟馗站中间，钟妹、梅香、车夫归到"小边"下。杜平从"下场门"上。乐止。

钟　馗　杜恩兄请了。

杜　平　啊！空中讲话，敢是鬼魅妖邪？

钟　馗　我乃进士钟馗。

杜　平　原来是钟兄，失礼了。（深施一躬）

钟　馗　多蒙兄大恩，未曾报答，前者曾将小妹许配与你，今晚与你二人完成花烛，料无推辞的了。

杜　平　小弟遵命，多谢钟兄。（拱手）

钟　馗　来来来，拜过天地呀！啊哈哈哈……（双手略举）

曲牌<大尾声>唢呐吹奏

嘟　仓大 65 | 3　3 | 5. 6 52 | 23 12 |

（钟妹由梅香搀扶从"上场门"上，走至前台口；杜平从"大边"走至前台

3. 2 | 1　3 | 23　1 | 5　2 | 3.　23 | 1.　2 |

口，二人朝外一拜。"合扇"转身向钟馗一拜。二人归至"小边"站。钟馗向左转身，

1 3 | 23 1 | 65 6 | 13 21 | 65 i | 6 - ‖【急急风】闭幕。

众鬼卒将钟馗托举起；钟馗盘右腿、勾抬左腿撕扎亮相；伞夫鬼将伞斜举配合亮相）

——剧　终

王鸿钧 万凤姝 **整理**　　杨凌云 **记谱**

艳阳楼

厉慧良演出本

《艳阳楼》为宋代故事剧，一名《拿高登》。

高登倚仗其父高俅官居太尉的权势，荒淫无耻，横行乡里。某年三月三日，带领众恶奴名赴蟠桃会，实则图谋抢掠美貌女子。其时，徐宁夫人携子女郊外扫墓，恰遇高登路过坟茔。高见徐女貌美，顿生邪念，遂令谋士贾斯文上前提亲。遭到拒绝后，强抢徐女而去。徐宁之子士英闻知，急速追赶，途中邂逅花逢春、秦仁、呼延豹，三人助徐乘夜同入高府，在艳阳楼救出徐女，杀死高登。

此剧原为武净应工剧目，除范宝亭、刘奎官沿袭传统外，自俞菊笙始，渐转为武生应工之勾脸戏。其弟子杨小楼、尚和玉均擅演此剧，但风格迥然不同。此后孙毓堃、高盛麟等，皆宗杨派演法；惟厉慧良在间接继承杨派功架规范、造型优美、动作富于韵律和注重武戏文唱的艺术风格之余，独辟蹊径，有所突破，终于形成独具异彩的代表剧目。

厉氏表演的一个最大特点是以心带身，也可以说是以人物带技巧。在这出戏里，他的一切艺术技巧，都是围绕着高登这个典型人物而安排的，意在通过各种艺术手段刻画出高登恣行不羁、横蛮霸道的恶少形象。

为了刻画出血肉丰满的艺术形象，他善于活用程式而又不被程式所囿，并且根据剧情和人物性格的需要，敢于大胆地创造新程式：剧中三次上马的表演，足以展示出他的这种创造精神。赴蟠桃会前的第一次上马，高登志得意满，骄纵狂傲，动作款式从容不迫，充分显示出作为衙内那种不可一世的霸气。在“趟马”的表演中，厉慧良不仅大胆地从其他行当的表演程式中去“捋叶子”，而且还借鉴表演艺术之外的有益因素。在这段舞蹈性很强的表演中，他有一个横鞭过顶、右腿左向后勾、长身、扭头、侧目而视的优美动作，这是传统表演中所没有的，似乎违背了传统中所强调左右相称的“子午势”，而有“一顺边”之嫌。然而，这个出了格儿的动作却是那么美。究其来源，乃是从“四小名旦”之一宋德珠的表演和他儿时见到过的进口香烟“洋画儿”中洋人儿举马鞭儿的姿势化过来的。第二次上马，是在听到贾斯文禀报庙会上有美女的消息之后，一时垂涎欲滴，急不可待地抓起马鞭纵身上马，恨不得一步迈到庙会会场。第三次上马，则是在抢到徐女之后，急于回庄寻欢作乐，因而上马的速度快如闪电，一个转身儿就骗上马背，扬鞭催马，疾驰而去。三次上马，层层递进，准确地外化出人物的心理轨迹。

厉氏最有特色的艺术处理，是他一改传统演法，创造了从无先例的“醉打”，即带着醉态开打。当高登正沉溺酒色、寻欢作乐之际，突然遭到花逢春等人的袭击，一时大出意外，不得不仓促应战。只见他身体摇晃，手足失控，步履蹒跚，站立不稳，活现了高登饮酒过度后的蠢态。彼时，他身不由己地挥舞兵刃，勉强与对方交战，眼神是恍惚的，动作是笨拙的，只有招架之功，而乏还手之力。然而，他毕竟是一个膂力过人的强悍之徒，因此，要想制服他，也绝非轻而易举的事。生活的真实，为演员提供了通过各种艺术手段揭示人物性格、推进剧情发展的充分机会与时空，厉慧良在多回合的“开打”中，全面展示了自己驾驭各种刀枪把子的高超技能，无论是大刀、长枪或“仙人担”（即练举重用的石杠铃），他都能驾轻就熟，操纵自如，并且其中不乏难度很大的“绝活”：如长枪掷出后转身于后背接枪；大刀自臂膀向上滚动、绕脖儿后滑向后背接住以及单手高举仙人担过顶、在掌心上旋转等高难动作，都能给人以有惊无险的审美愉悦。

厉慧良的表演具有诱人的律动感与雕塑美。他的一招一式、一静一动都充满了韵律，有起伏，有层次，高低错落，跌宕有致。他表演中的美，不仅凝固于静止（亮相）时，而且贯穿于过程（动作）之始终。在他的躯体内部，仿佛有一根足以驾驭周身每一个关节、每一根神经的无形游丝，统领着他的一举一动，使他的表演完美和谐，一气贯通，丝毫没有间隙或断落。其根本原因还是在于他时刻都在用“心”去演戏。心功发自于内，身功形状于外，由表及里，以心带身，身心契合，表里如一。他的表演是有灵性的表演，具有收魂摄魄的穿透力。

陈绍武

人物行当

高　登	武生	徐　福	老生
花逢春	武生	车　夫	杂
呼延豹	武生	四庄丁	杂
秦　仁	武丑	四教师	武行
徐　母	老旦	贾斯文	丑
徐佩珠	旦	婆　子	丑
徐士英	武净	更夫甲	丑
徐　禄	老生	更夫乙	丑

服装扮相

高　登　勾油白脸。白扎巾、黑扎、黑耳毛子、偏花，白绣花箭衣、背绦子、大带、白绣花褶子（内衬红素褶子），红绣花彩裤，厚底。

花逢春　俊扮。白罗帽（开打时换白软罗帽）、绒球、茨菰叶，白绣花抱衣裤、背绦子、大带、汗巾、白绣花褶子，厚底（后换白薄底）。

呼延豹　俊扮。红或粉软罗帽、绒球、茨菰叶，红或粉抱衣裤、背绦子，大带、汗巾、红或粉绣花褶子，薄底。

秦　仁　勾武丑脸。黑绣花软罗帽、绒球、茨菰叶，黑飞燕侉衣裤、背绦子、大带、汗巾、黑绣花褶子，薄底。

徐　母　俊扮。黪网子、黪鬓发、黪发髻、勒子、香色绸条，蓝或紫绣花帔、绿或蓝裙子，香色彩裤,白布袜、福字履。

徐佩珠　俊扮。梳大头、线尾子、水钻头面，蛋青绣花帔（内衬素褶子）、白绣花裙，粉彩裤，彩鞋。

徐士英　勾绿碎脸。绿武生巾、红耳毛子、牵巾、鬓花、红发髻，绿绣花抱衣裤、背绦子、大带、外披绿绣花褶子，厚底（后换薄底）。

徐　禄　俊扮。青素罗帽、白满、黄绸条，青素褶子、系大带，青彩裤，白布袜、福字履。

徐　福　俊扮。青素罗帽、黪三、香色绸条，青素褶子、系大带，青彩裤，白布袜、福字履。

车　夫　俊扮。蓝毡帽，蓝布箭衣、系大带，青彩裤，薄底。

四庄丁　俊扮。黑头布，黑侉衣裤、腰箍或大小带，薄底。

四教师　揉黑、红、蓝、紫脸。戴硬花罗帽、耳毛子、牵巾（后带黑、红、蓝、紫发鬏），杂色绣花箭衣、背绦子、大带、杂色绣花褶子，红彩裤，薄底。

贾斯文　丑扮。绿荷叶巾、黑八字吊牟，绿绣花褶子、背绦子，红彩裤，朝方。

婆　子　丑扮。戴黑平三套、勒子，蓝布彩旦大褂子、青色大襟坎肩、腰巾子，青彩裤系青绑腿带，白布袜、抹子鞋。

更夫甲　俊扮，略勾老人纹。梢子帽、白五嘴，蓝布箭衣、红卒坎、系大带，青彩裤，薄底。

更夫乙　俊扮，勾黪色老人纹。梢子帽、黪五嘴，蓝布箭衣、红卒坎、系大带，青彩裤，薄底。

道具

桌子	一张	**椅子**	两把
车旗	一副	**大折扇**	一把
小折扇	一把	**梆、锣**	一套
七星刀	一把	**单刀**	十把
单枪	八杆	**大刀**	一把
石锁	八个	**仙人担**	一个
祭礼托桌	一个	**各色马鞭**	五根
专用单枪	一杆	**羽毛扇**	一把
手帕	一方	**灯笼**	两个
红绣花桌围椅披	一份		

第一场

「【大锣原场】

「花逢春内白：“嗯哼！”

「【四击头】花逢春从“上场门”上，至“九龙口”亮相。【大锣原场】整冠抖袖、提袖，至前台口。【大锣归位】

花逢春　(念引)隐居庄村，【小锣二击】怀侠义，【多多】サ 1 2 3 2 ^{3}2 2 3 ^{5}3 3

惯　打　不

3 53 2 - ‖

(呃)　平。

「【大锣原场】双手抖袖、提袖，转身归“小座”。【大锣归位】右手抖袖。

(诗)少小英雄志凌云，

爱习拳棒武艺精；【小锣二击】

若能遂得平生志，（右手抚胸）

打尽人间抱不平。（右手指出）

「【大锣归位】左手抖袖后再向上翻折水袖。

俺（仓）花逢春。【大锣住头】（抖左袖）我父（双手拱请式）花荣，当年在梁山聚义，打富济贫（右手按掌）。可恨蔡京、童贯，御酒改为药酒，毒死梁山众家好汉。我母子逃在这南阳居住。俺在此地，结交两个好友，一名呼延豹，一名秦仁，我弟兄倒也意气相投（点头）。也曾托他二人（右手指出），替俺挑选良马，未见到来（右手摊掌）。

「呼延豹、秦仁内白：“走哇！”

「【大锣原场】呼延豹、秦仁牵马从“上场门”上，至右台口。【大锣归位】二人“横一字”站。

呼延豹　(念)先人结拜忠义堂，

秦　仁　(念)如今兄弟又同窗。

「【大锣原场】呼延豹至“大边”拴马，秦仁在“小边”拴马，二人进门挖开。

呼延豹
秦　仁　参见大哥！（双手拱请式）

花逢春　二位贤弟少礼，请坐。

呼延豹
秦　仁　谢座。

「呼延豹归“大座”；秦仁归“小座”。

花逢春　啊，二位贤弟，因何来迟？（右手摊掌）

秦　仁　只因与大哥（拱手）挑选良马，故尔来迟。（右手按掌）

花逢春　原来如此。（点头）

呼延豹　大哥（拱手），今当三月三日蟠桃盛会（右手指出），约请大哥前去逛会。

花逢春　正合我意，带马！

〔**【闪锤】**三人出门，呼延豹、秦仁解缰绳，秦仁给花逢春带马，三人一排同上马，勒马亮住。

〔西皮摇板〕

花逢春

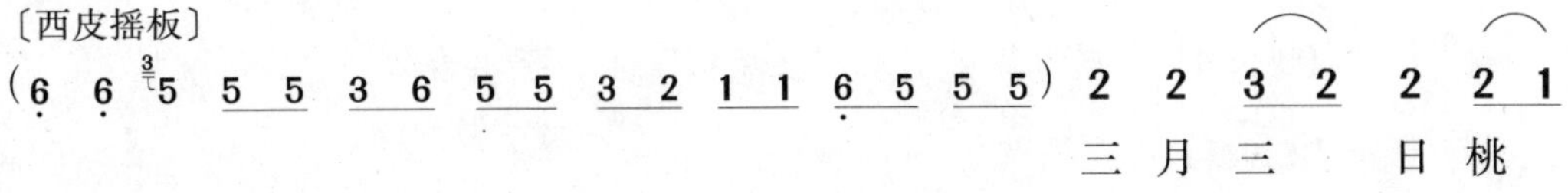

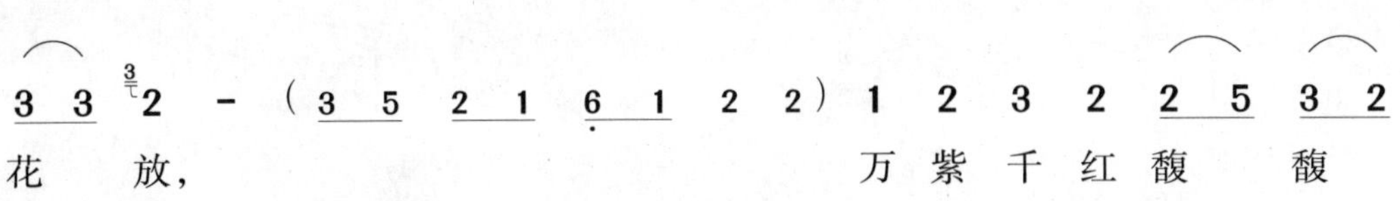

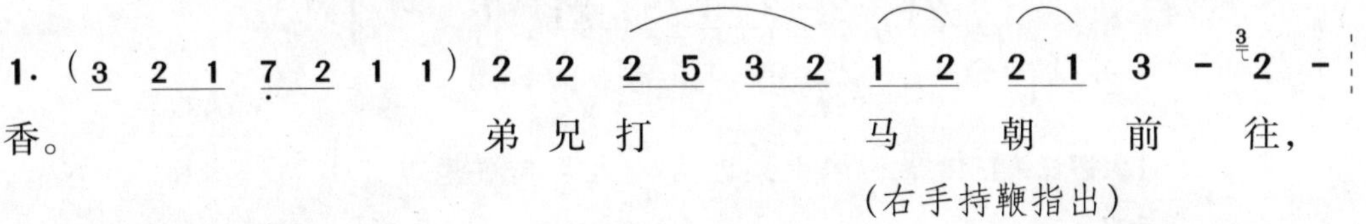

〔**【快长锤】**呼延豹、秦仁打马，从“下场门”下。花逢春举鞭走至左台口，转身右手横握鞭。

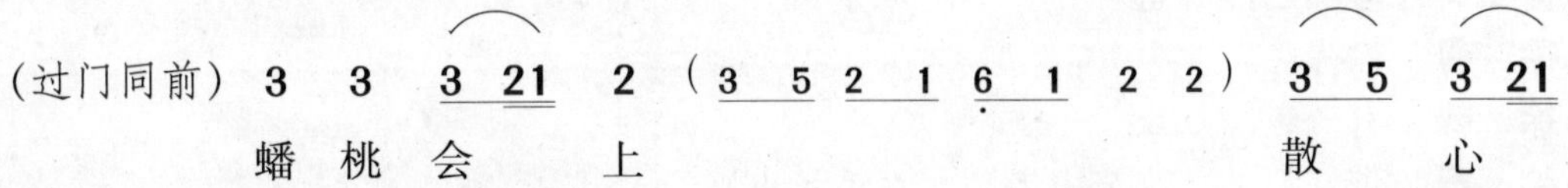

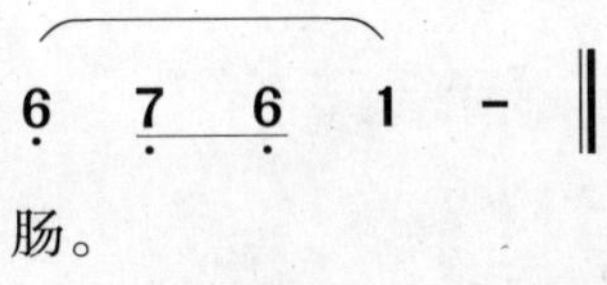

〔**【大锣原场】**左转身打马，从“下场门”下。

第　二　场

〔**【小锣原场】**徐母、徐佩珠从“上场门”上，至前台口。

徐　母　（念）先夫（双手拱请式）去世早，

门前车马稀（右手按掌）。

〔**【小锣一击】**转身归“小座”，徐禄从“下场门”暗上，立“大边”，徐佩珠施礼。

徐佩珠　母亲万福。
徐　母　我儿少礼。（示意坐）
　　〔【小锣一击】徐佩珠坐"大边"跨椅。
徐　母　儿呀，今当清明佳节，为娘也曾命你兄长准备车辆（右手按掌），同去上坟，这般时候（向外看），怎么还不见到来？
徐佩珠　想必来也。
　　〔徐士英内白："徐福带路！"
　　〔【快长锤】徐福引徐士英从"上场门"上，至右台口。

〔西皮摇板〕

徐士英（过门同前）1 2 3 2 2 2 1 3 3 2 －（3 5 2 1 6 1 2
老母为儿功名上，
（双手拱请式）

2）3 3 3 21 2 3 5 3 21 1 － ‖
头插金光耀祖先。

　　〔【大锣住头】徐福、徐士英进门，徐佩珠站起归"小边"，徐福归"小边"，徐士英归"大边"。
徐士英　孩儿参见母亲。（施礼）
徐　母　罢了，儿呀，车辆可曾齐备？
徐士英　车辆已然齐备。
徐　母　徐禄。
徐　禄　有。
徐　母　带好祭礼，坟茔去者。（右手指出）
徐　禄　遵命。
徐　母　吩咐车辆伺候！
徐　禄
徐　福　车辆走上。
　　〔【闪锤】车夫从"上场门"上，徐禄取祭礼复上。徐母、徐佩珠、徐士英、徐禄、徐福相继出门，徐母站在台中，徐士英站"大边"，徐佩珠站"小边"，二家院分站两边。

〔西皮摇板〕

徐　母（过门同前）4 3 3 3 2 12 3 － 2 2（3 5 2 1
三月三日正清明

6̣ 1 2 2）3 2 2 1 1 2 ³2 3 5 2 1 6̣ 1 1（3

家家户户祭坟茔。

（右手按掌）

2 1 6̣ 2 1 1）2 2 1 2 3 5 2 2 1 1 3 － ³2 －

家院与我把路引，

（右手向外指出）

「【快长锤】徐福、徐禄从“下场门”下，徐士英随下，徐母、徐佩珠上车，至左台口站定。

徐母 （过门同前）3 2 1 1 6̣ 1 2 3 2 1 － 2 － 1 － ‖

去到坟前祭先人。

（右手指出）

「【大锣原场】徐母、徐佩珠、车夫从“下场门”下。

第三场

「【缓锣】【冲头】

「高登内白：“啊嘿！”

「【大锣四击头】高登持扇从“上场门”上至“九龙口”，右手开扇、举扇，左手拉褶子亮相，【大锣原场】右手将扇两摇合扇交左手，右手整冠、理髯，右手再拿扇，开扇，走至右台口，向左转身，右手向背后背扇；（面朝后台口）走半个圆场一直挖到前台口，【大锣归位】合扇，右手抖袖。

<点绛唇>唢呐吹奏

高登 サ6 i̇ 5 4 3 5 2【小锣二击】2 2 1 2 6̣ 1 5̣【小锣三击】

蜂狂蝶浪，喜爱姣娘。

（右手捋扎，左手拿扇）

5 3 2 －【小锣二击】3 2 1 2 3 5 6 ⁱ5【小锣三击】

习拳棒，盖世无双。

（6 5 6 i̇ 5 －）（仓）2 2 1 6̣ 1 5̣ － ‖

（念）谁敢迎风浪。

（开扇）

〔【大锣原场】高登转身归“外场座”。【大锣归位】合扇，将扇斜立右腰间。

高　登　（诗）七尺身躯貌堂堂，

虎背熊腰谁敢当；（台台）

懒读诗书习拳棒，

最爱烟花——（空匡）（开扇亮相）

女姣娘！（将扇连连抖动）

〔【大锣夺头】八庄丁从两边分上，站“八字”，一家丁站“大边。”

某——（仓）高登。【大锣住头】（右手扇扇）我父高俅，在朝官居太尉。只因生某一人，是某懒读诗书，爱习拳棒，恐某在京生事，将某寄居南阳，是某到此，文武大小官员，他们谁不（空匡）尊奉！【大锣住头】今当三月三日蟠桃盛会，某不免唤出众教师，一来逛会，二来庄外演拳。来！

众庄丁　有。

高　登　请众位教师。

众庄丁　有请众位教师。

〔四教师内白：“来也！”

〔【大锣原场】四教师从“上场门”上，至前台口归成“横一字”。【大锣归位】

四教师　（念）富贵门前客，

拳棒武艺精。（同伸右手赞美指）

〔【大锣住头】四人分别从中间开始合扇转身，归成面向里“一字”向高登双手拱请式。

四教师　参见公爷！

高　登　少礼。

四教师　啊！

〔【大锣住头】四人分两边“八字”站。

四教师　将我等唤来，有何吩咐？（双手摊掌）

高　登　今乃三月三日蟠桃会，是某请出众位教师一来逛会；二来庄外演拳。

四教师　（拱手）我等奉陪。

高　登　如此带马！

众庄丁　啊！

〔【闪锤】高登合扇交左手，右手抖袖、提袖，右手再拿扇。

〔西皮摇板〕

高　登　（6̣　6̣　³5　5 5　3 6　5 5　3 2　1 1　6̣ 5　5 5　3 6

5 5）　2　2　1　2　3　2　-　2　2　-

我　父　在　朝　威　名　（呃）　扬，

〔【快长锤】八庄丁、四教师“一翻两翻”归原位置站。高登右转身走一小圆场。

〔西皮摇板〕

高登（6 6 5 5 5 3 6 5 5 3 2 1 2 6 5 5 5）1 2 3 2 3

亚赛东京小

1 2 1 -（3 5 2 1 6 2 1 1）2 2 2 -（大大 大大 乙大 大 0 仓）

宋　王。　人(呐)来（向右转身归至“九龙口”左手撕扎；右手向背后背扇亮住相）

（右手开扇左手按扇）

（白）带马！（空匡）　2 1 6 1 2 -

（抬左腿、左腿落，右腿跨起向左转身，左手拉褶子、右手亮扇、向左甩髯，亮住相）

会　场　上，

（左手拿扇、右手抖袖）

〔**【快长锤】**八庄丁四教师“插门”从“下场门”下；一家丁给高登带马。高登面朝后站；将扇子插在了衣领里。向左转身，用右手抚摸马背，左脚向右横迈步，右脚再横上一步。**【四击头】**高登上马跨抬左腿，右腿独立颠动两下；右手向后缓马鞭，右手胸前勒马；右腿跨转一圈，向左甩髯，左手勒缰，右手向下斜拖鞭，亮住相。**【快长锤】**家丁疾步小跑从“下场门”下。高登向上缓鞭成横握鞭式。**【大锣凤点头】**

〔西皮摇板〕

（5 5 5 3 6 5 5 3 2 1 1 6 5 5 5）2 5 3 3 21

顺　者　昌

2 -（空 匡）（3 5 2 1 6 1 2 2 2 2 2）2 1 1 2 2 2. 1 6 1 - ‖

来　逆　者　亡。

（右手向后缓鞭勒马亮住相）　（右手马鞭指出）

〔**【软四击头】**跨抬右腿，向右转身，以右手马鞭击打掖下抬起的右脚，向左甩髯，落右腿成右弓步，左手撩褶子，右手斜举马鞭亮住相。**【马架子】**身站立起。**【软四击头】**向偏右台中处两个平转身，右手抱鞭，左手撩褶子面向左台口亮住相。**【急急风】**由右台口跑至台中，右手握马鞭，跨抬左腿，左腿不落勾抬数番，落左腿，右转身持马鞭走“反云手”至“九龙口”，亮右手横拖马鞭，左手拉褶子。**【急急风】**由“九龙口”走反圆场至右台口。（**嘟**）向左转两个身持马鞭不动。（**八大仓**）在左台侧处“踩泥”勒马亮相。**【冲头】**向右两个转身归到右台口。（**嘟 大大 仓**）上右步一番加鞭打马，（**嘟 大大 仓**）两番加鞭打马，（**嘟 大大 仓**）三番加鞭打马。

〔**【四击头】**右腿向左踢十字腿，右腿落，左腿向右踢十字腿，左腿落，双腿成蹲裆骑马式，左手拉褶子胸前握拳，右手抱鞭、面朝“下场门”亮相。

高　登　（高呼）闪开了！

〔【急急风】上身原姿态跑圆场，从“下场门”下。

第　四　场

〔【小锣抽头】贾斯文右手举马鞭从“上场门”上，至台中勒马。

〔西皮摇板〕

贾斯文　（6 6 3/5 5 5 3 6 5 5 3 2 1 1 6 5 5 5）4 3 3 3
府 中 奉 了
（右手垂鞭，

3 2 1 2 5/3（4 3 2 1 2 3 3）6 2 1 1 3 2（3 5 2 1
大 爷 命， 料 理 会 场
拱手）

6 1 2 2）3 5 2 1 6 1 –【小锣住头】‖
走 一 程。

我，贾斯文。就在高府当了一名代笔的先生。全凭我口巧舌灵，吃的是珍馐美味（右手托掌），穿的是绫罗绸缎（左手向下一缓），可算是丰衣足食（摇头晃脑）。今当三月三日蟠桃盛会，乃是我家大爷（拱手）的会头；是我奉命去往会场，一来料理善事（右手按掌），二来替我们大爷寻访绝色的女子（右手在右颊前托掌），就此马上加鞭！

〔西皮摇板〕

【小锣凤点头】（5 5 5 3 6 5 5 3 2 1 2）2 2
催 马

3 2 2 2 1 3 2 –
加 鞭 朝 前 进。
（右鞭向外指出）

〔【小锣抽头】走至左台口右回身站。

〔西皮摇板〕

贾斯文　（5 5 5 3 6 5 5 3 2 1 2）6 2 1 1 3 2 3 2 1 1 –‖
去 到 会 场 看 分 明。

〔【小锣抽头】左转身举鞭从“下场门”下。

第 五 场

〔【快长锤】呼延豹、秦仁、花逢春举马鞭从“上场门”上；花逢春站“九龙口”，呼延豹 站“大边”，秦仁站“小边”，三人形成“三丁儿”，勒马亮住。

〔西皮摇板〕

花逢春 【大锣凤点头】（6 6 5 5 5 3 6 5 5 3 2 1 1 6 5 5 5）

3 3 3 2 2 2 1 1 3 2 - 【大锣一击】

勒 马 停 鞭 举 目 望，

（三人向“上场门”方向一望）

〔贾斯文内白：“三位慢走哇！”

〔【大锣凤点头】秦仁、呼延豹归到“大边”“一字站”；花逢春站二人前面。

呼延豹
秦 仁 （同唱） 3 3 2 1 3 2 1 6 1 1 ‖

那 旁 来 了 贾 同 窗。

（用马鞭向里指）

〔【小锣抽头】贾斯文举马鞭从“上场门”上，至右台口站。

〔西皮摇板〕

贾斯文 （6 6 5 5 5 3 6 5 5 3 2 1 2） 2 2 3 2 2

勒 住 丝 缰

2 1 1 3 2 【小锣一击】

举 目 望，（向三人一望）

三位！（持马鞭拱手）

呼延豹
花逢春 （同念）贾先生。
秦 仁

〔【小锣凤点头】贾斯文向三人注视。

〔西皮摇板〕

贾斯文 （过门同前） 3 2 2 1 1 2 3 2 3 5 2 1 6 1 （2 1 7 2 1）‖

只见三 位 站 道 旁。

（持马鞭向左指）

原来是三位学友。（垂马鞭，拱手）

花逢春 原来是贾先生，这几日不见你往哪里去了？

贾斯文 现在高府。

呼延豹
花逢春
秦　仁 （三人同白）哪个高府？

贾斯文 就是当朝高太尉（拱手）之子。

呼延豹
秦　仁 敢是那狗子高登？（向前一指）

〔【大锣一击】花逢春阻拦。

花逢春 哎！（向二人示意）

贾斯文 二位别在背地里踩呼朋友啊！

花逢春 啊，贾先生，你（指贾）我是甚等样人，因何与那贼头为奴？（左手指出）

贾斯文 哎！（忙摆手）无非是马杓里的苍蝇——混饭吃。日后几位有什么好事，多提拔小弟，我是感恩匪浅哪！（作揖）

花逢春 贾先生今欲何往？

贾斯文 今当蟠桃盛会，乃是我家大爷的会头，奉命到会场，料理点善事。

花逢春 如此你我一同前往。（左手指出）

贾斯文 哎！不行！不行！（忙摆手）三位的马快，我的马慢，三位先走（拱手），咱们是庙上不见，顶上见。

呼延豹
花逢春
秦　仁 （三人不屑一顾）哼！

〔【大锣单楗凤点头】花逢春冷眼看贾。

〔西皮摇板〕

花逢春 （6 6 ^{3}5 5 5 3 6 5 5 3 2 1 1 6 5 5 5） 1 2 3 2

哪 有 闲

（朝呼、秦二人）

2 2 1 3 ^{3}2 -

言 对 他 讲，

〔【快长锤】花逢春甩鞭打马从“下场门”下，呼延豹，秦仁至“下场门”前右回身冷眼看贾。【大锣凤点头】

〔西皮摇板〕

呼延豹
秦　仁　（过门同前）6 2　1　2　2　3 5　2 3　2 1　6 ⁶1　－ ‖
无　知　匹　夫　小　儿　郎。
（二人用鞭指贾）

〔【大锣一击】二人甩鞭打马。【冲头】二人从"下场门"下。

贾斯文　哎！

〔【小锣凤点头】贾向三人远去的方向一望，摇头。

〔西皮摇板〕

（过门同前）1　4　⁵3　3　3　3 2　1 2　⁵3（4　3 2　1 2　3
他　三　人　把　话　一　样　讲，
（至台中，右手马鞭向左指）

3）6　6 2　1　2　2 1　1 2　3 5　2 3　2 1　1　－ ‖
骂　得　我　贾　斯　文　脸　无　光。
（左手在左颊前托掌）

〔【小锣原场】贾斯文摇摇头向后打马从"下场门"下。

第六场

〔【急急风】八庄丁、四教师、家丁从"上场门"上，站成"斜一字"。

〔【软四击头】高登举马鞭从"上场门"上，至"九龙口"举马鞭亮相。【急急风】从"九龙口"经台中至右台口，左手撩褶子，右手横托马鞭一亮。向左转身，右手向胸前缓鞭。【急急风】从右台口跑半个反圆场至左台口【急急风】切住。【闪锤】向右转身，右手缓鞭勒马亮住相。

〔西皮摇板〕

高　登　（过门同前）1　²1　3 2　2　2 1　1 3　2　－
逛　罢　盛　会　精　神　爽，
（微微晃头）

〔【快长锤】八庄丁领起来，四教师相随，走"龙摆尾"。随即"挖门""八字"站；高登归到台中，一望两望。

〔西皮摇板〕

高　登　（过门同前）3　3　3 2　2　3　2 1　1　－【大锣住头】‖
为　何　不　见　女　姣　娘。

众　人　来到郊外。

高　登　勒住了马。将武艺演习上来。

〔【阴锣】高登下马，归到台中偏后一点，八庄丁往后撤仍"八字"站，四教师将脱下的褶子递与庄丁。四教师站成"四角"，拉开山膀，先走左弓步，左手端拳，右手握拳式，再换右弓步，右手端拳，左手握拳式。接着二人一抄过，合扇转身向里归成"横一字"单腿跪。

四教师　演拳已毕。

高　登　（右手扬下扇子）闪开了！

〔【冲头】高登归到前台口；四教师归原位接过褶子。

〔【大锣双叫头】高登右举扇。

高　登　哈哈，哈哈，（平端扇）啊哈哈哈……（左转身归到左台口）

〔【冲头】高登向"上场门"方向望。

〔【小锣长丝头】贾斯文从"上场门"举马鞭急上，下马，"小边"站。

贾斯文　（点头哈腰）大爷，您在这儿高乐哪！

高　登　贾先生，你从哪道而来？

贾斯文　我打会场上来呀！

高　登　（前欺一步）可有绝色的女子？

贾　斯　（抬左手）您附耳上来。

〔（嘟～～仓）贾斯文与高登耳语（匝匝匝匝）高登连连点头。

高　登　咋、咋、咋……（兴奋地）带马！

〔【急急风】贾斯文拉马在前面引路，众庄丁、四教师"插门"随贾"下场门"下，场上留家丁给高登带马之后速"下场门"下。

〔【四击头】高登跨抬左腿；向后缓马鞭，左腿落，跨抬右腿，右脚落在左脚的左边；向左转半个身，顺势左脚向前横倒一步，左手撩褶子，拿扇；右手横托马鞭，大丁字步面朝右前方亮住相。

〔【急急风】疾步向"下场门"跑下。

第七场

〔【纽丝】徐禄、徐福用方盘托着祭品从"上场门"上，分两边"站门"。徐士英引徐母、徐佩珠、车夫从"上场门"上，至"九龙口"。

〔西皮散板〕

徐　母　サ（6 6 6 5 i 3 2 1 2 6 2 1 －）1 2 3 2 2 2 1
来到坟　茔下

3 2 3 2.（7 6. 1 2 2）6 2 1 3 2 1 2 1 －
车轮，（仓）点　点珠泪洒衣襟。

（徐母、佩珠下车，车夫"上场门"下）（徐士英、徐母、徐佩珠三人横跪台中，

〔哭头〕

（7 6 2 1 1） 2. 2 1 2 4. 6 3 3 2 2 【大锣一击】

（仓） 哭 一 声

徐禄、徐福跪两侧）

5 6 6 7. 2 7 6 5 6 6 5 （空 匡） 6 6 5

去 世 的 夫 哇! 多 多

（双手拱请式） （向下抖右袖）

5. 6 1 – （仓 – 仓 0 嘟 仓 仓 仓 才 仓） 1 6 2 –

保 佑!

（右手向上撑袖；左手胸前翻折水袖；徐佩珠配合动作）

7. 6 5 7 6. 5 5 6 5 6 6 5 –

夫 君 哪 啊!

（双手拱请式）

〔【大锣凤点头】徐母拭泪，徐佩珠将母搀起；众人站起，徐禄将供品送左侧幕后复上。

〔西皮散板〕

徐 母 6 6 2 1 3 2 1 2 1 – 【大锣住头】

保 佑 你 子 早 成 名。

（看士英）

徐士英 啊，母亲且免愁肠，孩儿去至庙堂，一来与老母（双手拱请式）求寿，二来儿要散闷一回。

徐 母 我儿要早去早回。

徐士英 遵命（施礼）。徐福——（仓）带路！

〔西皮摇板〕

【闪锤】（6 6 5 5 5 3 6 5 5 3 2 1 1 6 5

5 5 ） 1 2 1 3 2 2 1 1 3 2 －

此 番 进 庙 一 炷 香，

「【快长锤】徐士英躬身向徐母施礼，徐福从“下场门”下，徐士英至左台口站。

〔西皮摇板〕

徐士英 （5 5 5 3 6 5 5 3 2 1 2） 6 2 1 1 3 2 3 5 3 21 1 －‖

祝 愿老 母寿 安 康。

「（八大仓）右转身亮相从“下场门”下。

「【急急风】八庄丁从“上场门”上，在右台口站“一条鞭”，四教师站庄丁前面，家丁随上站。

「【急急风】高登紧随贾斯文从“上场门”上，贾斯文立台中用马鞭指徐佩珠，向站在右台口的高登示意。【冲头】高登观之会意，下马。【大锣双叫头】从衣领后面取扇。

高　登　哈哈，哈哈，（开扇）啊，哈哈哈……

「【冲头】贾斯文回到高登身边。

贾斯文　大爷，您瞧这个行不行？

高　登　果然不错，（点头扇扇）向前提亲。（示意贾）

贾斯文　（点头会意）您交给我了，（向前走两步，用左手招呼）老头过来。（徐禄近前）你们是干什么的？

徐　禄　我们是上坟插柳的。

贾斯文　上坟插柳的。那个小姑娘（左手指佩珠）她是你什么人哪？

徐　禄　她是我家小姐（拱手）。你问她作甚？

贾斯文　她有人家没人家呀？

徐　禄　有人家与无有人家与你什么相干？（右手抖袖、瞪贾）

贾斯文　不是呀，要是没有人家呀，哎，你瞧见没有（向徐禄），这是我们高登高大太爷（双手拱请式），长的是小白脸儿，刷利杆儿，（用右手一抬让徐禄看）把你们小姐许配我们大爷，是马上来、轿上去，你们的光彩（左手一伸），我们的体面（右手在右颊前托掌），咱们俩人喝这碗冬瓜汤好不好？

徐　禄　你近前来。

贾斯文　干什么呀？（凑近一步）

徐　禄　着打！

「【大锣一击】徐禄右手打贾斯文一个耳光。贾斯文忙捂左脸向高登走去。

贾斯文　他打了我啦！（右手向左指）大爷！

高　登　抢！【冷锤】（右手一挥扇）

「【乱锤】四教师向前抢徐佩珠，众庄丁、贾斯文随四教师“下场门”下。

「【乱锤】徐母急扯高登衣袖。徐禄连连作揖求高登，高登右手摇扇斜眼见是一老妇人，不屑一顾。徐母扯高登走半个圆场至右台口，高登很不耐烦，用右臂一搡，徐母不支倒地。

高　登　马来！（将扇合上插在衣领处）

「【急急风】高登站台中，家丁带马后从“下场门”下。

「【四击头】高登右手向后缓鞭，跨抬左腿，左腿落地，右腿“踹丫儿”向左变身，右腿“探海”，右手抱马鞭，向左甩髯，左手拉褶子胸前握拳，面向徐母亮住相。

高　登　（喝斥）好不识抬举！

「【大锣一击】右转身举马鞭亮相。【急急风】疾步从“下场门”跑下。

「【冲头】徐士英、徐福从“上场门”上，徐士英见母倒地，忙向前扶起。

徐士英　母亲为何这般模样？（双手摊掌）

徐　母　哎呀儿呀！【大锣五击】（徐母拉士英右手腕）你妹子被那高登他、他、他……抢了去了！（右手抖指）【大锣一击】（徐士英惊）

徐士英　怎么讲？

徐　母　抢了去了！

「（八大仓）徐士英双手折袖摊开。

徐士英　喳，喳，喳，哇呀……【快纽丝】（双手抖袖）

〔西皮散板〕

サ（6 6 6 5 i 3 2 1 2 6 2 1 1）2 1 2 1 3 2 2 3
骂 一 声 狗 高 登 胆

2 1 6 1 2（7 6 1 2）3 1 2 1 3 2 6 2 1 2 1
量 不 小，（仓）抢 去 了 同 胞 妹 怎 肯 轻 饶。

（右手指出）　　　　　　　　（右手握拳）

「【大锣叫头】徐士英右手翻折水袖。

母亲！待孩儿将他赶上。（右手指出）

「【大锣叫头】徐母着急地抬手。

徐　母　哎呀儿呀！你一人前去，岂是他们的对手？

「【大锣一击】徐士英右手抓袖一亮。【大锣叫头】右手翻折水袖。

徐士英　哎呀母亲哪！有道是一人拼命，（右手握拳）万夫不挡（摆右手）。徐福、徐禄将俺老母送回家去，俺就此去也！

「【扫头】徐士英双手翻袖，向后退两步双手抓袖，端握拳亮相。【冲头】徐士英从“下场门”下。

「【大锣原场】徐母伤心地哭泣。

徐　母　哎，儿呀……（拭泪）

「徐福、徐禄搀扶徐母从“上场门”下。

第 八 场

「【大锣水底鱼】呼延豹、花逢春、秦仁策马从“上场门”上，至台口；人声呐喊。

（嘟～～）【大锣叫头】

花逢春 “哦呵！”那旁人声呐喊（向“上场门”方向看），你我闪躲一旁。

「【乱锤】呼延豹、花逢春、秦仁三人归后台口，垂鞭“横一字”站。

「【乱锤】八庄丁、四教师簇拥着徐佩珠“过场”从“下场门”下。

「【急急风】高登举鞭从“上场门”上，至前台口一亮，向后一退，持鞭走“反云手”领起来。花逢春、呼延豹、秦仁尾随高登走一个圆场。当秦仁归到右台口时，三人形成秦仁在前、呼延豹在中间、花逢春在后面的“斜一字”；高登在“大边”站定，【急急风】切住。

「（才.大 才仓）三人同时左手撩褶子，右手握鞭亮相；高登右手勒马三摆头看三人。

「【大锣长尖】高登垂鞭向右横走两步，上下打量三人，三人原姿态不动，不去理睬来人。高登抬右手，左手向右指三人略思，稍一停顿。

「【四击头】高登向后缓鞭，跨抬右腿，右腿落地，左腿朝前“踹丫儿”立即向右变身为“探海”，左脚不落地，向后再掖下抬起；右腿稍蹲、右手握鞭、左手握拳，看三人，亮相。

「【冲头】落左腿；右手向后甩鞭疾步从“下场门”跑下。

「【小锣长丝头】贾斯文从“上场门”上，望见三人，匆匆忙忙边跑边说。

贾斯文 （向三人）请了！请了！

「疾步从“下场门”下。

「【冲头】花逢春向“下场门”一望。

「【大锣叫头】举右手（垂鞭）。

花逢春 且住！看高登马上抢个女子（右手向左指），不知抢的是谁家的女子。

呼延豹
秦　仁 待我二人将他赶上。【大锣一击】

「徐士英内白：“哪里走！”

花逢春 （一望）那旁有人来了。

「【大锣水底鱼】三人下马。徐士英从“上场门”上匆匆疾走，正与秦仁撞了个满怀，误认是高登，伸拳即打。

「【急急风】徐士英与秦仁徒手“一过合、两过合”，徐士英举左拳，秦仁用左手盖下，以右手架住徐士英的左拳。

徐士英 【大锣叫头】呔！还俺的妹子来！

花逢春 啊！（一怔）【大锣一击】（双手将二人分开）哪个见了你的妹子？

「【大锣一击】徐士英看三人。

徐士英 你们哪个姓高？

花逢春
呼延豹
秦　仁 （同白）我等俱不姓高。（摆右手）

「【大锣一击】徐士英一怔，看三人。花逢春站“大边”；呼延豹、秦仁在后面站成“三丁儿”。徐士英站“小边”。

徐士英 得罪了（施礼）！请问三位（拱手）尊姓大名？

花逢春 在下花逢春。

呼延豹 在下呼延豹。

秦　仁 在下秦仁。

徐士英 原来是三位义士，失敬了。（半曲左膝拱手）

花逢春
呼延豹 （同白）岂敢。请问壮士尊姓大名？
秦　仁

徐士英 在下徐士英，人称青面虎。

花逢春
呼延豹 （同白）原来是徐公子，失敬了。（施礼）
秦　仁

徐士英 （还礼）岂敢。

花逢春 公子慌里慌张为了何事？（左手摊掌）

「【大锣叫头】徐士英拱手。

徐士英 三位义士！可恨那狗子高登，将俺小妹抢去，待俺将他赶上。

「【大锣一击】徐士英出左拳亮相；花逢春右手一拦。

花逢春 且慢！你一人前去岂是他人的对手？

徐士英 【大锣叫头】（拱手）三位！有道是“一人拼命，万夫难挡”。三位不必拦阻，俺就此去也！

「【大锣一击】三人拦。

花逢春
呼延豹 （同白）且慢！公子既要前去，我等相助于你！（同握拳）
秦　仁

徐士英 萍水相逢，怎好劳动？（双手摊掌）

花逢春
呼延豹 （同白）四海之内，皆为朋友。（同双手撒掌）
秦　仁

徐士英 慷慨的英雄！告辞。（施礼）

「三人一拦。

花逢春
呼延豹 （同白）哪里去？
秦　仁

徐士英 先将老母（双手拱请式）送回家去。

花逢春
呼延豹 （同白）伯母可有尊价跟随？
秦　仁

徐士英 现有两个小价跟随。

花逢春 现有尊价跟随，料然无事。（摆右手）此地离舍下不远，大家用罢酒饭，今晚一同行事便了。

徐士英 请！（拱手）

〔【扫头】三人拉马，扯半个圆场至左台口处，站成“三丁儿”，三人拱手亮相；徐士英在“小边”拱手亮相。【冲头】三人拉马从“下场门”下。

〔【撕边一击】徐士英向“下场门”一望。【撕边一击】右手赞美指亮相。

徐士英 好朋友！

〔（八大仓）徐士英右手拉开“山膀”，面向“下场门”亮相。【冲头】疾步从“下场门”下。

第九场

〔【乱锤】八庄丁、四教师、贾斯文押徐佩珠从“上场门”上，众人“挖门”；徐佩珠站“大边”、婆子从“下场门”上。

〔【大锣水底鱼】高登举马鞭从“上场门”上，至右台口下马。

〔【大锣原场】高登进门，婆子忙迎过去，用手帕在高登身后左手掸土，右手不停地扇扇。高登见徐佩珠，心中生喜，转身归到台中。

婆　子 参见大爷。（施礼）

高　登 （向婆子）将这女子，送至艳阳楼，要好生劝解于她。

婆　子 大爷都交给我了。（右手拍胸）

徐佩珠 喂呀……（拭泪）

婆　子 得了，得了，别哭了，这是你的福气来喽！

〔【小锣五击】婆子劝扶着徐佩珠从“下场门”下。

贾斯文 大爷，大伙儿忙活了半天，今儿我给您办的不错吧。

高　登 （点头）嗯，倒也不错。

贾斯文 没别的，喝您杯喜酒吧。

高　登 贾先生要吃酒？

贾斯文 大家伙儿陪着您喝呀！（双手一摊向左右一望）

高　登 好，吩咐将酒宴摆在花厅，与贾先生、众位教师同饮。正是：

〔【大锣住头】众人向前走“站门”，高登左手抖袖。

（念）一见美酒长欢笑，

　　漫剪烛花入醉乡。

〔【大锣原场】高登右手向上举扇，右转身背扇亮住；八庄丁、四教师“扯斜门”，高登缓步面朝“下场门”下；贾斯文讨好地尾随高登边走边扇扇子，众人“窝下”。

第 十 场走边（1）

〔【大锣撤锣】【小钹冲头】收住。

〔花逢春、呼延豹、秦仁、徐士英同内白：“啊嘿！”

〔【小钹四击头】花逢春从“上场门”上，至“九龙口”亮相，走“走边”动作；【小钹冲头】（八大．才 才 才 嘟 八 大 才）呼延豹从“上场门”续上。【小钹冲头】二人斜场面对面拉开“山膀”。【撕边】二人同时拧“旋子”一圈。（八大才）秦仁从“上场门”再续上。花逢春、呼延豹面朝“上场门”站横排。秦仁从“九龙口”走“虎跳扑虎”从二人中间穿过。（嘟~~~~）秦仁走“肘丝扑虎”连续数个。（八大才）徐士英从“上场门”续上，左手提大带、右手“单山膀”亮相。【小钹冲头】四人归一横排。【小钹归位】四人右手提大带、左手赞美指、左戳步亮相。

（同唱）海笛曲牌<斗鹌鹑>

四 人 サ 3 2 3 1 3 - 6 2 3 1 2 3 3 -【小锣二击】

抱 不 平 陡 起 雄 心，

（四人同跨右腿、右腿落，上踢左腿、左腿落，四人同时双手下缓又向上撑起）

1 2 3 3 - 5 6 4 3 2 1 7 6 1 -【小钹二击】

恰 相 逢 义 气 同 盟。

（花逢春与呼延豹“一抄”；徐士英与秦仁“一抄”）（呼延豹、秦仁二人一横排亮左弓步、左手提带、右手握拳式；花逢春、徐士英在后排亮右高左低“顺风旗”式）（四人站成菱形；秦仁在前，花逢春在“大边”，呼延豹在“小边”，徐士英站后边）

2 3 1 2 7 6 -【小钹撕边一击】

因 此 上

（四人同时双手向“下场门”后指）（花逢春与徐士英“一抄”，秦仁与呼延豹“一抄”，归原位亮双手向后指相）

6 1 3 5 6. 6 5 6 5 -【小钹二击】

黑 夜 疾 行，

（四人左手向上撑掌；右手向外指出）

1　2　3　3　-　【小钹五击】
乔　装束
（四人菱形队形，面对面双手拉“山膀”）（四人同时走蹚步，四人互换位置，仍成菱形，呼延豹在前，秦仁在“大边”，花逢春在“小边”，徐士英站后面）

5 6　4　3　2　1　7　6　1　-【小钹二击】
奔　走　风　尘。
（四人伸左拳、右手护左腕、左趋步，伸右拳、左手护右腕、右趋步）（四人一字横排站双手拉“山膀”）

2　3　1 2　7　6　【小钹撕边一击】
恨　那　贼
（由秦仁领起来徐、花、呼跟走圆场至“九龙口”，四人仍成菱形队形）（四人同时左高右低“顺风旗”亮相）

6　1　3　5　6. 6　5 6　5　【小钹二击】
仗　势　欺　人，
（四人左手不动，右手向“上场门”方向指出）

1　2　3　3　-　【小钹五击】
好　男儿
（四人右手提带、左手赞美指、左戳步亮相）（四人左手击右腕、右手拍右脚面，右转身跨抬左腿，骗右腿亮左弓步、双手摊掌式）

5 6　4　3　2　1　7 6　1　-　【小钹住头】
何　惜　一　命。

〔徐士英归“小边”，花逢春三人站“三丁儿”。

徐士英　有劳三位义士（拱手），协力同心搭救俺家小妹，俺徐士英死也不忘恩也！

〔【小钹一击】徐士英向三人跪拜施礼。

花逢春　公子不必如此，（相搀）搭救令妹要紧！

呼延豹 大家抬头观看。

〔【撕边小钹一击】众人看左前方，右“山膀”亮相。

呼延豹 前面已是高府，大家越过墙去，杀死狗子高登（右手刀砍状），方消俺胸中（右手抚胸）之恨！

秦　仁 言之有理。

花逢春
徐士英 （拱手）请哪！

〔【小钹归位】四人成菱形队形。

（接唱）<斗鹌鹑·合头>

四　人 5 6 5 - 1 6 6 5 3 5 6· 6 5 6 5 - 【小钹二击】

早 救 出 娇 滴 滴 女 娉 婷，

（四人伸左拳右手护左腕、左趋步，伸右拳左手护右腕、右趋步，互换位置）

1 2 3 3 - 【小钹一击】 6 2 3 1 2 3 3 - 【小钹三击】

管 教 那 恶 贼 丧 生，

（四人右手拉开山膀亮住相）（四人同时向里缓左手拉开“山膀”；右手向外指出）

6 - 5 6 4 3 3 - 【小钹五击】 6 6 1 2 3· 2 1 7 6 1 - ‖

为 南 阳 百 姓 除 凶。

（四人右手握拳）（四人同时起“飞脚”）（四人握拳亮相）

〔【大锣夺头】四人成菱形队伍，花逢春在右台口、徐士英在“大边”、呼延豹在“小边”、秦仁在后面，四人右撑掌左“栽锤”亮相。【撕边】四人同时走三个扫腿。【四击头】四人同时走“旋子”落地，亮左端拳，右握拳高矮相。（八大仓）四人左转身左手提带，右手“山膀”亮相。

〔【冲头】四人从“下场门”下。

第十一场

〔【小锣五击】更夫甲持更梆、更夫乙持更锣从“上场门”上，至台中。

更夫甲 （念）大爷上房高乐。

更夫乙 （念）你我彻夜奔波。（扎）

更夫甲 伙计请了。

更夫乙 请了。

更夫甲 你我奉了大爷之命，巡更守夜。看天时不早，你我要小心着点儿。

更夫乙 对了，小心着点儿。

「**【小锣原场】**二更夫边敲梆、打锣，边从“下场门”下。

第 十 二 场走边(2)

「**【起鼓】**（哑边）花逢春右手持大带从“上场门”上，（**嘟……八大咚**）花逢春右手扣腕提大带，左手提拳，左腿戳步亮相。静场走“飞天十响”后，归到“上场门”翻“虎跳前扑”。（**嘟……八大才**）左弓步，左手提拳，右手胸前按掌亮相。

「**【起鼓】【软四击头】**呼延豹从“上场门”翻“小翻出场”上，二人走“双旋子”。（**嘟……**）秦仁由“上场门”从二人中间翻“小翻单提”。（**八大才**）三人成“三丁儿”亮相。

「**【起鼓】**（**嘟……**）三人归到后台口成一排；徐士英从“上场门”翻“跺子蛮子”上。（**八大仓**）四人呈菱形队形，亮高、矮式“顺风旗”相。

「**【起鼓】**四人走“编辫子”，归成面向左台口，左手扣腕提大带，右手“单山膀”的“斜一字”队形。

「起**【一更】**四人右转身，面向“上场门”亮左高右低“顺风旗”相。

「**【小钹帽子头】**四人向左转身，左手提拳、右“单山膀”亮相。四人站“斜一字”。

四　人 呀！（唱）曲牌<小桃红>海笛伴奏

サ 1 6 5 6 - （多 罗）| 4/4 1. 23 1 - |

闻 他 家 流 言

（同时跨右腿，踢左腿，双手向左前方指出；

5 32 3 - | 23 1 2 32 2 212 |

种 种 骄 横

接连重复前面动作，共走三番）

（由花逢春领起来圆场一圈，归成在左台口菱形队形，花逢春打头，徐士英在后，呼延豹在“大边”，秦仁在“小边”）

1 - 5 6 5 6 | 1 3 5 6 1 5 6 |

行， 趋 附 的 侍 臣 都 是

（四人同时双手走“劈花”，面向里左手栽锤，右手撑掌；吸抬右腿亮相。）

1. 2 1 2 7 | 6 1 5 3 5 3 |

奸 和 佞。 闭 贤 路

（四人同时后退两步；双手走“三缓手”） （四人同时向左转身

5. 4 3 2 1 2 3 2 | 3 2 1 2 3 2 2 1 2 |

结 党，视 王 法 全 不 在

走左高右低“斜托掌”） （四人面对面，右拳击左掌心后，变双手摊掌）

1 0 5 6 5 6 | 1. 2 3 1 5 6 5 6 |

心。 可 恨 他 顽 劣，打 掠 掳

（四人同时走两番左右“顺风旗”动作）

1. 2 1 2 7 | 6 1 5 0 0 ‖

真 狡 性。

（四人左手提大带，左弓步，右手向左前方指出亮相）

〖起**【二更】**四人“斜一字”向“上场门”观望。

〖高登内白：“哼……”

花逢春 那旁有人来了，（向三人）你我闪躲一旁。

〖（**嘟……大仓**）众人会意，归成一排向里走蹦子，在后台口“横一字”站。曲牌<小开门>笛子、海笛伴奏。

〖二庄丁从“上场门”持灯笼上，另外二庄丁搀酩酊大醉的高登从“上场门”上，高登醉步踉跄地至“九龙口”，<小开门>收住。

高　登 嘿！这女子再三不从，好不识抬举！

海笛曲牌＜秃厮儿＞

2/4 0 5 6 5 | 3 5 | 6 1 5 | 0 3 1 2 |
恼得俺 火 似 流 星， 这贱婢

3 3 2 | 1 7 6 1 | 0 5 6 5 | 3 5 |
言 语 癫 狂， 俺只得 醉 恼

1 2 3 | 0 3 21 6 | 1 – ‖
且 登 【大锣夺头】 床。

「【冲头】高登酒劲上涌，呕吐，四庄丁拥高登从“下场门”下。

「【冲头】四人同时向“下场门”一望。

「【大锣叫头】四人同时举右手。

四　人　且住！看高登已醉，此乃天（仓）助俺成功也！（同时拍右腹同时起“双飞燕”）

（同唱）曲牌＜圣药王＞

（大大 大大乙 | 2/4 仓）1 6 5 | 6 5 3 | 0 5 6 5 | 1 6 5 |
莫惊觉 睡 醒， 大家 先 救

（花逢春与呼延豹往里“一盖两盖”，往外“一盖两盖”；徐士英与秦仁走同样动作）　（四人同时向

3 5 6 1 | 5 6 5 | 0 5 6 5 | 1 0 |
女 佳 人。 斩贼首 顷

“下场门”方向指）　（四人同时做右手刀砍状，走正翻

1 6 5 | 3 5 6 | 5 – ‖
刻 两 离 分。

身，再做左手刀砍状，走反翻身）　（四人面向右前方右转身）

「【大锣夺头】四人亮左手端拳、右手握拳，菱形队形高矮相。

「起【三更】花逢春向“上场门”一望。

花逢春　更夫来了，闪躲一旁。

「（嘟……八大仓）四人同时走“穿手蹦子”往里跳，归一横排站。

「更夫甲、更夫乙边敲梆、锣，边从“上场门”上，边走边说。

更夫甲　伙计，咱们要小心着点儿。

更夫乙 大家小心！

〔（八仓）四人同时向前，呼延豹扭住更夫甲，秦仁扭住更夫乙。

更夫甲
更夫乙 （二人一看）好汉爷爷饶命！

四　人 高登抢去的女子今在何处？

更夫甲
更夫乙 （同白）现在艳阳楼。

四　人 前面带路，饶尔不死！

更夫甲
更夫乙 （同时招手）随我来！

（同唱）曲牌<圣药王·合头>

四　人 （多多）

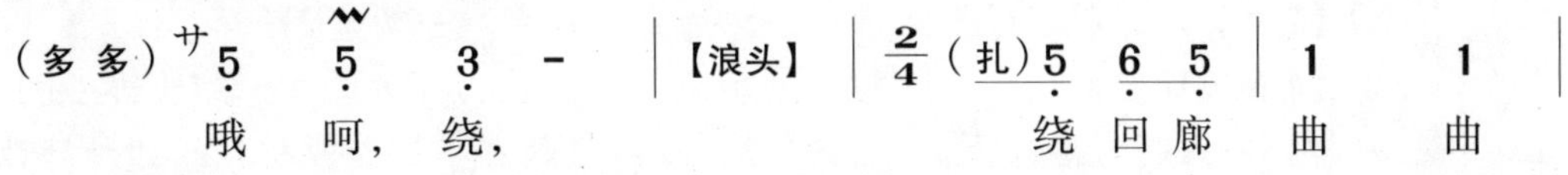

（花逢春、呼延豹跨右腿踢左腿一抄；徐士英、秦仁做同样动作，先是四人正场走）（随后四人穿插跨

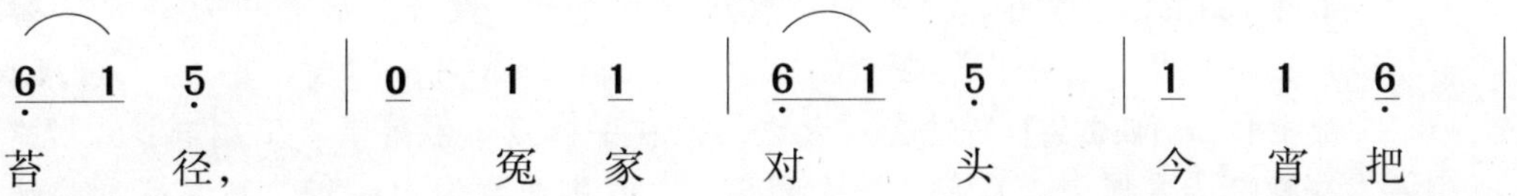

右腿踢左腿“过合”）（再正场走原动作，同时二更夫在台两侧

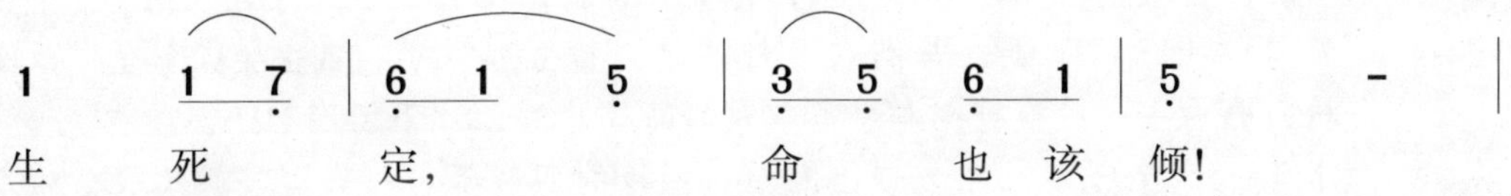

“一翻”“两翻”）（四人右手同时指出）

【大锣平板夺头】

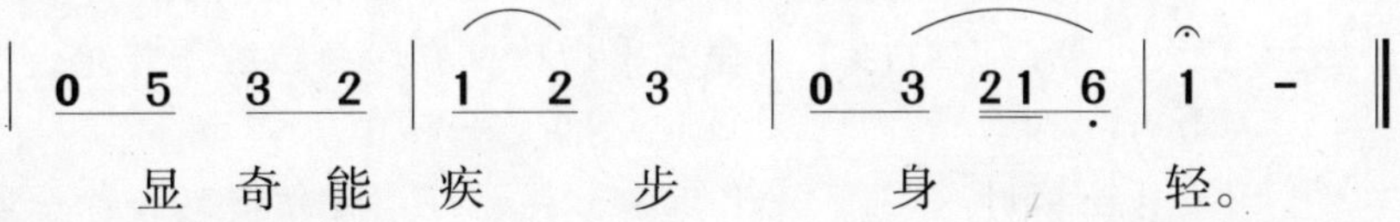

（四人同时双手摊掌）（四人走“砍身蹦子”）

〔**【大锣收头】**四人右手握拳亮相。四人归一排站，二更夫在两侧。

更夫甲
更夫乙 四位，这就是艳阳楼！（指“下场门”方向）

〔**【冲头】**花逢春向二更夫挥手；二更夫分两侧逃下；徐士英、秦仁从“下场门”下。

〔**【冲头】**花逢春、呼延豹向两边“望门”。

〔**【大锣搜场】【冲头】**徐士英手拉徐佩珠从“下场门”急上；秦仁随上。

花逢春 可是令妹?

徐士英 正是舍妹。

花逢春 秦仁护送。

秦　仁 遵命!

「【冲头】徐士英携徐佩珠从“下场门”下，秦仁尾随护送。

花逢春 (向呼)你我放起火来!

「【大锣搜场】【乱锤】花逢春、呼延豹面向后台口做放火状。

「【急急风】二人走圆场至右台口。

「【四击头】二人连走三个“飞脚”，起“旋子”，亮端握拳高矮相。

「(八大仓)二人左脚踢大带，左手提拳，右手“单山膀”亮相。【急急风】二人疾步从“下场门”下。

「【乱锤】四庄丁、四教师持枪分两边上，救火，分两边下。

「【急急风】花逢春、呼延豹“上场门”上。举刀至左台口。【大锣三击】二人勾抬左脚，右手将刀磨三下。二人出刀，与四教师打小“六股档”，四教师败下。

「【急急风】高登举大刀从“上场门”上，与花逢春、呼延豹打“三见面”。

「【四击头】高登先削呼延豹头，再削花逢春头，右转身、右探海，右手提刀，左手按掌亮相。

「【一封书】花逢春、呼延豹不敌从“下场门”败下。高登出刀走大刀花，往里一归，秦仁从“上场门”翻“虎跳蛮子”上。二人对打“大刀单刀”，(八大大仓)削秦仁头【四击头】高登在“大边”，右手持刀、右踏步走正翻身；左腿跨抬后(起右脚单脚掌握重心)翻身，左脚落地，右脚向右横上一步，亮左弓步，双手左侧抱刀式相。高登拖刀、走醉步，从“下场门”败下。

「【一封书】秦仁左台口出刀，与四庄丁打“五股档”，四庄丁败，从“下场门”下。高登举枪从“下场门”上，与秦仁开打，秦仁从“下场门”败下。呼延豹举单刀从“上场门”上，与高登对打“单刀摘豆角”，【四击头】高登“反蹦子”出枪，亮右手向后掖枪；左手举掌式。高登吐酒，“下场门”下。

「【一封书】呼延豹左台口出刀，与持枪的四教师“一合”“两合”，将四教师打败。四教师从“下场门”败下。高登“下场门”上把呼延豹打败，呼延豹“下场门”下。徐士英持双刀“上场门”上。与高登对打“挫刀”，(八大大仓)高登归“大边”，【四击头】高登右手扔枪；右转身，右手接枪，亮相，高登从“下场门”下。

「【急急风】四庄丁持枪与徐士英开打“腰封攒”，徐士英最后领起来，削四庄丁的“萝卜头子”，四庄丁从“下场门”下。同时高登举大刀从“下场门”上，漫徐士英头，徐士英“下场门”下。花逢春紧随从“下场门”上。与高登“一过合”“两过合”，打“大刀双刀”头套。【四击头】二人架住亮相，高登从“下场门”下。

「【一封书】花逢春与四教师开打。

「【急急风】花逢春归右台口，四教师归到“下场门”处，四教师斜浅向前走；花逢春拨拉“倒脱靴”，四教师分两边下。

「【急急风】高登从“下场门”上。花逢春与高登打“大刀双刀”第二套。【软四击头】二人架住亮相。从“下场门”下。

〔【开档】徐士英、呼延豹、花逢春分别与庄丁、教师打“手连环”。最后留花逢春在场上。【一封书】花逢春面向左台口双手拉开“山膀”。高登从“上场门”上，拍花逢春肩，二人徒手开打，后秦仁翻上，花逢春“上场门”下。秦仁和高登一兜，秦走一“轱辘毛”至右台口。徐士英从“上场门”翻上。徐、高二人打“封头”，接“一腿”再走，二人“串肚”；随即高打秦“封头”，高登归“大边”，徐、秦二人横排，追打高登，二人上出拳，下踢腿；高登斜线后退，二人又追打高登一拳一腿，高登双手一盖，将二人推出；二人踮步向“小边”走去。【一封书】切住时，高登在“大边”，秦、徐在“小边”形成“三丁儿”队形亮相。高登“下场门”下。

〔【开档】徐士英、秦仁双手拉开“山膀”，二庄丁分别从“上、下场门”“斜花”翻上，四人徒手开打，二庄丁从“下场门”败下。

〔【一封书】高登双手举刀从“下场门”上。跟秦仁、徐士英走半个“过合”，高登用刀头叨出秦仁，用刀一扫二人，二人就势走“虎跳”，从“下场门”下。

〔【一封书】高登左台口出刀，花逢春、呼延豹举单刀从“上场门”上，高登举刀从二人中间“斜过合”。高登用刀头叨呼延豹过去，又漫花逢春。高登归到“大边”；花逢春、呼延豹缓刀刺高登“串肚”，高登接二人的“鼻子削头”。【软四击头】三人亮相。高登从“下场门”下。花逢春、呼延豹左台口出刀。

〔【急急风】二庄丁从“上场门”上，漫花逢春、呼延豹头，持械开打之后，又续二庄丁。二庄丁打花逢春、呼延豹腰，花、呼用刀砍二庄丁，二庄丁将花、呼二人的刀踢掉，二人急夺二庄丁手中的枪。花、呼夺下枪后，漫二庄丁头，扎二庄丁走“窜扑虎”。二庄丁归到“大边”。花逢春、呼延豹将枪背于背后，二人同时将枪向二庄丁掷去。二庄丁同时接枪，从“下场门”下。

〔【急急风】二教师举石锁从“上场门”上，二教师同时向花逢春、呼延豹投掷石锁，花、呼二人接石锁；二教师“插花”翻筋头，二人用石锁扫二教师走“旋扑虎”，又二教师持石锁续上，前面二教师分别在台两侧接过投掷出来的石锁。台上有四教师加上花逢春、呼延豹共有六人。【急急风】六人走队形掷石锁。

〔【急急风】秦仁、徐士英从两边续上，与花逢春、呼延豹奋力夺过四教师手中的石锁。四教师向前抢石锁，被花、徐、呼、秦四人用脚踢走“抢背”后，从“下场门”下。高登双手举刀从“上场门”上，正场和四人“过合”。高登右手单手握大刀柄起“上膀子”；右肘向里弯曲，将大刀向“下场门”颠掷出。高登双手摊掌，这时花逢春、呼延豹举锁向高登砸来。高登徒手将二人“一带”“两带”。秦仁打高登靴底，徐士英打高登靴底，就势花逢春、呼延豹用石锁漫高登头。花逢春、呼延豹归到右台口，高登归到左台口。【软四击头】高登在“下场门”亮败相；四人在右台口菱形队形持石锁亮相。【急急风】高登从“下场门”逃下。

〔【急急风】花逢春领三人走圆场，花、呼、徐、秦归到正场，出石锁扫四个庄丁翻上，四庄丁向前抢石锁，花、呼、徐、秦四人用左手一盖，绕四庄丁脖子，用石锁砸死四庄丁；四庄丁“滚堂”分下。

〔【急急风】四教师右手举石锁从“上场门”上，用石锁向花逢春等四人头砸去，花、呼、徐、秦四人忙用左手抓四教师右腕，四教师急忙抓住花逢春等四人左腕，双方僵持“架住”。花、呼、徐、秦四人松左手，用左手夺过四教师砸过的石锁。(**嘟……八大仓**）四教师徒手抢锁，花、呼、徐、秦四人一盖，用石锁将四教师砸死。

「**【急急风】**花逢春等四人在右台口归“一条鞭”；高登持仙人担从“下场门”上。四人团团围住高登走圆场；高登在中间，右手单拿仙人担走“托月”。（**八大仓**）四人奋力举双锁压住高登仙人担。**【乱锤】**高登双手持仙人担拼命挣扎。**【软四击头】**高登向“下场门”走。**【软四击头】**四人用力拖高登走至台中。**【大锣三击】**高登与众人三番“较力”动作。(**嘟**~~~~~~) 四人齐力将高登手中的仙人担卸掉。(**八大仓**）四人同时举锁向高登砸去，高登不支，倒地身死。

「**【冲头】**四人举起双锁。**【大锣双叫头】**

花逢春
徐士英
呼延豹
秦　仁

（四人同笑）哈哈，哈哈，啊哈哈哈……

「**【四击头】**四人持双锁成菱形队形。

「奏唢呐曲牌<尾声>后半段。

「四人站起，花逢春与徐士英；呼延豹与秦仁“一抄”亮相。

「**【急急风】**众人“下场门”下。

——剧　终

注：该剧传统的演法第一场是花逢春的“坐场”，后有贾斯文的“过场”戏。厉慧良为了加快演出节凑，省略了这两场戏。在整理过程中，经研究认为原剧本结构是为了剧情铺垫而用，故给予补全，使剧情更为完整。

王展云 **整理**　　吴 里 **记谱**

落 马 湖

王金璐演出本

京剧传统戏《落马湖》又名《骆马湖》，故事取材于中国古典小说《施公案》。《施公案》是一部以清朝初期为背景，以施仕伦和黄天霸为主要人物的武侠公案长篇小说。黄天霸以及朱光祖、关泰、计全和神弹子李五都是流传在中国民间的传奇人物。围绕黄天霸的故事，京剧剧目里有“八大拿”之说，《落马湖》即是其中很重要的“一拿”。

京剧《落马湖》的故事情节和人物与《施公案》小说里所写大同小异。说的是清康熙年间，有一位刚正不阿、忠君爱民的清官施仕伦，因为身带残疾有些跛脚而被坏人讥称“施不全”。辅佐施仕伦的黄天霸是一个武艺高强、相貌英俊但又心地狭窄的英雄人物。黄天霸周围又有计全、关泰、李文堃(神弹子李五)、朱光祖、何路通、金大力、王殿臣、郭起凤等江湖义士。他们在施仕伦忠君报国思想感召下，缉豪捕盗，无往不胜。聚集落马湖的水寇李佩，绰号“铁臂猿猴”，武艺超群、性如烈火而又是非不分。他的徒弟毛如虎是个杀人越货的强盗，杀死了正往任丘上任的县官一家，不但抢劫了财物，还拿着县官的文凭路引和印信去任丘县衙上任。最终被施仕伦看破，开刀正法。李佩一直欲为徒弟报仇雪恨。一次，施仕伦和王殿臣微服私访，误上落马湖大头目浪里钻于亮的贼船，被于亮识破遭擒。李佩要杀官祭徒。可巧寨中李佩的同宗侄子李大成当年曾受过施仕伦与黄天霸的恩惠，遂巧言瞒过李佩，把施仕伦藏在石洞里面，然后去寻黄天霸。最后在李佩女婿万君兆的筹划下，以给李佩拜寿为名，假扮家人的黄天霸、朱光祖、何路通等乘舟潜入防守严密的落马湖，救出施仕伦，剿灭山寨。何路通在水战中擒获李佩。

《落马湖》是以武生黄天霸为主角的大型文武戏。剧中黄天霸虽是武生行，但他的唱功、念白及心理活动、面目表情非常繁重，是一出高品位的大武生戏。这出戏的黄天霸有两个流派的演法。一是杨（小楼）派，一是黄（月山）派。两派的演法基本相同，只是在第三场黄天霸头次回船，听得施仕伦被于亮擒去时，黄派的“二黄”腔一直唱到下船。杨派这一场则唱“西皮”腔。再有一处，黄天霸见褚彪时唱“我与殷洪两交战，大人乔装离官船，小舟急行渡过岸，平白江下起祸端”这四句，黄派唱〔西皮原板〕，杨派唱〔西皮流水〕。

《落马湖》第二主角是老寨主李佩，属于架子花脸和武花脸“两门抱”的角色，既要有年过半百老寨主的身份派头，又要有坚实的武功（前使双锏后换大刀)。在末场“水擒”时要穿厚底靴上两张或三张的叠起桌子（即“高台”）上“台漫”（高台侧空翻）翻下来；在水中与何路通搏斗还要做出许多翻跌技巧和优美的舞蹈身段。更要有条好嗓子，在“拜寿”时唱大段的〔西皮流水板〕，所以李佩是“八大拿”中最难演的一个反面人物。

《落马湖》第三主角是丑角扮演的酒保，他和“问樵”一场的樵夫通常是由一人前后赶演，这是《落马湖》一剧角色分配的多年惯例。此角色必须由剧团里第一丑角演员担当。

《落马湖》其他角色如李大成、何路通、万君兆、朱光祖、褚彪、于亮等都要由优秀资深演员扮演，在剧中都有戏可做，各具光彩。总之，剧中的带名带姓的角色“软”了不行。可以说，《落马湖》也是一出“群戏”。

《落马湖》擅演黄天霸的黄派演员除创始人黄月山外，还有他的徒弟和传人马德成、瑞德宝、李吉瑞、露兰春、刘春喜、李桂春、恩晓峰、何翠宝、沈富贵、杨瑞亭等。杨派演员除创始人杨小楼外，还有沈华轩、周瑞安、孙毓堃、王金璐、高盛麟、李万春、刘宗扬等。

王金璐演杨派武生众所周知，他还擅演黄派戏，现在知道的人恐怕就不多了。丁永利是杨小楼的老搭档又是好友，其父丁俊是杨小楼的老师，所以他们又是师兄弟。他是杨派武生名师，兼教黄派和尚（和玉）派。王金璐的武生戏得其亲传。丁永利除教了他很多杨派武生戏外，又视其天赋条件优越（当年王金璐有条高亮的好嗓子，曾演过《龙虎斗》、《青石山》等唢呐腔老生戏），又教他演了许多黄派的武生和武老生戏，如《独木关》、《刺巴杰》、《龙门阵》、《溪皇庄》、《剑峰山》等。黄派《落马湖》也是其中的一出。王金璐早在1937年荣获“童伶选举”的生部冠军，那时，他是黄、杨两派武生兼演的，当时就有“小黄月山”和“小杨小楼”之美誉。以后演出《落马湖》就常按黄派路子走。后来教学时也给徒弟学生们教授两个派别。中年后的王金璐再演《落马湖》时，自己就按杨派演了。并且按照自己的理解和本身的条件有所发展创新。他把劝万君兆妻子李蕙兰（李佩之女）的一场戏删去了；又删去了黄天霸二次回船后，何路通“下水探湖”一场，做暗场处理，使剧情更精练。在“水边”和“四人旱边”两场戏加重了黄天霸、万君兆、朱光祖、何路通等多人的集体舞蹈，丰富充实了边唱（昆曲）边走的身段动作。1997年，他应邀赴天津青年京剧团为其弟子董玉杰及陈玺强、石晓亮等亲授了全部《落马湖》，由我担任排练指导，并于天津中国大戏院演出，收到了很好的效果。

近年来，《连环套》、《恶虎村》这两出黄天霸的戏尚有演出，而《落马湖》一戏，却因种种原因，舞台演出非常少见了。这次我将家父王金璐先生的演出本整理出来，按“杨派”的路子，与“黄派”不同处也一一注明，并经我父亲亲手订正。相信剧本问世后，会有剧团复排此戏，使此戏光彩再现于今日舞台。

王展云

人物行当

黄天霸	武生	施　安	生或小生
酒　保	丑	小　二	丑
樵　夫	丑	苍　头	丑或生
李大成	老生或武老生	众官兵	武行（四至八名）
万君兆	武生	船　夫	杂
朱光祖	武丑	红文堂	杂（演员少可免）
何路通	武净	李　佩	武净
褚　彪	老生	于　亮	摔打花脸
施仕伦	老生	张　熊	武行
关　泰	净	李　虎	武行
计　全	生	王　豹	武行
王殿臣	生	赵　麟	武行
李　堃	生	二更夫	丑
金大力	净	众喽兵	武行（四至八名）
李蕙兰	旦	船　夫	武行

服装扮相

黄天霸　俊扮。白硬罗帽、茨菰叶、偏球，白花箭衣，白花褶子，鸾带、镖囊、绦子，红彩裤，厚底靴。“水边”时改戴白花软罗帽或黑素软罗帽，黑素褶子，薄底靴。（黄天霸服装扮相按黄派演法，不穿白箭衣，而穿白花抱衣抱裤）

酒　保　勾丑角小脸。蓝毡帽，茶衣、小腰包，黑彩裤，白布袜、黑圆口布鞋。

樵　夫　勾老丑脸。白五嘴髯、黄绸条、白发髻，小草帽圈，老斗衣、小蓝腰裙、小鸾带，黑彩裤，白布袜、圆口皂鞋。

李大成　俊扮。黑三髯、蓝软罗帽、小额子、翎子、狐尾、茨菰叶，蓝花褶子、内穿黑素箭衣、鸾带，黑彩裤，厚底靴。“酒楼”前的“过场”和“酒楼”一场改戴黑素软罗帽，黑素褶子。

万君兆　俊扮。皎月色武生巾、偏球、茨菰叶，皎月色花箭衣、鸾带、绦子、皎月色褶子，红彩裤，厚底靴。“水边”时换薄底靴。

朱光祖　勾武丑脸。倒黑八字髯、白绒球鬃帽、茨菰叶、偏球，黑地白花打衣打裤，绦子、鸾带、腰巾子、黑地白花褶子，薄底靴。“水边”时改戴没有绒球的鬃帽，素黑褶子。

何路通　勾黄碎脸。红一字髯、红耳毛、红发髻、黄硬罗帽、茨菰叶、牵巾、红花，黄花抱衣抱裤，绦子、鸾带、黄花褶子，厚底靴。“水边”时改戴黄软罗帽，黑素褶子，薄底靴。

褚　彪　俊扮。黄软鸭尾巾、铲头、绸条、白满髯、白鬓发，黄花褶子，红彩裤，厚底靴。

施仕伦　俊扮。黑三髯、黑高方巾，宝蓝褶子、系绦子，黑彩裤，厚底靴。

关　泰　勾红三块瓦脸。黑满髯、牵巾、茨菰叶、红花、绿硬罗帽，绿花箭衣、绦子、鸾带、绿花褶子，红彩裤，厚底靴。"水边"时改戴绿软罗帽，黑素褶子，薄底靴。

计　全　俊扮。黑三髯、黑软罗帽、茨菰叶，黑素箭衣、绦子、大带，黑素褶子，黑彩裤，厚底靴。"水边"时改穿薄底靴。

王殿臣　俊扮。黑三髯、蓝素软罗帽、茨菰叶，黑素箭衣、绦子、鸾带，黑素褶子，黑彩裤，厚底靴。"进湖开打"时穿薄底靴。

李　堃　俊扮。黪三髯、香色软鸭尾巾、茨菰叶、香色铲头、绸条，香色的花抱衣抱裤，绦子、鸾带、弹囊、花褶子，黑厚底靴。"水边"起改穿黑素褶子，黑薄底靴。

金大力　揉黑脸。大辫子、红缨帽，黑花箭衣、云肩、搭包、纱挂子，朝方。"水边"起披素黑褶子。

李蕙兰　俊扮。大头、线尾子、水钻头面，内花褶子、外罩蓝花女帔，裙子，彩裤，彩鞋。

施　安　俊扮。黑素罗帽，黑素褶子，黑彩裤，黑厚底靴。

小　二　勾丑小脸。小黑罗帽，黑素褶子、小鸾带，黑彩裤，白布袜子、圆口布鞋。

苍　头　勾老丑脸。白毡帽、绸条、黪五嘴髯，老斗衣、小鸾带，白布袜子、圆口布鞋。

众官兵　俊扮。小倒缨兵盔，花打衣打裤，腰箍，薄底靴。老扮相是头戴花软罗帽，穿杂色素的抱衣抱裤，绦子、鸾带。

船　夫　俊扮。梢子帽，蓝布箭衣、鸾带，薄底靴。也可同官兵一样扮相。

红文堂　俊扮。红小板巾，红龙套衣，红彩裤，薄底靴。

李　佩　勾紫老三块瓦脸谱。黪满髯、黪鬓发、紫扎巾、额子、翎子、狐尾，紫花箭衣、鸾带，紫蟒、玉带，紫开氅，红彩裤，厚底靴。

于　亮　勾秃头歪脸。光头头套、打犄子，花打衣打裤，小布裙、腰巾子，裹腿斜披花褶子，靸鞋。

张　熊　勾杂色碎脸。硬罗帽（开打时发髻）、牵巾、红花、茨菰叶，杂色花箭衣、绦子、鸾带、杂色花褶子，薄底靴。

李　虎　同张熊。

王　豹　同张熊。

赵　麟　同张熊。

二更夫　勾丑小脸（一个光嘴巴，一个黑吊搭儿髯）。梢子帽，蓝布箭衣、小鸾带，黑彩裤，白布袜、圆口布鞋。

众喽兵　俊扮或淡揉脸。黑布包头，黑打衣打裤（或黑侉衣裤）、腰箍，薄底靴。

船　夫　同喽兵的扮相。

道具

桌子	六张	手铐（带链子）	一份
柴担	一份	紫桌围桌搭（李佩升寨用）	一份
小斧头	一把	红桌围桌搭（李佩寿诞用）	一份
白手巾把儿	一条	蓝桌围桌搭（万君兆家和酒楼用）	二份
弓箭	一份	皎月桌围桌搭（李蕙兰屋用）	一份
小黄布包袱	一份	香色桌围桌搭（褚彪家用）	一份
竹城片	一份	素白桌围桌搭（灵堂用）	一份
椅子	六把	石礅（也可用倒椅）	一个
紫椅披	一份	圆笼（寿礼）扁担	一份
红椅披	二份	梆子、木槌	一份
蓝椅披	四份	铜锣、锣槌	一份
令旗	一面	皎月椅披	一份
双锏	一对	香色椅披	二份
朴刀	二把	紫大帐子	一份
大杠子	一根	皎月大帐子	一份
春秋大刀	一把	小素白帐子	一份
香炉	一个	宝剑（带鞘）	一份
白蜡扦	一对	白马鞭（黄天霸用）	一根
灵牌	一个	杂色马鞭	八根
托盘	二个	单枪（花杆）	十六杆
酒壶	二把	单刀	二十把
酒杯	二个	小印信	一个
云帚	一根	折扇（中型）	一把
船桨	四个	红纱灯	一个

第一场

劫官

〔舞台上无任何桌椅等陈设。【原场】缓锣住。

〔于亮内白："催舟哇！"

〔唢呐吹奏<江儿水>曲牌，四喽兵从"上场门"上，"站门"引于亮空手上，站台中，后随一船夫持桨，乐止。

于　亮　某【撕边一击】，浪里钻于亮。【大锣住头】在这落马湖当了一名大头目。奉命巡查湖口，提防奸细。待等机会做上几件好"买卖"。喽罗的！

喽　兵　有。【大锣一击】

于　亮　在此湾船，等候了。

喽　兵　啊。

〔施仕伦内白："走哇！"

〔众喽兵引于亮、船夫站"大边"。王殿臣斜背包袱引施仕伦从"上场门"上，【纽丝】二人"一条鞭"走到"小边"台口处。

〔西皮散板〕

施仕伦　サ(6 6　6 6　6 5　5 5　i 3　1 2　2　7 6　2 1　1 1)

2　1　2　3　3　2　1　3　2 1　2　^{3}2　【大锣一击】
离　却　了　殷　家　堡　阳　关　路　上，

5　6 2　1　1　3　2　6 2　1　2　1　-　‖　【大锣一击】
改　扮　了　客　商　样　来　到　江　旁。

王殿臣　船家，摆了过来。

于　亮　做什么的？

王殿臣　渡我们过江。

于　亮　打鱼船不渡人。

王殿臣　多把银钱。

于　亮　好，搭了扶手。

〔船夫横桨搭扶手，【水声】施仕伦、王殿臣上船。【水底鱼】同走圆场，施仕伦站台中，于亮站"大边"，王殿臣站"小边"，众喽兵分列两侧。

于　亮　【撕边一击】（偷看施仕伦）我看此人有些面熟，他是哪一个呢？（暗想）【撕边一击】嗯，我想起来了，呔！【大锣五击】（一指施仕伦）这一客官，你可是施大人么？

施仕伦　（微惊）【撕边一击】（复镇静）嗯，我乃是买卖客商，你不要认错了。

于　亮　嘿嘿！当年在任丘县，我就把你认准了。喽罗的。

喽　兵　有。【大锣一击】

于　亮　将他绑了！

喽　兵　啊。

「喽兵绑施仕伦。【撕边】（八大仓）王殿臣伸左手一拦，被于亮抓住，扔王“蹦子”，二人亮相。

王殿臣　（指于亮）【叫头】呔！【五击】胆大贼寇，无故将我东家绑起，招打！

「【急急风】王殿臣双拳当胸打来，于亮双手挑起，“两过合”归原位。“搭叉”，同左转身，二人左手互相抓住。于亮右手挑开，右腿“骗头”，王殿臣低头躲开，左手接于亮一腿。【撕边】(八大仓）于亮盖下王殿臣两拳，踹右腿，王殿臣走“抢背”表示落入水中，二人亮相。【快冲头】王殿臣游水式，“上场门”下。

于　亮　且喜擒住施不全，速速报与寨主知道，喽罗的。

喽　兵　有。【大锣一击】

于　亮　催舟哇！

喽　兵　啊！

「<江儿水·合头>众喽兵扯成面向“下场门”的“斜门”。【大锣打下】众人押施仕伦，摇船从“下场门”下。

第　二　场

坐　寨

「舞台中央偏里摆“正场桌”，设“小座”。

「李大成内白：“嗯喷！”

「【一锤锣】李大成“上场门”上，张熊、王豹随上站李大成左侧，李虎、赵麟随上站李大成右侧，五人成“搭轿”式亮相。【大锣原场】五人“九龙口”处正冠，理髯。走到台口，站一横排。均抖左袖。【大锣归位】

李大成　（诗）英雄栖身在山林，

张　熊　　　全凭枪法武艺精。【小锣二击】

李　虎　　　每日出湖去掠抢，

王　豹
赵　麟　（同）江湖之中有威名。【大锣住头】

李大成　俺（【撕边一击】五人均右手撕左袖）李大成。

张　熊　张熊。

李　虎　李虎。

王　豹　王豹。

赵　麟　赵麟。【大锣住头】

李大成　众位头目请了。

张　熊
李　虎　（同）请了。
王　豹
赵　麟

李大成　老寨主升座理事，我等两厢伺候。

张　熊
李　虎　（同）请。
王　豹
赵　麟

〔唢呐吹奏曲牌<水龙吟>。李大成等五人正冠、理髯、拱手。李大成、张熊、王豹“下场门”下；同时，李虎、赵麟“上场门”下。

〔八喽兵抱单刀“上场门”上，“站门”，分立左右两侧，乐止。

〔<四击头>李佩“上场门”上。**【大锣原场】**走至“九龙口”，正冠、理髯。至台口中间，左袖翻折，右手揪住，以袖遮面。

<点绛唇>唢呐伴奏

李　佩　**【归位】**6 i̇ 54 3 - 5 2 -（台台）2 21 2 61 5 -（台另台）
波　浪　滔滔，　英雄　虎豹，

5 54 3 5 2 - （台台）32 123 5 6 5 -（台另台）
占　山　岛，　独　逞　英　豪。

（65 6i̇ 5 -）2 2 1 2 6 1 5 - ‖
(千念)绿林(**八大仓**)(左袖侧高举,右手指前方)谁　不　晓。

〔**【大锣冲头】**唢呐吹奏曲牌<水龙吟·合头>李佩抖左袖，双手撕髯左右两望，**【大锣一击】**望左方,**【大锣一击】**望右方。(**八大仓**)抓右袖,左转身,面向里亮相,坐“小座”。

〔同时，李大成、张熊、王豹“下场门”上；李虎、赵麟“上场门”上。台口拱手，进门，站横排，面向里拱手，乐止。

王　豹
张　熊
李大成　（同）参见寨主。
李　虎
赵　麟

李　佩　站立两厢。

王　豹
张　熊
李大成　（同）啊。（五人分列左右侧，**【归位】**）
李　虎
赵　麟

李　佩　（诗）湖水滔滔波浪翻，
　　山高万丈遮碧天，【小锣二击】
　　幼习武艺通水性，
　　绿林人称（顷仓）铁臂猿。【住头】

某【大锣一击】（左袖翻起，右手揪左袖角），姓李名佩，人称铁臂猿猴。【住头】久在江湖，善通水性。坐镇这落马湖，招聚水路英雄，任意掠抢。【住头】前者我徒儿毛如虎杀死任丘县知县，拿了知县的文凭路引，冒名上任。不想被赃官施不全看破，将他拿去开刀问斩。【住头】至今此仇未报，常常挂心。这且不言，今当水寨操练之期，李大成！

李大成　在。【大锣一击】

李　佩　吩咐众家头目，齐至水面操演。

李大成　是，下面听者！【大锣一击】（走至台中）寨主有令，众家头目至水面操演！（退回原位）

众喽兵　啊。

「于亮内白：“走哇！”

「【大锣水底鱼】于亮“上场门”上，“挖门”站“小边”。

于　亮　参见寨主。

李　佩　罢了，可有什么好买卖？

于　亮　无有什么好买卖，与寨主拿来一个仇人。

李　佩　拿住何人？

于　亮　就是那赃官施不全。【大锣一击】（李大成暗惊）

李　佩　你怎么认得此人。

于　亮　寨主的徒儿毛如虎，当年在任丘县被他杀死，我是亲眼得见，那时节我就把他认准了哇。

李　佩　好，将他绑了上来！

于　亮　绑上来！

「【快长锤】二喽兵持刀押施仕伦从“上场门”“搭轿”上。

〔西皮摇板〕

施仕伦【凤点头】（6̣ 6̣ 35 55 36 55 32 12 6̣5̣ 55 36 55）

3 3 23 3 3 12 3（4 35 32 12 31 6̣5
身 负 重 　任 巧 改 扮，

55）6̣2 1 1 2 3 12 1（3 21 6̣2 12
又 　遇 水 寇 把 路 拦，

6̣5 55）2 2 1 5 32（3 21）慢 21 13 2 -
纵 然 一（呀）死 　无 所 怨，

〔【闪锤】施仕伦进门站在“大边”面向外。二喽兵分站左右。

(过门同前) 6 2 1 1 2 3 2 1 6 1 – ‖
哪 怕 虎 穴 与 龙 潭。

李 佩 【叫头】赃官！【大锣五击】见了某家因何不跪？【大锣一击】

施仕伦 我乃贩卖布匹客商，不晓得什么赃官不赃官！

李 佩 于亮。【大锣一击】

于 亮 在。

李 佩 身旁搜来。

于 亮 啊。

〔【搜场】于亮奔向施仕伦，从腰中搜出印信一颗。【快冲头】

于 亮 赃官印信在此。

李 佩 呈上来。

于 亮 啊。

〔【快冲头】李佩接过印信，站起走至台中，于亮站“小边”。

李 佩 【叫头】（三笑）哈哈，哈哈，哈哈……【快冲头】（印信交李大成）【叫头】赃官，印信被某搜出，你还有何话讲？【大锣一击】

施仕伦 大胆的强盗！【大锣五击】本院与你有何仇恨，无故将我绑进湖来，是何道理？【大锣一击】

李 佩 住了！【大锣五击】某家从不胡乱杀人，我徒儿毛如虎，当年在任丘县被你开刀问斩，某家久想报却此仇。今日狭路相逢，某要冤怨（顷仓）（翻右袖一指）相报也！

〔西皮散板〕

【纽丝】サ(过门同前) 3 4 3 3 23 3 6 2 1 2 3 3 (6
我 徒 儿 毛 如 虎 被 你 杀 害，

1 2 3) 1 2 2 3 1 2 1 2 3 1 (7 6 2 1) 3
（仓）这 冤 仇 每 日 里 常 挂 心 怀， （仓）你

稍快

6 2 1 1 3 2 1 3 2 1 6 1 2 (1 6 1 2) 3
竟 敢 暗 私 访 自 投 水 寨， （仓）落

2 4 3 1 2 2 (1 6 1 2) 4 3 2 1 2 1 ┆ (仓 匝 匝 匝)
马 湖 比 酆 都 森 罗 殿 台。(夹白) 于亮哦！

于 亮 在。

李 佩 【凤点头】サ(6 6) 1 2 2 3 3 2 1 2 –
叫 于 亮 忙 斩 首

（顷　仓）2 5　3 2　2　1 6 1　2 -
　　　　　号　令　　寨　　　外，

（于亮举刀）

李大成　且慢！

【凤点头】サ 3 3 2 2 2 1 1 2 6 2 1 2 1 - ‖【住头】
尊叔父听侄儿巧计安排。

李　佩　你为何阻拦？

李大成　赃官伤害绿林英雄甚多，何不设下灵堂，以祭绿林中的阴魂。

李　佩　这……好，押了下去。

喽　兵　走。【冲头】（二喽兵押施仕伦出门“下场门”下）

李　佩　李大成，命你设下灵堂，准备大旗两面，上写：为绿林英雄报仇。正是：【住头】（走至台口）从此除却江湖恨。

王　豹
张　熊
李大成　（同）展放眉头任纵横。
李　虎
赵　麟

「【大锣打下】喽兵、李大成等“扯斜门”。李佩从“下场门”下，众喽兵、张熊、李虎、王豹、赵麟、于亮随下。李大成独站台中。

李大成　【叫头】且住！【五击】原来施大人身遭大难。想当年我在江都县贩卖布匹，被贼寇掠抢，多亏施大人救了俺的性命，此恩至今未报。如今他身遭大难，我怎能坐视不理？【叫头】也罢！【五击】俺不免暗地保护于他，见机行事便了[①]！

〔西皮散板〕
【纽丝】サ（过门同前）3 3 4 3 1 2 3 3【大锣一击】
点水之恩理当报，

6 2 1 1 2 3 1 2 1【大锣一击】2 2 1
何况救我命一条。暗地将

3 2 1 6 1 2 1 2 1 3 3 2.（1
他保护好，报恩时机（呀哦）

6 1 2）1 3 3 2 2 2 1 - ‖
在今朝。

① 以下李大成四句散板为了精练，可只唱后两句。也可念完“见机行事便了”就（八大仓）踢褶子下。

〡（八大仓）左腿踢起褶子，左手抓住，面向“下场门”亮相。【大锣打下】从“下场门”急下。

第 三 场

回船、闻讯

〡舞台上无陈设。【大锣水底鱼】四红文堂“站门”从“上场门”上，引施安上，站台中，身后跟随一船夫摇桨。

施 安 （念）身负官差重，
不敢一时闲。【住头】
在下施安。（仓扎）奉黄爷之命，准备官船迎接大人，在此伺候。

〡黄天霸内白：“众官兵。（众官兵应声）【大锣一击】将擒来的贼寇，小心看守，候大人示下。”（众官兵应声）

〡【冲头】红文堂、施安、船夫站“大边”等候。

〡唢呐吹奏<风入松>曲牌，四官兵持枪从“上场门”上，引上朱光祖、金大力、计全、何路通、关泰、李堃均举马鞭站成“直场”两排。乐止。【四击头】黄天霸举马鞭“上场门”上，亮相。黄天霸至“小边”台口勒马。【放锣】众人下马，马鞭交给官兵。船夫“下场门”暗上，至“大边”台口横桨，搭扶手。

〡唢呐吹奏<合头>黄天霸上船站台中。朱光祖等六人上船，“挖开”。四官兵上船分列两侧。朱光祖、计全、关泰站“大边”；金大力、何路通、李堃站“小边”。施安站“小边”偏里处。船夫站“大边”外侧。乐止。

施 安 参见黄爷。

黄天霸 罢了。

施 安 黄爷因何来迟?

黄天霸 我等在殷家堡交了一战，众寇被擒。请大人审问。

施 安 大人未曾到来。

黄天霸 啊！【撕边一击】（微惊，诧疑）大人比我等早行三日，怎么还未曾回船？难道中途路上又遇什么凶险不成？【大锣一击】

朱光祖[①] 我说内侍老爷，大人未曾到来，那么王殿臣王大老爷可曾到来?

施 安 也未曾到来。

朱光祖 怎么喳！王殿臣也未曾回船吗?

施 安 正是。

朱光祖 哎呀黄爷呀！【大锣五击】这档子事情你可得要赶紧的拿个主意才好啊！【大锣一击】（黄天霸思索）

黄天霸 【叫头】众位英雄！一半在此看守人犯，一半随我下船打探。众兵丁在此湾船不可自乱。若有本处文武官员参拜，就说大人染病在床，一概免见。听我【一击】吩咐。

---

① 朱光祖的台词均念京白。

〔西皮散板〕

【纽丝】サ（过门同前） 4 3 3 3 3 23 3.（6 1 2
关 参 将 朱 千 总

3） 4 3 3 - 2 3 4 3 3 3 2 3 3
随 我 改 扮 （哪 哦）

【凤点头】（过门同前）3 3 21 1 6 2 1 3 3 2 3 2 3
金 大 力 何 路 通（哪 哦）乔

5 1 6 3 2 6 1（7 6 2 1）2 2 62 1
装 下 船。 （仓）四 路 里

1 3 2 6 1 6 1 2 1 2 2（3 2 1 6 1 2）
暗 打 探 计 全 神 眼， （仓）

1 3 2 2 2 6 1 2 - 1 6 7 7 6 7
带 官 兵 押 人 犯 李 五

1. 3 7 6 5 6 1 - 2 - 2 2. 6 1 -
公 然。

〔王殿臣内白：“黄爷！”【乱锤】众人均远望岸上。

黄天霸 啊！

（接唱）

【纽丝】サ（过门同前）1 2 2 3 2 6 1 1 3 1 2（仓）
耳 听 得 江 岸 上 人 声 呐 喊，

6 6 2 1 1 3 1 2 1216 1 2 2 1 6 1 -
见 一 人 走 慌 忙 直 奔 官 船。

〔【水底鱼】王殿臣从“上场门”上，至“小边”台口，摆手叫船夫。<快冲头>船夫搭扶手，王殿臣上船，急至“大边”，众人惊望。

王殿臣 参见黄爷。（欠身拱手）

黄天霸 王殿臣！【大锣五击】我命你保护大人，你，你你你怎么一个人回来？大人呢？

王殿臣 哎呀黄爷呀！【大锣五击】小人保护大人雇船过岸，不想被船家看破，将大人擒去了！（左手外指）（八 0 仓 0）

黄天霸 （大惊）怎么讲？

王殿臣 将大人擒去了！

黄天霸 哎呀！

〔（八大仓）黄天霸双水袖用力前打下来，瞪眼，怔神亮相。【撕边一击】浑身颤抖，昏迷。关泰、李堃扶住。

王殿臣 黄爷！

〔王殿臣趋前伸右手欲扶，金大力赶过来【冷锤】抓住王殿臣右手。

金大力 叫你保护大人，你把大人丢了。我劈了你！【冷锤】

朱光祖 金爷，咱们救活的要紧！

金大力 去你的吧！（松手推开王殿臣险些跌倒）

众 黄爷醒来。

〔西皮导板〕

黄天霸 【导板头】サ（过门略） 1 2 1 2 1 - 2 （3

屡 次 不 幸

2） 3 3 2 1 1 - 1 2 - 【撕边一击】

遭 凶 险，

（提双袖搌眼一望）

哎呀！（双手平摊，晃手，摇头，皱眉，焦急）

〔西皮散板〕

【纽丝】サ（过门同前） 6 2 1 2 2 1 2 2 5 6 6 1 【大锣一击】

平 白 江 下 起 祸 端，

1 2 2 2 【一击】 5 6 36 5 6 6 5 （顷 仓）3

恨 苍 天 不 把 那 忠

（拱手）

2 2 1 【哭头】 1 2 2 7. 6 5. 6 7 6 6 5 -

良 垂 念，

（双抖袖）（拭泪）

【纽丝】サ（过门同前） 6 2 1 2 2 1 2 2 6 1 6 1 - ‖

暂 且 息 怒 问 根 源。

【叫头】王殿臣！擒去大人贼寇姓字名谁？他住在何处？

王殿臣 水寇是个光头大汉，不知姓名。将我打落水中，才将大人擒去。黄爷快将小人斩首，以正国法。

〔【大锣一击】黄天霸按剑。众阻止，【乱锤】黄望众人，无奈收剑。

金大力 你起开这儿吧。（推开王殿臣）

黄天霸　【叫头】众位英雄，你等久走绿林，可知水路之上，何人招聚为首？

李　堃　想俺李堃久走旱路，这水路之上我却不知。

朱光祖　怎么喳，李五爷不知？我说何爷，想你久做这水路的买卖，你就该知道啊。

何路通　俺何路通在水路行走，并不与人家搭伴，俺也不知。

黄天霸　噢，何大哥不知？

何路通　愚兄不知。

黄天霸　众位英雄全然不晓？

众　我等不晓。

黄天霸　【叫头】（翻右袖，拱手）天哪，天！想俺天霸投顺大人以来，并无半日清闲。只望落个忠义二字，不负先君名望。如今大人音信渺茫，难遂我平生之愿。众位英雄。【大锣五击】你等不如原归旧业，安然潇洒。休管俺天霸的收缘——唉！【大锣一击】结果呀……（拭泪，众人摇头愁烦）

〔西皮散板〕

【纽丝】サ（过门同前）2 4 3 3 4 3 6̣2 1 2 3 3【大锣一击】
并非是贪功名荣　耀　安享，

3 2 1 1 3 2 2 6̣2 1 3 2 ⁶1【大锣一击】
都只　为遵父命报　答君王。

3 2 1 1 2 2 1 1 6̣ 1 3 1 ²³2（仓匝匝匝）
功不　成名不　就　痴心妄想，（白）罢！

【凤点头】サ（过门同前）1 3 2 1 1 1 2 2 7̣6̣ 7̣2 5̣6̣ 1 －‖（八大仓）
倒　不　如舍一命投　入　长　江。

（探身欲投江）

众　且慢。（伸手阻止）

朱光祖　【叫头】哎呀黄爷！千万不可寻此短见。大家去往各处寻访。有了大人乃是咱们大家万全之幸，如若大人身遭不测，要死咱们大家死在一处。谁要是含糊一点儿，我就把他……

金大力　朱爷怎么样？

朱光祖　哎哟，哎哟！简直的叫我着急呀！

金大力　谁又不着急哪！

关　泰　黄爷就该速速分派我等，寻访大人才是。

黄天霸　唉，难得大家同心。关爷，同定朱何二位东路寻访，不得有误。

朱光祖
关　泰　遵命。
何路通

〔【冲头】船夫搭扶手，朱光祖、何路通、关泰下船，“上场门”下。

黄天霸 王殿臣，协同金、李二位西北路打探，快去。

王殿臣
李　堃 遵命。
金大力

「【大锣打下】船夫搭扶手，王殿臣、金大力、李堃下船，“上场门”下。

黄天霸 计仁兄，小弟往南路寻访，若有大人下落，急速回船。若无大人下落，我纵死九泉。【撕边一击】唉，誓不回来了！

〔西皮散板〕

【纽丝】サ(过门同前) 4 3 3 3 3 24 3 6 2 1
殷 家 堡 拿 获 了 许 多

2 3 3 【大锣一击】 1 3 2 2 2 1 1 2 6 2
的 贼 盗， 回 官 船 不 料 想 又

1 1 3 2 1 【大锣一击】 3 1 2 1 2 3 -
起 祸 苗， 似 明 月 照 芦 花

216 5 0 6 2 7 2 6 7 2 3 2 2 6 -
全 然 不 晓， (白)搭了扶手。

「【纽丝】船夫搭扶手，黄天霸下船，站“小边”台口。计全站“大边”台口送。

计　全 送黄爷。

黄天霸 唉！（抖右水袖）

〔西皮散板〕

【纽丝】サ(过门同前) 1 3 2 2 21 12 62 1 2 2 - 61 61 - ‖
下 官 船 却 叫 我 路 走 哪 条。

「黄天霸拱手，愁容满面。【大锣打下】从“上场门”下。

「计全至台中，船夫归舞台后方。

计　全 众官兵。

官　兵 有。

计　全 在此湾船，小心防守。

官　兵 啊。

「【大锣打下】众官兵“斜门”，面向“下场门”站，船夫归“小边”台口，“下场门”同下。

第四场

救施

〔锣住。舞台设“正场桌”，上支白色小帐子，灵牌上写毛如虎之位。摆放白蜡烛一对，香炉一个，桌上放香，刀一柄。

〔胡琴<哭皇天>曲牌，于亮持云帚“上场门”上，进门，打扫完毕，出门站“大边”台口，乐止。

于　亮　将赃官押了上来。

〔**【快长锤】**二喽兵持刀押施仕伦“上场门”上，站“小边”台口。

〔西皮摇板〕

施仕伦　（6̣ 6̣ 35 55 36 55 32 11 65）1
落

2 1 32 3 2 – 2 –
马湖中遭凶险，（“挖门”站“小边”）

【闪锤】（过门同前）6̣2 1 2 2 3 21 1 – ‖
为国捐躯也心甘。（面向里站桌右角旁）

于　亮　有请寨主。

〔胡琴<哭皇天>曲牌，王豹、张熊、李大成、李虎、赵麟引李佩从“上场门”上，“挖门”分列左右。李佩站“大边”，于亮站“小边”。乐止。

李　佩　**【冲头】【叫头】**毛如虎，徒儿，徒儿呀……（拭泪）

〔西皮散板〕

【纽丝】サ（过门同前）3 3 4 3 3 12 3 3 **【大锣一击】**
当年假扮任丘县，

6̣2 1 2 2 3 12 1 **【大锣一击】** 6̣2 1 3 2
偶遇赃官施不全。看破机关

3 31 2 3 4 32 1 2 3 12 1 ⁞（仓匝匝匝）
将你斩（哪），冤仇算来有数年，

【凤点头】サ(过门同前) 3 3 3 2 2.（1
杀 却 赃 官

(夹白)刀来!(张熊桌上拿刀递李佩)

6 1 2） 35 3 2 - 1 6 1 2 -【大锣一击】(举刀欲杀)[①]
除 (嗐) 后 患,

李大成 且慢。(拦住)
李 佩 啊!

【凤点头】サ(过门同前) 6 2 1 2 2 3 3 21 1 - ‖
侄 儿 拦 阻 为 哪 般?

李大成 叔父哇。

〔西皮散板〕
【纽丝】サ(过门同前) 3 3 4 3 3 1 2 3 【大锣一击】
叔 父 将 要 庆 寿 诞,

6 2 1 1 2 3 1 2 1 【大锣一击】 6 2 1 3 3 2
大 摆 寿 宴 在 堂 前。 华 堂 一 旦

3 1 2 【大锣一击】 2 1 1 2 1 2 1 6 1 ‖【住头】
遭 血 溅, 吉 日 反 被 煞 气 餐。

再过几日就是叔父寿诞之期,还要在这大堂大摆筵宴。今日若是在此杀死赃官,只怕与叔父寿诞不利呀!

李 佩 哦这个。【大锣一击】依你之见呢?
李大成 侄儿将他带到后山,推下湖去,岂不是干干净净哪!
李 佩 好,就依侄儿去吧。
李大成 遵命。赃官,与我走。
「拉施仕伦出门,【大锣打下】“下场门”下。
李 佩 【叫头】且住!赃官在些丧命,他手下必有余党前来窥探。你等各驾舟船巡查湖口,小心防守。
于 亮 啊。
「喽兵等“扯斜门”,李佩“下场门”下,【大锣打下】众人随后“窝着下”。

① 老本演法是,李佩举刀欲杀施仕伦,暗中上土地爷用拐杖打落李佩钢刀。此时刀断两截。意思是施仕伦命不该绝。李佩惊奇,接唱:“刀折两段为哪般?”于亮换刀再去斩。李大成白:“且慢。”李佩唱:“侄儿阻拦为哪般?”李大成念:“钢刀折断,想是他不应死在刀下,待侄儿将他带到后山,推下湖去,也就是了。”今本王金璐先生修改。

第五场

藏护

〔舞台中间偏里处设一石蹬（可用“倒椅”）。【水底鱼】李大成搀扶施仕伦从“上场门”上，走小“正圆场”。施仕伦坐石蹬，李大成站“大边”。

李大成 大人醒来。（四下张望）

〔西皮小导板〕

施仕伦 【大锣凤点头】サ(过门同前) 2 2 1. 5 3 2. (1 6 1 2) 3 3 2 1 1 - 2 1 2 1 2 -

千层浪里翻身转，

李大成 大人。

施仕伦 【大锣一击】（揉眼，抬头一看）哦！

【凤点头】サ(过门同前) 6. 2 1 1 2 3 2 1 1 - ‖【住头】

只见壮士在面前。

李大成 大人受惊了。

施仕伦 这一壮士，你是何人搭救本院的性命？

李大成 恩公，小人就是当年在江都县贩卖布匹，被贼寇抢去，多蒙大人搭救的李大成。

施仕伦 【大锣一击】哦！你就是李大成？

李大成 正是。

施仕伦 不是壮士在此，本院性命休矣！【大锣一击】哎呀！印信被贼抢去，如何是好？

李大成 不必惊慌，印信在此。（【大锣一击】袖中取出印信，交施仕伦）

施仕伦 壮士快快想个主意，搭救本院才是啊。【大锣一击】

李大成 恩公不必着急，小人有个主意，只是要屈尊恩公，方能搭救啊。

施仕伦 壮士快快讲来。

李大成 这山后有一石洞，恩公暂且藏在里面安身，小人每日三餐暗送茶饭。待等机会出得湖去，寻找黄天霸等，设法搭救大人也就是了。

施仕伦 就依壮士，请上受我一拜。【大锣一击】（单腿一跪，李大成双手搀扶）

李大成 折煞小人了，随我来。

〔【扫头】右手拉施仕伦，走正圆场，到台中。左手一指“下场门”处。双手搀扶，就势一带，施仕伦右袖遮头，急忙向“下场门”下，表示钻进石洞里面。李大成一望“上场门”，做忙用双手搬起石头状，用力抛入“大边”台口处，表示石头抛入湖中【水声】。【撕边一击】于亮“上场门”上，站“小边”。

于　亮　少寨主，赃官哪里去了？
李大成　被俺推下湖中去了。
于　亮　哦，推下湖中去了，【水声】（背双手望）嘿嘿，便宜了他！
李大成　便宜了他！
于　亮　好，待我报与寨主知道哇。
李大成　请。
〔二人拱手。（八大仓）于亮亮相。【快冲头】从“上场门”急下。
〔【撕边一击】李大成望“上场门”，【撕边一击】再回身望“下场门”。双手托髯（八大仓）。【回头】摇头，拭汗。
李大成　险哪！
〔【大锣原场】李大成从“下场门”旁边下。

第六场

〔舞台无设置。【水底鱼】朱光祖、何路通、关泰“上场门”上，“站门”，关泰站台中。
关　泰　二位贤弟，你我打探大人下落，至今无有踪影，如何是好？
朱光祖　你我再往江边打探，若遇船家仔细盘查，也就是啦。
关　泰　好，速速江边去者。
何路通、朱光祖　（同）请。
〔三人“插门”、“领下”。【大锣打下】从“下场门”下。

第七场

问樵

〔舞台上无陈设。【快原场】
〔黄天霸内唱。

〔西皮导板〕
【大锣导板头】サ（7̣ 6̣ 6 5 i̇ i̇ i̇ 3 3 23
55 21 7̣ - 2 1 -）2 2 1 3 21
明月芦花
（7̣ 6̣2 1）2 3 21 1 - 6̣. 1 2 - ‖
信飘渺，
〔【快长锤】黄天霸愁容“上场门”上，走至台口，锣鼓切住。叹气。

黄天霸
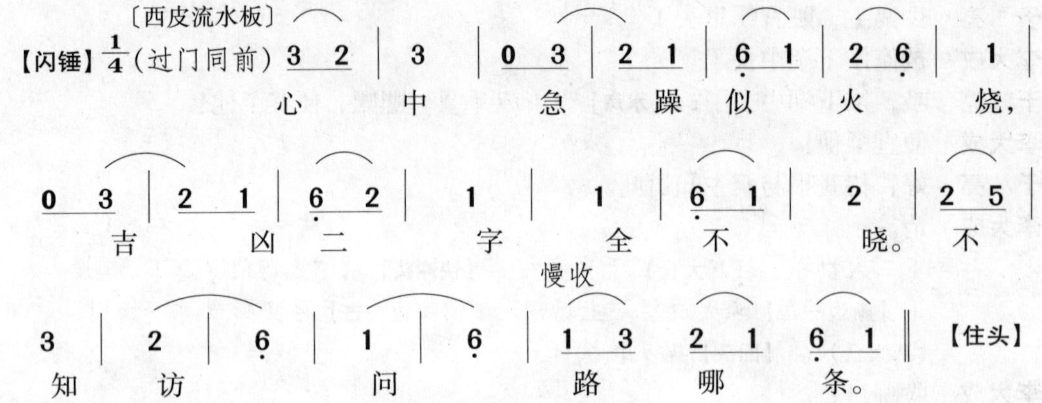

事由天定，并非人力所为。是我自离官船三日三夜，并无大人下落。行至此间，前不着村，后无旅店，又无人烟。叫我往哪里去寻？哪里去访？

〔樵夫内白：“嗯喷。”

黄天霸　唔呼呀！（【撕边一击】远望）那旁有一樵哥，等他到来问明白了再走。（走至“大边”偏里）

〔樵夫内白：“走哇。”

〔【小锣抽头】樵夫挑柴担“上场门”上，走至“小边”台口。

樵　夫
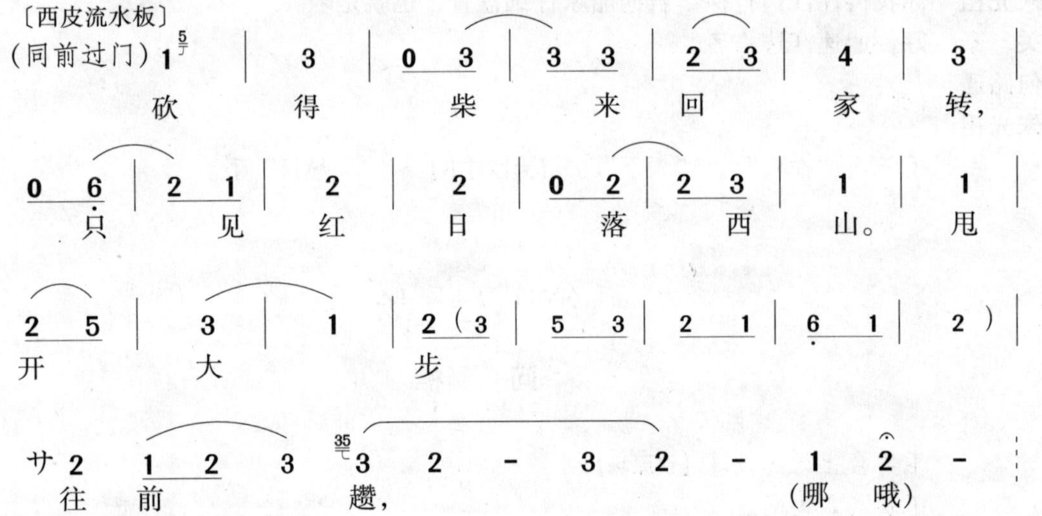

〔樵夫边唱边走至“大边”，同时黄天霸在樵夫唱时走至“小边”。

黄天霸　老丈请转。【小锣一击】

樵　夫　噢！

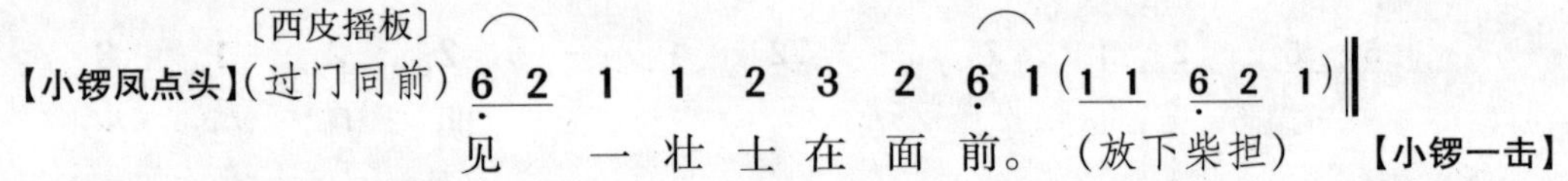

黄天霸　老丈请来见礼。（施礼）

樵　夫　还礼，还礼。（施礼）请问敢是失迷路途吗？

黄天霸　请问老丈，此地叫做何名？

樵　夫　狭沟驿。

黄天霸　属哪里所管？

樵　夫　海州所管。

黄天霸　噢，海州地面了。那一旁呢？

樵　夫　褚官堡。

黄天霸　何谓褚官堡？

樵　夫　褚官堡里三百多户人家儿都姓褚，故此叫做褚官堡。不瞒您说，连小老儿我也姓褚。

黄天霸　噢，老丈也姓褚。请问这褚官堡内可有一褚彪？

樵　夫　噌，噌！年轻轻的说话怎么这么嘴敞啊。（往右方欺黄天霸两步）

黄天霸　这是怎样？

樵　夫　就你提的这位褚老英雄，在这褚官堡三百多户里，您可称得起是一位老族长啦。不用说别人儿，就拿小老儿我这个岁数，还得管您叫声爷爷哪！

黄天霸　哦，哦，哦。

樵　夫　唉，唉。您这是怎么啦？

黄天霸　答应老丈的话头。

樵　夫　您这一答应，不是占我的便宜了吗。

黄天霸　取笑了。

樵　夫　我打听打听，您问的这位褚老英雄，跟您怎么个称呼？是怎么交情啊？

黄天霸　我与他是朋友相交，弟兄相称。

樵　夫　得，这一问不要紧，倒问出个小爷爷儿来！还得见个礼。小爷爷儿在上，老孙子我有礼啦。（施礼）

黄天霸　哎呀呀！取笑了。（笑）哈哈哈……褚老英雄住在哪里？

樵　夫　您顺着我的手儿瞧，【小锣一击】（双手指“下场门”）拐了弯儿，高上坡，有个光亮大门，门口有上马石、下马石，门灯、懒凳，粉皮墙上有四个大字。

黄天霸　哪四个大字？

樵　夫　“侠义结交”。

黄天霸　何谓“侠义结交”？

樵　夫　您连“侠义结交”都不懂？

黄天霸　不晓得。

樵　夫　拙比这么说吧，要是行路之人走到这儿困住啦。只要是去拜访您老人家，到了那儿，是好吃、好喝、好待承，临走的时候还得给个盘缠钱，这不是就叫做“侠义结交”吗？

黄天霸　噢，这就叫做“侠义结交”，多承指教。

樵　夫　他是挨金似金，挨玉似玉。不但我们老族长好交，小老儿我也好交。

黄天霸　老丈也好交。

樵　夫　对啦。您要是拜访您老人家去，顺便再到我那儿坐会儿。我就住在您的房子后头，虽然我那儿没有光亮大门，有个小小的篱笆栅儿。没有上马石、下马石，门口有个碌碡。到了我那儿，反正是凉水给您温成热水，热水温成开水，总得叫您喝上一口儿。乡下也没有什么好吃的，左不过是鸡蛋您哪，我给您摊盘鸡蛋、溜盘鸡蛋、炒盘鸡蛋。可留神您别掉在鸡蛋筐里。

黄天霸　取笑了。少时拜访褚老英雄回来，必定前去拜访老丈。

樵　夫　您总得去，您要是不去就是看不起我。（担起柴担）

黄天霸 一定要去。

樵　夫 （面向台外"背供"）要是真去呀，要吃要喝可就坑了我喽！

〔**【小锣五击】**樵夫从"下场门"下。黄天霸至台中。

黄天霸 唔呼呀！**【大锣一击】**听老丈之言，那褚彪就住在前面褚官堡内。他乃前辈老英雄，必然知晓水路首领何人。不免前去拜访与他，二来打探大人下落，我就是这个主意也！

〔西皮摇板〕

【闪锤】（过门同前） 2 1 2 2 15 3 2 3 3 2 2 1
那 褚 彪 在 绿 林 威 名 不

1 – 6 1 – 2 – **【凤点头】**（过门同前）1 3 2
小， **【快长锤】** 年 高 迈

（走到"大边"）

1 3 1 61 2 6· 2 1 2 2 6· 1 6 0 1 – ‖
定 知 晓 水 路 英 豪。

〔**【抽头】**左转身缓步"下场门"下。

第　八　场

〔舞台上无陈设。**【大锣水底鱼】**王殿臣、金大力、李堃"上场门"上，"站门"，李堃站台中。

李　堃 （念）奉命打探，搭救恩官。**【住头】**二位贤弟，你我来到江边一带，并无渔船，叫我们哪里去访？

金大力 我说王殿臣哪，你跟随大人在哪儿雇的船？那个船家是怎么个打扮？你要是记得跟我们说说，也好查访啊。

王殿臣 那船家是个光头大汉。

金大力 怎么喳，是个秃子？李五爷您听见没有？掳去大人那主儿是个秃子。咱们是走道拿秃子，走喳，走喳。

李　堃 请。

〔**【水底鱼】**"插门"，王殿臣领起来，"下场门"下。接**【快原场】**

第　九　场

访　褚

〔**【撤锣】**舞台上设"正场桌"、"小座"和一"备椅"。**【小锣抽头】**褚彪"上场门”上，至“九龙口”。

〔西皮摇板〕

褚　彪　(过门同前)2　1　2　2. 5　3 5　1　2 (3　2 1　6 1　2) 1

在　绿　林　数　十　年　扶

3　2 1　1　2　－【小锣抽头】(过门同前) 2　1　3　1　2　2

危　济　困，　暮　年　间　却　无　有

(走至台口)

3　2 1　6　1 (3　2 1　6 2　1 2　6 5　5 5) 2　1　2

接　代　后　根，　我　女　儿

1　3　2　3　2 1　1. 3　2　－【大锣抽头】(过门同前) 3　3

许　关　泰　婚　姻　已 (呀) 定，　朱　光

(左转身坐“小座”)

慢

2　1　2　2　7 6　7 2　5　6　1　－ ‖

祖　李　公　然　二　人　提　亲。

(苍头“下场门”上，站褚彪左侧)

〔【快长锤】黄天霸“上场门”上，走至“小边”台口。

〔西皮流水〕

黄天霸　【凤点头】1/4 (过门同前) 6. 2 | 1 | 0 3 | 3 21 | 1 | 6 1 | 2 | 6 2 |

适　才　中　途　得　一　信，特

慢

1 | 1 | 6 1 | 2 | 5 | 6 3 | 2 | 1 | (2 1 7 2 1) ‖

拜　年　高　老　绿　林。

(向门旁一望)

“侠义结交”，【小锣一击】想必就是此处，待我贸叫一声。门上哪位在？(拍门【小锣轻一击】)

苍　头　(出门) 什么人？

黄天霸　请问这里可是褚彪褚老英雄的府上么？

苍　头　正是。

黄天霸　烦劳通禀，黄天霸求见。

苍　头　请稍待。(进门站“大边”) 启家爷，黄天霸求见。

褚　彪　黄爷到了，说我出迎。

苍　头　家爷出迎。(把“小座”搬成“八字椅”后，下)

褚　彪　黄爷在哪里？（边出门站“大边”台口）黄爷。

黄天霸　老英雄，晚生特来拜府。（躬身施礼，褚彪欠身扶起）

褚　彪　黄爷请进。

〔**【大锣原场】**二人“挖门”，黄天霸至“大边”，褚彪至“小边”。

褚　彪　请坐。

黄天霸　有座。（黄天霸坐左“八字椅”。褚彪坐右“八字椅”）

褚　彪　黄爷到此，未曾远迎，当面恕罪。

黄天霸　岂敢。前者在殷家堡多有慢待，老丈海涵。

褚　彪　岂敢。黄爷不保护大人，来到荒庄做甚？

黄天霸　唉！（**【大锣一击】**左手砸桌）老丈啊。

〔西皮流水板〕①

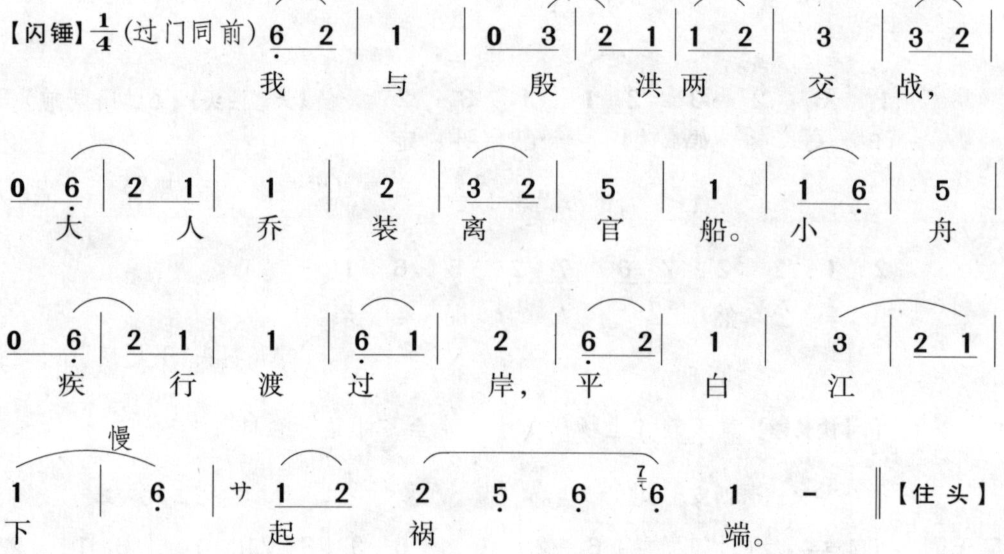

褚　彪　起了什么祸端？

黄天霸　大人被水寇擒去了。**【大锣一击】**

褚　彪　大人既被水寇擒去，黄爷就该四路寻访才是呀。

黄天霸　是我自离官船，三日三夜，并无大人下落。我想老丈乃是前辈老英雄，必然知晓水路首领何人，隐藏在何处。恳求指条明路，但能救出忠良。哎呀老丈啊！**【大锣五击】**（站起）晚生天霸是恩当重报。**【撕边一击】**（左手揪右袖，躬身施礼）

褚　彪　请起，请坐（扶起黄天霸**【大锣住头】**二人坐下）老汉保镖无非是旱路行走，这水路么……（抚髯一想）

黄天霸　老丈想上一想。

褚　彪　我倒想起一家来了。

黄天霸　是哪一家？

褚　彪　离此不远有座落马湖，为首之人名叫李佩，人称铁臂猿猴。大人若是被他掳去，哎呀！只恐性命难保。

---

①　黄派演法此处的四句唱〔西皮原板〕。

黄天霸 既然如此，请老丈同去走走，意下如何？
褚 彪 幸喜黄爷来早，若是来迟，老汉就不在家下了。
黄天霸 老丈哪里去？
褚 彪 探望我那好友。
黄天霸 难道老丈的朋友，胜似施大人不成？
褚 彪 提起此人大大的有名。
黄天霸 是哪一家？
褚 彪 就是那万君兆。
黄天霸 敢么是八臂哪吒？
褚 彪 黄爷敢么与他相识？
黄天霸 我与他有八拜之交。他夫妻如今住在何处？
褚 彪 住在前面狭沟驿。
黄天霸 我同老丈前去拜访。（站起身来，褚彪也随着站起，阻拦）
褚 彪 且慢。狭沟驿在南，落马湖在北。黄爷还是寻访大人要紧哪。
黄天霸 这个么，好。如此就烦老丈见他夫妻替我问候。若是问起我的情由，千万不要提起大人之事。
褚 彪 却是为何？
黄天霸 怕他替我担惊，告辞了。（二人同往前走至台口）

〔西皮流水〕
【闪锤】$\frac{1}{4}$（过门同前）3 | 3 6 | 0 3 | 2 1 | 1 | 6 1 | 2 |
多 蒙 老 丈 指 明 路，

0 6 | 2 1 | 2 | 1 | 2 5 | 3 2 | 1 | 2 | 1 |
连 夜 急 奔 落 马 湖，拜 访

3 | 1 3 | 2 1 | 6 5 | 5（6 5 3 5 6 i 5 5 5）
君 兆

サ 7 2 6 5 6 5 3 3 5 6 6 5 3 0 6 - ¦
好 言 诉，

〔【快长锤】同出门。黄天霸至“大边”台口，褚彪至“小边”台口送。
褚 彪 送黄爷。

〔西皮摇板〕 慢
黄天霸 【凤点头】（过门同前）3 3 2 1 1 6 ˅6 1 | 5 | 6 3 | 2 | 1 ‖
披 星 戴 月 我 要 赶 程 途 （哇）。

〔【大锣一击】二人同拱手亮相。【快长锤】黄天霸"下场门"下。褚彪至台中，锣鼓切住。

〔西皮摇板〕

褚　彪　【小锣凤点头】(过门同前)6 2　1　3　2　2　3　2 (3　2 1

侠　义英雄名千古，

6 1　2 1) 1　3　2 1　2 (3　2 1) 3　2 1　1　－ ‖

凌　烟　阁　上　表　画　图。

〔【小锣原场】褚彪"下场门"下。

第十场

〔舞台无陈设。【快长锤】李大成从"上场门"上，至台口。

〔西皮摇板〕

李大成　【凤点头】(过门同前)1　2　3　2　3　1　2　6 2　1　1 3　2　1　2　1 － ‖【住头】

只为忠良遭大难，怎　得妙　计救他还。

俺，【大锣一击】李大成，(仓匝)是我将大人藏在后山石洞里面。每日三餐暗送茶饭。今日得便出得湖来，寻找黄天霸设法搭救大人便了。

〔西皮摇板〕

【凤点头】(过门同前)1　2　1 2　1 2　2 1　3　2 －

但　愿　大　人　早　脱　险，

〔【快长锤】李走至"大边"右转身面外。

〔西皮摇板〕

【大锣凤点头】(过门同前)2　1　2　1 3　2　5 1　2　1　－ ‖

不　负　我　一　片　好　心　田。

〔【大锣抽头】李大成"下场门"下。

第十一场

酒楼探询

〔【大锣抽头】舞台设"正场桌"、"大座"、"大边"设"斜桌"、"大座"。

转【快长锤】黄天霸“上场门”上，走至“九龙口”，叹气。走至台口。
（以下三句流水唱段是边唱边走“正圆场”）

〔西皮流水〕
黄天霸　【凤点头】$\frac{1}{4}$（过门同前）3 | 3 6 | 0 6 | 2 1 | 1 | 6 1 | 2 |
心　急　恨　步　行　迟　慢，

0 6 | 2 1 | 1 | 2 | 2 5 | 3 2 | 1 | 1 |
幸　喜　褚　彪　对　我　言。　正

2 | 3 | 1 2 | 2（3 | 5 3 | 2 1 | 6 1 | 2）|
走　之　间

サ 2 6 1 6 1 2 2 – ⁞（大大大大 乙大大 仓 0）
抬　头　看，
（走至“小边”台口）　（夹白）啊！

〔西皮摇板〕
【凤点头】（过门同前）6 2 1 2 2.（1 6 1 2）
白　浪　滔　滔

5 3 2 1 0 1 2 5 6 6 1 – ‖【住头】
水　连　天。

不分昼夜行至此间，前面这道大江不知可是落马湖？又无人烟，叫我往哪里去访？
〔酒保内白：“好酒哇。”

黄天霸　唔呼呀！【撕边一击】那旁有一酒馆，沽饮几杯，问明白了再走。

〔西皮流水〕
【凤点头】$\frac{1}{4}$（过门同前）6 2 | 1 | 0 6 | 6 1 | 3 | 1 | 2 |
为　人　不　把　功　劳　显，

慢收
6 2 | 1 | 3 | 2 1 | 1 – | 6 3 | 2 1 | 6 1 ‖【住头】
怎　得　美　名　万　古　传。

（边唱边走“正圆场”，走至“小边”台口处止步。【撕边一击】）
望江楼。堂倌。
〔酒保内白：“啊哈”。

〔【小锣五击】酒保肩搭手巾"下场门"上。走至"大边"处。

酒　保　（念）刘伶问道谁家好，李白言说此处高。（出门站"大边"台口）大台！您是吃酒的吗？

黄天霸　正是。

酒　保　大台，请到里面。（伸手相让，随黄天霸进门）您瞧这前面是水，后头是山。是得瞧又得看，您就这儿坐吧。

〔黄天霸"正场""大座"坐下。酒保站"大边"处，近前擦桌子。

酒　保　您用些什么？

黄天霸　上等酒饭一齐拿来。

酒　保　是啦。（面向"下场门"边喊边走）伙计们，预备上等酒饭哪，先来好酒一壶。（"下场门"下，捧盘子、酒壶、酒杯又"下场门"上）酒到，饭随后就来。（盘子放桌上，摆好酒壶酒杯，站桌子左方）

黄天霸　斟上。

酒　保　大台，不瞒您说，我们卖酒的不卖手。要是给您斟了酒，叫我们同行知道，得罚戏一台哪！

黄天霸　噢，有这大的规矩？

酒　保　没规矩不成方圆哪。

黄天霸　（笑）哈哈哈……

酒　保　（对台下）这一乐就不斟了。

黄天霸　（马上收起笑容）斟上。

酒　保　你瞧，这位大台是个死心眼儿。我说大台，我跟您说过了，卖酒的不管斟酒。今儿个我的脾气上来啦，我偏不给您斟上，我给您满上。（斟酒，拿壶等着，黄天霸饮下）您再来一杯呀。（又要给斟酒）

黄天霸　不用了。（伸左手拦住）

酒　保　得，这回还没巴结上！（放下酒壶）

黄天霸　堂倌，我来问你，前面这道大江叫做何名？

酒　保　这您都不知道？

黄天霸　不晓得。

酒　保　这是天下驰名的地方，这就是落马湖啊。

黄天霸　噢！【大锣一击】这就是落马湖！【撕边一击】

酒　保　哎，这就是落马湖。（学黄天霸上韵的念法）

黄天霸　这里面黑暗暗是一村还是一镇哪？

酒　保　这里面不是村也不是镇，是座水寨。

黄天霸　噢，是座水寨？

酒　保　不错，是座水寨。

黄天霸　可有为首之人？

酒　保　总得有个头儿呀。

黄天霸　姓氏名谁？

酒　保　此人姓李名佩，人称"铁臂猿猴"！【大锣一击】

黄天霸　噢，李佩招聚为首。

酒　保　还是为首多年啦。

黄天霸　堂倌，我来问你，我来了半日，怎么无有船只来往？

酒　保　您问船哪，是早也有晚也有，就您来的这个时候没有。

黄天霸　唉，耽误我的大事了！（捶桌子）【大锣一击】

酒　保　耽误您什么大事啦？

黄天霸　我要过湖另有公干。

酒　保　您要过湖？

黄天霸　正是。

酒　保　我劝您不过湖倒是万幸，要是过湖就是大大的丧幸啊！【大锣一击】

黄天霸　此话怎讲？

酒　保　如今晚儿这湖里出了歹人啦！

黄天霸　什么叫做歹人哪？

酒　保　您连歹人都不知道？

黄天霸　不晓得。

酒　保　拙比这么说吧，要是有人上了他们的船，把船拨到湖中间就是要钱哪，给多也是少，给少更甭提啦。要是说翻了，把您剥得赤脚精光推下湖去，还要有性命之忧，您说这不就是歹人吗？【撕边一击】

黄天霸　如此说来是伙强盗。

酒　保　强盗歹人不是一样吗。

黄天霸　他们这样行事，难道就不怕官兵拿获么？

酒　保　不提官兵倒也不平，提起官兵是更加稀松！

黄天霸　此话怎讲？

酒　保　想这落马湖，三面是水，一面是山。上有铜蒙（右手斜向高指），下有铁网（双手平摊下按式），内有竹城（双手胸前左右一分），竹城里还有弩弓暗箭（双手比拉弓式）。慢说是人，就是雀鸟（右手高指），也难以飞入啊！（双手平摊式）

黄天霸　噢！【撕边一击】（起身离座，左手抓袖，又坐下，一惊）雀鸟难以飞入！【撕边一击】（转眼一想）堂倌，这落马湖坚固得很？

酒　保　坚固得很哪。

黄天霸　他自己人是怎样的出入啊？

酒　保　有得，在这儿等着我哪！他们自己人有暗号儿。比方说，他们要是做买卖回来，一瞧离竹城不远啦，随身带有雹头，左手搭弓右手搭箭（双手比拉弓式），对准了竹城就是这么嘚儿啪的一箭。上边一瞧是自己人回来啦，上撤铜蒙（右手高指），下撤铁网（右手下指），打开竹城（双手胸前一分），是如走平道的一般哪！

黄天霸　噢！【撕边一击】（点头暗想）他们就是这样的出入。（暗记在心）【撕边一击】（转眼想法子赚酒保说出湖内情况）

酒　保　对啦，他们就是这么出入啊。（双手抱肩）

黄天霸　听你之言，他们常常害人不成？

酒　保　还提害人哪，前两天还害了两个哪！

黄天霸　啊！【撕边一击】（一惊）

酒　保　你瞧，我怎么都说出来啦！（以上这句话是对着舞台外说的）我说大台，您也好问，我也好说。这么办，我给您说段新闻您听听啊。

黄天霸 什么新闻？

酒　保 我站了半天啦，我搬个座儿。

黄天霸 好，你也坐下。

〔酒保搬来一把椅子，放在“正场桌”左角旁，自己也坐下。

酒　保 按说可没有这样儿的，我再给您斟上。（拿壶斟酒）

黄天霸 （饮下一杯）你也吃上一杯。

酒　保 好，我就扰您一杯。（自己斟酒，饮下，放下杯）别忙，我得想想，这档子事情大概是昨儿个。

黄天霸 噢，昨天。

酒　保 不，不，不，是前天。

黄天霸 前日。

酒　保 不对，不对。

黄天霸 哦，有这么一天也就是了。

酒　保 对，对，对，就算有这么一天吧。这天是阴天，下小雨。我也没有什么买卖，搬把椅子在门口这么一坐，瞧这来往的行船倒是有个意思儿。正瞧着哪，打南边来了两个人儿。前边走的这个三十多岁，有三绺黑胡子，背着个小包袱。后边那个大概有四十多岁不到五十岁，也有三绺黑胡子，看那样儿好像有残疾是的。

黄天霸 他，他有什么残疾呀？（感到疑虑，有些激动）

酒　保 他那么一瘸一点的。（站起来，学瘸腿走路样子）

黄天霸 堂倌，你快快地讲来。

酒　保 您别忙啊！他们走到湖边上就雇船哪，三言两语的就上了船啦。那个使船的是个光头大汉，把船拨到湖中间不走啦，（边说边走至“小边”偏里处）就这么指手划脚的。我离着远也听不见他们说什么，看那样儿大概是要钱哪，说着说着就说翻儿啦。这三十多岁的那个真不含糊，上去就给秃子一拳（伸右拳做打状），就瞧那秃子一叼腕子，一拧胳膊，（右手心朝外，做抓住的式子；往下做拧的样子，左手做下按的样子）嗵，这么一丫子，（向前踹左脚）就把那个三十多岁的踹下湖去啦。

【大锣一击】

黄天霸 （站起身来）后来船上那一个呢？

酒　保 船上那个，是被他们推的推，搡的搡，（双手做推状）捆的捆，绑的绑，（双手做捆状）绑进落马湖去啦！（双手外指）

黄天霸 噢！【撕边一击】（猛然坐下，大惊大叫）绑进落马湖去了！【撕边一击】（站起来）啊堂倌，你可曾看见他出来呀？

酒　保 我净瞧见他进去，到今儿个也没瞧见他出来呀！

黄天霸 【大锣一击】（大惊坐下）大量此人性命可保？

酒　保 想那猴儿李佩性如烈火，大量此人是九死（八大仓）（右手指勾起比九字，同时黄天霸焦急惊呆站起来）一生啊！

黄天霸 这个！（八大仓）（双袖用力交叉打下，按在桌面上）【撕边一击】（颤抖，水袖打翻酒杯）

酒　保 您瞧酒都洒了，您这是怎么啦？

〔黄天霸站桌右侧，用手撣褶子上的酒水，酒保呆望。

黄天霸 堂倌你，你，你……

酒　保 我怎么啦？（一时感到无言回答）

黄天霸 你，你拿饭来呀！（急忙收敛情绪，改口遮掩）

酒　保 敢情是饿啦。【快冲头】（酒保急“下场门”下，黄天霸出位站台中）

黄天霸 【叫头】且住，听堂倌之言，我家大人命丧李佩之手！【一击】

〔黄天霸右手指前方，呆愣焦急，情绪失控。此时，酒保“下场门”暗上。

酒　保 大台，您这是干什么哪？

黄天霸 哦，哦……堂倌你，你，你倒是快快地拿饭来呀！（再次遮盖激动情绪，以免被酒保看破，于私访水寇不利）

酒　保 噢，敢情是饿急啦！（“下场门”下。黄天霸入位坐下）

〔李大成内白：“走哇！”

〔【快长锤】李大成从“上场门”上，走至“小边”台口止步，抖袖。

〔西皮摇板〕

李大成 （过门同前） 2 1 2 2 1 3 2（3 21 6̣1

寻 找 黄 爷 无 踪 影，

21 6̣5 55）6̣ 1 13 2 6̣1 2 1 – ‖【住头】

且 到 酒 馆 饮 杯 巡。

酒保。

酒　保 来啦，来啦。（边说边从“下场门”上，出门站“大边”台口）少寨主，您怎么老没来呀，里面请。（边说边进门）

李大成 不得工夫。（边说边进门，走至“大边”，酒保站“小边”偏里）

酒　保 您请那边坐吧。（指“大边”的桌子）

李大成 取酒来。（边说边坐“大边”桌子“大座”）

酒　保 是啦。好酒一壶。（边说边进“下场门”，取来酒盘、壶、杯又上来，放桌上）酒到，用什么您就吩咐。（“下场门”下）

李大成 （斟上，饮酒，杯放桌上用力一蹾）唉！

黄天霸 唉！

李大成 罢了哇（顷仓）（右拳打桌）罢了！

黄天霸 可恼哇（顷仓）（右拳打桌）可恼！

李大成 【撕边一击】（一望黄天霸）哎呀且住！【大锣五击】（面向台外“背供”）我看此人十分面熟，怎么一时想他不起，待我偷觑偷觑。（抬右袖，偷看，黄天霸发现）

黄天霸 【叫头】（一指李大成）呔！你这人上下打量与俺，是何道理？

李大成 【大锣一击】（猛然想起）你可姓黄？

黄天霸 【大锣一击】（一惊）我姓黄，你把姓黄的怎样？【大锣一击】

李大成 我来问你，在江都县当过都头可是有的？

黄天霸 不错，有的。

李大成 有的就好，酒保。
酒　保 （此时，酒保要提前“下场门”上）少寨主什么事？
李大成 将这位的酒钱，上在我的账上。
酒　保 得，又写在瓢底下啦！【快冲头】（“下场门”下）
李大成 【叫头】吠！前面有一松林，你可敢去？【大锣一击】
黄天霸 龙潭虎穴，你爷何惧！【大锣一击】
李大成 如此，你要来呀。
黄天霸 你要走哇。
李大成 你要与我（八大仓）（李大成“翻右袖”指；同时黄天霸左手指）
黄天霸 （同时） 走哇。
李大成 来呀。

〔西皮散板〕

李大成 【纽丝】サ（过门同前）1 2 3 1 2 2 1 1 2 3 2 –
去 到 松 林 有 话 讲，
走！
黄天霸 走，走，走！
「【撞金钟】李大成前欺，催逼黄天霸快走。黄天霸不怕，挥手示意带路。李大成面向台外抬右袖挡脸、暗笑。渐转【快长锤】李大成领黄天霸走“正圆场”，走到李大成站“大边”台口，黄天霸站“小边”。此时，闭二幕，撤下二桌二椅，幕开，舞台上无陈设。
「【锣鼓】切住。李大成四下一望，撩褶子，面向“上场门”方向跪单腿，黄天霸惊讶退后一步。
李大成 恩公。
黄天霸 啊！

〔西皮摇板〕

【凤点头】サ（过门同前）6 2 1 2 2 3 2 1 – ‖【住头】
你 是 何 人 说 衷 肠？
你是何人？为何恩公相称？
李大成 恩公把小人忘怀了，小人就是当年在江都县贩卖布匹告状的李大成。【大锣一击】
黄天霸 噢，你就是李大成？吓煞我也！快快请起。【大锣五击】（扶起李大成）因何来到此地？
李大成 那年多蒙黄爷赠我银两回家，行至落马湖，被李佩掳进湖去。叙来叙去，他将我认为同宗侄儿，如今小人在里面做了一名头领。那日李佩拿来一家仇人，黄爷，你道他是哪个？
黄天霸 是哪一个？
李大成 就是恩官施大人。【撕边一击】
黄天霸 噢！就是大人。
李大成 那李佩性如烈火，就要开刀问斩。【大锣一击】

黄天霸 这个！

李大成 黄爷，小人还保得在呀。

黄天霸 你快快讲来。

李大成 是小人花言巧语骗过李佩，将大人藏在后山石洞里面，每日三餐暗送茶饭。今日得便出得湖来，寻找与你。哎呀黄爷呀！【快五击】快快想条妙计，搭救忠良要紧！【大锣一击】

黄天霸 也罢！【大锣五击】待我回至官船，调动官兵前来，将落马湖团团围住，哪怕李佩飞上天去！【大锣一击】

李大成 黄爷要调动官兵么？唉，难难难喏！【大锣五击】想这落马湖，三面是水，一面是山。上有铜蒙，下有铁网。水下设有竹城，埋伏弩弓暗箭。慢说是人，就是雀鸟也难以飞入！【大锣一击】

黄天霸 难道就罢了不成？

李大成 黄爷必须找一个与李佩沾亲带故之人，将你们带进湖去。那时，小人在里面做一内应，方能成功。【大锣一击】

黄天霸 好，就命你在里面做一内应，事成之后，我保你前程二字，告辞了。

〔西皮散板〕①

【纽丝】サ(过门同前) 1 3 2 2 2 6̣ 1 6̣ 2 1 1 2 -【大锣一击】

这 桩 事 全 仗 你 里 合 外 应，

1 3 2 2 2 6̣ 1 6̣ 2 1 2 2 6̣ 1 6̣ 1 - ‖

成 功 后 我 保 你 大 大 前 程。

〔【大锣打下】黄天霸“上场门”下，李大成“下场门”下。

第十二场

二次回船

〔舞台上无陈设。【水底鱼】何路通、朱光祖引关泰“上场门”上，金大力、王殿臣引李堃“下场门”上。“双进门”，分列两侧，李堃、关泰分别站“大边”和“小边”偏中地位。

关　泰 你等可有大人下落？

李　堃 并无大人下落。

关　泰 回船再议。

〔【水底鱼】接【原场】王殿臣、何路通、金大力、朱光祖、李堃、关泰“插门”走圆场。归“小边”的“一条鞭”，同时四官兵、施安、计全、船夫“下场门”上，站

① 此处黄天霸也可不唱以上两句，二人拱手，【扫头】分下。

"大边"的"斜门"。

〔船夫搭手，王殿臣等六人上船。何路通、朱光祖、关泰、计全站"大边"；王殿臣、金大力、李堃、施安站"小边"，船夫站"大边"。四官兵"扯正场"，分列两侧台后方。

计　全　可有大人下落？

关　泰　并无大人下落，黄爷可曾回船？

计　全　未曾回来。

关　泰　你我迎上前去。

〔黄天霸内白："走哇。"

〔**【扫头】**黄天霸"上场门"上，走至"小边"台口，同时王殿臣、金大力、李堃、施安至"大边"，与关泰、何路通、朱光祖、计全成"斜一字"。船夫搭扶手。

〔**【原场】**黄天霸上船，站"台中"，关泰、李堃等八人仍分列两侧。

关　泰　黄爷，可有大人下落？

黄天霸　大人被李佩掳入落马湖去了。

关　泰　**【叫头】**黄爷！就该调动官兵，将落马湖团团围住，哪怕李佩飞上天去！**【大锣一击】**（右手一指）

黄天霸　唉！难难难喏！**【五击】**天助忠良有救，巧遇李大成，将大人藏在后山石洞里面，但是一件。

众　哪一件？

黄天霸　必须有一精通水性之人，混进水寨，打探动静，方能成功。

何路通　**【叫头】**黄爷，此事待俺何路通走走！**【大锣一击】**（右拳前伸）

黄天霸　落马湖水势凶险，不可轻视。

何路通　不入虎穴，焉得虎子。俺就此去也！

〔**【撕边】（八大仓）**接**【水声】**何路通脱下褶子交于计全。"抢背"下水。**【快冲头】**从"上场门"游水下。①

黄天霸　何大哥下得水去，踪影全无，真乃名不虚传。

朱光祖　他在水里能睁眼，江湖人称"鱼鹰子"，绝对不含糊！

黄天霸　等候好音便了。

〔**【搜场】**接**【大堂鼓乱锤】**众人遥望湖面。**【快冲头】**何路通"上场门"上，游水。船夫搭扶手，何路通上船站"大边"。

黄天霸　何大哥，湖内动静如何？

何路通　俺到了湖口，乱箭齐发，实实难以进入。（穿上褶子）

黄天霸　计仁兄可有妙计？

计　全　必须有个与李佩沾亲带故之人，将我等带进湖去，方能搭救大人。

黄天霸　这般时候，哪里去找与李佩沾亲带故之人？

朱光祖　**【撕边一击】**（右手捻髯，想）贤弟，要问与李佩沾亲带故之人，有！**【大锣一击】**

---

① 老本子演法，何路通下水，从"上场门"下。黄天霸等"下场门"下。再上何路通游水上，"下场门"设竹城，四喽兵射箭，何路通"上场门"下。黄天霸等"下场门"上，何路通再"上场门"上，上船。王金璐演时合并为一场了。

黄天霸 哪一个？

朱光祖 想那万君兆，乃是猴儿李佩的女婿，这可算得是沾亲带故了吧您哪！

黄天霸 哎呀呀！万君兆今在何处？

朱光祖 哎哟，到这节骨眼儿，我可哪儿给您找万君兆去呀。

黄天霸 唉！**【大锣一击】**

金大力 那你说他干什么呀？

黄天霸 唉！

关 泰
计 全 （同）唉！

李 堃
施 安 （同）唉！

何路通
朱光祖 （同）唉！

金大力 咳！**【大锣一击】**（无意中双手一甩，右手正把王殿臣打倒）你瞧这巧劲儿！

黄天霸 （猛然想起）**【叫头】**哈哈，哈哈，啊哈哈哈！

众 为何发笑？

黄天霸 前者拜访褚彪，是他言道，万君兆就住在前面狭沟驿。我同朱、何二位前去拜访，你等随后即至，不可迟延，搭了扶手。①

〔西皮散板〕

【快纽丝】サ（过门同前）2 2 1⁵ 3 2 2 6̣1̣ 3 2 －
拜 访 故 友 万 君 兆，

〔**【纽丝】**船夫搭扶手，朱光祖、何路通、黄天霸下船。朱光祖、何路通站“小边”，“一条鞭”，黄天霸站“小边”偏中处。四官兵、关泰、计全、李堃、施安、金大力、王殿臣、船夫“扯斜”站“下场门”的“斜门”。

〔西皮散板〕

黄天霸 **【凤点头】**サ（过门同前）3 2 2 1 1 2 1 2 2 6̣1 6̣ 1 －‖
英 雄 为 国 怎 辞 劳。

〔黄天霸拱手，关泰等拱手。**【大锣打下】**何路通、朱光祖、黄天霸“上场门”下。船夫摇桨，关泰等“下场门”下。

第十三场

访 万

〔舞台上设“正场桌”、“小座”，左方设“八字椅”一把。万君兆持扇子**【大锣**

---

① 此处演黄天霸有不唱以下两句的，只念：“搭了扶手”。何路通、朱光祖引黄天霸三人下船，**【扫头】**中，拱手一请。之后“上场门”下。

打上】从“上场门”上，亮相。【原场】至“九龙口”，抖袖，正冠。打开折扇，走至台口，抖袖【归位】。

万君兆　2 3 1 2 – 3 2· 6 7 7· 7 6 – ‖

（引）武艺高强，【小锣一击】习拳棒，（多多）四 海 名 （呐） 扬。

（右握拳）　（右掌心下按）　（右手拇指前伸）

「【原场】万君兆左转身，面向里走至椅前，右转身，坐“小座”，【归位】抖袖。

万君兆　（诗）英雄走天涯，

侠义非自夸，【小锣二击】

绿林威名大，

人称赛哪吒。【归位】（右手打开扇子，左手扶扇）

俺，【大锣一击】万君兆。【住头】曾拜凤凰张七为师，练就全身武艺，闯荡江湖。自与李佩之女结亲之后，隐居在狭沟驿，倒也自在。小二。

小　二　（在万君兆念诗后，从“上场门”暗上，站万君兆左侧）有。

万君兆　伺候了。

小　二　是。

「【大锣五击】朱光祖、黄天霸、何路通“上场门”上。站“小边”，“一条鞭”。

朱光祖　来此已是。

黄天霸　朱仁兄向前。

朱光祖　门上哪位在？（拍门）【小锣轻一击】

小　二　（出门。站“大边”台口）干什么的？

朱光祖　烦劳通禀，朱光祖拜。

小　二　候喳。（进门站“大边”）启家爷，朱光祖拜。

万君兆　说我出迎。

小　二　家爷出迎。

万君兆　【大锣原场】（出门站“大边”台口）啊师兄。

朱光祖　师弟。黄爷来啦，何爷也来啦。

万君兆　黄爷。

黄天霸　万仁兄。

万君兆　何爷。

何路通　万仁兄。

「众人进门，“挖开”，黄天霸、何路通分别坐左右方“八字椅”。朱光祖坐“大边跨椅”，万君兆坐“小边跨椅”。

万君兆　列位驾到，未曾远迎，当面恕罪。

黄天霸　岂敢。我弟兄来得鲁莽，万仁兄海涵。

万君兆　岂敢。你等不保护大人，来到舍下有何贵干？

黄天霸　大人被水寇掳去了。【撕边一击】

万君兆　大人既被水寇掳去，你等为何不去拿他？

黄天霸　此人我们不敢拿他。

朱光祖 对啦，我们不敢拿他。

万君兆 非是俺万君兆夸口，纵然是铜打金刚，铁铸罗汉。俺也要会他一会。【大锣一击】（站起，伸右拳亮相）

朱光祖 师弟，你知道掳走大人那主儿他是谁？

万君兆 他是何人？

朱光祖 就是令岳丈猴儿李佩他！

万君兆 啊！【冷锤】（大惊，坐椅上，愣住）

朱光祖 他把大人给掳去啦，是我们关着兄弟你的面子，不好意思下手。特来拜求师弟你帮助我等，将大人救出。这档子事情师弟你是料无推辞啦！

万君兆 师兄此言（顷 - 仓）差矣！【五击】小弟与李佩有翁婿之情，有道是门婿有半子之劳。自古以来，哪有门婿伤害岳父之理？也罢，任凭你们拿他，俺不管也就是了。话已讲明，列位请便。小二。

小　二 有。【大锣一击】

万君兆 打座来！

小　二 是。

〔【五击】小二把“小边跨椅”移在“小边”台口，万坐下。朱光祖示意黄天霸向前说话。黄天霸走至台中。朱光祖、何路通也站起。

黄天霸 啊万仁兄，翁婿之情，人之大道，焉敢见怪。只是我家大人现在难处，望求万仁兄开一线之路，但能救出忠良，令岳丈之罪有小弟我万死代替，绝无损伤。万仁兄可愿否？【撕边一击】（万君兆不理。朱光祖示意下跪）弟跪下了。（左腿跪）

〔【撕边一击】万君兆仍不理。朱光祖无奈。

朱光祖 哥哥也给你跪下啦。（左腿跪）何爷别瞧喳呀！

何路通 俺也跪下了。【撕边一击】（何路通左腿跪下）

万君兆 哎呀！

〔（八大仓）万君兆扔掉扇子，站起，双手平摊式，亮相。【乱锤】小二撤下椅子，拾扇子下。万君兆搓手、焦急。思索定下主意，右拳手背砸左手心。锣鼓切住。

万君兆 众位英雄请起。【五击】（双手“翻水袖”，搀扶黄天霸等三人站起）应允便应允①，只是拿住我岳父，千万不要伤害他的性命。

黄天霸 万仁兄但放宽心，令岳丈之罪有小弟万死代替，绝无损伤。

---

① 老演法是此场下面还有一场（见〔附录〕）。万兆君妻子李蕙兰得知黄天霸等要捉李佩（李蕙兰之父），当场自尽。众人急上，救下李蕙兰，并加劝说。所以从万君兆搀起黄天霸等人后，要照下面的台词念才能接上李蕙兰一场戏。

万君兆 众位英雄请起。【五击】（扶起黄天霸等）俺应允便应允，必须与贱内商议。

小　二 要拿太老爷，我告诉夫人去。（暗从“上场门”下）

朱光祖 怎么喳，还要跟师妹妹商量吗？

万君兆 正是。

朱光祖 好吧。万师弟请。

万君兆 请。

朱光祖 黄爷，走吧。【大锣打下】（四人“窝着”从“下场门”下）

万君兆 只怕你口不应心。【大锣一击】

黄天霸 这个。

朱光祖 什么这个那个的，到了这个节骨眼儿，你得说真格的啦！

黄天霸 也罢！【五击】俺若口不应心，日后死在乱刀之下！

「【大锣一击】黄天霸单腿一跪，万君兆搀起。

万君兆 言重了！

「小二内白：“众位英雄到。”

万君兆 有请。

「唢呐吹奏曲牌<吹打>万君兆出门站“大边”台口迎接。关泰、计全、王殿臣、金大力、李堃“上场门”上。进门，“挖门”。关泰、计全站“大边”，李堃、金大力、王殿臣站“小边”，万君兆站“小边”台口。乐止。

关　泰 万爷可曾应允？

朱光祖 我师弟是一百个不含糊！

万君兆 俺应允是应允，只是里面缺少一个内应。

黄天霸 李大成在里面已做内应。

万君兆 必须有一善水性之人，手持宝刀，砍断竹城，大家也好出入。

何路通 俺何路通要借用关爷的宝刀，愿当此重任。

万君兆 好，事也凑巧，明日乃是我岳父寿诞之期，还要屈尊列位英雄。

黄天霸 屈尊何来？

万君兆 扮做小弟家下人等模样，混进湖去，方能成功。

黄天霸 件件依从。

朱光祖 我说师弟，这档子事情是不是还得跟师妹妹商量吗？

万君兆 不用了，贱内现在亲友家中居住，你我正好行事。

朱光祖 那就太好啦。

万君兆 用罢酒饭，一齐改装，登舟便了。

黄天霸
关　泰 （同）请！

万君兆 请。

「【大锣打下】大家都拱手相让。“窝着下”，从“下场门”下。

第 十 四 场

「舞台无设置。【大锣抽头】二喽兵持桨驾舟引于亮“上场门”“站门”上。

于　亮 （念<扑灯蛾>）

自幼生来胆量大，胆量大。

「【抽头】领起来走“正圆场”，站面向“小边”台口的“斜门”。

于　亮 （接念）久在江湖做生涯，做生涯。

「【抽头】领起来走“反圆场”。站“正场”，于亮站台中。

于　亮 （接念）官兵捉拿我不怕，

浪里钻于亮哦【收头】就是咱。【住头】

奉了老寨主之命，巡查湖口，提防官兵前来窥探。喽罗的！【大锣一击】

喽　兵　有！

于　亮　寻查湖口去者。

喽　兵　啊。

〔唢呐吹奏<红绣鞋>曲牌，“扯斜门”面向“下场门”亮相。乐止。

于　亮　走哇！

〔【大锣打下】二喽兵摇船引于亮“下场门”下。

第十五场

〔舞台无设置。【水底鱼】王豹、赵麟、张熊、李虎引李大成“上场门”“站门”上。

李大成　众位头目请了。

四头目　请了。

李大成　今当老寨主寿诞之期，你我同去拜寿，请。

四头目　少寨主请。

〔【大锣打下】众“插门”“下场门”下。

第十六场

偷渡、入寨

〔舞台上无陈设。“走边”【四击头】【回头】万君兆身后跟随朱光祖持桨摇船“下场门”上，亮相；黄天霸身后跟随何路通持桨摇船“上场门”上，亮相。原场四人同时走到台口停住。

〔【快冲头】万君兆左手翻袖，左转身“翻着走”，朱光祖紧跟身后，二人走“正圆场”至“小边”台口停住，亮相。同时，黄天霸右手翻袖，右转身“翻着走”，何路通紧跟身后，二人走“反圆场”至“大边”台口停住，亮相。锣鼓住。

〔【快冲头】万君兆双手揪褶子，右转身“翻着走”，朱光祖跟其身后，二人走“反圆场”至“大边”台口停住，亮相。同时，黄天霸双手揪褶子，左转身“翻着走”，何路通跟其后。二人走“正圆场”至“小边”台口停住，亮相。锣鼓住。万君兆、黄天霸【归位】同抖袖。

万君兆　（诗）乔装改扮入贼巢。

黄天霸　　　　侠义英雄不辞劳。

〔【大锣打上】关泰身后紧跟计全持桨摇船“下场门”上亮相。李堃身后紧跟金大力持桨摇船“上场门”上亮相。

〔关泰四人“直场”走至台口处。万君兆、朱光祖、黄天霸、何路通四人原地稍微退后数步。

〔关泰、计全和李堃、金大力四人，同时“双进门”，从万君兆、黄天霸等四人中间走进去。关泰、计全走至“大边”台口，站万君兆、朱光祖左侧。同时，李堃、金大力走至“小边”台口，站黄天霸、何路通右侧。八人站台口两列横排。**【归位】**关泰、李堃抖袖。

关　泰　（诗）虎穴龙潭何足惧，

黄天霸等　　搭救忠良在今朝。（此句八人同念）**【夺头】**

众　（同）俺——**【撕边一锣】**（拱手）

万君兆　万君兆。

黄天霸　黄天霸。

关　泰　关小西。

李　堃　李公然。

朱光祖　朱光祖。

何路通　何路通。

计　全　计全。

金大力　金大力。**【住头】**

万君兆　众位英雄，看风卷波涛，水势凶险。大家要留心一二。

朱光祖　我说何爷，我们都是旱路英雄，这水里的事儿是擀面杖吹火——一窍不通，全仗何爷您啦。

何路通　有俺何路通在此，料也无妨。

黄天霸　好，催舟哇！**【归位】**（万君兆、黄天霸、关泰、李堃同右手揪褶子下角亮相）

<斗鹌鹑>曲笛、小唢呐伴奏

众　サ3　2 1　3　6　2. 3　1 2　3　3　–　**【小锣二击】**

俺　只　为　贤　臣　扶　保，

（右手放下褶子，变拳成右侧拱手式）

3　2 1　3　5 4　3 2　1 2　7　6 6　1　–

入　龙　潭　铁　索　山　巢。

（左手抓褶子，敞开。左弓箭步，右手前指）

〔**【快冲头】**万君兆领着朱光祖、关泰、计全，左转身往后“翻着走”，四人至“上场门”前方的“九龙口”处，均面向“大边台角”，站斜直排。

〔同时，黄天霸领着何路通、李堃、金大力，右转身往后“翻着走”，四人至“上场门”前方的“九龙口”处，面向“大边台角”，站于万君兆等四人的右侧，也成一斜直排。锣鼓住。八人成为“斜胡同”亮相。敞开褶子。

众　（多多）サ 5　6　5　1　1　6 1　5　3 5　6 1

恰　便　似　天　遣　神　兵　共　灭

（右手拍腰）　（右手反绕袖，左手前指）

2. 2 1 2 1 - 【小锣三击】 3 5 1 2 3 3
邪 妖， 这 时 候

「【五击】万君兆领着身后朱光祖、关泰、计全，黄天霸领着身后何路通、李堃、金大力。两队人直向"大边"台角处急走数步，停住。

「（嘟……八大 顷 - 仓）众人直着退回"小边九龙口"原位。停住，敞开褶子亮相。

i 7 6 5 1 2 7 6 1 - 【住头】【水声】
凡 尘 来 到。

（船上八人晃身）

万君兆 众位英雄，前来已是水深之处，必须多加小心！

黄天霸 掌稳了舵。

「【归位】万君兆、黄天霸、关泰、李堃四人右手翻袖，右侧高举。

众 サ5 6 1 5 1 3 5 6. 6 5 6 5 - 【小锣二击】
眼 望 着 海 水 滔 滔，

（左手敞开褶子。右手翻袖放胸前，斜前走"云步"）

3 2 1 3 【撕边一击】 6 2 3 1 2
煞 叫 他 网 罗

（胸向"小边"台角左弓箭式。右手反翻袖，斜前伸）

3 3 - 【小锣二击】 6 i 5 6 4 3 3
难 逃， 望 见 了

（右水袖斜前指向"小边"台角） （双手敞开褶子，斜别右腿，眼望"下场门"，胸向"大边"台角亮相）

「【五击】万君兆、朱光祖与黄天霸、何路通"一抄"，"抄整个的"。仍归原位。同时，身后的关泰、计全与李堃、金大力也"一抄"，"抄整个的"，仍归原位。均左手揪褶子，右手捞褶子，右弓箭步，眼望"下场门"，亮相。

6 1 2 3 2 1 2 1 - ‖【住头】【水声】
水 寨 贼 巢。

（均站起来望远方）

万君兆 （望"下场门"）来此已是湖口。

黄天霸 赏他个信儿。

李 堃 看箭！【撕边】（八大台）（摘弓搭箭射向“下场门”）

「“下场门”设摆竹城片，于亮站城上，右手接住箭。

于 亮 什么人？

朱光祖 你们家姑老爷到啦。

于 亮 万姑老爷到了，喽罗的。

「喽兵内白：“有。”【大锣一击】

于 亮 上撤铜蒙，下撤铁网，打开竹城，有请啊！

「喽兵内白：“啊。”

「【急急风】于亮下城“下场门”下。开竹城。

「万君兆领着朱光祖、关泰、计全，左转身往后“翻着走”，走“正圆场”至“小边”台角处，左转身，“下场门”急下。

「同时，黄天霸领着何路通、李堃、金大力，右转身往后“翻着走”，走“反圆场”至“小边”台角处，右转身“下场门”急下。

第十七场

寿堂宴婿

「舞台上设堂桌一张，“小座”。【快长锤】众喽兵空手，右手“单山膀”从“上场门”上，“站门”，分列两侧。李佩“上场门”上，“九龙口”处抖袖。

〔西皮摇板〕

李 佩 【凤点头】（过门同前）2⁵ 3 3 3 2（3 21 6̣1
绿 林 之 中（哦）

2）3 2 32 3 - 2.3 21 1 2 -‿ |
威（呀） 名 显，

「【闪锤】李佩走至台口处，双抖袖。

〔流水板〕

李 佩 1/4（过门同前）3 | 24 | 3 | 03 | 23 | 1 | 2 | 03 |
落 马 湖 山 高 万 丈 遮

12 | 1 | 02 | 12 | 3 | 03 | 12 | 32 | 3 |
碧 天。 山 寨 中 好一似 森 罗

2 | 03 | 21 | 6̣ | 1 | 12 | 216̣ | 1 | 02 |
殿， 三 面 是 水 一 面 靠 着 山。 设

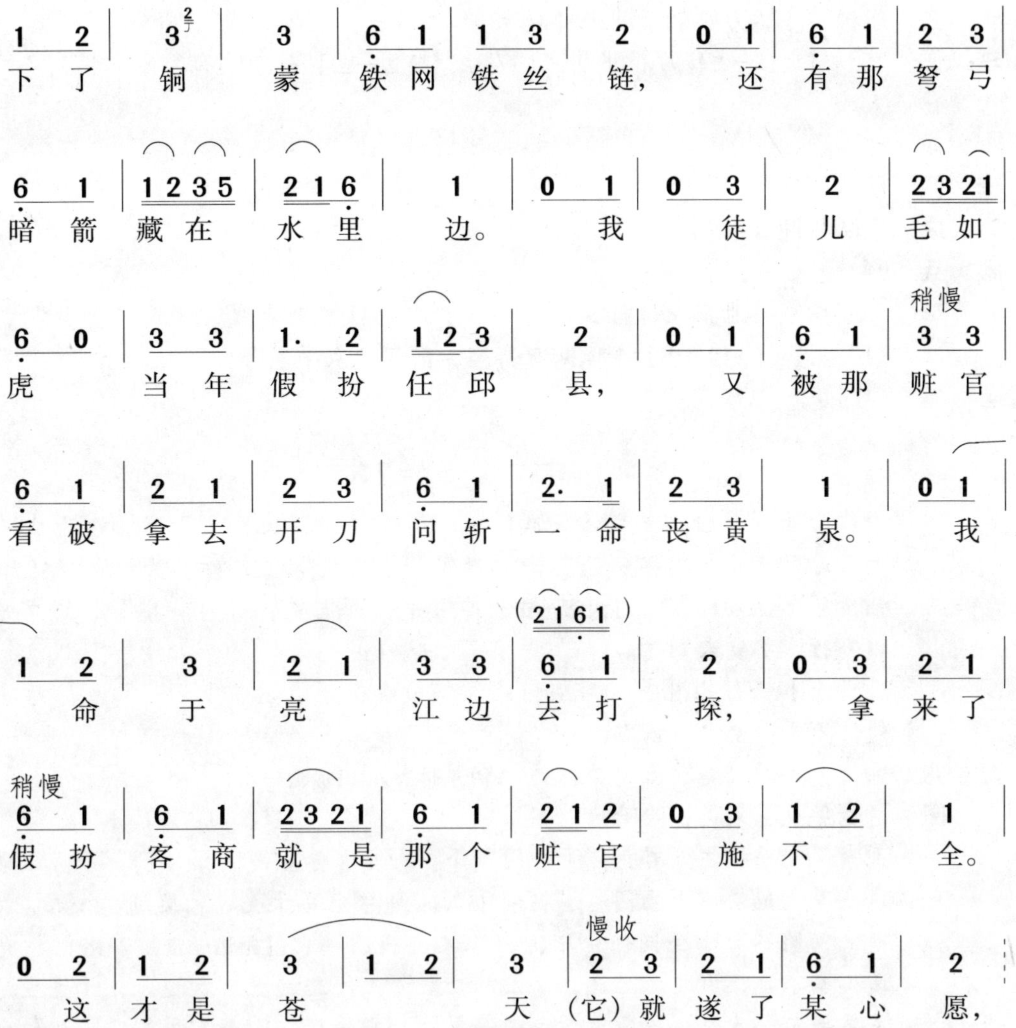

〖【快长锤】李佩左转身，走至椅前。右转身坐“小座”。喽兵归里。

李　佩　【凤点头】〔西皮摇板〕（过门同前）

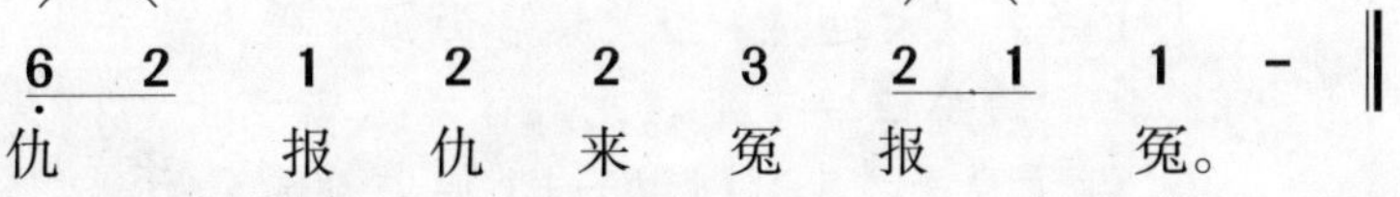

〖唢呐吹奏曲牌<吹打>。张熊、王豹、李大成、李虎、赵麟“上场门”上，“搭轿”走至台口横排，面向里站立。

王　豹
张　熊
李大成　（同）寨主千秋，我等拜寿。（拱手，大欠身拜寿）
李　虎
赵　麟

李　佩　生受你们了。（双手搀扶，微欠身，李大成等五人分列两侧。乐止）

〖于亮内白：“报。”

〖【快冲头】于亮空手从“上场门”上。进门站“小边”。

于　亮　启禀寨主，万姑老爷前来拜寿。

李　佩　噢！【大锣一击】万君兆前来拜寿。【撕边一击】看来倒有翁婿之情，不可慢待。李大成。

李大成　在。

李　佩　摆队相迎。

李大成　摆队相迎。

喽　兵　啊。

〔唢呐吹奏曲牌<吹打>。众喽兵、四头目、李大成、于亮“摆队”，从“上场门”下。【大锣打下】李佩起身离座，出门。双手敞开褶子从“上场门”下。

——连　场——

〔舞台上无陈设。连续奏<吹打>，众喽兵、四头目、于亮、李大成“上场门”上，站“大边”的“斜门”，引李佩“下场门”上，站“大边”。【大锣一击】翻袖，望“上场门”。【大锣一击】伸右手，面向前，“打背供”，意思是远望万君兆一行人将要来到了。

〔计全和李堃担礼物，后随何路通、关泰引万君兆“上场门”上。站“一条鞭”处，万君兆至台口偏右方。

万君兆　岳父大人。（趋前，欠身打躬，李佩搀扶）【撕边一击】

李　佩　贤婿免礼，来呀，哈哈哈。

〔李佩左手拉住万君兆“下场门”下。计全、李堃随“下场门”下。众喽兵、四头目、李大成均“下场门”“窝着下”。舞台上留于亮、何路通、关泰。在<吹打>中，何路通与于亮同往台中走，二人“撞膊”，【撕边一击】“比粗”亮相。何路通挺胸前走，于亮走里边，二人“推磨”。何路通至“大边”，于亮至“小边”伸左拳要打，此时，关泰走至台中偏里处，右手抓住于亮左手往“小边”台角带“抢背”。关泰右手“推髯”【撕边】(八大仓) 望于亮亮相。何路通乘机“下场门”下。关泰“前欺”两步，示威后右手抓袖，“下场门”下。

〔于亮至“大边”一望关泰后影，双手高抬一比手势，意思是他身材高大，不敢惹他，随后往台中走。此时，黄天霸“上场门”上，左水袖抬起，遮面走至台中，与于亮手碰上。【撕边一击】抬左袖偷看于亮，暗中点头。意思是“这人是个秃子，施大人就是他掠去的”。走至“大边”，二人均背双手互相打量对方。黄天霸要走，于亮向前双手搜腰，【撕边】(八大仓)黄天霸右腿“骗头”，就势再踢一腿；于亮低头顺势左手“接一腿”。黄天霸双手敞开褶子，眼望于亮，右丁字步亮相。于亮同时右手托住左腕，“矮式”亮相。黄天霸右袖抬起遮面，“下场门”下。

〔于亮走至“大边”，望黄天霸背影，右手伸出拇指，暗暗夸赞好武艺，随后走至台中。此时，朱光祖“上场门”上，走至“小边”偏里处。【撕边一击】于亮双手一拦，【撕边一击】双手又一拦。朱光祖回身点手，金大力“上场门”上，朱光祖示意叫他对付于亮。金大力右手拍腰，意思是交给我啦，双背手大摇大摆走至台中。此时，于亮双手插腰，站在“大边”偏外处，脸向外。金大力左手拍于亮右肩，于亮回头一看。【撕边】(八大仓) 金大力左手“绕脖儿”，再斜前一推，于亮

“前栽”险些跌倒，矮式于“大边”台角处。同时，金大力左手一指，亮相于台中；朱光祖暗笑，溜着“下场门”下。于亮走“外首”，金大力走“里首”，二人“推磨”走。金大力至“大边”，于亮在“小边”伸左手一摸金大力的腰，金大力右掌切腕，于亮托腕疼状，**【撕边】(八大仓)** 二人亮相。金大力上步一欺，于亮撤步怕状。金大力冷笑，“下场门”下。

「**【撕边一击】** 于亮至台中，一望金大力背影。**【撕边一击】** 面向外，右手一指“下场门”。(**八大仓**) 双摊手式，跺右脚。

于　亮　嘿!

「在<吹打>中，垂头丧气地“下场门”下。

——连　场——

「连续奏<吹打>，舞台上摆“正场桌”，“小座”，“大边跨椅”。众喽兵、四头目、于亮、李大成“上场门”上，“挖门”，均站“小边”一斜排。李佩“上场门”上，走至“大边”台口，止步，相让。黄天霸、关泰、李堃、计全、朱光祖、金大力、何路通“上场门”上，站“小边”、“一条鞭”。万君兆“上场门”上，至台口偏右方。再拱手施礼，进门至“大边”，李佩进门至台中。黄天霸等七人进门，“挖门”站“大边”“一条鞭”。<吹打>止。

万君兆　岳父请上，小婿拜寿。

李　佩　远路而来，不拜也罢。

万君兆　久别尊颜，理当叩拜。(跪拜)

李　佩　生受你了，坐下。

万君兆　谢座。**【大锣五击】**（李佩坐“小座”，万君兆坐“大边跨椅”）

李　佩　**【撕边一击】**（看黄天霸等七人）这都是何人?

万君兆　小婿家下人等，来，与太老爷拜寿。

黄天霸等　与太老爷拜寿。（七人向李佩拱手）**【撕边一击】**

李　佩　赏他们酒饭，下面去饮。

李大成　随我来。

「**【大锣打下】** 李大成领着黄天霸等七人出门，“下场门”下。

李　佩　酒宴摆下。

「<吹打>李佩与万君兆分别坐“堂桌”里面的右、左椅。于亮摆酒壶，斟两杯酒后，站“小边”。同时，众喽兵、四头目分列两侧偏里处。乐止。

李　佩　贤婿请。

万君兆　岳父请。

「唢呐吹奏曲牌<三枪>。二人饮酒，于亮斟酒。

李　佩　贤婿，小女因何不来?

万君兆　染病未愈，不能前来问候金安。

李　佩　你夫妻现在何处居住?

万君兆　现在狭沟驿居住。

李　佩　好好好，贤婿请。

万君兆 岳父请。

「<三枪>二人饮酒，万君兆假醉。【小乱锤】

于　亮 万姑老爷吃醉了。

李　佩 再饮几杯。

万君兆 酒已够了。

李　佩 于亮搀扶万姑爷书房安歇，命李大成陪伴。

于　亮 万姑老爷随我来。

「【冲头】于亮扶万君兆出门，“下场门”下。李佩出位站台中。

李　佩 【叫头】且住呀！看万君兆带来这伙人等，一个个面生可疑。喽罗的。

喽　兵 有。【大锣一击】

李　佩 今夜巡更，多加小心！

喽　兵 啊。

「【大锣打下】众喽兵、四头目“扯斜门”。李佩率众“下场门”“窝着下”。

第十八场

书房引领

「舞台上设紫花大帐，“正场桌”、“大座”，桌上放纱灯。胡琴奏曲牌<小开门>。于亮扶万君兆“上场门”上，李大成“下场门”上，三人同进门。万君兆坐“大座”，李大成站“大边”，于亮站“小边”。乐止。

李大成 于头目，请便吧。

于　亮 伺候万姑老爷。

李大成 有我在此，请歇息去吧。

于　亮 遵命。【大锣五击】（于亮出门稍作迟疑“上场门”下。李大成出门两望又进门）

李大成 万姑老爷醒来。

万君兆 你是何人？【大锣一击】（揉眼一望）

李大成 我就是李大成。

万君兆 哦，你就是李壮士？

李大成 黄爷现在外面等候。

万君兆 请来相见。

李大成 是。

「二人同出门。万君兆在“小边”台口。李大成击掌二下，黄天霸在“下场门”内击掌二下。【掐音锣】黄天霸引关泰、李堃、计全、朱光祖、何路通、金大力“下场门”上，站“大边”的“一条鞭”。黄天霸站“大边”。李大成站“小边”偏里。

黄天霸 众位英雄，见过李壮士。

关泰等 李壮士。

李大成 众位英雄。

黄天霸 关爷，同定李五爷、计全、金大力准备官船迎接大人。

关　泰　遵命。**【冲头】**（关泰、计全、金大力“上场门”下）

黄天霸　李壮士，山路崎岖，烦劳引路。

李大成　随我来。

「**【大锣打下】**李大成引黄天霸、万君兆、朱光祖、何路通“上场门”下。

第十九场

「舞台上无陈设。**【撤锣】**

「更夫甲、乙内白：“啊哈。”

「**【小锣五击】**更夫甲、乙，持梆、锣，腰中插刀“上场门”同上。走至台中分站左右方。

更夫甲　奉了寨主命，

更夫乙　巡更不消停。

更夫甲　伙计请啦。

更夫乙　请啦。

更夫甲　万姑老爷前来拜寿，本是好意。可是老寨主吩咐，今天晚上要小心巡更守夜，恐怕有歹人。这可真是世态炎凉啊！

更夫乙　自从咱们到这儿来，从来也没有见过万姑老爷来过。我看今天来的这些人是有点可疑呀。

更夫甲　什么可疑不可疑的，反正人家是亲戚。咱们少管闲事，打更要紧哪，走喳，走喳。

更夫乙　好，走喳。

「**【小锣长丝头】**二更夫“下场门”下。

第二十场

夜行、出击

「舞台上无陈设。二次“走边”。**【起更鼓】**起**【一更】**。**【镲锅软四击头】【撕边】（八大才）**黄天霸从“上场门”上，右手拿大带，左丁字步。万君兆从“下场门”上，左手拿大带，右丁字步。黄天霸站“小边”的“九龙口”处，万君兆站“大边”对称的地位；二人同时亮相。

「复击**【更鼓】**均斜前方，黄天霸先抬左腿，后抬右腿，再抬左腿，“蹉步”，左丁字步于台口偏右处亮相。万君兆身段同黄天霸一样，也是三次抬腿，“蹉步”，但左右是相反的。同时，走到台口偏左处亮相。

二人放下大带。黄天霸起“正云手”，成为左拳平伸，右掌胸前按掌式的亮相。万君兆同时起“反云手”，成为右拳侧平伸，左掌胸前按掌式的亮相。二人同时斜后退至“九龙口”处，拉开成“山膀”，亮相。

〔（八大才、才、才）黄天霸跨右腿，踢“正腿”三腿（先踢左腿）。（八大才）“骗右腿”，成为右弓箭式，右掌左拳的“大山膀”，亮相。同时，万君兆身段一样，只是左右反之，成为左弓箭式，左掌右拳的“大山膀”，亮相。

〔【更鼓】二人同时，站起身来，往斜后方再“拉开”，仍退至“九龙口”。拉开成“大山膀”的亮相。

黄天霸右“栽锤式”。往“小边”台角起“反云手”，右转身。成为右拳斜侧平伸，抬左腿，眼望“下场门”，亮相。同时，万君兆左“栽锤式”。往“下场门”起“正云手”，左转身。成为面朝里，右拳斜侧平伸，抬左腿，眼望“小边”台角处亮相。

〔【撕边】(八大才）黄天霸往“下场门”处，右穿拳，往左转身“大蹦子”，在“大边”偏里处。左弓箭式，左拳弯在腰间，右手“护拳式”，亮相。同时，万君兆往“小边”台角处，右穿拳，左转身“大蹦子”，在“小边”偏外处。面朝里，左弓箭式，左拳弯在腰间，右手“护拳式”，亮相。

〔【更鼓】黄天霸站起身，右拧身，面朝里，身后斜着“左别腿式”，左掌“大山膀”，亮相。再左拧身，“正云手”面朝前，斜后面“右别腿式”，成为右掌“大山膀”，亮相。同时，万君兆“右拧身”面朝外，“别左腿”，左掌“大山膀”，亮相。再左拧身面朝里，别右腿“正云手”，右掌“大山膀”亮相。

二人对面拉开成“大山膀”。此时黄天霸回到“小边”，万君兆回到“大边”。黄天霸往外走，右转身至“小边”台角处。面向“上场门”拍掌两下。同时，万君兆也往外走，左转身至“大边”偏里处。面向“上场门”拍掌两下（同时拍掌）。

〔【镲锅软四击头】【撕边】(八大才) 朱光祖由“上场门”处“斜翻上”：翻“串小翻”，“挂提”，落地后，“扣前扑”，面朝“上场门”站住。同时，何路通“上场门”上，斜打“飞脚”面朝“大边”台角站住。朱光祖伸右拳，被何路通左手抓住。朱光祖“矮相”，何路通抬右掌“高相”。同时黄天霸至朱光祖右侧。抬左掌，伸右拳“高相”，万君兆也至朱光祖左侧，抬右掌，伸左拳“高相”。四人亮相。

〔【更鼓】朱光祖和万君兆“一抄”；同时，何路通与黄天霸“一抄”。四人站台口，一横排。从左至右是朱光祖、万君兆、黄天霸、何路通。四人均高抬左掌，右拳侧平伸“大山膀”，右丁字步,面向外亮相。

〔起【二更】【归位】四人“拉开”，右手捞大带放在腰间右侧，左手伸拇指，指向前胸，左丁字步，亮相。

朱光祖 <新水令>曲笛、小唢呐伴奏
万君兆 （同唱）サ6 6 -（オオ）i 3（嘟 - オ） 3 5 6 5 352 3 -
黄天霸 同心 协力 计 安 排，
何路通

（左手接大带，放腰间左侧,右手胸前“按掌式”,成为右丁字步,亮相） （变为左弓箭式，右掌胸前做“切式”）

（才另才） 6. i 5 6 i 2 7 6 i 5 4 3（嘟－才）
为 忠 良

（站起身） （黄天霸往“上场门”处穿左拳右转身，面向外，丁字步。右侧拱手式亮相于“小边”偏里处。何路通往“上场门”处穿右拳，左转身，面向里，丁字步。左侧拱手式亮相于黄天霸右侧。同时，万君兆、朱光祖身段与黄、何二人相同。左右方向，手脚反之，拱手式亮相于“大边”偏里）

2 2 3 1 2 3 1 2 7 6 －（才 才） 3 3
身 入 水 寨。 趁 云

（黄天霸右转身，何路通左转身，二人背对背，黄天霸抬左掌，右手指向“大边”台角，右弓箭步面向“大边”台角亮相。何路通身段反之。同时，万君兆、朱光祖身段分别与黄、何二人反之。也背对背亮相于“大边”处）

（四人都原地站起来，背双手亮相）

（大台 才 才 才大 另 才）6 5 4 3 5 6 1 －
遮 明 月，

（黄天霸向“大边”台角跨右腿，踢左腿，左转身成左弓箭步，面向“小边”台角，左拳侧伸，右手指向“小边”台角，亮相于“大边”偏前方处。万君兆同时身段动作反之，亮相于“小边”偏前方处。同时，朱光祖与何路通“一抄”。何走至黄天霸身后，左拳侧斜伸，右掌“按掌式”在胸前，“高式”眼望“小边”台角，亮相。朱走至万君兆身后，身段动作反之亮相）

（四人原位不动。双手前上方抬起，比圆月式亮相）

（才 才） i 2 7 6（嘟 － 才） 3 5 6 5 6 5 －|
借 风 动 松 槐。

（四人归成台口一横排，从左至右顺序为何、黄、万、朱。站立，均拉开成“山膀”）

（四人起“正云手”跨右腿，踢“左十字腿”。后“别右腿”，成右掌的“大山膀”眼望“大边”台角亮相）

（四人都右转身，成为右丁字步。双手左右一分，成为左掌高，右掌低亮相）

「**【镲锅水底鱼】**万君兆“倒领”，“反插门”。朱光祖、黄天霸、何路通走“反圆场”，站成向“下场门”的“斜一字”。起**【三更】**万君兆拍掌三下，李大成“下场门”上，拍掌三下。

黄天霸 大人今在何处？

李大成 等候了。

〔李大成“下场门”下。**【掐音锣】**李大成拉施仕伦“下场门”上，站“大边”。

黄天霸 参见大人。（欠身拱手施礼）

施仕伦 少礼。

李大成 随我来。

〔**【大锣快冲头】**黄天霸左手一挥。李大成扶施仕伦，万君兆、朱光祖、何路通五人同“下场门”急下。

〔二更夫内白：“更下来喽！”

〔二更夫随喊随“上场门”上，走至“小边”。黄天霸夺过更夫的单刀，顺手杀死二更夫。二更夫“上场门”下。黄天霸在**【撕边】**（八大仓）中站身亮相。

黄天霸 好一座凶险山寨也！

【大锣归位】 サ2 23 12 3 3 22 1 –（才 才）

悄悄 行来，

（左手反提刀，右手拉开成“单山膀”）（左拧身，走小“反圆场”。至“大边”偏里处，面向“小边”台角。左弓箭步，右手指向“小边”台角）（站起身来，右掌胸前按掌）

3 21 3 0（大台 仓 才 仓 才 顷 仓）

入 虎 穴

（右手拿过刀来，左转身，面向里。右跨腿踢左旁腿“蹉步”到“小边”台角处。右跨腿成面向外，左弓箭步。左掌平伸向“下场门”，刀掖在左臂后方，刀尖朝上，眼望“小边”台角亮相）

5 5 32 5 3 23 232 0 1 – ‖

历 险 界。（嘟 –）

（刀“反缠头”，跨左腿，右转身，左腿不落地，向“小边”台角高抬直腿。右手刀在右侧腰间。**【撕边】**（八大仓），左腿直腿不落地，变成“探海式”，慢慢左拧身，面向外，头向“下场门”。左腿后别腿，右刀一涮，放在腹部右侧横刀亮相）

〔**【大锣半夺头】**站起身来，往右转身，踢“左十字腿”。**【四击头】**“扫堂腿”数个，接“旋子”。刀交左手反拿，右拳胸前伸出。右丁字步，面向“小边”台角，亮相于“大边”偏里处。

〔**【撕边】**（八大仓）左脚踢大带于左肩上，面向“下场门”，“右单山膀”左丁字步亮相。**【急急风】**急步“下场门”下。

第二十一场

劈竹城

〔“下场门”处设摆竹城。【软四击头】何路通持扑刀，上城。【撕边一击】向远处一望。（八大仓）“折腰”翻下竹城。【三锣】三刀砍倒竹城。【急急风】“下场门”下。拿船桨“下场门”又上，“大边”偏里处搭扶手。后随李大成扶施仕伦、朱光祖持刀“下场门”上，下船。万君兆、黄天霸持刀“下场门”上，站何路通船上。同时，计全持桨“上场门”上，站“小边”偏外处，搭扶手。李大成、施仕伦、朱光祖上计全的船上。锣鼓打住。

施仕伦 天霸，拿住李佩千刀万剐。【大锣一击】

万君兆 啊？！（大惊）

朱光祖 师弟放心，都有我哪！

万君兆 唉。

〔【急急风】两船的人，均由“上场门”急下。

——连　场——

〔【急急风】关泰左手倒提扑刀，右手举令旗“上场门”上，站“九龙口”处。摇令旗。（空匡）接【急急风】李堃、计全、金大力、朱光祖、王殿臣、万君兆、黄天霸均持兵刃，何路通背刀、摇桨。四官兵举刀，后随船夫摇桨都从“上场门”急上。“跑过场”，“下场门”下。

第二十二场

聚歼、会战

〔舞台上无陈设。【急急风】众喽兵持刀，张熊、李虎、王豹、赵麟持枪引李佩双手敞褶子从“上场门”上。“站门”分列两侧，李佩站台中处。【大锣五击】抖右袖。

李　佩 （念）铜墙铁壁围山寨，
何惧官兵窥探来。

〔于亮内白：“报。”【快冲头】“上场门”上，左手倒提刀，站“小边”。

于　亮 寨主大事不好了！

李　佩 【大锣一击】何事惊慌？

于 亮　黄天霸将施不全救出落马湖去了！

李 佩　啊！【大锣一击】万姑老爷呢？

于 亮　万姑老爷不见了！

李 佩　唤李大成。

于 亮　李大成也溜了哇！

李 佩　哎呀！【五击】定是他们里应外合，救走赃官。量他走之不远。喽罗的！

喽 兵　有。【大锣一击】

李 佩　紧紧追赶。

喽 兵　啊！

　　　〔【急急风】李佩脱掉褶子，从喽兵手中接过双锏。众喽兵、四头目、于亮引李佩，"领起来""插门"。同时，众官兵引王殿臣、何路通、计全、李堃、朱光祖、金大力、万君兆、关泰、黄天霸从"上场门"上。"二龙出水"，"会阵"，双方人员分列两侧。于亮站"大边"台角，李佩站"大边"。黄天霸站"小边"，其右侧依次站立关泰、万君兆、金大力。刀、锏架住。

李 佩　【叫头】呔，何人挡住老夫的去路？（推开黄的刀）

黄天霸　晚生天霸特来迎接老寨主。（打躬）

李 佩　【叫头】天霸呀，小奴才，你买通万君兆、勾结李大成，救走赃官。不去逃生，还敢来见老夫；难道你就不怕死？

黄天霸　【叫头】老寨主，想此事乃是于亮之过，与寨主何干？相烦老寨主跟随我等前去哀求施大人，倘若饶却不死，得一官半职，也免得落草为寇，寨主你要再思啊再想。

李 佩　【叫头】住口！要俺去见赃官，除非是日从西起！【一击】

万君兆　岳父啊。【五击】听小婿相劝，归顺施大人，岂不扬名天下！

李 佩　【叫头】万君兆哇小畜生，你帮助他们救走赃官，把你我翁婿之情，一旦抛废了！

关 泰　李佩！【五击】跟随我等，前去投案，饶你不死！【一击】

李 佩　住了！【五击】要俺前去投案，却也不难，除非将尔等首级留下！【一击】

金大力　老兄弟，别跟他费话啦，打狗日的！

黄天霸　看刀。

　　　〔（八大仓）李佩双锏架住天霸单刀，二人亮相。

众　　杀！

　　　〔【急急风】两边的人"钻烟筒"，分别从两侧下。台上留下李佩、黄天霸。二人"一扯"，"两扯"，"过合"，再"一磕"，"反兜"回来"。李佩仍在"大边"，黄天霸站"小边"。二人开打，打"单刀对锏"，"搭叉"，转身，打"九刀半"。锏漫黄头，黄单刀再漫李佩头。单刀下刺四刀（边转身）。双锏分别下挡（挡两刀，转身）。黄刀砍"马腿"。李佩左锏下挡住，右锏打黄"封头"。李双锏下刺四下（刺两下左转身），黄单刀下面挑开四锏（边右转）。左锏挑黄"右鹞子翻身"。黄左手往外刨下右手锏，刀往外挑开左手锏。刀往里"刺肚"，同里转身。刀打双锏"鼻子"，就势"削头"，左脚踢李一腿。李佩双锏从后向外压下双翎，就势低头，躲过黄的刀。右手锏夹于左腋下。右手接黄一腿。右手拿过锏来，往"大边"偏里处，走"大蹦子"，高举双锏，抬右腿，亮相。【四击头】黄踢完左腿，就势"左鹞子翻身"，"左骗腿"。侧伸左掌，右手刀横腰前。左弓箭步亮相于“小边”偏台中处。

〔【急急风】“过合”，黄至“大边”，李至“小边”。二人均往外“翻着走”。同时，“下场门”上一喽兵持刀。“上场门”上一官兵持枪。二人压兵刃，此时，黄天霸、李佩正走至舞台后方，“冲出去”，以刀、双锏挑开喽兵和官兵的兵刃，就势于台口处，单刀压住双锏，“下场门”同下。

〔喽兵和官兵被挑开后，就势往外“翻着走”，于台中见面。单刀与枪开打：“搭兜”，转身，刀挑起枪来，“一别”，“下兜”，刀砍“马腿”。外砍一刀，枪“盖下”来，“扎脖”，刀“缠头”转身。枪上刺，刀“两绕”下来，转身，“削头”。枪刺上两下，单刀往里“两盖”，喽兵刀打官兵往“小边”台角走“抢背”。从“上场门”一官兵持枪“斜翻上”，至“大边”台角。以下接打“把子连环”。

〔【急急风】“把子连环尾”，舞台上留下赵麟持枪上刺。朱光祖持刀“下场门”上。【撕边】(八大仓）“一绕两绕”转身“削头”，二人亮相。打“单刀枪头子”。往“小边台角”打赵麟“抢背”。【急急风】“上场门”上张熊持枪，“斜翻上”，落地于“大边”台角处。朱光祖与赵麟“搭兜”。往“小边”盖张熊“旋扑虎”。赵麟走“旋扑虎”从张熊身上过去。朱光祖到“大边”，走“飞脚”从赵麟身上过去，归台中。

〔以下打“八股档”，中间“一压”，“刺肚”。朱光祖站“大边”偏里。“上场门”上计全持单刀，站“小边”偏里，张熊在“小边”，赵麟在“大边”。四人“一兜”。朱光祖，计全同时分别打赵麟、张熊“一盖腰封”。“上场门”上王豹持枪，“下场门”上李虎。二人分别接计全、朱光祖“封头”。张熊、王豹打计全“一压”，“刺肚”；同时赵麟、李虎打朱光祖“一压”、“刺肚”。赵麟被朱光祖“一盖鼻子”到“大边”台口；张熊被计全“一盖鼻子”到“小边”台口。“上场门”上李堃持扑刀与计全“一抄”；同时，“下场门”上王殿臣持刀与朱光祖“一抄”。此时，张熊、李虎、王豹、赵麟在台口一横排；朱光祖、王殿臣、李堃、计全在舞台后方一横排。勾“马腿”，张熊、李虎、王豹、赵麟到舞台后方一横排；朱光祖、王殿臣、李堃、计全归台口横排。枪上刺“锁喉三枪”，下扎，单刀挑起“撩削”进去。朱光祖、王殿臣、李堃、计全归舞台后方横排，接“上下”，八人亮相。朱光祖、王殿臣“下场门”下；同时，计全，李堃“上场门”下。

〔此时，张熊、李虎、王豹、赵麟四头目在台口横排，金大力持大杠子“上场门”上，至台中后方。“直场”与四头目“过合”，金大力至台口，四头目到台中后方。“一搭一扯”，金大力至“大边”；四头目至“小边”，“一条鞭”处。“过合”，金大力至“小边”；四头目至“大边”，“一条鞭”处。“带一带两”，金大力至台中，四头目站舞台四角处，金大力接“大边”二头目的“封头”。在台口处“领着走”“正圆场”。金大力至台中，打“萝卜头子”，四头目“下场门”败下。

〔于亮持单刀“上场门”上。【撕边】(八大仓）金大力“上搭”，下扫“飞脚”过去，于亮至“大边”台口，金大力至“九龙口”二人亮相。【急急风】对起“大刀花儿”转身，“一磕”，“反削”于亮头。往外“两绕”，大杠子“大刀花儿”，转身“削头”，金大力至“大边”，于亮至“小边”。“里盖”转身，打于亮“前封头”、“后封头”。于至“大边”下扎，金大力“剜萝卜”，转身“削头”，打刀的“鼻子”，**【撕边】（八大仓）**金大力在“小边”，于亮在“大边”，二人亮相。**【急急风】**黄天霸持单刀“上场门”上，“斜漫头”出去，至“大边”。于亮低头躲过，走至“九龙口”处，再“上场门”下；同时，李佩持大刀“下场门”上，“斜漫头”出去，至“小边”。金大力低头躲过，“下场门”下。下接“大刀三见面”开打。接续**【急急风】**加强。

〔舞台上有，李佩、黄天霸二人。二人“大刀花儿”，“两过合”，“一兜”，单刀打大刀的“一盖腰封”，大刀柄“缓起来”。单刀刺大刀的“上下左右”。大刀柄与单刀两个“反搭兜”。单刀外砍一刀。大刀柄“一盖”压住，“里盖”，同转身，打大刀“前封头”、“后封头”。单刀“刺肚”，二人转身，李佩至台中，黄天霸至“小边”。大刀往里“两盖”单刀。大刀柄压住单刀，大刀头就势“大刀花儿”转身“削头”。大刀往“下场门”起“大刀花儿”。此时，万君兆持单刀“下场门”上，接“封头”。“刺肚”过去。李佩在“台中”，黄天霸在“大边”，万君兆在“小边”。三人打“大刀三见面”，打到黄天霸到“九龙口”处，万君兆在“大边”偏中处，同时，李佩站台中，面向“小边”台角。黄天霸、万君兆两把单刀连扎李佩三番“掏耳朵”。“一压”，“刺肚”，黄天霸到“大边”偏中，万君兆到“九龙口”，李佩仍在台中。**【撕边】（八大仓）**三人均向“小边”台角方向“出刀”，同时，搂由“下场门”“斜翻上”两名喽兵，中间一名官兵（三人均空手），三人落地于“小边”台角处，亮相；同时，黄天霸、李佩、万君兆走到“大边”偏里处，李佩“两绕”，转身，“削头”，万君兆低头躲过，黄天霸再削李佩的头。六人分成两组同**【四击头】**亮相。

〔**【急急风】**黄天霸、万君兆压住李佩大刀，三人同“下场门”下。舞台上留二喽兵和一官兵。三人走到台中处，“过合”，官兵在中间，把一个喽兵“带过去”，把“大边”的喽兵打“抢背”“下场门”下。和“小边”的喽兵“两过合”，“幺、二、三”转身“一盖两盖”，往“小边”台角打喽兵“抢背”，以下接“手连环”。锣鼓起**【开档锣鼓】**

〔“手连环尾”舞台上留下一官兵。**【急急风】**于亮持刀“上场门”上，“盖手”，往“小边”台角打官兵“抢背”。“漫头”过去，官兵到“大边”，被于亮“削头”、打“靴底”。官兵“下场门”下。黄天霸持刀“上场门”上，“漫头”过去。黄天霸到“大边”，于亮在“小边”。

〔“对单刀”：“一磕”，“两过合”。“搭叉”，转身，“抹抹抹”，下“反兜”。“上搭”，扫于亮“蹦子”。砍于三刀（先砍右肩）。于刀压住，黄天霸，右脚踹开。就势刀尖朝下，右弓箭步，右手推刀背向“小边”一推。同时，于右转身，刀刺向“大边”，刺空。黄天霸刀背“上挂”，“反削头”。于亮至“大边”。黄天霸至“小边”上刺，“里盖”，于打“前封头”，“后封头”。黄左转身，上“反搭”，斜扫“蹦子”，于亮蹦至“大边”台角。二人背对背，对砍“马腿”。边走着边打“搭兜”，“搭兜”。黄天霸至“大边”，于亮在“小边”，连砍两刀，被卸掉刀，往外同走“蹦子”，黄天霸单刀“削头”，就势刀刺胸，于亮抓住刀，踢一腿，夺过刀，黄天霸往“大边”走“旋子”。于亮“大刀花儿”，

“漫头”过去。黄天霸至“小边”，于亮至“大边”。单刀扫“飞脚”，“反漫头”，二人亮相，**【急急风】**切住。接**【马腿儿】**二人打“夺刀”。“夺刀”完。于亮踢掉黄天霸的刀。**【急急风】**“过合”，黄天霸至“大边”偏里；于亮至“小边”台角。“幺、二、三”，“搭叉”，“双掳住”，“双拍腿”。连“盖四拳”，往“小边”台角打于亮“抢背”。

〔打“老接头”：“上场门”一喽兵（空手）“斜翻上”，筋头落地于“大边”台角。立即“横场”，翻筋头到“小边”台角。此时，黄天霸与于亮“斜过合”至“小边”处，“小边”台角的喽兵走“爬虎”，往里“滚堂”。黄天霸蹦过去，至“小边”台角处。同时，于亮至“大边”偏里处，“上场门”上一官兵（空手），“横场”翻筋斗出去，落地于“大边”，立即变“横场”的“爬虎”，往里“滚堂”。于亮蹦过官兵去，至“大边”处。黄天霸连“盖四拳”，于亮抄黄天霸“小翻岔”接“乌龙绞柱”，踢于亮“抢背”**【四击头】**亮相。同时二人身后的喽兵“两盖”打官兵“抢背”，亮相于黄天霸和于亮的斜后方。**【急急风】**接（**八大顷仓**）四人追下，“下场门”下。

〔**【急急风】**关泰持扑刀“单起”，“上场门”上。打“大枪攒”：“上场门”四喽兵持刀上，被关泰“下场门”“推下”。张熊、李虎持枪“上场门”上，“斜过合”，“勾出去”，李虎至“小边”，张熊在“大边”，关泰在台中，中间“大刀花儿”一压，“刺肚”。再一压，挑开两杆枪。“大边”杀死李虎，“下场门”下。再杀死“小边”的张熊，“上场门”下。

〔李佩持双锏“下场门”上，“斜漫头”过去。“勾上”计全“上场门”上。李佩居中，计全至“大边”，关泰至“小边”。一压“刺肚”。朱光祖持刀“上场门”上，与李佩“斜过合”至“大边”台角。李堃“上场门”上，接李佩“封头”。四人“大刺肚”，站向“上场门”的“斜胡同”。李佩面向“上场门”扒拉“倒脱靴”，王殿臣、万君兆、金大力、众官兵全由“上场门”上，站“斜胡同”。最后，黄天霸持刀“上场门”上，“斜漫头”出去，至“大边”台角。李佩低头过去，就势双锏接“后封头”，亮相于“九龙口”处。**【撕边】**（**八大仓**）黄单刀打“后封头”后，单刀横于腹部右侧，左拳弯于左腰间，眼望“上场门”处的李佩，亮相。

黄天霸 追。

〔**【急急风】**众人均追李佩，“上场门”下。舞台上留黄天霸耍“单刀下场花儿”**【四击头】**向“大边”台角起“飞脚”、“变腰子”，“踩泥”。左手持刀背，右手“山膀”亮相于“大边”台角处。**【急急风】**从“上场门”急下。

第二十三场

水擒李佩

〔舞台的“下场门”处设两层高台，斜向“小边”台角方向摆放。前层一张桌子高度，紧挨的后层是两张桌的高度，台前紧附竹城的软城片。

〔**【软四击头】**何路通从“上场门”内“斜翻上”，筋斗落地于“大边”台角处。在**【撕边】**（**八大仓**）中，左丁字步，“右单山膀”，亮相。**【长撕边】**右转身至台口，拧“圈旋子”（至少三圈，约二十个左右）。（**八大仓**）亮相于“大边”处。**【九锤半，阴锣】**往“小边”游水，走至“九龙口”处，“望门”看“上场门”。此时，于亮“下场门”上高台，四下一望；再到前层高台上张望，欲寻逃走之路。何路通游水至“小边”台角，一指于亮，游至高台下面。面向外，双手向于亮撩水两次。右转身面向里，双手向于亮撩水两次。**【起浪锣鼓】**左转身，面向外，双手接于亮踢来的左腿，再向里双手接于亮踢的右腿。左转过身来，与于亮“幺、二、三”，“双掠住”，于亮拉何路通上了头层高台。二人均用膝盖“磕开”双手，原地往里“两盖”，于亮左拳、右拳。二人均面向“小边”台角。同时翻“台漫”下高台。**【撕边】**（**八大仓**）二人落地于台中，亮相。

〔**【急急风】**何路通在“大边”，于亮在“小边”。“两过合”，“幺、二、三”，“搭叉”。转身，往外“两盖”何路通左拳、右拳，搂何路通“直场”的“旋扑虎”。于再“直场”的“旋扑虎”，跃过何路通去。往里“两盖”于亮左拳、右拳，二人至台中里首处，“直场”同时“翻出去”（于亮翻“虎跳前扑”接“前毛”。何路通翻“虎跳前扑”接“蹦子”）。**【四击头】**何路通右手抓于亮，于亮左脚踢何路通往“下场门”的“抢背”。于亮欲抓何路通，又被何路通踢往“小边”台角的“抢背”。何路通双拳弯于胸前，右丁字步亮相。同时，于亮的右弓箭步,左拳弯于胸前，右掌高抬头上，亮相于“小边”台角处。

〔**【九锤半，阴锣】**二人趋前至台口，互相双手向对方“撩水”三次。何路通往左走转身的“蹦子”至“大边”台角。蹲身走“横步跳矮子”，走至台中。同时，于亮往右走转身的“蹦子”至“小边”台角。蹲身也走“横步跳矮子”，走至台中。二人相遇，“搭手”，“掠住”。**【急急风】**“轰开”，“两过合”。“幺、二、三”，“搭叉”，转身，“里盖”于亮两拳，**【撕边】**（**八大仓**）斜推于亮“窟扑虎”上岸，爬在“小边”台角处。

〔金大力“上场门”上，拢起于亮双手，亮相。

金大力 走吧，小子呀！（绑于亮“上场门”下）

〔**【九锤半，阴锣】**何路通游水至“小边”，“望门”，看“上场门”。同时，李佩“下场门”上，站后层的高台。掏双翎，张望。何路通游水至高台前面,望见李佩。

〔何路通面向外，双手撩水四次。右转身，面向里，双手撩水四次。左转过身来，再双手撩水两次，李佩在高台上连连晃身站立不稳。

〔**【撕边】**（**八大仓**）何路通斜出右拳，李佩“台漫”翻下高台，落于“小边”，二人对面，伸拳亮相。

〔**【急急风】**二人“搭手”，“掠住”。“轰开”，“两过合”。“幺、二、三”，“搭叉”，转身，“一磕”，“一扯”，李佩至“大边”台角，何路通至“小边”偏里。李佩“打头”进去，至“小边”偏里，何路通至“大边”台角。李佩往里“两盖”何路通左拳右拳，接右拳“封头”。何路通左手挑开李佩双手，右拳打“冲天炮”，李佩左手“盖下”来，右脚踢何路通往“大边”台角走“抢背”。**【四击头】**李佩就势右腿“骗月亮门”，后别右腿。“右鹞子翻身”，再“跺泥”，抬左腿。掏双翎高举头上。眼望“大边”台角的亮相。同时，何路通“抢背”起来，“跨腿”左转身。左腿“骗月亮门”，左弓箭步，双拳“打虎式”，亮相在“大边”台角处。

〔【撕边】(八大仓）李佩向前打左拳“冲天炮”。何路通右手“盖下”，就势右脚踢。李佩左手“接一腿”。二人台口“矮式”亮相。

〔【九锤半，阴锣】李佩往外“盖两拳”，就式，二人同对面，往里走“穿手”接“大蹦子”。李佩在舞台里边，偏“小边”。何路通在舞台里边，偏“大边”。二人面对面，双走“龙形”游水式。走至台口处，二人双手向对方撩水三次。何路通往左走转身“蹦子”至“大边”台角背向李佩，“踩水式”，走至“大边”。同时，李佩往右转身走“蹦子”至“小边”台角。“掏双翎”，双手放于腰间左右两侧处。脚下往里走“云步”，走至“小边”。二人相遇，“搭手”，“掠住”。

〔【急急风】“轰开”双手，“过合”，何路通至“小边”，李佩至“大边”。“幺、二、三”、“搭叉”。转身，打“车轱轳锤”。李佩“打头”过去至“小边”，何路通至“大边”。连着“四盖”李佩四拳。【四击头】二人“对磕”右掌，李佩就势，右“拧身”。头向“上场门”，走垫左脚的“硬翻身”。再接“右蹦子”。“掏双翎”，右弓箭式，亮相在“小边”台角。同时，何路通，起“正飞脚”接“骗腿砍身”。右丁字步双拳高举“虎抱头”。亮相于“大边”处。

【撕边】(八大仓）何路通上前打右拳，被李佩双手抓住，亮相。

〔【九锤半，阴锣】李佩推着何路通走“正圆场”至“九龙口”处，又斜走至“大边”台角处（二人成“扎犄角”式）。李佩左手抓何路通右臂，右手撩水数次。同时，何路通左手向李佩撩水。【撕边】(八大仓）何路通左手挑开李佩左手。李佩右拳打“鼻子”，何路通双拳朝上，接住。李佩就势左拳往外“漫头”，打胸。何路通低头躲过，双手抓住李佩左臂，二人亮相。

〔【九锤半，阴锣】何路通推着李佩走“反圆场”，走至“下场门”前。再斜走至“小边”台角（二人成“扎犄角”式）。何路通右手抓李佩左腕，左手撩水数次。李佩左右“甩髯口”。【阴锣】收住。

〔单起【急急风】李佩右手挑开何路通右手。“搭叉”，转身。李佩斜打四拳，再背对何路通，左肘撞，右肘撞。何路通双手“盖下”来李佩再斜打四拳，何路通双手“盖下”来推背，李佩被推上岸来。【撕边】(八大仓）单腿跪于“小边”，金大力拿手铐“上场门”上，铐住李佩。亮相。何路通也跳上岸来，随即“上场门”下。

金大力 又逮住一个，走呗！

〔【急急风】金大力拉链子，李佩跟着走“正圆场”。黄急“上场门”上，在“小边”台角的地上磨刀两下，急追李佩走“正圆场”。此时，朱光祖、万君兆持刀也从“上场门”上，紧随黄天霸后面，同走“大圆场”。走至“小边”台角处，均往“下场门”方向“蹉步”。走至台中，万拉住黄天霸右手刀，被推开，黄再扒拉开朱光祖。李佩抬起右脚踢黄天霸，黄用单刀砍李佩右“靴底”。万君兆往“小边”台角以手一带黄天霸形成一“抢背”，【撕边】(八大仓），黄天霸站起来，望李佩，左弓箭步亮相。同时，万君兆、朱光祖右手指黄天霸亮相。

朱光祖 咳，你要干什么？

黄天霸 唉！（无可奈何地）

「半<尾声>众官兵，王殿臣、计全、李堃、关泰、何路通持兵刃“上场门”上，站舞台后面，向“下场门”的“顺风旗”式一斜排，亮住。紧接**【急急风】**收住。闭幕。

——剧 终

附　录

接第十三场（参阅剧本中“救命”一场注解说明）

〔舞台设大帐子，“正场桌”，“小座”。**【小锣抽头】**李蕙兰“上场门”上，“九龙口”抖袖。

〔西皮摇板〕（以下曲谱均从略）

李蕙兰　幼年时随我父闯荡绿林，**【小锣抽头】**

（走至台口）

尊父命与万君兆结成婚姻，

夫妻们成亲后倒也和顺，

〔**【小锣抽头】**左转身，走至椅前，右转身坐下，抖袖。

〔西皮摇板〕

这几日却为何心不安宁。（唱收住）

〔小二内白：“报。”**【小锣长丝头】**从“上场门”上，进门，站“小边”。

小　二　夫人，大事不好了！

李蕙兰　何事惊慌？

小　二　来了一伙人，说太老爷擒去了施大人。他们跟姑老爷商量，要捉拿太老爷去哪！**【大锣一击】**

李蕙兰　啊！有这等事，你且退下。

小　二　是啦。（出门站“小边”台角偷听）

李蕙兰　（**【冲头】【叫头】**站起至台中，翻袖）且住，我爹爹惹下这杀身大祸，想我女儿之家，不能搭救父命，还要连累我夫妻二人，这便如何是好？**【叫头】**也罢，待我拜谢爹爹养育之恩，寻个自尽了吧！（哭，水袖拭泪，单腿跪下，叩拜，站起抖袖）

小　二　我快告诉姑老爷去吧。（“上场门”暗下）

〔西皮散板〕

李蕙兰　**【大锣纽丝】**（过门）为女儿不能够搭救父**【大锣哭头】**命，喂呀爹爹呀！

〔**【扫头】**腰间解下“腰巾子”，搭在脖子上。同时，万君兆、朱光祖、黄天霸、何路通从“上场门”急上，同进门，万君兆、朱光祖站“大边”；黄天霸、何路通站“小边”。黄天霸上前伸手要抱，朱光祖伸手一推，阻止。

朱光祖　嗨！**【冷锤】**这不是你们家！**【冷锤】**（黄天霸猛然醒悟）

万君兆　（摘下“腰巾子”，放桌上，扶李蕙兰坐下）娘子醒来。

黄天霸　嫂嫂醒来。

〔西皮小导板〕

李蕙兰　**【大锣导板头】**（过门）一阵昏迷复又醒，

万君兆　娘子醒来。

黄天霸　嫂嫂醒来。

李蕙兰 【**撕边**】(**八大仓**)（揉眼，睁开眼一望）喂呀！（哭，拭泪，站起，抖袖）
〔西皮散板〕
【**凤点头**】（过门）为何救我命残生。【**住头**】

朱光祖 师妹妹，你乃女中豪杰，为何行此短见哪？

李蕙兰 我父惹下大祸，为女儿者，不能搭救，只有一死，以报爹爹养育之恩哪！（拭泪，朱光祖示意黄天霸）

黄天霸 啊嫂嫂，但放宽心。只要救出大人，令尊之罪，有小弟万死代替，绝无损伤。

万君兆 只怕你口不应心。

黄天霸 这个。

朱光祖 什么这个那个的，到了这个节骨眼儿，你得说真格的啦！

黄天霸 也罢！【**五击**】我若口不应心，日后死在乱刀之下。【**大锣一击**】（跪）

万君兆 言重了！（扶起黄天霸）

〖小二内白："报。"【**冲头**】"上场门"上，进门站"小边"。

小　二 众位英雄到。

万君兆 娘子请至后面。有请。（李蕙兰"下场门"暗下）

小　二 有请啊。

〖唢呐吹奏曲牌<吹打>。关泰、李堃、金大力、王殿臣、计全上。（以下接原词"大家定计"）

王展云 **整理**　　　　吴 里 **记谱**

蚆蜡庙

王金璐演出本

京剧《虮蜡庙》故事取材于中国古典小说《施公案》，其剧情、人物与《施公案》小说大同小异。

故事发生在清朝康熙年间。淮安府招贤镇的土豪费德功，窝藏大盗、勾结官府、独霸一方，于虮蜡庙庙会时，强抢民女、杀死无辜百姓。时逢清官施仕伦巡查至此，受理此案。江湖老英雄铁背雕褚彪定计，与黄天霸之妻（侠女张桂兰）、小侠贺仁杰假扮乡民，往虮蜡庙进香朝拜，故意诱费德功将张桂兰抢进庄去。张桂兰假意允婚，用酒将费德功灌醉，乘机将其削铁如泥的宝剑和毒药袖箭诓到手中，然后会同黄天霸、朱光祖夜袭费庄。褚彪率关泰、金大力等众官兵赶到，在贺仁杰、张桂兰配合下，最终擒获费德功，为民除害。

京剧《虮蜡庙》是群戏，剧中主要人物非常多，被称为武戏中的《龙凤呈祥》，所以很适宜“合作戏”演出。“合作戏”就是由几个班社、剧团的主要演员联合演出，剧中所有的主要人物均由著名演员扮演，通常适用于堂会和重大庆典。因为剧场气氛热闹，观众十分欢迎，所以更适合义演，捐助慈善事业、救助灾情。

在这出群戏里，第一主角是褚彪，应为武老生或武生应工。第二主角是短打武生黄天霸，第三主角是武净（或武生）应工的费德功。这三个人物在剧中的表演最为繁重。其他的主要角色还有张桂兰（刀马武旦）、金大力（架子花脸）、贺仁杰（武生、武小生或娃娃生）、朱光祖（武丑）、施仕伦（老生）、秦一臣（老生）、费兴（丑）、关泰（净）、米龙、窦虎（武净）、小姐（青衣）、张妈（花旦）等，也均有吃重的表演。特别要提的是张妈，她在剧中虽然只有“劝婚”一场戏，可是合作戏演出时，通常要请剧团里的“当家旦角”扮演。还有这样演的，剧中张妈劝说张桂兰答应顺从费德功时，张桂兰“要求”她唱曲艺鼓词、流行歌曲或学唱京剧名角唱段。有的还要学唱高庆奎的《斩黄袍》、金少山的《黑风帕》、龚云甫的《钓金龟》。还有的要唱“一赶三”的《二进宫》，张妈一人兼唱青衣李艳妃、花脸徐延昭、老生杨波。这些虽与剧情无关，却也十分有趣，充分展示了这位“当家旦角”博艺多能的深厚功力。《虮蜡庙》当年和《龙凤呈祥》一样，是舞台上最常见的、最能展示演员技艺的一出“大合作戏”。

《虮蜡庙》又是一出最适合演出的“反串戏”。剧中主要角色众多，而且都有施展的机会，当年各京剧团体又都经常上演，场次、台词、唱腔、武打、表演大家都非常熟悉，一凑就能很快上演，排起戏来也很容易，所以大家就有了“反串”的想法，觉得那样更有趣味。许多著名演员，他们是哪个流派、什么行当、擅长何技早为观众所熟悉，要是互相掉换“行当”来“反串”上演，当然就更会引起观众的兴趣，表演起来就更有看头了！20世纪50年代，我曾看过北京京剧团“大反串”演出的《虮蜡庙》。马连良饰费德功、谭富英饰朱光祖、裘盛戎饰张妈、张君秋饰金大力、赵燕侠饰黄天霸、小王玉蓉饰褚彪、周和桐饰小姐、马富禄饰施仕伦、李多奎饰老院公秦一臣。剧场里笑声不断，彩声阵阵，演出非常成功，至今我印象犹深！

《虮蜡庙》是黄（月山）派白髯武生的代表剧目。褚彪一角有武生扮演的，也有老生演员扮演的，他们都是各有流派，以至演出时都按照自己本身条件来增删动作、身段、武打，“黄派”的表演特色反倒不突出了，不是纯“黄派”了。家父王金璐演褚彪，虽也有些创新改动，但大致还是忠实地遵循着“黄派”的路子。

王金璐先生少年时（20世纪30年代初）学艺于中华戏曲职业高级专科学校，他所学演的黄派武生戏《溪皇庄》、《剑峰山》、《独木关》等大多为丁永利先生亲授。《虮蜡庙》更是他的常演剧目，可算作他的代表作。当时即有“小杨小楼”和“小黄月山”之称。青年时期演《虮蜡庙》，剧中张桂兰由小翠花扮演、金大力由侯喜瑞或金少山扮演，奚啸伯扮演施大人，朱桂华演张妈，华世香演小姐。记得当年在北京曾举办过一次“武生三大派”会演。剧目有《翠屏山》、《长坂坡》、《飞杈阵》和《虮蜡庙》。演出阵容强大，名角如林，轰动梨园。马德成（黄月山亲授弟子，黄派第二代传人，代表“黄派”），尚和玉（尚派武生创始人，代表“尚派”）和年仅二十多岁的王金璐（代表“杨派”）为三大领衔主演。三人分饰石秀，分饰赵云。演《虮蜡庙》时，马德成当时已有五十余岁了，饰演褚彪；尚和玉也有五十多岁了，饰费德功；王金璐演黄天霸。其他主要角色有金少山的金大力、马富禄的朱光祖、奚啸伯的施大人等，真是不同凡响。

20世纪70年代末，王金璐重新出山，担任北京京剧团的导演。不久以后，在其六十多岁时，又恢复演出了《挑华车》、《长坂坡·汉津口》等戏，他的《虮蜡庙》也重见京剧舞台。1999年冬，在人民剧场举办了“王金璐先生从艺七十周年专场”演出，他率领十余名弟子同台演出两天。他以80岁高龄又上演了《虮蜡庙》，褚彪由他一人演到底。“公堂议事”、“黄府定计”、“走边撞庄”直到最后大开打，身段动作干净利落，“单刀下场‘花儿’”，“大刀单刀三见面”、手把子“金刚头子”开打，无一不精；念白苍劲清晰，面部表情、心理活动，“髯口功”，特别是“腿功”令人叫绝，甚至超过同台的青年弟子。台下观众时而惊叹，时而欢呼，报以经久不息的掌声。人民剧场内开锅似的，都说这哪像80岁的老人哪！

我也曾和他老人家合演过此戏，饰黄天霸。这次整理出来，也经他审阅定稿，倘有不到之处，肯定是我的疏漏，尚请方家指正。

王展云

人物行当

褚　彪	武老生或武生	丫　环	旦
黄天霸	武生	米　龙	武净
费德功	武净或武生	窦　虎	武净
张桂兰	武旦	王　栋	净或丑
张　妈	花旦	王　梁	武丑
施仕伦	老生	老　道	丑
金大力	净	车　夫	杂
关　泰	净	众英雄	武行或武净(四至八名)
贺仁杰	武生或武小生	众庄丁	武行（四至八名）
朱光祖	武丑	众官兵	武行（四至八名）
秦一臣(一作义成)	老生	红文堂	杂(四名)
费　兴	丑	四喽兵	杂
小　姐	旦		

服装扮相

褚　彪　俊扮。硬香色或黑色鸭尾巾、香色绸条、杏黄铲头、白发髻、白满髯、白鬓发、草帽圈，香色抱衣抱裤，鸾带、香色褶子、老斗衣，黑厚底靴、薄底靴。

黄天霸　俊扮。白硬罗帽、软白罗帽、茨菰叶、偏绒球，白花抱衣抱裤，绦子、鸾带、镖囊、白花褶子，黑厚底靴、白花薄底靴。

费德功　勾紫花三块瓦脸谱。紫扎巾、黑扎、耳毛、茨菰叶、大红花，紫花褶子、紫花箭衣、红衬褶子、绦子、鸾带，黑厚底靴。

张桂兰　俊扮。梳大头、线尾子、水钻泡子、面牌，红打衣裤，腰巾、红花帔、青素褶子，红花薄底靴。

张　妈　俊扮。梳大头、线尾子、银头面（穿花裤袄戴水钻头饰），黄花裤袄或竹布裤袄，饭单、围裙，四喜带彩鞋。

施仕伦　俊扮。黑三髯、忠纱帽，红蟒、玉带，红彩裤，黑厚底靴。

金大力　揉黑脸。大辫子、红缨帽，紫色素箭衣、披肩、黄搭布、纱褂子，青彩裤，朝方。

关　泰　红三块瓦脸谱。黑满髯、绿扎巾盔、硬罗帽、茨菰叶，绿花箭衣、鸾带、绿蟒、玉带、绿花褶子，红彩裤，黑厚底靴。

贺仁杰　俊扮。红软罗帽或武生巾、孩儿发，红花抱衣裤，绦子、鸾带、茶衣、红褶子，薄底靴。

朱光祖　勾小脸。大板巾、茨菰叶、鬃帽、上八字髯，黑花打衣裤，绦子、鸾带、汗巾、黑花褶子，薄底靴。

秦一臣　俊扮。黑罗帽、绸条、白或黪满髯，海青褶子、杏黄鸾带，香色彩裤，大袜、福字履。

费　兴　勾小脸。黑软罗帽，黑褶子、鸾带，大袜、皂鞋。

小　姐　俊扮。梳大头、水钻头饰、鬓花，绣花帔、衬裙，彩裤，彩鞋。

丫　环　俊扮。梳大头、齐眉穗、抓髻、水钻头饰、鬓花，花裤袄、坎肩、腰巾，彩鞋。

米　龙　绿碎脸谱。黑发髻、牵巾、黑耳毛、白硬罗帽、大红花、茨菰叶，白花箭衣、绦子、鸾带、白花褶子，红彩裤、薄底靴。

窦　虎　绿碎脸谱。红发髻、牵巾、红耳毛、绿硬罗帽、大红花、茨菰叶，绿花箭衣、绦子、大带、绿花褶子，红彩裤，薄底靴。

王　栋　勾小脸或揉红脸。黑软罗帽（揉红脸就戴黑一字髯），黑素箭衣、鸾带、腰巾、黑素褶子，黑彩裤，薄底靴。

王　梁　勾小脸，光嘴巴。其他服饰同王栋。

老　道　勾老丑脸。道巾、白五嘴髯，老斗衣或古铜色素褶子、绦子、黑彩裤，大袜、皂鞋。

车　夫　俊扮。蓝毡帽，蓝布箭衣、鸾带，黑彩裤、薄底靴。

众英雄　勾或揉杂色脸谱。牵巾、黑发髻、硬罗帽、大红花，杂色花箭衣、绦子、鸾带，红彩裤，薄底靴。

众庄丁　俊扮。黑包头，黑侉衣裤、腰箍，薄底靴。

众官兵　俊扮。软罗帽、偏绒球，素杂色或一色抱衣裤、鸾带，薄底靴。

红文堂　俊扮。红小板巾，红龙套衣，红彩裤，薄底靴。

道具

桌子	四张	惊堂木	一块
红桌围桌搭	一份	银锭	二块
紫桌围桌搭	两份	大折扇	一把
黄素桌围桌搭	一份	云帚	一根
椅子	八把	车旗	一份
红椅披	七份	宝剑（带鞘）	一口
紫椅披	二份	袖箭	一份
黄素椅披	一份	马鞭	二根
大红花帐子	一份	庄门片（带墙）	一份
小素黄帐子	一份	大刀（金杆）	一把
香炉	一个	朴刀	一把

红蜡扦	一对	女双刀	一对
化缘簿	一本	大杠子	一根
托盘	一个	彩镖	一支
茶碗	一个	锁链	一条
印盒	一个	单刀	十五把
文房四宝	一份	花杆枪	十五根
打棍	四根	开门刀	一堂四把

第 一 场

〔场上设两桌、两椅，摆成双高台。**【冲头缓锣】【急急风】**四喽兵持单刀从“上场门”上，“站门”。**【四击头】**米龙、窦虎以褶子遮面，从“上场门”同上。**【急急风】**同走至台口，**【放钹】**放下褶子亮相，**【大锣原场】【四击头】**同踢左腿，左转身，“踩泥”，面向里亮相。**【快冲头】**同上高台，**【大锣五击头】**同“抖右袖”。

米 龙 （诗）霸占山岗有数秋，

窦 虎 杀人放火任咱谋；**【小锣二击】**

米 龙 犹如阎君森罗殿，

窦 虎 亚赛呀！**【快冲头】**（二人同翻袖、拉开“山膀”）

米 龙
窦 虎 （同）天子五凤楼。**【半夺头】**（同右手揪褶子）

米 龙
窦 虎 （同）某，**【撕边一锣】**

米 龙 米龙。

窦 虎 窦虎。**【住头】**

米 龙 霸占山岗，倒也逍遥自在。今当虮蜡[①]庙开放半月，有意下山，约请费大哥前去逛庙，不知贤弟意下如何？

窦 虎 就依大哥。

米 龙 好，喽啰的！

喽 兵 有。**【大锣一击】**

米 龙 你家大王爷下山，你等好好看守山寨。带马！

喽 兵 啊。

---

① 演绎《施公案》的京剧《虮蜡庙》，剧名曾遭质疑，甚或有人判断“虮蜡”乃“八蜡”之误。

“八蜡”见之诸多典籍。《礼记·郊特牲》载：“天子大腊八，伊耆氏为蜡。蜡也者，索也。岁十二月，合聚万物而索飨之也。”这里，“蜡”是一年终了的祭祀，“蜡八”即祭祀八位神。这八神与农桑紧密关联。尤其是“昆虫八”更是农家“远而敬之”的。

“虮蜡”不见于《康熙字典》、《说文解字》等辞书。但在 1980 年 8 月出版的《新华词典》及 1988 年修订版的《新华词典》中，对“虮蜡”做有明确的解释：“虮蜡”——蝗虫也。

如是，《虮蜡庙》也就有了显而易见的内容。旧时，蝗虫与“水、旱”并列为农村大害。设“虮蜡庙”，让蝗虫的领袖享受香火，约束部下不去农田大吃大喝，该是农民们的良好愿望。望文生义，“虮蜡庙”供的是蝗虫之神。如改“八蜡庙”，则要供奉神农、后稷、猫虎、水利以及农村工作干部等八路神仙。这无疑加重了农民负担。

“虮蜡庙”在《施公案》第 305 回中是上了回目的：“淮安府乡民告状，虮蜡庙巨寇行凶。”书中几次提到“招贤镇虮蜡庙”。京剧《虮蜡庙》本自《施公案》小说。小说是虚构的，其庙或有或无，京剧沿袭小说之说，当不为误。（赵晓东注释）

〔【急急风】二喽兵拿马鞭，台口拉马。米龙、窦虎下高台，接马鞭上马。四喽兵领起走“正圆场”至“小边”站“一条鞭”。同时，米龙、窦虎至“大边”台口面向喽兵勒马一亮，锣打住。

喽　兵　送寨主。

米　龙
窦　虎　（同）小心防守！

喽　兵　啊！

〔（八大仓）“加鞭”转身朝里，举鞭一亮。【急急风】米龙、窦虎“下场门”下。同时，四喽兵“上场门”下。

第　二　场

〔场上设一桌、一椅。由前一场锣鼓转【冲头缓锣】加强后打住。

〔费德功内：“哽喷！”

〔【四击头】费德功从“上场门”上，敞开褶子，右手高举折扇亮相。【一锤锣】至“九龙口”，扇子交左手，右手抖袖、捋耳毛、撕扎，右手拿过扇子，缓步至台口。左丁字步，右手揪褶子，遮面一亮。

〈点绛唇〉唢呐伴奏

费德功　【大锣归位】サ 6 i 5 4 3 - 5 2 -（台 台）2 2 1 2
武 艺 高强， 英雄 胆

6 1 5 -（台 另 台）5 5 4 3 5 2 -（台 台）
壮。 习 拳 棒，

（6 5 6 i 5）
3 2 1 2 3 5 6 5 -（台 另 台）0 0 0（八
坐 地 分 赃。 （白）绿 林

（放下
大 八 仓 仓 另 仓）2 2 1 2 6 1 5 ‖
俺 为 上。
褶子打开扇亮相）

〔【大锣原场】左转身，往里走至椅处，右转身，坐“小座”。【归位】

费德功　（诗）两膀膂力压泰山，全凭药箭镇淮安。【小锣二击】

压服绿林英雄汉，坐地分赃（八 大 顷 仓）乐安然。

【半归位】（左手扶扇拱手状。四庄丁两边上，分列左右）

某，【撕边一击】姓费名德功，人称追魂（八大 顷 仓）太岁。【住头】自幼练就全身武艺，宝剑一口，削铁如泥；一十二枝毒药袖箭百发百中。只因此地有一武举梁大纲，他的妹子生得十分美貌，某家命人提亲，他不但不允，反将某的家人暴打一顿。是某一怒，夜入他家，杀死他满门家眷二十四口。【住头】这几日心惊肉跳，不知为了何事。来。

庄　丁　有。

费德功　有请众家英雄。

庄　丁　有请众家英雄。

〔众英雄内："来也！"

〔【大锣原场】众英雄双手敞开褶子"搭轿"从"上场门"上，站台口平排。【归位】

众英雄　（念）富贵门前客，拳棒武艺精。【住头】（转身朝里）参见庄主。

费德功　众家英雄少礼。

众英雄　啊。【住头】（分列两边）将我等唤出，有何吩咐？

费德功　自从杀了梁大纲的满门家眷，心惊肉跳，不知为了何事？

众英雄　我等在此，料也无妨。

费德功　全仗你们。

〔费兴内："啊哈！"【小锣五击】"上场门"上，站"小边"台口。

费　兴　（念）虽然奴婢下贱，手中也有威权。【小锣住头】（进门站在大边）启禀大爷，米、窦二位寨主到。

费德功　有请。

费　兴　有请。

〔唢呐吹奏曲牌<吹打>。费德功出迎，米龙、窦虎从"上场门"上，三人同进门，米龙、窦虎分列"大边"和"小边"，费德功坐下，〈吹打〉住。

费德功　二位贤弟驾到，未曾远迎，当面恕罪。

米　龙
窦　虎　岂敢，我弟兄来得鲁莽，大哥海涵。

费德功　岂敢，二位贤弟到此何事？

米　龙　今当蚆蜡庙开放半月，特来邀请大哥同去逛庙。

费德功　好，兴儿。

费　兴　有。

费德功　带了宝剑、袖箭，蚆蜡庙去者！

费　兴　是啦。

〔【闪锤】费兴抱宝剑、袖箭，费德功离座走至台中，四庄丁、众英雄、米龙、窦虎随之前走，站两侧。

〔西皮摇板〕

费德功　（6 6 3 5 5 5 3 6 5 5 3 2 1 2 6 5 5 5）1 2 3 3 2 ∨ 3 2 2 -

正在家中　心焦躁，

〔【闪锤】费德功出门，站台口。四庄丁、众英雄、米龙、窦虎、费兴“一翻两翻”，分站两侧。

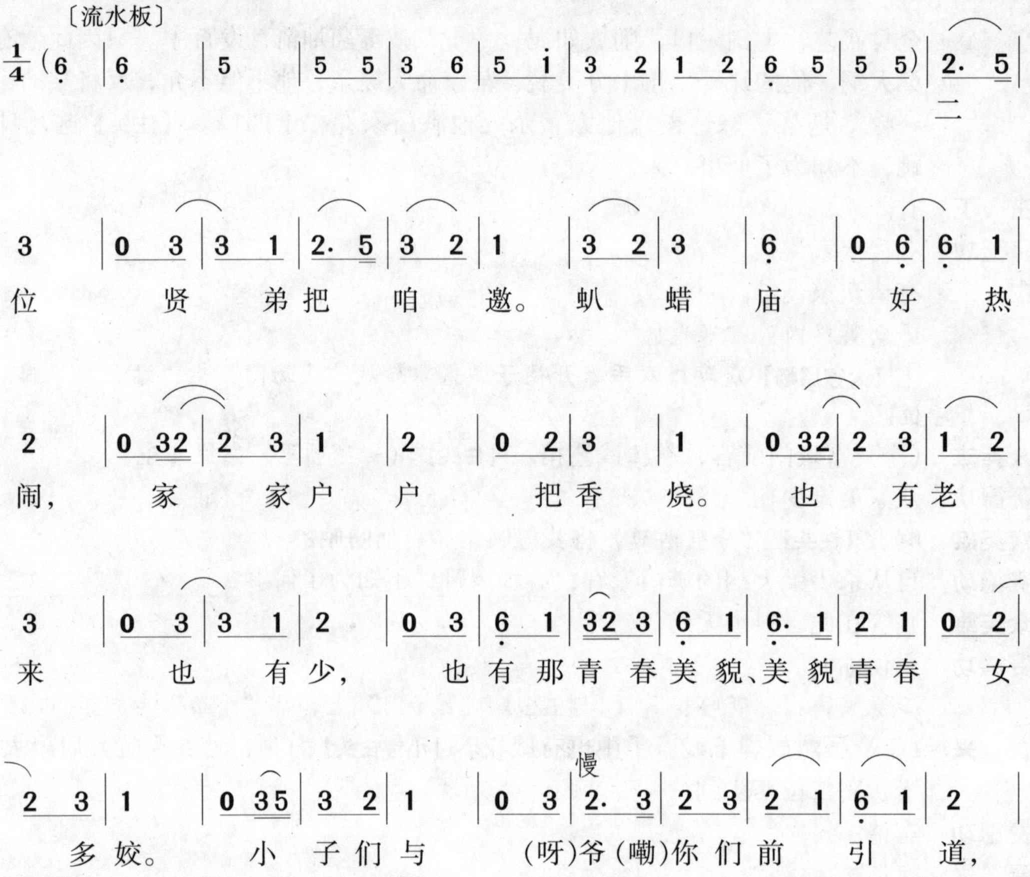

〔【快长锤】四庄丁、众英雄、米龙、窦虎、费兴“插门”从“下场门”下。费德功走至“大边”，右转身面向外站。【凤点头】左手敞开褶子，右手打开扇子，弯在腹前。

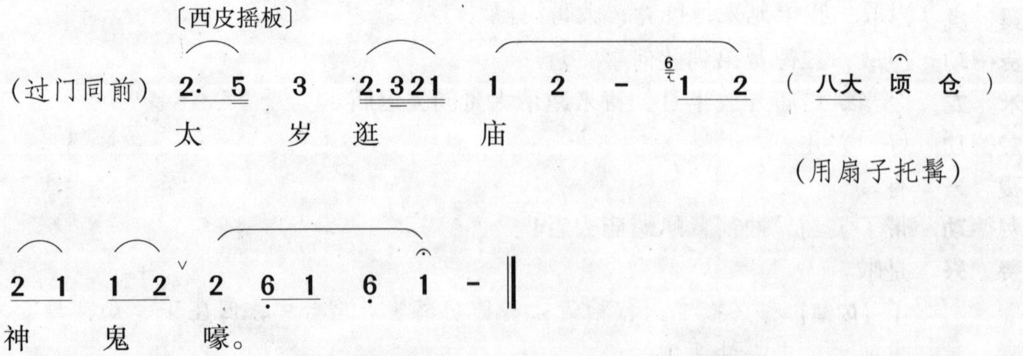

〔【抽头】费德功快步至台中，打开扇子亮相。左转身缓步走圆场至“小边”、“九龙口”举扇亮相。走至台中张望，缓步走圆场至“大边”偏里处停住，【抽头】打住。【四击头】左转身面向“上场门”，向“小边”台口跨腿，踢“左旁腿”，跨右腿，左转身，面向外站成高姿势，敞开褶子、打开扇子亮相。【急急风】急走，“下场门”下。

第 三 场

〔台中摆黄色小帐子，香炉、蜡扦、化缘簿、椅子。

〔【撤锣】【小锣抽头】秦一臣、丫环扶小姐坐车，车夫推车从“上场门”“一条鞭”上。站“小边”台口。

〔西皮摇板〕

小　姐　(过门同前) $\dot{1}$　$\dot{1}$　3 6　5^{3}　0　5　7　6 3　5　3　${}^{7}6$　-

来　在　庙　外　下　车　辆，

(下车，车夫下)

【小锣凤点头】 $\dot{1}$　$\dot{1}.\ \dot{2}$　7^{6}　5 6　3 5　6^{3}　3 5　6 5　3　5　- ‖

烧　香　还　愿　表　心　肠。

〔胡琴奏曲牌〈西皮小开门〉。秦一臣进门站“大边”，丫环搀小姐进门站台中，同跪拜。老道持云帚“下场门”暗上，站桌右侧，递香。拜完，秦一臣站“大边”，小姐坐左侧椅。丫环立在小姐左方。老道捧茶盘送水给小姐饮。送过化缘簿。〈小开门〉住。

老　道　请施主布施布施。

小　姐　纹银二两。（提笔写化缘簿，秦一臣给老道银子）

老　道　多谢施主。（化缘簿放桌上，“下场门”暗下）

〔庄丁内：“嘿！”

〔【快长锤】众庄丁、众英雄、米龙、窦虎、费兴从“上场门”上，站“小边”“一条鞭”。费德功随上，走至“小边”台口。

〔西皮摇板〕

费德功　【凤点头】(过门同前) 3　3　3 1　2　2 1　1 3　2　- 【大锣一击】

来　在　庙　外　用　目　瞅，（望小姐）

【凤点头】 2^{5}　3　2　2 1　$\underset{\cdot}{6}$　1　$\overset{\frown}{1}$ 【住头】‖

庙　内　坐　定　一　枝　花。

费　兴　大爷，您瞧怎么样？

费德功　倒也不错，向前提亲。

费　兴　您交给我啦。（走至台中偏右侧）老头儿，您请过来。

秦一臣　（出门，站台中左侧）做什么？

费　兴　我这儿有礼了。（拱手）

秦一臣 还礼，（拱手）施礼为何？

费　兴 请问您是干什么呀？

秦一臣 我们是烧香还愿的。

费　兴 烧香还愿的，阿弥陀佛。那个小姐是您什么人呢？

秦一臣 那是我家小姐。

费　兴 有人家儿没人家儿呀？

秦一臣 啊，有人家无人家与你什么相干！

费　兴 听我告诉你，这是我们费大爷，把你们小姐许配我们大爷，马上来，轿上去，享不尽的荣华，受不尽的富贵。你瞧好不好？

秦一臣 岂有此理，还不快快走去！（进门，站原地）

费　兴 大爷，他不答应。

费德功 抢！

费　兴 抢！

〔**【乱锤】**二庄丁进门，推开丫环、秦一臣，拉起小姐，出门“下场门”下，庄丁、众英雄、米龙、窦虎随下，费德功拔出费兴抱的宝剑，费兴跑下。丫环抓住费德功手中的剑，秦一臣扑过来被费德功左脚踹倒在“大边”台口，费德功夺剑杀死丫环于“小边”，（丫环“上场门”暗下）秦一臣望见，右袖挡头逃走，“下场门”下，**【乱锤】**住。**【急急风】**费德功持剑急走至“下场门”处。

〔**【四击头】**黄天霸双手敞开褶子从“上场门”急上，至“小边”台口亮相，王栋、王梁随后上，站“小边”的“一条鞭”处。同时，费德功急跑到“大边”台口，四人“比粗”亮相。**【放钹】【大锣原场】**费德功上下打量黄天霸，右转身，面向“下场门”处“踩泥”亮相。**【急急风】**费德功“下场门”急下。**【快冲头】**黄天霸望费德功背影。

黄天霸 **【叫头】**且住！看这伙强人，杀死丫环，打走家院，抢去小姐，待俺将他赶上！**【大锣二击】**

王　栋
王　梁 （同）慢着，进庙问过老道，方可行事。

黄天霸 好，正是：**【大锣住头】**要知心腹事，

王　栋
王　梁 但听口中言。

〔胡琴奏曲牌〈西皮小开门〉。三人同进门，王栋、王梁站“大边”，黄天霸跪拜，起身坐在“左跨椅”。老道“下场门”暗上，站桌右侧，献茶，黄天霸饮下。〈小开门〉停止。

老　道 （捧上化缘簿）请施主布施布施。

黄天霸 纹银五两。（给银）

老　道 多谢施主，你们二位……

王　栋
王　梁 我们俩儿是僧道无缘。

老　道 嘿嘿，这倒干脆。（放下簿子）

黄天霸 老道，方才这伙强人，杀死丫环，打走家院，抢去小姐，为首之人，姓氏名谁？住

在何处？

老　道　这……我劝您喝点水儿，歇歇腿儿，走你们的道儿，少管闲事儿吧！

黄天霸　我们是外乡人，但讲何妨。

王　栋
王　梁　对啦，我们是外乡人，说你的吧，没错儿。

老　道　好，我就告诉你们。方才这伙强人，杀死丫环，打走家院，抢去小姐。为首之人姓费名德功，人称追魂太岁！

黄天霸　噢！【撕边一击】（抓左袖愣神暗想）

老　道　这位他是怎么啦？

王　栋
王　梁　他是热病没出汗，汗憋的！

老　道　噢，这就是了。在招贤镇居住，抢去民女无非是做妾而已呀！

黄天霸　难道说就无人去告他们么？

老　道　告他，府县官员跟他俱有来往，谁敢去告状啊！

黄天霸　原来如此。老道，这有纹银一锭，将丫环尸首埋葬，三日后自然明白，告辞了。

〔【扫头】黄天霸给银子，王栋、王梁出门从“下场门”下。同时黄天霸左手敞开褶子，右手揪住褶子底襟，离座，出门至“大边”偏里处，右手放下褶子，翻袖，拱手面向老道亮相。同时，老道出门拱手相送。【大锣原场】黄天霸从“下场门”下；老道进门，插上庙门，“上场门”下。

第　四　场

〔舞台上空场，【大锣原场】止。

〔金大力内：“走哇！”

〔【快长锤】金大力左手托缨帽，小臂上搭纱褂子，锣切住。【撕边】（八大仓）从“上场门”上。【快长锤】走至“九龙口”。

〔西皮摇板〕

金大力　【凤点头】（过门同前）3　3　3 1　2　3 1　2　2　-　【闪锤】

公　馆　奉　　了　大　　人　命，

（走至台口）

（过门同前）2　3　3 1　2　1 2　5 3　3 2　32 1　1　-【住头】‖

寻　访　恶　　霸　走　　　　一　　　　程。

咱，【大锣一击】金大力。【住头】奉了大人之命，出得衙来，寻访恶霸，就此走　　走哇！

〔【水底鱼】金大力走“反圆场”。同时，秦一臣从“上场门”急上，走“正圆场”。【大锣一击】二人在台中相撞，秦一臣仰面跌倒，金大力上前扶起。

金大力　起来，起来。我说老头儿，低头走路，抬头看人，你怎么往大爷我身上撞啊？（右

手拍腰）

秦一臣　我有心事在怀呀！

金大力　你有什么心事，对我说明，也好与你分忧解愁哇。

秦一臣　（翻右袖拱手）**【叫头】**哎呀壮士啊！是我随同小姐去往虮蜡庙烧香还愿，忽然来了一伙强人，杀死丫环，打走老奴，将我家小姐抢了去了！

金大力　**【大锣一击】**怎么讲？

秦一臣　抢了去了！（伸左手指）

金大力　喳喳喳！（**八大仓**）（右手抓住秦一臣左手，前上步亮相）哇呀呀！嘿。**【大锣一击】**（往后扔倒秦一臣）起来，起来。（扶起）你既然有这么大的冤枉，为什么不到施大人那儿告状去呀？

秦一臣　怎奈无有引见之人。

金大力　我就是你的引见之人，随我来！

秦一臣　多谢壮士！

〔**【水底鱼】**金大力拉秦一臣走"正圆场"至"小边"。**【撕边】**（**八大仓**）往"下场门"方向一带，秦一臣踉跄跌撞，倒在"大边"偏"下场门"处。

金大力　嘿嘿！糟老头子。

〔**【大锣打下】**二人同"下场门"下。

第五场

〔舞台上设公案桌，摆印盒、文房四宝、惊堂木、椅一把。**【原场缓锣】**接**【快长锤】**四红文堂持开刀、四官兵空手右单"山膀"从"上场门"上，"站门"分列左右两侧。贺仁杰、朱光祖"上场门"上，走至台口亮相。分列左右。**【快长锤】**里加**【撕边】**褚彪上，在"九龙口"亮相。关泰随后跟着上，二人走至台口，分别抖右袖、抖左袖亮相，分列左右两侧。贺仁杰、褚彪站"大边"，朱光祖、关泰站"小边"。

〔施仕伦"上场门"上，走至"九龙口"抖右袖。

〔西皮摇板〕

施仕伦　**【凤点头】**（过门同前）2 2 1 5 3 2（3 2 1 6 1 2）3 2

今奉圣命　出朝

1 2 1 2 -

堂，

〔**【闪锤】**走至台口双抖袖、提袖双手扶玉带。

〔流水板〕

1/4（过门同前）3 | 3 6 | 0 6 | 6 2 | 2· 5 | 3 2 | 1 | 6 2 |

捉　拿　恶　霸　与　强　梁。梁

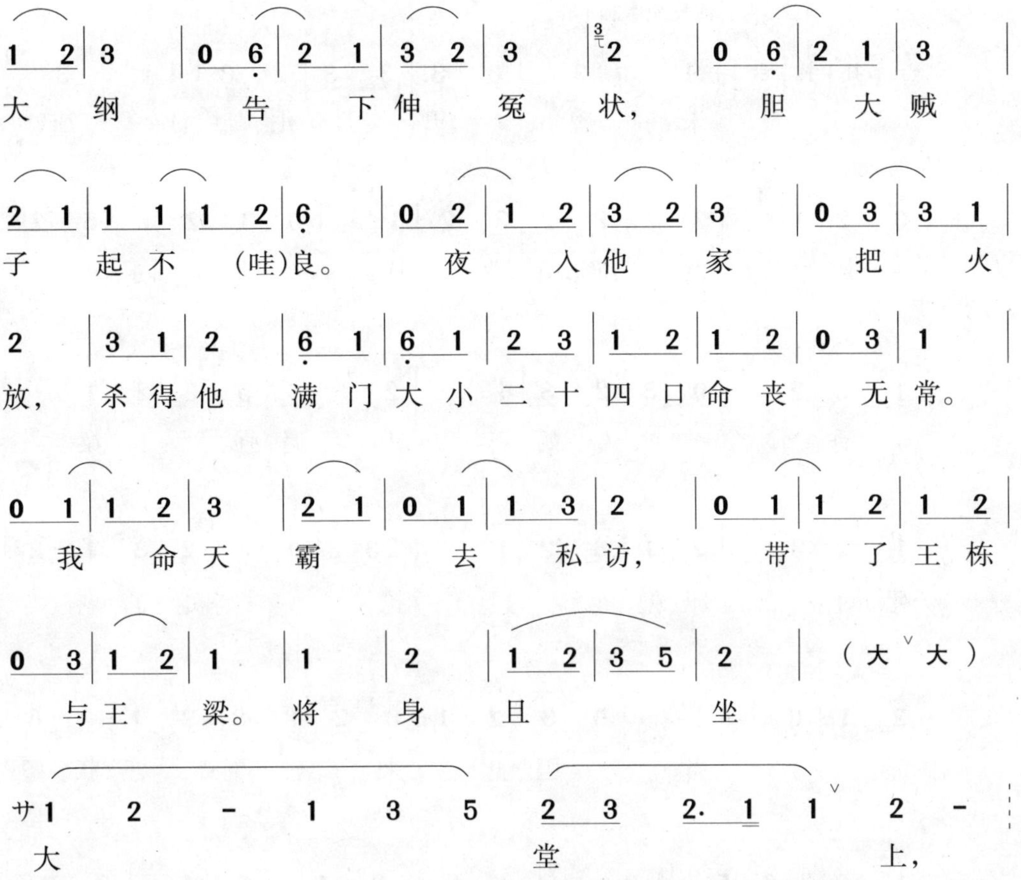

「【闪锤】施仕伦右转身里走，入“大座”。同时，两侧众人归里，站立公案桌两侧成为扇面形。

〔摇板〕
(过门同前)

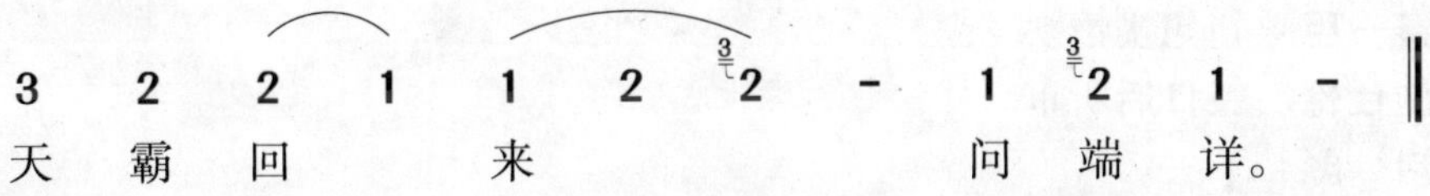

「【水底鱼】金大力穿纱褂子，戴缨帽，右手拉秦一臣从“上场门”上，至“小边”台口站立。

金大力 老头儿，上边坐的就是我家施大人，有什么冤枉你就告去吧。（【撕边一击】用手一带，秦一臣前趋跪倒在桌前）请大人安。（右手垂下，向里请安）

褚 彪 做什么的？

金大力 带来个打官司的。（站朱光祖的右侧）

褚 彪 有话朝上回。（向施仕伦双拱手）

施仕伦 这一老头儿，有何冤枉？慢慢诉来。

秦一臣 大人容禀：

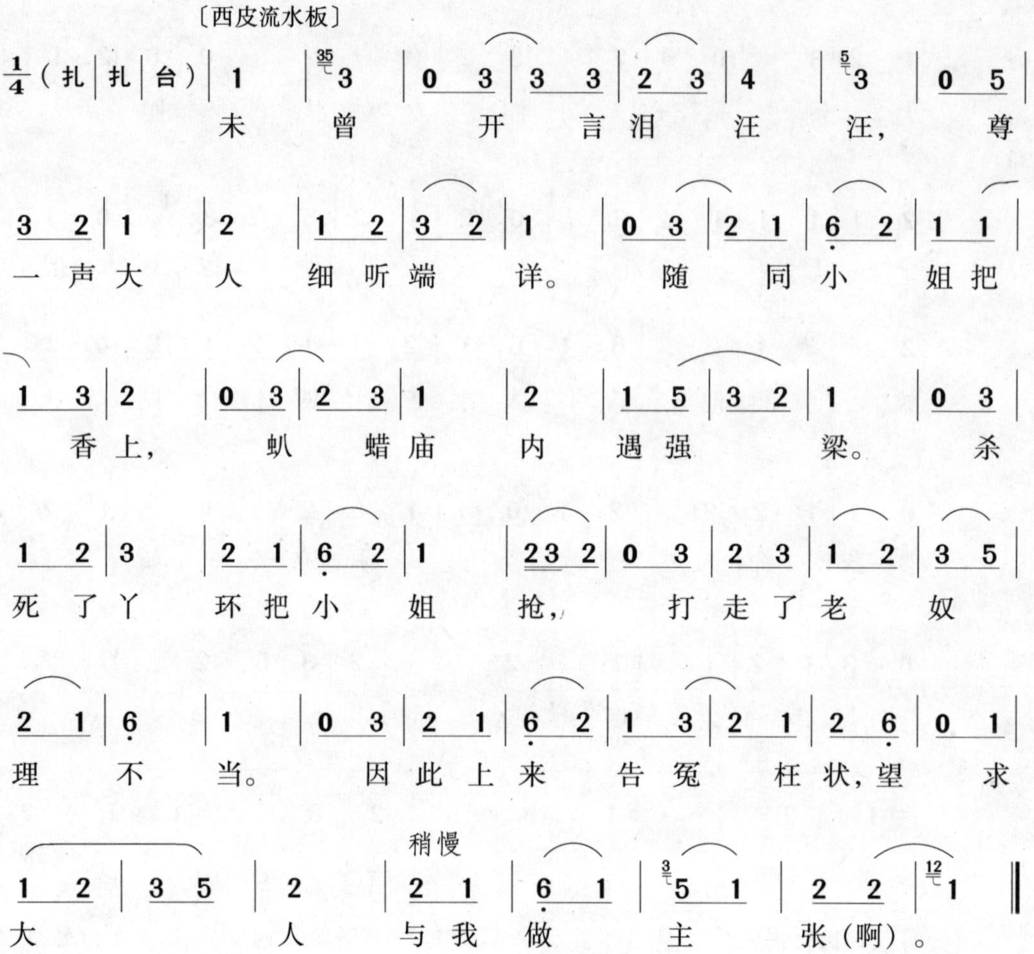

施仕伦　可是实情？

秦一臣　句句实情。

施仕伦　三日后听审。

褚　彪　下去。

秦一臣　谢大人！

「**【大锣五击】**起身，出门，站台口，哭泣。同时，黄天霸从“上场门”上，走至“小边”台口，见秦一臣。

秦一臣　（哭）小姐呀……

「**【大锣打下】**秦一臣“下场门”下，黄天霸进门，站台中，面向里。

黄天霸　参见大人。（打躬）

施仕伦　罢了，见过众位英雄。

黄天霸　（向两侧众人拱手）众位英雄。

褚彪等　黄爷。**【大锣原场】**（黄天霸站褚彪右方，公案桌左侧）

施仕伦　天霸。

黄天霸　大人。

施仕伦　命你私访，怎么样了？

黄天霸 卑职行到蚆蜡庙，见一伙强人，杀死丫环，打走家院，抢去小姐。为首之人姓费名德功，在招贤镇居住。特来禀报大人。

金大力 黄爷，您请过来。

黄天霸 金爷做什么？（二人走至台中，站平排）

金大力 费德功一案，我早就禀过大人啦。

黄天霸 噢，禀过大人了？

金大力 禀过大人了。

黄天霸 如此说来，金爷之功。

金大力 不敢，黄爷之功。

黄天霸 大家之功。

金大力 大家之功，（笑）哈哈……

黄天霸 （笑）哈哈……

施仕伦 转堂。

〖唢呐吹奏曲牌〈吹打〉。施仕伦出位，坐“外场椅”。红文堂、四官兵搬六把椅子，分放左右两侧各三把椅子成扇面形。红文堂、四官兵两边分下。同时，金大力领着朱光祖、关泰，贺仁杰领着褚彪、黄天霸，分别在本地“一翻两翻”，六人站横排，面向施仕伦打躬，施仕伦挥两手让座。六人仍按原位，分坐在两侧。〈吹打〉住。

施仕伦 众位英雄。

褚彪等 大人。

施仕伦 费德功在蚆蜡庙，杀死丫环，打走家院，抢去小姐。我想梁大纲一案，定是此贼所为无疑的了。

朱光祖 大人言讲不差。我说这个褚老伯？

褚　彪 朱爷。

朱光祖 想您乃是前辈的老英雄，可知那费德功是哪路的强盗？何人的门徒呢？

褚　彪 若问此贼的来历么？

朱光祖 正是。

褚　彪 老朽略知一二。（托髯）

朱光祖 老英雄请讲，请讲。

褚　彪 此贼乃是飞天豹的门徒。

朱光祖 怎么着，就是那武七鞑子飞天豹吗？

褚　彪 正是。

朱光祖 老英雄请讲，请讲。

褚　彪 此贼练就全身武艺，一十二枝毒药袖箭，百发百中；宝剑一口，削铁如泥。每逢偷盗，必要采花，乃是个酒色之徒！（右手捋髯，左手外指）

关　泰 噢！**【撕边一击】**竟有这样强人，待俺关泰会他一会。

〖关泰站起，伸右拳亮相。除施仕伦外，其他人均随站起。

褚　彪 且慢。**【撕边一击】**（上步阻拦）此贼非比寻常。

关　泰 难道罢了不成？

褚　彪 定计而行，请坐。**【大锣原场】**（六人坐原位。锣打住）

施仕伦 老英雄，有何妙计捉拿此贼？

褚　彪　要拿此贼却也不难，必须劳动黄夫人。【撕边一击】（向黄天霸拱手）方能成功。

施仕伦　黄夫人智勇双全，必能成功。

黄天霸　但不知要贱内何用？

褚　彪　少时到了黄府，自有分派。

施仕伦　老英雄分派他们。

褚　彪　遵命。（站起）贺公子。

贺仁杰　在。（站起拱手）

褚　彪　扮做顽童模样，随定老朽，去往虮蜡庙烧香还愿，那贼一见，定然抢进庄去。三更时分，放火为号。我等也好接杀。

贺仁杰　遵命。（坐原位）

褚　彪　朱、黄二位。

黄天霸
朱光祖　在。（站起拱手）

褚　彪　今晚纵上那贼墙头，暗地接应。

黄天霸
朱光祖　遵命。（坐原位）

褚　彪　关贤婿。

关　泰　岳父大人。（站起拱手）

褚　彪　带领官兵，将那贼庄院团团围住。

关　泰　遵命。（坐原位）

褚　彪　金壮士。

金大力　老英雄。（站起拱手）

褚　彪　把守那贼后庄门，不可放走一人。

金大力　费德功的后门交给我啦，我叫他狗日的连个屁也放不出来呀！

褚　彪　只要大家同心协力，哪怕那费德功飞上（顷仓）（翻右袖，左手捋髯，亮相）天去！【撕边一击】

施仕伦　（站起）你等黄府一叙。（众人随站起）

褚彪等　卑职等告退。（均拱手）

「【大锣原场】施仕伦“抽场”从“下场门”暗下。同时贺仁杰领褚彪、黄天霸、关泰出门从“下场门”下。金大力、朱光祖出门从“下场门”下。

第　六　场

「舞台上设摆桌子，四把椅子左右分放。【撤锣】接【小锣打上】张桂兰从“上场门”上，至“九龙口”抖袖，整衣领，走至台中。

张桂兰　（念）夫受皇家爵，
　　　　　妻沾雨露恩。

「黄天霸内白：“回府！”

张桂兰　有请。

「【水底鱼】张桂兰出门站台口偏左方迎接。黄天霸引褚彪、关泰、贺仁杰“上场门”上，站“小边”“一条鞭”处，黄天霸走向台口。【慢原场】（轻打）

黄天霸 夫人，褚老英雄到了。（站张桂兰右侧）

张桂兰 褚老英雄请。（拱手相让）

褚　彪 （趋前拱手）黄夫人。（进门，到“大边”）

张桂兰 关爷。（拱手相让）

关　泰 黄夫人。（进门到“小边”）

贺仁杰 （趋前单腿跪地）婶母。

张桂兰 侄儿免礼。（扶起，张桂兰手拉贺仁杰进门到“小边”，黄天霸进门到“大边”。众人均拱手让座）

张桂兰
黄天霸 请坐。

「褚彪坐“大边八字椅”，黄天霸坐“大边跨椅”；关泰坐“小边八字椅”，张桂兰坐“小边跨椅”，贺仁杰站张桂兰右侧。锣打住。

张桂兰 褚老英雄驾到，未曾远迎，当面恕罪。

褚　彪 岂敢，老朽来得鲁莽，黄夫人海涵。

张桂兰 岂敢，大人怎样吩咐下来？

褚　彪 我与大人定下一计，请黄夫人扮做乡间女子模样，随定老朽去往虬蜡庙烧香还愿，那贼一见定然抢进庄去。用酒将他劝醉，将他的宝剑、袖箭诓到手中，我等也好行事。

张桂兰 遵命。

黄天霸 褚老英雄，此番一路之上，与贱内、贺仁杰必须要公孙、父女相称。

褚　彪 这个，哎呀老朽不敢哪！

关　泰 啊岳父大人，为国勤劳，当得的。

褚　彪 噢，当得的么？

张桂兰
黄天霸 当得的。

褚　彪 当得的？

贺仁杰
关　泰 当得的。

褚　彪 如此老朽我就（双手托髯（八大仓仓仓）左右两摆髯，扔髯）斗胆了！【住头】（双手拱手）

黄天霸 就在舍下用罢酒饭，照计而行便了。正是：【住头】（众离座，走到台前，横排站立）

褚　彪 （念）安排打虎牢笼套，

黄天霸等 （同念）准备金钩钓海鳌。

黄天霸
张桂兰 请。（拱手相让，褚彪等拱手）

「【大锣打下】褚彪、黄天霸、关泰“下场门”“窝着下”；张桂兰拉贺仁杰“上场门”“窝着下”。

第七场

〔舞台后方设摆桌子一张，椅子一把。【乱锤】四庄丁拉小姐从“上场门”上，“挖门”进去，小姐站“大边”，抬右袖遮面。四英雄、米龙、窦虎、费兴抱宝剑、袖箭随上“挖门”入内。费德功持扇“上场门”“一条鞭”上，至台口右侧止步。【回头】“挖门”入内，坐“小座”，锣打住。

费德功 这一女子，顺从某家，你的造化不小。

小　姐 好贼子！

〔西皮散板〕

【快纽丝】サ（7 6 6 6 5 1̇ 3 1 2 6 2 1）1̇ 1̇ 3 6 5 5 6 35
狂徒目 中无王

6（仓）3. 6 5 3 6 6 5 6 5 6. 1̇ 5 - ‖
法， 送 你 到 官 衙 把 头 杀。

费德功 大胆！

【凤点头】（过门同前）3 3 4 3 3 1 2 3（仓）6 1 2
贱人说话真胆 大， 竟敢开

1 3 1 2 1（仓）3 3 312 2 21 1 3 2 - ‖
口叫骂 咱。 人来与 爷乱 棍（呐）打。

〔【扫头】两边庄丁持藤棍打，小姐至台中，举水袖左右两挡头，再至“小边”偏里，倒地身亡。

费　兴 得了得了，别打啦！（轰赶庄丁，上前用手放小姐鼻口处）得，没气了。大爷，小妞叫您打死啦！

费德功 拖了下去。

费　兴 拖下去。

〔【大锣原场】“大边”的二英雄用褶子遮掩，小姐就势“下场门”下。

费德功 嘿！【大锣一击】可惜一个美貌女子！【大锣一击】

费　兴 嗐，这算什么呀！虮蜡庙开放半月哪，有的是好看的小妞儿，再给您抢一个不就得了吗？

费德功 好，若有美貌女子，速报我知。

〔【大锣打下】费德功离位至台口，打开扇子亮相。费兴等众人均前走站两边，费德功左转身缓步走向“下场门”下。费兴等“扯斜门”均“窝着下”。

第 八 场

「空场。**【撤锣】**后改小锣、镲锅。

「**【镲锅四击头】**张桂兰从“上场门”上场“走边”：“右单山膀”，左手插腰，高式亮相。**【长尖冲头】**前走至“大边”台口停住。起“正云手”，左拳侧平伸，右掌按在胸前亮相。往后斜退至“上场门”“九龙口”，右掌拉开，“大山膀”亮相。冲头打住。起**【撕边】**（**八大才**）起“反云手”，双掌向“上场门”斜伸一亮。**【四击头】**，斜甩双手，后“掏左步”的“左鹞子翻身”。再接“左涮腰”。起“正云手”成面向“上场门”的左拳平伸，右掌按在胸前亮相。**【冲头】**起“正云手”退至“大边”台口停止。**【撕边一击】**“反云手”右拧半个身，双手高抬头上，右手斜向前伸亮相。**【撕边一击】**“正云手”左拧半个身，右手高抬头上，左手斜向前方伸亮相。**【四击头】**斜向“上场门”双晃手，“掏左步”的“左鹞子翻身”接“小蹦子”，起“正云手”，成左拳平伸，右掌按在胸前，面向“大边”台口亮相。**【冲头】**退至“上场门”“九龙口”停住，右手拉开“大山膀”亮相。**【冲头】**起“正云手”左转身，面向“小边”台口，成左手插腰，“右单山膀”亮相。直往前走至“小边”台口，左转半身，面向“下场门”走小“反圆场”至台中停住，“左大山膀”面向外亮相。**【冲头】**左转身仍面向外，“正云手”拉开“大山膀”，**【归位】**左手插腰，右拳按在胸前亮相。

张桂兰 （诗）乔装改扮女英豪，（右伸拇指）

「**【四击头】**张桂兰左转走向台后方，背向台口站立。同时，贺仁杰从“上场门”上，“走边”：“右单山膀”，左手插腰，“左丁字步”高式亮相。**【镲锅冲头】**走至“大边”台口停住。“正云手”左拳侧平伸，右掌按胸前，“右丁字步”亮相。**【冲头】**退至“上场门”“九龙口”，拉开成“大山膀”“左丁字步”亮相。**【撕边】**（**八大才**）“反云手”成右拳向“上场门”侧平伸；左掌按在胸前，“左丁字步”侧身亮相。**【四击头】**跨右腿，踢“左旁腿”，左掌向“大边”台口方向推出，“正云手”左转身面向“上场门”，成为左拳侧平伸，右掌按胸前，“左弓箭步”矮式亮相。**【冲头】**“正云手”起身，左拳侧平伸，右掌按胸前，成“右丁字步”一亮。后退至“大边”台口，**【撕边】**（**八大才**）转向面朝外，抬左腿，左拳“栽锤”，右掌高抬亮相。**【四击头】**面向里，出右拳，向“上场门”方向，起“飞脚骗腿旋子”至台中。面向“大边”台口的“左弓箭步”矮式亮相。**【冲头】**“正云手”左拳侧平伸，右掌按胸前，立身成“右丁字步”。斜退至“上场门”“九龙口”，右掌拉开成“大山膀”亮相。**【撕边一击】**整左袖，**【撕边一击】**整右袖。**【原场】**左转身成背向“大边”，起“反云手”成右拳侧平伸，左掌按胸前，“左丁字步”面向“小边”台口亮相。跨右腿，踢“左旁腿”，“趋步”，出左掌成“左弓箭步”。撤回左脚，抬右腿，左掌高抬，右拳“栽锤”亮相。“反云手”右转身到“小边”台口，面向“大边”台口成“左丁字步”，左手插腰，“右单山膀”亮相。（**八大才才才**）走“跨三步”（先跨左脚）至台口处。（**八大才**）起“反云手”变

"大山膀"，面向外，"右弓箭步"矮式亮相。【冲头】左转身，【归位】"正云手"拉开成面向外。右拳前伸，左手插腰，"右丁字步"亮相。

贺仁杰 （诗）要学当年将班超。（双掌前上方高举）

〔【大锣一锤锣】贺仁杰左转身走至台里，面向里站张桂兰左侧。同时，黄天霸从"下场门"，关泰从"上场门"均双手敞开褶子同上场亮相。同缓步走至台口，停住一亮。【长尖】二人均左手揪褶子，右手揪褶子底襟对面站立。二人前走"一抄"，黄天霸至"小边"，关泰至"大边"，背对背停住一亮。二人右手翻袖在胸前，左手敞开褶子，同时背对背，各自退回，黄天霸至"大边"，关泰至"小边"。二人面向外，"丁字步"站立。【归位】同右手抖袖、提袖，伸右拳亮相。

黄天霸
关　泰 （诗）齐心协力擒贼盗，

〔【急急风】黄天霸、关泰左转身，至台里，面向里站立。黄天霸站张桂兰右侧，关泰站贺仁杰左侧。

〔同时，褚彪左手揪老斗衣，右手揪底襟，遮面。"老头步"从"上场门"双手战抖，头部颤动，白满飘洒着上场。走至"九龙口"，抬起左腿急走小"反圆场"仍至"九龙口"停住。【四击头】跨右腿，向"大边"台口方向踢"左旁腿"，斜"趋步"至台中。跨右腿左转身成面向"小边"的"骑马步"。双手把老斗衣翻到脑前高举。【撕边】浑身战抖。（八大仓）立身"左丁字步"站立，左手敞开老斗衣，右手翻袖侧举亮相。【快冲头】走"反圆场"至"九龙口"停住，面向"大边"台口，站"左丁字步"一亮。【撕边一击】右抖袖。【撕边一击】左抖袖。【软四击头】双手抓袖，左转身，面向"大边"台口站"八字步"，双袖同时抖下来。【放钹】接【原场】，双手提袖，左手、右手分别捋髯，"老头步"走至台口，停住，左手搂髯，右掌按在胸前亮相。【快冲头】走小"反圆场"至"小边"台口，面向"大边"台口停住。"左丁字步"亮相。（八大仓仓仓）双抓袖，"跨三步"（先跨左脚）至台口。【撕边】（八大仓）左手揪老斗衣，右手揪底襟，后"掏左步"，矮式亮相。【快冲头】起身，左转身，走小"正圆场"仍至台口。"左丁字步"站立，右拳前伸亮相。【归位】右手抖袖、提袖一亮。

褚　彪 （诗）江湖啊！（【快冲头】右手翻袖侧举，走小"反圆场"仍回台口，抖下袖，伸右拳亮相）

人称——【三锣】（左甩髯、右甩髯、左手搂髯，右手伸拇指）

铁背雕。（左右甩髯，伸右手拇指这三个动作与"铁背雕"三字同时都在【三锣】里完成）

〔【半夺头】黄天霸、张桂兰、关泰、贺仁杰同时退至台口，右转身，面向外，分站褚彪两侧。黄天霸、张桂兰在"大边"台口；贺仁杰、关泰在"小边"台口。

褚彪等 （同）俺——【一击】（五人均拱手式）

褚　彪 褚彪。

张桂兰 张桂兰。

贺仁杰 贺仁杰。

黄天霸 黄天霸。

关　泰　关小西。【住头】

褚　彪　众位英雄请了。（拱手）

黄天霸等　请了。（拱手）

褚　彪　你我奉了大人之命，乔装改扮，出得衙来，捉拿费德功。大家抬头观看，【撕边一击】（五人均翻右袖，一望）前面已是招贤镇，【住头】（均抖下袖子，提袖）你我分头前往。请！

黄天霸等　请。（五人均拱手式）

〔【归位】褚彪、黄天霸、关泰左手揪褶子，右手揪褶子底襟。张桂兰、贺仁杰前伸左拳，右手插腰。五人均“左丁字步”亮相。

褚彪、黄天霸、张桂兰、贺仁杰、关泰（同唱）

〈新水令〉海笛伴奏

サ 6 6 － （台.大 台） i̇ 3 －

今 奉 王 命

（右拧身，右拳拱手；再右拧身，左拳拱手）

3 5 6 5 35 2 3 － （台 另 台） 6. i̇ 5 6 i̇. 2̇ 7 6 i̇

下 淮 安， 恨 狂 徒

（站“左丁字步”。左拳侧平伸，右手外指）（“左弓箭步”。右手外指，左手敞开

5 4 3 － 【撕边小锣一击】 2 23 1 2 3 1. 2 7̣ 6̣ － （台.大 台）

欺压 良 善。

褶子）

（右手胸前平按）

3 3 0 【小锣五击】 3 6 5 4 3 5̣ 6̣ 6̣

乔 装 来 改 扮，

（“左丁字步”。双手抱肩于右侧）（原式不动，头微晃动）

1 － （台 另 台） i̇. 2̇ 7

要

（变“右丁字步”。左手插腰，右拳前伸）

6 0 【小锣五击】 3 5

把 逆

（五人成面向“下场门”站“左弓箭步”。右手指“下场门”）（右手右

6 6 5 6 5 － （台.大 台） 6̣ 2. 3 1 2 3

贼 歼。 努 力 当

划一圈，仍指向“下场门”）（仍站台口平排）（褚彪与张桂兰、黄天霸拱手。

3　2 ^{3}2　1　-　（台 另 台）

先，

（再与贺仁杰、关泰拱手。五人边唱边左拧身，同往“下场门”走“反圆场”。黄天霸、张桂兰、贺仁杰、关泰“左弓箭步”站斜排；褚彪“左弓箭步”站四人前面中间，五人均面向“小边”台口。左手侧平伸，右手指向前方）

3　2 1　3 0　【小锣五击】

哪　怕　　他

（五人站身，均右手揪褶子底襟，黄天霸、张桂兰、贺仁杰、关泰放开右手，左转身，面向“下场门”，双手敞开褶子，“下场门”下。褚彪走至“小边”台口，变“右弓箭步”，右手在前亮相）

褚　彪　5　5　3 2 5　0　3　2　^{3}2　2　1　-　‖

铜　胎　铁　　　　炼。

（站“右丁字步”）

〔**【撕边】**褚彪左手搬左正腿“朝天镫”。放下左手，成“射雁”，再慢慢变为头向“下场门”的“探海”。**（八大仓）**左腿别在身后，双手揪褶子亮相。**【四击头】**站身，跨右腿，向“下场门”踢“左旁腿”，“趋步”，左转身，面向外，左手捋髯，右拳前平伸。“左弓箭步”亮相。**【急撤锣】**“老头步”缓缓走向“下场门”下场。

第　九　场

〔空场。

〔费兴内：“啊哈！”**【小锣五击】**从“上场门”上，站“小边”台口。

费　兴　（念）大爷要走桃花运，

　　人不凑人天凑人。

从庄外来了个老头儿，带了个小孩儿，还有个小媳妇，长得是别提多好看了。有啦，我跟大爷说一声去。（边说边进门，站在“大边”）有请大爷。

费德功　（**【大锣五击】**从“上场门”上，站台中）何事？

费　兴　庄外来了个老头儿，带了个小孩儿，还有个小媳妇，长得是别提多好看啦。

费德功　与我抢！

费　兴　您别着急呀，咱们到后庄门等着他，他们一会儿就到。

费德功　好，后庄门去者。

费　兴　咱们走着！

〔**【大锣打下】**二人从“下场门”“窝下”。

第十场

〔“下场门”设城门，城墙道具（代表费德功的后庄门）。

〔褚彪内白：“走哇！”

〔【小锣抽头】张桂兰左手拉贺仁杰，褚彪持草帽圈，均从“上场门”上。张桂兰、贺仁杰站“小边”的“一条鞭”，褚彪站“小边”偏中。

〔西皮摇板〕

褚　彪　（过门同前）1 2 1 3 2 2 1 2 2 －（大大 大大 衣大 大大 台）

假 扮 祖 孙 把 香 进，

（贺仁杰、张桂兰坐地上）

【小锣凤点头】（6 6 3 5 5 5）3 2 2 1 1 2 2 0 7 6 5 6

我 儿 不 走 是 何

1 －（1 1 7 2 1 0）‖

因？

儿呀，为何不走哇？

张桂兰　两足疼痛，难以行走。

贺仁杰　爷爷，我也走不动了。

褚　彪　你也走不动了？好，我们大家歇息歇息再走。

〔【冲头】庄门打开，费兴引费德功、四庄丁、四英雄从庄门内走出来。费兴站“大边”台口，费德功站“大边”，四庄丁、四英雄立于庄门两侧。费兴指与费德功看张桂兰，费德功点头，示意费兴向前搭话。锣鼓打住。

费　兴　您交给我啦。（走至褚彪左侧，拱手施礼）老人家我这有礼了。

褚　彪　还礼。（拱手）施礼为何？

费　兴　请问，您是干什么的？

褚　彪　我们是去往虮蜡庙烧香还愿的。

费　兴　烧香还愿的？阿弥陀佛，（双手合十）那个小孩儿是您的什么人呢？

贺仁杰　你问我呀，我是你爷爷。

费　兴　嗨，这是怎么说话哪！

褚　彪　你问他呀，他是我的外孙孙哪。（左手拍费兴肩）

费　兴　嗨嗨嗨，外孙子别拍舅姥爷呀！（扒拉下褚彪的手）那个小媳妇她是谁呀？

褚　彪　她是我的女儿，你问她做甚？

费　兴　什么你的女儿吧？她是我们大爷的姨太太，叫你给拐跑啦，你是拐子手！

褚　彪　好狗头！（用草帽圈打费兴，费兴抓草帽圈逃进庄门下）

费德功　抢！

〔【乱锤】庄丁分别拉张桂兰、贺仁杰进庄门下，英雄随下。褚彪扑向费德功，双手被费德功架住，“推磨”一圈。【软四击头】二人架住，往“小边”台口走三步。【软四击头】架着往“下场门”走三步。【三锣】二人推搡三下。【撕边】(八大仓)褚彪被费德功推向“小边”台口走“抢背”，右单腿跪在地上，抖动。

费德功 好不识抬举！（【一击】“踩泥”面向里亮相，【急急风】进庄门下，庄门关闭）

〔(八大仓)褚彪双手揪褶子。【撕边】浑身战抖。(八大仓)面向“上场门”双手敞开褶子站起。【三锣】右手抓袖子，向庄门走三步。黄天霸持单刀从“上场门”急上。左手拍褚彪背，【一击】褚彪回身，二人对视亮相。

黄天霸 怎么样了?

褚　彪 被他们抢去。

黄天霸 待俺杀!

〔【撕边一击】黄天霸举刀，褚彪伸手一拦。【撕边一击】黄天霸刀落下，“压刀式”，褚彪再拦。【软四击头】黄天霸左手推开褚彪手，刀往里“串肚”，褚彪左手推，二人同时往里转身。褚彪“左弓箭式”伸右拳，黄天霸侧吸右腿，左手抓褚彪右拳，举刀，二人亮相。【撕边一击】褚彪摆动左手，抖髯，二人往“大边”台口一望。【撕边一击】褚彪侧吸左腿，左手摇动。黄天霸落下腿成“右弓箭式”，刀横腹前，二人对视亮相。【三锣】二人同跨右腿，向“上场门”处踢三腿（先踢左腿）。【四击头】黄天霸向外起“飞脚”，刀交左手，反握刀背，“踩泥”抬右腿，右掌按于胸前，在台口亮相。同时，褚彪左转身，“右弓箭式”，拱手亮于台口偏左。【急急风】黄天霸急步从“上场门”下。

〔【撕边一击】褚彪起身向“上场门”处走两步，右手捋髯一望。【撕边一击】右手搂髯回身，再望“下场门”。【一击】双手拧髯放口中咬住。【三锣】右手抓袖，向“下场门”处走三步，走到庄门前。(八大仓)、(八大仓)右拳击庄门两下。【软四击头】头撞庄门，往右“倒步”踉跄，至台口。双手托髯，“骑马步”，抖动全身。【放钹】

褚　彪 (哭)儿呀!

〔拭泪，向左右偷看。抬左手，右手指庄门，右手托髯，暗笑。猛然想起须要警觉，手捂嘴，止住笑容。【急急风】双手敞开老斗衣，左转身，“左丁字步”面向“上场门”亮相。急至“上场门”的“九龙口”。左转身双手敞开老斗衣，“左丁字步”站立，面向“大边”台口。【四击头】右跨腿，踢左腿，跨右腿，左转身向“上场门”，站立于“大边”台口处。【急急风】双手敞开老斗衣，边前走，边左右“甩髯”多次，走到台中偏“上场门”处。【撕边】(八大仓)跨右腿、踢左腿，双手敞开老斗衣，面向前亮相。【撕边】浑身战抖。(八大仓)双手脱衣，右转身，右手老斗衣交左手夹住。往右“甩髯”，右手变拳胸前直伸。抬右腿，向“上场门”处亮相。【急急风】急步从“上场门”下。

第十一场

〔空场。【冲头缓锣】

〔贺仁杰内白："走哇！"

〔【水底鱼】左手提刀，"右单山膀"从"上场门"上，至台口。

俺贺…… 【撕边一击】（捂嘴左右望）贺仁杰，【住头】且喜混进庄来，也不知我婶娘往哪里去了，待我寻找寻找。

〔【水底鱼】走"正圆场"至"小边"台口。刀交右手，背在身后，左手打门。

呔！（【一击】）有胳膊有腿儿的滚出一个来！

费 兴 （（大大 0）从"下场门"上，站"大边"）谁呀，这么说话？没胳膊没腿儿不成了鸡蛋了吗？（开门）嘿，是你这小子呀！

贺仁杰 我是你老子呀！

费 兴 这是怎么说话呀？进来，进来。

贺仁杰 进来就进来。（进门站"小边"）

费 兴 你干什么来啦？

贺仁杰 我妈呢？

费 兴 你妈陪着我们大爷喝酒哪。

贺仁杰 天不早了，我们该回家啦。

费 兴 回家？这就是你的家。听我告诉你，你妈嫁了我们大爷啦，你现在是随娘改嫁了。

贺仁杰 你们强抢民女，难道就不怕王法吗？

费 兴 王法？屁法！我告诉你，前者此地有一武举梁大纲，他的妹妹长得别提多好看了。我们大爷命我前去提亲，他不但不答应，反将我暴打一顿。怒恼我家大爷，身背袖箭、宝剑，夜入他家，杀死他满门家眷二十——

〔【软四击头】、【撕边八大仓】黄天霸持刀从"下场门"，朱光祖持从"上场门"同上，直至台口（黄天霸在"大边"台口，朱光祖在"小边"台口）矮式亮相。

费 兴 四口啊！【撕边一击】官府都没把我们怎么样。这大风大浪都过来了，他小河沟子里还能翻得了船！

贺仁杰 别吹牛啦，外边有人叫你哪。

费 兴 叫我呢？我瞧瞧去是谁，（出门）八成儿我要归天！

贺仁杰 （随出门去）看刀！【一击】（杀死费兴，费兴"下场门"下。朱光祖夹刀击掌两下，黄天霸夹刀击掌两下，贺仁杰夹刀击掌两下）

贺仁杰 什么人？

朱光祖 朱。

黄天霸 黄。

贺仁杰 贺。【撕边一击】（黄天霸、朱光祖走近贺仁杰）参见二位叔父。

黄天霸
朱光祖 怎么样了？

贺仁杰 二位叔父随我来。

「【撕边】(八大仓) 黄天霸与贺仁杰“一抄”至台中。同时，朱光祖原地左转身，三人站面向“下场门”“顺风旗”队形亮相。【急急风】“压刀式”三人向“下场门”急步下。

第十二场

「舞台上摆桌一张，椅两把，桌后放宝剑、袖箭。【撤锣】接【小锣尾】

「张妈内白：“啊哈！”【小锣五击】“上场门”上，走至“台口”。

张　妈　家住，(念)〔数板〕

家住京东县三河，
连年荒旱难生活。
嫁了个丈夫是懒汉，
整天赌钱要酒喝。
我这才撇下孩子把城进，
到费府当了老妈儿来做活。
费大爷看上了我，
一天给我八十八块八毛多。
里里外外全靠我，
越忙越干我越快活，越快活！

「【小锣五击】左转身往里走，坐“小座”。

我，张妈儿。是这费府里里外外、上上下下、总葫芦库的这么一个小老妈儿。今儿个我们费大爷从庙会上又抢来一个小女子，叫我劝劝她。有啦，我把她搀出来，跟她聊聊，好好地劝劝她！

「胡琴奏曲牌〈小开门〉。张妈站起身来，手帕掖起，出门走进“上场门”。搀张桂兰头盖红盖头，从“上场门”上，进门，扶张桂兰坐“小座”，〈小开门〉止。

张　妈　我掀开盖头，瞧瞧她什么模样。(掀下盖头放桌上，站“大边”) 嘿，长得还真好看！跟我差不多呀！(右手拍膝盖，伸拇指赞美)

张桂兰　(京白) 我说嗨，你是干什么的呀？

张　妈　你问我呀，我是这费府里，里里外外、上上下下、前前后后、总葫芦库的这么一个——

张桂兰　什么呀？

张　妈　老妈子。

张桂兰　噢，老妈子呀！

张　妈　嗨，老妈子跟老妈子可不一样。

张桂兰　我问问你，你们大爷强抢民女，难道就不怕王法吗？

张　妈　王法，还嘚儿屁法哪！我不说你也不知道，此地有一武举，名叫梁大纲，他的妹妹长得别提有多好看啦。我们大爷命人前去提亲，他不答应。怒恼我们大爷，夜入他家，杀死他满门家眷二十四口啊！

张桂兰　难道说就没人去告他吗？

张　妈　告他，我们大爷就凭二指宽的一张名帖，府县衙门都得买他的账。

张桂兰　嗐，你们大爷这么厉害，他有什么本事呀？

张　妈　我们大爷十八般武艺样样精通，宝剑一口削铁如泥，一十二枝毒药袖箭，百发百中啊！

张桂兰　我不信，你把宝剑、袖箭拿来，叫我看看行不行啊？

张　妈　你要是答应亲事，我就叫你看。

张桂兰　你要是叫我看了，我就答应亲事。

张　妈　好，你等着，我拿去。（对观众）我就知道，她就为这个来嘛！（桌后拿宝剑、袖箭，交于张桂兰）你看看吧。

张桂兰　亲事我答应啦。（宝剑、袖箭放桌上，坐右“八字椅”）

张　妈　你答应啦！我请大爷去。（出门面向“上场门”）有请大爷。

〔费德功内白：“搀我来。”

张　妈　来啦。

〔**【纽丝】**张妈掖起手帕，进入“上场门”，扶费德功从“上场门”上，站“小边”台口。

〔西皮散板〕

费德功　サ（过门同前）1 2 2 1 3 2 <u>1 3</u> <u>2 1</u> <u>6̣ 1</u> 2 **【大锣一击】**

只 吃 得 醉 醺 醺 站 立 不 稳，

3 <u>2 5</u> 3 1 2 2 <u>2 1</u> 6̣ <u>1 2</u> 2 1 - ‖ **【住头】**

今 夜 晚 洞 房 中 会 会 美 人。

费德功　张妈，那一女子可曾应允？

张　妈　她答应啦。

费德功　好。（京白）我给你长工钱。

张　妈　多谢大爷！

〔**【冲头】**张妈扶费德功进门，坐左“八字椅”。张妈立于费德功左侧。

费德功　这一女子，顺从某家，你的造化——

〔**【软四击头】**黄天霸持刀“下场门”上，急至“小边”台口。同时，朱光祖持刀急至“大边”台口。**【撕边】**（八大仓）二人“压刀式”，“弓箭步”亮相。

费德功　不小！**【大锣一击】**

张　妈　大爷，她答应啦。

费德功　好，张妈，取酒来。

张　妈　是啦。

〔**【小锣五击】**出门，走至“下场门”处。

〔金大力内白：“给你狗日的一把火！”

〔**【鼓声】**起火。张妈惊慌，**【快冲头】**又返回进门站“大边”。

张　妈　大爷，了不得啦，后院着火了！

费德功　啊！待我看来。（急出门）

「【急急风】张桂兰拔剑杀死张妈，张妈“下场门”下（也有张妈逃下的）。同时，费德功出门，黄天霸打费德功“靴底”、“削头”。费德功“打头”出去，朱光祖低头进去至“小边”偏里，费德功至“大边”。黄天霸持刀往里“刺肚”，费德功右转身，背向“小边”，朱光祖就势扒下费德功褶子。张桂兰持剑与黄天霸一起，双“削头”，费德功低头躲过。【撕边】(八大仓）费德功至“大边”偏里，和张桂兰、黄天霸、朱光祖成“顺风旗”式亮相。费急下。

朱光祖 跑啦！

黄天霸 追！

「【急急风】张桂兰、黄天霸、朱光祖追费德功“下场门”下。

第十三场

「空场。【水底鱼】贺仁杰提刀“上场门”上，急至台中。

贺仁杰 待俺放起火来。

「【搜场】贺仁杰面向里，放火。【撕边】(八大仓）“压刀式”亮相，“下场门”下。

「【四击头】【回头】费德功空手从“上场门”上至“九龙口”，双手平摊亮相。急至台中，起“反云手”成“大山膀”面向“上场门”。

费德功 【叫头】且住！原来天霸夫妻前来拿我。众家英雄——

「【快冲头】众庄丁举枪，（头名庄丁扛大刀）众英雄、米龙、窦虎举枪两边急上，站于两侧。

费德功 拿天霸！

「【急急风】费德功接过大刀，众庄丁、众英雄、米龙、窦虎“插门”均从“下场门”下。

「黄天霸、张桂兰持刀“上场门”上，费德功出大刀，“过合”，勾出黄天霸至“小边”，张桂兰至“大边”，费德功至台中。“一压”、“刺肚”。朱光祖持刀从“上场门”上，和费德功“过合”。大刀架“蓬头”，推黄天霸、张桂兰、朱光祖“下场门”下。

「【撕边】(八大仓）贺仁杰持刀“下场门”上，费德功出刀，二人起“大刀花儿”“一磕”亮相。

费德功 （京白）儿子，怎么杀起你爸爸来啦？

贺仁杰 （京白）我是你爸爸！

费德功 看刀！

「【急急风】二人起“大刀花儿过合”，贺仁杰打费德功“盖鼻子”。二人同时往外转身，往里翻着走至台里，压住大刀亮相。同时，黄天霸“下场门”上，米龙持枪“上场门”上，“两绕”转身，黄向米“削头”亮相。

「费德功、贺仁杰架着从“上场门”下。

「【急急风】转【马腿儿】黄天霸、米龙打“单刀枪”，【四击头】双方同起范儿走身段，黄天霸在“小边”台口，米龙在“大边”，二人亮相。

「【急急风】黄天霸“漫头”至台中，米龙至“小边”，窦虎持枪“下场门”上。

接“封头”、“一压刺肚”。张桂兰持双刀“上场门”上，站“九龙口”处。打“四股档”，四人原地“一兜”，米龙、窦虎往里“一盖”，打黄天霸、张桂兰的“前封头”、“后封头”。贺仁杰、朱光祖分别持刀从“上场门”和“下场门”同上，接“前封头”。打“六股档”，黄天霸、朱光祖和米龙“一压刺肚”；同时，张桂兰、贺仁杰打窦虎“一压刺肚”。黄天霸、朱光祖走至“小边”和张桂兰、贺仁杰四人站“小边”的“一条鞭”；同时窦虎至“大边”与米龙“一抄”，二人站“大边”的“一条鞭”亮相。

〔锣鼓加强。费德功持大刀“下场门”上，站“大边”亮相。米龙、窦虎“下场门”下。“一扯两扯”，“过合”，费德功至“小边”；黄天霸等四人至“大边”。“带一个”、“带两个”，费德功至台中；黄天霸等四人站舞台四角处。费德功举大刀自台口领着走“大圆场”。“蛇脱皮”、费德功至“大边”偏里处，大刀交左手，黄天霸四人至“小边”，“斜一字”停住。锣鼓急停住。

黄天霸 看镖！

〔**【撕边八大仓】**黄天霸刀交左手，右手打镖，费德功右手接镖，“跺泥”亮相。

黄天霸 追！

〔**【急急风】**费德功“下场门”下，黄天霸等四人，领起来“挖开”成为菱形站住，**【四击头】**“跨腿”、踢左腿，左转身，“弓箭步”抱刀亮相。**【急急风】**四人“压刀式”，追，“下场门”下。

第十四场

〔空场。**【四击头】【回头】**费德功持大刀“上场门”上至台中。

费德功 **【叫头】**且住！哪有许多功夫与他们鏖战。众家英雄！

〔**【快冲头】**众庄丁、众英雄、米龙、窦虎举枪两边上，分立两侧。

费德功 貔貅伺候！（也可念：埋伏了。）

〔**【急急风】**众庄丁、众英雄、米龙、窦虎均站“下场门”“斜胡同”，做埋伏绊腿绳状。

〔黄天霸持刀“上场门”上，“漫头”过去至“大边”台口，费德功在“九龙口”处领着走“正圆场”，至台中。黄天霸砍两刀，被费德功卸掉刀，往“大边”台口打“抢背”，庄丁擒住黄天霸，站“大边”台口处。

〔费德功出刀，张桂兰双刀自“上场门”上，“漫头”过去至“大边”台口。费德功在“九龙口”领圆场至台中，卸掉双刀，打张桂兰“抢背”，被擒在“大边”偏里处。

〔费德功出刀，贺仁杰、朱光祖持刀“上场门”同上，“过合”。费德功领着走“正圆场”至“九龙口”。贺仁杰、朱光祖至“小边”台口处，向“下场门”翻“虎跳前扑”和“踺子”接“串小翻”。二人“下场门”下。

〔**【快冲头】**众庄丁、众英雄、米龙、窦虎绑黄天霸、张桂兰“扯正场”（张桂兰至“小边”，黄天霸至“大边”），费德功站台中，起“大刀花儿”转身砍黄天霸右靴底。

费德功 【叫头】天霸！念你也是绿林出身，赏你个全尸。众家英雄！

众庄丁
众英雄 啊！

费德功 绑至荒郊，用火烧！

〔【急急风】众庄丁、众英雄、米龙、窦虎押黄天霸、张桂兰"插门""下场门"下。费德功要"大刀下场花儿"，【四击头】亮相于"大边"台口。【急急风】"下场门"下。

第十五场

〔空场。【急急风】众官兵持刀，关泰持扑刀，金大力拿大杠子从"上场门"上，"站门"列两侧。【四击头】褚彪持刀"上场门"上，亮相于"九龙口"。【急急风】走到台中止步。贺仁杰、朱光祖持刀"上场门"上，至台口面向褚彪拱手。褚彪右手一挥，贺仁杰、朱光祖领着众官兵、关泰、金大力"插门"，"下场门"下。

〔褚彪站台中面向里，锣鼓加强。走数个"缠头"。跨右腿，面向外，左右"甩髯"，【串头】接【急急风】出刀，往"下场门"走三个"蹦子"。面向里，朝"下场门"的"右弓箭式"，要"刀花"，转过身朝外，刀打左腿，反掏右腿，至"小边"台口。蹲身"正缠头"。边往"小边"蹲身左转身数个。"反缠头"蹲身右转身数个，至台中。刀打右脚，打左脚，再打右脚（右脚后别在左腿左侧）。【夺头】掏右腿，右转身。【四击头】跨右腿，"踢左旁腿"。跨右腿，左转身。左手抱刀，右拳前伸，"左弓箭式"亮相。【撕边】（八大仓）右手推髯，站身，"左丁字步"。面向"下场门"，"右单山膀"亮相。【急急风】"下场门"下。

第十六场

〔【急急风】四庄丁、四英雄绑黄天霸、张桂兰从"上场门"上"站门"，黄天霸站"大边"台口，张桂兰站"小边"台口。四官兵、朱光祖、金大力分别两边上，"双进门"，四官兵追四庄丁、四英雄两边下；朱光祖、金大力给黄天霸、张桂兰松绑，黄天霸、张桂兰两边下。

朱光祖 金爷来了吗？

金大力 来了。

朱光祖 吃饱了没有？

金大力 吃饱了。（左手拍肚子）

朱光祖 吃饱了喝足了，打这些个狗日的！

金大力 交给我啦！

〔（八大仓）朱光祖涮刀面向"大边"，"压刀式"亮相，"下场门"下。

〔清场。金大力放大杠子于面前地上，两手提鞋、松腰带，大辫子盘绕在脖子上，双手抬起大杠子，站在台中。

〔【撕边】(八大仓）庄丁甲从“上场门”上，持枪扎右腰，金大力左转身，用杠子打庄丁“窜爬虎”于“大边”台口处。

金大力 小子，起来，起来！

〔【撕边】（八大仓）庄丁甲扎脸，金大力一闪身，杠子打庄丁甲“窜爬虎”于“小边”台口。【撕边】(八大仓）庄丁乙“上场门”上，扎腰，金大力左转身，杠子打庄丁乙“窜爬虎”于“大边”台口。

金大力 起来，起来！

〔【撕边】(八大仓）二庄丁持枪压住杠子，三人用力，金大力猛然撤开杠子，二庄丁爬于地上。

金大力 （大笑）哈哈哈……你们哪行啊，傻小子！

〔【急急风】庄丁丙持枪两边上，站台中里首，举枪向外亮相。金大力“大刀花儿”和二庄丁“直场”“过合”，至台中里首；四庄丁台口一排。“一磕一扯”，金大力至“小边”，四庄丁在“大边”。“过合”，金大力至“大边”，四庄丁在“小边”。【撕边】(八大仓）金大力横举杠子，架住“封头”，猛推。四庄丁险些跌倒，亮相。同时“下场门”贺仁杰、朱光祖同上亮相于“大边”，金大力亮相于“大边”里首。

金大力 交给你们了。（“下场门”下）

〔【急急风】贺仁杰、朱光祖与四庄丁“过合”，各勾出一个庄丁，六人成为两横排，前排庄丁、贺仁杰、庄丁，后排庄丁、朱光祖、庄丁。打“六股档”，二庄丁“下场门”败下。贺仁杰、朱光祖接“封头”，“下场门”败下。

〔舞台上留下二庄丁至“大边”，张桂兰持双刀“上场门”上，“过合”，勾出一庄丁去，张桂兰在中间。双刀打“鼻子削头”，左边庄丁“下场门”败下。右边庄丁接“鼻子削头”，被双刀打“抢背”，“上场门”下。

〔张桂兰出刀，“上场门”上一英雄持枪亮相。“漫头”过去，张桂兰至“小边”。“撩削”过去，张桂兰至“大边”。【马腿夹饽饽】二人打“双刀三十二刀”。最后【四击头】，张桂兰亮相于“小边”台口，同时英雄于“大边”亮相。【急急风】二人“过合”，张桂兰至“大边”；英雄在“小边”。张桂兰双刀打“一盖腰封”，二人面向里亮相。

〔费德功持大刀“下场门”上；同时，黄天霸持单刀“上场门”上。“双漫头”出去，二人至台前。张桂兰、英雄至台里首，二人“架住”，“上场门”下。

〔费德功与黄天霸打“搭兜”，转身，费德功用刀柄一刺，接“鼻子”，刀柄向外一挑，接“上下左右”，单刀上刺，大刀头“两绕”，“大刀花儿”，转身“削头”。褚彪持单刀“下场门”上，接“封头”，“刺肚”。褚彪至“小边”，黄天霸至“大边”，费德功在“台中”。三人打“三见面”，【撕边】(八大仓）费德功在“大边”里首，褚彪在“台中”，黄天霸在“小边台口”，三人“顺风旗”高矮式亮相。

〔【急急风】费德功“下场门”下。褚彪领黄天霸走圆场，同至“小边”台角（黄天霸在褚彪身后）。“出刀”往“下场门”走三个“蹦子”，同要“单刀花儿”，掏右腿，“反缠头”右转身，同要“面花儿”数个。【夺头】“三打腿”，掏右腿，右转身。【四击头】褚彪跨腿，“踢左旁腿”，后别右腿，“右鹞子翻身”。

左手抱刀，“甩髯”、右拳前伸，“左弓箭式”亮相。同时，黄天霸往左方起“飞脚”，左转身，右手刀高举，左掌高举头上，“右丁字步”亮相于褚彪身后。

「**【撕边】**(**八大仓**）二人“一抄”，黄天霸至前面“左弓箭式”，刀横腰前，左拳侧平伸亮相。同时，褚彪在后面，“右丁字步”，右手拉黄天霸左拳，高式亮相。二人同“下场门”下。

「此时，金大力双手抓一个庄丁（二人均空手），自“上场门”急上，也在前面的**【撕边】**(**八大仓**）里，亮相于“小边”台角处。（锣鼓停，静场）金大力松开手。

金大力 （至台中）小子过来，过来呀！

「庄丁走至台中，二人打“幺二三”、“搭叉”，左转身，双手“掳住”。**【撕边】**（**八大仓**）原地转数圈，金大力仍站台中左方，“右腿跛脚”，庄丁跌倒。

金大力 小子，起来，起来呀！

「清场。庄丁站起，“过合”至左方，“幺二三”、“搭叉”、左转身，“一盖两盖”打庄丁“抢背”。**【撕边】**(**八大仓**）一庄丁持枪“上场门”暗上，上扎一枪，金大力双手“里盖”枪，打庄丁“抢背”于“小边”台口。三人亮相。

金大力 你哪成啊，小子，哪跑！

「**【急急风】**金大力追左方庄丁“下场门”下。持枪庄丁走至台中，“提枪花儿”出枪，搂一官兵单刀自“上场门”“斜场翻上”。庄丁至台中右方，二人打“搭兜”，左转身“锁喉三枪”，砍“马腿”，往里“两绕”，均卸掉兵刃。二人空手“幺二三”、“搭叉”，转身，“一盖两盖”，官兵打庄丁“抢背”于“小边”台口处。又一庄丁空手自“上场门”“斜翻上”，双方即官兵、庄丁、英雄及贺仁杰、朱光祖等打“手连环”。

「**【急急风】**“连环尾”舞台上留下一名英雄。黄天霸空手“上场门”上，“一盖两盖”打英雄“抢背”，英雄“下场门。下。费德功空手“上场门”上，左腿踢，黄天霸右手“接一腿”，“过合”至“小边”。二人打“幺二三”、“搭叉”，转身，费德功盖黄天霸两拳，双手“掐腰”，往“大边”扔“蹦子”，黄天霸“下场门”下。

「褚彪空手“上场门”上，右手推费德功左肩，扔“枪背”于“小边”台口。“过合”，褚彪至“小边”，“一盖两盖”，“撞羊头”头撞费德功的肚子，**【撕边】**（**八大仓**）费德功双手捂肚子，二人亮相，费德功“下场门”败下。

「**【急急风】**褚彪面向“上场门”“左弓箭式”“大山膀”，米龙空手自“上场门”上，“高毛”越过褚彪，至“大边”台口。褚彪在“小边”，“过合”，褚彪至“大边”。**【夹馋馋】**二人打“金刚头子”，最后“一盖两盖”往“小边”台口打米龙“抢背”。**【急急风】**窦虎空手自“上场门”“斜翻”上，至“大边”台口。褚彪在台中，右拳打米龙“封头”。窦虎右手“接一腿”，搂窦虎“旋爬虎”接“滚堂”至“小边”。米龙蹦过窦虎，变“旋爬虎”。褚彪由“大边”蹦过米龙至台中，“一盖两盖”踹窦虎“屁股坐子”。米龙打“双风贯耳”，被推“倒毛”。窦虎走着打两拳，被褚彪盖打“抢背”于“大边”里首，“下场门”下。米龙打四拳，褚彪“四盖”，踢米龙“硬抢背”。褚彪“右弓箭式”，左拳侧平伸，右拳按在右腰间，二人在**【撕边】**（**八大仓**）里亮相。**【急急风】**米龙“下场门”下。费德功持大刀“下场门”上，“漫头”过去至“小边”台口，褚彪“下场门”下。

「金大力持大杠子“下场门”上，与费德功同起“大刀花儿”，转身一磕【撕边】（八大仓）亮相。

金大力
费德功（同）哇呀呀！

「【急急风】“过合”，把朱光祖从“上场门”“勾上”至“大边台口”，费德功至台中，金大力在“小边”台口。费德功接二人的“鼻子削头”，从“下场门”下。二英雄持枪同时从“上场门”和“下场门”两边上，朱光祖和金大力“直场”搂“爬虎”，杀死二英雄（两边下）。米龙、窦虎持枪同时从“上场门”和“下场门”两边上，“斜插花”“双漫头”出去（米龙至“大边”、窦虎至“小边”），朱光祖、金大力同时分别从“上场门”和“下场门”下。黄天霸持单刀“上场门”至台中里首亮相，再至台中。三人同起“大刀花儿”，米龙、窦虎“一压”黄天霸，被挑开，打米龙“鼻子削头”，打窦虎“挂削头”，往里卸掉米龙的枪，杀死窦虎（“上场门”边幕下）。米龙左手与黄天霸左手“反搭手”起【夺头】黄天霸左腿“骗头”，米龙右拳打，被黄天霸左手“外盖”、“绕脖”，杀死（“下场门”边幕下）。

「【急急风】费德功持大刀“下场门”上，“两绕”外转身“削头”。从“上场门”“勾上”关泰持扑刀至“大边”。三人起“大刀花儿”，“一压”费德功，“挑开”，“刺肚”。黄天霸至“大边，关泰至“小边”。费德功面向“上场门”扒拉“倒脱靴”，众官兵、张桂兰、贺仁杰、朱光祖全从“上场门”上，列成向“上场门”的“大斜门”。最后褚彪持单刀从“上场门”上，卸掉费的大刀，打费德功“抢背”，费单腿跪在“大边”台口，金大力拿锁链从“下场门”急上，锁住费德功，【撕边】（八大仓）褚彪亮相于“台中”。

金大力 小子，打官司去呗！

「唢呐吹奏曲牌〈尾声〉前半段。众官兵、张桂兰、朱光祖、贺仁杰、关泰全站成向“下场门”的“顺风旗”队形；金大力、黄天霸拉费德功至“小边”台口，同时，褚彪至“小边”处。

褚　彪【快冲头】【叫头】哈哈、哈哈、哈哈哈……

「【四击头】褚彪起“飞脚”，单刀交左手，亮相于“大边”台口处。唢呐吹奏曲牌〈尾声〉后半段，褚彪“下场门”下。

「【急急风】金大力、黄天霸押费德功，关泰、张桂兰、贺仁杰、朱光祖、众官兵依次由“下场门”下。

——剧　终

刘福生 整理

三岔口

张云溪授课本

北宋时，大将焦赞因打死奸臣谢金吾，被发配沙门岛。途经三岔口，投宿于刘利华夫妇店中，得到刘氏夫妇的保护。大将任棠惠奉元帅杨延昭之命，暗中保护焦赞，亦住刘的店中。结果与刘发生误会，黑夜中双方搏斗起来。后来焦赞也闻声出来参与打斗。幸得刘妻持烛台出来，焦赞始认出三关上将任棠惠。于是杀了解差，一起回营复命。

京剧《三岔口》有新剧、旧剧之区别。新《三岔口》是在老《三岔口》的基础上改编而成的。旧剧将刘利华夫妇描写成开黑店的杀人歹徒，他们不仅要害死焦赞，还要刺杀任棠惠，终被任棠惠所杀。新剧经过中国京剧院老一辈艺术家们的努力，从剧本、人物、人物关系、服装扮相、武打情节、技术技巧等各方面，进行了大胆而细致的改编。如将刘利华夫妇改写成富有正义感的人，为了搭救焦赞而与暗中保护焦赞的任棠惠发生了误会，所以才出现了二人在黑夜里的打斗场面；在武打情节、技巧的安排上，由于强调了二人之间出现的误会，所以具有强烈的喜剧效果，在惊险的武打中既保留了真实感，又增加了浓厚的趣味性；刘利华的脸谱也由原来的歪脸改成白鼻梁的正面形象等，给旧剧以脱胎换骨的改造，美化了京剧舞台，使《三岔口》这样一出不起眼儿的小武戏一跃成为独具风格、新颖别致、短小精悍的精品剧目。

在整理改编工作中，张云溪、张春华两位先生可谓功不可没。《三岔口》一剧是两位老师40年舞台合作的结晶。张云溪老师曾对我讲，他和张春华老师合演的《三岔口》在北京、在外地，在亚洲、在欧洲、在美洲，在世界各地巡演已超过二百场。他们在长期的舞台实践中，不断丰富、不断修改、不断完善。他们用自己精湛的表演赢得了不同肤色、不同语言、不同民族、不同国家观众的欢迎和赞赏。可以这样讲，他们合作表演的《三岔口》在向世界弘扬民族文化艺术——中国京剧的工作中，发挥了承前启后的重要作用。直到现在，《三岔口》还是每一个出国演出的京剧团体、甚至是地方剧种的必演剧目。同时，该剧也早已成为各戏曲院校武戏表演教学中的必修剧目。

“摸黑”一场是戏里的核心片断。规定情境是漆黑不见五指的室内空间，但舞台上却又是场灯全部开启，这就首先要求演员表现黑夜感方面的表演特点。云溪老师说戏时，从头至尾强调要求的就是这一点。相互寻找对方主要是靠“听”、“看”、“摸”的表演手段。“听”要听对方的脚步声、衣服的摩擦声、呼吸声、刀风声，以此去判断对方的方向与位置；“看”应是觑看，是“听”与“摸”在眼神上的反映，要通过眼神准确地表达出漆黑的环境与内心节奏的变化；而“摸”要分出上、中、下不同位置，必要时还可用脚去“蹚”，寻找目标。“听”、“看”、“摸”三者紧密配合，缺一不可。

再者，要强调对打中的“真实感”。如刀削、刺、砍、扫，拳打、掌切等动作，要“严”，要“准”，唯此才能表现出对打的真实感觉。但手里的劲头又要做到能“擎”得住，非生活化的真打实砍。我在演出此剧时，曾借用过二位老师在《三岔口》中曾经常使用的两把单刀。我惊讶地发现，两把刀的刀刃上竟不见一处磕碰过的痕迹。只此，便可见老师们手中之“擎劲”

功力已达多么深厚的地步。

1983年，在北影厂拍摄京剧故事片《岳云》，我担任舞蹈武打设计并负责一些组织工作。张云溪老师是该片的京剧艺术指导，也是我的具体指导。张老师对工作极其认真负责，同我们一起整天“扎”在摄影棚里。那时，每天中午有两小时的休息时间，我尽力安排张老师休息好。但他不是谈拍片就是谈戏。有一天，张老师对我说：“福生，我中午不休息了，聊天也浪费时间，我给你说出戏吧。”我当时高兴得不知怎么才好，可又考虑到老师年岁大了，应该休息，因而犹豫不决。但张老师坚持要给我说戏，先说的就是这出《三岔口》。就这样，在北影的摄影棚里，每天中午说戏不止，一说就是三个多月，一个眼神、一个手势都不落下。老师不但要求我做好，还亲自示范给我看，一遍又一遍，一天又一天，一月又一月。从此，我向老师的求教便一发不可收拾。老师离我们而去，但老师给我说戏讲艺的情景，经常一幕幕映现在我的脑海里。我今天将这个立体剧本整理出来，也是对老师的怀念吧！

刘福生

人物行当

任棠惠	武生	刘妻	武旦
刘利华	武丑	二解差	丑
焦　赞	武花脸		

服装扮相

任棠惠　俊扮。白花软罗帽、茨菰叶、偏球，白花抱衣裤，绦子、大带、斜白花褶子（开打前脱掉），白花薄底。斜背带套单刀（开打前卸掉套子）。

刘利华　勾白鼻梁脸。黑豆包（一把抓）、泡条、偏球，青绸白花快衣裤，白花腰巾，靸鞋或黑薄底。（头场披蓝布坎肩）

焦　赞　勾黑十字门脸。黑发鬏、黑耳毛子、茨菰叶、黑扎，青素箭衣，绦子、大带、斜青褶子（开打时脱掉），青彩裤，厚底（开打时换薄底）。

刘　妻　俊扮。梳大头、线尾子、面牌、蓝绸犄子，竹布褂、打衣裤、战裙，彩薄底。

二解差　勾丑脸。皂隶帽，蓝布箭衣、大带，青彩裤，薄底。

道具

桌子	一张（特制）	红绸条	一条
椅子	一把	单刀	三把
扇子	两把	酒具	一份
公文	一份	蜡台	一盏
棍	两根	白手巾	一条
手铐	一副	蓝布包裹	一个
刀套	一个		

第一场

发　解[1]

［【大锣原场】加速后打住。

［焦赞内白：“趱行啊！”

［二解差内白：“走！”

［【大锣滚头子】甲、乙解差持棍“上场门”上，至“九龙口”亮高矮相，二人点头示意，回身向“上场门”喊：“走！”焦赞戴着手铐“上场门”上，走小半圆场，至“九龙口”亮相；同时，二解差分开至焦赞身后一亮相，焦赞圆场至台口，同时，解差甲走至“大边”台口，解差乙走至“小边”台口。

焦　赞　（念【大锣扑灯蛾】）恼恨奸贼太猖狂、太猖狂，【大锣滚头子】（三人转圆场，解差甲走至“小边”台口，解差乙走至“大边”台口，焦赞转归中台口）

（接念）私通北国害忠良。

俺焦赞打死谢金吾，

那王钦若起了歹心肠！【大锣滚头子】（三人转反圆场，解差甲转回“大边”，解差乙回至“小边”，焦赞反转回中台口）

（接念）将俺发配沙门往，

披枷【大锣一击】戴锁【撕边一击】恼胸膛！【大锣收头】

解差乙　咳，我说焦赞，走了这一道儿，你骂骂咧咧的，别忘了你可是朝廷的罪犯。

焦　赞　啊！【大锣一击】俺犯的什么罪？！

解差乙　啊？你将王钦若王大人的门婿谢金吾一拳打死，你这罪过还小吗？

焦　赞　呵！慢说是打死谢金吾，就是见了王钦若这个贼子，我也要扒了他的皮！【大锣一击】

解差乙　呵，你这是要造反哪！呸，呸（啐拳状），我今天非要管教管教你不可，招打！（举棍打焦赞，焦赞夺过棍，踹解差乙坐地上，举棍欲打，【撕边一击】解差甲忙到“小边”处来劝阻）

解差甲　唉……二爷，您消消气儿，您饶了他吧，（焦赞将棍扔在地上，解差甲捡起来）您别跟他一般见识呀，（向解差乙）你怎么净招二爷生气呀？

解差乙　啊？我招他生气？

焦　赞　来！

解差甲　有。

焦　赞　将这刑具与我去掉。【大锣一击】

解差乙　这是朝廷王法，不能去。

焦　赞　你去也不去？

解差乙　不能去。

---

① 发解，又称发配。指犯人被押解。

焦　赞　呸！招打！【撕边一击】（举拳欲打，解差乙忙躲到解差甲身后）
解差甲　二爷，您别生气。（向解差乙）伙计，二爷让你去掉，你就给他去了吧。
解差乙　啊？他说去，就去了？
解差甲　你就给去了吧。
解差乙　好、好、好。（边说边走到焦赞面前）二爷，这刑具按说是不能去。得啦，今天我就给您来个瞒上不瞒下，【大锣一击】（面向里摘下焦赞手铐）二爷，这回您就轻省了吧？
焦　赞　来！
二解差　有。
焦　赞　戴上！
解差乙　这是什么毛病，刚摘下来又要戴上。
解差甲　你就给他戴上吧。
解差乙　二爷，您就戴上吧。
焦　赞　叫你戴上！
解差乙　啊？叫我戴上？我没犯法呀？
焦　赞　你戴是不戴？
解差乙　我不能戴。
焦　赞　呸！招打！（举拳欲打，【撕边一击】解差甲过来劝阻）
解差甲　二爷，您别生气，我叫他戴上。伙计，二爷叫你戴上，你就戴上吧。
解差乙　他叫我戴上，我就戴上？
解差甲　别招二爷生气呀。
解差乙　这叫什么事啊！（边说边走过来）二爷，我甭戴了。
焦　赞　戴上！
解差乙　得，戴上戴上。（将手铐交给焦赞）您慢着点。
〔【大锣一击】焦赞将手铐给解差乙戴上。
解差乙　你瞧这像什么呀？
焦　赞　这还有个名堂。
解差乙　这叫什么名堂？
焦　赞　这叫做：解差常把犯人害，自作自受倒发解。趱行啊！
〔奏唢呐曲牌<批>，焦赞拉着解差乙，解差甲随后，三人小圆场。【一锤锣】焦赞猛地一拉，解差乙踉跄步，三人“下场门”下。

第　二　场

追　踪

〔【缓锣】后，加力速，打住，静场。
〔任棠惠“走边”——夜行身段一套。
〔【大锣四击头】任棠惠在“上场门”幕内，左手抓袖提襟式、右手按掌式，上场，随【回头】节奏，急步反圆场至“九龙口”，右手“单山膀”亮相。向左台口方向远望，向后撤左步、右步，同时右手变托掌，左手松开水袖向身前右下方抖出去，然后再向外成翻袖式，同时右手按掌亮相，随【大锣原场】节奏反圆场至左台口处，成右弓步、左手水袖变为撩袖式托于腰前、右手托掌，眼睛向左台角方向平视亮相。【大锣四击头】变左弓步，同时左手水袖向左前方抖出再成翻袖，右脚斜踢大带上左肩，右手接住大带，身体向左横场立翻身，右手大带交左手，右手反拍右盘腿，左腿横跨踢正腿，抬右臂向左拧腰、变脸亮相。【大锣冲头】反圆场至台中位置，同时水袖提上来，左手掌按右腕上，面向右前角一亮，眼睛从右前角向左台角慢扫，猛提神，快速向右撤一大步，同时右手下意识摸背上刀柄一亮，眼睛向右前角回扫，跨右腿、向“下场门”方向出右拳，左转身，向右前角方向踢左腿，成左弓步、左手切掌出去，撤回左步，盘右腿栽锤稍亮，左手捋大带，蹲左腿、盘右腿、右手按拳稍亮，然后快速向右转身至右台口，向“大边”横场右“单山膀”亮住，【大锣三击】跨左腿、右腿，第三锣时落下右腿，左腿后别步，身体向右拧，正场右手托掌，左手水袖向右下方扔出一亮，【撕边一击】向“上场门”方向撤左步，面向“下场门”方向成左弓步抬左臂向外翻袖，吸左旁腿、右手按掌亮相。【大锣冲头】落下左腿，水袖回绕提起来，抓袖提襟式，右手按掌，小反圆场至台中位置，“单山膀”正场拉开。【大锣归位】右手抄大带提起，左脚踮步亮相。

任棠惠 （诗句）

X X	X X	X	X	X 0	X X	X - X 0
今奉	将 令	换	征	袍，	暗护	焦 赞
（亮住）	（向前放大带，	左丁步，左拳展开，右手胸前亮，	撤左步，缓双手右手胸前亮，	撤右步，右手胸前亮，	向左角上左弓步，左手撩袖，	向前盖右手抬平左腿，右转一周）

X	X X	X	【小锣二击】	X - X X X
哪	顾 （哇）	劳。		一 路 行 来
（水袖绕下来，	左手翻袖前推，右手按掌，盘左腿亮）	（蹲右腿稍亮）	（撤左步，水袖绕下再提起）	（左手抓袖成提襟式，同时向左拧身，右手按掌）

X X	X X0	X X X0	（嘟一八大仓）	X X	X X X
未 追	（呀）上，	不（哇）由		豪 杰	心 内 焦。
（三步反圆场回到台中位置）	（向“上场门”方向右弓步，右手摊掌亮）	（向右边甩出水袖，再向前翻袖）	（跨右腿转身一周，同时右手撣腿、拍腿，拧身别步，右手抚胸亮相）	（右手示自己）	（右跨一步至台中位置，抬右手波浪指，左丁步、右手抚胸亮相）

〔【半截夺头】左手抖袖出去，再横甩回来，右手接住一绕，按在左手上。

只因焦赞二哥，大闹天波楼，发配沙门岛，俺任棠惠义愤填膺，在三关奉杨元帅将令，（走至右台口，拱手）乔装改扮，（左右两整袖）暗中保护。（向左回身，面向"下场门"方向成左弓步，同时左手成外翻袖）一路行来，（收起左腿，右手按掌一亮）并未追上。（反圆场归台中位置，向"上场门"方向上右腿成右弓步，同时左手水袖翻下来）【小锣风声】呀！【大锣五击】（站起来，先向左拧身，然后反大刀花踢右腿，落腿别左步，右手指向右前角上方）看哪！【大锣撕边一击】（上左步左手捋大带，然后吸右腿，右手指向右前角方向亮相）风吹树摇，（右手与右小腿交错伸出、收回两番动作）雀鸟归巢，（双手右缓，同时两腿向右台口处横趋步，落成别左腿、右手指出去一亮）待俺（上左步站起，右手拍腰）甩开（左手水袖向右下方抖出，再成外翻袖）大步，（左脚直踢大带左手接住放至腰间，再向右拧身成右脚虚踮步）走遭也！（右手成指式，右腿成伸直虚踮步，向右、左、右三次手、脚交错，最后一次时，左手拿的大带同时向右边扔出）【大锣四击】（向"下场门"方向走扫堂旋子，落地后成右弓步，同时左手翻绕水袖，然后变左弓步，左拳端于肱下，右手拳腰前按下亮相）【急急风】（收左步站身，面向右前角起"云手"向左拧身，左脚直踢大带上左肩，右手"单山膀"向"下场门"里亮住，然后缓缓迈出左步，再迈右步，走左边的小弧形圆场下）

第 三 场

投 店

〔场上一桌、一椅（按"内座"放）。

〔【急急风】切住。

〔刘利华内白："啊嗨！"

〔【小钹撕边一击】刘利华右手持扇"上场门"圆场上，至"九龙口""开扇"亮相。【小钹五击】走至台中位置亮住。

刘利华 （念〔数板头〕）三岔路口开店房，【鼓点浪头】（跨右腿转身一亮）

（接念〔数板〕）接待来往旅客商。

好管人间不平事，

一生只为他人忙。

叫老婆，【小钹软夺头】（右拧身向"上场门"一望，"扎头旋子"至"大边"亮住；同时刘妻持扇"上场门"上，至"小边"与刘利华对面亮住）

刘　妻 （接念）做什么？

刘利华 （接念）你快把门窗桌椅擦个光。

刘　妻 （接念）我在前面迎宾客，

刘利华 （散念）我到后店打扫厨房。【小钹撕边一击】（向"下场门"方向起"飞脚"，落地右弓步，回身向刘妻"开扇""请式"，一亮）

〔焦赞内白："趱行哪！"

「奏唢呐曲牌<批>刘利华“下场门”下。刘妻走至左台口处站，同时，焦赞拉着解差乙“上场门”上，解差甲跟上，至右台口处。

解差乙　二爷，天不早了，该打店了。

焦　赞　向前打店！**【大锣撕边一击】**（猛地向前拉解差乙，二人交换位置）

解差乙　二爷，我戴着这玩意儿打店，与您脸上也不好看哪，您给我摘下来吧。

焦　赞　这是朝廷的王法，不能摘。

解差乙　呵，您在这儿等着我哪。得了二爷，您给我摘下来吧。（向解差甲示意）

解差甲　我说二爷，我们哥俩伺候您这一道儿也不容易，您看在我的面子上，您给他摘了吧。

解差乙　对了，您给我摘下来吧。

焦　赞　好！与你个瞒上不瞒下。（焦给解差乙摘下手铐，交与解差甲）

解差乙　得、得、得，他倒给我个瞒上不瞒下，这哪是我解着他啊，简直是他解着我哪。这哪有店哪？（见刘妻）这有位大嫂子，问她一声。（走到刘妻面前）大嫂子，请问您哪有店哪？

刘　妻　出门没带着眼睛吗？这儿就是店。

解差乙　噢，这儿就是店。二爷，这儿就是店。

焦　赞　打了进去。**【大锣原场】**（焦赞等进门，焦赞坐下，解差甲随焦赞站在“小边”，解差乙站在“大边”，刘妻进门站在“大边”）

刘　妻　三位客官，用些什么酒饭，好来准备。

焦　赞　前边用过了。

刘　妻　那么，一处安歇两处安歇？

解差乙　一处安歇。

焦　赞　两处安歇。

解差乙　二爷，一处安歇热闹。

焦　赞　两处安歇！**【大锣撕边一击】**

解差甲　伙计，二爷说两处安歇就两处安歇。

解差乙　（点头）得、得、得。

刘　妻　上座客官随我来。**【大锣五击】**（焦赞随刘妻出门，至“下场门”处，刘妻示意让进焦赞，焦赞下，同时解差乙在门里向外偷看）

解差乙　唉，伙计，两处安歇，今儿晚上咱们怎么杀他呀？（刘妻回至门外偷听）

解差甲　咳！**【小锣一击】**（用手捂解差乙的嘴）别嚷啊，不用着急，赶明天临出门儿的时候，我带着毒药，吃饭时，给他下在里头，把他药死，不就算完了吗？

解差乙　嘿，真有你的，哈……

解差甲　叫店婆子。

解差乙　店婆子，店婆子。

刘　妻　来啦、来啦。（进门站“大边”）

解差乙　你把黑大个搁在哪啦？

刘　妻　正房偏东的那屋里，哎，我说二位，刚才那个黑大个是谁呀？

解差乙　你连他都不认识？他就是三关的上将焦赞哪！

刘　妻　噢，他就是三关的上将焦赞哪。

解差乙　他这会儿得听我们哥俩的啦。

刘　妻　他犯了什么法啦？（向解差看一眼，解差乙欲说）

解差甲　你打听这个干什么呀？

刘　妻　没什么。

解差甲　我们在哪儿睡？

刘　妻　请跟我来。（刘妻引二解差出门，往“上场门”走，刘妻让进二解差）

解差乙　店婆子，打壶好酒给我们哥俩送来。

刘　妻　知道啦。**【大锣冲头】**（二解差“上场门”下，刘妻往“上场门”一望，回台中位置）**【大锣叫头】**哎呀且住！适才听那两个解差之言，要暗害焦赞一死；待我与大郎商量，搭救于他便了。**【大锣撕边一击】**（向台中转身“开扇”亮相，**【大锣冲头】**向“下场门”小圆场下）

「**【大锣水底鱼】**任棠惠“上场门”上，左手捋大带、右手按掌在“九龙口”一亮，右手接大带、左手按掌走至右台口处，放大带、单山膀向前望去。**【大锣撕边一击】**

任棠惠　三岔路口……（向左一看）有一店房，待俺问来。店家，（撩袖掸尘）店家，店家！（面向右前角望去）

「刘利华内白：“来啦！”**【大锣撕边一击】**“下场门”翻上，跳出门至台口处。

「任棠惠猛回身，**【撕边一击】**二人相互打量，**【撕边一击】**二人同时打“背供”，**【撕边二击】**任棠惠抓袖，刘利华将毛巾搭左肩上抱肩，二人“比粗”亮相。

刘利华　客官，住店的嘛？

任棠惠　店家，俺来问你，三关上将焦赞可住在你这店中？

刘利华　焦赞？ 噢，你是找人的。

任棠惠　正是。

刘利华　我这儿没住着这么个焦赞，我看，你到前边打听打听去。（边说边用手指引任棠惠向右前角方向望去，急速偷看任棠惠背上的刀，回身迈左步进门，任回过身来）

任棠惠　转来！**【小锣一击】**（刘利华回身）

刘利华　我跟您说过了，他没住我这儿。

任棠惠　俺要住店。

刘利华　噢，您要住店，请吧。

「**【大锣五击】**任棠惠抓袖进店，向“下场门”方向走，向里望去。刘利华迈右步进门，左回身追上去用手摸任棠惠背上的刀。**【大锣撕边一击】**任棠惠警觉，右回身反骗头踢出去亮相，刘利华蹲身“倒毛儿”至桌子右角处，将毛巾放桌上）

刘利华　客官，请来上坐！（任棠惠回身看刘利华，再打“背供”，然后边抖袖边走进内座，同时，刘利华向外走至右台口处，抱肩站定亮相）

任棠惠　店家！（用手击桌子）

刘利华　来啦！**【大锣撕边一击】**（回身“滚小毛”蹦桌子角，任棠惠闪身，刘利华落在桌子“大边”，将毛巾放桌上）客官，用些什么东西您哪？（边说边擦桌子）

任棠惠　店家，你可曾看见两个解差押解一个黑脸大汉，从你这店前经过？

刘利华　啊，两个解差押着一个黑脸大汉，这个黑脸大汉他姓什么、叫什么您知道吗？

任棠惠　他就是焦赞。**【小锣一击】**（刘利华一惊）

刘利华　我说客官,您认识这个焦赞吗？

任棠惠　不相识。

刘利华　嗐，那您三番两次打听他干什么呢?

任棠惠　怎么，问不得?

刘利华　问得、问得，我没瞧见。【小锣一击】用什么您哪?

任棠惠　明灯一盏!

刘利华　是啦。(出门再回头向里望，【小锣一击】刘妻拿烛台"下场门"上，二人在"大边")咳，里面这个人，背插钢刀，神色可疑，三番两次打听焦赞，可他又说不认识焦赞，我看这个人跟那两个解差是一块的。

刘　妻　那怎么办?

刘利华　不要紧，今晚上你收拾那俩解差，我对付这小子。

刘　妻　小心。

刘利华　(接过烛台)知道了。

〔刘妻"下场门"下。刘利华用手指弹烛芯头儿，【小锣一击】用左脚踩灭火灶。进门。

〔与刘利华出门的同时，任棠惠有一组脱褶子的身段：巡视室内环境，站起来，右出大座反转身，右手顺势拉开系褶子的外结，左手拿住左大襟，右手插进系褶子的内结用力向外划开，同时上左腿成左弓步，右手抓住围在腰间的右水袖，上右步向外扔水袖，右手从左肩上边抓住颈后褶领，左拧身，同时右手提褶领，左臂撤出左袖，搭在褶子右边处，同时上左步，左手向左边移动碰椅背，右手向椅背后扔出褶领使褶子搭在椅背上，节奏赶在【小锣一击】上。

刘利华　客官，灯到。(放桌上)还用些什么您哪?

任棠惠　店家，天色不早，各讨方便吧。

刘利华　是啦。(边说边擦桌子)

任棠惠　走。

刘利华　走着。(继续擦桌子)

任棠惠　你与我走!【大锣一击】(拍桌子站起亮相，刘利华同时稍蹲亮相)

〔【大锣冲头】刘利华出门至"下场门"处起"双飞燕"落地后转身又往台口走，扶门框蹲下，向屋里慢看，同时任棠惠拿烛台出座至台口，吸左腿，【大锣撕边一击】任棠惠抬左腿，刘利华看任棠惠的脚，随着站起来，面朝外向"下场门"翻倒"毛儿提"，落地左弓步亮相，任棠惠同时落左腿上右步亮相，两人互望。【大锣冲头】刘利华转身"下场门"下。任棠惠站起向里望。

任棠惠　【大锣叫头】(回身面朝外)哎呀且住!此人神色可疑，莫非俺住了贼店?【大锣撕边一击】待俺搜店便了!

〔【九锤半、阴锣】任棠惠先看右台角方向，再左回身右弓步望"下场门"方向，站起进门，小圆场巡视归"小边"，转身望桌子，上前用左脚挑起桌前披，稍回盘即骗腿，使桌前披落椅背上，顺势变飘腿转身，右弓步看桌子下面，站起，将烛台放桌子上，反转身解开背刀的绸扣，左手托底下、右手将背刀连套拔出，交左手，右手将刀平拔出刀套，将刀横放桌上，刀套放椅子上，将椅子撤搬至"上场门"边幕里，右脚踢大带缠腰，走至桌子后面，边系大带边用脚跺地——听地板声，然后左手拿灯、右手拿刀，左转身从桌子右边出来，用刀挡光亮，看左台口方向，举刀盘腿向前走，至左台口左弓步、剪腕用刀柄【硬三锣】击墙三下，边击边听，退至台中位置，再反转小圆场巡视屋顶，归台口，将刀放左腋下夹住。【阴锣】打住，起【大锣五击】上右步正场弓步，先关左边门，再关右边门，插门闩，撤步拿刀亮相。〔静场〕退步至桌前、右转身将刀放桌上，再反转身至桌子右边，看与桌子的距离，吹灯，将灯扔进“上场门”里。摸至桌前，左转身，左手扶刀柄，右手按刀正场一亮。【撕边一击】抬臂伸懒腰，缓右手滚背上桌，右腿搭左腿上，双手枕在头下亮相。

「【小钹撕边一击】刘利华拿单刀“下场门”直上，压刀亮相。向左台口慢摸，至台口处，向右台口横刀“小毛”跳“铁门槛”。【小钹一击】刀横在身后，蹲身脸朝外亮相。慢矮子步向前至右台口处，猛地右回身，刀刃向上，刺刀式亮相，【撕边一击】横场向左台口快矮子步，左弓步，掖刀亮相。再慢摸至台口，左回身摸门，轻推，点头示意：睡下了。左手摸住门中间，刀尖顺左手食指与中指之间插进去，蹲、下滑，刀轻轻拨门闩，【撕边一击】刘利华用刀上下快速滑动，涮刀藏左腋下向外亮相。与此同时，任棠惠觉察，反绞腿起身亮相。刘利华将刀插入腰巾子，同时左回身，双手推门，走矮子步进门。同时任棠惠下桌子，拿刀看门的方向。两人正场对摸至台中，任棠惠突然向右横一刀风（“唰”），刘利华顺势“冒小翻”蹲下。任堂惠单刀从刘利华头上漫过，摸至左台口，同时刘利华拔刀摸至桌前，向桌面上左、右两刀风（“唰、唰”）。【一击】任棠惠右回身护刀式亮相，同时刘利华快步出来右台口处摊手亮相。两人分别从两个方向反“缠头裹脑”，吸左腿指桌子，大趋步至桌子前面的两个角，刀直刺出去。任棠惠的刀在上，两把刀搭成十字型。两刀向里平摸，再向外摸，两人同时向外原地转身，任棠惠在桌子左前角护刀式站，刘利华在桌子右前角压刀式站。任棠惠向右台角看，刘利华向左台角看，同时向前探身看，再撤身回来，任棠惠单刀刺出去，刘利华探身看刀，任棠惠单刀向左平摸，顺势左转身至桌前面，同时刘利华用手探摸，顺势前走两步面朝里，两人面对面。刘利华蹲身向左下方砍，任棠惠躺身靠桌面向左骗盖腿，从刘利华头上漫过。任棠惠护刀式向右台口“反蹦子”出去转身，用刀反摸，同时刘利华向桌子左边摸去，左手摸到桌子，向桌面上平砍一刀风，摊手示意。任棠惠急回身摸至桌前，同时刘利华摸至桌后，左手扶桌面向前探身看。任棠惠左手扶桌面，面向里，立刀左右摸，刘利华眼神随刀走；任棠惠顺势向台口摸走两步，刘利华向桌前砍一刀风。任棠惠急回身，两人对指。任棠惠“飞脚”上桌站起；同时，刘利华从桌下钻出来，蹲着向前直刺一刀，慢退至桌前，跳坐桌上，刀向桌下刺空；同时，任棠惠骑马式半蹲于桌上后边。两人向左缓刀顺立胸前，同时从右前方慢看至左前方，再快看回至右前方。任棠惠的刀放在刘利华眼前，顺势向右摸，刘利华觉察到眼前的刀，慢下桌顺刀向右台口方向摸出去。任棠惠用刀再往回摸、再向右摸去停住，刘利华回来险些碰着刀，仔细顺刀看。【冷锤】刘利华左手抓住任棠惠的刀柄，【撕边一击】刘利华右手刀削开任棠惠的右手刀，任棠惠撤手站起来；刘利华双刀扫任棠惠翻“台漫”下桌，任棠惠落在“大边”。

「【急急风】“夺双刀”：往外一盖两盖三盖四盖，右手刀向里穿肚儿转身，双刀撩任棠惠骗腿、削头，刘利华往里走一盖两盖转身，双刀扫任棠惠横场“飞脚”，顺势双刀反削头，向右一盖两盖，双刀撩任棠惠右腿削头转身。刘利华过到“小边”，双刀撩任棠惠骗腿削头，往外一盖两盖转身削头，反扫“双飞燕”削头，再撩任棠惠骗腿削头，【撕边一击】任棠惠右弓步，盖刘利华六刀，双刨下来。刘利华跳起来用双刀柄砸，任棠惠跳起双手接住，两手撕开，任棠惠在“小边”，刘利华在“大边”，前弓步亮相。

〔【乱锤】两人站起来，互看对方，上左步、右步挤转半圈，任棠惠右手变拿刀，左手压下刘利华右手刀一亮，再转半圈回原位，前弓步撕开亮相。（八大仓）棠惠右手力图挣脱，【撕边一击】任棠惠左掌切开刘利华左手，刘利华漫任棠惠头，任棠惠再反“漫头”，两人“搭、叉”错开位置，腕花儿、掖刀式，任棠惠站，刘利华左弓步亮相。稍停顿，两人同时右前弓步，向对方背后砍一刀风，急撤回右步，同时在对面的位置上用刀、左手向右边、左边摸，成左弓步走脸留刀，【冷锤】两刀相碰，急回头亮相。刀下拉，刘利华向“上场门”方向赶任棠惠三刺刀，下拉，任棠惠反盖接封头，下拉，大蹦子赶刘利华，刀下刺别右腿；同时，刘利华退“蹦子步”用刀压住。任棠惠右弓步举刀，砍刘利华刀风过去，刘利华蹲身刺过去转身，任棠惠左转身在刘利华面前砍一刀风，紧接着从左至右在刘利华腰间横一刀风。【冷锤】刘利华急收腹、吸左腿护头亮相，任棠惠左回头亮相。任棠惠向左台口方向“缠头裹脑”转身，直刀刺出去，再“反缠头裹脑”抬骗右腿、右刀摸过。同时，刘利华退至“九龙口”位置，用手指左台口方向，扳左腿、剪腕，在靴底磨三刀，蹲下刺刀式，走“矮子”从任棠惠抬骗的右腿下钻过去。两人交换位置，任棠惠过到“小边”，两人同时原地用刀右摸、用手左摸，变横场左弓步，走脸留刀。【冷锤】两刀相碰，同时急回头亮相。任棠惠撩削刘利华，追赶三刀，第三刀砍刘利华“封头”，“缠头裹脑”扫刘利华“蹦子”，转身刺背。刘利华削头，反砍一刀，任棠惠盖下来，刘利华追赶任棠惠反打“幺二三”，绕压住，踹开，任棠惠反转身削刘利华头，两人“搭、叉”转身，任棠惠向“大边”横场直砍一刀风，同时，刘利华向“小边”、在任棠惠前面蹲身直刺，顺势转身，任棠惠反回立刀风，刘利华顺刀风站起，与任棠惠面对面，两脚左右交错轻迈步，两人对看。稍停。

〔（才）任棠惠举刀，【马腿儿】刘利华蹲身，任棠惠砍空，撩腿削头，反打鼻子削头，刘利华站起，两人面对面站立，刘利华反盖一刀，再刨一二两刀，刺任棠惠右胸脯，任棠惠反转身削头，撩刘利华骗腿削头，两人同时横场面对面大撤右步、斜提刀式一亮，横场吸右腿立转，背靠背交换位置，落成右前弓步直刺出去。（锣鼓切住）稍停，二人同时收左步半蹲式，用刀左右两摸，任棠惠向“下场门”摸出去，刘利华向右台口摸出去，同时左转身，成左丁字步刺刀式对面亮住，再反圆场一圈，任棠惠在外边，刘利华在里边，两人背靠背缓刀向右拧身一望，回身压刀式一亮，任棠惠向“下场门”方向摸去，刘利华向右台口摸去，砍一刀风。任棠惠闻刀风向右急回身护刀式一亮，向右台口摸，刘利华向“下场门”摸，二人至台中位置，刘利华在前边，任棠惠在后边反举刀，向刘利华颈后直砍一刀风，刘利华左手护脖颈向“下场门”方向走几步，回身盯住台中方向慢走，任棠惠向左台口方向压刀站，刘利华走至任棠惠旁，举刀欲砍，任棠惠在身前向右拨一刀风，刘利华立即向任棠惠的前方砍一刀风。任棠惠盯住左前方压刀式站，刘利华慢退至任棠惠身前，任棠惠觉察，反举刀欲砍，刘利华向右台口方向拨一刀风，任棠惠顺刘利华眼前反砍一刀风，刘利华手捂其鼻，退几步。任棠惠左转身面向里，横场左弓步，左手前摸，右手刀背朝前横在台口位置。刘利华正场摸出来，蹲身往前看，脖子正好碰到任棠惠横着的刀背上。【冷锤】【撕边一击】刘利华惊状，快速摇头，磕开任棠惠的刀。任棠惠扫蹦子削头，反砍向“下场门”“搭、点”过去，两人交换位置。任棠惠在“大边”，里盖外盖两刀，一绕削手，刘利华向“下场门”卸刀，任棠惠反砍一盖两盖穿肚转身，背朝前，拧身砍刘利华鞋底儿，反回身别步反扫刘利华“叉跳”，再回扫刘利华“单漫子”，向“上场门”赶刘利华三刀。同时刘利华也向“上场门”退盖，第三刀时双手抓住任棠惠右手腕，任棠惠右手绞刘利华站翻身，向左台口方向削头、反拉肚子、削头、挑“冒小翻”、反扫“双飞燕”、切“毛儿”、“缠头裹脑”平砍“直扑虎”、砍“入洞”、“叠筋儿”，（八大仓）转身用刀柄砸。刘利华踢左腿踹，任棠惠向“下场门”里卸刀。

〔【急急风】任棠惠在“大边”“过半合”后，三个转身“搭、叉”，“斗虎扯”，任棠惠低头接一腿，向“下场门”赶拳。两人朝右台口，任棠惠在前边。【四击头】两人同时走“踺子小翻”、“跳叉”。任棠惠“绞柱”蹬刘利华“抢背”，横场左弓步勒拳亮相；刘利华在“大边”站着勒拳亮高相。

〔【九锤半】接【阴锣】两人都后退两步，向正场示意：我的刀，没了，找。两人同时起左边“栽锤”，“云手”跨腿转身，任棠惠在“上场门”左弓步地上摸刀，刘利华在左台口处摸刀；站起，再同时向右边起“反云手”，跨腿转身地上摸刀。两人归原位，任棠惠向“下场门”，刘利华向右台口方向擦身摸过，交换位置。

〔【套流水】两人同时起“云手”左转身，面向对方，左山膀、右按掌、吸左腿亮相。【流水】转【马腿儿】两人同时反圆场一圈，任棠惠归“大边”，两人动作相反：任棠惠右弓步、右手往右台口方向摸，左手回摸背手变左弓步，再向右回身看，同时右手指出去。任棠惠踢左斜腿至刘利华眼前，两人同时出右拳，向“下场门”“穿手蹦子”转身，左手向里摸，右手摸，顺势右回身，面向右台口方向。任棠惠站立在后，刘利华蹲身在前走“矮子”，两人同时向前走，至台口处，任棠惠用左手“反漫头”顺势转身；刘利华蹲着左回身，两人脸对脸惊觉。任棠惠双“掠头”，横场右、左、右赶刘利华三掌，左手掏开左腿骗头，再左、右、左赶刘利华三掌，右手掏开右腿骗头，刘利华向回赶任棠惠右，左、右三掌，掏开，再左、右、左三掌掏开，任棠惠接一腿，刘利华横场向“大边”方向直打右拳蹲下，同时，任棠惠在后边左拳向“小边”“漫打头”，左回身大弓步、右手抓刘利华后脖领处，拉“倒毛儿”至“小边”。刘利华站起，任棠惠起右腿“蹚子”踢在刘利华眼前，右手反掠头打拳至刘利华眼前。刘利华反走至“大边”，任棠惠踢左旁腿至刘利华眼前，扫刘利华“旋扑虎”归“大边”，向“下场门”出拳。【四击头】刘利华走“串肘丝扑虎”、“入洞儿”、“叠筋儿”、亮矮相；同时任棠惠“串翻身飞脚”虎抱头亮高相。

〔【撕边一击】任棠惠右手反掠头，在刘利华眼前打一拳，刘利华觉察；任棠惠左转身至“小边”举拳欲打，刘利华一直拳打空，向“大边”起“蹚子”踹、右拳击“墙”。任棠惠似听到声音，急回头放拳亮相。【九锤半】转【阴锣】刘利华忙抚摸右拳，两人向台中位置对摸。任棠惠左手从刘利华头上摸过，刘利华的头撞在任棠惠胸上，任棠惠双手掠头，“搭、叉”转身，【撕边一击】左手搭住，右手磕开，“山膀”亮相。【撕边一击】右手挑开，任棠惠右手接住刘利华的“通天炮”，左手搭住刘利华肘部内侧，用头顶住其肘底部，刘利华左手掰任棠惠下巴处，任棠惠左手掰开刘利华左手躺腰亮相，【撕边一击】任棠惠右手抓住刘利华左手腕向里拧起，同时右腿踢起其左腿，**【撕边一击】**刘利华右手抓住任棠惠左手腕向外拧起，同时右腿向外踢起任棠惠左腿。（**八大仓**）刘利华左手拧任棠惠左臂、右手压按其肩部，任棠惠右弓步、左手护肩亮相。**【撕边一击】**任棠惠右手拍开刘利华压肩右手，趁势反拧其右手，左手按压其右肩部，右弓步压其下叉亮相。

〔**【乱锤】**稍停，刘利华左手拍击任棠惠左手，跳起来，左手挑开。**【撕边一击】**任棠惠右拳“通天炮”，刘利华右手反抓住其腕部，向下拧任棠惠右臂。任棠惠顺势转身，左手反掠头，用掌推顶住刘利华的下巴。**【撕边一击】**刘利华顺势慢“下腰”，左手掰住任棠惠左手，站起来用头顶起其肘部亮相。**【乱锤】**两人反时针转，刘利华在外边，**【撕边一击】**任棠惠用左腿膝部磕开刘利华右手，两人同时挑开。任棠惠右拳“打头”出来，刘利华钻进去，顺势上桌“三角顶”，落在桌子里面蹲下。任棠惠旁踢右腿，右手反抓转身，同时顺势解开大带，成右弓步、左拳打出去，正场亮相。

〔**【九锤半】**转**【阴锣】**任棠惠打拳，向右台角慢看，再急回看左台角方向，站起来展开双臂，向左台口“云手”转身，上左步左手摸，右手摊手示意没有。**【九锤半】**接**【流水】**收左腿站，起“云手”，左手后勾手、右手胸前按掌、右腿后别小抬腿亮相。反圆场回至台中位置，**【马腿儿】**横场右弓步、平掏右手向右摸，猛回头向“大边”方向，左手反抓，变左弓步直出右拳，踹踢右脚杵左拳，再踹踢左脚杵右拳，左手横摸左“趋步”，突然向右“趋步”，同时穿左手成右前弓步，切出右掌，稍亮，后缓右臂、左臂，左手放背后、右手胸前按掌，左脚斜踢大带从背后落下，左手背后接住大带，左脚前落，反拧身，右掌心向上穿出，同时盘右腿，右手掌下扣变勾手上提，同时直吸左腿、左掌直切出去，稍亮，展开双臂向左边单腿翻身，“蹚步”变右弓步，横场右后反打出右掌，向左前角变脸前视，右手变托掌、同时左手胸前按掌，向左前角滑出左步、再滑出右步变左前弓步，左手托掌、右掌手背朝上平弹出去，向右回身，变右前弓步、面向“上场门”方向，右臂在前、双臂向后车轮缓手，上左虚步、左手后勾手、右手上托掌亮，再上右步，右手后勾手、左手上托掌亮，然后向左前角方向回身，同时盘左腿、起“云手”、左“趋步”，成斜场左弓步、右手托掌、左手胸前按掌亮相。**【四击头】**背左手、左脚踢圈大带、右脚再踢大带上右肩，同时右手肩部接住，扔下大带盘右腿，落下成骑马步，两手相绕，成右手托掌，左手胸前按掌亮相。**【夺头】**右脚踢缠腰大带，向“上场门”方向反转身系大带，向左前角方向左手、右手、左手三摸，猛回头看右前角，起“反云手”转身至台口，右顺风旗亮相。**【撕边一击】**圈旋子，最后一个落在“大边”，向右前角方向站着勒拳亮相。

〔**【九锤半】**转**【阴锣】**刘利华双手搬桌子转身正场出来，桌子被台中位置，左边踢一脚、右边踢一脚、在桌后蹲下。（锣鼓切住）任棠惠在“大边”摸出来，右手摸桌子，按住右前角、丁字步亮住，刘利华正场蹦上桌，左手摸到任棠惠的头。**【一击】**刘利华急跳下桌，任棠惠右手急摸桌面。刘利华双臂搭桌面上，两腿在桌下直抬平探摸，同时，任棠惠用右脚探摸桌下，撤回来，向右回身脸朝里，左手按桌面中间。**【冷锤】**刘利华的双手摸着并捂住任棠惠的手，**【撕边一击】**任棠惠撤回左手，右拳击桌面、刘坐地上接“倒毛”。任棠惠走至桌后“小边”角，击出左拳，刘利华在“大边”桌角击出右拳，两人同时亮相。两人绕着桌子同时向右慢转身，刘利华在桌前面朝里,任棠惠在桌后面朝外,脸对脸擦过看左边,再擦过看右边,**【冷锤】**互相看住。**【撕边一击】**刘利华双手击桌面,任棠惠双手掠头,接刘利华"双峰贯耳",双掌切其胸脯出去。刘利华从桌下钻进来,任棠惠从桌上"滚背"过去。**【撕边一击】**任棠惠向左台口起"蹼子"踢;同时,刘利华"过桌高毛"出来,再"倒毛"钻回去。同时,任棠惠反转身回到桌前,右脚"造"空。**【九锤半】**两人同时快速右转身,分别踢桌子两边,再两个急转身回来。任棠惠归"大边",两人同时抬起桌子,互相看,急放下,向桌子两边离开一步。(锣鼓切住)任棠惠从桌后摸至"小边",刘利华从桌前摸至"大边",坐桌子左角上。任棠惠从桌子右边蹦上来,**【冷锤】**任棠惠左手摸到刘利华的头,**【撕边一击】**任棠惠站起来,骗头踢刘利华下桌。刘利华转身至桌子左边,任棠惠指刘利华,向"大边"横场"下桌旋子",同时刘利华"入被窝踹平"上桌。**【撕边一击】**任棠惠向"小边"方向立起桌子,刘利华坐地上。**【撕边一击】**任棠惠从桌后绕到"小边",刘利华"地坐子"至"大边",刘利华跳进桌腿的空子。任棠惠向"大边""按桌虎跳"过去。**【撕边一击】**刘利华向"小边"带倒桌子,顺势"高毛出桌"。任棠惠跳进桌,两人"幺二三"抓住,拉刘利华双脚蹦上两桌脚,任棠惠松手右腿踢刘利华"下桌提"。**【撕边一击】**任棠惠"反蹦子"出桌。刘利华跳进桌子,回身向后带立桌子,头向"大边",在桌下横梁上挺直、踹平、面朝外亮相。同时,任棠惠双手扶桌立正、跳坐上桌,盘右腿、左腿踢直,右手扶桌面亮相。稍停,任棠惠收回左腿、右脚放下,碰刘利华的脚,一亮。刘利华快速抽身退出桌子,任棠惠下桌子归"小边",两人同时右手摸桌子面,再左手摸桌子面,双手分摸桌子面,**【冷锤】**两人同时抬桌子两边,惊看对方。**【硬三锣】**两人向里迈三步,**【一击】**放下桌子,任棠惠右拳砸桌面上,刘利华左脚被砸。**【九锤半】**刘利华跛步至左台口,任棠惠在桌后摸找。**【撕边一击】**刘利华跳串"铁门槛",最后挂"小毛儿"坐地上。

「**【阴锣】**刘利华揉脚,任棠惠摸出来,在台中位置二人碰着。**【急急风】**双挑开,"幺二三""搭、叉"转身,一磕一扯,任棠惠解开大带,"打头"进去。刘利华跳出门,任棠惠紧跟出门。同时,焦赞"下场门"双手分别做划动状摸上,至台口与刘利华碰脯(相撞)。任棠惠在中间扫焦赞"旋扑虎"。刘利华蹦过来走"小毛"过到"大边"。任棠惠接焦赞一腿,右手反搭住,右腿劈焦赞头,左腿踢焦赞"倒扎虎",两人"搭、叉"转身双拍腿,反掠住。刘利华中间踢开二人手,两拳分打,焦赞接右手、任棠惠接住左手,两人用拳顶住刘利华脸的两侧。刘利华蹲下,任棠惠、焦赞两边弓步。**【搋锣】**刘利华双手打踢脚尖。

「**【剪头急急风】**站起来双手往中间带。任棠惠、焦赞撞肩,"半个合","搭、叉"扯斜,反拳打"幺二三"。焦赞向"上场门"赶四拳,任棠惠边退边盖,左腿"造头",**【四击头】**骗踢焦赞"硬抢背",任棠惠起"飞脚"。焦赞在左台口左弓步亮相;任棠惠在台中左弓步、刘利华在"九龙口"亮高相,三人成一条斜线亮相。**【撕边一击】**刘利华从任棠惠身后"打头"出来,左脚踢焦赞右臂,焦赞左手打刘利华反嘴巴,刘利华向"下场门"方向走"倒毛"趴地上。任棠惠出来踹焦赞后腰,焦赞坐地上。任棠惠左转身按掌亮高相。**【九锤半】**刘利华向右台口用手爬行出来。任棠惠在台中稍后的位置,焦赞在"大边"台口,刘利华在"小边"台口,**【阴锣】**三人同时向台中间摸,三人左手互相捋住。(八大仓)接**【撕边一击】**三人用右拳左、右打空，再搭住手转一圈，收成焦赞在中间、任棠惠在“小边”、刘利华在“大边”的位置。刘妻持刀和烛台“下场门”上，走近举起蜡烛一照，刘利华拿过刀欲砍任棠惠。**【阴锣】**切住。

焦　赞　（突然发现）且慢！**【冷锤】**这是三关上将任棠惠任将军，这是搭救愚兄的恩人刘利华夫妇。

任棠惠　噢，原来是俺二哥的救命恩人，任棠惠失敬了。

刘利华　不敢当，不敢当，不知是任将军到了，多有得罪。（一切误会消除）

任棠惠　岂敢。（刘利华摸脚痛处）失手了。（与焦赞大笑）**【撕边一击】**解差呢？

刘　妻　我把他们杀了。

任棠惠　杀得好！

刘利华　任将军，请到后店一叙。

任棠惠　二哥请！

「<尾声>任棠惠与焦赞交换位置，三人拉手形成“斜一字”亮相，刘妻在旁边站立亮相。同下。

——剧　终

白荫棠 池秀光 **整理**　董育婷 白荫棠 **记谱**

连 环 套

1962年高盛麟、裘盛戎演出本

名剧《连环套》是净行、武生、武丑联袂出演的一出大戏。早年，凡好角露演，也有贴《盗、连、盗》（即“盗御马”、“连环套”、“盗双钩”）的。净行前辈黄润甫最擅演窦尔墩。继他之后，侯喜瑞、郝寿臣塑造的窦尔墩各有千秋。金少山由沪返京以《连环套》打炮，获得了极高的声誉，周瑞安以二牌地位饰黄天霸。黄天霸有两种戏路，一是黄月山的路子，二是杨小楼的路子。后人多宗杨派，故黄派的演法几近绝迹。王长林饰演的朱光祖被奉为圭臬，叶盛章则有出蓝之誉。杨小楼青年时曾与黄润甫合作，黄氏年迈则由其弟子侯喜瑞继之，而杨氏到了晚年，窦尔墩一角则由郝寿臣饰演了。该剧分为四大关目，即以净行为主的“坐寨盗马”、以武生为主的“谒彭议事”、以净与武生并重的“天霸拜山”和以武丑为主的“插刀盗钩”，既可整出上演，也可将其中的“坐寨盗马”、“天霸拜山”单折演出，当年的余叔岩、高庆奎都单演过“拜山”的黄天霸，窦尔墩皆由董俊峰饰演。

《连环套》一剧出自《施公案》七集第二至九回，又十七至三十四回。剧写窦尔墩被黄三太镖伤后，愤走河间，至口外连环套聚义。十数年后，康熙帝敕命梁九公口外射猎，并赐御马追风千里驹以示恩宠。连环套喽啰侦知，报与窦尔墩。窦氏闻信自谓夙愿得报，遂更衣下山夜入御营，杀死更夫，盗走御马，并设疑阵，嫁祸于黄三太。此时三太已去世有年，梁九公即命巴永泰捧旨，星夜火速赴海下调三太之子副将黄天霸问罪。彭朋与黄三太有旧情，暗中庇护，限令访拿。天霸乔装镖客至口外，遇连环套大头目贺天龙，擒之，方知窦尔墩在此为首。追忆前尘，颇觉可疑，乃只身入寨，探访御马下落。天霸与窦尔墩相见，以伪言探得实情。天霸先用软语求告，窦疑之；黄道出真名，又以语激窦，约次日比武，得脱身下山。天霸契友朱光祖，机警过人，恐天霸比武有失，辱没半世英名，于是，夜入连环套，盗走窦尔墩的兵刃护手双钩，并将天霸的钢刀插在窦尔墩的桌案之上，以削其锐气。翌日，双方会面，朱光祖以伶牙俐口、雄辩之才，终打动窦尔墩献马认罪。

20世纪50年代始，联袂演出《连环套》声誉最高者当属裘盛戎、高盛麟。

1962年春，高盛麟从武汉到北京，先后演出了《挑华车》、《英雄义》、《走麦城》、《铁笼山》、《连环套》、《长坂坡》等杨派名剧。《连环套》即由裘盛戎饰窦尔墩，高盛麟饰黄天霸。裘、高二位是同庚的师兄弟，自幼一起练功演戏，出科后曾有过共同的穷困潦倒，同穿过一条彩裤，台上配合默契，台下惺惺相惜，是情同骨肉的好兄弟。这出《连环套》两人不知合作过多少次，1951年裘氏单独挑班去上海演出时，就约请当时在上海驻班的高盛麟联袂演出此剧，连满十数场，轰动申城。这出戏两人各有根基，虽说盛戎是裘门本派，但窦尔墩一角他基本上按侯（喜瑞）派的路子演，为刻画窦尔墩豪爽、莽野的性格，在唱念中适当地运用了炸音，一副洋洋自得的绿林英雄形象活现在观众面前。高盛麟是杨（小楼）派武生，得过杨氏亲炙，这出戏又是杨派武戏文唱的代表之作，一招一式、一唱一念均学杨小楼。

裘、高联袂在京演出的《连环套》安排在展览馆剧场，时，曾设想请叶盛章饰朱光祖，如能如愿，定是一段梨园佳话。遗憾的是盛章正患腰疾，不能上台，由其弟子谷春章代之，其他角色由高宝贤饰彭朋、张洪祥饰梁九公、倪海天饰计全、马长礼饰施仕伦、陈鸿钧饰贺天龙等。一时盛况空前。

裘盛戎的窦尔墩神完气足，唱、念是他的强项，从〔点绛唇〕、定场诗到“将酒宴摆至在聚义厅上”的名段，彩声不断。及至“走边”，只见裘氏之窦尔墩甩着大带上场，恰当地表达了一个老英雄“我趁着月无光，大胆的前往”的心理状态。唱到“要成功跟随了他”，突然使了一个“鹰展翅”（这是盖叫天在《恶虎村》“走边”时用的）身段，观众席内同时喊出了惊天的一片“好”声。

裘盛戎在“坐寨盗马”中做足了戏，煽起了观众的热情。高盛麟的黄天霸健步登场了，一句“丹心灭寇扫群奸”，“奸”字的音还没落完，就是一个满堂彩，唱完四句〔西皮流水〕又是一个满堂彩。观众为何对高氏显现如此大的热情？因为真正的武生唱念久已不闻，高氏一张嘴犹如杨小楼再世，怎不令观众沸腾。看一个武生，脚底下和手里头有尺寸，只是基本标准，脸上有戏、嘴里有刚口儿才是上乘。武生的唱与念绝不能被老生同化，这是武生行所饰演的人物性格所决定的。高盛麟不仅嘴里好，做戏也很到位，当彭朋念“天霸！老夫与你父交好甚厚，破着这个前程不要，定要与你担待担待”，这时的黄天霸随着一声“谢大人！”在锣鼓中上步请安（打千），连续三番，干净利落的身段，表现出了黄天霸在恩公面前感恩戴德的谦卑。

“拜山”一场，是窦尔墩与黄天霸面对面的较量，也是裘、高二位艺术的展现，演员只有互相撞出火花，才能表达出人物内在感情，观众也才能从中得到高级的审美享受。裘、高二位真不愧是有造诣的艺术家，“盖口”之严、吐字之准令人赞叹，阴阳顿挫、高低有致，一番唇枪舌剑，把一个绿林老英雄、一个皇家年轻军官冰炭不融的身份刻画得淋漓尽致。戏达到了高潮，观众也过足了瘾。

这场演出，中央人民广播电台进行了实况录音，2003年由裘盛戎、高盛麟之高足李长春、茹元俊为乃师完成了音配像，此次即据之整理。

常立胜

人物行当

彭　朋	老生	更夫甲	丑
巴永泰	净	更夫乙	丑
于成龙	老生	更夫丙	丑
索　奈	丑	小头目	丑
梁九公	净	厨　子	丑
贺天龙	净	中　军	丑
贺天虎	净	四头目	杂
贺天彪	净	伞　夫	杂
贺天豹	净	四上驷院	杂
窦尔墩	净	四大铠	杂
黄天霸	武生	四兵士	杂
关　泰	武净	四上手	杂
何路通	武净	四校尉	杂
计　全	生	四红文堂	杂
朱光祖	武丑	四蓝文堂	杂
施仕伦	老生	八喽兵	杂

服装扮相

彭　朋　俊扮。文阳盔、白三髯、鬓发、绸条，香色蟒、玉带、紫衬褶子，香色彩裤，黑厚底靴。

巴永泰　勾红三块瓦脸。侯帽、黑满髯，蓝蟒、苫肩、玉带、红衬褶子，红彩裤，黑厚底靴。

于成龙　俊扮。忠纱帽、黑三髯，紫蟒、玉带，红彩裤，黑厚底靴。

索　奈　勾小花脸。圆纱帽、黑八字吊搭髯，绿蟒、玉带，红彩裤，朝方靴。

梁九公　勾红太监脸。大太监帽、牵巾、朝珠，红蟒、玉带、红衬褶子，红彩裤，黑厚底靴。

贺天龙　勾紫花三块瓦脸。紫硬罗帽、茨菰叶、牵巾、偏花、黑满髯，紫花褶子，红彩裤，黑厚底靴。第十三场敞褶子，内穿紫花箭衣，大带。

贺天虎　勾白花三块瓦脸。白硬罗帽、茨菰叶、牵巾、偏花、黑一字髯、耳毛子，蓝花褶子，红彩裤，黑厚底靴。第十三场敞褶子，内穿蓝花箭衣，大带。

贺天彪　勾光嘴巴红碎脸。红硬罗帽、茨菰叶、牵巾、偏花、耳毛子，红花褶子，红彩裤，黑厚底靴。第十三场敞褶子，内穿红花箭衣，大带。

贺天豹 勾光嘴巴黑碎脸。黑硬罗帽、茨菰叶、牵巾、偏花、耳毛子，黑花褶子，红彩裤，黑厚底靴。第十三场敞褶子，内穿黑箭衣，大带。

窦尔墩 勾蓝色花三块瓦脸。蓝扎巾、大额子、翎子、狐狸尾、茨菰叶、红扎髯、耳毛子，绿蟒、苫肩、玉带、黄衬褶子，黄彩裤，黑厚底靴。第四场后摘额子、翎子、狐狸尾；换绿菊花箭衣、大带，背刀。第十五场换额子、翎子、狐狸尾，黄衬褶子，土黄开氅。第二十一场摘额子、翎子、狐狸尾，脱开氅。末场穿绿开氅、黄衬褶子。

黄天霸 俊扮。扎巾盔、白蟒、苫肩、玉带，红彩裤，黑厚底靴。第九场换白花箭衣、大带、黑马褂。第十四场换硬罗帽、茨菰叶、偏球，白花褶子。

关　泰 勾红三块瓦脸。扎巾盔、牵巾、茨菰叶、黑满髯，绿蟒、苫肩、玉带，红彩裤，黑厚底靴。第九场换绿花褶子、紫花箭衣，大带。第十四场换硬罗帽。

何路通 勾黄碎脸。扎巾盔，茨菰叶、红一字髯、耳毛子、牵巾，黄蟒、苫肩、玉带，黄抱裤，黑厚底靴。第九场换黄抱衣、绦子、大带、黄花褶子。第十四场换硬罗帽、偏球。

计　全 俊扮。黑大板巾、茨菰叶、黑三髯，内衬褶子、黑花开氅，黑彩裤，黑厚底靴。第九场换黑素箭衣、大带。第十四场换软罗帽。

朱光祖 勾丑角枣核形脸。黑大板巾、茨菰叶、黑二挑髯，黑花褶子，黑彩裤，黑薄底鞋。第九场敞褶子，内穿黑色白花侉衣裤，绦子、大带。第十四场换鬃帽套、偏球。第二十场换鬃帽。第二十二场换鬃帽套。

施仕伦 俊扮。忠纱帽、黑三髯，红蟒、玉带、红衬褶子，红彩裤，黑厚底靴。

更夫甲 勾小花脸。梢子帽，蓝布箭衣、红卒坎、大带，黑彩裤，白大袜、方口皂鞋。

更夫乙 勾小花脸老脸。梢子帽、白四喜髯，蓝布箭衣、红卒坎、大带，黑彩裤，白大袜、方口皂鞋。

更夫丙 勾小花脸。梢子帽，蓝布箭衣、红卒坎、大带，黑彩裤，黑薄底鞋。

小头目 勾小花脸。红秦椒帽、蓝绸条，蓝布箭衣、大带、斜绿卒坎，黑彩裤，薄底鞋。

厨　子 勾小花脸。蓝毡帽，白布褂子、灰围裙，黑彩裤，白大袜、方口皂鞋。

中　军 俊扮。中军盔、黑三髯，红开氅，红彩裤，黑厚底靴。

头目甲 揉脸。绿软罗帽、茨菰叶、牵巾、耳毛子、偏花，绿花箭衣、大带，黑彩裤，黑薄底鞋。

头目乙 揉脸。紫软罗帽、茨菰叶、牵巾、耳毛子、偏花，紫花箭衣、大带，黑彩裤，黑薄底鞋。

头目丙 揉脸。蓝软罗帽、茨菰叶、牵巾、耳毛子、偏花，蓝花箭衣、大带，黑彩裤、黑薄底鞋。

头目丁 揉脸。红软罗帽、茨菰叶、牵巾、耳毛子、偏花，红花箭衣、大带，黑彩裤，黑薄底鞋。

伞　夫 俊扮。小太监盔，蓝箭衣、黑马褂、苫肩、大带，红彩裤，黑厚底靴。

四上驷院 俊扮。大板巾、牵巾，素箭衣、黄马褂、苫肩、大带，黑彩裤，黑厚底靴。（甲：黑

三髯）

四大铠　俊扮。罐子盔，大铠服，黑彩裤，黑薄底鞋。

四兵士　俊扮。小倒缨盔，云肩、侉子、侉衣裤，黑薄底鞋。

四上手　俊扮。小倒缨盔。玉灰兵服、红卒坎、小大带，黑薄底鞋。

四校尉　俊扮。大板巾、额子、牵巾，蓝箭衣、大带、黑马褂、苫肩，黑彩裤，.黑薄底鞋。

四红文堂　俊扮。大板巾、龙套服，红彩裤，黑薄底鞋。

四蓝文堂　俊扮。大板巾，龙套服，红彩裤，黑薄底鞋。

八喽兵　俊扮。蓝头布、泡条，蓝兵服，黑薄底鞋。

道具

桌子	三张	**紫桌围**	一份
山片	一个	**红椅披**	五份
荷包枪	四杆	**紫椅披**	六份
枪杆	四根	**黄桌围椅披**	一份
御马鞭（系黄绸）	一根	**椅子**	六把
朝珠	一挂	**台阶**	两个
虎皮	一张	**开门刀**	四把
报旗	一面	**腰刀**	四把
拜帖	一个	**马鞭**	十根
朴刀	一把	**伞盖**	一幅
酒壶	一个	**熊皮**	一张
铜锣	一面	**书信**	一封
锣槌	一根	**文房**	一份
木梆子	一个	**酒盘**	一个
梆槌	一根	**酒斗**	五个
熏香捻	一个	**白抹布**	一块
圣旨	一道	**烛台**	一个
惊堂木	一方	**印盒**	一个
单刀	十二把	**宝剑**	一口
车旗	四幅	**黄标旗（上面写“贩卖红花紫草”）**	一面
布灯笼	两个	**护手钩**	一对
腰牌	三块	**锁链**	一条
红桌围	一份	**红大帐**	一份

第一场

〔堂桌、“小座”，黄色桌围椅披。

〔**【快原场】**彭朋、巴永泰、于成龙、索奈内白：“嗯哼！”

〔**【一锤锣】**彭朋等从“上场门”“搭轿式”上，至“九龙口”前成一斜排，彭朋右侧站巴永泰，左侧是于成龙，索奈站巴永泰右侧。稍停四人前行两步，同抖双袖、整冠、理髯，端带行至中台口，一横排抖右袖。**【归位】**

彭　朋　调和鼎鼐列三公，

巴永泰　每日朝房伴九重；

于成龙　五凤楼前朝金阙，

索　奈　一统华夷万年丰。**【住头】**

〔四人折袖报名，同念：

彭　朋　老夫，

巴永泰　本爵，**【撕边一击】**

于成龙　下官，

索　奈　下官，

彭　朋　吏部尚书彭朋。

巴永泰　万里侯巴永泰。

于成龙　户部尚书于成龙。

索　奈　大理寺正卿索奈。

〔**【住头】**彭朋、巴永泰“合扇”转身向里两步复回身，四人成“八字”站立。

彭　朋　众位大人请了。

巴永泰
于成龙　请了。
索　奈

彭　朋　今有太尉梁千岁，奉旨口外行围射猎，我等前来侍候。远远望见……

〔幕内架子：“哦！”**【撕边一击】**四人“合扇”转身“上场门”望。

彭　朋　千岁御驾来也！

〔**【一锤锣】**四人互拱手。彭朋领于成龙从“下场门”，巴永泰领索奈从“上场门”四人分下。四大铠执荷包枪、四兵士举半枪、四上驷院挎腰刀“山膀”（甲牵御马），“上场门”“站门”上，上驷院越前站。**【四击头】**梁九公右手握袖左手端朝珠上至“九龙口”，**【撕边放钹】【一锤锣】**前行两步抖双袖、整冠、捋牵巾。右手握袖左手端朝珠前行至中台口抖单袖，**【归位】**双端朝珠念“引子”。

梁九公　替主行围**【小锣二击】**（右拇指自指）禀忠心（**大大**）（拱手）

サ3　1　2　3.　1　2　-　-　32　6　7　-　7　77　6　-

保　主　龙　（呃）　廷。

（左手捋牵巾）　（按右掌）

〔【撕边放钹】【一锤锣】梁九公捋牵巾扫视两厢，握右袖左手端朝珠左转身里归“小座”，众随归里站“八字”。彭朋、于成龙“下场门”，巴永泰、索奈“上场门”两边分上，至中台口拱手互请，进门，站台中一横排向里拱手施礼。

彭 朋
巴永泰 参见千岁！
于成龙
索 奈

梁九公 （伸双掌示意）列位大人少礼呀！

〔【归位】彭朋站“大边”，左侧立于成龙，巴永泰站“小边”，右侧立索奈。

梁九公 身入皇宫有数秋，满朝文武咱为头；【小锣二击】
正是四海昇平日，万国来朝五凤楼。【归位】
咱家【撕边一击】梁九公。【住头】自幼陪王伴驾（拱手）侍奉当今，万岁爷十分宠爱，封为太尉之职。内掌三宫六院，外管（按右掌）五府六部十三科道，执掌辖下官员。真乃是刀枪入库、海晏河清，马放南山、太平盛世。【住头】万岁爷（拱手）命咱家替主口外行围，恩赐御马名为日月追风（右拳勒马式）千里驹【住头】哎，彭大人。

彭 朋 千岁。

梁九公 咱家命你挑选八旗精壮的兵丁，可曾选齐呀？

彭 朋 （拱手）俱已齐备。

梁九公 你乃文职官员，办理兵部事务倒也不差。

彭 朋 千岁夸奖。

梁九公 上驷院的官儿哪？

四上驷院 伺候千岁。

梁九公 将咱家御马备好，彭大人！

彭 朋 千岁。

梁九公 传咱家旨意,文武官员免送,人马打从德胜门而出,就此兵发口外(右手向前一指)。

彭 朋 是。（行至中台口）下面听者！【撕边一击】

众 啊！

彭 朋 （拱手）千岁有谕：文武百官一概免送，人马打从德胜门而出，就此（右手指外）兵至口外！

众 啊！

〔【长尖】众前行归正。四官与梁九公中台口出门、左转身面向外一排，上驷院甲中台口给梁带御马；四大铠取马鞭“合龙口”，与四官带马复回原位。【帽子头】梁九公与四官上马，台中一横排“勒马式”站。同时奏唢呐曲牌<醉太平>，众唱着曲牌“大字”“插裆子”行至“大边”后区走“龙摆尾”回台口再至“小边”台口，向里“龙摆尾”回“小边”台口，“下场门”下。曲牌结束接【撕边放钹】【一锤锣】四官“插门”随下；梁九公向“小边”台口上步转身下，伞盖随后。

第二场

〔台中后区山片高台；一桌两台阶，高台上放一把椅（黄椅披）。

〔【冲头】奏唢呐曲牌<普天乐>接<朝天子>（“马队儿”）四大铠端荷包枪、四兵士举半枪唱着曲牌“大字”“上场门”上斜一字，四上驷院右“山膀”越前站；于成龙领索奈、彭朋、巴永泰依次执鞭上越前。梁九公至“九台口”举鞭亮相，伞盖随后，梁前行至中台口抱鞭向右回“九龙口”勒马举鞭，同时四大铠领众行至中台口左转大圆场经“下场门”后区至“上场门”形成“一字”，上驷院越前站。梁九公小圆场至“小边”台口勒马看台中。<朝天子>结束紧接唢呐曲牌<小傍妆台>众下马，四兵士接马鞭扔下，上驷院甲接御马。梁九公前行背身立台中，伞盖至高台椅后，大铠领众“挖门”。梁九公右转身向外双捋牟巾望两侧，前行与四官成台口一排；齐抖双袖、整冠。梁九公握右袖右转向里上高台坐，众随归“里八字”；彭朋站“大边”台阶，左侧是于成龙，马永泰站“小边”台阶，右侧是索奈，曲牌止。

众　来到口外！

梁九公　撤下围场啊！

众　啊！

〔【急急风】四兵士举半枪“穿过场”分下。【堂鼓架子】四官随梁九公同扬右袖望“下场门”【冲头】。四官扬左袖，梁九公反翻右袖同望“上场门”，【堂鼓架子】【冲头】虎形、熊形、鹿形、兔形，过场。【长尖】四兵士抬虎皮、熊皮两边上至台中，两竖排面向里站。

四兵士　打来飞禽走兽堆积如山！

梁九公　（挥手四兵士分下。拱手）列位大人。

彭朋
巴永泰
于成龙
索奈　千岁。

梁九公　看，打来飞禽走兽堆积如山，（右掌自指胸）此乃我国祥瑞，你我望空一拜！

〔【冲头】梁九公等人下高台至台中成一排，奏唢呐牌子<急三枪>四兵士复上回原位。

〔梁九公与彭朋等四官扯袖躬身行礼拜天。【长尖】四兵士复上，站原位。

梁九公　彭大人。

彭朋　千岁。

梁九公　传咱家旨意，在此歇兵三日，照旧捕猎。

彭朋　是。

梁九公　上驷院的官儿哪？

上驷院　伺候千岁。

梁九公　咱家的御马好生喂养。摆驾御营啊！

众　啊！

〔【冲头】众向外归正，伞盖“下场门”暗下，四官下台阶至中场，梁九公行至台中向右退身上轿，奏唢呐曲牌<普天乐·合头>。上驷院乙放轿帘回原位。同时四大铠中台口

"插裆子""下场门"下,【一锤锣】于成龙领索奈、巴永泰"插裆子"随下。梁九公下。彭朋躬身送梁至台中,"大边"两上驷院和两兵士归至"上场门"站"一条鞭"。

彭　朋　(站台中对"上场门"的上驷院与兵士)小心看守御马,多加草料。

众　是!

〔【一锤锣】彭朋"下场门"下。上驷院与兵士"上场门"左转身顺下。

第　三　场

〔接前场锣鼓。小头目内喊:"马来!"(嘟……崩登仓)右手执马鞭,左手反握报旗杆中间,"上场门"急上,至"九龙口"前横鞭亮住。【水底鱼】打马前行至中台口。【住头】向后缓鞭横旗勒马亮住。

小头目　日间行草地,夜晚走荒丘。【住头】(缓鞭重亮相)咱,(仓)连环套小头目是也!【报名一锣】(放下马鞭)今有太尉梁九公奉旨口外行围射猎,圣上恩赐御马名叫日月追风(伸右赞美指)千里驹。不免回山报与(拱手)寨主知道,就此马上加鞭!

〔【撕边】横鞭打马亮住。【水底鱼】向里挖着走一小圆场回中台口加鞭打马(崩登仓)向"下场门"一亮,【快原场】"下场门"急下。

第　四　场

〔堂桌、"小座"、两边各放两跨椅,红色花桌围椅披。

〔桌上放一酒壶、五个酒斗。

〔贺天龙等内:"嗯哼!"

〔【一锤锣】贺氏兄弟四人右手提褶襟"上场门""搭轿式"上至"九龙口"前一斜排稍亮,贺天龙右侧是天虎左侧是天彪,天豹站天虎右侧,前行两步抖双袖,整冠捋髯,捋牵巾。行至中台口,【归位】同抖单袖。

贺天龙　弟兄聚义在山岗,

贺天虎　爱习棍棒与刀枪,

贺天彪　结交绿林英雄广,

贺天豹　打富济贫(伸右赞美指)美名扬!

〔【归位】四人各自拉开左袖。

贺天龙
贺天虎
贺天彪
贺天豹　某!【撕边一击】

贺天龙　贺天龙。

贺天虎　贺天虎。

贺天彪　贺天彪。

贺天豹　贺天豹(哇)!

〔【住头】贺天龙、贺天虎“合扇”向里上步，四人“站八字”。

贺天龙 （拱手）众位贤弟请了。

贺天虎
贺天彪 （拱手）请了。
贺天豹

贺天龙 寨主排山，两厢伺候！

贺天虎
贺天彪 请！
贺天豹

〔奏唢呐曲牌<水龙吟>四人抖袖、握单袖出门，拱手互请，贺天龙领天彪走向“下场门”，贺天彪领天豹走向“上场门”四人分下。

〔八喽兵右“山膀”提甲式“上场门”上“站门”曲牌收住。【四击头】【撕边放钹】窦尔墩左手握袖右手提蟒襟疾步上至“九龙口”前亮住。【一锤锣】前行两步两抖袖，右手掏扎左手捋耳毛子，左手掏扎右手捋耳毛子。握左袖右手提蟒行至中台口。【归位】抖左袖折报名袖。

<点降唇>唢呐吹奏

窦尔墩 3 2 3 5 2 【小锣二击】 2 2 1 2 1 6 1
英 雄 胆 壮， 武 艺 高 强，

5 【小锣三击】 3 3 2 【小锣二击】 1 2 3 5 6
习 拳 棒， 盖 世 无

5 【小锣三击】（6 5 6 i 5）（崩登仓）2 2 1 2 1 6 i 5 - ‖
无 （念）绿（哇）林 某 为 上。

（右手拇指自指胸前）

〔【冲头】接奏唢呐曲牌<水龙吟·合头>窦尔墩抖左袖，（崩登仓）双掏扎【撕边一击】右上左下分扎望“大边”。【撕边一击】左上右下分扎望“小边”。（崩登仓）两放扎握右袖。左转向里归“小座”，喽兵随归“站里八字”。同时贺天龙领天彪由“下场门”，贺天虎领天豹由“上场门”，两边分上至中台口互拱手进门，站台中一横排向窦抱拳躬身，曲牌止。

贺天龙
贺天虎
贺天彪 参见寨主。
贺天豹

窦尔墩 （拱手）列位贤弟少礼，请坐！

贺天龙
贺天虎
贺天彪 谢坐！
贺天豹

〔【一锤锣】前四喽兵搬跨椅，甲丙将椅放“大边”，乙丁搬椅放“小边”；回原位站。贺天

龙坐“大边”里首椅左侧坐天彪，天虎坐“小边”里首椅右侧是天豹。【归位】

窦尔墩 铁面雄心胆包天，英雄四海美名传；【小锣二击】

只恨不遂心头愿，数载的冤仇（嘟……顷仓）（左手掏扎右掌自指胸）挂心间。（【归位】报名袖【撕边】）

某，【大锣一击】姓窦名尔墩，人称铁罗汉哪！【住头】自幼久居河间，只因绿林有家仇人（右拇指自指胸）与某作对，是俺一怒，弃了河间，来在这（左拇指指头后）连环套。多蒙（向众拱手）列位贤弟，立俺以为首领，每逢山下打富济贫，掠抢赃官，俱是列位（拱手）之力也！【撕边一击】

贺天龙 （拱手）寨主英名在外，弟等马到成功。

窦尔墩 喽啰下山打架，未见回报（摊右掌）。

「小头目内：“马来！”【长尖】执马鞭握报旗“上场门”急上至“小边”台口，勒马望中，右转身下马，放鞭拴马，右手握旗左手扯角向里。

小头目 小头目告进！【冲头】（向里挖着走至“大边”台口，起身向里）寨主在上，小头目参！（嘟……八仓）（向里左转身单跪右腿在台中）

窦尔墩 我命你下山打探，有什么消息起来讲！

小头目 寨主容禀！【归位】（起身右转，左手反握报旗，右“山膀”拉开立“大边”右拇指自指胸）

头目下山去探路，不分昼夜奔京都；（随念至“小边”右弓箭步【小锣三击】起身举右掌）

家家户户挂彩绸，口里口外垫黄土。（按右掌边念边至“大边”【撕边一击】）

窦尔墩 啊！垫黄土做甚么呢？

小头目 今有太尉梁九公，奉旨口外行围射猎（扬右掌），圣上恩赐御马名叫日月追风（右赞美指）千里驹，一路之上好不威严人也！

「奏唢呐曲牌<急三枪>小头目缓左手旗右手指外，上至中台口，右手出旗“小蹦子”左转身向里跪右腿。（八仓）

窦尔墩 一路辛苦，（挥右掌）歇息去吧！

小头目 谢寨主！

「【冲头】小头目左手反握报旗按右掌至“小边”台口，解绳拿鞭拉马“上场门”下。窦尔墩抬头起身，两掏翎至中台口，贺氏兄弟起身站立。窦右上左下分翎望“大边”。

窦尔墩 【叫头】哈哈！（按双翎向“小边”台口）哈哈，（仓才仓）（左上右下分翎望中）啊，哈哈哈……！（【快原场】左转向里放翎，双端髯右转向外）某家的冤仇，今得报了！【撕边一击】

贺天龙
贺天虎
贺天彪
贺天豹 （不解互摊掌）寨主何出此言？

窦尔墩 （拱手）列位贤弟若问，坐下讲。

贺天龙
贺天虎
贺天彪
贺天豹 （拱手）请坐！（【一锤锣】回原座）寨主请讲。

窦尔墩 列位贤弟，你们道俺因何来在这连环套（右拇指指头后）？

贺天龙
贺天虎
贺天彪
贺天豹 我等不晓。

窦尔墩 唉，（摊双掌指众）我就对你们实说了吧！【住头】只因绿林，（伸右食指）有一家仇人与（右掌自指胸）某作对呀！

贺天龙
贺天虎
贺天彪
贺天豹 （互望）但不知寨主仇人是哪一家？

窦尔墩 （右拇指指身后）提起此人大大有名。

贺天龙 姓字名谁？

窦尔墩 就是那“飞镖”【撕边顷仓】（折右袖上腕放胸前）黄三太——！（右袖指外）

贺天龙
贺天虎
贺天彪
贺天豹 （互伸赞美指）老英雄！

窦尔墩 老匹夫！（向右甩右袖再向左扔出）【冷锤】

贺天龙 寨主因何与他等结仇？（左手指外）

窦尔墩 哦，（拱手）贤弟若问少时再讲。适才喽啰报到，今有太尉梁九公替主口外行围，钦赐御马名曰（双勒马式）追风千里驹。【住头】此时待俺窦某下得山去，施展本领，将御马盗回山来。失却御马，必命那（右手指外）三太寻找，这连环套（双托掌）甚是凶险，一时焉能得到。三太寻不着御马，必然将他（握左拳右砍掌）斩首。（双端髯）某家的冤仇岂不得报了！【撕边一击】

贺天龙 寨主，（左手指外）想那御营，犹如铜墙铁壁一般，寨主此去画虎不成，（摊双掌）反类犬矣。

窦尔墩 （扬右掌）嗘！（【五锤】起身离座，贺氏兄弟随起身）不入虎穴，焉得虎子。不必拦阻，俺（右握袖左手端蟒欲走）去也！【撕边】

贺天龙
贺天虎
贺天彪
贺天豹 （立掌拦阻）且慢！【一锣】

贺天龙 寨主一心要去，弟等备得有酒，（拱手）与寨主饯行。

窦尔墩 （拱手）有劳了！

「【冲头】窦尔墩左转面向里两抖袖。喽兵戊把“小座”搬至“大座”处回原位。
【大锣导板头】窦尔墩右手掏扎左转身向外。

〔西皮导板〕

窦尔墩 サ（6. 5 3 5 6 3 5 i 3 5 6 5 6 i 5 - i - 7. 6

5 5 3 0 2. 3 5 5 2 1 7 2. 2 1 -）3 3 2 3

将 酒 宴

（3 2 1. 2 3 -）3 2 5 3 2 1 2.（3 5 5 2 1

摆 至 在

（按右掌）

6. 1 2 -）2 5 3 2 - 2 3 2. 3 2 1. 1 2 - |

聚(呀) 义 厅 上，

（右拇指指头后）

〖【放钹】窦尔墩向贺氏兄弟拱手，【一锤锣】窦右手端蟒右转向里入“大座”。喽兵甲桌前斟酒；丙、戊将“大边”座搬至桌旁；乙、丁将“小边”座搬至桌旁，众兵回原位站。贺天龙入“大边”桌旁里首，左侧坐天彪；贺天虎入“小边”桌旁里首座，右侧坐天豹。

贺天龙
贺天虎
贺天彪
贺天豹　（端酒斗）请！

窦尔墩　请！

〖【四击头】窦左手掏扎饮酒，贺氏兄弟以袖掩杯饮酒。

窦尔墩　（【撕边】亮酒斗）干！

贺天龙
贺天虎
贺天彪
贺天豹　干！

〔西皮原板〕

2/4（仓 大 乙）1 | 2 35 612 | 0 1 1112 | 3 5 6535 |

2/4 0 0 | 0 0 | 0 0 | 0 0 |

2 5 5532 | 1235 6535 | 2164 3212 | 6125 3612 |

0 0 | 0 0 | 0 0 | 0 0 |

（喽兵甲斟酒回原位）

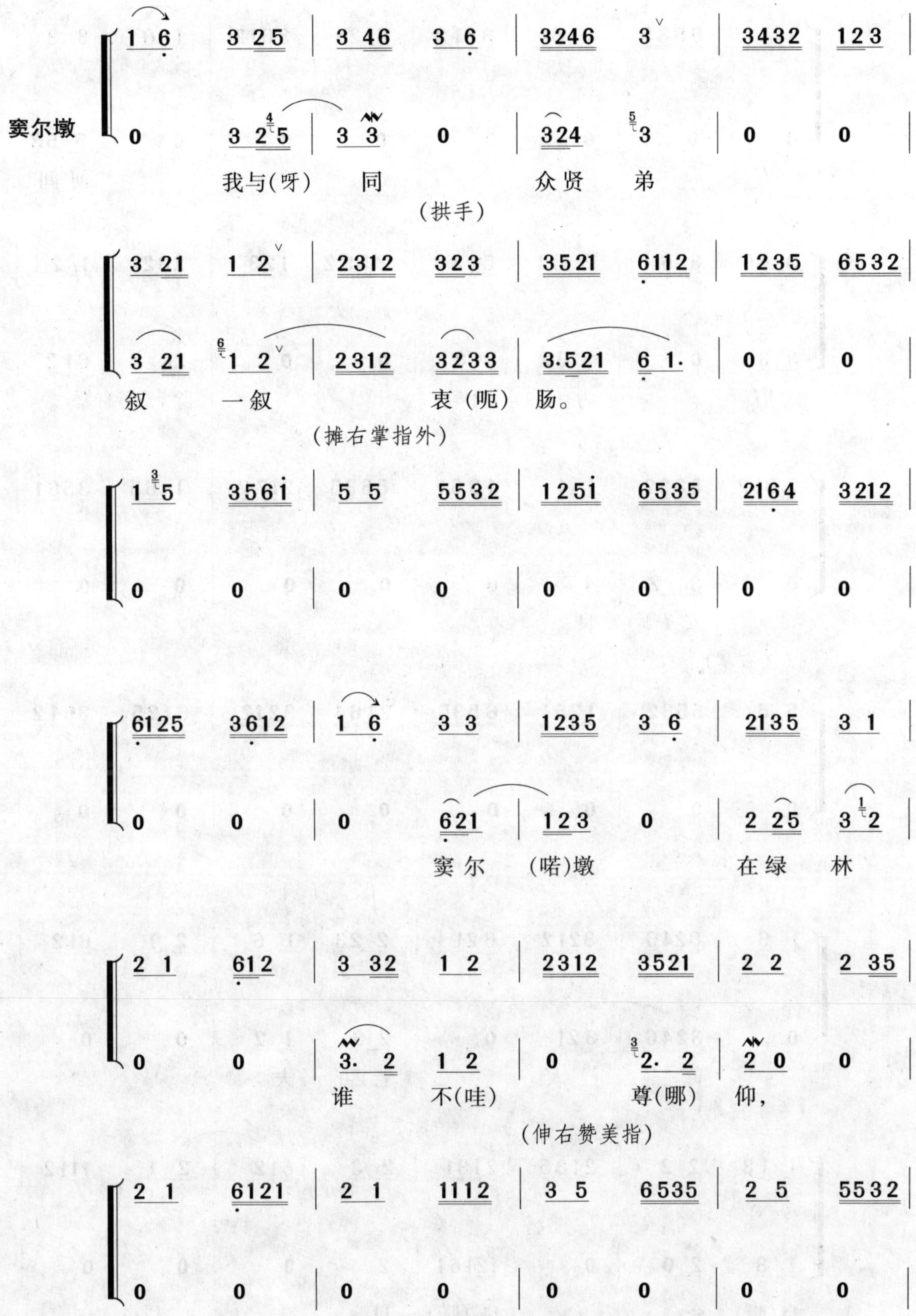
窦尔墩
我与(呀) 同 众贤 弟
(拱手)
叙 一叙 衷(呃) 肠。
(摊右掌指外)
窦尔 (喏)墩 在绿 林
谁 不(哇) 尊(哪) 仰,
(伸右赞美指)

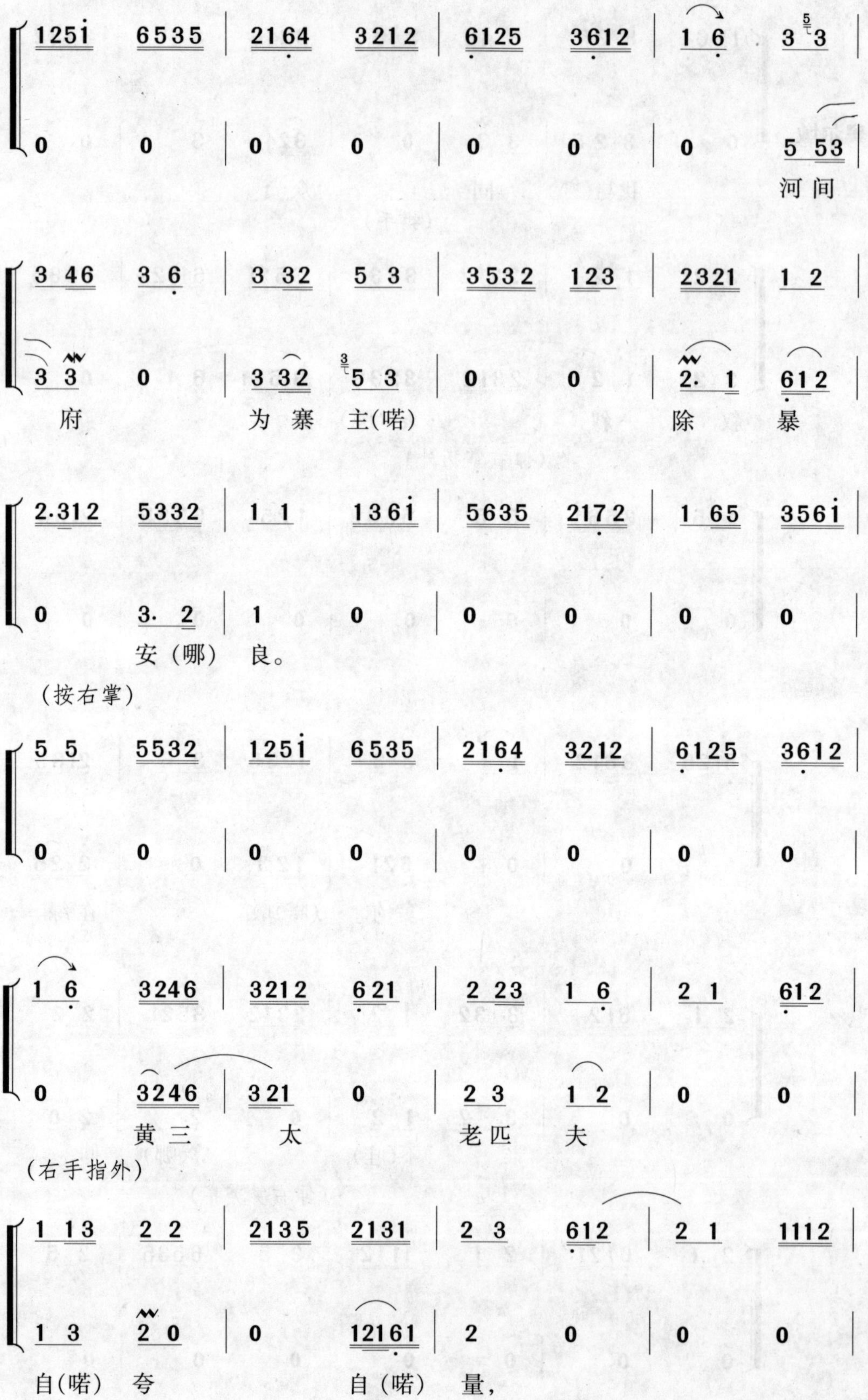
河间
府
为寨主(喏)
除暴
安(哪)
良。
(按右掌)
黄三
太
老四
夫
(右手指外)
自(喏)
夸
自(喏)
量，

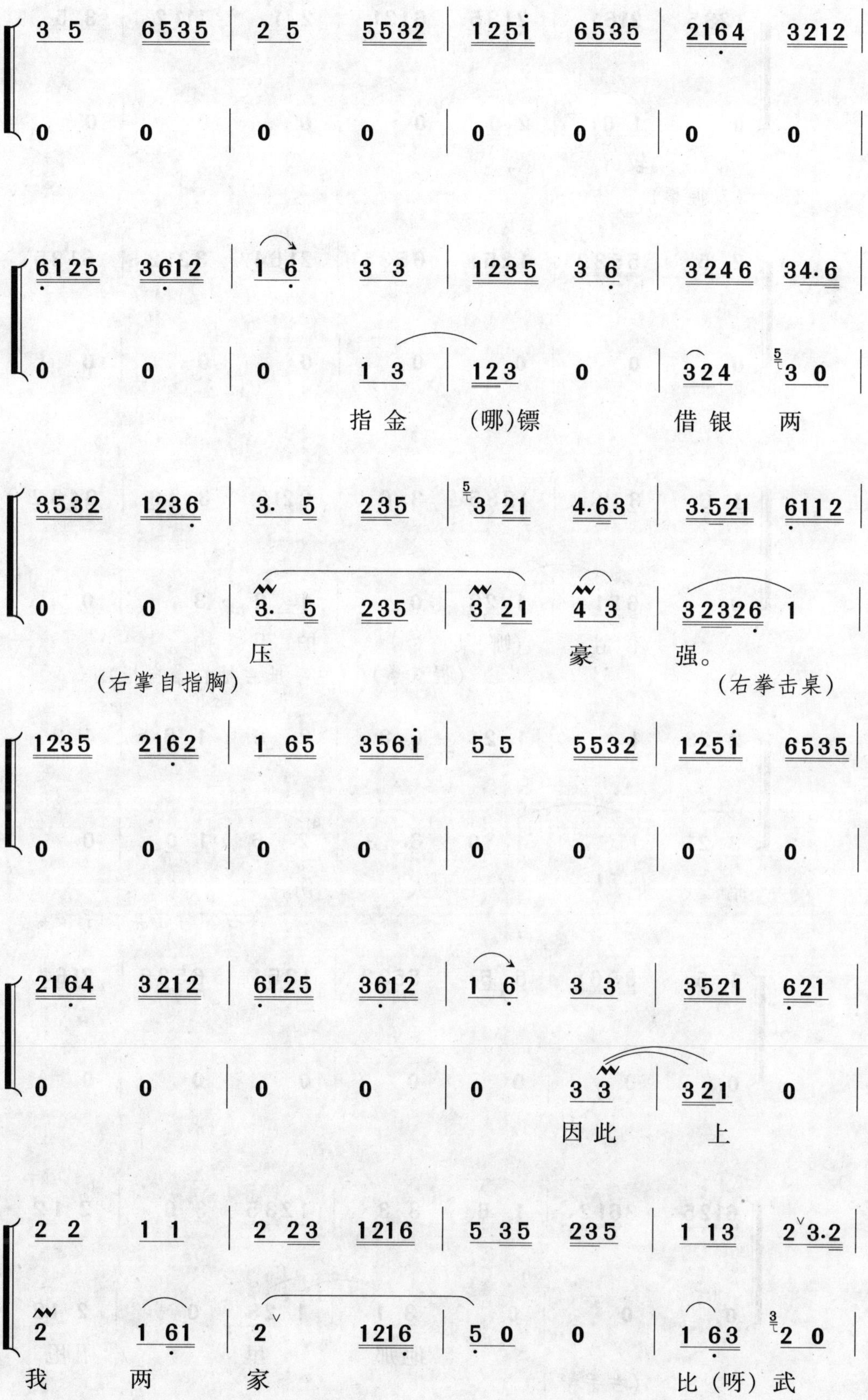
指金 (哪)镖 借银 两
压 豪 强。
(右掌自指胸) (右拳击桌)
因此 上
我 两 家 比(呀)武

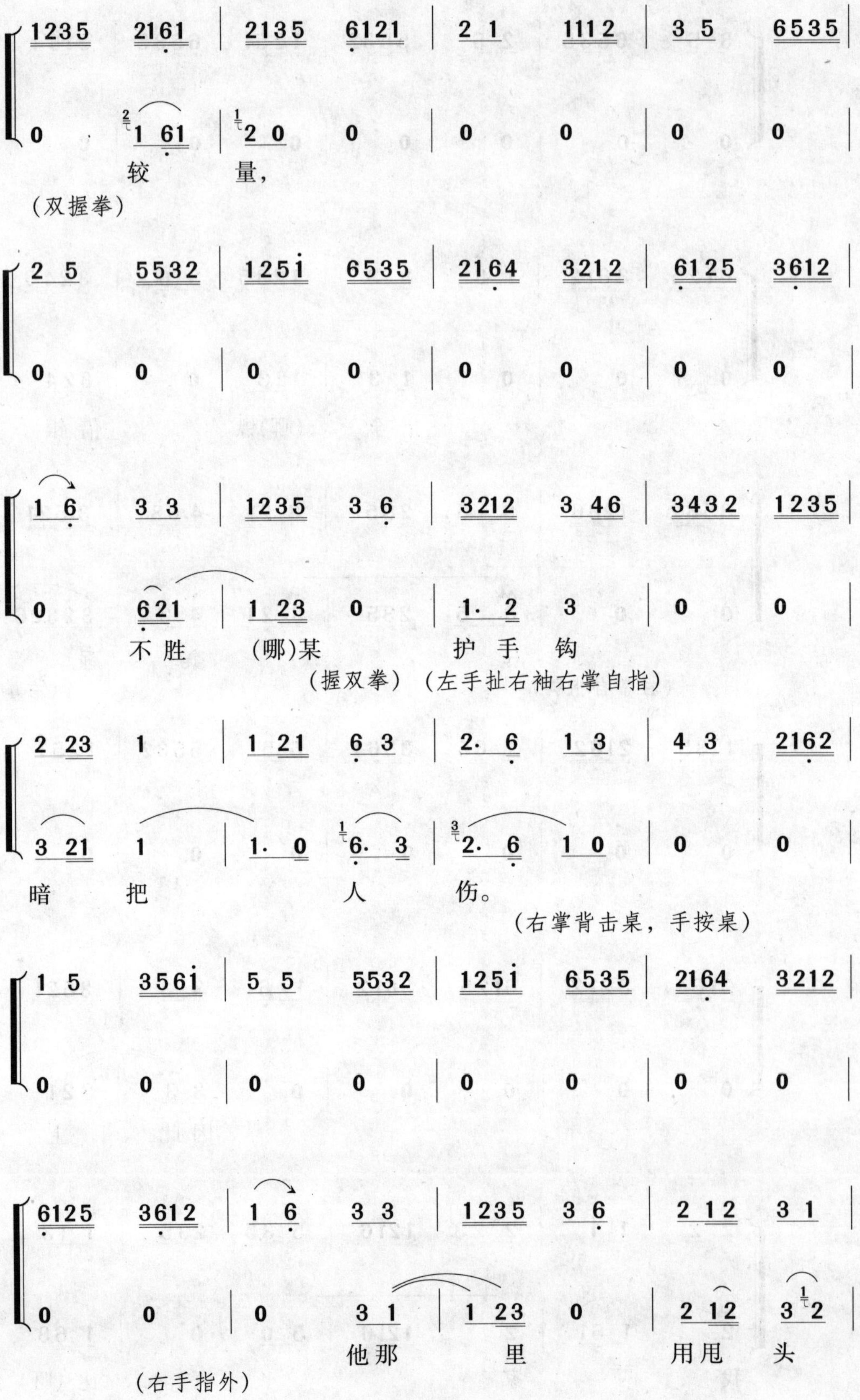
较 量，
（双握拳）
不胜 （哪）某 护手钩
（握双拳）（左手扯右袖右掌自指）
暗 把 人 伤。
（右掌背击桌，手按桌）
他那 里 用甩 头
（右手指外）

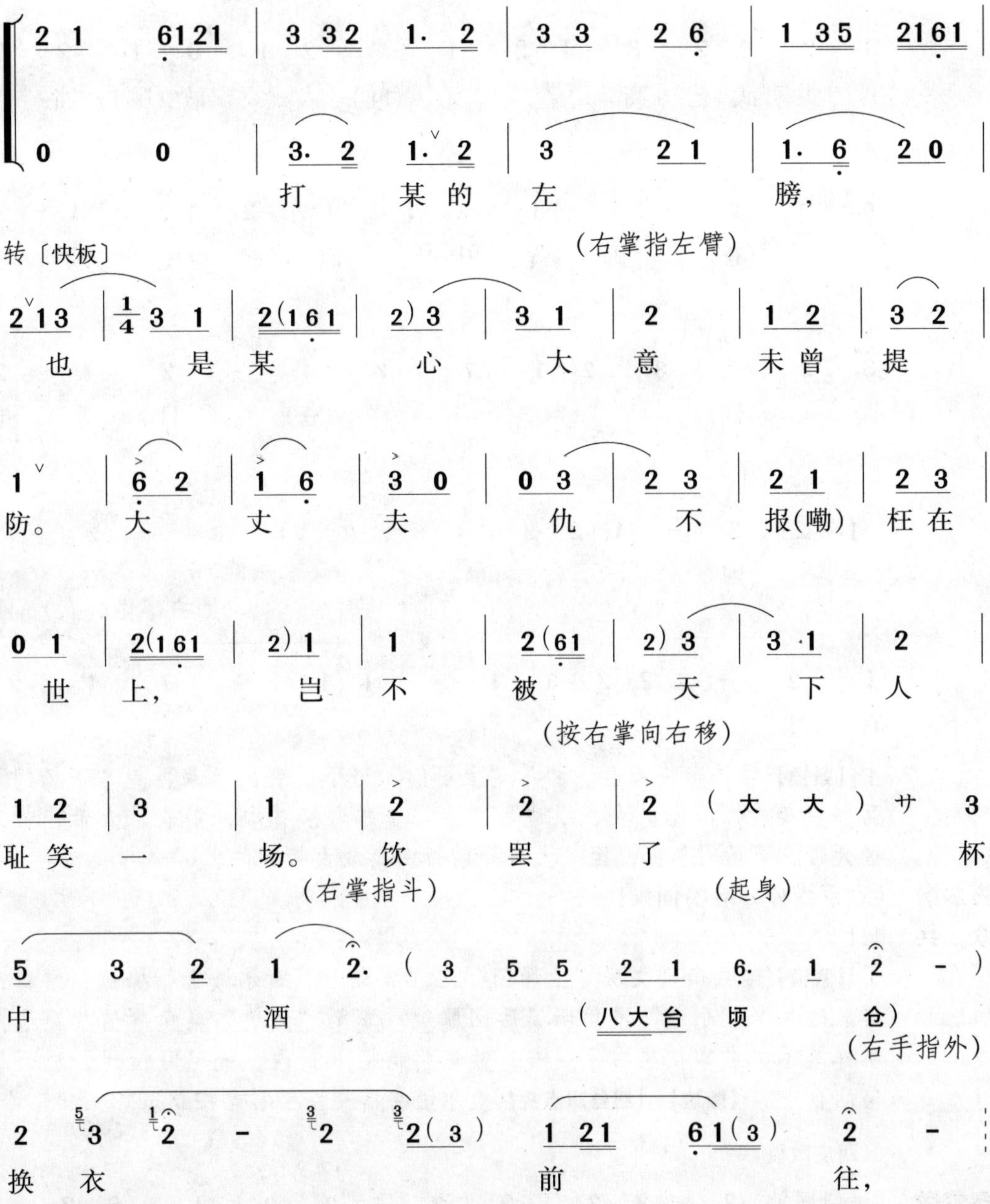

〔【九锤半】窦尔墩与贺氏兄弟以袖掩酒斗共饮、亮斗。窦尔墩搭左袖于腕上“下场门”下改装。贺氏兄弟离座。

〔【阴锣】转【纽丝】贺氏兄弟站台中“八字”，转身望“下场门”回身向外抖袖。

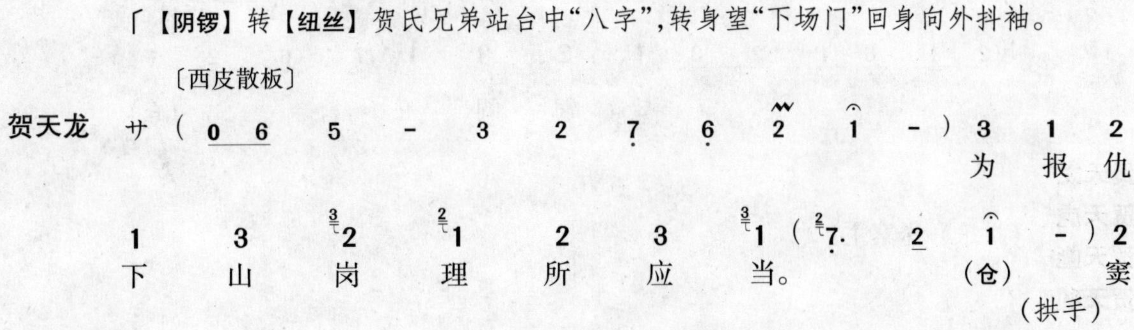

1 2 22 3 12 1. 3 21 6. 1 2 32 (7
寨主武艺高 无（哇）人 敢（哪）挡，

6. 1 2 -) 1 3 21 1 2 2 1 2. 5
（仓） 御营中 似铁壁 须 要(哇)

3. 2 1 (3 21 7. 2 1 -) 2 1 2 2
提 防。 （仓） 且等他盗

1. 2 3 - 12 (3 43 2 1 6 - 2 -) 3. 2
马 回 捧
（圈右掌做杯状）

1 2 - 2 2 (3 1 -) 1 1 6 1 1 2 -
酒（哇） 献 上，

〖【紧锤】喽兵辛将酒壶、酒斗“上场门”送下。贺氏兄弟再望“下场门”，回身互伸赞美指，分站“大、小边”八字。窦尔墩换扎巾，箭衣、大带，背刀。右手握大带“下场门”上，至“大边”前行两步放大带亮住。

窦尔墩 （右手指外）溶墨伺候！

众 兵 啊！

〖【紧锤】喽兵辛端文房“上场门”上，放桌上。窦尔墩食指撩边，绺髯，右手指桌。喽兵辛“小边”桌角研墨后回原位。窦至“大边”桌角拿信放桌边，提笔蘸墨弹笔毛，左掌扶桌右手疾书，放笔将信插入封内，提笔写信封，放下笔右手举信站台中。【撕边】【纽丝凤点头】窦尔墩将信交左手右掌按信。

〔西皮散板〕

窦尔墩 （过门同前）2 32 3 (2 12 3) 2 62 1 2
这 封 书 就 是他
（右手指外）

(2. 1 6 1 2. 3) 1 2 3 1 (7 6. 2 1 -)
要命阎王。 （仓）

贺天龙
贺天虎
贺天彪
贺天豹
（拱手）送寨主！

〔【纽丝凤点头】窦尔墩右转背身掖信，回身向众拱手。

窦尔墩 （过门同前）サ 1 2 2ˇ 5 3 2 1 2（2. 1
众 贤 弟 且 免 送（呃）
（左拇

垛着唱
6 1 2 3）1 2 ⁝ 3 ⁝ 2 1 ⁝ 6 1（3）⁝ 2
指指头后右提甲） 在 这 山 岗 瞭 望，

〔【纽丝】窦尔墩撤右腿让髯在右臂上，左手抄大带抬左腿出门，右臂将髯抖下跨右腿，右“山膀”面向“大边”亮。同时“大边”四喽兵归“小边”，贺天龙领天彪至“小边”与天虎、天豹站一斜排。窦尔墩向“大边”前行两步，放大带，双理髯回身面向外站，右拇指自指胸（接唱）

窦尔墩 サ（过门同前）2 3 2 3（2 1 2 3 -）1 2 1 6 -（7 6 -）
闯 龙 潭 入 虎（哇）穴
（左掌指外） （右指指自指胸）

3 1ˇ 2. 5 3 2 1.（21232）1 - 7ˇ 5 1 - ‖
我 去 走 一 （呀） 场。
（伸右食指） （右手指外）

〔（崩登仓）窦尔墩转右腕变拳，跺左脚抬右脚点地，向众拱手亮住，贺氏兄弟向窦拱手。

贺天龙 送寨主!

〔【冲头】窦尔墩挥右手，转身握左拳按右掌“下场门”下。八喽兵、贺氏兄弟“上场门”下。

第 五 场

〔【水底鱼】四上驷院右“山膀”提甲式（甲牵马）“骨牌对儿”“上场门”上，至台中成“八字”站立。【住头】

上驷院甲 列位请了。

众 请了。

上驷院甲 奉命看守御马。大家御马圈去者!

众 请。

〔【水底鱼】【原场】四上驷院“插裆子”“下场门”下。

〔【撕边】（崩登仓）窦尔墩左手拳右按掌“上场门”疾步上至“九龙口”前，双掌背弹髯，右“栽锤”左撑掌、左弓箭步面向“大边”台口，望“小边”台口亮住。【纽丝】向前一望两望，收左步起身“云手”上左步，左握拳右“山膀”，左丁步望“大边”台口。撤左步翻左掌背于身后，右手指向“大边”台口。撤右步让髯于左臂上右手抄大带；顺式右转一圈，边转双手分握大带，左回身面对"大边"台口又缓大带抬左腿，迈出上右步。双缓大带抬右腿、迈出上左步。再缓大带抬左腿，向前跨迈左右左三步跟一小趋步。先左后右两扔大带。"反云手"右转；左"顺风旗"望"九龙口"内。后撤两步至台中，右转身外右"单山膀"拉开，两整袖向前立台中左拳插腰，右拇指自指胸。

〔二黄散板〕

窦尔墩　サ（6　5　5 5　5 5　5 5　3　2　2 2　3　3　3 3　2 2　3 2

2. 1　6. 1　2. 1　6. 6　5　－）3　3　3 2　3 2
巧　装　改　扮

1. 2　3　3（6　1.　2　3　－）4　－　3　3　1.
下　山　岗，（仓）山　洼　一
（撤右步伸左掌指外）（横迈左步点右脚，左拳插腰按右掌放左胸前）

2　2　3（3　3　6　1　2　3　－）3　3　3.　2
带　扎　营　房。
（横迈右步点左脚右掌向右移）

1　2（5　6　4 3　2　－）0 2　1.　3　2（2
（仓）我　趁　着
（抬头望月）（胸前按左掌）

6 1　2　－）2　2　6. 2　1.　2　3（6　1　2. 4
月　无（哇）光
（左掌"搭凉棚"右弓步向前眺望）（起右腿右丁步）

3　－）6 3　2　2　1　－　1.　6　5　6　1　－
大　胆　地　前　闯，
（右手指左）

「【纽丝】向前一望两望，撤右步左掌搂髯右手抄大带向"小边"台口上两步，左掌放髯提甲式，缓大带左转走至"大边"扔大带，双掌背顺撒髯口右转向外，左拳插腰右拇指自指胸。

〔散板〕

（过门同前）3　3　3　3　2　3（2 4　3　1 2　3　－）
盗　不　回　御　马
（双端髯）

0 3 ³2 − ˅ ⁵3. 5 2. 1 6 1 ˅ 3 2 − ˅ ³2 − ‖

我 难 回 山（哪） 岗。

（两放髯） （右手指外）

〖（崩登仓）窦右食指弹边绺髯、涮撤右步、右转身向里互绕双掌、冲拳式向“下场门”亮背身相。【一锤锣】“下场门”走下。

〖【长尖】上驷院“上场门”，四兵士“下场门”分上“一条鞭”，上驷院甲最后牵马上至台中。

上驷院甲 好好看守御马，多加草料。

兵士甲 是。（接过御马）

〖【一锤锣】众分头两边下。

〖【纽丝】窦尔墩左提甲式右手绕大带“上场门”冲上至台中，扔大带横上左步骑马式，整袖远眺前方。撤右步按左掌，左丁步背侧身望“小边”台口，左手指“小边”台口。上左步将髯让在左臂上右手抄大带，抽左臂，左掌搂髯，上右步起身抬左腿，向“小边”台口跨迈出左右左三步跟一小趋步，扔大带上右腿小蹚步髯口让在右臂上，左转面向“下场门”扔髯，左掌搂髯左丁字步胸前按右掌面向“下场门”亮。反“云手”半个小圆场至台中左“顺风旗”向外亮住。

〔亮弦〕

（0 5 6. 1 2 − ）

（【纽丝凤点头】右“山膀”拉开、双理髯左拳插腰右拇指自指胸）

〔二黄散板〕

窦尔墩 サ（过门同前） 3 3 3 4 3 3（3. 6 1 2 3 −） 3 3 4. 5 ⁵3 −

来至在山洼内 用 目 观（哪）望，

（右掌自指眼）

〖【撕边】（崩登仓）缓右臂左手掏扎，抬左脚点地举右掌指眼亮住。

〔亮弦〕

（6 1 2. 3 4 6 3 − ）【撕边】（崩登仓）一望两望，放扎右丁字步摊双掌亮住。

啊？（【纽丝凤点头】整袖、撤右步、左手理髯握拳插腰摊右掌）

（过门同前） 2 2 3（3 3 6 1 2 3 −） ³2 − ³2

寻 不 着 御

（左手掏扎上摊双掌互指

²1. 2 3 ³6 0（仓） 2 2 1 6 ˅ 1 ³2 0

马 圈 今 在 何 方？

右步缓右臂） （上左步点地右手指右下方） （放扎）（跨右腿） （崩 登 仓）

（绕双掌、拍掌上右步，缓双臂摊双掌亮住）

〔幕内梆子声。（八 仓）长身亮。（**嘟……八大仓**）双掏扎撤左步，左上右下分扎侧身向"上场门"内望。

呀！【**纽丝凤点头**】（两放扎撤右腿右弓步，整袖侧耳听，右拇指指身后）

（过门同前）2 3 2 2 3 2（6 1 2.）3 2 61 1 2 1 0

耳边厢猛听得 梆儿 响(呃)亮。

（撤右、左两步右，拇指指身后）

〔【**五锤**】窦将髯让在右臂再抖在左臂上，左转背身隐至台中后区。

〔二更夫内白："啊哈！"【**小锣五击头**】更夫甲打梆子、乙打锣"上场门"上，至台中。

更夫甲 少年当奋勇，

更夫乙 老来两耳聋。

更夫甲 伙计请啦。

更夫乙 刚出来怎么就拧啦？

更夫甲 什么呀，跟着我走。

更夫乙 噢，后头有条狗？

更夫甲 喽，上御马圈。（窦尔墩侧身听）

更夫乙 哪儿吃大碗面哪？

更夫甲 我说你，扣着食哪我的爹！

更夫乙 哎！

更夫甲 这你怎么听见啦？

更夫乙 你叫我，我还不答应吗？

更夫甲 别招说了，守个更儿去啊！

〔【**冲头**】二更夫边敲打边叨叨"下场门"下。窦尔墩向后观察着退至台中。

〔【**快冲头**】窦左转身左手搂髯按右掌行至"小边"台口。左转身冲向台中右"山膀"向"下场门"亮住。【**撕边**】

窦尔墩 此乃是天(右转向外右手指"小边"台口上方)(八 仓)助某成功也！[①](**崩登仓**)

〔【**纽丝凤点头**】右"山膀"拉开，右冲拳式亮住。

（过门同前）2 2 3 4 · 6 3 2 1 · 2

要 成 功 跟 随 了

（缓左臂左弓步左手指"下场门"）（收右步起身）

3 – 6（八 仓）362 161 2 – 2 ‖

他 暗 地里 埋 藏。

（左掌搂扎右掌拍肚横拳亮） （撤右步按双掌）

〔（八 大 仓）右拳左掌放右侧背身亮。【**四击头**】缓左掌回右肩，跨右腿，跨左腿打

① "成"字右掌拍肚。"功"髯口让在右臂扔向左，左掌顺式搂髯，右掌拍抬起的右腿。"也"右赞美指放胸前亮住。以上强节奏的动作，锣鼓以(崩登仓)配合。

开左掌，“云手”上右步，左拳“山膀”右握拳放腰间，右丁步向外亮相。【急急风】左转面向“下场门”“冲拳式”走下。

〔【一锤锣】四兵士“背牌对儿”“上场门”上，至台中“站八字”，兵士丙拉御马。

兵士甲 我说伙计们请啦。

众兵士 请啦。

兵士甲 奉了上司之命看守御马。谁看前半夜儿啊？

兵士丙 （手指丁）我们哥儿俩前半夜儿。

兵士甲 （指乙）那我们哥儿俩后半夜儿。

兵士丙 好，去你的。

兵士甲 哎，就这么办啦。

〔【冲头】兵士甲招呼乙“下场门”下。丙拉马“下场门”下，丁随下拴马后二人复上；二人分左右盘腿坐于“大边”垂头瞌睡。

〔二更夫打更“上场门”上。

更夫甲 伙计，走着走着。

更夫乙 哎，走走走。（二人上至“小边”）

更夫甲 哎伙计，你看见没有，（指“下场门”）这儿啊，就是御马圈！——

更夫乙 哦。这儿吃大碗面。

更夫甲 你守更去吧。

更夫乙 走吧。

〔【纽丝】二人边打更边从“下场门”下。

〔窦尔墩左手搂大带右“山膀”“上场门”上，疾步行至“九龙口”前，横迈右步向前望，行至“小边”台口扔大带。再至台中右“山膀”望“下场门”，左掌掩面退至“小边”。

〔【纽丝凤点头】上前左弓箭步，面向“下场门”整袖观望。退回“小边”右冲拳式向外亮。

〔二黄散板〕

窦尔墩 サ(过门同前) 6 2 1 3 2(6. 1 2 -) 3 3 2 1 1
御 营 中(呃) 是 禁 地

6 0 3 2 2 1 1(6 5 6 7 6 1 -) 6. 2 1 1.
某 休 要 乱 闯， (仓) 又 只 见
(左掌自指胸)(左弓步摆右掌)

2 1. 2 3 (1. 2 3 -) 6. 3 2 2 1 1. 6 2(6
看 马 的 人 睡 卧 两 旁。
(按右掌右移，抬右腿横迈成弓箭步翻右掌握拳左掌托右肘做睡卧状)

1643 2 -) 2 2 2 2 2 3 1 - 1. 6 6 1
(仓) 我 这 里 将 熏 香 暗 暗 地 点，
(左拇指上指兵士)

〔【九锤半】将髯让在左臂上，右手从怀中取药倒在左掌上，右拇、食二指分别沾药抹于鼻上。【阴锣】行至“上场门”右手取熏香折，左手搂大带复上至“小边”，放大带右弓步按左掌看台口周围。前行至台中面向“下场门”左弓步按左掌观察兵士。左手搂髯轻迈步至里首兵士丁前左弓步，轻抖熏香于兵士丁鼻下，兵士丁向左倒卧。右弓步向外首兵士丙面前抖熏香，兵士丙向右倒卧。窦尔墩退回台中身向外，看手中香点头，顿右脚将香扔向“上场门”里。【纽丝】再至台中面向“下场门”左弓步整袖望兵士，起身双理髯面向外右冲拳式。

〔散板〕

窦尔墩 （过门同前） 2 2 2 2 1 2 3 6 1 1 2 - 2 ‖
熏 倒 了 看 马 人 料 也 无 妨！
（指兵士）

〔（崩登仓）窦“云手”“左冲拳式”面向“下场门”亮住。【急急风】“下场门”下。

〔窦尔墩左手拉马右手横握刀“下场门”复上。观察着行至台中。看马、望外，缓刀变“刺刀式”抬右腿小圆场冲向“九龙口”。【撕边】马嘶（唢呐吹<马唤>）【快纽丝】缓左臂向中台口伸直，横握刀落左脚，单趋左脚至台中上右左两步站稳左丁字步。

窦尔墩 艹（过门同前） 3 3 3 4. 6 3 3 3 2 1. 2 3. 3 3
千 里 驹 休 得 要 蹄 跳（哇）喧（哪）嚷，【撕边】

二更夫 （“上场门”上，边喊边至台中）拿奸细！

窦尔墩 看刀！（崩登仓）（向后横刀抹死更夫，倒卧“九龙口”前）嘿！

〔散板〕

【纽丝凤点头】（过门同前） 2 2 2 2 3 2 3 2 2 1
胆 大 的 小 更 夫 敢 来
（刀指更夫）

1 2（5 6143 2 -）1 6 2 1 3 2 1 6（6
逞 强。 （仓） 你 二 人 今 在 某
（缓刀变刺刀式）

5 6 7 6 -）3 2 1. 6. 6 1
刀 下 命 丧，

〔【纽丝凤点头】窦尔墩缓刀抬左腿在靴底擦刀，交左手抱刀拉马。侧身右手怀中取信，上右步右手拿信放胸前。

（过门同前） 3 2 5 3（2 5 3 -）2 - 3 3
自 有 那 黄 三（哪）
（缓右臂抬右腿右弓箭步）

^{3}6 【撕边一击】 0 3 2 1 6 1 2 ^{1}2 ‖

太　他　与　你们　抵　偿。

（右手信放胸前）　（起身）　（信扔更夫旁）

〔（嘟……崩登仓）右手拿刀向外缓，横刀拉马亮相。【急急风】拉马“上场门”急下。【冲头】

〔更鼓声。兵士甲乙“下场门”打着哈欠上，至中台口。

兵士甲 哎哟，伙计，天不早了该换班儿去了。

兵士乙 走，瞧瞧他们去。（走至兵士丙丁前）

兵士甲 哎，伙计！怎么睡着了？（【小锣一击】 连拍带叫将丙丁扶起）醒醒，该唤班儿了嘿。

兵士乙 醒醒啊。

兵士甲 （对丁）该喂马啦，别净睡觉。

〔丙、丁揉眼醒、伸懒腰站起。

兵士丙 哎，我去喂马去，（对丁）喂马去。（丙、丁“下场门”下）

兵士甲 快点啊。

兵士丙
兵士丁 哎哟！（【小锣一击】复上）了不得了！

兵士甲 怎么啦？

兵士丙 御马不见啦！

兵士甲
兵士乙 御马不见啦？

兵士甲 哟，快找找。

兵士乙 找找。（四人分头找）

兵士甲 （绊了一下，发现更夫被杀）哟，更夫让人杀死了！这儿还有封信（拾信）这可不是小事（三兵士归“大边”“一条鞭”，甲越前站向“上场门”躬身）有请上差！

〔闭二幕【长尖】四上驷院“上场门”上“一条鞭”。

上驷院甲 何事？

兵士甲 今有大胆贼人，夜入御营，杀死更夫，盗去御马，临行留下书信一封，上差请看。

上驷院甲 （接信）此事非同小可，禀报大人知道。（向里躬身）有请大人！

〔【一锤锣】彭朋“上场门”上，至中台口。【五锤】

彭　朋 来到口外地，昼夜费心机。【住头】何事？

上驷院甲 启禀大人，今有大胆贼人，夜入御营，杀死更夫，盗去御马，临行留下书信一封，大人请看。【撕边一击】

彭　朋 （右手扶髯一惊）有这等事？（右手接信，左手指外）速速转至御营。

众 啊！

〔【水底鱼】四上驷院与四兵士分头从台中向后“一翻两翻”，分站两边台口。彭朋上至中台口右转向里归站“大边”，向“上场门”躬身。【住头】

彭　朋 有请千岁！

第六场

「开二幕。堂桌（黄桌围），桌上放文房四宝、圣旨、蜡台。

「【一锤锣】四大铠端荷包枪“上场门”上，“站门”，巴永泰随上站“小边”。梁九公上至台中抖单袖【归位】。大铠“站里八字”。

梁九公 代替我主行围猎，咱家可算第一人。【住头】彭大人。

彭　朋 千岁。

梁九公 夜静更深，来到御营，有何公干呢?

彭　朋 启禀千岁，今有大胆贼人夜入御营，杀死更夫，盗去御马，临行之时留下书信一封，千岁请看。（双手递信）【撕边一击】

梁九公 （握右袖）怎么咋?这御营之中，有如铜墙铁壁，竟有胆大贼人擅入御营，杀死更夫，盗去御马，临行之时，还留下书信（左手捋牵巾，右手指彭手之信）一封吗?【撕边一击】

彭　朋 正是。

梁九公 哼哼哼……【撕边一击】（右手指外）这个贼，他好大的胆子!【撕边一击】掌灯，咱家观看。

众 啊!

「【五锤】上驷院丁桌上取蜡台站梁右侧举灯，梁九公右手抽信左手握，右手点指信上字。

梁九公 “如今若问盗马人，飞镖三太尽知情!”啊?【撕边一击】黄三太这个老头儿他故去多年啦?【撕边一击】噢，噢噢是啦!【快五锤】现有三太之子天霸，跟随施仕伦镇守海下，已为漕标副将。我自有道理，溶墨伺候!

大铠丁 啊!

「【冲头】大铠丁溶墨，梁九公右转至桌前。奏唢呐曲牌<急三枪>梁写旨毕，右手托圣旨站台中。

梁九公 巴永泰过来!

巴永泰 在!【撕边一击】

梁九公 现有圣旨一道，命你连日连夜去至海下，调副将黄天霸，至口外捉拿盗马贼人。有了盗马贼人，将功折罪；若无盗马贼人哪……（左手捋牵巾看彭明）（嘟……八仓）彭大人。

彭　朋 千岁。

梁九公 当年你与三太交好甚厚，大小你得替他担点儿沉重儿吧?

彭　朋 千岁开恩。

梁九公 哎呀。【快五锤】（抖左袖上步）有了咱家御马万事皆休，若无咱家御马，彭朋、施仕伦、天霸等一律同罪。巴永泰!

巴永泰 在!【大锣一击】

梁九公 你接旨咆!（崩登仓）（将圣旨扔与巴，撤步翻右袖于头上，抬左腿左手端蟒亮背身相）

巴永泰 带马!

「四校尉内白:“啊!” **【急急风】**梁九公、四大铠“下场门”下。同时四校尉拿马鞭两边上至中台口站一横排,甲给巴永泰带马,四校尉同上马加鞭“下场门”下,巴永泰上马随下。四兵士、四上驷院归“站里八字”。**【冲头】**彭朋追至中台口望“下场门”,右转回至台中,手指上驷院、兵士。

彭　朋 嘟!**【撕边一击】**(兵士、上驷院面向彭跪单腿成“反八字”)俱是尔等看守御马自不小心,(左手指兵士)记打!

四兵士 (低头)是!(**八大仓**)

彭　朋 (右手指上驷院)记责!

上驷院 (低头)是!(**八大仓**)

彭　朋 每人每罚你们一个月的钱粮!**【一锤锣】**

四兵士
上驷院 (跪摊双掌叹气)嘿!

「彭朋“下场门”下。上驷院、兵士起身两边下。

第七场

「唢呐吹<马嘶>。**【急急风】**窦尔墩背刀右手牵马“上场门”上至“九龙口”前稍亮。向前眺望、观察,回身看马退两步。回身向外左掌搂髯右手拉马,侧身看马抬左腿行至中台口。又吹<马嘶>。**【撕边纽丝】**向里横迈右腿缓右臂向右伸直,向“九龙口”单趟右腿至台中,小蹉步鞭交左手右掌抚摩着马背。

窦尔墩 吁!(鞭交右手上右步左拳勒马)

〔二黄散板〕

サ(过门同前) 3 3 3 3 4 5 3 3(6 1. 2 3 -)
御 马 到 手 精 神 爽, (仓)
(扬左掌) (看马)

3 3 2 3 6 - 2 2(6 1643 2 -)
金 鞍 玉 辔 黄 丝 缰。 (仓)

垛唱渐快

2 6 2 1 (2 3) | 3 | 2 | 1 | 2 | 1 6 |
左 右 镶 衬 赤 金 镫,
(看马的两侧)

5. 6 | 5 6 | 1 2 | 3 5 | 2 1 | 6 1. | 2(5 |
项 下的 提(呀) 胸(呃) 对 成 双。
(上左步伸左食中二指)

6543 2 -) 2 2 3 3 2(3 2 1 6.
纫 镫 扳 (哪) 鞍(八大台 顷

1 2̂ –) 2 ²1̂ – 216 ⁵6 ⁶1
仓) 把 马 上,
(小缓右腕) (抬左腿向左小圆场回至台中)

〔(八 大大 仓)右手鞭向外伸【四击头】缓鞭上马面向“下场门”髯口让在左臂上“骑马式”亮住。【纽丝】抖下左臂髯，加鞭打马上两步至“大边”前，缓右臂马鞭击左掌反绕，左掌搂髯上右步，右手反握鞭向外亮。

(过门同前) 3 3 3 1 2 2· 3 (3 3 3 3
洋 洋 得 意 (呀)(八大台 顷
(缓马鞭正握,左丁

2346 3̂ –) 2 1 6 1 2̂ – ³2
(仓) 回 转 山 岗!
步左拳勒马向外亮)

〔(八 大 仓)缓右臂放左侧双手捧马鞭。【四击头】踢右旁腿随腿打开马鞭，右转身跨左腿鞭打左靴底，再踢右旁腿打开鞭，左拳胸前勒马，右弓步举鞭亮侧身相。

〔【撕边一击】向右弓腿。【撕边一击】向左弓腿。【急急风】收左腿起身，上膀子抱鞭右单“勒马式”，抬左腿迈出跟一小趋步，双勒马式向里迈右腿跟一小趋步。向里至“九龙口”前。向右出鞭亮住。向台中挖着走至“小边”台口，缓鞭打马抬左腿（嘟……八大仓）迈左步跟小趋步向左缓鞭，小蹿步“前栽儿”，起身抬左腿右鞭后伸左勒马亮。

窦尔墩 吁!

〔【四击头】马鞭打左掌，缓鞭踢右旁腿随腿打开鞭，右转身鞭打左掌反绕，抬右腿点地，反握鞭双勒马式。

好马呀！【大锣一击】好（分开双臂）马！

〔【撕边】绕鞭正握撤右步，面向“小边”台口双臂打开。（崩登仓）跨右腿缓鞭打右脚，上膀子抱鞭，左转抬左脚点地，右“勒马式”面向“下场门”亮住。

〔【急急风】双勒马向里迈左步跟小趋步，向外迈右步跟小趋步，抖鞭下膀横握，向里挖走小圆场回台中，向右出鞭让髯于左臂，面向“下场门”左拳勒马亮相。急向“下场门”冲下。闭二幕。

第 八 场

〔接前场锣鼓。【急急风】

〔二幕外。四校尉举马鞭，巴永泰托圣旨举鞭“上场门”上，过场，“下场门”下。

第九场

〔启二幕。堂桌、“小座”，红色花桌围、椅披。

〔天霸内嗽：“哼！”【四击头】【撕边放钹】黄天霸右手端蟒“上场门”健步上至“九龙口”前端带亮住。【一锤锣】计全、朱光祖、关泰、何路通“搭轿式”随上，至“九龙口”前站斜排；关泰右侧是天霸，左侧是计全；何路通左侧是天霸，右侧是朱光祖。五人同前行两步，抖双袖。天霸右手将左袖交左手握住，右手端带与众前行至中台口一排，同抖单袖。【归位】

黄天霸 丹心灭寇扫残奸，

关　泰 全凭宝刀镇淮安【小锣二击】

何路通
计　全 弟兄怀揣忠义胆，

朱光祖 侠义龙泉血未干！

〔【归位】众抖报名袖。

众 俺——【撕边一锣】

黄天霸 黄天霸。

关　泰 关泰。

何路通 何路通。

计　全 计全。

朱光祖 朱光祖！

黄天霸 众位仁兄请坐！【一锤锣】

关　泰
何路通
计　全
朱光祖 请坐！

〔四上手两边搬椅上；甲、丙搬椅放“大边”；乙、丁搬椅放“小边”分下。

〔黄天霸、关泰、何路通、计全、朱光祖同向左转入座；黄天霸坐“小座”，关泰坐“大边”里首座，左侧坐计全；何路通坐“小边”里首，右侧坐朱光祖。

黄天霸 （向众拱手）众位仁兄。

关　泰
何路通
计　全
朱光祖 （拱手）黄爷。

黄天霸 你我自投大人以来，每日拿强捕盗，除恶安良，多蒙（拱手）大人提拔（右掌指众后自指）我等。

关　泰 （向众拱手）众位英雄。

黄天霸
何路通
计　全　（拱手）关爷。
朱光祖

关　泰　想你我弃却绿林，跟随恩官，每日拿强捕盗，还是大人提拔我等。

何路通　大义英雄自闯事业，黄贤弟官诰几品，一来大人提拔，二来令尊（向外拱手）三太爷在世之时，教子（伸赞美指）有方。

计　全　虽然是三太爷教子有方，还是大人提拔之力也。

朱光祖　（向众拱手）我说众位英雄！

黄天霸
关　泰
何路通　（拱手）朱爷。
计　全

朱光祖　想我等，虽是绿林出身，行侠作义，如今身高几品，我想那做官的人儿也非容易，也得是一命，二运，三风水，四积阴功，五读书。常言说得好，千里马儿，还得个千里人儿哪。想你我每日拿强捕盗，除暴安良，这方知也非是一日之劳。何言（拱手）大人提拔（摊双掌）我等？

〔**【锣声】**（"镗！"）——传点。五个闻声起身离座。

黄天霸　二堂传点，（拱手）大人升堂，（向众拱手）两厢伺候。

关　泰
何路通
计　全　（拱手）请！
朱光祖

〔奏唢呐曲牌<水龙吟>。内众喊堂："噢！"

〔闭二幕。

〔黄天霸、关泰、何路通、计全、朱光祖同上前，抖双袖、整冠。天霸右手将左袖交左手握住，右手端蟒领众出门，"下场门"下，关泰、计全随下。何路通领朱光祖"上场门"下。

〔二幕启。

〔堂桌、"大座"红色花桌围椅披。桌上放印盒、文房四宝、惊堂木。

〔四红文堂端开门刀"上场门"上，"站门"。曲牌止。

〔**【一锤锣】**施仕伦双端带上至"九龙口"前稍亮。前行两步抖双袖、整冠、理髯，行至中台口抖单袖，**【归位】**双端带。

施仕伦　（引子）

镇守海下**【小锣二击】**（右掌自指胸）禀忠心，（大　大）

1　2　3.　5　1　2　-　2　2　32
保　　主　　皇

（拱手）

1　-　6　6　6　6　5　5　5　4　6　-　‖
　　　　　　（呃）　家。

连环套

「奏唢呐曲牌<水龙吟·合头>。施仕伦两抖袖，右食、中二指捋边绺髯，右转向里入“大座”，四红文堂随归“里八字”。“下场门”黄天霸领关泰、计全；“上场门”何路通领朱光祖同上，至中台口互拱手，进门，站台口一排向里拱手。曲牌收住。

黄天霸
关　泰
何路通　参见大人（上步躬身行礼）。
计　全
朱光祖
施仕伦　（伸右掌）众位英雄少礼。
黄天霸
关　泰
何路通　啊！
计　全
朱光祖

「**【归位】**关泰站“大边”，右侧站天霸左侧是计全；何路通站“小边”，右侧是朱光祖。五个均面向施，躬身站立。

施仕伦　（定场诗）身为巡按理总漕，贪官污吏法（摆右掌）不饶。**【小锣二击】**

钦命二字如山倒，（按双掌）一片丹心（向外拱手）保皇朝。

【归位】（天霸等五人转面向外站。施仕伦报名袖）本院，**【撕边一击】**施仕伦。**【住头】**奉命镇守海下一带等处。众位英雄——

黄天霸
关　泰
何路通　大人。（转向施拱手）
计　全
朱光祖
施仕伦　想你等跟随（右掌自指胸）本院以来，每逢拿强捕盗，（右手指外）除恶安良，皆是你等之力也（伸右赞美指）。

「关泰、何路通、计全、朱光祖转向外站。

黄天霸　（向施拱手）卑职等，多蒙大人提拔，（转向外）敢不携力同心，报效（向外拱手）皇家。
施仕伦　待本院打本（拱手）进京，（按右掌）你等俱有封赠。

「内喊：“圣旨下！”**【撕边一击】**众闻声向外一亮。

黄天霸
关　泰
何路通　（转向施拱手）启大人，圣旨下。
计　全
朱光祖
施仕伦　（拱手）香案接旨。
黄天霸
关　泰

何路通 （向外拱手）香案接旨！
计　全
朱光祖

〔【急急风】施仕伦离座出门站“大边”台口，身后是天霸，计全、关泰、何路通、朱光祖站天霸身后一斜排。

〔同时四校尉举鞭“上场门”上站“一条鞭”，巴永泰举马鞭托旨随后，急上至“小边”台中勒马望中间。

〔【三锣】起唢呐曲牌　<小傍妆台>巴永泰回身与校尉同下马，马鞭交甲，四校尉拉马“上场门”下。巴永泰举旨进门转身面外站台中。何路通、朱光祖走桌前至“小边”与进门的施仕伦、天霸、关泰、计全面向里站台中一排。曲牌止。

巴永泰 圣旨下，跪！

施仕伦等 万岁！（【住头】同跪右腿）

巴永泰 跪听宣读，诏曰：“今有太尉梁千岁，奉旨口外行围射猎，圣上恩赐御马，名为日月追风千里驹，竟有大胆贼人夜入御营，杀死更夫，盗去御马，临行留下书信一封。梁千岁大怒，命巴永泰奉旨前来，提调漕标副将黄天霸去到口外，宽限一月，捉拿盗马之人，有了盗马之人并御马将功折罪，若无御马，无论彭朋、施仕伦、天霸等【大锣一击】（天霸搭右袖上腕向外亮）一律问罪。”旨意读罢，望诏谢恩！

施仕伦等 万万岁！

〔奏唢呐曲牌<小傍妆台>众起身。施仕伦上前接旨右转递何路通，何将旨放桌上。巴永泰站中，天霸站“大边”身后右是关泰，左是计全；施仕伦站“小边”身后左是何路通，右站朱光祖。曲牌止。

施仕伦 有劳侯爷，捧旨前来，一路之上多受风霜之苦。

巴永泰 （拱手）为国勤劳，何言风霜二字。大人，（按右掌，找）哪个是天霸？

施仕伦 （伸左掌示意）天霸，过来见过侯爷。

黄天霸 是。（上步躬身施礼）参见侯爷。

巴永泰 （扬左掌）天霸！【快五锤】（众同上步，四校尉拿马鞭两边上）事情紧急，本爵在十里长亭等候于（右手指外）你。（向外扬右掌）速速带马！

黄天霸 是，是是。

〔【急急风】四校尉中台口一排，甲与巴永泰带马，四校尉上马领起“下场门”急下。巴永泰上马向里挖着走至“大边”，同时施仕伦领天霸出门送至“小边”台口，身后站朱光祖、何路通、关泰、计全。

施仕伦
黄天霸 （与众同躬身）送侯爷！

巴永泰 免！【冲头】（打马“下场门”急下）

〔计全、关泰、天霸回“大边”，与天霸成“三丁儿”站立。施仕伦进门站中，何路通、朱光祖站“小边”与关、计二人成八字。施仕伦抖右袖上腕。【叫头】

施仕伦 天霸！适才（拱手）圣旨到来，命你去至口外捉拿盗马之人。有了盗马之人还则罢了，若无盗马之人，（按右掌指天霸）你一世英名付与（摊右掌）流水！

黄天霸 【撕边叫头】（稍想回身向施拱手）大人哪！（双端带）适才圣旨到来，（右掌自指胸）命卑职去至口外，访查盗马之人，我想此去，倘不能成功，尽忠一死，理所当然。只是（拱手）我母年迈无人（摊双掌）侍奉。（【撕边叫头】上步至台中向众拱手）众位仁兄。

关　泰
何路通　（拱手）黄爷！
计　全
朱光祖

黄天霸　小弟此去倘有不测，无论哪位仁兄，将我母送回浙江（左掌指外）绍兴府，（左掌自指胸）小弟纵死九泉，（向众拱手）感恩匪浅！（上左步曲腿躬身）

〔朱光祖、关泰、何路通忙伸掌拦阻。【撕边叫头】

计　全　（拱手）黄爷！倘若此去缉拿不住盗马贼寇，（右掌自指胸）我等愿受（右砍掌）残刀！

施仕伦　好哇！

朱光祖　【撕边叫头】（拱手）哎呀大人哪！方才圣旨到来提调副将，事情紧急，不可耽搁日期。你我大家早早起身，去到口外，用心访拿盗马贼人，自有天定，也非人力而所为。巴侯爷还在十里长亭等候，哎呀大人哪！【快五锤】事到如今，可就没有说话的（摊双掌）功夫儿啦！

施仕伦　哦？【冷锤】你们，改扮（挥右掌）去吧！

黄天霸等　是。

〔【冲头】黄天霸、关泰、计全“下场门”，何路通，朱光祖“上场门”分下换装。施仕伦右食、中二指捋边绺髯望天霸等背影。

施仕伦　哎！

〔【纽丝】两抖袖。

〔西皮散板〕

サ（过门同前）3　3 2　3　3　3 2　4　3（2　1 2　3 -）
恼　恨　那　盗　马　（呀）贼

（按右掌）

1　3. 5　1 2　3（6　1　2　3 -）1　2 1　1　2
御　营　来（呀）闯，　（仓）　盗　走　了　千

2 1　3　3.　3 2（7　6.　1　2 -）3　3　2 1
里　驹　（呀）　所　为

（摊左掌）

1.　6　1（7.　2　1 -）6　3　3 2　3　3　1
哪　桩？　（仓）　梁　千　岁　发　一　怒

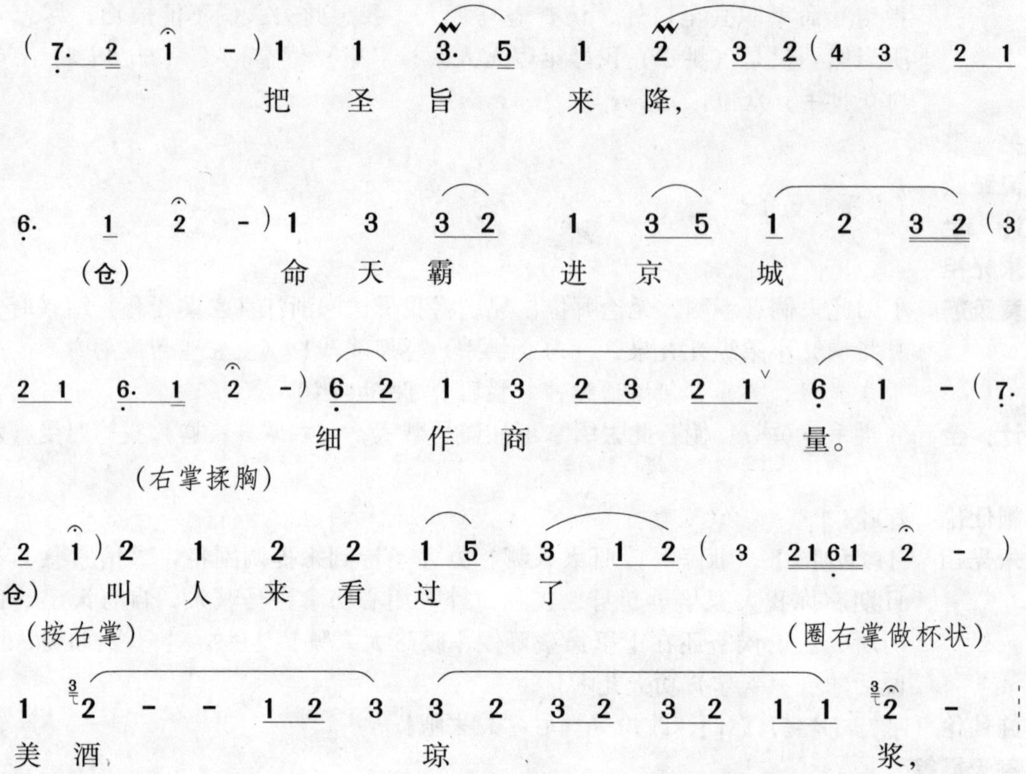

〖【长锤】文堂乙将开门刀交丁“上场门”下，取酒复上站“小边”，施仕伦盘中取酒斗，文堂乙“上场门”送盘下复上站原位，同时天霸挎剑，与关泰等换装后撑褶子两边上站“大、小边”原位。锣鼓切住。

施仕伦 天霸！

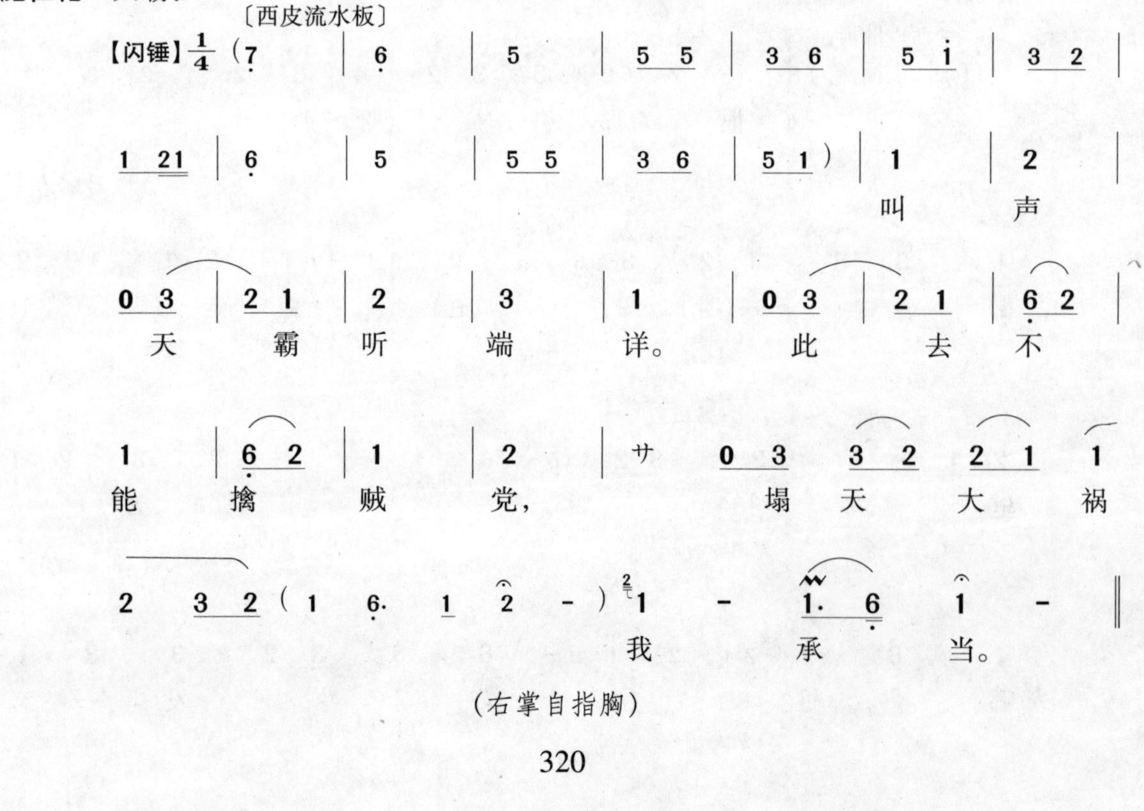

〔【闪锤】黄天霸拱手致谢，接斗转向外把酒敬天地，酒洒地上，计全接空斗递文堂甲放桌上。

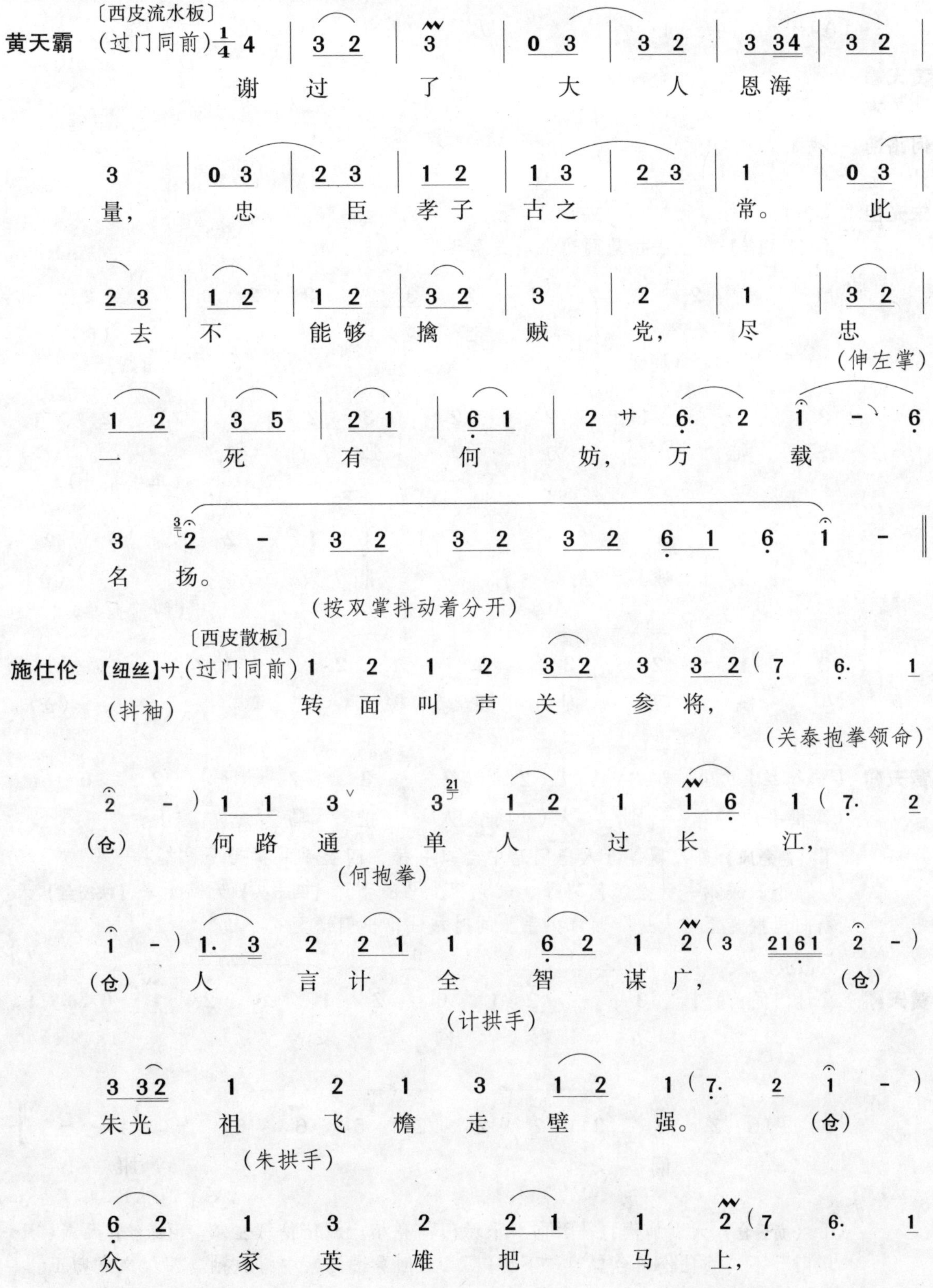

2 –）1 3 6 2 1 2 3. 5 2 1 1 – ‖
（仓） 同 心 协 力 拿 强 梁。

黄天霸
关 泰
何路通 （拱手）大人！
计 全
朱光祖

【快纽丝】四上手拉马两边上。关泰等五人同唱〔散板〕

サ（过门同前）2 2 1 2 3 2 3 2（6. 1 2 –）
大 人 请 把 宽 心 放，（仓）
（同拱手） （单掌自指胸）

3 3 1 2 2 3 2 1（7. 2 1）
齐 心 努 力 拿 强 梁。（仓）
（单手指外）

1 2 3 2 2 1 6 1 2（7. 1 2）
哪 怕 贼 人 有 胆 量，（仓）
（胸前握拳）

3 1 2 2 3 1 2 1（7. 2 1）
生 擒 活 捉 如 探 囊。（仓）

〔散板〕
黄天霸 【快纽丝】サ 4 3 1 2 2 3 2 – 2 0
（同拱手） 辞 别 大（众同唱）人 把 马 上，

【急急风】黄天霸等五人出门站中台口一排，四上手一排带马"插裆子""下场门"下。关泰、计全、何路通、朱光祖上马随下。【四击头】天霸上马【快纽丝】天霸向里挖走至"大边"回身拱手。同时施仕伦出门送至"小边"。

〔散板〕
黄天霸 （过门同前）1 3 – 2 1 6. 2 1. 6 2 1. 6（6. 1
成 功 回 来

2 –）6 2 1 3 2 2 2 5 6 6 – 1 – ‖
再 问 安 康。
（躬身施礼）

【崩登仓】天霸加鞭打马面向"下场门"亮相。施仕伦挥左掌。【纽丝】天霸"下场门"下。施仕伦中台口望"下场门"，右回身进门站中抖右袖。四红文堂归正。

〔散板〕

施仕伦 (过门同前) サ 1 2 3 1 2 6. 2 1 3 2 -

众家英雄把马上，

(挥分双掌示意左右掩门！)

掩门。

〔【纽丝】四文堂两边下。施仕伦行至“大边”回身。

(过门同前) サ 1 3 2 2 1 1 2 3 2 1 1 6 1 - ‖

但愿此去早还乡。

(按双掌)

〔【一锤锣】左转“下场门”下。

第十场

〔【急急风】四校尉、巴永泰举马鞭“搭轿式”“上场门”上，大圆场转至台中后区，此时二上手、计全、关泰、黄天霸、何路通、朱光祖与另二上手等依序咬尾，“搭轿”随上至台口一排。（匝匝 匝匝 乙匝 匝）两队人对面勒马，巴永泰挥左掌。

〔【急急风】众圆场大堆磨。校尉、巴永泰转至“小边”台口，依次打马加鞭“下场门”急下。四上手转至“上场门”归“一条鞭”，计全、关泰、何路通、朱光祖越前站一斜排。天霸至“小边”台口向里横鞭挖走至台口，面向“上场门”。

〔【四击头】缓马鞭放于背后，落右脚软反“踩泥”，落左脚左转身跨右腿，缓鞭上膀子“骑马式”双勒马亮侧身相。

〔【撕边】（崩登仓）天霸收右腿起身，抖鞭下膀子右转身向“小边”台口方向打马，面向“下场门”抬左腿勒马亮住。【急急风】黄天霸“下场门”冲下。计全、关泰、何路通、朱光祖随下，四上手抽心“骨牌对儿”下。

第十一场

〔堂桌、“大座”，红色花桌围椅披，桌上放印盒、文房四宝、惊堂木、信。

〔【一锤锣】中军“上场门”上，至“大边”。彭朋双端带上至“九龙口”前稍亮，行至台中抖单袖。【归位】

彭　朋　提调黄天霸，到此问根芽。

〔【急急风】中军归里站“大边”桌旁。彭朋出门站中台口。同时四校尉举马鞭，“上场门”急上站“一条鞭”，勒马下马。巴永泰上至“小边”台口。【放钹】勒马看彭朋转身下马，校尉甲接鞭、【原场】四校尉拉马“上场门”下。巴永泰进门站“大边”，彭朋随后进门站“小边”。

彭　朋　侯爷，一路之上多受风霜之苦。

巴永泰　为国辛劳，何言风霜之苦。

彭　朋　天霸可曾（摊掌）调到？

巴永泰　天霸已然调到。啊大人，少时天霸到此必须要用言语（右手指外）惊吓于他。

彭　朋　（单掌扶髯）那个自然。侯爷请至二堂。

巴永泰　（拱手）请！

「【冲头】巴永泰“下场门”下。中军站“大边”台口，彭朋站台中。

彭　朋　（右手指外）升堂！

中　军　升堂！

「奏唢呐曲牌<小傍妆台>彭朋抖双袖整冠、理髯，右转入“大座”，中军随归里站“大边”，四蓝文堂端开门刀两边上“站里八字”。曲牌止。

彭　朋　中军听令！

中　军　在！【大锣一击】（向彭抱拳躬身）

彭　朋　天霸到此叫他报门（击惊堂木）而进！

中　军　遵命！

「【急急风】四上手右“山膀”提甲式“上场门”上，站“一条鞭”，朱光祖、何路通、关泰、计全依次举鞭马随上越前站。黄天霸上至“小边”台口望中。【冲头】天霸等五人回身下马，四上手接鞭拉马“上场门”下。

中　军　【叫头】（右手指天霸）天霸！（天霸忙转身向中军抱拳躬身）大人命你报门而进，你要仔细了！【大锣一击】（右手指天霸）你要打点了！报门。

「（八大仓）天霸抬头一愣，【撕边放钹】天霸向外摊双掌。

「【一锤锣】黄天霸转向里，慢上步抱拳欲报名，朱光祖急上前轻击天霸肩，天霸回身看，不解；朱光祖右手指天霸，再指其腰间的宝剑示意；天霸左手扶剑垂首望，大惊，忙解剑交朱光祖。

朱光祖
何路通
关　泰
计　全　（向天霸）小心了。

「黄天霸向朱等众人拱手，挥右掌。朱光祖等拱手“上场门”下。天霸稍定神，随捋下马蹄袖左转身向里。

黄天霸　报！【大锣一击】镇守海下漕标副将虚职总兵黄天霸【大锣一击】告进！【一锤锣】(向里赶左右左三步弓左腿，双掌叠摞左膝上，慢跪右腿垂头。起身退左、右两步，垂首稳步向里挖行至“大边”台口，右转身面向里站定。向里赶右、左两步，曲左腿双掌叠摞左膝上慢跪右腿垂头。起身退步站稳，向里小圈行至中台口望里，向外摊双掌叹气【五锤】左转进门，面向里站台中垂首)卑职参见大人。【撕边一击】(双膝跪，手扶地)

彭　朋　下跪可是黄天霸？

黄天霸　卑职在。

彭　朋　为何不抬起头来？

黄天霸　有罪不敢抬头。

彭　朋　恕你无罪。

黄天霸　（拱手仰身）谢大人。

彭　朋　(击惊堂木)嘟！【快五锤】(天霸垂首扶地)今有大胆贼人，夜入御营，杀死更夫，盗去御马，临行这时留下书信（伸左食指）一封，（左手指天霸）与你黄门大有干系。想你父子惯走绿林，必然晓得贼子的来历，你还不与我从实（击惊堂木）招来！

黄天霸　【撕边叫头】（仰身拱手）大人哪！想当初我父在世保镖之时，不过是直隶、淮扬、山东一带等处。想这口外，乃是沙漠之地，化外之所，就是我父在世之时，（摇头）也不曾得到过此地，只求大人（拱手）详情！【撕边一击】

彭　朋　（扶髯略想）现有书信，（桌上拿信）拿去看来！（扔信于台中）

黄天霸　多谢大人！【五锤】（拾信起左腿转向外，右手抽信放左手右手指信上字）如今若问盗马人，飞镖三……（双手捧信大惊）【大锣一击】【撕边一击】（转双睛稍想）噢，噢噢，是了！【撕边叫头】（转向里复跪双腿。中军接信放桌上。天霸拱手）大人！盗马之人，与我黄门作对。只求大人宽限日期，格外地（拱手）施恩！

彭　朋　天霸！【五锤】今有梁千岁（伸右食指）限期一月，老夫宽限十日，共凑（伸右手四指）四十天。有了盗马贼人将功折罪，若无盗马贼人……

蓝文堂　（堂威）哦——

〔【撕边一击】彭朋右掌扶髯望右。

蓝文堂　哦……

〔【撕边一击】彭再望左。

彭　朋　掩门！（击惊堂木）

中　军　掩门！

〔【冲头】蓝文堂两边下，中军“下场门”下。彭朋出桌至“大边”，天霸忙起身立“小边”。彭搭右袖上腕。

彭　朋　【叫头】天霸！想当年我与你父交好甚厚，（右手自指头）破着老夫的前程不要，也要与你担待（左手抓右袖角，缓右臂指下方）担待。【撕边】

黄天霸　噢……（拱手点头会意。（仓）左掌将大带捋扔身后曲左腿跪右腿行打千礼）谢大人！（八大仓）（彭朋搭右袖上腕，退左步搀天霸）谢大人！

〔（八大仓）天霸追跪相谢，彭朋伸右臂退后。五个（八大仓）天霸跪右腿膝步追谢，彭朋步步后退。（八仓）彭抓右袖转身【冲头】“下场门”下。黄天霸出门站中台口。

〔同时计全、关泰由“下场门”，朱光祖、何路通“上场门”各带二上手拉马两边上。

关　泰
计　全
何路通
朱光祖　怎么样了？

黄天霸　公馆再议。（挥左掌）

关　泰
计　全
何路通
朱光祖　带马！

〔【急急风】四上手台口带马、领起“插裆子”“下场门”下。朱光祖、关泰等四人上马随下。【软四击头】天霸缓右臂抬左腿，向右缓双臂，出马鞭左拳勒马亮住。【撕边】（急急风）转身“下场门”冲下。

第十二场

〔堂桌、"小座"、两边各跨二椅，红色花桌围椅披。

〔接前场锣鼓。四上手"上场门"上，"一条鞭"，朱光祖、计全、何路通、关泰举马鞭随上越前站，黄天霸跨剑举鞭上至"小边"台口勒马看中。**【放钹】【一锤锣】**天霸等众人下马，上手将鞭扔下。四上手"挖门"搬椅，天霸进门站中，朱光祖随后挖至"小边"；计全进后至"大边"，何路通至"小边"里首；关泰站"大边"里首。上手甲、丙将桌旁跨椅搬至"大边"；上手乙、丁将跨椅搬至"小边"，四上手两边下。关泰、何路通等系褶子，互拱手入座，天霸坐"小座"，关泰坐"大边"里首，左侧坐计全；何路通坐"小边"里首，右侧坐朱光祖。

关　泰
何路通
计　全　大人怎样吩咐（摊掌）下来？
朱光祖

黄天霸　（向众拱手）众位仁兄！

关　泰
何路通
计　全　（拱手）黄爷。**【住头】**
朱光祖

黄天霸　只因太尉梁千岁，奉旨口外行围射猎，（拱手）圣上恩赐御马，不想被贼人盗去，临行之时留下书信一封，（右手指左掌）上写："如今若问盗马人，飞镖（拱手）三太尽知情。"**【住头】**梁千岁宽限一月，是我苦苦的哀求，彭大人又赏限十天，（伸左手四指）共四十日，有了盗马之人，将功折罪；否则（右掌自指胸）要将我的全家**【大锣一击】**（立右砍掌）问斩！**【单楗大锣一击】**

〔亮弦〕

（2. 3　5　2　1　-）

关　泰
何路通
计　全　（互望点头）噢！
朱光祖

〔**【闪锤】**黄摊右掌摇头叹气。

〔西皮摇板〕

黄天霸　（7 6 5 55 36 55 32 11 6 5 55 36 55 32 11）

3　2　2　1　3　1 2　2 1　2　2　-
这　才　是　大　祸　从　天　降，
（左掌指上）

【闪锤】（过门同前）6 2　1　3　2　3　2 1　1 –

盗　马之人把　我

（右掌自指胸）

5.　6　1（3　2 1　6 2　1 1　6 5　5 5）6 3

伤。　我今

〔哭头〕

6 2　1　3　2 1　6. 1　2 3　1 2　1（1　1　1 3

一　死身成　何　（仓　仓　仓仓

（摇头，缓右臂额前

2172　1）1　6　2 2　7 6　6　5 6　5 –（右掌揾泪）（夹白）唉！

来七台　仓）样，

捏拇、食、中、
三指顿右足）

【纽丝凤点头】（过门同前）3　2　2 1　1. 6　2　6 1　2 –　1 –‖【长尖】

家中还　有　老萱　堂。

（离坐向前拱手）　（众随起身）

关　泰
何路通
计　全
朱光祖　（拱手）请坐。（各入原座）

黄天霸　啊，计仁兄。

计　全　黄爷。

黄天霸　想当初跟随我父在世保镖之时，可知（按右掌）这口外哪路英雄在此啸聚为（摊右掌）首？

计　全　当初跟随（拱手）三太爷保镖以来，走的是（按右掌向左移）直隶、淮安、山东一带等处。想这口外，乃化外之地，慢说愚兄，就是三太爷也（摆右掌）未曾到过。

黄天霸　哦？难道说盗马之人（右掌指左臂，左掌指右臂）肋生双翅越过天边，直去化外（左手指外）不（哇）成？【撕边一击】

朱光祖　（向黄拱手）这个贤弟，我想这口北地面，（右手指外）无非是热河、巴沟、三座塔、呼里哈达喇嘛庙、张家口、古北口、山海关、马兰关一带等处。有一位“老辈大儿”的英雄（右手指外）他知道。

黄天霸　哦，此人姓什名谁？

朱光祖　就是那“赛毛遂”杨香武，（伸左赞美指）杨五叔！

黄天霸　噢！朱仁兄！【冲头】（众随天霸离座前行。天霸上前右手抓朱光祖左腕冲至中台口。探身追问）此人今在何处？

朱光祖　哦，可惜此人不在啦！

黄天霸　（向外呆愣）啊？

朱光祖　他死啦

「【冷锤】天霸泄气地扔光祖左手。【撕边】

何路通　死了你还说他干什么？【纽丝】

朱光祖　哦，他问我吗。

〔西皮散板〕　稍快

黄天霸　サ（过门同前）4　3 3　3　3 2　3　1 2　1 2　3　3（6

听一言不由我神魂飘荡，

1　2　3　-）6. 2　1 1　6. 2　1　2　3　2 1　6　1

（仓）寻不着盗马贼今在哪厢？

（7. 2　1　-）6　3　2　2　2 1　1　6. 2　1　1　2　-

（仓）大英雄纵一死眉头展放，

（向众拱手）列位仁兄！

【纽丝凤点头】（过门同前）6　6 2　1　6　3　6. 1

望列位将尸首

2　3 2　3　7 6　7 2　5　6　1　-

送回了故乡。

（拱手上左步）　（垂头施礼）

「【一锤锣】关泰等人伸掌相搀，互拱手。

关　泰
何路通
计　全
朱光祖　请坐！（各回原座）

黄天霸　（向外摊双掌）嗐！（垂首而坐【撕边一击】）

朱光祖　嗐！（向外垂头）【撕边叫头】

计　全　（向众人拱手）众位英雄！俺计全倒有一计在此。

黄天霸
关　泰　有何妙计？

计　全　我等准备大车（伸右食、中二指）二十辆，（举右手食指）上插黄旗，黄旗上写贩卖红花紫草的客商，一路之上穿山越岭而过，倘遇贼寇下山，擒住一个，追问御马的下落，方能成功。

黄天霸　（点头）计倒是好计，只怕难得（摊右掌）凑巧。

朱光祖　哎，这就叫做“死马当做活马治”。倘若三生有幸，遇见（右手指外）盗马贼人就在（右食指向下画圈）此地，成功也未可知。

黄天霸　好，众官兵走上！

关　泰
何路通
计　全
朱光祖　（手指外）众官兵走上！

〔【冲头】四上手“山膀式”提下甲两边上，至中台口向里跪单腿。

四上手　参见黄爷。

黄天霸　站立两厢。

四上手　啊！【五锤】（分站两边台口）

黄天霸　命你等准备大车二十辆，上插镖旗，上写：“贩卖红花紫草客商。”（右拇指自指胸）随我等入山察视。若有贼人下山掠抢，你等（摆右掌）不要惊恐，我等在后，记下了。

四上手　是。

黄天霸　（挥右掌）安排去吧！

四上手　啊！【冲头】（两边下）

黄天霸　照计而行，正是：【住头】（众离座至台中）计就月中擒玉兔，

关　泰
何路通
计　全
朱光祖　谋成日里捉金乌！

〔【放钹】天霸向众拱手“下场门”下。【一锤锣】众互拱手随下。

第十三场

〔【一锤锣】四喽兵左手倒提单刀、右“山膀”，“上场门”上，“站门”。贺天龙、贺天虎、贺天彪、贺天豹双手撑褶子“搭轿式”上，至“九龙口”前斜一排稍亮，前行至中台口一横排抖右袖。【归位】

贺天龙　寨主盗马回山岗，

贺天虎
贺天彪
贺天豹　藐视我等为哪桩（摊右掌）？

〔【住头】四喽兵归里站“八字”。贺天龙、贺天虎、贺天彪，贺天豹“合扇”转身向里成“八字”回身面向外站。

贺天龙　（拱手）众位贤弟。

贺天虎
贺天彪 （拱手）大哥。
贺天豹

贺天龙 那窦尔墩将御马盗上山寨，耻笑我等（撒右掌指众人）俱是无能之辈（摊右掌）！

贺天虎 待等山下有了好买卖，我等做上一趟，叫那（右手指外）窦尔墩见识见识。

贺天龙 （点头称是）也曾命喽罗下山打探（摊右掌）未见回报。

「小头目内喊："报！"【冲头】"上场门"上，台中进门站"小边"台口，拱手禀报。

小头目 山下来了许多镖车，（右手指外）上写："贩卖红花紫草"。（向众拱手）特来报知。

贺天龙 （右手指小头目）再探！

小头目 啊！【冲头】（出门，按右掌，"上场门"下）

贺天龙 （拱手）众位贤弟。

贺天虎
贺天彪 （拱手）大哥。
贺天豹

贺天龙 大买卖到了，一齐下山（向外抛右袖）！

「【急急风】贺天龙、贺天虎、贺天彪、贺天豹"合扇"，向里转身"两边"分下，脱褶子。四喽兵台口"合龙口"。天龙、天虎、天彪、天豹举单刀"两边"上，喽兵分两边站立。贺天龙站台中向众人挥左掌，众举刀领起"插裆子"中台口"压刀"，"下场门"下。贺天龙至中台口"横刀"提大带行至"小边"台口，向"上场门"出刀，面向外亮侧身相，"压刀式"随下。

第十四场

「【一锤锣】四上手双手执车旗"上场门"上，"斜一字"至"大边"（上手甲左侧插镖旗）。朱光祖背插单刀与计全、何路通、关泰等四人左手抱刀，双手撑褶子随上，至"大边"斜一排站上手前。

「【四击头】黄天霸左手撑褶子，右手举马鞭至"九龙口"前稍亮。【五锤】天霸前行至台中横鞭站立，众右转面向天霸站立。

黄天霸 众好汉！

众 有！【大锣一击】

黄天霸 趱行者（向众挥左掌）！

众 啊！

「奏唢呐曲牌<风入松>前段，上手甲领众人中台口左转向里，行至"大边"后区"挖门"分站两边，朱光祖挖至"小边"外首，左侧是何路通；计全挖至"大边"外首，右侧是关泰。黄天霸举鞭至"小边"后回至中台口【收头】出鞭勒马面向外亮侧身相。【一锤锣】天霸左转向里站台中，众站"八字"。

黄天霸 （拱手）众位仁兄。

计　全
朱光祖
关　泰
何路通
黄爷（拱手）！

黄天霸　你我扮作镖客模样遇山攀涉，（右“山膀”望左上方）看前面有座高山，大家穿山而过！（握鞭欲前行）

〔【堂鼓架子】众人略惊，归舞台后区背身而立。

〔【急急风】四喽兵举刀“上场门”上，至“小边”台口压刀过场，“下场门”下，天豹、天彪、天虎、天龙依次随过场下。

〔【快冲头】天霸等众人转向外回至台中原位【叫头】。

黄天霸　（拱手）众位仁兄！

关　泰
何路通
计　全
朱光祖
（拱手）黄爷！

黄天霸　雹头响亮，贼寇下山。

关　泰
何路通
计　全
朱光祖
迎上前去！

黄天霸　（向众人挥左掌）迎上前去！

〔奏唢呐曲牌<风入松·合头>接【急急风】（加堂鼓）。【急急风】黄天霸、朱光祖、计全、何路通、关泰等人“上场门”“窝下”，脱褶子，四上手“倒插裆子”“上场门”下。关泰、何路通、计全、朱光祖依次“上场门”上，与由“下场门”上的贺天豹、贺天彪、贺天虎“二龙出水”。关泰站“小边”里首，右侧是何路通；朱光祖站外首左侧是计全（四人斜一排），贺天彪站“大边”右侧是贺天豹，左侧是贺天虎（三人斜一排）。黄天霸站台中后区“小边”一侧，贺天龙站“大边”一侧，二人举刀前行到台中，照面互望，架刀亮住。

贺天龙　【叫头】呔！将镖车留下，（横刀，撒左掌）放尔等过去！

黄天霸　（【撕边一击】面向外亮）通上名来！

贺天龙　你且听道！【住头】（上步亮住）俺乃连环套（伸左赞美指）大寨主贺天龙。

贺天虎　（上步）贺天虎，

贺天彪　（上步）贺天彪，

贺天豹　（上步）贺天豹，

贺天龙
贺天虎
贺天彪
贺天豹
我等在此！【撕边一击】

黄天霸　哦，我来问你，此处就是你们一家，还有别路英雄在此（摊左掌）啸聚为首？

贺天龙　（按左掌）这连环套只某一家，（伸左食、中二指）并无第二。

黄天霸 哦，并无第二？

贺天龙 并无第二。

黄天霸 哈哈哈……【撕边一击】要俺镖车却也不难，（伸左食指）但则一件。

贺天龙 哪一件？

黄天霸 手中的刀，【大锣一击】（用刀压住贺天龙的刀，左手指刀）它却不肯！

贺天龙 看刀！【撕边】（八大仓）（与天霸"搭叉"左弓箭步亮住。挥左掌）一齐动手！

〔【急急风】关泰领何路通、计全、朱光祖，与贺天豹、贺天彪、贺天虎等"钻烟筒"两边下。

黄天霸、贺天龙台中磕刀，各自右转身，天霸站"小边"台口，贺天龙站"大边"后区，二人出刀对面相视，"一扯西扯"，天霸站"小边"贺天龙站"大边"。二人磕刀缓刀"过合"互换位置。二人"搭叉"打半套"九刀半"。天霸挑贺天龙刀刺肚，互换位置。天霸砍，贺天龙接"鼻子"。天霸削贺头再砍，贺再接"鼻子"。【四击头】天霸站台中横刀、举左掌，贺天龙右转身站"大边"，左手反攥刀背按右掌，二人亮相。【撕边】（崩登仓）天霸压刀逼视，贺天龙望着天霸退后。【急急风】贺天龙"下场门"败下，黄天霸追下。

〔【乱锤】贺天豹、贺天彪、贺天虎、贺天龙等左手倒提刀"上场门"败上，至中台口"挖门"，天豹挖至"小边"外首，左侧是天虎，天彪挖至"大边"外首，天龙站台中挥左掌。

贺天龙 一齐回山！

贺天虎
贺天彪 啊！
贺天豹

〔【急急风】天彪领天豹、天虎"下场门"下。贺天龙至"九龙口"前出刀稍亮即前行至台中，右回身拔"倒脱靴"，计全在里首，右侧是何路通；关泰在后里首，右侧是朱光祖，四人"上场门"上，分至"九龙口"一斜排。天霸冲至四人前面站"一盖两盖"贺天龙砍来的刀，压住，卸掉贺天龙的刀，天霸左手抓贺天龙右腕，【冲头】逼至台中，贺天龙跪右腿垂头，天霸等举刀逼问。

黄天霸 【叫头】呔！招出为首之人，饶尔不死！

贺天龙 为首之人姓窦名尔墩，人称（八大仓）（伸左赞美指。朱光祖左弓箭步探身静听）铁罗汉！

〔【撕边一击】黄天霸举刀欲杀，光祖赶忙抓住天霸右腕将刀夺下。【撕边一击】朱光祖右手指天霸再指贺天龙，示意天霸将其搀起。天霸略思，点头会意。

黄天霸 啊，兄台请起！

〔【五锤】黄天霸上前双手搀起贺天龙，台中站立。贺天龙面有疑惑，呆站在"大边"。

贺天龙 （拱手）啊，镖客这算何意（摊双掌）？

黄天霸 兄台有所不知，我与那窦寨主（右手指外）交好甚厚，如今分手多年，不想他在此做了（伸右赞美指）寨主。适才我一时失手，兄台莫怪（拱手赔礼）。

贺天龙 （拱手）岂敢，怎么镖客乃是我家寨主的好友？

黄天霸 是是是。

贺天龙 请问镖客（伸右赞美指）上姓？

黄天霸 啊这个……

朱光祖 （故意轻嗽）啊哼！【撕边一击】

黄天霸 （点头）此时不便留名，少时拜山自有（右手指左掌后伸双掌）名帖呈上。

贺天龙 噢，（拱手）镖客少时还要拜望我家（向外拱手）寨主？

黄天霸 正是。

贺天龙 镖客你来看！【撕边一击】（左掌搂髯右“山膀”，看左上方，众随看）这连环套山高万丈，周围有数百（撒左掌）余里，还有二十余座寨门，无有腰牌，你是怎能进入？（摆右掌转向外）【撕边】

黄天霸 啊这……

「朱光祖手指贺天龙的腰牌示意。

贺天龙 （左掌触到左腰间的腰牌，随手摘下）哎，【一锣】不妨，这有腰牌一只，镖客少时上山，自有人与你通报（双手送腰牌）。

黄天霸 噢，是是是，（双手接腰牌）少时到了山寨，（左掌指贺天龙后自指）你我还要亲近（按左掌）亲近哪。

贺天龙 呃，镖客乃是（向天霸拱手再向外拱手）我家寨主的好友，（双手端髯）我等怎敢高攀（摆双掌）。

黄天霸 哎呀呀，四海之中皆是朋友。

贺天龙 慷慨的英雄（向外伸左赞美指）！

黄天霸 山寨一叙。

贺天龙 山寨一叙。

黄天霸 请哪！

贺天龙 请

黄天霸 哈哈哈……（转身向里将腰牌挂在右腰间）

「【一锤锣】贺天龙望着天霸向外伸左赞美指，左转欲下。

朱光祖 （拾起朴刀，行至中台口）哎，朋友，您请回来！

贺天龙 （锣鼓声中回身，摊双掌向光祖）何事？

朱光祖 把您这（抱刀的左手指右手中之朴刀）露脸的家伙儿（将朴刀扔在中台口）您倒是拿走哇！（贺天龙双掌遮面）把它捎回去呀？瞧！这倒闹得怪不得的了不是？（转向外左手捋着二挑髯）

「贺天龙叹息着将刀拾起退后，（嘟……八仓）左手反握刀背，将髯扔在左臂上向众人拱手告别，“下场门”下，黄转至店房。

「【快冲头】朱光祖领何路通、计全、关泰等至中台口“挖门”，朱光祖挖至“小边”外首，左侧是何路通；计全挖至“大边”外首，右侧是关泰，【快冲头】黄天霸随后站中。四上手“上场门”上，台中后区一横排。

黄天霸 【叫头】（向众人拱手）众位仁兄，御马若被窦尔墩盗去，（双掌自指后摊掌）我命休矣！

关　泰 【撕边叫头】（拱手）黄爷！待俺关泰调动官兵，将连环套团团围住，哪怕窦尔墩（右手指外）飞上天去！

朱光祖 【撕边叫头】（拱手）哎呀黄爷！千万（摆右掌）不可调动官兵。适才（右手指外）那人言道，连环套高有万丈（按右掌向右移），周围有数百余里，又有二十余座寨门，俱有喽兵把守。我想那窦尔墩在此久踞多年，他的粮草甚足，倘若他战又不战，降又不降，抽不冷子他（右手指外）再把御马害死，这不是“鸟枪换炮”，越玩儿（摊双掌）越奘（zhuǎng）了吗？

〔【冷锤】众人呆愣。

黄天霸 （摊双掌）哎呀！（搓双掌）

〔【乱锤】众人抚头思计。【撕边叫头】计全右食指弹单绺髯上肩，向天霸拱手。

计　全 黄爷！我等必须有一（右掌自指胸）心粗胆壮之人，明探山寨，暗探御马（按右掌）的下落。

黄天霸 （点头称是）哦，我想此事（左掌自指）待我天霸走走！（向左前方欲走）

计　全 （右掌拦挡）且慢！【大锣一击】想那窦尔墩与三太爷久有仇恨，（右掌指天霸）你今前去岂不是虎口搬牙（推右掌）！

黄天霸 （拱手）计仁兄！【五锤】不入虎穴，焉得虎子，（摆左掌）不必拦挡就此去也！（向右前方欲行）

朱光祖 （伸掌相拦）慢着！【冷锤】依我相劝，回到公馆另想别计，千万（右手指天霸）你可是去不得！

黄天霸 （按右掌）朱仁兄！【快五锤】（上一步亮住）此去倘若成功，就应在（左掌摟大带右拇指指头后）方才那人的身上。不必拦挡，（拱手）告辞了！

关　泰
何路通
计　全
朱光祖 （摆双掌）去不得。

〔【快纽丝】黄天霸拉“山膀”。

〔西皮散板〕

黄天霸 ⺌（过门同前）1 $\overset{5}{}$3 3 3 3 3 2 $\overset{5}{}$3（6̣ 1 2
要 把 龙 潭 虎 穴 闯！
（众摆掌：“去不得！”）

3̂ - ）6̣. 2 1 2 1 2 3 1（7̣ 6̣
（仓） 全 凭 腰 牌 在 身 旁。
（右掌自指腰） （众摆掌：“去不得！”）

2 1̂ - ）3 4 3 3 1 2 2 3 2 $\overset{3}{}$2 ‖
（仓） 我 若 不 去 言 有 谎——

〔【扫头】天霸右转向里从上手乙车旗上拿褶子交左手倒提，朱光祖忙上前抓住天霸右腕，关泰、计全站天霸身后，何路通站光祖身后，众摆掌相劝，天霸抬右臂轰开光祖，何路通就势拉住朱光祖右臂。【冲头】天霸“下场门”冲下，计全、关泰摆掌随下，上手跟下。

何路通 （紧拉朱光祖不放）去不得，去不得！

朱光祖 （左手推开何路通）得得，你撒开吧！去不得、去不得，你倒拉着（右手指“下场门”）

他呀，你揪着我（右手自指鼻）干什么呀你？

何路通 （摊双掌）我拉错了。

朱光祖 （右手指何）你，你真是整本大套的“瞎摸海”嘛你！

何路通 追呀！

〔【大锣原场】朱光祖在前，何路通随后，“下场门”追下。

第十五场

〔堂桌、“小座”，紫花桌围椅披。

〔【长锤】八喽兵右“山膀”提甲“上场门”上“站门”，锣鼓切住。【撕边】窦尔墩双手撑开氅疾步行至“九龙口”前亮相。【长锤】窦尔墩前行两步，抖单袖。

窦尔墩

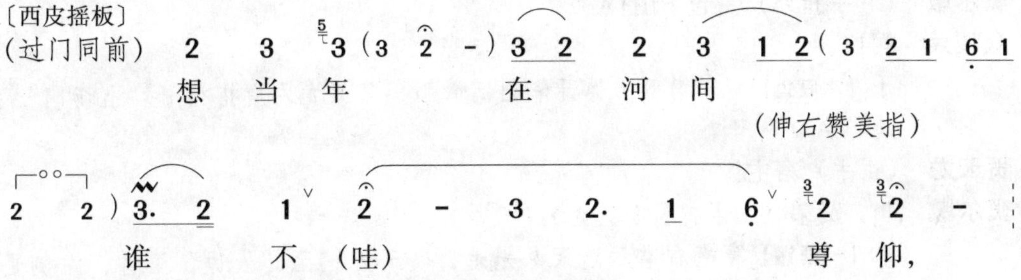

〔【闪锤】窦尔墩左手撑开氅，握右袖前行至中台口。

窦尔墩

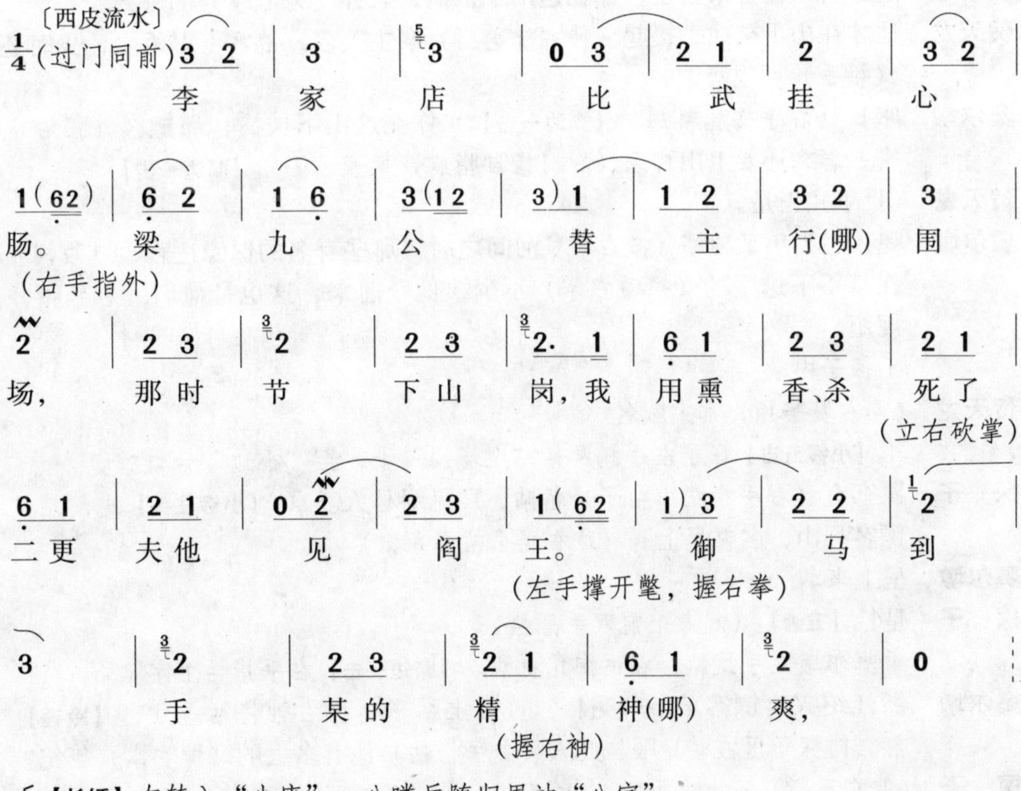

〔【长锤】左转入“小座”，八喽兵随归里站“八字”。

〔西皮摇板〕

窦尔墩 （过门同前）サ 6. 2 1 2 ³2（1 6. 1 2 -）³2 1 1 ³2 ⁶1 -‖
要 害三太 全 家亡。

「【一锤锣】贺天彪、贺天虎、贺天豹左臂搭褶子“上场门”上，台中进门站一排拱手向窦禀报。

贺天虎
贺天彪 大头目山下被擒。
贺天豹

「贺天虎站“小边”，右侧是贺天豹，贺天彪站“大边”。

窦尔墩 （略觉诧异，右手掏扎）噢！【撕边一锣】有这等事，喽罗的！

众喽兵 有！

窦尔墩 （右手指外）一起下山！

众喽兵 啊！

「【水底鱼】窦尔墩双手撑开氅出门欲下，贺天龙左臂搭褶子“上场门”上，至“小边”台口见窦。

贺天龙 （拱手）寨主！

窦尔墩 噢，贤弟（上下打量贺天龙）！

「【一锤锣】窦撒右掌示意天龙先走，贺天龙挖至“大边”里首，左侧是天彪。窦进门入“小座”。

窦尔墩 适才听众位贤弟言道，你在这山下被擒，怎样（摊右掌）的逃回？

贺天龙 适才在山下被擒，提起（伸右赞美指）寨主英名，镖客不忍杀之，少时还要上山，（拱手）拜望寨主。

窦尔墩 哦！（右手掏扎略想，【撕边一击】）你在这山下被擒，那镖客（摆右掌）不肯杀害，怎么还要上山拜望（右拇指自指胸）某家…… 【撕边一击】

贺天龙 （拱手）正是。

窦尔墩 嗯，想当年某独霸（撒右掌）河间之时，那些有名的保镖达官，（右拇指自指胸）在某手下逃生的（摆动右掌）不少，他今前来，这也是他们（右手指外）保镖的规矩。

「探子内嗽：“哼！”

贺天龙 （伸右赞美指）寨主威名。

「【小锣五击】探子左手托拜帖“上场门”上，至“小边”台口。

探　子 镖客有（右手指左手帖子）名帖，拜见绿林人。（【小锣住头】进门站“小边”）镖客拜山，名帖呈上。（跪右腿呈帖于头顶）

窦尔墩 呈上来。

探　子 是！【五锤】（起身上前双手呈帖）

「窦尔墩左手执帖，右手掏扎看帖。【撕边一击】右手指帖上字。

窦尔墩 浙江绍兴府镖客黄……啊！？（合上帖子、扔右袖将帖盖住，【冷锤】惊呆立椅前。向探子甩右袖）喂！此人（右手指帖）他有多大的（摊右掌）年纪？

探　子 （伸右三指）三十上下。

窦尔墩　（垂首望右手三指，稍想片时）嗘！**【撕边一击】**（摆右掌）后生之辈，叫（右手指帖）他进来！（右手将左手名帖向后打出，抖右袖）

贺天龙　（伸右掌拦）且慢！**【撕边一击】**（拱手）想那镖客武艺超群，寨主必须赏他（右掌自指脸）一全脸。

窦尔墩　好，就依贤弟。（搭右袖于腕上）喽罗的！

众喽兵　有！**【大锣一击】**

窦尔墩　摆队相迎！

众喽兵　啊！

〔**（冬冬）**奏唢呐曲牌<小傍妆台>

〔探子出门，“上场门”下。八喽兵倒“插裆子”右“山膀”提甲“上场门”下。贺天豹，贺天彪、贺天虎、贺天龙等提褶子，随下。

〔唢呐声中起**【一锤锣】**窦尔墩背身退至台中前方左转，面向外，抬左腿，出门、左手盖开氅再打开，跨右腿左转面向“上场门”，双手撑开氅亮住。握右袖，背右手向“上场门”款步走下。

第十六场

〔唢呐声中八喽兵右“山膀”提甲式“下场门”上“斜胡同”，贺天龙等穿褶子随站“斜胡同”，天龙站里首，左侧是天彪；天虎站外首，右侧是天豹，窦尔墩随上至台中“大边”一侧。

〔**【五锤】**黄天霸“上场门”上至台中“小边”一侧，看到窦等人转面向外站。**【撕边一击】**（唢呐声压低，断断续续）

贺天龙　（招右掌迎上前）啊，镖客！

黄天霸　哦，哦哦。

贺天龙　上山来了？

黄天霸　上山来了。

贺天龙　啊镖客，（左掌指窦）这就是我家寨主。（走近窦拱手）啊。寨主，（右掌指天霸）这就是镖客，你等见过。

窦尔墩　（右手掏扎打量天霸）哦！（行至台中拱手）原来是镖客。

黄天霸　（观望窦）原来是（拱手）窦寨主。

窦尔墩　幸会，

黄天霸　幸会。

窦尔墩　啊？

黄天霸　啊！

窦尔墩
黄天霸　哈哈哈……**【撕边一击】**

窦尔墩　（走至“大边”）来此寨门，（伸右掌礼让）镖客请。

黄天霸　哦，（摆右掌）不敢，（拱手）寨主先请（伸左掌礼让）。

窦尔墩　（走至台中里侧）哎，（右手指下方）你到此是一客位，还是（伸左掌让）镖客请。

黄天霸 呃，（摆双掌）不敢，还是寨主先请（拱手）。

窦尔墩 镖客，如此忒谦（右掌自指胸），你我挽手而行！（边念边左手掏双翎，快步上前）**（崩登仓）**（右手抓天霸左腕二人较力，天霸稍用力抖腕**【撕边】【放钹】**窦尔墩提神睁目，二人均感对方非等闲之辈）

「**【一锤锣】**窦伸左掌，天霸伸右掌，二人互让、并肩挽手款步入寨，"下场门"下，天龙、天虎随其身后，天彪、天豹、八喽兵依序跟下。

第十七场

「堂桌、八字椅（二椅后各藏二椅），紫花桌围椅披。

「唢呐声中，八喽兵"上场门"上，"挖门"，贺天豹挖至"小边"，里首是天虎；天彪挖至"大边"外，里首是天龙。窦尔墩行至中台口"大边"一侧，回身拱手，伸右掌让，天霸抱拳致谢，进门挖至"大边"，窦随后进门至"小边"。

窦尔墩 （伸掌示意）请坐。

「窦尔墩、黄天霸二人入座，众归里站"八字"，曲牌止①。

窦尔墩 （拱手）不知镖客驾到，未曾远迎（欠身），当面恕罪。

黄天霸 （拱手）岂敢，愚下少来拜山，寨主海涵。

窦尔墩 岂敢，适才山下（起身，右掌自指胸）不伤俺寨内之人，俺这里（出左袖，右手抓左袖角向里躬身）当面谢过。

黄天霸 （**【撕边】**忙起身）哎呀呀，**【一锣】**适才山下多蒙（撒右掌）列位兄台承让，（右掌自指胸）我这里（右手抓左袖向前躬身）多谢了。

窦尔墩 哎呀，**【撕边】**惭愧呀！**【一锣】**（右手端髯垂首）

「贺天龙等人以手遮面。

窦尔墩 请坐！

黄天霸 有座。

「**【五锤】**里首四喽兵从八字椅后各搬一椅，"大边""小边"各放二椅成大八字。四喽兵回原位站立。黄天霸、窦尔墩回原座，贺天龙坐"大边"里首，左侧是天彪；贺天虎坐"小边"里首，右侧是天豹。

窦尔墩 镖客武艺超群，何不同在（按右掌）山寨，共图大事（摊右掌）如何？

黄天霸 （伸右掌）慢来，候愚下将镖车送至关口（左掌指外）交代客商，回来上山还求寨主么，呃呃，携带，（拱手）携带。

窦尔墩 （摆左掌）哎，四海之中皆是朋友，说什么"携带"（伸右食、中二指）二字。你今前来，路过荒山？还是特到小寨呢？

黄天霸 愚下，一来拜山，二来有宗好宝贝要献与（拱手）寨主。

窦尔墩 （摊右掌）什么好宝贝？

黄天霸 乃是一骑——（伸右赞美指）好（哇）马！

---

① 此曲牌从第十五场尾奏起，至第十七场窦、黄入座止。中间换场、加锣鼓、插话白等都在曲牌中进行。

窦尔墩 好马…… （【撕边】右手掏扎）

黄天霸 正是。

窦尔墩 唉！【一锣】某（撒右掌）寨内甚多，也算不了什么（摊右掌）稀罕之物。

黄天霸 寨主，此马与众（摆左掌）不同。

窦尔墩 哦，（拱手）镖客请讲（撒右掌后自指耳），我等洗耳恭听。

黄天霸 寨主若问，将排座往前升上几步，愚下（右掌自指脸）也好言讲。

窦尔墩 好，喽罗的！（搭右袖上腕）

众喽兵 有！【大锣一击】

窦尔墩 搭座！

〔【撕边放钹】众离座，窦尔墩、黄天霸互让，前行站台中。【一锤锣】里首六喽兵将桌边八字椅搬至台中八字，其余四椅稍向前移。六喽兵回原位站，六人各归原座。

窦尔墩 （拱手）镖客请讲。

黄天霸 （拱手）寨主听者！（【归位】抖左袖）愚下保镖路过马兰峪口，见此马（按左掌）身高八尺，（撒左掌）头尾丈二（按左掌）有余。【小锣二击】

窦尔墩 噢！

黄天霸 （右掌自指头）头上有角，（右掌自指两肋）肋下生鳞，（左掌指外）两旁有红光两朵，名为日月（伸右赞美指）骕骦。【小锣三击】

窦尔墩 嗯！

黄天霸 登山（扬左掌）越岭（按左掌向左移）如走平地，漫江（伸右掌）过海（伸左掌）驰骤（斜托掌）如飞！

窦尔墩 （略显惊异）啊！【大锣住头】

黄天霸 我想绿林之中，若有那心粗（左掌自指胸）胆壮之人，将此马（握左拳）得到手中，可算出乎其类（按右掌向左移），鳌里夺尊，天下（伸右食指）第一英雄（出右赞美指）【大锣一击】好汉也！【单楗大锣一击】

窦尔墩 （伸右赞美指向贺天虎等）好马！

〔西皮摇板〕

黄天霸 【闪锤】(过门同前) 3 2 2 3 5 3· 2 2 - 6 7 6 7 2 2 -

保 镖路 过 马 兰关，

（左手指外）

〔【闪锤】众人起身离座。六喽兵将座椅搬回桌边原来位置后回原位站。窦尔墩、黄天霸站台中两侧，贺天龙站“大边”，左侧是天彪；贺天虎站“小边”，右侧是天豹。

〔西皮流水〕

黄天霸 1/4 (过门同前) 1 | 2 | 0 2 | 2 1 | 2 3 | 3 | 1 |

一 见 此 马 喜心 间。

（抖左袖）

0 3 | 2 3 | 1. 2 | 1 2 | 3 2 | 3 | 2 | 2 5 |

无 有 大 胆的 英 雄 汉， 不

（左掌自指胸）

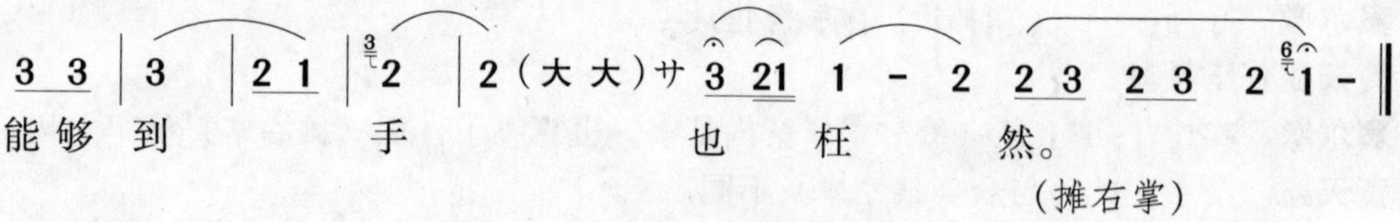

〔亮弦〕
窦尔墩 （胸前伸右赞美指【单槌大锣一击】）好马！（7 2 1 –）

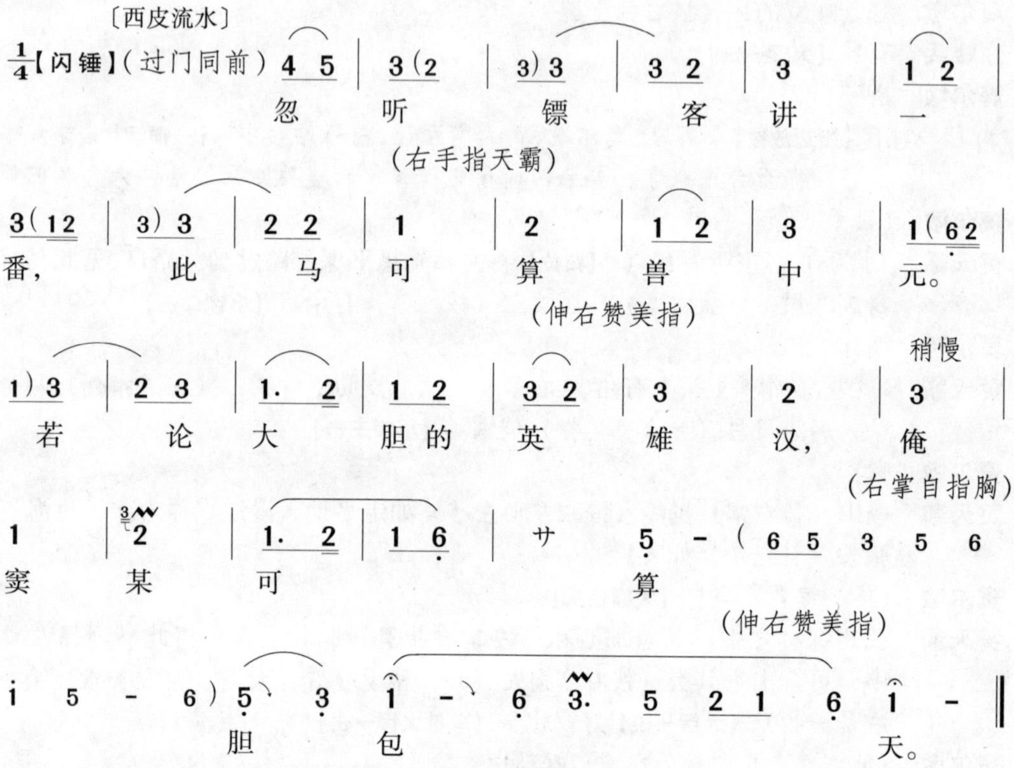

〔【撕边放钹】接【一锤锣】窦尔墩、黄天霸拱手互让，各入桌边原座，贺天龙、贺天彪入“大边”；贺天虎、贺天豹入“小边”原座。

窦尔墩 请问镖客，这“枉然”二字从何说起（摊左掌）？

黄天霸 此马生在一大户人家，每日有（伸右手三指）三百名家丁，（伸右食、中二指）二百名教习，不分昼夜（按右掌向右移）轮流看守。绿林之中不能到手，岂不是枉然（摊双掌）而已？

窦尔墩 （点头称是）哦，啊，镖客。

黄天霸 寨主。

窦尔墩 你今前来，是真心与（右拇指自指胸）某结交，你还是假意交好？

黄天霸 哎呀呀，寨主说哪里话来，愚下此来乃是（拱手）高攀，呃怎有（摊右掌）假意呀？

窦尔墩 噢！既是真心，我就对你（左手指天霸）实说了吧！

黄天霸 噢，噢噢，（拱手）寨主请讲。【住头】

窦尔墩 今有太尉梁九公，替主口外行围，钦赐御马名曰：“追风（右握拳）千里驹”。【住头】是俺窦某下得山去，（左掌指右拳）施展本领，将御马盗回（按右掌）山来。何况那（撒右掌）大户人家，有什么（伸右手三指）三百名家丁，（伸左手二指）这二百名教习，哪放在（左拇指自指胸）俺窦某的心上。镖客（左掌按桌）你，哎呀，（摊右掌）笑谈了哇。呵呵呵……（转向外）

黄天霸 哈哈哈！……【撕边一锣】啊寨主，愚下讲的句句实言，寨主怎么飞扬（摊双掌）浮躁起来了？

窦尔墩 呃，怎见得某家是（摊右掌）飞扬浮躁？

黄天霸 想那御营之中犹如（按左掌）铁壁铜墙，况且有火炮弓箭当先，寨主焉能（摊左掌）进入，岂不是飞扬浮躁哇？

窦尔墩 （右手掏扎）哦，我量你不肯深信。

黄天霸 我却（摆右掌）不信。

窦尔墩 大头目过来！

贺天龙 在！（【大锣一击】离座、拱手听命）

窦尔墩 将御马鞍韂备好，速速地（挥右掌）牵来。

贺天龙 遵命！【冲头】（出门“上场门”下）

黄天霸 （拱手）请问寨主，（左手指外）那御马有何为（摊左掌）凭？

窦尔墩 这御马金鞍玉辔，黄绒丝缰，项下提胸（伸右食、中二指）对对成双；百姓（撒右掌）之家焉敢（摊双掌）擅用？

黄天霸 噢，噢噢，是是是。

〔【一锤锣】贺天龙右手执马鞭“上场门”上，至“大边”台口。

贺天龙 御马到！

窦尔墩 哦，（起身拱手）镖客，请看（右掌指外）御马。

黄天霸 哦，（伸左掌让）寨主请。

窦尔墩 请！

〔【五锤】二人离座前行，出门站中台口看马。【撕边】

黄天霸 唔呼呀！【大锣一击】果然（左掌指马）金鞍玉辔，（按左掌向左移）黄绒丝缰，见马如同见主，（拱手）愿太尉千岁，（躬身施礼）千千岁！

窦尔墩 哎呀，（右手指天霸对天虎讲）乡下人。【撕边一击】

贺天虎 乡下人。

黄天霸 啊，寨主。

窦尔墩 哦。

黄天霸 我想此马生在世上，不过是受享清福，（右手指马）这足下未必能快吧？

窦尔墩 嗯，某盗来此马，（握右拳）乘骑了一程，有千里的脚程。

黄天霸 哦，寨主你乘骑过了？

窦尔墩 哎，乘骑过了。

黄天霸 噢，如此说来，（右手指马）此马能行？

窦尔墩 （点头）能行。

黄天霸 （左手指马）快得紧？

窦尔墩 哎，（摊右掌）快得紧！

黄天霸 噢，（凑近御马）快得紧？

窦尔墩 （右手掏扎略显得意）嗯！

黄天霸 噢，（突然越前一步伸双掌欲拉缰绳）待我乘骑！……（唢呐吹<马嘶>）

窦尔墩　（向贺天龙挥右袖）牵了下去！

〔【撕边】（八大仓）贺天龙拉马“下场门”急下。天霸追至“大边”。【放钹】天霸两握袖，背双手，【一锤锣】望着远去的御马。窦尔墩上前左掌怕天霸右肩。

窦尔墩　哎，镖客你，鲁莽了（摊右掌）！

黄天霸　噢，（点头）是啊，鲁莽了。

窦尔墩　哦，（拱手）请。

黄天霸　（拱手）请。

〔窦尔墩、黄天霸二人进门入原座。贺天龙“下场门”上，进门回原座。众落座。

窦尔墩　这御马你是看见的了。

黄天霸　是啊，此马乃是个大大的（摊左掌）废物了。

窦尔墩　呃，（摊右掌）怎见得？

黄天霸　寨主你想，太尉梁千岁失却御马，必定差人捉拿盗马之人。寨主你不能出外（撒左掌）乘骑，岂不是（摊双掌）废物了？

窦尔墩　哎，某盗来此马，原不为（摆左掌）出外乘骑。

黄天霸　噢，不为出外乘骑，请问（拱手）寨主盗马作甚呢？

窦尔墩　哦，噢，绿林之中，有家仇人与某作对，盗来此马要害（右手指外）他的性命。

黄天霸　但不知（拱手）寨主的仇人是哪（摊双掌）一家？

窦尔墩　哦，哦……（右手指外欲说）噢！（猛然想想，扬右掌）哎呀呀，不是镖客提起，（右掌自指胸）某倒忘怀了。

黄天霸　噢，是是是。

窦尔墩　你那（左手指右掌）拜帖之上，写的是浙江绍兴府。

黄天霸　是啊。

窦尔墩　我那仇人（右手指外）他，哎，与（右手指天霸）你同乡。

黄天霸　哦，与我（左掌自指胸）同乡？

窦尔墩　（左掌击桌角）哎！非但同乡，而且么，哦，还同姓。

黄天霸　噢，还同姓？这倒（掌心、掌背互击）巧得很！

窦尔墩　巧得很。

黄天霸　哦，叫什么（摊左掌）名字？

窦尔墩　他叫“飞镖”（【大锣一击】左手撑开氅，右手指外）黄三太！【撕边】

黄天霸　噢！（胸前按右掌亮相【一锣】）就是那“飞镖”（起身，向外拱手）三太爷！

窦尔墩　（向黄天霸甩左袖）老匹夫！（转向外【冷锤】天霸摔右袖）

黄天霸　寨主，此仇你报不（摆右掌）成了。

窦尔墩　啊？【撕边一击】（转向天霸）怎样报不成（摊右掌）了？

黄天霸　三太爷归西（向外拱手）去了！

窦尔墩　（右手掏扎）噢！【冷锤】（向外亮）三太他，（右手指外）他他他……死了吗？

黄天霸　（右掌指外）归天了。

窦尔墩　哎呀！（抖右袖【五锤】）还有他的（按双掌分向两旁）满门大小！

〔【撕边叫头】天霸握右袖欲争辩，转又息气拱手。

黄天霸　窦寨主！有道是：人死不记仇。（拱手）寨主何不学个（右掌自指胸）宽宏大量，饶却（按右掌向右移）他的满门。就是那去世的三太爷死在（左手指下方）九泉，也是感恩（向窦拱手转面向外）匪浅。

窦尔墩 啊？（右手掏扎转向天霸）**（撕边八仓）**听你之言，莫非与那（右手指外）三太同姓同宗？（左手指天霸）**【冷锤】**讲！

黄天霸 （握左袖怒目相视）嗯，不但同姓同宗，而且（举右掌）同住而过（向下按右掌）、同桌用饭（右掌移至胸前）、同榻（按右掌移至左）安眠（撇右掌转面向外亮）！**【大锣一击】**

窦尔墩 （胸前握右拳向外亮。右手指外）三太是（转向天霸）你什么人？

黄天霸 （面对窦向外拱手）先父！

窦尔墩 （左手指天霸）你呢？

黄天霸 黄天霸（右掌拍肚向外亮）！

窦尔墩 啊！（上右步背对观众右掌击桌，向上扔右袖转向外亮呆相）**【冷锤】**

黄天霸 拜望寨主！（贺氏四人起身）

窦尔墩 吼吼吼……**【四击】**（上前左手抓天霸右腕，二人冲至中台口，窦搭右袖上腕骑马式，天霸站立，二人亮相）哇呀呀呀！……

〔**【冲头】**四喽兵将贺氏四椅撤下，复站原位。黄天霸扬右臂右转面向里站。窦尔墩左转面向里，缓右臂向天霸抖右袖，反搭右袖上腕转向天霸。

窦尔墩 **【叫头】**天霸呀！你好大的胆！（向天霸扔出右袖**【五锤】**）某的心事对你说明，这报仇二字，就应在（右手指天霸）你的身上了！

黄天霸 （面朝外向右拱手）**【撕边叫头】**窦寨主！想当年你与我父怎样结仇？请寨主（拱手）说个明白。你若说得（按右掌移至胸前）情实理顺，我便（拱手）替父认罪；你若说得情屈理亏，（右手指窦）姓窦的！**【五锤】**枉称"侠义"二字！（伸右食、中二指，左手提褶向外亮）**【冷锤】**

窦尔墩 你且听道！

黄天霸 讲！

窦尔墩 **【归位】**你父倚仗金镖，（按右掌向右移）压服绿林，他命（右拇指指外）计全指镖与（右拇指自指）某借银，是俺不允，计全回去搬弄（右拇指指外）是非，我与你父约定在李家店比试；那时三太不胜俺的（握双拳）护手双钩，他就暗发**【冲头】**（向外扔双袖，搭双袖上腕斜托掌，吸右腿右转一小圈，反搭双袖上腕、骑马式向外亮住）甩头一子，**【住头】**（双袖抖回）将俺绊倒（撒右掌）尘埃。是某一怒，弃了河间，才来在这（右拇指指头后）连环套哇！**【住头】**适才你言道你父已死，（左手指天霸）天霸呀，**【叫头】**天霸！我量你也难逃（握右袖向黄扔出）公道哇！

黄天霸 **（嘟……八仓）**（向外扔右袖）噢！原来（抖回袖出右掌）为此。**【撕边叫头】**（拱手）窦寨主！想当初我父指镖借银，（掌心掌背互击）唉！乃是我父之过。请问寨主指镖借银为着何（摊右掌）来？

窦尔墩 只为搭救（撒右掌）三河彭朋。

黄天霸 （探身摊右掌）彭朋为官如何？

窦尔墩 （伸右赞美指）为官清正。

黄天霸 既然清正，为何罢职（摊右掌）丢官？

窦尔墩 （右拇指指外）武文华陷害。

黄天霸 （拱手）我父借银之后？

窦尔墩 （右掌指外）彭朋官复原任。

黄天霸 （左手指下方）武文华呢？

窦尔墩 （右手指下方）三河正法。

黄天霸 彭朋后升何职？

窦尔墩 河间知府。

黄天霸 （摊右掌）如今何在？

窦尔墩 官高一品，（举右赞美指）位列三台。

黄天霸 是忠是奸？

窦尔墩 （伸左赞美指）大大的忠臣。

黄天霸 （握右袖向窦左手摔下）却又来！**【五锤】**想当初我父指镖借银，并非（左掌自指胸）为己，乃因搭救清官（拱手）原任，寨主你不借银还则罢了，（右掌自指胸）与我黄门作对，你称得是什么（右手指窦。窦右手掏扎骑马式亮住）英雄？（**仓**）论得什么好汉（向窦摔右袖）也！

窦尔墩 （右手扔扎指向天霸）**【撕边叫头】**呔！连环套岂容你絮絮叨叨，（撒右掌泛指众人）与我拿（向众手招右掌）下了！

「众人出双拳欲上前。

黄天霸 **【撕边叫头】**（右手指窦）住了！天霸上山（左掌自指胸再指外）以礼当先，寨主请看！（左手敞开褶子右掌指胸）**【冷锤】**身旁（右掌拍肚）寸铁（摆右掌）全无；倚仗你们人多（招右掌）来来来呀！（**【软四击】**双手脱褶子，右手绕褶交左手倒提，胸前按右掌亮相）将你黄老爷碎尸万段，（右拇指自指眉）若皱一皱眉头，算不了黄门中（右掌拍肚）的后代！**【大锣一击】**（握拳亮住）

窦尔墩 （挥右掌）你等退下，（握右袖上前）某一人擒他！

贺天龙 （忙摆双掌至台中拦阻）且慢！**【撕边一锣】**镖客（按左掌）上山，山下必有余党。你二人约定明日，在山下比试较量。（伸右食指）一对一个方为英雄（伸右赞美指）好汉！

窦尔墩 （右手指天霸）天霸！**【五锤】**（贺天龙回“大边”，窦上至台中原位）你我明日山下比试。一对一个，方算（伸右赞美指）英雄！

黄天霸 好，你我明日山下比试，我若不胜，情愿替（拱手）父认罪，你若（撒右掌）不胜呢？

窦尔墩 俺若不胜于你，献出御马，随你们到（右掌指外）官认罪。

黄天霸 （探身伸右食指）丈夫一言？

窦尔墩 （胸前按右掌）如白染皂！

黄天霸 （拱手）告辞。

窦尔墩 （立左掌拦挡）且慢！**【大锣一击】**接你上山，送你出寨。（扔右袖搭于腕上）喽罗的！

众喽兵 有！**【大锣一击】**

窦尔墩 （双手扶天霸右臂亮住）（京白）摆队送天霸！（**八仓**）

众喽兵 啊！

「奏唢呐曲牌<小傍妆台>

「八喽兵“倒插裆子”“上场门”下。贺天龙帮天霸穿好褶子尾随天豹、天彪、天虎身后出门下。

〔曲牌声中，起【一锤锣】窦尔墩与天霸伸掌互让，天霸出门先行，窦随后下。

第十八场

〔唢呐声中八喽兵“下场门”上“斜胡同”，贺天龙、贺天彪越前站里首，贺天虎、贺天豹站外首（同第四场位置）。黄天霸行至台中“小边”一侧，窦尔墩站“大边”一侧。曲牌停。

窦尔墩 （拱手）不能远送了。

黄天霸 （回身向窦拱手）告辞了！

〔西皮流水〕

【闪锤】$\frac{1}{4}$（过门同前）4 | 3(12 | 3) 3 | 3 2 | 3 35 | 3 2 | 3(12 | 3) 6 |

多 蒙 寨 主 宽宏 量，送

（抖右袖） （拱手） （右掌自指）

2 1 | 2 | 1 | 2 | 3 | 1 | 2 | 2 | 1 | 3 | 3

我 天 霸 下 山 岗。明 日 到 山

3 | 3 | 3 | 3 | 2 1 | サ 2 2 1 1 1 6 | サ 2 -

再 拜 望，

（拱手）

〔【闪锤】行至“小边”抖左袖。

〔西皮摇板〕

（过门同前）サ 6. 2 1 2 2 2 2 1 6. 2 1 3 2 2 2 6 1 6 1 - ‖

两 下 比 试 论 论 刚 强。

（胸前握左拳）

〔【单楗大锣一击】黄天霸搭双袖上腕与窦拱手告别，【长锤】“上场门”款步走下。窦尔墩右手掏扎【单楗大锣一击】站台中向“上场门”望。回身扔扎，伸右赞美指。

窦尔墩 好汉子！〔西皮摇板〕

【闪锤】（过门同前）サ 3 3 3 1 2 2 1 2 2 -

喽 罗 与 爷 寨 门 掩，

（挥右掌）

〔【闪锤】抖右袖向“下场门”行两步转向外。

〔西皮摇板〕

（过门同前）3 2 3 1 3 2 2 1 1 2 1 - ‖

明 日 比 武 要 占 先。

「【放钹】【一锤锣】窦尔墩左手打开氅，左转面向里，“下场门”下。贺天龙、贺天虎、贺天彪、贺天豹随后。八喽兵依次而下。

第十九场

「堂桌，“小座”、两边各跨二椅，红色花桌围椅披。

「接上场锣鼓。【水底鱼】计全、朱光祖、关泰、何路通“上场门”“搭轿式”上至台中“站八字”。【住头】

关　泰
何路通　（拱手）众位英雄。

计　全
朱光祖　（拱手）关爷。

关　泰
何路通　黄爷前去探山，不见回来，你我迎上前去。

计　全
朱光祖　迎上前去。

「【水底鱼】众出门站“大边”台口一斜排，关泰左侧是计全，右侧是何路通，朱光祖站在何右侧。同时黄天霸右手托褶子“上场门”上，至中台口与关泰等碰面。

黄天霸　（拱手）众位仁兄！

关　泰
何路通
计　全
朱光祖　（拱手）黄爷！

「【一锤锣】四上手两边上，甲、丙将“大边”跨椅搬成“大边”座；乙、丁将“小边”跨椅搬成“小边”座，两边下。同时黄天霸进门入“小座”。何路通入“小边”里首座，右侧坐朱光祖。关泰入“大边”里首座，左侧坐计全。

朱光祖　贤弟，我说你去不得，啱定是去不得。这不是空跑（摊左掌）一趟吗？

黄天霸　哪有空去空回之理。

朱光祖　（右手指外）可曾会过那窦尔墩？

黄天霸　也曾会过。

朱光祖　御马的下落？

黄天霸　现在他的（左手指外）山寨。

朱光祖　嗯，有了御马，贤弟你的万全之（伸右赞美指）幸也！

黄天霸　是啊。（拱手）众位仁兄。

关　泰
何路通
计　全
朱光祖　黄爷。

黄天霸　你等道那窦尔墩盗去御马，为着何来？

关　泰
何路通
计　全　为着何来？
朱光祖

黄天霸　就为当年李家店比武（右手指外）之仇。

关　泰
何路通　噢！【撕边一锣】
朱光祖

计　全　此贼还记前仇，（左手指外）真乃匹夫之辈！

何路通　【撕边叫头】（搭右袖上腕向众拱手）众位英雄！依俺何路通之见，架起干柴，将连环套团团围住，（按双掌）四面放火，烧哇，（扬双掌）烧哇！烧死（右手指外）这些王八日的。

朱光祖　(按双掌拦)哎，慢着、慢着、慢着，听何爷的话，用干柴将那连环套(按双掌)团团围住，四面(扬双掌)放起火来，大概是(伸右食指)一个儿也跑不了了吧？

何路通　嗯，（右手指外）一个儿也跑不了哇！

朱光祖　嗨嗨，请问您哪，这一来连窦尔墩、（撒右掌）带御马俱已烧死在内，这场官司，拿什么交差？你叫老兄弟拿什么脸面去见那（拱手）彭大人？好何爷的话，（摇头）少出这套馊主意。这都不像官话啦。

「朱扭向外搭二郎腿。

何路通　（起身向朱光祖）我，不像官话？

朱光祖　啊，（右食、中二指捋髯）你不像官话！

何路通　我不像官话？（晃身与朱较劲）

朱光祖　啊，你不像（起身与何比粗）官话吗！【撕边一锣】

何路通　（摆右掌）算我没说！

朱光祖　这不结了吗。还是听黄爷的。

黄天霸　我与他约定明日山下比试。（向众拱手）全仗列位仁兄之力了。

关　泰
何路通
计　全　（拱手）那个自然。
朱光祖

关　泰　备得有酒，（拱手）与黄爷压惊。

黄天霸　(起身离座，众随之）众位仁兄请！

关　泰
何路通
计　全　请。
朱光祖

「【一锤锣】黄天霸“下场门”下，关泰、何路通、计全随后。朱光祖台中望众下，背身稍想。【快冲头】光祖握右袖左手托褶向左小圆场至中台口，抖右袖上腕向“下场门”里起【叫头】。

朱光祖 哎呀且住！（回身向外）黄贤弟一人探山，身旁并无有寸铁，真可算得起是（伸右赞美指）心粗胆壮。我想这人留一名重如泰山（伸左赞美指），人丧一命（按右掌向右移）如同蒿草。待我今夜晚间，夜入连环套，探听个消息，回来我们哥儿们好做个准备。我就是这个主意。**【撕边叫头】**（握右袖背双手仰头转睛细想）哎呀不可！想那连环套高有万丈，（双掌扶腰）无有腰牌是怎能得进？（摊双掌**【撕边叫头】**翻右掌、右食中二指捋髯侧身想）哎呀妙哇！黄贤弟的钢刀现在我手，不免去到后面盗他的腰牌，夜入连环套，倘遇机会，我助老兄弟成名（右掌拍右腿，伸右赞美指）。**【大锣一击】**（向外亮住）

「何路通内叫："朱爷！"

朱光祖 哎！

「何路通内白："饮酒来！"

朱光祖 （向"下场门"扬左掌）来啦！**【撕边一锣】**（回身向外）我就是这个主意。

「何路通内白："饮酒来！"**【撕边一锣】**

朱光祖 （向后扬左掌）来啦！**【撕边一锣】**（回身右手指外）我就是这个主意！

「(**嘟……八仓**)右手缕褶子、双手端住,吸左腿向外亮。**【快原场】**"下场门"下。

第二十场

「**【水底鱼】**四头目右"山膀"提箭衣"骨牌对儿""上场门"上,至台中"站八字"。

头目甲 （拱手）列位请了。

众头目 请了。

头目甲 奉了寨主之命，把守寨门，就此前往。

众头目 （拱手）请。（**【水底鱼】【一锤锣】**右"山膀"提箭衣"下场门"下）

「朱光祖走"哑边"：背插单刀左腰挂腰牌。右手端大带左提甲式"上场门"疾步上至台中向"大边"台口亮相。右腕绕大带，抬左腿迈出，跟一小趋步。腕绕大带抬右腿迈出，上左步。抬左腿扔大带踢在左肩上。上左右两步，左"山膀"按右掌放胸前。向后撤右、左、右三步，双手互绕，左拳放胸前右掌按左腕，别右腿稍亮。退至"九龙口"前，"山膀"打开。弓左腿分缓双臂，"山膀"向右望。左掌搂大带放腰后，收左腿胸前按右掌。抬左腿前行半个小圆场至台中"小边"一侧，右转身向外扔大带，腕花小"云手"，撑右掌下勾左掌吸左腿侧身向外亮。缓左臂落左腿成左弓箭步，左掌搂大带放腰后，按右掌放左腰间，向"小边"台口一望两望。收右腿上至左脚前，左转面向里反"云手"右"山膀"，按左掌放右肩前，缓左臂跨右腿踢左旁腿，缓左臂，跟一小趋步，左弓箭步，向左推左掌，大撤左步转面向外，出右掌翻腕变拳提甲，收右脚点步，撑左掌望"小边"台口。分缓双臂跨右腿别左腿、右提甲左撑掌再望。落左脚成左弓箭步，左掌搂大带放腰后，左胸前按右掌向"小边"台口一望两望。收右腿起身按右掌，疾步至"小边"台口右转身，面"下场门"，右"山膀"打开亮住。**【小钹三击】**右掌随腿走，向台中跨左、右、左三步。**【撕边】**（**八大才**）右掌搂大带放腰间，撑左掌，右丁字步向外亮。**【小钹帽子头】**放大带左转，向里反"云手"上右步，右手搂大带放腰间左拇指自指胸，左丁字步向外亮侧身相。

<石榴花>[①]海笛、笛子、小工调 1＝D

朱光祖 サ 2 7 6 7 －（多罗0）| 4/4 2. 3 2. 3 2 7 |

凭 着 俺 心 粗

（放大带）（双翻腕左拳放左胸前，右掌按左拳上，左丁步）（翻双腕右拳放右胸前左掌按右拳，右丁步）

稍慢

6 2 7 6 5 6 | 352 2 3 5 6 3 23 | 2 －【小钹抽头】

胆 壮 出 公 厅，

（上右步收回点地缓双臂）（双撑掌头上，面向“小边”台口亮相）（撤右步右手搂大带放腰间）（左拇指自指胸，左丁步面向外亮侧身相）

「别右腿扔大带，撤右步回左脚点地，端左掌放右腰，圈按右掌放右肩前稍亮。小“云手”左手搂大带放腰间，向“大边”台口跨右腿左转身骗左腿，缓左臂向左推掌再缓至右侧。左弓箭步蹲迈右腿双臂分水式，左转向“大边”台口蹲转两圈至中台口。右掌搂大带放腰间左拇指自指胸。

（另 才） 6 7 6 5 | 6 5 3 23 5 － |

小豪 杰 胆 敢

（扔大带）

352 2 3 5 4 3 23 | 2 2 5 6 7 |

走 飞 腾。暗 藏 着

（向里至“九龙口”前）（双食指指后左丁步）（上右弓步）

2. 3 2 3 2 7 | 672 7 6 5 6 5 |

钢 刀 利 刃

（右拇指指背上刀）（上左步点地）（左拳旁右坎掌）

352 2 3 5 4 3 23 | 2 0 6 7 6 5 |

定 把 功 成， 星夜 下

（后抬右腿缓右掌，后抬左腿缓左掌）（向左横迈左腿跟右脚点地，双赞美指放胸前）（反“云手”）

① 此段<石榴花>曲牌老的唱词，是：凭着俺英勇胆壮逞威能，为探案夜出公厅。暗藏着钢锋利刃定把功成，趁月暗星昏奔走山林。

渐慢

6 5　3 23　5 －｜352　2 3　5 6　3 23｜2 0‖

奔　走　　　　要奔　　山　　林。（仓）

（左提甲）（上步右手指“小边”台口）（右手指右侧地，右腿左移；指左侧地右腿右移）（“云手”别左腿左弓步左拳撑于头上右拳放腰间面向前亮）

〔二头目内：“嘿！”【长丝头】朱光祖望“下场门”起身向外手指“下场门”右手捋髯，二头目“下场门”上。至“大边”手指朱光祖。

二头目　拿奸细！

朱光祖　（摆双掌）慢着，我不是奸细，是这连环套的喽罗。今早奉了寨主之命，下山巡找买卖（左掌搂大带左弓步，右食指向下画圈）。

二头目　（伸掌自指左腰间）可有腰牌？

朱光祖　（看外）这，怎的无有！（左手大带交右手，左掌托腰牌，起身）

<黄龙滚>

2/4（扎）6　7 6｜5 67　2 2｜0 6　7 6｜5　5 7｜

俺　身旁　取出　腰牌，　在　身上　取　出

（左手托腰牌凑至二头目身旁，请二人验看）

6 7　5｜2 2　1 2｜3 5　3 2｜127　6｜

腰　牌。尊声　列位　急忙　对　来，

（三人小推磨二头目至“小边”，朱至台口）

0 6　7 6｜5 67　2 2｜0 6　7 6｜5　5 7｜6 7　5｜

见　寨主　各自　交差，　见　寨主　各　自　交　差。

（朱光祖至“大边”台口向外拱手）（朱回至台中，三人互拱手）

0 6　5 3｜2 3　2｜0 5　3 2｜127　6 －‖

回　禀那　寨　主　作　安　排。

（乙大　乙台｜仓　另才｜乙台　仓）｜

（右手搂大带踢左旁腿跟小趋步左转身扔大带）

〔（八大仓）朱光祖面向外右弓箭步向二头目拱手亮住。

〔【一锤锣】朱光祖收左步起身走，扭头看二头目向外察看。光祖再回身“下场门”走下。二头目右“山膀”提箭衣“下场门”下。

〔【撤锣】更夫丙内：“啊哈！”【小锣五锤】敲梆“上场门”上，至台中。

更夫丙　铜锣惊醒南柯梦，木梆敲散满天星。（扎）

我，连环套的更夫是也。奉了寨主之命巡更守夜。我就此走走！【小锣长丝头】

〔左转向“大边”里挖走至中台口。同时，厨子手端盘子（盘上放酒壶、酒斗）由“上场门”上，朱光祖紧随厨子身后暗上。厨子至中台口与更夫丙“双

进门”，朱光祖尾随厨子身后进门，厨子、更夫绕小圈中台口碰面，更夫右手抓厨子脖领。朱光祖左弓箭站厨子身后。

更夫丙　唉！【大锣一击】拿住了，拿住了。

厨　子　拿住什么了？

更夫丙　拿住奸细了。

厨　子　得了！（更夫松手）我不是奸细，我是厨子。

更夫丙　你是厨子？

厨　子　啊。

更夫丙　三更半夜你出来干什么来了？

厨　子　你不知道，寨主爷要吃夜宵，我给他预备预备。

更夫丙　噢，是这么回事啊？

厨　子　对了。

更夫丙　这么一说，（梆槌指厨子）你干你的，（槌自指）我干我的，（槌指厨子身后，朱光祖背身）他干他的。（“下场门”下）

厨　子　这都是哪儿的事儿呀？哎呀，先瞧瞧去。（【小锣一击】走至“大边”台口，朱光祖站台中）没法子，黑更半夜的您要吃夜宵，您说了一句话就得给您准备。（朱光祖边听边凑近厨子）谁叫吃人稀的拿人干的呢,没法子。（朱光祖上前左手摘厨子的帽子）【小锣一击】哎！（摸头）没刮风啊，（边说边将托盘放中台口）我帽子怎么没啦？（摸头。边叨唠边向“大边”摸找帽子）没有哇？哎，这是怎么回事？玩笑是怎么着？（朱光祖跪右腿拿酒壶稍晃）哪儿去了，怎么掉地下就没呀？（朱左食指堵壶嘴倒酒，舌舔左食指）【小锣一击】你瞧这事儿啊，这可新鲜，（朱光祖将壶盖掀开放盘中）【小锣一击】这帽子怎么掉地下就没啦？我也没拿着个灯亮。（朱光祖从左身后取药倒右掌上倒入壶中盖盖）你说这玩意儿哪找去呀，黑不隆冬的。（朱晃壶）【小锣一击】【水声】没有哇！（光祖起身）【小锣一击】早知道我带着点手电也好哇，这玩意儿你哪找去呀？（朱光祖将帽子扔在“大边”台口【小锣一击】厨子摸到）有得！在这儿那啊，（起身戴帽）啊，（至中台口）我这儿得了，他那儿也得了，我们寨主爷要喝下这酒去呀，哼，也就得啦！（【小锣长丝头】“下场门”下）

〔【快冲头】朱光祖站台中后区转向外，右“山膀”冲至中台口望“下场门”【叫头】。

朱光祖　哎呀妙啊！那窦尔墩要在寨中饮酒，是我将五鼓鸡鸣麻人散（圈左掌做杯右手指）与他下在酒内。（左提甲右手指上吸左腿）这也是天（左弓箭步右拇指自指胸亮）【大锣一击】助我（双掌两击胸）成功！（左脚踢大带上左肩）（崩登仓）（横落左脚，横迈右脚别左腿，撑左拳右拳放腰间面向外亮）

〔【急急风】朱光祖“下场门”下。

第二十一场

〔堂桌、“大座”、红大帐“小边”一侧挂双钩，帐后摆两张半桌，红色花桌围椅披。

〔【快长锤】喽兵甲乙提灯、丙丁右“山膀”提甲式“上场门”上，“站门”。窦尔墩疾步至“九龙口”前掏扎，抖右袖至台中。

〔西皮摇板〕

窦尔墩 （过门同前）3 2 3 3 1 2 2（3 5 2 1 6 1 2）6 2 1 2 2 –

将 酒 宴 摆 在 聚 义 厅 上，

（左拇指指头后）

〔【闪锤】窦右转入“大座”，四喽兵归里站“八字”，同时厨子“上场门”端盘上，进门将酒壶、斗摆桌上斟酒，拿盘出门“上场门”下。

窦尔墩 （过门同前）1 3 321 1 2 2（21 6 1 2）3 2 3 2. 1 1 –‖

众 喽 罗 且 回 避 各 归 营 房。

（挥双掌）

〔【冲头】四喽兵出门，丙、丁随手将门关上两边下。窦尔墩右手掏扎向外两望，搭左袖上腕。

窦尔墩 【叫头】且住！今日天霸一人前来探山，可算得是英雄。明日山下比试，某家要提防（崩登仓）（伸右食指放胸前亮）【撕边】一二！（崩登仓）（朱光祖“下场门”跑上，上大帐后高台“立顶”）哎呀！【五锤】（朱光祖收顶蹲桌上）说什么提防一二，我量他也难逃某（圈双拳）护手钩下！

〔【纽丝】朱光祖起身四周观望。

〔西皮散板〕

窦尔墩 サ（过门同前）6 2 1 3 2 1 2 2（6. 1 2 –）

少 年 英 雄 不 虚 谎，（仓）

6 2 1 2 1 2 3 1（7 6 2 1 –）

竟 敢 独 自 探 山 岗。（仓）

（按右掌）

2 2 2 3. 2（7 6 1. 2 –）3 2 2

多 吃 几 杯 精 神 爽，

（右掌指杯） （扬右掌）

〔【纽丝】窦尔墩倒酒左手掏扎饮，再倒再饮。朱光祖右手指窦，圈右掌做杯学窦饮酒、拍掌，伸右掌示让窦接着喝。窦连饮数杯，朱拔刀欲砍。窦饮后身体不稳，手按桌。

〔亮弦〕

窦尔墩 啊！？【撕边】（2. 3 5 – 2 1 –）【纽丝凤点头】

（过门同前）2 5 3（2 3 –）3 3 6 1 2 – 6 1 2（7

莫 非 酒 内 （八大

（酒斗

6. 1 2 –）2 1 1 – 6 1 2 2 1 –‖

顷 仓） 有 埋 藏？

倒交左手，右手扶桌站稳，指斗） （斗掉，扶桌，枕左拳晕睡椅上）

〖【撕边】（崩登仓）朱光祖向“小边”一侧“台漫”下高，右弓箭步，按左掌、“叉腰式”向外亮。向左横迈两步左弓箭步“刺刀式”察看。收左腿变丁字步压刀再看（才）。上左步左掌向前摸，收右腿变丁字步“刺刀式”。紧行两步至“小边”缓刀右弓箭步按掌“叉腰式”亮（才）。收左腿上左步左掌向前摸，上右步跟左步点地，右侧“斜立刀”（才），快步行至“大边”台口，左转缓刀右弓箭步向里“斜提式”背身观望，收左步右转身右丁字步向外“刺刀式”亮相（才）。横上左步变“横刀”察望“小边”，左手搂大带“刺刀式”行至中台口右弓步察看（才）。起身扔大带左转面向里，左手反握刀，跪右腿右手推开左扇门，（才）（匝匝匝匝匝）再推开右扇门。起身向里上右、左两步，右转身向里右弓步，缓刀“叉腰式”按左掌望“小边”台口【大锣一击】。稍起身“斜立刀”望“大边”台口（才）。收右步“护刀式”上右步看里，左手“倒提刀”右食指指双钩，收右步向外亮（才）。轻步行至钩前伸右掌欲摸，急退两步左弓箭步“叉腰式”按掌向外亮【大锣一击】。右弓步察看“小边”台口（才）。退至“大边”“护刀式”望窦尔墩再看外，轻步至“大边”桌旁扬右掌在窦眼前摆晃（才）。退后望外，再至桌旁右掌放嘴边轻唤。

朱光祖 窦寨主！（窦尔墩鼾声：嗯……）（朱光祖退后“叉腰式”按左掌望外（才）（横迈右步右转身至台中“小边”一侧，缓刀左弓步“横刀式”左掌放嘴边唤叫）窦尔墩！（窦鼾声：嗯…… 光祖向外行至中台口，右丁步左手“倒提刀”右拳放胸前）哎！【单键大锣一击】想你一世英名何在也！

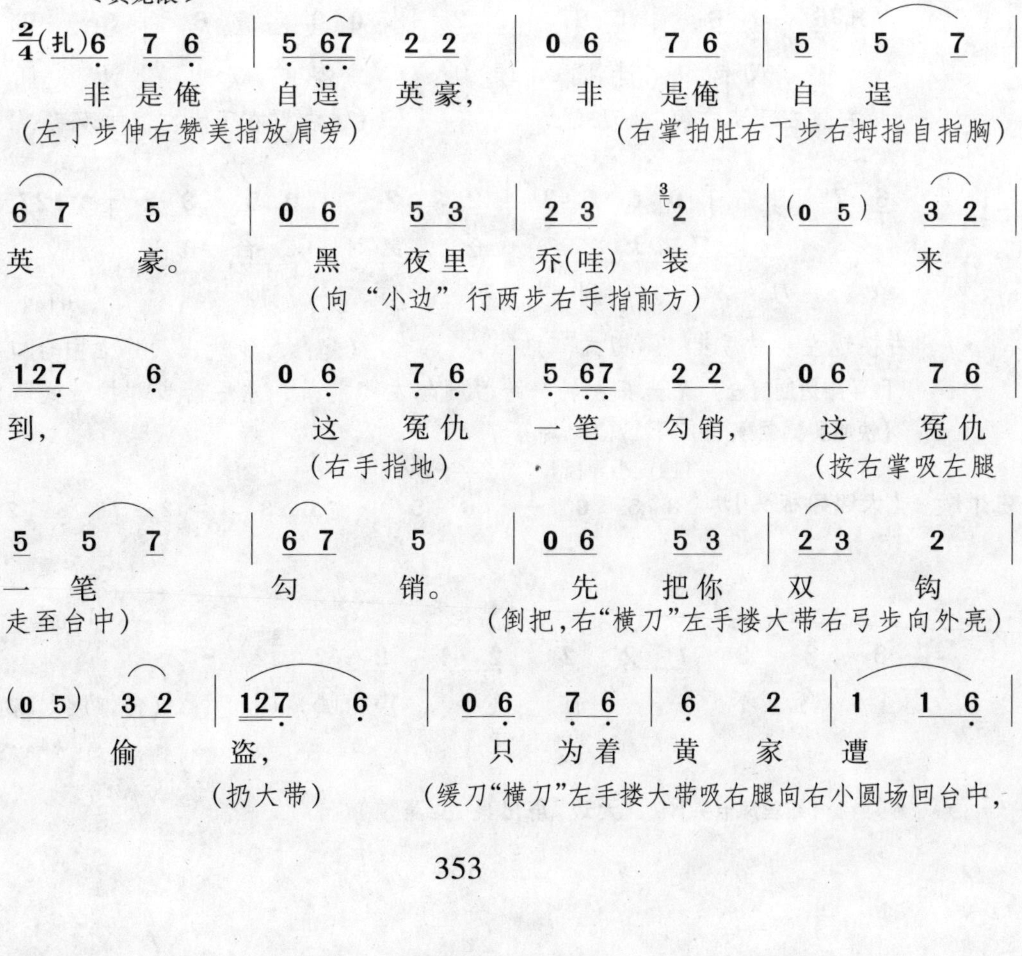

5 6 5 3 | 5 6 | 0 5 3 | 2 3 2 2 | 5 2 3 | 2 0 (仓)

圈 套， 手 执 一 刀 我 怎 能 饶。

右转向外扔大带）

（望刀，向外出刀左转向里举刀，右回身向外左掌捂嘴“刺刀式”亮）

〔【单楗大锣一击】转双睛稍想，摆掌、右弓步“叉腰式”按左掌向外亮。回身向里轻步至桌前（才）。刀交左手掖后右掌放嘴边左弓步轻唤。

朱光祖 窦尔墩！（窦鼾声。光祖右回身向外右“横刀”左端拳）嘿！【小锣一击】本当这一刀我将你杀死，念你与我黄三叔俱是老辈儿大（伸左赞美指）的英雄。（摆左掌）不能暗害你的性命，不免将黄贤弟的钢刀，我就与你插在这……（缓刀、吸左腿、左“山膀”、侧身冲到桌前举刀，同时窦尔墩鼾声，起身双手扶桌）（崩登仓）【撕边一击】（窦尔墩抬右腿坐椅上，面向“上场门”枕右掌睡去。同时朱光祖急左转向外“叉腰式”按左掌，撤左步缩入桌下从“小边”一侧桌旁出刀、探身观望。轻声唤）窦寨主！（窦鼾声。朱光祖缩回桌下从桌前下出桌）【小锣一击】（起身向里）窦尔墩！（窦鼾声）嘿！【小锣一击】（退至台中左转向外）不免将黄贤弟的钢刀我与你插在桌案之上！【五锤】（左转身至桌前将刀插在“大边”桌外角上，再取下双钩退至台中右弓步向外“护腰式”稍亮。起身）换了你的护手双钩。等到天明，你的酒性一退，看见我黄贤弟的钢刀，管叫你一世惧怕天霸乎！

<黄龙滚>

（扎）6 7 6 | 5 67 2 2 | 0 6 7 6 | 5 5 7 |

盗 双钩 计插 单刀， 盗 双钩 计 插

（缓右臂左丁步右侧“掖刀式”） （缓右臂右丁步左侧垂双钩，缓双钩向

6 7 5 | 0 6 5 3 | 2 3 2 | 0 5 3 2 | サ 127 6 – ‖

（乙大 乙台 | 仓 另才 | 乙台 仓）

单 刀。 等到 明 天 神 魂 消。

右横迈左步右弓步“藏刀式”） （起身赶步跳出门外立中台口）

〔（撕边崩登仓）朱光祖左转身跨右腿越左脚前落，左弓箭步“护腰式”向外亮。【快冲头】顺双钩“下场门”冲下。

〔西皮小导板〕

窦尔墩 【大锣导板头】サ（3 5 6 – · 6 5 – i 3 1 2 7 6 2 i –）

3 3 3 1 2 2ᵛ 2 1 2. 2 2 –

金 鸡 不 住 连 声（哪）叫， （伸懒腰起身见刀）

（嘟……八仓）

啊？！【纽丝凤点头】（从“大边”角出桌，立桌前）

〔西皮散板〕

サ（过门同前）3 3 $\frac{3}{}$2 $\frac{1}{}$2 ˅ 3 2 1 1 0 ‖

桌 案 之 上 插 钢 刀！

（右掌指刀）（边唱边至台中）

（招双掌）贤弟快来！

「【长尖】贺天龙、贺天彪“下场门”，贺天虎、贺天豹“上场门”两边上，进门站“八字”，拱手。

贺天龙 寨主，慌张为何？

窦尔墩 （按双掌）昨晚何人至此？

贺天龙 无人至此。

窦尔墩 哦，搜寻两旁（挥双掌）缺少何物。

贺天龙
贺天虎
贺天彪
贺天豹 啊！

「【冲头】贺天龙、贺天虎分领天彪、天豹“一翻两翻”寻找，贺天龙桌上拔刀，四人回原位。

贺天龙 护手钩不见，钢刀一把。

窦尔墩 （招左手）呈上来！【五锤】（天龙双手递刀，窦右手握刀左手指刀上字）漕标副将黄。【撕边】啊！（惊，向外“压刀式”想）噢。【大锣一击】一定是天霸昨晚到此，不伤俺的性命。（横刀向众）啊，列位贤弟。

贺天龙
贺天虎
贺天彪
贺天豹 寨主。

窦尔墩 （左掌指刀）此事（摆左掌）不可在外声张，恐被旁人，（左掌端髯看）哎呀呀，耻笑哇（以髯掩面）。

贺天龙
贺天虎
贺天彪
贺天豹 （拱手）那是自然。【撕边一锣】

窦尔墩 （放髯横刀）提防天霸。比试！

贺天龙
贺天虎
贺天彪
贺天豹 啊！

「【一锤锣】窦尔墩翻腕看刀，贺氏兄弟“扯斜门”。窦左转“压刀”向“下场门”走两步。【撕边一锣】回身上步翻腕看刀。【撕边一锣】“压刀”左手指外。【撕边一锣】左掌指“横刀”。【撕边一锣】左掌端髯望。（崩登仓）左握拳刀砍下，蹬右步左弓箭步，翻左袖护头，出刀望外【撕边放钹】。【一锤锣】窦看刀、望外、深为后怕，拧刀背身，贺天龙接刀，窦尔墩“下场门”下。贺氏兄弟随下。

第二十二场

〔堂桌、“小座”，两边各跨二椅，红色花桌围椅披。

〔【一锤锣】计全、何路通领关泰、黄天霸“上场门”上，至台中成“八字”。关泰左侧是计全站“大边”一侧；天霸右侧是何路通站“小边”一侧。

黄天霸 （向众拱手）众位仁兄。

关　泰
何路通 （拱手）黄爷。
计　全

黄天霸 少时山下比试，大家小心。

关　泰
何路通 是。
计　全

黄天霸 （看众人【撕边一锣】）啊？朱仁兄哪里（摊右掌）去了？

关　泰
何路通 不知去向。
计　全

黄天霸 【撕边】（细想，垂目望手）哎呀！【大锣一击】我的钢刀现在他手，什么时候又将我的（右掌扶腰）腰牌盗去，事到如今朱光祖有什么（掌心掌背互击）歹意不成（摊双掌）？

计　全 那朱光祖为人（伸右赞美指）正直，黄爷（摆右掌）不要多疑。

黄天霸 （立左掌制止）人心难测，（挥右掌）迎上前去！

关　泰
何路通 迎上前去！
计　全

〔【水底鱼】计全领关泰、何路通出门站“大边”台中，天霸站中台口。同时朱光祖左手握大带，右手倒提双钩（上系腰牌）“上场门”匆忙上至中台口。

黄天霸 （上前右手抓朱脖领）朱光祖！【冷锤】（光祖左弓步，左掌按天霸右手）我的钢刀现在你手，什么时候又将我的腰牌盗去（左掌指腰），事到如今还有什么（晃身）歹意不成？【大锣一击】

朱光祖 兄弟，有什么话，咱们慢慢地坐下说，你瞧怎么样？

黄天霸 哼，看你有何话讲！【冷锤】（推开朱光祖）

朱光祖 反正，我有的说，不就结了吗。

黄天霸 哼！

何路通 （凑近朱光祖右手指）看你讲些什么！

朱光祖 （向何挥左掌）有你什么！（垂目望钩左掌捂嘴暗笑）

〔【五锤】四上手两边上，分别将两边跨椅搬成“大、小边”八字椅，复下。天霸等进门，天霸入“小座”，关泰坐“大边”里首椅，左侧坐计全；何路通坐“小边”里首，右侧是朱光祖。朱光祖背双手藏双钩进门，将双钩立放在椅子外首。

【撕边】朱光祖右手握大带弹抖身上灰尘。

黄天霸 （右手指光祖）讲！**【大锣一击】**

何路通 讲！

朱光祖 （扬左掌）你别忙，我先喘喘气。（右手握大带放二郎腿上）请问贤弟，少时间与那窦尔墩比试，你要是胜了（右手指外）他呢？

黄天霸 他情愿献出御马，（右掌自指胸后指外）随我等到官认罪。

朱光祖 那是自然。自古道：强龙难压（右手指外）地头蛇。况且他又是一个久经大敌之手，你能准保（摊双掌）得胜吗？我的兄弟！

黄天霸 我若不胜，情愿替父认罪。与你什么（向光祖摔右袖）相干！**【撕边一击】**

何路通 是啊，与你（右手指朱）何干！**【冷锤】**

朱光祖 （向何挥左掌）你知道什么！话虽然如此，想你（右掌自指胸）我弟兄，患难相交这才算得起是朋友，昨日我见贤弟你一人探山，身旁（摆右掌）并无有寸铁，真可算得起是（伸右赞美指）心粗胆壮。我想这人留一名重如泰山，人丧一命如同蒿草。是我拿了你的钢刀，盗了你的腰牌，实指望（右手指外）夜入连环套，探听个消息，回来咱们哥们儿好做个准备。十分凑巧，偶遇那窦尔墩要在寨中饮酒。是我将五鼓鸡鸣麻人散（圈左掌做杯右手指左手）与他下在酒内，麻了他一个人事不知。因此，将黄贤弟的钢刀，（右手指外）与他插在桌案之上。换了他的（圈双拳）护手双钩，等到天明，他的酒性一退，看见了黄贤弟你的钢刀，（右手指外）管叫他一世惧怕贤弟你，事情可是（左掌自指胸）哥哥我做的，（左掌指天霸）叫兄弟你露这牌子脸儿，你瞧（掌心掌背互击）好不好！（摊双掌**【撕边一锣】**抬右二郎腿面朝外坐）

黄天霸 听你之言，护手钩今在何处？（摊双掌）**（大才）**

朱光祖 （放腿，双掌扶膝向外亮）有得，（右手指天霸）在这等着我呢。（向外稍想回头向天霸招左手）好，您请过来。（众人起身离座，天霸站台中，光祖拿钩立“小边”）连钩带腰牌，（左弓步，双手托钩）您就拿过去吧，（收右腿起身）我的上司老爷！

〔**【撕边一击】**朱光祖撤右腿左弓箭步，双手托钩。天霸双手接钩垂目望。朱光祖回至椅前，黄天霸转向“大边”计全。

黄天霸 计仁兄。

计　全 黄爷。

黄天霸 看看，可是此物？

计　全 （接钩细看）正是此物。

朱光祖 （拳掌互击顿右足）嘿！**【大锣一击】**我想交朋友也就不过如此了吧（摊双掌）您哪！

〔**【撕边一击】**朱光祖坐原座，搭右二郎腿，左掌扶膝，右手捋髯，众望光祖。天霸回身向计全摊双掌。**【撕边一击】**计全伸右掌指天霸再指光祖，示意天霸给光祖拱手施礼赔不是，天霸点头会意转身，光祖叉腿朝外坐。天霸凑向“小边”。

黄天霸 啊，朱仁兄。（朱光祖不理，搭左二郎腿朝外坐。天霸至台中向计全摊掌问计。计全伸右拳行打千礼，天霸点头再至光祖面前）啊，朱仁兄，小弟鲁莽，我这里（右手扯左袖弓左腿）跪下了。

朱光祖 （忙离坐双手搀）哎兄弟兄弟，你起来。【撕边一击】呵呵，你倒别害臊，有道是，知性者方能同聚。可不是哥哥我说你，从今以后把你这（左手指天霸）脾气可得改改。

黄天霸 （点头）哦，是是是。

朱光祖 差点儿拿了好朋友（摊双掌）你当了冤家啦！（双叉腰）啊，有什么话（伸左掌让座）咱们坐下说吧！

「【长尖】众互拱手礼让。

何路通 朱爷！（忙上前右袖弹椅双掌让座）

朱光祖 （手指何路通）哎得了得了。（众坐原座）少时间见了（右手指外）那窦尔墩，（右掌自指）就把我刚才的话告诉他！

黄天霸 （点头）那个自然。（招左掌）官兵走上！

关　泰
何路通
计　全
朱光祖 官兵走上！

四上手 有！（【冲头】两边上向天霸拱手）参见黄爷！

黄天霸 连环套去者！（挥左掌）

四上手 啊！

「【急急风】四上手“插门”“下场门”下，计全、朱光祖“山膀”，何路通、关泰撑褶子下，天霸右手抓褶子下角随后。

第二十三场

「【冲头】奏唢呐曲牌<风入松>前段。四喽兵（甲牵御马）“上场门”“站门”上，贺天龙、贺天虎、贺天彪、贺天豹撑褶子随上越前站。【长尖】窦尔墩撑开氅至台中。

窦尔墩 （右拳勒马式）牵了御马，（右手指外）下山去者！

众 啊！

「奏唢呐曲牌<风入松·合头>。四喽兵“插门”至“大边”后区，翻回成“下场门”“一条鞭”。同时四上手“上场门”上“一条鞭”。贺氏兄弟随上手“插门”至台中后区，【急急风】与“上场门”上的关泰、何路通、计全、朱光祖碰面，“二龙出水”。贺氏兄弟站“大边”一斜排；关泰、何路通等站“小边”一斜排，光祖越前站。窦尔墩、黄天霸随各自人马后，至台中后区碰面前行，窦尔墩站“大边”，天霸站“小边”。

窦尔墩 【撕边叫头】（右手指天霸）天霸！果不失信哪。（摊右掌）

黄天霸 岂肯（左手指窦）失信与你。【撕边叫头】（拱手）窦寨主！闻得寨主有柄（圈双拳）护手双钩，（右掌指外）取将出来（右掌自指胸）我们（按右掌向右移）见识见识。

窦尔墩 某家的（圈双拳）护手钩嘛！……

朱光祖 （凑近天霸身旁）啊！八成儿是（右食指向下画圈）丢了吧？

窦尔墩 （左手撑开氅摆右掌）嗘！【撕边一击】（右拇指自指胸）某的兵刃，怎说无有？（摊右掌）

朱光祖 啊有？（左手指窦）你拿出来我们见识、见识，输给你，我们也（摊双掌向窦扔出）值当啊！

窦尔墩 不用俺的护手双钩，也要胜得（右手指天霸等转向外）过你等！**【冷锤】**

朱光祖 （左手指窦）哼哼，当着面儿的撒谎，绷着脸儿的不认账。老兄弟，把昨儿晚么上儿的事儿告诉他。（左手指窦）别让他装糊涂啦！

黄天霸 哦，**【撕边叫头】**（掉右袖上腕拱手）窦寨主！是我昨晚，夜入连环套。（拱手）见寨主（右掌指外）在那里贪睡。（右拇指自指胸）我将钢刀与你插在桌案之上，换了你的（圈双拳）护手双钩。以报你（右掌自指胸）接我上山（右掌指外）送我出寨之谊。朱仁兄。

朱光祖 哎，兄弟。

黄天霸 兵器送了过去（右掌指窦）。

朱光祖 啊！

窦尔墩 （向贺天龙撒右掌）钢刀抵换。

〔**【长尖】**朱光祖转身从计全手中接过双钩，至中台口与贺天龙刀、钩互换。朱光祖验刀后交计全，贺天龙退回"大边"递钩，窦接钩观看。**【冲头】**窦尔墩左转身向里反"云手"，向右挖走小圆场回"大边"，"护腰式"。

窦尔墩 **【叫头】**天霸！你我怎样的（双钩互绕晃身）比试啊？

朱光祖 （忙伸左掌拦阻）哎，慢着，慢着！（**【撕边一击】**上至台中左转身双掌拦天霸扭向窦尔墩）怎么咋！称手的家伙儿刚到手，就要龇毛儿（左弓步右手指窦）滚蛋哪？（起身扯袖）哎，我说姓窦的，怎样与我弟兄们较量？这么办（左弓步右手指窦）把话说开喽，然后再较量也还不迟吧？（立身双手叉腰）

窦尔墩 好，看你有何话讲？（钩交贺天龙）

朱光祖 嗯！我有的说的就结了。（**【撕边一击】**回头望天霸）兄弟！

黄天霸 哦。

朱光祖 （向天霸挥右掌）往后点，（右掌拍肚）哥哥问他俩句儿！

黄天霸 好，（拱手）朱仁兄向前。

朱光祖 （昂首走至中台口，上下打量窦后抱双肘侧身而立扭头看窦捋髯）哎，窦尔墩！

窦尔墩 （右手掏扎看光祖）啊！

朱光祖 嗯……（**【撕边一击】**见窦要翻脸，立双掌蹲身，忙改口气）窦寨主。

窦尔墩 嗯。（放扎转向外）

朱光祖 唉，寨主，您乃是侠义的英雄。昨日我黄贤弟，夜入连环套，见寨主在聚义厅上打睡，本当（圈左拳立右砍掌）这一刀是将你杀死，念在与我黄三叔俱是"老辈大儿"的英雄，（摆右掌）不肯暗害你的性命，因此黄贤弟将钢刀，与你插在桌案之上，换了你的护手双钩，（右掌指窦）以报你接他上山、送他出寨之情。你就该知恩感德，随我们到官认罪才是正理。怎么着？（右手指窦）你不念在插刀盗钩之恩，还要与我弟兄们较量。（两扯袖）我说姓窦的，你看，今儿我们哥们儿（分双掌指身后众人）可全都来了，算得起是言而有信吧！少时间动起手来，这个胜败还在两可。我问问你，你一个人儿长着（左手指窦头）几个脑袋？

窦尔墩 啊！**【冷锤】**（撤左步摊右掌、左掌护头向外惊）

朱光祖 要是杀，（圈左拳立右砍掌凑近窦）昨儿晚上就把您给（来回锯右砍掌）杀了！

窦尔墩 （顿右足掉右袖侧身垂头）哎呀！**【大锣一击】**

朱光祖 可不是我说你呀，（凑近窦）没有点大量之才，（右食指刮右面颊）哎哟，哎哟！你可真……简直的绷着脸儿的（掌心掌背互击顿右足）不害臊哇！（伸右掌示意天霸向前，天霸向光祖拱手。光祖从天霸身后回“小边”原位）

窦尔墩 哎呀吼吼吼……（面向“下场门”浑身颤抖交错顿足【乱锤】上至“大边”后区，扬右掌）唉！【冲头】（快步至“大边”搭右袖上腕）【叫头】天霸！【五锤】（右拇指自指胸）我与你父结冤仇，至今（按右掌向右移）怀恨有数秋；【小锣二击】（立右砍掌）插刀盗钩的（伸右赞美指）恩情厚哇！【撕边】

朱光祖 （在天霸右侧左弓步右手指窦）怎么咋？（崩登仓）

窦尔墩 （握右袖）也罢！【四击】（扔右袖顿右足，撤右腿左丁步伸右食、中二指于头上亮）两家的冤仇这（左手扯右袖角，胸前伸右食指）一（扬右食指反绕腕）笔（向下钩右食指顿右足）勾！

朱光祖 （伸右赞美指）好朋友！【住头】

窦尔墩 （挥右掌）将御马牵了过去！

「【冲头】喽兵甲拉马至中台口，朱光祖上前接马鞭，喽兵甲回原位。

朱光祖 拉过来吧，我的老头子！（回身交上手甲）

贺天龙
贺天虎
贺天彪
贺天豹 （撑褶子上步）我等向前！

「【撕边一锣】窦尔墩张双臂拦阻。【快原场】窦尔墩与贺氏兄弟拱手道别，贺氏兄弟“下场门”下，喽兵随下。窦尔墩回身至“大边”右手指天霸【叫头】。

窦尔墩 天霸！（右拇指自指头）你与俺上了刑具！

黄天霸 自行投首，（摆双掌）不戴也罢。

窦尔墩 （摆右掌）嗳！【冷锤】朝廷的王法，焉有不戴。（按右掌泛指众人由里走至“大边”）你们拿，拿刑具来呀！（背对天霸骑马式）

朱光祖 好朋友！

「奏唢呐曲牌<尾声>前段。朱光祖赶上前将锁链搭在窦颈上。窦上至“大边”后区，双手端锁链赶步回“大边”向外亮住。天霸立台中向窦伸左赞美指。【撕边放钹】【快原场】窦尔墩垂目望两手中之链，抬头稍想撤步。【撕边】

窦尔墩 罢！（崩登仓）（扔出双袖顿右足，胸前合双袖顿右足左转，面向“下场门”张双臂抬左腿亮住。【急急风】“下场门”冲下）

「【撕边一锣】黄天霸、朱光祖上前向“下场门”望，光祖回身向外伸右赞美指。【撕边一锣】天霸转向光祖拱手。

黄天霸 多谢仁兄！

朱光祖 （拱手）哎呀，不敢。

「奏唢呐曲牌<尾声·合头>。

「黄天霸右手扯褶子下襟，左弓箭步向朱光祖施礼拜谢，光祖摆双掌上前相搀。黄天霸右手抓光祖左腕，立台中左赞美指伸头上。朱光祖左弓步向外亮。【急急风】打住。

——剧　终